紅杏枝頭春意鬧——宋祁文學新論

謝佩芬 著

臺灣 學生書局 印行

弁 言

　　所有文學史都是作者篩選詮釋後的主觀論述，呈現的是某種接受角度，雖反映出部分真實樣貌，但無可避免的，也必然存有疏漏誤讀之處。事實上，文學的發展演變固然得力於才華洋溢、聲名遠揚的大家，如歐陽脩、蘇軾等人的倡導示範，但獨木難成林，聚光燈之外的騷人墨客，往往也擔負啓發響應、推波助瀾的角色，若能拓展觀看視野，將目光轉移至其他被忽略的代表性人物，當更能還原昔日景況，見人所未見，甚至重新建構文學史。

　　以北宋文壇爲例，宋祁（998-1061）多以《新唐書》編撰者身分爲世人熟知，文名向來不及同修史書的歐陽脩響亮，各類文學史常略而不論，偶有提及，也只將他視爲西崑體成員之一，寥寥數筆帶過，重要性似難與楊億、劉筠、錢惟演等領袖人物匹敵。

　　然若乘著時光機回到千年前的趙宋王朝，將會發現，宋祁實是備受贊譽，深獲肯定的文人，年少所作〈采侯詩〉京師傳誦，「紅杏枝頭春意鬧尙書」故事膾炙人口，除蘇軾「字字照縑素」的頌揚外，宋人更以「政事文章，兩極其至」、「學通古今，文擅宗師」推崇其成就。宋人爲何如此稱許宋祁？宋祁文學面貌究竟如何？在宋代詩文辭賦發展史上有無何種貢獻？是否具有承先啓後的關鍵作用？種種疑問，若能一一解答辨明，對北宋文學的認識必能愈加深入全面。

　　據載，宋祁著作等身，《景文集》卷帙繁富，雖因戰亂散佚甚多，但觀察現存作品，仍各具特色，饒涵新意。本書因而以宋祁文學爲研究範圍，藉由周嚴詮析，抉發其作品不爲人知之面向，賦予應有之評價。

　　全書計分八部分，首先，擇取宋祁與韓愈承傳關係爲探討重點，原因乃在於韓愈與北宋詩文發展情形緊密相連，然除歐陽脩之重視、影響外，《新唐書·韓愈傳》或執筆者宋祁之觀點有無值得關注處？藉由〈宋祁對韓愈之接受——以重新、探源、校改爲中心之討論〉梳理宋祁對韓愈之觀看、接受情形，以重視創新、探求淵源、校改文章爲中

心，具體分析宋祁評說韓愈「新語」、「卓然不朽」、「古人意思未到」、「自名一家」之意涵與原由，並考辨新、舊《唐書》關於韓愈古文淵源之史料，理解宋祁刪除梁肅資料之用心，最後以宋祁校改韓愈作品例證，知曉改修狀況、利弊得失，以便掌握宋祁對韓愈接受之觀點與心態，作爲理解宋祁自身創作之基礎。

其次，針對宋祁作品分類研究。鑑於宋祁留存辭賦四十五篇，數量爲北宋文人之冠，且題材多樣，情韻殊異，因而撰著〈宋祁辭賦之創意書寫〉，自擇題、立意、書寫筆法等層面分析宋祁辭賦之書寫特色與成就，明曉其〈感蚔螃賦〉、〈憐竹賦〉、〈詆仙賦〉製題之深意與創新，彰顯〈送將歸賦〉、〈零雨被秋草賦〉之拓展境域效用，闡述〈右史院蒲桃賦〉、〈石楠樹賦〉、〈儆驪賦〉、〈鷙鳥不雙賦〉、〈豐宜日中賦〉、〈傷賢賦〉諸篇立意及筆法獨特處，藉比較對照與縝密研讀，具體而微地呈顯宋祁辭賦創意新變之處。

散文方面，〈刊落陳言，探出新意——宋祁碑誌文析論〉顯明宋祁衝越文體陳規，開創新格之表現，如：碑誌文題目極少臚列墓主最終最顯官爵，亦不以標示彼此關係爲重，反以傳達撰作者論斷墓主功業，表露個人情感爲主。序文則多改易傳統結構，重視時間遞承流轉，雜以議論、對話、以言代敘、小說筆法，順敘、倒敘、插敘併用，已非客觀敘事之作，而爲富含作者情思創意之文學作品。銘辭或循傳統四言典重韻語，或三言，或四言、騷體合璧，或四、五言各句式錯綜，一以適切作者觀看墓主情誼爲要，諸般筆法皆具新變意識。

〈跨越化用——宋祁「說」體文研究〉則擇取「說」體文章，簡要考辨其類別、寫作手法及發展源流，繼而析論宋祁作品，以之參照比較，得知：〈醺說〉、〈配郊說〉扣合當時社會狀況，引經據典闡論，乃「解釋義理而以己意述之」與「即理即事而爲之說，以曉當世，以開悟後學」二類「說」文綜合體；〈鴈奴後說〉、〈舞熊說〉承繼韓愈、柳宗元以來說體寓言脈絡，所選主角、描寫方式、情節安排、數量皆有值得注意之處，突破舊制之貢獻應加澄明；〈王杲卿字說〉展現宋代「字說」文章風貌；〈字說〉則以考辨解讀「字」爲主，或與其後王安石《字說》有關。

〈將飛更作回風舞——宋祁詩歌特色與宋詩發展之研究〉擺落一般僅視宋祁爲西崑餘緒之成見，而深入闡發其詩歌意蘊、特色，分自造語遣詞、寄懷抒情等面向詳析其詩篇，闡明宋詩命意新奇、饒富情趣處，彰揚其自名一家之表現，並就其倣擬杜甫詩作、

評論注釋杜詩，及南宋任淵於宋人中僅取宋祁、黃庭堅、陳師道三家詩作注、黃庭堅讀宋作而精進諸事，耙梳宋祁與杜甫、江西詩派關聯。同時析論宋祁與歐陽脩、梅堯臣等人關係，肯定宋祁超越西崑門戶而具自我面貌，其人於宋詩史之地位與宋詩發展之關係實應重加審視。

本書所引宋祁文本皆以《全宋文》、《全宋詩》爲據，二書雖搜羅齊全，點校完備，依然略有誤謬，其中詩歌文字精鍊，一字之差極可能左右全篇判讀，而現存各本《景文集》內容頗見歧異，故〈宋祁詩歌校讀〉遍取今日尚能得見之宋祁詩歌各種版本，如：《全宋詩》、文淵閣四庫全書、文津閣四庫全書本《景文集》，以及日本宮內廳書陵部所藏刊本原袟、清光緒八年（1882）黃氏木活字本、民國商務印書館影印日本本三種「佚存本」《景文集》等，詳加對勘考校，論斷各本正訛，作爲理解閱讀宋祁詩歌之參考。

其後附收〈宋祁文集傳存情形〉、〈宋祁研究論著目錄〉二資料，以掌握宋祁文集流傳存留情形及關於宋祁研究之趨向、成果，方便查檢。

綜覽本書各篇，涵括宋祁辭賦、散文、詩歌研究與文本考證、資料整理，希冀提供觀閱宋祁文學之嶄新視角，塡補宋代文學研究部分罅隙。概略言之，學界關於宋祁文學研究仍多聚焦於〈玉樓春〉（「紅杏枝頭春意鬧」）一詞之賞析，因宋祁詞作僅存六篇，資料有限，暫難撰成專篇論文，然正如王國維所評：「著一『鬧』字，而境界全出」般，宋祁文學頗能符應時代求新求變氛圍，以獨占枝頭報春之姿影，爲宋代文壇捎致盎然生氣，炫麗耀目，不容忽視，借「紅杏枝頭春意鬧」爲宋祁文學總評，當別具意義。

本書所收各作，除〈宋祁詩歌校讀〉因篇袟龐鉅，不便投稿外，皆曾發表於各期刊、學術會議，分爲：〈宋祁對韓愈之接受——以重新、探源、校改爲中心之討論〉刊載於《師大學報》55 卷 1 期，後轉載收入《羅聯添教授八秩晉五壽慶論文集》；〈戞戞獨造，自名一家——宋祁辭賦之創意書寫〉曾以「宋祁辭賦之創意書寫」之題，收入《文學藝術與創意研發研究論文集》；〈刊落陳言，探出新意——宋祁碑誌文析論〉刊於《成大中文學報》第 39 期；〈將飛更作回風舞——宋祁詩歌特色與宋詩發展之研究〉登載於《從風騷到戲曲——第一屆兩岸韻文學學術研討會論文集》。〈刊落陳言，探出新意——宋祁碑誌文析論〉與〈跨越化用——宋祁「說」體文研究〉部分內容曾分別發表於嘉義大學中國文學系主辦之「第三屆宋代學術國際研討會」及中國宋代文學學會、河南大學主辦之「2011 年第七屆中國宋代文學國際學術研討會」，後經大幅增修改寫而成二篇

文章。

　　感謝每位會議講評人與論文審查人惠賜之寶貴意見，助成拙稿修訂潤飾，以趨完善。此外，本書諸篇皆為國科會專題計畫「宋祁文學研究」（NSC96-2411-H-002-052）之執行成果，於此一併感謝國科會提供之支持！

紅杏枝頭春意鬧——宋祁文學新論

目次

宋祁對韓愈之接受——
以重新、探源、校改爲中心之討論

一、前言

　　韓愈（768-824）既具有唐宋古文八大家身分，又與宋詩特色發展關係密切，他對宋代文學或思想的影響自然受到諸多重視，尤其近年關於韓愈在宋代詩文、思想各方面的重要性愈來愈受到關注，相關論著日趨豐富，[1]雖然學者較以往注意歷時性問題，無論討論韓詩的「影響焦慮」或韓集版本流傳問題，都會按照時代先後臚列敘述宋代重要意見呈現情形，但無可否認的，學界論及「韓愈」在宋代的接受情形時，焦點仍常集中於歐陽脩（1007-1072），一再證明他對於宋代韓愈接受的關鍵作用。

　　就現存資料看來，歐陽脩對於韓愈詩文的推獎自是功不可沒，但有時獨木難撐大廈，歐陽脩之外，與他時代相近的其他文人又是如何看待韓愈？他們對於韓愈地位的奠定、

1　學位論文與專書如：張蜀蕙：《書寫與文類——以韓愈詮釋爲中心探究北宋書寫觀》（臺北：國立政治大學中文研究所博士論文，2000 年，238 頁）、谷曙光：《韓愈詩歌在北宋的接受歷程及其詩學意義發微》（合肥：安徽師範大學碩士學位論文，2003 年，72 頁）、高光敏：《北宋時期對韓愈接受之研究》（臺北：國立臺灣師範大學國文研究所博士論文，2004 年，280 頁）、陳昭吟：《宋代詩人之「影響的焦慮」研究》（高雄：國立中山大學中國文學系研究所博士論文，2007 年，521 頁）、曾金承：《韓愈詩歌唐宋接受研究》（臺北：淡江大學中文研究所博士論文，2008 年，240 頁）、吳立仁：《中唐至北宋前期韓愈形象的歷史演變》（臺北：臺灣大學歷史學研究所碩士論文，2009 年，112 頁）、谷曙光：《韓愈詩歌宋元接受研究》（合肥：安徽大學出版社，2009 年，389 頁）、查金萍：《宋代韓愈文學接受研究》（合肥：安徽大學出版社，2010 年）、張瑞麟：《韓愈與宋學——以北宋文道觀爲討論核心》（臺南：國立成功大學中文研究所博士論文，2010 年，414 頁）。

鞏固有無貢獻？影響如何？似乎都是應該再細細審視的課題。以常被引用的〈記舊本韓文後〉爲例，歐陽脩自述：

> 後七年，舉進士及第，官於洛陽而尹師魯之徒皆在，遂相與作爲古文。因出所藏《昌黎集》而補綴之，求人家所有舊本而校定之。其後天下學者亦漸趨於古，而韓文遂行於世，至於今蓋三十餘年矣，學者非韓不學也，可謂盛矣。[2]

所謂「其後天下學者亦漸趨於古，而韓文遂行於世」便表明當時風尚的轉移與韓文的流行具有因果關係，如果不是時機成熟，學者漸趨於古，即使歐陽脩補綴校定韓集，韓文也不可能廣爲宋人接受。

而在「漸趨於古」的當時，宋祁（998-1061）對於韓愈的觀看、書寫其實是值得注意的問題，清人趙翼（1727-1814）曾專立「《新書》好用韓柳文」篇章，說道：

> 歐、宋二公，皆尚韓柳古文，故景文於《唐書》列傳，凡韓柳文可入史者，必采摭不遺。〈張巡傳〉則用韓愈文，〈段秀實傳〉則用柳宗元書〈逸事狀〉，〈吳元濟傳〉則用韓愈〈平淮西碑〉，〈張籍傳〉又載愈〈答籍〉一書，〈孔戣傳〉又載愈〈請勿聽致仕書〉一疏，而於宗元傳載其〈遺蕭俛〉一書，〈許孟容〉一書，〈貞符〉一篇，〈自儆賦〉一篇，可見其於韓、柳二公有癖嗜也。[3]

具體臚舉《新唐書》採錄韓愈、柳宗元（773-819）古文入傳的篇目，證明《新唐書》確實喜用韓、柳文。不過，趙翼談論範圍限定在「古文」，先說「歐、宋二公，皆尚韓柳古文」，接著特別標舉宋祁以修史爲根本，選擇韓柳文可入史的篇章，趙翼眼中的宋祁似乎是以史料保存價值爲依準觀看、採用韓柳古文，與個人審美好惡或文學趨向關聯不大。楊家駱（1912-1991）則指出：

> 又書中多採韓、柳古文入傳，除〈韓愈傳〉載〈進學解〉、〈諫佛骨表〉、〈潮州謝表〉、〈祭鱷魚文〉外，〈吳元濟傳〉載〈平淮西碑文〉，〈張籍傳〉載〈答

2　宋·歐陽脩著，李逸安點校：〈記舊本韓文後〉，《歐陽修全集》（北京：中華書局，2001 年），卷 73，頁 1056-1057。

3　清·趙翼著，王樹民校注：《廿二史劄記》（北京：中華書局，1984 年），卷 18，頁 381。

籍〉一書，〈孔戣傳〉載〈請勿聽致仕〉一疏，〈陳京傳〉載〈禘祫議〉，〈李
勃傳〉載愈所與書，〈甄濟傳〉載〈答元微之書〉，〈忠義傳〉載〈張中丞傳後
序〉，〈孝友傳〉載〈復仇議〉。〈柳宗元傳〉載〈與蕭俛書〉、〈許孟容書〉、
〈貞符自儆賦〉，〈段秀實傳〉載〈段太尉逸事狀〉，〈孝友傳〉載〈駁復仇議〉、
〈孝門銘〉，〈宗室傳〉載〈封建論〉。文有載而當者，亦有以其喜古文而列入
者。[4]

增記《新唐書》採錄韓愈、柳宗元古文入傳的篇目，其中援引韓文的數量又較柳文爲多，
似乎顯示：在宋祁心中，韓文價值高於柳文。對於這樣的現象，晚近陸續有學者進一步
研究檢證，[5]或是以新、舊《唐書》〈韓愈傳〉爲焦點，探討其間異同，或是比較韓柳
古文在新、舊《唐書》的引用情形，都已觸及宋祁對於韓愈的接受狀況。

　　雖然如此，但關於宋祁對韓愈的接受議題仍然還有待開發的空間。宋祁自受命編修
《新唐書》後，歷經多年苦心撰著，終於完成，原初趙槩（998-1083）、余靖（1000-1064）
都參與其事，但「刊修未幾，諸人皆以故去，獨景文下筆」[6]，後來歐陽脩、梅堯臣
（1002-1060）等人陸續加入，而宋祁即使外貶成都，仍隨身攜帶《新唐書》刊修，[7]從
「精思十餘年」，[8]「宋公於《列傳》亦功深者，爲日且久」[9]，不難看出，宋祁確實投
注相當多心力，將《新唐書》當作一生重要志業般地審愼編寫。

4　氏著：《二十五史識語》（臺北：鼎文書局，1980 年），〈新唐書述要〉，頁 344。
5　如：梁承根：《兩《唐書》文人傳之比較》（南京：南京大學博士論文，1997 年，72 頁）、郝至祥：
　　《兩《唐書》書法暨筆法比較研究——兼論《新唐書》闢佛刪史》（臺中：逢甲大學中國文學系碩
　　士論文，2001 年，234 頁）、余歷雄：《兩《唐書》采摭韓愈古文之研究》（南京：南京大學博士論
　　文，2004 年，77 頁）、錢忠平：《《新唐書》文學批評研究》（金華：浙江師範大學碩士論文，2007
　　年，49 頁）、唐鳳霞：《《新唐書》的編纂及其學術成就》（合肥：安徽大學碩士論文，2006 年，57
　　頁）、邢香菊：《《新唐書·文藝傳》研究》（石家莊：河北師範大學碩士論文，2007 年，72 頁）、
　　譚瓊：《兩《唐書》文學批評比較研究》（汕頭：汕頭大學碩士論文，2008 年，49 頁）。
6　宋·葉夢得：《石林燕語》，收錄於《全宋筆記》（鄭州：大象出版社，2006 年，第二編），卷 4，
　　頁 55。
7　宋·魏泰：《東軒筆錄》，收錄於《全宋筆記》（鄭州：大象出版社，2006，第二編），卷 15，頁 171。
8　宋·宋祁：《宋景文公筆記》，收錄於《全宋筆記》（鄭州：大象出版社，2003 年，第一編），卷上，
　　頁 47。

這種情形下，宋祁好採韓柳文入傳必然有他堅持的理由。身爲《新唐書》撰寫者，宋祁代表的是官方省視前朝歷史的立場，尤其歷經五代戰亂後，宋人急欲重建秩序，回復文化，宋祁在《新唐書》顯現的取捨極可能與當時朝廷態度、士人群體想法接近，藉由宋祁在《新唐書》中透露的韓愈接受，可以從另一側面明瞭北宋中期對韓愈接受的官方情形。現今的《新唐書》列傳研究有助於我們對這方面的理解，但仍有部分疑問有待解決，例如，梁肅（753-793）其人其事在新舊《唐書》的呈現大有不同，中間有無深意？宋祁採寫韓柳文入傳的確實狀況爲何？都是有意思的課題。

公領域的任務外，宋祁同時也是位勤於著述、極具己見的文人，[10]在他個人閱讀詩文、創作過程中，不免也有從自我文學角度觀看前人的經驗，在衆多文人中，宋祁對於韓愈的定位是什麼？觀察書寫的角度是什麼？都還有探討價值。更重要的是，宋祁的觀看不僅僅只是他個人如何觀看過去，也可能因爲他的影響力而提供時人更多參考，更可能影響後代評價，所以宋祁的接受在當時、後世發揮什麼樣的作用？是否具備「第一讀者」[11]的性質？都應探究。

此外，宋祁與其兄宋庠（996-1066）均曾校注韓愈文章，有校本傳行於宋代，洪興祖（1090-1155）、謝克家（?-1134）、文讜（?-?）、朱熹（1130-1200）、方崧卿（1135-1194）

9　清·潘永因：〈雅量〉「歐陽公於修唐書」條，《宋稗類鈔》，收錄於《筆記小說大觀》（臺北：新興出版社，1984 年，第三十六編，冊 8），卷 3，頁 21。

10　宋祁著述豐富，宋代刊刻編集的《景文集》共有二百卷、一百五十卷、一百卷、七十八卷四本，但當時即有所散佚（參見祝尚書：《宋人別集敘錄》，北京：中華書局，1999 年，頁 116-121），另可能撰有《雞跖集》20 卷（詳見王河、真理：《宋代佚著輯考》，南昌：江西人民出版社，2003 年，頁 118-128），作品極多。

11　關於「第一讀者」，接受史研究中常會提及，姚斯認為「第一個讀者的理解將在一代又一代的接受之鏈上被充實和豐富，一部作品的歷史意義就是在這過程中得以確定，它的審美價值也是在這過程中得以證實。」（氏著：《接受美學與接受理論》，瀋陽：遼寧人民出版社，1987 年，頁 25）。陳文忠更明確具體地指出：「所謂接受史上的『第一讀者』，是指以其獨到的見解和精闢的闡釋，爲作家作品開創接受史、奠定接受基礎、甚至指引接受方向的那位特殊讀者；從此，這位『第一讀者』的理解和闡釋，便受到一代又一代讀者的重視，并在一代又一代的接受之鏈上被充實和豐富。」（氏著：《中國古典詩歌接受史研究》，合肥：安徽大學出版社，1998 年，頁 64）。不過，所謂「被充實和豐富」未必都是正面的承繼接受，只要是針對這位讀者所提出見解而衍伸的討論應當都算是「被充實和豐富」，因爲他第一個發現、提出具有討論價值的觀點，重要性自然不可小覷。

等韓文重要校注者都曾引用其中資料，[12]《新唐書》資料為眾家所採錄引校的不在少數，[13] 評論韓愈「新語」意見也被多家詩話引用，這些都是可以再細部探討的問題。

為了方便觀察宋祁接受韓愈的面向，擴大研究範圍，本文不以《新唐書》文章為主，而以分類方式研析其間涉及的課題。

二、重視語意創新

宋祁論及韓愈的意見，除《新唐書》外，《宋景文公筆記》共留存五條紀錄，其中最值得注意的是宋祁回顧求學為文歷程及個人體悟的一段文字，說道：

> 余少為學，本無師友，家苦貧，無書，習作詩賦，未始有志立名於當世也。願計
> 粟米養親，紹家閥耳。年二十四而以文投故宰相夏公，公奇之，以為必取甲科，
> 吾亦不知果是歟！天聖甲子從鄉貢試禮部，故龍圖學士劉公嘆所試辭賦，大稱之
> 朝，以為諸生冠。吾始重自淬礪，力於學，模寫有名士文章，諸儒頗稱以為是。
> 年過五十，被詔作《唐書》，精思十餘年，盡見前世諸著，乃悟文章之難也。雖
> 悟於心，又求之古人，始得其崖略。因取視五十以前所為文，赧然汗下，知未嘗
> 得作者藩籬，而所效皆糟粕芻狗矣。文章必自名一家，然後可以傳不朽。若體規
> 畫圓，準方作矩，終為人之臣僕。古人識屋下作屋，信然。陸機曰：「謝朝華於
> 已披，啟夕秀於未振。」韓愈曰：「惟陳言之務去。」此乃為文之要。「五經」
> 皆不同體，孔子沒後，百家奮興，類不相沿，是前人皆得此旨。嗚呼！吾亦悟之
> 晚矣，雖然若天假吾年，猶冀老而成云。[14]

陳明年少為學習作詩賦原初僅是為了獲取養親資財，從未希求藉此立名於當世，自宰相夏竦（985-1051）、龍圖學士劉筠（971-1031）相繼另眼相待，稱譽不已後，宋祁才受

12　參見劉真倫：《韓愈集宋元傳本研究》（北京：中國社會科學出版社，2004 年），頁 237-239 及頁
　　439-440。

13　同前註，頁 389。

14　同註 8。

到激勵而自覺性地模寫名士文章，以求有所成就。但直到奉詔修撰《唐書》，廣閱前世著作方才體悟爲文眞義。

　　接著，宋祁以論斷方式展現個人意見，認爲文章必得具有自我獨特面貌，才能不朽傳誦，再從反面陳述如果只是模倣前人，因循舊規，終究淪爲他人臣僕而無法自立，甚至引古人「屋下作屋」譏言，加強一己意見的說服力。

　　順著援引古人言詞的論述方式與脈絡，宋祁更進一步標舉陸機（261-303）、韓愈謝華啓秀、陳言務去的理念作爲標竿，強調是「爲文之要」，顯示宋祁絕未將書寫文章視爲壯夫不爲的雕蟲小技，反而追求久傳後世的可能，「五經皆不同體」、「百家奮興，類不相沿」印證宋祁想法確爲諸多前人奉行的眞理。

　　而在浩瀚文人中，宋祁特別標引陸機、韓愈言論，正顯示他對二人理念的認同，陳言務去是要自名一家的必備條件。這段話雖然是以筆記方式記錄，好像不如專篇文章論證嚴謹，但宋祁縷述個人爲學習文的歷程與心情，懇切眞摯，別具動人力量。

　　所謂「陳言務去」，除了堅持陳濫文詞的汰除刪芟外，必然也會涉及文意的新創開拓，宋祁爲趙湘（959-993）文集題序時，曾經藉由與近世詩人的倣擬比較凸顯趙氏貢獻，說道：

> 大抵近世之詩多師祖前人，不丐奇博于少陵，蕭散于摩詰，則肖貌樂天，祖長江而摹許昌也，故陳言舊辭未讀而先厭。若叔靈不傍古，不緣今，獨行太虛，探出新意，其無謝一家者歟。[15]

宋祁闡述文學觀念時，總是習慣將目光游肆於歷史長河之中，縱覽古往今來文人表現，尋覓適合作爲例證的對象，以加強論述信服度，也使人們易於理解接受。如本篇序文先是有感於近世詩人師祖前人而不知變通的現象，繼而指明詩人摹倣對象與面向，透露當時詩壇風貌，雖然杜甫（712-770）、王維（700-761）、白居易（772-846）、賈島（779-843）、薛能（?-880）等人都普受歡迎，但當千人一律時，難免充斥陳言舊辭而不具各自特色。

15　〈南陽集序〉，《全宋文》（曾棗莊、劉琳主編，上海：上海辭書出版社、合肥：安徽教育出版社，2006 年），卷 515，頁 654。

在這種倣擬風氣盛行的氛圍裡，趙湘能夠不傍古緣今而設法探求開創新意，自然能自成一家，得到宋祁推重。

杜甫、王維、白居易幾人不只是當時詩人擇選的典範人物，也是文學史上公認的上乘詩人，後學者的作品所以讓人未讀先厭，顯然問題不在於他們學習的對象，而在於學習的方法與結果，因為後學單從字句等表面層次認識杜、王諸人，只得其貌而未得其神，因而不具自我面目。賈島、薛能文學地位雖不及杜甫三人，但文名均曾顯揚一時，[16]作詩重視鍛鍊精到與避陳出新，[17]符合宋初希慕擺落唐人陰影，另覓蹊徑風尚。相較之下，

16　如宋·洪邁《容齋隨筆·三筆》載：「唐昭宗光化三年十二月，左補闕韋莊奏：『詞人才子，時有遺賢，不霑一命於聖明，沒作千年之恨骨。據臣所知，則有李賀、皇甫松、李羣玉、陸龜蒙、趙光遠、溫庭筠、劉德仁、陸逵、傅錫、平曾、賈島、劉稚珪、羅鄴、方干，俱無顯遇，皆有奇才，麗句清詞，遍在詞人之口，銜冤抱恨，竟為冥路之塵。伏望追賜進士及第，各贈補闕、拾遺。』」見是書（上海：上海古籍出版社，1678 年），卷 7，「唐昭宗恤錄儒士」，頁 501。

17　賈島向以「苦吟」為人熟知，《新唐書》載：「來東都，時洛陽令禁僧午後不得出，島為詩自傷。愈憐之，因教其為文，遂去浮屠，舉進士。當其苦吟，雖逢值公卿貴人，皆不之覺也。一日見京兆尹，跨驢不避，譴詰之，久乃得釋。」見是書卷 101，〈賈島傳〉，頁 5268。朱熹訓勉門人時則云：「今人做一件事，沒緊要底事，也著心去做，方始會成，如何悠悠會做事！且如好寫字底人，念念在此，則所見之物，無非是寫字底道理。又如賈島學作詩，只思『推敲』兩字，在驢上坐，把手作推敲勢。大尹出，有許多車馬人從，渠來不見，不覺犯了節。只此『推敲』二字，計甚利害？他直得恁地用力，所以後來做得詩來極是精高。」（見《朱子語類》，宋·黎靖德編，王星賢點校，北京：中華書局，1986 年，卷 121，〈訓門人九〉，頁 2924。）賈島作詩苦心精詣以至有成情形可見一斑。

　　薛能〈自諷〉詩表白：「千題萬詠過三旬，忘食貪魔作瘦人。行處便吟君莫笑，就中詩病不任春。」（《全唐詩》，北京：中華書局，1985 年，卷 561，頁 6510）並曾賦寫十首〈折柳〉詩，序文云：「此曲盛傳，為詞者甚眾，文人才子，各衒其能，莫不條似舞腰，葉如眉翠，出口皆然，頗為陳熟，能專於詩律，不愛隨人，搜難抉新，誓脫常態，雖欲弗伐，知音舍諸。」（〈折柳十首·序〉，《全唐詩》，卷 561，頁 6518），批判文人賦詠楊柳之詞語常淪於陳熟，自負一己乃專於詩律之人，故不愛隨人，而力求搜難抉新，誓脫常態，觀其自作所云：「高出軍營遠映橋，賊兵曾斫火曾燒。風流性在終難改，依舊春來萬萬條。」（〈柳枝四首〉其四，《全唐詩》，卷 561，頁 6519）確實有別於一般折柳送別、「條似舞腰，葉如眉翠」文句，雖然洪邁嘗議薛能「格調不能高，而妄自尊大」（《容齋隨筆》，卷 7，「薛能詩」，頁 95），沈括也有：「薛許昌答書生贈詩，『百首如一首，卷初如卷終』，譏其不能變態也。大抵屑屑較量屬句平勻，不免氣骨寒局。殊不知詩家要當有情致抑揚高下，使氣宏拔，快字凌紙。又用事能破觚為圓，剗剛成柔，始為有功者，昔人所謂縛虎手也。」（宋·江少虞：《宋朝事實類苑》，上海：上海古籍出版社，1981 年，卷 39，「詩有變態」條，頁

趙湘敢於拋棄潮流，追求「獨行」，衝越既存藩籬，探求新意，才能卓然自成一家。可見宋祁是意、詞兼重，甚至，只有新意的引導領率，才能避除陳言舊辭而有嶄新文句的產生。

稍後於宋祁的王石安（1021-1086）曾感歎：「世間好語言，已被老杜道盡；世間俗語言，已被樂天道盡」[18]，生於光芒萬丈的唐代詩文高峰之後，宋人的確深刻感受「開闢眞難爲」的壓力，宋祁身爲具有高度自覺的文人，自然不願陳陳相因，落入俗套窠臼之中，所以會一再稱許韓愈「造端置辭」「不襲蹈前人」[19]、「刊落陳言」[20]，甚至具體引述「新語」例子，說道：

> 柳子厚云：「嘻笑之怒，甚於裂眥；長歌之音，過於慟哭」劉夢得云：「駭機一發，浮謗如川」信文之險語。韓退之云：「婦順夫旨，子嚴父詔」，又云：「耕於寬閑之野，釣於寂寞之濱」，又云：「持被入直三省丁寧顧婢子語，刺刺不得休」，此等皆新語也。[21]

文中例句分爲二種，一爲險語，一爲新語，柳宗元文字出自〈對賀者〉[22]，原文恐作「嘻笑之怒，甚乎裂眥；長歌之哀，過乎慟哭」[23]，乃是柳宗元因罪貶放永州，京師來客本想寬慰柳宗元，沒想到柳宗元看來浩浩然，通達無所哀戚，透過主客對話，柳宗元自白：「嘻笑之怒，甚乎裂眥，長歌之哀，過乎慟哭。庸詎知吾之浩浩非戚戚之尤者乎？」[24]可知柳宗元其實心中悲傷莫名，但他不以常人裂眥慟哭的直截方式表露情緒，反而以嘻

508）批評，但無論宋人是否欣賞、贊同薛能意見與作品，就上引資料看來，薛能確實頗具創新意識。

18　宋·陳輔：《陳輔之詩話》，收錄於《宋詩話輯佚》（臺北：華正書局，1981 年），頁 291。

19　宋·歐陽脩、宋祁：《新唐書》（北京：中華書局，2003 年），卷 176，〈韓愈傳〉，頁 5265。

20　《新唐書》，卷 176，〈韓愈傳·贊〉，頁 5269。

21　《宋景文公筆記》，卷中，頁 58。

22　唐·柳宗元：《柳宗元集》（北京：中華書局，2000 年），卷 14，頁 361-362。

23　同前註，頁 362。

24　同前註。

笑長歌面貌應對世人，這其實是一種「大痛無聲者也」[25]的表現，馮時可（1541?-1621?）分析：

> 柳子厚「嘻笑之怒，甚於裂眦」，或云當作「嘻笑之譏」，今人謗人或嘻或笑，若有意若無意，乃其恨深而媚之甚者也。若裂眦之罵出自直發，此之謂怒，豈甚仇哉？譬如風焉，披雲飛石，捲水傾木，而無傷於人之血脈；隙穴之風，毛髮不搖，及中肌膚，以爲深疾。噫嘻！今之爲隙穴風者亦多矣！劉禹錫云：「駭機一發，浮謗如川」二子皆身處妬媚之間，故其言有味如此。[26]

舉當時謗人者用或嘻或笑方式表現恨意的例子，說明柳宗元、劉禹錫（772-842）二人身處妬媚之間，所以能體會細微，發而爲語才能有味如此。對於柳、劉二人的心理狀態抉析精微，因此「嘻笑之怒」、「長歌之音」極可能也是柳宗元爲了自我保護所採取的策略之一，他所書寫的「險語」絕不是爲文造情下刻意創造的，而是眞實情形的紀錄，可見仍是以意領語。

劉禹錫「駭機一發，浮謗如川」出自他致書李吉甫（758-814），自述因「昧於周身，措足危地」，以致遭遇「駭機一發，浮謗如川；巧言奇中，別白無路」處境，[27]「駭機一發」、「浮謗如川」可能都是劉禹錫運用典故後自行重組新創的語詞，[28]除了能恰

---

25 宋・黃震：《黃氏日抄》（臺北：大化書局，1984年，據日本立命館大學圖書館藏書影印），卷60，頁682。

26 氏著：《雨航雜錄》卷上，收錄於《叢書集成新編》（臺北：新文豐出版公司，1985年），冊88，頁427-428。

27 見〈上淮南李相公啟〉，唐・劉禹錫著，陶敏、陶紅雨校注：《劉禹錫全集編年校注》（長沙：岳麓書社，2003年），卷14，頁928。

28 《後漢書》載：「嵩既破黃巾，威震天下，而朝政日亂，海內虛困。故信都令漢陽閻忠干說嵩曰：『難得而易失者，時也；時至不旋踵者，幾也。故聖人順時以動，智者因幾以發。今將軍遭難得之運，蹈易駭之機，而踐運不撫，臨機不發，將何以保大名乎？』」（見是書，北京：中華書局，1997年，卷71・〈皇甫嵩朱儁列傳〉，頁2302。）　西晉・張華〈女史箴〉云：「道罔隆而不殺，物無盛而不衰；日中則昃，月滿則虧。崇猶塵積，替若駭機」。（收於清・嚴可均輯：《全晉文》，北京：商務印書館，1999年，頁606。）《國語》載：「厲王虐，國人謗王。邵公告曰：『民不堪命矣！』王怒，得巫，使監謗者。以告，則殺之。國人莫敢言，道路以目。王喜，告邵公曰：『吾能弭謗矣，乃不敢言。』邵公曰：『是障之也，防民之口，甚於防川。川壅而潰，傷人必多，民亦如

如其份地刻劃外在環境的險惡可怕，「浮謗」更是明示謗言由來無根，卻如河川般漂散各地，源源不絕，具象描述謗言之流竄傷人，用語生動靈活，別具特色。常人絕少會想到以「浮如川」的方式形容謗言，劉禹錫此處比擬較為奇險，但就書贈對象與文意看來，劉禹錫應是確實感受到謗言的流播樣態如川行一般，才會創發上引文句，「意」、「語」仍是分不開的。

相較於柳、劉二人各引一例的「險語」，宋祁連續載錄三段韓愈「新語」的例子，似乎顯示韓愈語言新創表現較前二人豐富。為明三人異同，我們不妨一一檢視韓愈三例的情形，「婦順夫旨，子嚴父詔」出自〈柳州羅池廟碑〉[29]，追敘柳宗元擔任柳州刺史時教化百姓的仁政，首段的「茲土雖遠京師，吾等亦天氓」語序、邏輯異於常規，讓人誦讀之際不得不放慢速度，沉吟其間，接著帶出柳宗元教化成果：

> 凡令之期，民勸趨之，無有後先，必以其時。於是民業有經，公無負租；流通四歸，樂生興事。宅有新屋，步有新船。池園潔修，豬牛鴨雞，肥大蕃息。子嚴父詔，婦順夫旨。嫁娶葬送，各有條法。出相弟長，入相慈孝。先時民貧，以男女相質，久不得贖，盡沒為隸。我侯之至，按國之故，以傭除本，悉奪歸之。[30]

大段以四字句陳述當地情景，使語氣較為平穩舒緩，增添典重氣韻，雖然大抵二句為一組，且逐漸對仗工切，但「子嚴父詔」前刻意為三句一組，易除之前「宅有新屋，步有新船」對仗修辭，改為較錯落文句，直到「子嚴父詔，婦順夫指」不但上下對仗，且每句一、三取人倫名詞文字相對，為了強調人民歸順情形，韓愈可能化用《莊子》、商湯嫁妹典故而將尋常父子夫婦語序對調，[31]凡此種種都造成文句的陌生新鮮，殊異化結果自然呈現韓愈獨創的「新語」。

之。是故為川者決之使導，為民者宣之使言。」」（《國語·周語上》，上海：上海古籍出版社，1988年，頁9。）

29 羅聯添編：《韓愈古文校注彙輯》（臺北：國立編譯館，2003年），卷7，頁2440-2475。

30 《韓愈古文校注彙輯》，卷7，頁2440。

31 《莊子·盜跖》：云「夫為人父者，必能詔其子；為人兄者，必能教其弟。」（清·郭慶藩注，王孝魚整理：《莊子集釋》，臺北：木鐸出版社，1983年，頁991）商湯〈嫁妹辭〉曰：「無以天子之尊而乘諸侯，無以天子之富而驕諸侯。陰之從陽，女之順夫，本天地之義也。往事爾夫，必以禮

　　韓愈這段文字的書寫樣貌必定是經過審慎思考設計的，以「先時民貧，以男女相質，久不得贖，盡沒爲隸。我侯之至，按國之故，以傭除本，悉奪歸之」爲參照組，我們可以看到〈柳子厚墓誌銘〉中有類似文詞與意涵，那段文字寫法是：

> 其俗以男女質錢，約不時贖，子本相侔，則沒爲奴婢。子厚與設方計，悉令贖歸。其尤貧力不能者，令書其傭，足相當，則使歸其質。[32]

文字長短不一，變化多致，純以氣貫串其中，是相當暢達的散文句式，相較之下，〈柳州羅池廟碑〉便是有意濃縮爲四字句，以整鍊形式加強典重氣息，在這樣的創作心態下，新語的產生絕非意外。發現韓愈「子嚴父詔，婦順夫指」的新異外，宋祁也在精讀文本中擷取韓愈其他文詞優點，如〈回鶻傳〉記載：「頡利可汗之滅，塞隧空荒，夷男率其部稍東，保都尉犍山獨邏水之陰，遠京師纔三千里而贏，東室韋，西金山，南突厥，北瀚海，蓋古匈奴地也。」[33]「遠京師」便被宋祁援用。

　　第二例「耕於寬閑之野，釣於寂寞之濱」見於〈答崔立之書〉，韓愈三試吏部被黜後，崔斯立（?-?）贈書勸勉，韓愈則回信抒發內心悲憤，陳明抱負，全篇一氣直下，略無滯礙，末尾表述個人選擇時，提到：

> 方今天下風俗尚有未及於古者，邊境尚有被甲執兵者，主上不得怡，而宰相以爲憂。僕雖不賢，亦且潛究其得失，致之乎吾相，薦之乎吾君，上希卿大夫之位，下猶取一障而乘之。若都不可得，猶將耕於寬閑之野，釣於寂寞之濱，求國家之遺事，考賢人哲士之終始；作唐之一經，垂之於無窮，誅姦諛於既死，發潛德之幽光，二者將必有一可。[34]

先以長句營造奔放縱橫氣勢，三句須得連貫而讀，顯示作者心中時刻不能或忘的掛念，繼而明白說出「僕雖不賢」，文意上正可與前三句心情接續呼應，以下表白則摻雜對仗

義。」（清・嚴可均校輯：《全上古三代秦漢三國六朝文・全上古三代文》，北京：中華書局，1991年，卷1，頁14-1。）

32　《韓愈古文校注彙輯》，卷7，頁2596。

33　《新唐書》，卷217下，頁6135。

34　《韓愈古文校注彙輯》，卷3，頁704。

句兩兩呈現，無論「致之乎吾相，薦之乎吾君」、「耕於寬閒之野，釣於寂寞之濱」、「求國家之遺事，考賢人哲士之終始」、「誅姦諛於既死，發潛德之幽光」，意思都是相關的，二句接連而出頗有重複強調作用，可見是韓愈著意書寫結果。

　　全段用典不多，「取一障而乘之」可能是正用《史記》狄山乘障事，[35]而「耕於寬閒之野，釣於寂寞之濱」應是化用許由、呂尚典故。在韓愈之前，並沒有「耕於寬閒之野」或「釣於寂寞之濱」的說法，韓愈為許由耕於潁水之陽、箕山之下，[36]加上「寬閒」二字，以顯示他不受王位，隱退心情，因是據義履方，自我決定的生活，當然不會失落惆悵，反是寬閒自在。而呂尚在渭水之濱得識周文王之前，確是懷才不遇、窮困苦悶的，[37]韓愈為此事加上「寂寞」二字頗能貼切描繪當時呂尚形單影隻的身影與心情。

35　見是書（漢・司馬遷：《史記》，上海：上海古籍出版社，2003 年），卷 122，〈酷吏列傳・張湯〉，頁 2369，文云：「匈奴來請和親，羣臣議上前。博士狄山曰：『和親便。』上問其便，山曰：『兵者凶器，未易數動。高帝欲伐匈奴，大困平城，乃遂結和親。孝惠、高后時，天下安樂。及孝文帝欲事匈奴，北邊蕭然苦兵矣。孝景時，吳楚七國反，景帝往來兩宮閒，寒心者數月。吳楚已破，竟景帝不言兵，天下富實。今自陛下舉兵擊匈奴，中國以空虛，邊民大困貧。由此觀之，不如和親。』上問湯，湯曰：『此愚儒，無知。』狄山曰：『臣固愚忠，若御史大夫湯乃詐忠。…』于是上作色曰：『吾使生居一郡，能無使虜入盜乎？』曰：『不能。』曰：『居一縣？』對曰：『不能。』復曰：『居一障閒？』山自度辯窮且下吏，曰：『能。』于是上遣山乘鄣。至月餘，匈奴斬山頭而去。自是以後，羣臣震慴。」

36　西晉・皇甫謐《高士傳》卷上，〈許由〉載：「許由，字武仲，陽城槐里人也。為人據義履方，邪席不坐，邪膳不食。後隱於沛澤之中。堯讓天下於許由，曰：『日月出矣而爝火不息，其於光也不亦難乎！時雨降矣而猶浸灌，其於澤也不亦勞乎！夫子立而天下治，而我猶尸之，吾自視缺然，請致天下。』許由曰：『子治天下，天下既已治也，而我猶代子，吾將為名乎？名者，實之賓也，吾將為賓乎？鷦鷯巢於深林，不過一枝。偃鼠飲河，不過滿腹。歸休乎君，予無所用天下為。庖人雖不治庖，尸祝不越樽俎而代之矣！』不受而逃去。齧缺遇許由，曰：『子將奚之？』曰：『將逃堯。』曰：『奚謂邪？』曰：『夫堯知賢人之利天下也，而不知其賊天下也。夫唯外乎賢者知之矣！』由於是遁耕於中嶽潁水之陽，箕山之下，終身無經天下色。」可見許由近於道家思想，不慕榮利，不越樽代庖，且有所堅持，凡事據義履方，行遵正道的形貌。（見是書：《景印文淵閣四庫全書》，臺北：臺灣商務印書館，1986 年，史部傳記類，冊 448，頁 88。）

37　《史記》載：「呂尚蓋嘗窮困，年老矣，以漁釣奸周西伯。……或曰，太公博聞，嘗事紂。紂無道，去之。游說諸侯，無所遇，而卒西歸周西伯。或曰，呂尚處士，隱海濱。周西伯拘羑里，散宜生、閎夭素知而招呂尚。呂尚亦曰『吾聞西伯賢，又善養老，盍往焉。』」（是書卷 32，〈齊太公世家〉，頁 1197）《說苑》亦曰：「呂望年七十釣于渭渚，三日三夜魚無食者，望即忿，脫其衣冠。上有農

　　無論韓愈是藉「耕於寬閑之野，釣於寂寞之濱」「解嘲語」[38]「寫出胸中一段憤鬱」[39]，或只是以鋪排筆法強調個人抉擇，二句確實生鮮特異，頗能引發讀者誦詠之際新奇感受，從而特別關注作者用心。

　　或許也因韓愈創造的詞語新異適切，之後屢有文人加以援用或點化入詩文，[40]特別值得注意的是黃庭堅（1045-1105）〈宋喬年真贊〉云：

> 士之坎壈，以其智多。因坎壈以為師，用其多以見己。相遭於功名之會，圖像麒麟。獨行於寂寞之濱，照影溪壑。大者四時爾，小者風雨爾，豈真我哉。[41]

宋喬年（1047-1113）為宋庠孫兒，以父蔭任官，卻因事落魄二十年，官場幾度沉浮，[42]堪稱命運坎壈，其人雖不能詩，[43]但似擅書畫，[44]有創意，[45]黃庭堅將宋喬年叔祖宋祁

　　人者，古之異人，謂望曰：『子姑復釣，必細其綸，芳其餌，徐徐而投，無令魚駭。』望如其言，初下得鮒，次得鯉。刾魚腹得書，書文曰『呂望封於齊』。望知其異。」（《全上古三代秦漢三國六朝文·全漢文》，卷 39，〈劉向·五·說苑〉，頁 343-2）並可參看。

38　清·林紓：〈答崔立之書〉評語，《韓柳文研究法·韓文研究法》（臺北：廣文出版社，1964 年），頁 17。

39　錢基博：《韓愈志》（臺北：華正書局，1985 年），卷 6·《韓集籀讀錄》，頁 120。

40　如：王安石詩句「逝將收桑榆，邀子寂寞濱。」（宋·李壁注，李之亮點校補箋：《王荊公詩注補箋》，成都：巴蜀書社，2002 年，卷 8，頁 159）、〈答彭元發書〉（宋·李復：《潏水集》，卷 4，見《景印文淵閣四庫全書》，冊 1121，頁 33）、〈送徐天常入京序〉（元·陳高撰，鄭立于點校：《不繫舟漁集》，上海：上海古籍出版社，2005 年，卷 11，頁 129）、〈送柴紫材序〉（元·郝經：《陵川集》，卷 30，收於《景印文淵閣四庫全書》，臺北：臺灣商務印書館，1986 年，冊 1192，頁 329）等，其例略有一、二百則。

41　宋·黃庭堅著，劉琳、李勇先、王蓉貴點校：《黃庭堅全集》（成都：四川大學出版社，2001 年），冊 2，《正集》，卷 22，頁 565。

42　《宋史》載：「喬年用父蔭監市易，坐與倡女私及私役使失官，落拓二十年。女嫁蔡京子攸。京當國，始復起用。崇寧中，提舉開封縣鎮、府界常平，改提點京西北路刑獄。賜進士第，加集賢殿修撰、京畿轉運副使，進顯謨閣待制，為都轉運使，改開封尹，以龍圖閣學士知河南府。京罷相，諫議大夫毛注、御史中丞吳執中交擊之，貶保靜軍節度副使，蘄州安置。京復相，還舊官，知陳州。」見是書（臺北：鼎文書局，1980 年），卷 356，〈宋喬年傳〉，頁 11207-11208。

43　宋·洪邁：《容齋隨筆·四筆》載：「大觀初年，京師以元夕張燈開宴。時再復湟、鄯，徽宗賦詩賜羣臣，其領聯云：『午夜笙歌連海嶠，春風燈火過湟中。』席上和者皆莫及。開封尹宋喬年不能詩，

稱譽韓愈的「釣於寂寞之濱」加以轉化點用,再現宋喬年踽踽獨行,照影溪壑的清朗形跡,孤寂內心與仕途不遂情形貫串呂尚、韓愈而下,饒具深意。

此外,黃庭堅與摯友王鈜(?-?)、晏幾道(1038-1110)[46]相聚時,有感於三人臭味相似,[47]皆是「癡絕處,不減顧長康」[48],或因此而「仕宦連蹇」[49],不禁概言「二公老諧事,似解寂寞釣」[50],「寂寞釣」恐有將自身與呂尚、韓愈相比擬意涵,推想黃庭堅可能十分賞愛「釣於寂寞之濱」。筆記小說曾記載黃庭堅熟讀宋祁《新唐書》而文

密走介求援於其客周子雍。」見是書(上海:上海古籍出版社,1978年),卷2,「大觀元夕詩」則,頁636。

44 參見宋·蔡絛:《鐵圍山叢談》所載:「太上天縱雅尚,已著龍潛之時也。及即大位,於是酷意訪求天下法書圖畫。自崇寧始命宋喬年掌御前書畫所,喬年後罷去,而繼以米芾輩。」見是書(北京:中華書局,1997年),卷4,頁78。

45 《東京夢華錄》載:「大觀元年,宋喬年尹開封,迺於綵山中間高揭大牓,金字書曰:『大觀與民,同樂萬壽』綵山自是為故事。隨年號而揭之,蓋自宋尹始。」(宋·孟元老著,伊永文箋注:《東京夢華錄箋注》,北京:中華書局,2006年,卷6,「元宵」則,頁579),似可見出宋喬年不拘舊規,應時開創新意。

46 關於晏幾道生卒年,自來有各種不同說法,夏承燾訂為1030-1106,今人多從其說,涂木水:〈關於晏幾道的生卒年和排行〉(《文學遺產》,1997年第1期,頁107-108)則據晏殊二十九世孫主修之《東南晏氏重修宗譜》,確立其生年為宋仁宗寶元元年(1038),卒年為徽宗大觀四年(1110),說法可取。

47 宋·黃庭堅詩云:「對酒誠獨難,論詩良不易。人生如草木,臭味要相似」,見〈自咸平至太康鞍馬間得十小詩寄懷晏叔原并問王稚川行李鵝兒黃似酒對酒愛新鵝此他日醉時與叔原所詠因以為韻〉,《黃庭堅全集·外集》,卷11,頁1123。

48 宋·黃庭堅:〈次韻答叔原會寂照房呈稚川〉,《黃庭堅全集·外集》,卷2,頁889。

49 宋·黃庭堅:〈小山集序〉評述晏幾道:「固人英也。其癡亦自絕人,……仕宦連蹇而不能一傍貴人之門,是一癡也;論文自有體而不肯一作新進士語,此又一癡也;費貲千百萬,家人寒饑而面有孺子之色,此又一癡也;人百負之而不恨,己信其終不疑其欺己,此又一癡也。」(《黃庭堅全集·正集》,卷15,頁413)但以二人情誼及黃庭堅自身際遇觀察,或也有幾分夫子自道意味。

50 〈次韻叔原會寂照房〉,《黃庭堅全集·外集》,卷2,頁891。全詩云:「風雨思齊詩,草木怨楚調。本無心擊排,勝日用歌嘯。僧窗茶煙底,清絕對二妙。俱含萬里情,雪梅開嶺徼。我慚風味淺,砌莎慕松蔦。中朝盛人物,誰與開顏笑。二公老諧事,似解寂寞釣。對之空歎嗟,樓閣重晚照。」

章日進的故事，[51]「寂寞釣」或許正可作爲黃庭堅自宋祁處領受文章技法的參證之一，而這也證明了宋祁眼光獨到及他對韓愈接受史的貢獻。

第三例「持被入直三省丁寧顧婢子語，刺刺不得休」，見於〈送殷員外序〉[52]，描寫殷侑（767-838）受命出使回鶻前，「出門悒悒，有離別可憐之色」，甚至「持被入直三省，丁寧顧婢子語，刺刺不得休」，[53]「刺刺」或作「剌剌」，[54]二者意義、聲韻不同，「剌剌」多指風聲、拍擊、破裂聲，如「去程風剌剌，別夜漏丁丁」[55]，如果用來形容殷侑叮嚀婢子言語，較爲戾躁洪亮，似乎與當時情境不合。「刺刺」曾見於《管子》、《晉書》[56]，但原意似乎與此處有所差別，潘岳（247-300）抨擊和嶠（?-292）

51　宋·朱弁：《曲洧舊聞》載：「古語云大匠不示人以璞，蓋恐人見其斧鑿痕跡也。黃魯直於相國寺得宋子京《唐史稿》一冊，歸而熟視之，自是文章日進。此無他，但見其竄易句字，與初造意不同，而識其用意所起故也。」孔凡禮點校：《曲洧舊聞》（北京：中華書局，2002 年），卷 4，頁 142。

52　《韓愈古文校注彙輯》，卷 4，頁 1360。

53　關於「持被入直三省丁寧顧婢子語」，現存韓集各版本文字、斷句不同，或作「持被入直三省，丁寧顧婢子語」，或作「持被入直，三省丁寧，顧婢子語」，文讜與方崧卿《韓集舉正》、魏仲舉編《五百家注昌黎先生集》皆曾提及宋祁「持」字作「襆」字事（見《韓愈古文校注彙輯》，卷 4，頁 1361），據文讜考辨，「當以襆爲正」，並引蘇軾〈次韻林子中春日詩〉「東都寄食似浮雲，（巾業）被真成一宿賓」，說明「（巾業）」與「襆」同。

54　今可查見之各版本韓愈文集多作「剌剌」，僅有南宋文讜詳注之《新刊經進詳補注昌黎先生文集》（《續修四庫全書》，上海：上海古籍出版社，2002 年，影印北京圖書館藏南宋蜀刻本，冊 1310，頁 644）與李漢編、祝充音註之《音註韓文公文集》（美國康乃爾大學圖書館藏文祿堂影印蕭山朱氏藏宋紹熙刻本）作「刺刺」。

55　唐·李商隱：〈送千牛李將軍赴闕五十韻〉，見朱懷春、曹光甫、高克勤標點：《李商隱全集》（上海：上海古籍出版社，1999 年），頁 19。

56　相關文本爲：「濟於舟者和於水矣，義於人者祥其神矣。事有適，而無適，若有適，觸解，不可解而後解。故善舉事者，國（人）莫知其解。爲善乎，毋提提，爲不善乎，將陷於刑。善不善，取信而止矣。若左若右，正中而已矣。縣乎日月無已也。愕愕者不以天下爲憂，刺刺者不以萬物爲筴，孰能棄刺刺而爲愕愕乎？」（《管子·白心》，見顏昌嶢著：《管子校釋》，長沙：岳麓書社，1996 年，頁 342-343）、「初，駿徵高士孫登，遺以布被。登載被於門，大呼曰：『斫斫剌剌。』旬日託疾詐死，及是，其言果驗。」（唐·房玄齡等著：《晉書》，北京：中華書局，1974 年，卷 40，〈楊駿傳〉，頁 1180）。

時所說「和嶠刺促不得休」，[57]文讞以「杜詩韓文無一字無來歷」爲由，認爲：「公語疑出此」[58]。「刺刺不得休」與「刺促不得休」文字雖類近，但潘岳所謂「刺促」較具勞苦不休、忙碌急迫意涵，似與韓文不同，而時代接近的權德輿（759-818）嘗有「廢業固相受，避嫌誠自私。徇吾刺促心，婉爾康莊姿」[59]、「〈九歌〉傷澤畔，怨思徒刺促」[60]語，王建（約767-830）也有「促促復刺刺，水中無魚山無石。少年雖嫁不將歸，白頭猶著父母衣」[61]，或許都是啓發韓愈化用新創來源。[62]

王士禛（1634-1711）曾贊揚宋祁用功甚深，詩歌「殆無一字無來歷」[63]，或許也正是基於這樣的創作心態，所以宋祁觀看韓愈時，自然對於他「無一字無來處」卻又能「點鐵成金」[64]的表現特別關注，也別具慧眼能加以抉發，肯定韓文「借事形容，曲盡文字之妙」[65]的成就。而這般觀看、接受角度勢得遍讀經籍，根柢深厚，才有敏銳洞察力覺見韓愈文字來處及轉變之新異軌轍，實是一般讀者難以採取的閱讀進路，也是宋祁獨特接受方式，他人難以企及。

57　事見《晉書》，卷55，〈潘岳傳〉，頁1502，文云：「岳才名冠世，爲眾所疾，遂栖遲十年。出爲河陽令，負其才而鬱鬱不得志。時尚書僕射山濤、領吏部王濟、裴楷等並爲帝所親遇，岳內非之，乃題閣道爲謠曰：『閣道東，有大牛。王濟鞅，裴楷鞧，和嶠刺促不得休。』」

58　轉引自《韓愈古文校注彙輯》，卷4，頁1362-1363。

59　〈送別沅汎〉，《全唐詩》，卷323，頁3634。

60　〈數名詩〉，《全唐詩》，卷327，頁3666。

61　〈促刺詞〉，《全唐詩》，卷298，頁3375。

62　李賀亦有「看見秋眉換深綠，二十男兒那刺促」（〈雜曲歌辭·浩歌〉，《全唐詩》，卷25，頁335）、「芒碭平百井，閑乘列千肆。刺促成紀人，好學鴟夷子」（〈昌谷詩〉，《全唐詩》，卷392，頁4423）二詩言及「刺促」，但因李賀生卒年約爲西元790-816，較韓愈年少22歲，韓愈受其影響可能性或許較小。

63　清·王士禛：《古夫于亭雜錄》（《清代史料筆記叢刊》，北京：中華書局，1988年），卷1，「宋祁詩」，頁19。

64　黃庭堅曾云：「老杜作詩，退之作文，無一字無來處，蓋後人讀書少，故謂韓杜自作此語耳。古之能爲文章者，眞能陶冶萬物，雖取古人之陳言入於翰墨，如靈丹一粒點鐵成金也。」（〈答洪駒父書三首〉，《黃庭堅全集·正集》，卷18，頁475）。

65　宋·黃震：《黃氏日鈔》（收入鍾肇鵬選編：《讀書記四種》，北京：北京圖書館，1998年），卷59，頁674。此則意見爲黃震評論〈送殷員外序〉「出門惘惘」、「刺刺不得休」一段文字之語。

　　前文曾論及「釣於寂寞之濱」、《新唐書》與黃庭堅的關聯，而所謂杜詩韓文「無一字無來處」之說廣為後人認同引用，是否也是黃庭堅受宋祁影響而獲致的觀看韓愈角度，雖因史料不足無法斷言，但宋祁評論開宋人風氣之先，應有不容忽視的關鍵作用。

　　綜合宋祁所舉三例，都可能是韓愈從古籍得來靈感，化用相關典故而創造嶄新語詞，又能貼切巧適地傳達作者所想表述的意涵、情景，與全篇渾融合一，柳宗元、劉禹錫詞語則因異於常規而讓讀者一眼就能窺見新變處，所以是「險語」而非「新語」。宋祁自己「好造語」[66]，且宋人重視「意新語工」[67]，但也常希望能達致「無法之法」[68]般自然無跡，韓愈「新語」便頗能符合此種期待。

　　關於韓、柳、劉三人，宋祁另有文字論道：

> 柳州為文，或取前人陳語用之，不及韓吏部卓然不朽，不丐於古，而語一出諸己。劉夢得巧於用事，故韓柳不加目品焉。[69]

明確贊揚韓愈「卓然不朽」，遠高出柳、劉二人之上，原因正是在於寫作時不丐於古，語詞一出諸己。此外，「新意」也是宋祁品評標準之一，所謂：

> 柳子厚〈正符〉、〈晉說〉雖模寫前人體裁，然自出新意，可謂文矣。劉夢得著〈天論〉三篇，理雖未極，其辭至矣。韓退之〈送窮文〉、〈進學解〉、〈毛穎傳〉、〈原道〉等諸篇，皆古人意思未到，可以名家矣。[70]

66　宋・葉夢得：《避暑錄話》（《宋元筆記小說大觀》本，上海：上海古籍出版社，2001 年），頁 2650。

67　宋・歐陽脩《六一詩話》載：「聖俞嘗語予曰：『詩家雖率意，而造語亦難。若意新語工，得前人所未道者，斯為善也。必能狀難寫之景，如在目前，含不盡之意，見於言外，然後為至矣。』」（《歐陽脩全集》，冊 5，卷 128，頁 1952）其內涵詳參拙著：《北宋詩學中的「寫意」課題》（臺北：國立臺灣大學出版委員會，1998 年），頁 81-114。

68　蘇軾〈跋王荊公書〉：「王荊公書得無法之法，然不可學，學之則無法。」（宋・蘇軾撰，明・茅維編，孔凡禮點校：《蘇軾文集》，北京：中華書局，2004 年，卷 69，頁 2179。）

69　《宋景文公筆記》，卷上，頁 48。

70　《宋景文公筆記》，卷中，頁 55-56。

舉出韓愈〈送窮文〉、〈進學解〉、〈毛穎傳〉、〈原道〉四篇文章，肯定皆爲古人意思未到的名家之作。唐代雖有「送窮」習俗，[71]但韓愈之前並未有人慎重其事特地撰寫文章資送窮鬼，尤以對答方式呈現主人、五鬼談話內容及五鬼失笑相顧情狀，生動怪奇，甚至有令人匪夷所思的效果，看似詼諧詭故，但又寓含「人生一世，其久幾何」的思悟，耐人玩味。黃庭堅雖說〈送窮文〉「蓋出於揚子雲〈逐貧賦〉，制度始終極相似」[72]，但也承認「〈逐貧賦〉文類俳，至退之亦諧戲，而語稍莊，文采過〈逐貧〉矣」[73]，且無論寫作技巧、文氣、內容深度，〈送窮文〉都遠出〈逐貧賦〉之上，[74]二篇仍是有所不同。最重要的是，〈送窮文〉在宋代或後世固然引發正反各種討論，但宋祁可能是第一位將該文從韓愈作品中特別標舉出來，發掘作者用心的異代知音。

　　〈進學解〉、〈毛穎傳〉，前人曾指出是因襲揚雄（53BC-18）〈解嘲〉、班固（32-92）〈答賓戲〉、袁淑（408-453）〈雞九錫文〉、〈驢山公九錫文〉、〈修竹彈甘蕉文〉而寫，雖是前有所承的戲倣之作，但韓愈以雄豪文筆書寫，賦予新意，仍有獨特風格。以〈進學解〉爲例，該篇或是韓愈「自以才高，累被擯黜」[75]，作以自喻之文，正如林雲銘（1628-1697）所言：

> 其格調雖本〈客難〉、〈解嘲〉、〈答賓戲〉諸篇，但諸篇都是自疏己長，此則把自家許多伎倆，許多抑鬱，盡數借他人口中說出，而自家卻以平心和氣處之。看來無嘆老嗟卑之跡，其實嘆老嗟卑之心，無有甚於此者，乃〈送窮〉之變體也。至其文，語語作金石聲，尤不易及。[76]

無論書寫筆法、寓意、重點都與前人有別，尤其文章表面並未流露絲毫嘆老嗟卑蹤跡，卻深藏嘆老嗟卑之心，層次豐富，欲言還休，更耐人尋繹。錢基博（1887-1957）評道：

71　南朝梁・宗懍：《荊楚歲時記》載：「正月晦日，送窮鬼。」（王毓榮注：《荊楚歲時記校注》，臺北：文津出版社，1988 年，頁 93。）

72　〈跋韓退之送窮文〉，《黃庭堅全集・別集》，卷 7，頁 1594。

73　同前註。

74　清・林紓便認爲：「〈逐貧賦〉，揚子與貧，但一問一答。〈送窮文〉則再問再答。文氣似厚，而所以描寫窮之真相，亦較揚文爲深刻，真神技也。」同註 38，頁 53。

75　後晉・劉昫等：《舊唐書》（北京：中華書局，2002 年），卷 160，〈韓愈傳〉，頁 4196。

76　清・林雲銘：〈進學解〉評語，《古文析義合編》（臺北：廣文書局，1965 年），上冊，卷 5，頁 247。

> 或謂：「〈進學解〉仿東方朔〈客難〉、揚雄〈解嘲〉，氣味之淵懿不及。」祇
> 是皮相之談。其實東方朔〈客難〉以「彼一時也，此一時也」柱意；揚雄〈解嘲〉
> 則結穴於「亦會其時之可爲也」一語，皆以時勢不同立論；而〈進學解〉則靠定
> 自身發揮，此命意之不同也。〈客難〉瑰邁宏放，猶是《國策》縱橫之餘；〈解
> 嘲〉鏗鏘鼓舞，則爲漢京詞賦之體；而〈進學解〉跌宕昭彰，乃開宋文爽朗之意，
> 此文格之不同也。所同者，則以主客之體，自警自解以抒憤鬱耳。[77]

剖析〈進學解〉與〈客難〉、〈解嘲〉命意、文格、筆法異同之處，確能具體闡明韓文
「超前而斷後」[78]成就，印證宋祁「古人意思未到」論述。

而〈毛穎傳〉文成後，時人便多「大笑以爲怪」[79]，柳宗元認爲韓愈是「窮古書，
好斯文，嘉穎之能盡其意，故奮而爲之傳，以發其鬱積，而學者得以勵。其有益於世歟！」
[80]加以崇揚，頗有對抗流俗，發明韓愈用心之意。全篇雖似史傳筆法，其實仍深具戲謔
意味，激勵學者、有益於世是否爲韓愈本意，或仍有商榷空間。

《舊唐書》批判〈毛穎傳〉「譏戲不近人情，此文章之甚紕繆者」[81]，並未能完全
掌握作者用意。《新唐書》雖未提及這篇文章，宋祁卻於筆記中肯定〈毛穎傳〉爲：「古
人意思未到，可以名家」，撇開道德判斷、政治作用而從文學層面討論，應較前引諸人
貼近韓愈創作心態。

《宋景文公筆記》中論及韓愈的記載共五則，前四則都側重在創新、自名一家的角
度，另一則資料則提到：

> 韓退之稱「孟軻醇乎醇者也」，至荀況、揚雄曰「大醇而小疵」。予以爲未之盡。孟
> 之學也，雖醇，於用緩；荀之學也，雖疵，於用切。揚則立言可矣，不近於用。[82]

77　同註 39，頁 121。

78　清·儲欣：《唐宋十大家全集錄·昌黎先生全集錄》，卷1，〈進學解〉，收入《四庫全書存目叢書》
　　（臺南：莊嚴文化公司，1977 年），冊 404，頁 274。

79　唐·柳宗元：〈讀韓愈所著〈毛穎傳〉後題〉，《柳宗元集》，頁 569。

80　同前註，頁 570-571。

81　《舊唐書》，卷 160，〈韓愈傳〉，頁 4204。

82　《宋景文公筆記》，卷中，頁 57。

並未討論文章作法或成就，而是對於韓愈評論孟軻（約 372BC-289BC）、荀況（約 313BC-238BC）、揚雄「醇」、「疵」問題發表異議，[83]宋祁關注焦點顯然在於「用」字，但並不因此否定「立言」價值。

綜結而言，宋祁在私領域對韓愈的觀看基本上是以「陳言務去」為重點，發現韓愈文章意、語新創處，這自是和當時文壇氛圍有關，考諸宋祁自身創作，他也十分重視創新，俞德鄰（1232-1293）追記道：

> 宋景文公常言為文之要：「意不貴異而貴新，事不貴僻而貴當，語不貴古而貴淳，字不貴怪而貴奇。」善夫！[84]

其中理念與宋祁文學觀念頗為吻合，宋人詩話也留有宋祁賦詩字斟句酌的紀錄，而無論詩歌、辭賦，宋祁作品都自具新貌，[85]或許正是基於這種因素，宋祁才會採取特定角度閱讀韓愈，從而一再彰顯韓愈自名一家的面向。

三、探求古文淵源

宋祁對韓愈的接受還可以從另一個層面考察，也就是他對梁肅與韓愈關係的認知，為了明瞭相關語脈，我們不妨先看看《舊唐書‧韓愈傳》是怎麼提到這件事的：

> 韓愈字退之，昌黎人。父仲卿，無名位。愈生三歲而孤，養於從父兄。愈自以孤子，幼刻苦學儒，不俟獎勵。大歷、貞元之間，文字多尚古學，效揚雄、董仲舒之述作，而獨孤及、梁肅最稱淵奧，儒林推重。愈從其徒遊，銳意鑽仰，欲自振於一代。洎舉進士，投文於公卿間，故相鄭餘慶頗為之延譽，由是知名於時。尋

---

83 韓愈相關文字見於〈讀荀〉，《韓愈古文校注彙輯》，卷 1，頁 202。

84 宋‧俞德鄰：《佩韋齋集》（《景印文淵閣四庫全書》，臺北：臺灣商務印書館，2003 年），冊 1189，卷 19，頁 152。

85 參見拙文：〈將飛更作回風舞——宋祁詩歌特色與宋詩發展之研究〉（《從風騷到戲曲——第一屆兩岸韻文學學術研討會論文集》，臺北：世新大學，2009 年，頁 187-213）、〈試論宋祁辭賦之創意書寫〉（《文學藝術與創意研發研究論文集》，臺北：里仁書局，2011 年，頁 167-201）。

登進士第。[86]

文章開篇先簡單交代韓愈姓字、里籍基本資料後，只以「無名位」三字介紹韓愈父親，不及其他先祖，反倒是對於「三歲而孤」之後的成長歷程與因此影響有所強調。

晚近心理學家多半同意，父親是男孩在家庭裡主要模倣效習的對象，但韓愈自小便缺乏父愛，伯兄韓會（738-780）又長年在外任官，艱苦的環境下，韓愈似乎只能將目光投注到書籍典冊中留存的巨大身影，尋覓可以引領他前進的燈塔。身為孤子，韓愈更得刻苦學習，才能企望有朝一日光耀門楣，而他所尋訪追慕的目標是以儒家為依歸，這樣的努力完全發自內心自我鞭策的動力，毋須外在名利勸誘。

劉昫（887-946）認為，大曆、貞元年間，學者崇尚古學，因而興起效法揚雄、董仲舒（179BC-104BC）述作的風潮，其中又以獨孤及（725-777）、梁肅最為淵雅深奧，普受儒林推重，韓愈極可能因此從其徒游，並著意鑽仰，以期能於當代有所作為。據此，韓愈古文淵源乃傳承自獨孤及、梁肅，而梁肅師事獨孤及，[87]三人之間一脈相承的脈絡看來十分明確清楚。

宋祁編寫《新唐書》〈韓愈傳〉時並未全然認同《舊唐書》的陳述，改易不少文字，如：

> 韓愈字退之，鄧州南陽人。七世祖茂，有功於後魏，封安定王。父仲卿，為武昌令，有美政，既去，縣人刻石頌德，終祕書郎。愈生三歲而孤，隨伯兄會貶官嶺表。會卒，嫂鄭鞠之。愈自知讀書，日記數千百言，比長，盡能通六經、百家學。擢進士第。[88]

86　《舊唐書》，卷 160，〈韓愈傳〉，頁 4195。

87　梁肅嘗編集獨孤及《常州集》，並撰寫後序（參見宋・陳振孫：《直齋書錄解題》，收於韋力編《古書題跋叢刊》冊 2，北京：學苑出版社，2009 年，卷 16，「獨孤常州集二十卷」條，頁 252），梁肅於序中自稱門下生，「頗述師承之意」（《直齋書錄解題》，卷 16，「梁補闕集二十卷」條，頁 252），而《新唐書・獨孤及傳》（北京：中華書局，2003 年，頁 4992）云：「（獨孤及）喜鑒拔後進，如梁肅、高參、崔元翰、陳京、唐次、齊抗皆師事之。」

88　《新唐書》，卷 176，〈韓愈傳〉，頁 5265。

將昌黎郡望寫法改成「鄧州南陽人」，較爲精確，再將先人中較具名望、貢獻的七世祖略加介紹，書明「有功」受封，《舊唐書》說「無名位」的韓父在《新唐書》裡爲官有美政，深受縣人愛戴，以至卸職後縣人刻石頌德。對於韓愈家世明顯著墨較多，有學者認爲這是爲了抬高韓愈出身，使他從貧寒之家變成王侯之後，[89]如果對照韓愈〈柳子厚墓誌銘〉首段記敘柳宗元先世筆法：

> 七世祖慶，爲拓跋魏侍中，封濟陰公。曾伯祖奭，爲唐宰相，與褚遂良、韓瑗俱得罪武后，死高宗朝。皇考諱鎭，以事母棄太常博士，求爲縣令江南。其後以不能媚權貴失御史，權貴人死，乃復拜侍御史，號爲剛直。[90]

不難發現，略有異曲同工之妙，二文都是自傳主七世祖寫起，都只毛舉幾位值得記述的先人，先人彼此行事作爲都有相同點，柳宗元父祖以「剛直」爲著，韓愈祖先則是對黎民蒼生、家國有功，絕非尸位素餐官員。雖然《新唐書》提到「封安定王」、「終祕書郎」，但宋祁目的恐不在於抬高韓愈出身，而是爲了與下文「隨伯兄會貶官嶺表。會卒，嫂鄭鞠之」對比，襯顯出韓愈家道中落，生活艱辛的景況，也爲後文「操行堅正，鯁言無所忌」[91]、「有愛在民，民生子多以其姓字之」[92]、禁袁人爲隸等種種事蹟作一伏筆。

家世敘述完畢後，宋祁接著以「愈自知讀書，日記數千百言，比長，盡能通六經、百家學。擢進士第」涵括韓愈求學歷程與趨向，在「三歲而孤」與「會卒」、「嫂鄭鞠之」後，所謂「自知讀書」更凸顯韓愈的孤立無援、奮發圖強。

《新唐書》裡的韓愈不再一以儒家爲宗尚，而是通六經、百家學，學問廣博，似如宋祁「學該九流」[93]、「博學能文章」[94]般，而宋祁曾感傷回憶自己：「稟生暗愚，少

89　參見盧荣：《韓柳文學綜論》（北京：學苑出版社，2006 年），頁 205、田恩銘：《兩《唐書》中的中唐文學家傳記研究》（西安：陝西師範大學博士論文，2008 年，217 頁），頁 149。

90　《韓愈古文校注彙輯》，冊 3，卷 7，頁 2579。

91　《新唐書》，卷 176，〈韓愈傳〉，頁 5255。

92　同前註。

93　宋·邵博：《邵氏聞見後錄》（《宋元筆記小說大觀》本，上海：上海古籍出版社，2001 年），卷 27，頁 402。

94　《東軒筆錄》，卷 15，頁 115。

小多病，十有三歲，慈母見損」[95]、「少爲學，本無師友，家苦貧無書」[96]，當他書寫韓愈的這段歷史時，不知是否曾在恍惚迷離之中照見自己的身影？

除了二人際遇的部分相似處外，《新唐書》裡最須重視的其實是關於韓愈古文淵源的一段紀錄全數被刪除，關於這部分的改動，學界似乎較爲忽略，田恩銘仔細比較後，認爲宋祁目的有二：

> 一是對獨孤及、梁肅的評價不高，尤其是他們的思想來源不夠純粹。二是宋祁欲樹立韓愈卓然獨立的大家風範，故而隱去了其追求功利的一面。[97]

「思想來源不夠純粹」指的大概是梁肅撰有《天台止觀統例》、《刪定止觀》二部佛學專著及二十四篇佛學文章，他是位佛教色彩濃厚的文人，甚至可能是佛學造就古文家梁肅，[98]但梁肅學問根柢卻是「貫極乎六籍，旁羅乎百氏，考太史公之實錄，又考老莊道家之言，皆覿其奧而觀其妙，立德玩詞以爲文。其所論載諷詠，法於《春秋》，協於〈謨〉、〈訓〉，〈大雅〉之疏達而信，〈頌〉之寬靜形焉。」[99]看來與韓愈未必有所衝突，學者聚焦於韓愈〈諫迎佛骨表〉中所表露的排佛形象，因此認定宋祁必會因爲獨孤及、梁肅信佛而隱諱不談三人關係，恐怕仍有考辨空間。

至於宋祁對獨孤及、梁肅評價，《新唐書》說到：「（獨孤及）喜鑒拔後進，如梁肅、高參、崔元翰、陳京、唐次、齊抗皆師事之。性孝友，其爲文彰明善惡，長於論議。」[100]又在〈文藝傳〉中專立一段書寫梁肅事蹟，[101]記載：「（蘇）源明雅善杜甫、鄭虔，其最稱者元結、梁肅」[102]、「（呂溫）從陸贄治春秋，梁肅爲文章」[103]，「評

95　〈祈福醮文〉，《全宋文》，卷 530，頁 185。

96　《宋景文筆記》卷上，頁 47。

97　《兩《唐書》中的中唐文學家傳記研究》，頁 150。

98　參見姜光斗：〈論梁肅的佛學造詣及其對唐代古文運動的貢獻〉《南通師範學院學報》（哲社版），1993 年 9 卷 2 期，1993 年），頁 18。

99　唐·崔元翰：〈右補闕翰林學士梁君墓誌〉，《全唐文》，卷 523，見《全唐文新編》（長春：吉林文史出版社，2000 年），頁 6107。

100　《新唐書》，卷 162，〈獨孤及傳〉，頁 4993。

101　《新唐書》，卷 202，〈文藝傳〉，頁 5774。

102　《新唐書》，卷 202，〈文藝傳〉，頁 5773。

價不高」情形似乎並不存在。

宋祁刪除梁肅相關文字,極可能是他並不相信韓愈曾經師從獨孤及、梁肅,文讜曾云:

> 舊史:公傳云大曆正元間,獨孤及梁肅為儒林推重,愈從其徒游,然及之死在大曆十二年,公時始十歲,尚及與之周旋耶?蓋謂從其徒梁肅游也。[104]

以獨孤及、韓愈年紀及活動年代推測韓愈不曾與獨孤及交游,《舊唐書》所記應僅限於梁肅,但韓愈詩文作品中提及梁肅的僅有〈與祠部陸員外書〉:

> 往者陸相公司貢士,考文章甚詳,愈時亦幸在得中,而未知陸之得人也。其後一二年,所與及第者,皆赫然有聲,原其所以,亦由梁補闕肅、王郎中礎佐之。梁舉八人,無有失者,其餘則王皆與謀焉。陸相之考文章甚詳也,待梁與王如此不疑也,梁與王舉人如此之當也,至今以為美談。自後主司不能信人,人亦無足信者,故蔑蔑無聞。[105]

文章主旨在討論主司信人取材事,並舉自身貞元八年(792)科考情形為例,說明陸贄(754-805)司貢士時信人不疑,梁肅、王礎(?-799)輔佐舉薦人材得當之美談,慨歎良風不再,希望陸傪(?-?)能效法前賢,繼續為國舉才。除此段資料外,韓愈並未曾言及他追隨梁肅學習古文一事,反而是《唐摭言》中的一段軼事廣為流傳,令人印象深刻:

> (唐)貞元中,李元賓、韓愈、李絳、崔羣同年進士,先是四君子定交久矣,共遊梁補闕之門;居三歲,肅未之面,而四賢造肅多矣,靡不偕行。肅異之,一日延接,觀等俱以文學為肅所稱,復獎以交遊之道。然肅素有人倫之鑒,觀、愈等既去,復止絳、羣,曰:「公等文行相契,他日皆振大名;然二君子位極人臣,

---

103 《新唐書》,卷160,〈呂溫傳〉,頁4967。

104 〈祕書少監贈絳州刺史獨孤府君墓誌銘〉注語,見《新刊經進詳註昌黎先生文集》,《續修四庫全書》(上海:上海古籍出版社,2002年),冊1310,頁66。

105 《韓愈古文校注彙輯》,卷3,頁902。

勉旃！勉旃！」後二賢果如所卜。[106]

文中記載韓愈、李觀（766-794）四人曾游於梁肅之門，有學者認爲其事在貞元六年（790），[107]王定保（870-941）錄載此則資料，重點可能在於凸顯梁肅人倫識鑒能力，而以韓愈諸人遊於門下事作爲輔證，李觀曾自云：「觀嘗以未名前，高見揄揚」，[108]學者認爲唐人及第艱難不易，所以會對座主獎拔感恩戴德，[109]梁肅與韓愈諸人雖非座主、門生關係，但依《唐摭言》所記，韓愈、李絳（764-830）、崔羣（772-832）應當也會對梁肅滿懷感激之情，但他們三人現存文章中並無隻字片語提及此事，似乎有些奇怪。五代孫光憲（900-968）《北夢瑣言》也曾有相關記載：

> 葆光子曰：唐代韓愈、柳宗元，泊李翱、李觀、皇甫湜數君子之文，陵轢荀、孟，穰秕顏、謝，其所宗仰者，唯梁浩補闕而已，乃諸人之龜鑑，而梁之聲采寂寂，豈《陽春白雪》之流乎。是知俗譽喧喧者，宜鑒其濫吹也。[110]

文中「梁浩」，據查唐代並無此人，可能是「梁肅」之誤。如比對《舊唐書》、《唐摭言》、《北夢瑣言》資料，可知五代時，已有韓愈諸人宗仰梁肅的觀念，但各書內容其實仍有不同，如《北夢瑣言》條舉宗仰梁肅文人時，便加入了柳宗元、李翱（772-841）、皇甫湜（777-835），究竟何者說法較爲可靠，或因彼此傳鈔而有異同，仍有待詳考。

現代學者幾乎都肯定《唐摭言》對於保存、研究唐代科舉制度卓具貢獻，[111]但他們卻忽略了一件重要的事：《唐摭言》內容是否都是眞實可信的？王定保自述：「寇亂

106　五代・王定保著，姜漢椿校注：《唐摭言》（上海：上海社會科學院出版社，2003 年），卷 7，頁 151。

107　如胡大浚、張春雯：〈梁肅年譜稿（下）〉（《甘肅社會科學》，1997 年第 1 期，頁 45-48）便將此事繫於貞元六年（見該文頁 47-48），蔣寅：〈梁肅年譜〉（收錄於氏著：《大曆詩人研究》，北京：北京大學出版社，2007 年，頁 526-552）、神田喜一郎：〈梁肅年譜〉（收錄於《東方學論集：東方學會創立 25 周年》，東京都：東方學會，1972 年，頁 259-274）則未載記此事。

108　唐・李觀：〈上梁補闕薦孟郊崔宏禮書〉，《全唐文新編》，卷 534，頁 6200。

109　紀昌和：《《唐摭言》研究》（上海：上海師範大學碩士論文，2006 年），頁 54。

110　是書收於《全宋筆記》，鄭州：大象出版社，2003 年，第一編，卷 6，「李磎行狀」條，頁 82。

111　近年兩岸都有關於《唐摭言》的學位論文，如：邱立玲：《《唐摭言》史料價值探微》（長春：吉林大學碩士論文，2005 年，90 頁）、紀昌和：《《唐摭言》研究》（上海：上海師範大學碩士論文，

中土，雖舊第太平里，而跡未嘗達京師，故治平盛事，罕得博聞」[112]，因爲未曾到過京師，《唐摭言》所錄存的內容便有可能不全都是採自第一手資料，有些也許是輾轉聽聞的小道消息或鄰里傳言，如「李洞」其人其事，吳在慶便詳加考證，斷定「王定保因同情李洞，因此依據傳聞記下『裴（贄）公無子』事」，提醒讀者須得對《唐摭言》之論述抱持較審愼態度。[113]

又如王勃（650?-676?）〈秋日登洪府滕王閣餞別序〉膾炙人口，《唐摭言》關於此事的記載更是爲人熟知，[114]無論王勃以十四歲神童之姿賦此不朽鉅作，或「落霞與孤鶩齊飛，秋水共長天一色」的技驚四座，都是後世文人傳誦不已的佳話。但宋祁編撰《新唐書·文藝傳》便不取王勃十四歲作文及孟學士之說，《唐才子傳》及蔣之翹（1596-1659）、高步瀛（1873-1940）都懷疑十四歲之說，[115]考諸各種資料，《唐摭言》此則記載較近於小說趣聞，可信度不高。而宋祁刪落王勃作文年紀及閻公女婿事，可見他當時便已懷疑《唐摭言》的眞實性。再如白居易拜謁顧況（727?-815?）事，[116]民間流傳甚廣，但也是穿鑿附會的傳聞而已，並非事實。

112　《唐摭言》，卷3，〈散序〉，頁46。

113　〈《唐摭言》、《唐才子傳》所記李洞事迹考〉，《周口師範學院學報》（2002年7月），第19卷第4期，頁25-30。

114　文云：「王勃著滕王閣序，時年十四，都督閻公不之信。勃雖在座，而閻公意屬子壻孟學士者為之，已宿構矣。及以紙筆巡讓賓客，勃不辭讓。公大怒，拂衣而起，專令人伺其下筆。第一報云：『南昌故郡，洪都新府。』公曰：『亦是老生常談！』又報云：『星分翼軫，地接衡廬。』公聞之，沈吟不言。又云：『落霞與孤鶩齊飛，秋水共長天一色。』公矍然而起，曰：『此真天才，當垂不朽矣！』遂亟請宴所，極歡而罷。」（《唐摭言》，卷5，〈以其人不稱才試而後驚〉，頁116。）

115　高步瀛選注：《唐宋文舉要》（上海：上海古籍出版社，1982年），冊下，乙編卷一，頁1171-1172。

116　文云：「白樂天初舉，名未振，以歌詩謁顧況。況謔之曰：『長安百物貴，居大不易。』及讀至〈賦得原上草送友人〉詩曰：『野火燒不盡，春風吹又生。』況嘆之曰：『有句如此，居天下有甚難！老夫前言戲之耳。』」（《唐摭言》，卷7，〈知己〉，頁152。）

（上方接續註腳）

2006年，101頁）、陶紹清：《《唐摭言》研究》（上海：復旦大學博士論文，2007年，265頁）、黃淑恩：《《唐摭言》研究——科舉制度下的士人風貌與心境》（臺北：政治大學國文教學碩士學位班碩士論文，2007年，138頁）。

因此，雖然《唐摭言》於宋代廣泛流傳，[117]但宋祁極可能已發現該書不能全信，經過一番考查探求，認定韓愈並未師從獨孤及、梁肅，因而刪除《舊唐書》關於韓愈古文淵源的一段文字，顯示宋祁對於韓愈相關史料的明辨慎思，他的處理也必然會影響後人研究韓愈的觀點。

四、校改文章字詞

接受史的研究，除了梳理後人對於某一文人作品的選錄、討論、模倣之外，對於文集的編修刊刻也是觀察面向之一，尤其宋代印刷方便普及，宋人對文獻整理較前人熱衷，也投入更多資源，成果豐碩。而文人的閱讀與欣賞常互為因果，因為閱讀。所以欣賞，也因為欣賞，所以閱讀。更會在閱讀之中有所發現，發現錯謬缺漏，所以校訂；發現佳文美句，所以編印。因為校訂編印，使得更多人能夠參與閱讀，無形中也就擴大了「接受」的廣度與深度。

李漢之後，韓愈文集便有諸多刊印校注本，祝充、文讜、方崧卿、朱熹、魏仲舉都是宋代較著名的注者，但宋祁其實也曾校改韓集，如〈爭臣論〉中「今陽子在位不為不久矣」一句，《五百家注昌黎先生集》作「今陽子實一匹夫，在位不為不久矣」，《韓集舉正》則刪去「實一匹夫」四字，注云：「宋本亦疑此四字」，[118]可見方崧卿認同宋祁對此句文字的判讀。

韓愈〈爭臣論〉雖然對諫議大夫陽城（736-805）多所不滿，時加訾議，但根據下文「聞天下之得失不為不熟矣，天子待之不為不加矣，而未嘗一言及於政，視政之得失，若越人視秦人之肥瘠，忽焉不加喜戚於其心」句式、文意及全篇用詞看來，「實一匹夫」確似是衍文，宋祁的刪修可能較接近韓愈原文。

因資料散佚，今日已無法見到宋祁校訂韓集的全貌，不過，透過《新唐書》對韓愈作品的採錄引用，或許也可觀察到宋祁對韓愈文章的接受態度。據統計，《新唐書》共

117　見紀昌和：《《唐摭言》研究》（上海：上海師範大學碩士論文，2006 年），頁 92。

118　參見《韓愈古文校注彙輯》，卷 2，頁 500、502-503。關於此段文字，各版本頗有差異，計有：「陽子在位」、「陽子實一匹夫，在位」、「陽子實一介之夫，陽子」、「陽子實一匹夫，陽子在此位」、「陽子實一介之夫」、「陽子實匹夫，陽子」幾種記載。

採擷十八篇韓文，[119]〈韓愈傳〉、〈順宗實錄〉、〈諫佛骨表〉都有學者詳加比較研究，其餘篇章則仍有可討論空間，如〈孔戣傳〉，《新唐書》敘及孔戣以老自乞致仕事，記道：

> 穆宗立，以吏部侍郎召，改右散騎常侍，還為左丞，以老自乞。雅善韓愈，謂曰：「公尚壯，上三留，何去之果？」戣曰：「吾豈要君者？吾年，一宜去；吾為左丞，不能進退郎官，二宜去。」愈曰：「公無留貲，何恃而歸？」曰：「吾負二宜去，尚奚顧子言？」愈嗟歎，即上疏言：「臣與戣同在南省，數與戣相見，其為人，守節清苦，論議正平。年七十，筋力耳目未衰，憂國忘家，用意至到。如戣輩，在朝不過三數人，陛下不宜苟順其求，不留自助也。禮，大夫七十致事，若不得謝，則賜之几杖安車，不必七十盡許致事。今戣據禮求退，陛下若不聽許，亦無傷義，而有貪賢之美。」不報。[120]

先以對話方式記錄韓愈對於孔戣（753-825）乞求致仕的擔憂不捨，「何去之果？」、「何恃而歸？」栩栩如生地傳遞出韓愈神態。因勸留失敗，所以韓愈上疏諫請君王切勿聽許該事，寫來流暢自然，如閱覽小說般生動有趣。《新唐書》在「即上疏言」中摘用韓愈〈論孔戣致仕狀〉內容，[121]「右臣與孔戣，同在南省爲官，數得相見」簡省爲「臣與戣同在南省，數與戣相見」，因既在「南省」，必然是「任官」，所以刪去「爲官」二字無損文意，又可使文字簡明。

「戣爲人守節清苦，議論平正。今年才七十，筋力耳目，未覺衰老。憂國忘家，用意深遠」一段，《新唐書》改動不多，但韓文「所謂朝之耆德老成人者。臣知戣上疏求致仕，故往看戣。戣爲臣言，已蒙聖主允許。伏以陛下優賢尙齒，見戣頻上三疏，言詞懇到，重違其意，遂即許之。此誠陛下仁德之至」交代上疏原由與贊揚君皇言詞，宋祁全數刪除；「實可爲國愛惜！自古以來及聖朝故事：年雖八九十，但視聽心慮，苟未昏

---

119 關於《新唐書》採擷韓文的數量，各家說法不一，田恩銘列表詳記所採韓文、《新唐書》出處及採擷狀況，信實有據，今依其說。見氏著：《兩《唐書》中的中唐文學家傳記研究》，頁 163-164。

120 《新唐書》，卷 163，〈孔戣傳〉，頁 5010。

121 見《韓愈古文校注彙輯》，冊 4，卷 8，頁 3306-3312，爲省篇幅，以下凡引自本文文字，不再一一加註說明。

錯，尚可顧問委以事者，雖求退罷，無不殷勤留止，優以祿秩，不聽其去，以明人君貪賢敬老之道也」則省略爲「不宜苟順其求，不留自助也」，文字大幅減少，意思卻已保留；「今戣幸無疾疢，但以年當致事，據禮求退。陛下若不聽許，亦無傷於義，而有貪賢之美」，宋祁改爲「今戣據禮求退，陛下若不聽許，亦無傷義，而有貪賢之美」，文氣雖不如原文跌宕富情感，但較簡鍊俐落，宋祁尤其喜歡刪除「而」、「於」之類字詞，文意不變，但情韻不同，基本上確是「文簡」[122]。

前文所引《新唐書》「穆宗立」一段文字，《舊唐書》寫道：

> 召爲吏部侍郎。長慶中，或告戣在南海時家人受略，上不之責，改右散騎常侍。二年，轉尚書左丞。累請老，詔以禮部尚書致仕，優詔褒美。[123]

只以「累請老」三字帶過，並未詳述中間過程，兩相比較，《新唐書》較具文學筆觸，對韓愈文字的採摭改寫能使故事更豐富生動，體現人物風采，也反映宋祁對韓文的賞愛之情。

再如《新唐書·歸崇敬傳》末尾，宋祁贊語寫道：

> 韓愈稱：「郡邑通得祀社稷、孔子，獨孔子用王者事，以門人爲配，天子以下，北面拜跪薦祭，禮如親弟子者。句龍、棄以功，孔子則以德，固自有次第。」崇敬乃請東揖，以殺太重。方是時，公卿無韓愈之賢，無有折其非是者。[124]

乃節錄改寫自韓愈〈處州孔子廟碑〉，相關原文爲：

> 自天子至郡邑守長通得祀而徧天下者，唯社稷與孔子爲然。而社祭土，稷祭穀，句龍與棄乃其佐享，非其專主，又其位所，不屋而壇；豈如孔子用王者事，巍然當座，以門人爲配，自天子而下，北面跪祭，進退誠敬，禮如親弟子者？句龍、棄以功，孔子以德，固自有次第哉？自古多有以功德得其位者，不得常祀，句龍、

---

122 清·丁子復：《唐書合鈔補正》（《續修四庫全書》，上海：上海古籍出版社，1995 年，冊 289），卷 4，頁 342。

123 〈孔戣傳〉，《舊唐書》，卷 154，頁 4098。

124 是書卷 164，頁 5058。

弃、孔子皆不得位而得常祀；然其祀事皆不如孔子之盛。所謂生人以來未有如孔子者，其賢過於堯、舜遠者，此其效歟？[125]

韓愈原文「自天子至郡邑守長，通得祀而遍天下者，唯社稷與孔子爲然」較有鋪排、循序漸進層次，前二句敘述事實，答案隱而不論，讓讀者有好奇期待心理，到第三句方才豁然知曉，而宋祁寫法則是濃縮爲一句，直截明白，符合史書要求，少了些曼衍情韻。關於祭拜情事，韓愈臚舉數例以對比孔子情形，宋祁則是直接闡說「獨孔子用王者事」，甚至在「孔子以德」間加上「則」，以加強對照口氣，文意更完足。

引錄韓文後，宋祁以「公卿無韓愈之賢，無有折其非是者」表抒感歎，可見此處贊文改寫並不只是著眼於韓愈文章內容，更欽仰的是韓愈的見識、賢德。相較於《舊唐書》「褒貶以言，孔道是模。誅亂以筆，亦有董狐。邦家大典，班、馬何辜？懲惡勸善，史不可無」[126]贊語，《舊唐書》承襲傳統四言贊語寫法，押韻典重，《新唐書》則較富作者個人情感，感發力量較強。而引韓愈文字作爲「贊」內容，並據此發抒感慨，也可感受宋祁與韓愈生命脈動的契合與欣賞。

五、結語

研究韓愈與宋祁問題的論著，一般多以《新唐書·韓愈傳》爲主，剖析新、舊《唐書》觀點、筆法，本文綜觀宋祁論及韓愈的相關資料，分類探討其中尚未辨明的問題，目前得致幾項結論：

一、宋祁深切感知宋人必須求新自立的時代處境，他在私領域觀看韓愈的焦點側重於「陳言務去」層面，所謂「陳言務去」其實涵括意、語二方面的新創，惟其如此，才可能自名一家。

二、宋祁常將韓愈、柳宗元、劉禹錫三人並舉同論，柳、劉二人都有異於常規而讓人印象深刻的特殊語句，宋祁名爲「險語」，韓愈則擅長自古籍中化用典故自創「新語」，頗能貼切巧適地傳達意涵，與全篇渾融合一。

---

125 《韓愈古文校注彙輯》，卷 7，頁 2410-2411。
126 《舊唐書》，卷 149，頁 4038。

三、〈送窮文〉、〈進學解〉、〈毛穎傳〉、〈原道〉爲宋祁特別稱許爲「古人意思未到」、「可以名家」的作品，其中〈送窮文〉在宋代或後世引發正反各種討論，宋祁極可能是第一位抉發作者用心的異代知音。

四、宋祁詩歌、辭賦都自具新貌，文學觀念也重視求新獨創，因此會採取特定角度閱讀韓愈，從而一再彰顯韓愈自名一家的面向。

五、《舊唐書》提及韓愈從獨孤及、梁肅之徒游，《新唐書》將相關文字全數刪除，未必與凸顯卓然自立有關，極可能是宋祁發現關於韓愈古文淵源的問題必須審愼探求，不能盡信五代說法，這也顯示宋祁對於韓愈相關史料的明辨愼思。

六、宋祁曾校改韓集，〈爭臣論〉「今陽子實一匹夫，在位不爲不久矣」，宋祁判爲「今陽子在位不爲不久矣」，自前後句式、文意及全篇用詞考察，宋祁的刪修可能較接近韓愈原文。

七、《新唐書》採摭多篇韓文入史，多爲全文引錄，〈孔戣傳〉則是摘用〈論孔戣致仕狀〉內容加以刪修，文氣雖不如原文跌宕富情感，但較簡鍊俐落，宋祁尤喜刪除「而」、「於」之類字詞，文意不變，情韻卻不同，確屬「文簡」。

八、《新唐書》·〈歸崇敬傳〉末尾，宋祁將韓愈〈處州孔子廟碑〉文字節錄改寫成贊語，少了鋪排曼衍情韻，趨向直截明白，並以「公卿無韓愈之賢，無有折其非是者」表抒感歎，可見宋祁對韓愈的觀看不僅限於文章本身，更包含見識、人品的欽仰。

戞戞獨造，自名一家──
宋祁辭賦之創意書寫

一、前言

宋祁（字子京，998-1061）初以文投獻博通典籍之夏竦（985-1051），夏氏即另眼相待，以爲必能科考得名，[1]其後復以〈采侯詩〉廣爲京師傳誦。[2]天聖二年禮部貢舉試中，宋祁所撰辭賦，主考官劉筠（971-1031）深表贊賞，甚至「大稱之朝，以爲諸生冠」[3]，晏殊（991-1055）、馮元（975-1037）諸人奏舉爲第一，後雖因故降爲第十，[4]然宋祁精擅辭賦，[5]文才深受肯定情形不難想見。

1　參見宋・宋祁：《宋景文公筆記》（收入《全宋筆記》第一編，鄭州：大象出版社，2003 年），卷上，頁 47。元・脫脫《宋史》記載夏竦：「資性明敏，好學，自經史、百家、陰陽、律曆，外至佛老之書，無不通曉。」見是書（臺北：鼎文書局，1980 年），卷283，〈夏竦傳〉，頁 9571。

2　宋・歐陽脩：《六一詩話》：「自科場用賦取人，進士不復留意於詩，故絕無可稱者。惟天聖二年省試〈采侯詩〉，宋尚書祁最擅場，其句有『色映堋雲爛，聲迎羽月遲。』尤爲京師傳誦，當時舉子目公爲宋采侯。」見《歐陽脩全集》（李逸安點校，北京：中華書局，2001 年），卷 128，頁 1957。

3　《宋會要輯稿》載：「仁宗天聖二年正月十四日，以御史中丞劉筠權知貢舉，知制誥宋綬、陳堯佐、龍圖閣待制劉燁權同知貢舉。」見是書（清・徐松輯，成都：四川大學出版社，2010 年），〈選舉・選舉一・貢舉一・仁宗・天聖二年〉，頁「選舉一之九」。《宋景文公筆記》，卷上，頁 47 則載曰：「天聖甲子從鄉貢試禮部，故龍圖學士劉公嘆所試辭賦，大稱之朝，以爲諸生冠。」

4　據《宋會要輯稿》記載：「仁宗天聖二年三月十八日，禮部上合格進士吳感已下二百人，詔翰林學士晏殊、龍圖閣直學士馮元編排等第。翌日，帝御崇政殿召對，賜宋郊已下一百五十四人及第，翟羽已下四十六人同出身，曹平已下七人同三禮出身，諸科李九言已下三百五十四人並賜及第、同本科出身。」（見是書〈選舉・選舉七・親試一・舉士十三・仁宗・天聖二年〉，頁「選舉七之一四」）　宋・馬端臨：《文獻通考》則載：「仁宗天聖二年，賜舉人宋郊、葉清臣、鄭戩以下及諸

宋祁著作繁多，[6]賦、詩、詞、序、記……眾體皆備，評價亦高，唯歷來文學史多將其列為西崑體詩人，寥寥數語介紹，或偏論其「紅杏枝頭春意鬧」（〈玉樓春〉）之軼事與賞析，而未能以宏闊眼光綜觀宋祁全數作品，思考前人稱許宋祁之原因，或還原宋祁於宋代文學史之地位，實有所未足。

以辭賦而言，宋祁現存四十五篇賦，乃北宋作家中現存賦篇最多者，且題材多樣，情韻殊異，頗有深富創意書寫筆法者，王銍（?-?）嘗云：

> 且言賦之興遠矣。唐天寶十二載始詔舉人策問外試詩賦各一首，自此八韻律賦始盛。其後作者如陸宣公、裴晉公、呂溫、李程，猶未能極工，逮至晚唐，薛逢、宋言及吳融出於場屋，然後曲盡其妙，然但山川草木、雪風花月，或以古之故實為景題賦，於人物情態為無餘地；若夫禮樂刑政、典章文物之體，略未備也。國朝名輩，猶雜五代衰陋之氣，似未能革。至二宋兄弟，始以雄才奧學，一變山川草木、人情物態，歸於禮樂刑政、典章文物，發為朝廷氣象，其規模閎達深遠矣。[7]

科凡四百八十餘人及第，……國朝以策擢高第者自清臣始，郊與弟祁俱以詞賦得名，時奏祁第一，太后不欲弟先兄，乃擢郊第一，祁第十。」（見是書，臺北：臺灣商務印書館，1987 年，卷 31，〈選舉考四·舉士四·宋二〉，頁 289-1。） 文中「宋郊」即宋祁兄長宋庠。參對《宋會要輯稿》與《文獻通考》文字，推測奏舉宋祁為第一之人，應為受宋仁宗詔令編排等第之晏殊、馮元諸人。

5　宋·文瑩：《湘山野錄》載：「宋鄭公庠省試〈良玉不琢賦〉，號為擅場。時大宗胥內翰偓考之酷愛，必謂非二宋不能作之，奈何重疊押韻，一韻有『奇擅名』及『而無刻畫之名』之句，深惜之，密與自改『擅名』為『擅聲』。後埒之於第一。殆發試卷，果鄭公也。」見是書（《唐宋史料筆記叢刊》，北京：中華書局，1984 年），卷上，〈宋庠試賦號擅場〉，頁 15。雖錄載宋庠省試作賦事，然由胥偓「酷愛」、「必謂非二宋不能作之」可知，宋祁亦擅作賦，前註《文獻通考》所謂「以詞賦得名」可為佐證。

6　據祝尚書：《宋人別集敘錄》（北京：中華書局，1999 年）考察，《景文集》於宋代分別有二百卷、一百五十卷、一百卷、七十八卷四種本子，但當時即有所散佚（見是書，頁 118），就後人搜輯整理情形視之，應有百卷以上。

7　是氏：《四六話·序》（王水照編：《歷代文話》，上海：復旦大學出版社，2007 年，第 1 冊），卷 2，頁 5。

考述律賦之源起、發展，區辨陸贄（754-805）、呂溫（771-811）、薛逢（?-?，841 進士）諸人書寫情形後，就律賦之承傳演變脈絡觀察，贊揚宋庠（996-1066）、宋祁兄弟二人以雄才奧學掃除五代衰陋之氣，擴大律賦題材、氣象，使之符應趙宋新貌，規模閎達深遠。據此可知宋祁律賦實爲宋賦發展轉變之關鍵樞紐，律賦之外，宋祁他類辭賦是否亦具類似作用？實值詳加梳理研究。

再者，或因宋代古文運動成就非凡，以致學界時將目光集中於此，相形之下，駢文、辭賦研究較乏關注。然神宗熙寧變法之前，詩賦實爲科考重要科目之一，[8]縱使古文運動興發勃盛，辭賦於宋代文學亦佔據相當地位，其影響與重要性實應重予審視肯定。

本文擬由擇題、立意、書寫筆法等層面研析宋祁辭賦之書寫特色與成就，抉發其創意新變之處，並藉此將宋代文學研究中略嫌隱微之面向加以呈顯。

二、製題之開創

宋祁論文重視自創一格，另闢新徑以獨具面目，嘗云：

> 夫文章必自名一家，然後可以傳不朽，若體規畫圓，準方作矩，終為人之臣僕，古人譏屋下作屋，信然！陸機曰：「謝朝華于已披，啟夕秀于未振。」韓愈曰：「惟陳言之務去。」此乃為文之要。「五經」皆不同體，孔子沒後，百家奮興，類不相沿。是前人皆得此旨。[9]

藉陸機（261-303）、韓愈（768-824）務去陳言及謝朝華、啟夕秀言詞表抒個人理念，強調諸多作品類不相沿之事實，以彰顯文章擺脫舊制以自名一家、傳不朽之重要。準此，不難推知宋祁題寫辭賦之前應曾如前文脈絡一般，先考察歷史發展軌跡，抽繹其中可資參考借鏡之意見，擇定效習對象，繼而確立自身創作態度與取徑，「不傍古，不緣今，

8　詳參林岩：《北宋科舉考試與文學》（上海：上海古籍出版社，2006 年），頁 55-168。

9　《宋景文公筆記》，卷上，頁 47。

獨行太虛，探出新意」[10]非僅爲宋祁褒揚趙湘（959-993）文集之話語，亦不妨視爲宋祁創作原則與追尋目標。

因此，宋祁落筆成文之際應曾著意思索如何別出心裁，自名一家，如詠物向爲辭賦題材大宗，[11]宋祁賦篇亦多此類作品，然宋祁不願依循舊規，率皆自製新題，如「感蚿蟒賦」之名於《四庫全書》中僅此一見，[12]爲明其殊異與命題源由，或可自賦作本身探求線索，其文曰：

> 憺秋旻之廖寥，眄羣物而流玩。伊膀鳴之始來，驚萬化之方晏。倏含唱而叢咽，俄曳音以凝曼。本無意於感時，奚有牽於累欷？諒細蟲之何知，託生意乎鴻造。披素殼於壤間，齎紺質於林杪。内虚心以抱潔，外華綏以自表。踽纖足以徐進，振薄翼而輕矯。引長喝於霞昏，逗餘嘶於月曉。和别葉之颼颼，雜離禽之叫叫。彼張女之哀彈，與籠首之橫管。恃破弦之往悲，矜加孔之新囀。雖投節以感慨，猶假手以交讚。顧寒蜩之清嘒，非取矜於外衒。其發無端，其終無羨。寫清腸以赴訴，有自然之悽怨。號涼颸於天垂，嘯委露於雲半。矧吾人之云衰，撫光景之遒駛。聆蕭瑟之實繁，悵搖落之方暨。掩歡緒以徊欣，紬悲端以觸欷。況日月其不待，何功名之能冀。一傾耳於此時，胡自聊於晏歲。[13]

首句以「秋旻之廖寥」營造深邃高闊之秋日氛圍，平添蕭瑟孤寂之感，當作者流觀群物之際，卻因蚿蟒之鳴啼而驚覺歲月匆匆，萬化已入晚境。五、六二句承接「鳴」字而形容蚿蟒音聲之叢咽凝曼，「叢咽凝曼」自是作者主觀情志賦予蟬聲之詮解，故其下順勢帶引出「本無意於感時，奚有牽於累欷」話語。十一至二十四句雖似著意鋪寫蚿蟒本身，

10　〈南陽集序〉，《全宋文》（成都：巴蜀書社，1990 年），卷 515，頁 654。

11　廖國棟計數，「就今所知二百餘篇的漢賦中，詠物賦凡六十九篇」（是氏：《魏晉詠物賦研究》（臺北：文史哲出版社，1990 年，頁 12），「魏晉今存賦作八百篇，其中詠物賦凡四百餘篇，佔二分之一強」（前書，頁 29）。

12　此項結果根據檢索《文淵閣四庫全書電子版》（香港：迪志文化公司，2005 年）而得，以下論及某賦題目於四庫全書中出現頻率之意見，皆立基於此套電子檢索系統之查考結果，為省篇幅，不另一一註明，望讀者諒之。

13　《全宋文》，卷 483，頁 97。

卻由「內虛心以抱潔，外華綏以自表」顯露作者將蚼蟧擬人化，推崇其虛心抱潔品格之意。三十、三十一句「寫清腸以赴訴，有自然之悽怨」隱將物、人合一，蚼蟧繁亮怨切之聲除訴陳一己悲腸外，似亦代為作者吐露心曲，無怪乎由此引發「長年少悰，所念非一，壯與運頹，衰將歲還」傷思。三十五句以下則句句扣合首句之秋旻而發抒感懷，時移身衰、功名未成、歲晏無聊之恌恨無奈情緒瀰漫終篇，難以拋卻。

此賦所詠「蚼蟧」，據自序所言，實即「寒蟬」，揚雄（53BC-18AD）《方言》載曰：

> 蛥蚗，齊謂之螇螰，楚謂之蟪蛄，……或謂之蛉蛄，秦謂之蛥蚗，自關而東謂之蚼蟧，或謂之蝭蟧，或謂之蜓蚞，西楚與秦通名也，江東人呼蠾蟧。[14]

或謂即山蟬、寒螿，[15]為蟬中一類。文人詠蟬之賦不在少數，如曹植（192-232）、傅玄（217-278）、吳淑（947-1002）皆有〈蟬賦〉，[16]陸雲（262-303）、顏延之（384-456）均作〈寒蟬賦〉，[17]傅咸（239-294）有〈鳴蜩賦〉，[18]唯獨未見「蚼蟧賦」。且自《詩經》以迄宋初，所有詩文作品中從未見吟詠「蚼蟧」者，宋祁乃首以「蚼蟧」入賦者，其後宋人唯歐陽脩（1007-1072）嘗言及「蚼蟧」，略謂：「又聞浮屠說生死，滅沒謂若夢幻泡。前有萬古後萬世，其中一世獨蚼蟧。安得獨灑一榻淚，欲助河水增滔滔。古來此事無可奈，不如飲此罇中醪。」[19]當是有感於人生苦短，彷如蚼蟧於萬古萬世中獨活一世般，希冀獨飲罇中醪以宕開此無可奈何之事，觀看角度與宋祁有所不同。

---

14 漢·揚雄著，華學誠匯證：《揚雄方言校釋匯證》（北京：中華書局，2006 年），上冊，卷 11，頁711。

15 《莊子》崔譔注曰：「蟪蛄，蚗蟧也，或曰山蟬，秋鳴者不及春，春鳴者不及秋。」陸德明《經典釋文》以為即《楚辭》所云寒螿者也。以上資料俱引自清·郭慶藩：《莊子集釋》（臺北：華正書局，1985 年），頁 13。

16 分見《漢魏六朝百三名家集》（南京：江蘇古籍出版社，2002 年），冊 2，《陳思王集》，卷之一賦，頁 23；冊 2，《傅鶉觚集》，卷全賦，頁 368；《全宋文》，卷 114，頁 552。

17 分見《漢魏六朝百三名家集》，冊 2，《陸清河集》，卷一賦，頁 705；冊 3，《顏光祿集》，卷全賦，頁 394。

18 《漢魏六朝百三名家集》，冊 2，《傅中丞集》，卷全賦，頁 584。

19 〈綠竹堂獨飲〉，《歐陽脩全集》，卷 51，頁 723。

　　眾多稱呼中，宋祁未肯從俗命為「蟬賦」或「寒蟬賦」，獨立「蚗蟧賦」一名，必有深意。原因或有三項：一、作者學殖厚博，熟知訓詁典章，故由揚雄著作中擇取較生僻名稱以炫學。二、「蚗」、「切」音同形近，「蟧」、「憀」音形均近，而「切」有憂愁之義，[20]「憀」則有懊悔、心力乏也諸義，[21]「蚗蟧」易令讀者聯想「切憀」，甚至宋祁心中即隱含「切憀」之意，可使篇名意蘊愈加豐富深入。三、崇奉「陳言務去」、「忌隨人後」[22]理念，刻意另取新名以與舊作區隔，以便「自名一家」[23]。

　　此外，詠物賦幾皆以所詠對象之名為題，而宋祁則於其上增一「感」字，強調撫時對物有情之感，較諸往昔舊題，更能凸顯創作主體之存在與主導性。而此「感」字與其下「切」、「憀」二字之聯想，序文「怨」、「悲」、賦作首字「憺」字之聯結，在在顯現作者因濃郁愁懷而書寫此賦，貫串此賦之情，更能與全篇承轉、緜邈情韻緊密綰合，且與一般詠物賦判然有別，洵為佳題。

　　另如〈憐竹賦〉，其名於《四庫全書》中亦僅此一例。「竹」自古為文人居室庭園恆常栽植之物，「瞻彼淇奧，綠竹猗猗」[24]蓋以簡筆疏畫綠竹美盛形貌，留予讀者無限想像空間。而現存較早之賦作為江逌（301-365）〈竹賦〉，文云：

> 有嘉生之美竹，挺純姿於自然。含虛中以象道，體圓質以儀天。託宗爽塏，列族圍田。緣崇嶺，帶迴川，薄循隰，行平原。故能凌驚風，茂寒鄉，藉堅冰，負雪霜，振葳蕤，扇芬芳。翕幽液以潤本，承清露以擢莖。拂景雲以容與，拊惠風而迴縈。[25]

20　如《詩經・齊風・甫田》：「無思遠人，勞心忉忉」，注云：「忉忉，憂勞也。」見：漢・鄭玄注，唐・孔穎達疏：《毛詩正義》（臺北：藝文印書館，1955年），卷512，頁197。

21　分見清・張玉書等著：《康熙字典》（香港：中華書局，1997年），頁331，及南朝梁・顧野王撰，胡吉宣校釋：《玉篇校釋》（上海：上海古籍出版社，1989年），卷8，頁1712。

22　《詩人玉屑》抄引宋祁「夫文章必自名一家」一段文字後，以「忌隨人後」為標目，頗能切中宋祁心態，見是書（宋・魏慶之著，王仲聞點校，北京：中華書局，2007年），卷5，「初學蹊徑・忌隨人後」，頁156。

23　同註9。

24　《毛詩正義》，卷312，頁126。

25　清・陳元龍輯：《歷代賦彙》（北京：北京圖書館，1999年），冊8，卷118，頁629。

自竹之物種特性落筆鋪陳，以對偶精工之詞語烘托其嘉美，此後賦竹之作筆法大抵與此類近。而王子猷（338?-386）直指竹曰：「何可一日無此君！」[26]後，歷代文人吟詠篇什有增無減，屢以比德手法稱頌竹之虛心勁節，所謂「小人之情，得意則頡頏自高；少不得意，則摧折不能自守。君子反是，竹之操甚有似夫君子者，感之作賦以自箴。」[27]差可代表多數作家觀看賦寫修竹之角度。

宋祁〈憐竹賦〉雖有「常虛心以自得，顧直質而少媚。雖蒙幸於軒檻，本無爭於華藪」[28]等稱揚竹子品節之語，然已與以往側重描繪竹之形貌、品格寫法有所不同，反以過半篇幅記錄自身於甘泉坊韓王舊第中，種竹以爲玩之動機與過程。因惜其「既根危以殖淺，又氛冒而埃漫。迫俗物之挐喧，屈天標之蕭散」[29]，故「謹其培封，申以闌護。惡草夷薙，寒泉浸注」[30]，費心照顧培育，晝暴陽，夕沐露，終使原已灌悴衰敗之竹得以展換新姿，欣欣向榮而脩翠呈美。

正因勤苦呵護而使竹重獲新生，成爲作者偏愛自娛對象，心中不免愈添憐愛，無奈此時卻因遷守壽春而須告別此君，既有不捨，又存擔憂，恐後人未能善加封殖嘉賞。即便如此，作者仍殷殷期盼能「幸不夭於此生，保歲晏之高節」[31]。

如前所析，本賦書寫重點與筆法有別於一般詠竹之賦，長篇追敘培殖歷程實爲其後之憐惜偏愛鋪墊基礎，更有前後對照、醞釀情思作用，職是之故，雖全篇未曾出現任一「憐」字，然「憐」意實無處不在，以「憐」字扣題堪稱允當。

本賦製題一如〈感虯蟒賦〉，於歌詠對象前冠上富含創作主體深濃情感之字詞，人、物間之主從輕重地位明晰可知。而作者憐竹外或亦有所自憐，原因在於宋祁〈憐竹賦・序〉嘗云：「明年伯氏典維揚，予守壽春，憐竹方茂而諉」[32]，而其兄宋庠「與宰相呂夷簡論數不合，凡庠與善者，夷簡皆指爲朋黨，如鄭戩、葉清臣等悉出之，乃以庠知

26　南朝宋・劉義慶著，徐震堮校箋：《世說新語校箋》（北京：中華書局，1994 年），卷下，〈任誕二十三〉，頁 408。

27　宋・王炎：〈竹賦〉，《歷代賦彙》，冊 8，卷 118，頁 635。

28　《全宋文》，卷 483，頁 96。

29　同前註。

30　同前註。

31　同前註。

32　同前註。

揚州」[33]，「庠罷，祁亦出知壽州」[34]，雖未明言宋祁出知壽州因由，然就常理推斷，恐乃受牽連之過，此為仁宗慶曆元年（1041）六月之事。[35]

此前宋祁於寶元二年（1039）授天章閣待制、同判禮院，[36]屢議政事，並與歐陽脩、刁約（?-?，天聖進士）時相交遊，[37]遽因親嫌改知壽州，遠離京畿，難免落寞惆悵，故藉竹之直質少媚、無爭華藹以自況，從而堅定保守高節之志向。憐竹並自憐，或即為宋祁新命此題之深意。

宋祁慶曆元年守知壽春時，另作〈詆仙賦〉一篇，此題亦為《四庫全書》僅此一見者。前人詠仙之作略有桓譚（23BC-56AD）〈仙賦〉[38]、陸機〈列仙賦〉[39]、陶弘景（456-536）〈水仙賦〉[40]，多不脫「為小賦以頌美」[41]性質，宋祁則因不滿壽春故老爭言淮南王仙跡事，故取班固（32-92）《漢書》、葛洪（284-363）《神仙傳》所載內容以質疑其人其事。就其寫作動機觀之，實一反前人抒寫立場，頗有辨證駁論意味，其文云：

> 憫茲俗之鮮知兮，徇悠悠之妄陳。常牽奇以合怪兮，欲矜己以自神。操百世之實亡兮，唱千齡之偽存。彼淮南之有子兮，固殊死而殞身。緣內篇之丕誕兮，眩南公之多聞。謂八人者語王兮，歷倒影而上賓。餌玉匕之神藥，託此軀乎宵晨。王負驕以弗虔兮，又見譴於列真。雖長年之彌億兮，屏帑偃而愈悆。塞斯事之吾欺兮，聊反復乎遺言。號聖仙之靈稟兮，宜常監德而輔仁。不足察王之倨貴兮，遽引內於天門。已乃悟其非是兮，胡為賞罰之紛紜？寧仙者之回惑兮，無以異乎常

---

33 元·脫脫：《宋史》，卷284，〈宋庠傳〉，頁9591。

34 《宋史》，卷284，〈宋祁傳〉，頁9595。

35 宋祁〈壽州謝上任表〉謂：「伏奉去歲六月十一日敕書，差臣知壽州軍州事，兼管內勸農使。」（《全宋文》，卷495，頁301）〈壽州到任謝雨地啟〉云：「奉去年六月十一日敕差知壽州」（《全宋文》，卷508，頁528）確知應為慶曆元年六月之事。〈憐竹賦〉題下原注謂：「在慶曆元年五月」將宋庠出守揚州與宋祁出守壽州二事混為一時之事，實誤也。

36 宋·李燾：《續資治通鑑長編》（北京：中華書局，1979年），冊9，卷125，頁2941。

37 參見何瀟：《宋祁年譜》（成都：四川大學中文系碩士論文，2003年），頁57-59。

38 《歷代賦彙》，卷105，頁1。

39 同前註，頁2。

40 同前註，頁3。

41 漢·桓譚：〈仙賦·序〉，《歷代賦彙》，卷105，頁1。

人？國爲墟而嗣絕兮，載遺惡而不泯。故里盛傳其遺金兮，證碔石之餘痕。武安隱語而前死兮，更生僞鑄以贖論。彼逞詐以罔時兮，宜自警於斯文。[42]

起筆即批判世俗牽奇合怪，妄陳僞存之事，實爲鮮知丕誕之舉，直截切入主題，毫無客套迴閃空間，犀利氣勢迥異於宋祁一貫典重矜持風格。暢議淮南王劉安（179BC-122BC）仙事之妄後，宋祁轉而訾責其倨貴不遜行爲，質問仙者之回惑竟無異於常人，淪至國爲廢墟、子嗣滅絕、青史遺臭之下場，而里巷街語竟盛傳遺金事，實令人不勝欷歔。全篇舉證歷歷，條理分明，允爲精彩之翻案篇章。

此賦全以騷體寫成，雖化用諸多典故卻無凝重板滯之嫌，文詞較他作質樸簡白，頗具漢魏騷體賦古樸之風，[43]當是爲便於說理達意，使逞詐罔時者自警於斯文而有意改變作法。且集中另有〈詆五代篇〉[44]、〈詆虛名篇〉[45]二篇奏疏亦以闡述己見，辨明事理爲念而作，益可證知宋祁命爲「詆仙賦」乃專精覃思後之抉擇。

而辭賦一般多用以抒情言志，勸諭世人，較少專爲翻案而議論說理之作，宋祁除有「言以文遠，功由賦宣」[46]及「寫情」[47]、「寄懷」[48]之說，更以賦議論翻案，極爲特殊。其後李覯（1009-1059）作有〈疑仙賦〉，[49]與〈詆仙賦〉題目近似，精神類同，或與此賦之啓發影響有關。

此外，〈傲驢賦〉[50]亦爲前無古人、後無來者之作，文人詠誦禽獸多以牛、羊、犬、兔、鼠、猿猴爲主，[51]以「驢」爲賦體對象者僅見宋祁此篇，[52]以「傲驢」題目觀之，似爲宋祁有感於京都俚人傲驢自給一事，將就其事其狀陳述鋪寫，然細玩其序文所云：

---

42 《全宋文》，卷483，頁93。

43 郭建勛認爲宋祁〈歲云秋賦〉、〈窮愁賦〉、〈憫獨賦〉、〈詆仙賦〉等四篇騷體賦，「寄托深沉，很有些漢魏騷體賦的古樸之風。」見是氏：《辭賦文體研究》（北京：中華書局，2007年），頁12。

44 《全宋文》，卷488，頁169-172。

45 《全宋文》，卷488，頁180-181。

46 〈皇帝後苑燕射賦·序〉，《全宋文》，卷482，頁76。

47 〈臥廬悲秋賦〉：「願寫情而後獲，徒掩袂而浪浪。」《全宋文》，卷482，頁84。

48 〈感交賦·序〉：「追爲此賦，式用寄懷。」《全宋文》，卷482，頁85。

49 《全宋文》，卷892，頁294。

50 《全宋文》，卷483，頁98。

51 參見《歷代賦彙》，卷136，「鳥獸」，頁535-578。

驢之為物，體幺而足駛。雖窮閻隘路，無不容焉。當其捷徑疾驅，雖堅車良馬或不能逮。斯亦物之一能，顧致遠必敗耳。聊為賦云。[53]

實乃有感於驢雖具捷徑疾驅才能，可於窮閻隘路暢行無阻，然致遠必敗，故以賦抒寫其情懷，文云：

伊驢之為畜兮，本野人之所服。乏魁然之遠志，常踐卑以蹈局。皂靡蘄於層庌，秣不煩乎豐粟。匪任重以取材，姑邀時而競逐。其資易給，其習易宜。籠小取適，纓華弗施。彼儆者之希直，投人乏以獻奇。候其刉飲之節，劫以鞭箠之威。捨大道之平蕩，抵邪徑之窮嶬。紛如鳥散，駛若風馳。顧蕞軀之云陋，謂高足之莫追。歷委巷而矜伐，負宵人以奮姿。茍跬步之速至，趣要津以為期。昧絲力之將竭，不數年而後衰。晚華驥與大車，皆鏘鑾而肅軫。挾善馭以為範，按中達而徐進。伊良士之攬轡，實志遐而遺近。彼汲汲於所求，謂不悟而效敏。忘百里之必蹶，尚長鳴以取雋。昔漢靈之作駕，貽史氏之深譏。由稟生之幺麼，非驂靳之常儀。況夫錐刀課得，晷刻爭機。諒隘途之坎窞，方見閔於顛隮。[54]

篇首開門見山陳述驢之材性，所謂「乏魁然之遠志，常踐卑以蹈」已明顯以「人」之角度、襟抱揣想驢之情貌，其下文字並未描寫驢之外表、作用，反以作者主觀認知評判驢之表現，「紛如鳥散，駛若風馳」乍視之似稱頌驢之快捷敏速，然由其前後「捨大道之平蕩，抵邪徑之窮嶬」、「顧蕞軀之云陋，謂高足之莫追」敘述，明白流露宋祁批駁態度。自此以至「不數年而後衰」，作者連以數句文詞排比陳列驢之醜態，刻劃殆盡，而「良士」之說，似亦透露以驢比擬小人，寄寓政壇慨歎意味。全篇筆法雖未脫詠物賦抒情言志傳統，然所擇「儆驢」題材乃自日常生活觀察京都俚人所得，復為前人未曾言及者，既如宋詩般具生活化特色，並具創新眼光，自有其貢獻。

---

52 據《文淵閣四庫全書電子版》查檢所得。

53 同註 50。

54 同前註。

　　類似情形尙有〈古瓦硯賦〉一篇，該賦亦非僅將硯視爲尋常器物以吟詠外形或堆砌典故，反沉蘊深濃情韻，其「感情沉潛而內轉」「表現了宋代文人的盎然雅趣和豐富情韻」[55]，乃時代風尙之產物，亦有其價値。

　　宋祁另作〈送將歸賦〉[56]、〈零雨被秋草賦〉[57]二賦，分爲「餞秘閣李還臺」、「送刁釋從事宰青城」而作，就題目或其下自注視之，均爲送別賦，乃賦中少見之作。「送將歸賦」一名亦未曾於他人文集中出現，《歷代賦彙》「行旅」所收作品略有蔡邕（133-192）〈述行賦〉[58]、張載（?-?）〈敘行賦〉[59]、謝靈運（385-433）〈歸途賦〉[60]，大抵皆自述己身歸行之事，歐陽詹（755-800）〈將歸賦〉則云：

> 憶求名於薄藝，曾十稔以別離。纔還鄉之半齡，又三年於路歧。紅顏匪長，白日如馳。苒苒皆盡，悠悠爲誰。親有父母，情有閨闈。居唯苦飢，行加相思，加相思兮寧苦飢。辭家千里，心與偕歸。南省之蘭，東山之薇，一芳一菲，何是何非。歸去來兮，秋露霑衣。[61]

追憶年少辭親求名十年，後雖還鄉半載，卻旋又奔波歧路三年，遠離父母妻兒之相思難耐，而今終得回返家園，不由發出「歸去來兮，秋露霑衣」之喟歎。全篇多以四字句出之，似有自抑激情作用，然其歸鄉情思充溢字裡行間，自有動人韻味。而宋祁〈送將歸賦〉則云：

> 溯長波之滃渻，面層巘之嶔崎。逗商颷之迅籟，上嵋日之浮暉。問駕言其焉往，餞我友兮川湄。閔征夫之云邁，值彫年之行晏。花戢芬以去條，葉扶橋而違幹。氛曈曈其旣興，露溥溥而復泫。切寒蜩之暝唱，驚離鷗之晨囀。蹇祗役以偕歡，

55　王水照：《宋代文學通論》（開封：河南大學出版社，1997 年），頁 25。

56　《全宋文》，卷 482，頁 87-88。

57　《全宋文》，卷 483，頁 95-96。

58　《歷代賦彙》，冊 10，《外集》，卷 10，「行旅」，頁 491。

59　同前註，頁 495。

60　同前註，頁 506。

61　是氏：《歐陽行周文集》（臺北：臺灣商務印書館，1965 年），卷 1，頁 6。

差感物而逢歎。於是行子輟艫，居人停轡。瑤軫徐泛，金罍參泊。判一笑於聯坐，結兩感於殊里。矧民生與代故，常同沈而交戾。譬持筳以偶楹，寧有望於如志。甫論罠以希泰，俄較尋而得否。老超境以逐壯，憂涉域而追喜。苟外物之迭攻，歸吾衰其焉避。執子祛以遷延，耿予懷之淹郵。越層澀以斜趨，薄深林而戰慄。虎號羣以擇肉，蛟流涎以尸宬。美哲人之蒙險，方愛主而委質。視呂梁其安流，蹈太行猶通術。亙之帝兮樂胥，保玉體而逢吉。[62]

以「溯」字開端，漫長險阻路途即於眼前展現，繼言「面層巘之嶔崎」，於水路之外愈增陸路嶔崎難行之困阨，雖僅爲自然景色之描畫，卻已隱伏友朋遠行之艱辛與苦痛。三、四二句藉嵋日浮暉勾勒時間迅馳之感，五、六句方引出主題乃爲餞友於川湄。七句以下至末章則極力抒發作者憫懷征夫云邁之不捨，「征夫」一詞與「浮暉」之聯結不免串憶王粲（177-217）〈登樓賦〉中「原野闃其無人兮，征夫行而未息」[63]圖象，益添孤單。而「虎號羣以擇肉，蛟流涎以尸宬」以「號」、「流」生動字詞傳神表達虎、蛟之驚愕可佈情狀，加增此行之危難及舊友擔憂不捨之情，筆勢靈動多情。末尾「保玉體而逢吉」以慎重祝禱話語作結，未盡之意耐人尋思。

綜觀全篇，雖對偶精切，字句華美，然餞送友人之離愁別緒自然充溢其中，別具風韻。

〈零雨被秋草賦〉題目似爲詠物感懷之作，然據題下注可知乃送別刁繹之賦，「刁繹」，《四庫全書》作「刁繹」，宋庠撰有〈送刁繹從事自龍舒西赴青城宰〉詩，云：

東別羣舒國，西踰二劍天。才高鄠都檄，政竚武城絃。祚馬征蹄苦，嚴雞瑞羽鮮。離愁知遠近，萬里到橋邊。[64]

62　《全宋文》，卷482，頁87-88。

63　《漢魏六朝百三名家集》，冊2，《王侍中集》，卷全賦，頁121。

64　《全宋詩》（北京：北京大學出版社，1998年），卷189，頁2167。

觀其題目、內容，所贈別對象當即宋祁此賦所言之人，乃丹徒人，天聖年間進士，[65]曾通判揚州知事，[66]盛度（970-1040）嘗與之往來，[67]宋祁與其交遊情形因文獻不足難能稽考，唯〈零雨被秋草賦〉存留訊息，文云：

> 撫萬化之摰斂兮，憑八極而延佇。既悲秋之變衰兮，復迫天之陰雨。溯間關之長道，攬沉溔之平楚。於時際海籠日，窮天寫霧。雲引暝以夕屯，風含悽而曉赴。乍滅岫以亡巒，或蔽林而失樹。陂漫漫以蒙紫，川汪汪而蕩素。然後散漫虛落，空濛阡陌。慘江蘺之馥銷，泣疏麻之寒滴。紛灌莽以蔽虧，遞亭皋而舒直。荊榛塞望，蘭茝無色。水寂寥以收潦，壤塗泥而反宅。坌百感之外至，注一情而中惻。爾乃客子被酒，投袂四顧。畏簡書之期會，問征夫以前路。雙鳧之舄兮有容，一鹿之車兮在御。結斗城之深戀，捐鈎梯以徑度。周道倭遲，我心西悲。種層陰以慘切，惜此會之騷離。踐靃霂之有蕩，憫柯葉之相違。難莫難於遠道，樂莫樂於新知。寧念東山有歎婦之句，淮南有王孫之詞。[68]

一至二十四句皆著重描寫秋雨際海籠日、窮天寫霧情狀，其散漫空濛景象確有衰颯零落之感，於此天地慘然無色之中，恰為好友離去時刻，當其投袂四顧，不免心悲，人生難於遠道，送別離情恰如零雨被秋草般悲悽陰涼。

　　此賦與前篇均藉景興懷，然前作篇幅多刻劃不捨舊友之情，此篇則重於渲染外在世界氛圍，雨霧瀰天被草似為離人泣涕代言，二賦筆法、重心雖有不同，藉賦鋪陳贈別之意、不捨之情則無二致，均為賦中少見之作。其後鄭獬（1022-1072）作〈登山臨水送

65　清·黃之雋：《江南通志》（臺北：華文出版社，1967 年），冊 4，卷 119，〈選舉志〉，頁 1988。
66　《萬姓統譜》（《中華漢語功具書書庫》，合肥：安徽教育出版社，2002 年，冊 74），卷 30，頁 496。
67　宋·沈括撰，胡道靜校正：《新校正夢溪筆談》（北京：中華書局，1957 年），卷 10，頁 400-401。
68　《全宋文》，卷 483，頁 95-96。

將歸賦〉[69]，蔡確（1037-1093）亦有〈送將歸賦〉，[70]陳普（1244-1315）〈遠行送將歸賦〉[71]或與宋祁之開創有關。

三、立意之新變

除開創前人未曾書寫之題材、題目外，宋祁亦思由舊有題材、對象中另闢蹊徑，以獨具面目之筆法揮灑，以詠物賦而言，花果草木原爲常見題材，而蒲桃（又名「蒲萄」、「葡萄」）自漢代傳入中土後，便有以賦吟詠之篇什，鍾會（225-264）〈蒲萄賦〉爲今日可見最早者，其文云：

> 美乾道之廣覆兮，佳陽澤之至淳。覽遐方之殊偉兮，無斯果之獨珍。託靈根於玄圃，植崑山之高垠。綠葉蓊鬱，曖若重陰翳羲和。秀房陸離，焜若紫英乘素波。仰承甘液之靈露，下歙豐潤於醴泉。總衆和之淑美，體至氣於自然。珍味允備，與物無儔。清濁外暢，甘旨內道。滋澤膏潤，入口散流。[72]

先以贊詠口吻稱頌乾道廣覆、佳陽澤被而得以孕育珍奇佳果，次敘其來源，並以華美具象字詞描繪其綠葉秀房形貌，及其豐潤甘甜滋味，短短百餘字全集中描寫蒲桃。據鍾會自云，其書寫源起乃是因「余植蒲桃於堂前，嘉而賦之」，「蒲桃」原爲有意擇選栽培之物，因嘉其美而以賦詠之，書之不足，又「命荀勗並作」，賞愛之情略可想見。

荀勗（?-289）〈蒲萄賦〉今存「靈運宣流，休祥允淑。懿彼秋方，乾元是畜。有蒲萄之珍奇，應淳和而延育」[73]數句，以典重字詞歌詠蒲桃，應禎（?-?）亦有「結繁子

69　宋·鄭獬：《鄖溪集》（《宋集珍本叢刊》，北京：線裝書局，2004 年，冊 15），卷 15，頁 144。

70　宋·呂祖謙編：《宋文鑑》（《景印摛藻堂四庫全書薈要》，臺北：世界書局，1986 年，冊 477），卷 9，頁 104。

71　《歷代賦彙·外集》，冊 10，卷 10，頁 514。

72　明·張溥輯：《漢魏六朝百三家集》（《景印摛藻堂四庫全書薈要》，臺北：世界書局，1986 年），卷 36，頁 328。

73　《漢魏六朝百三家集》，卷 38，頁 349。

之磚落兮，弓英籠總而彌房」[74]殘句，傅玄（217-278）則云：「踰龍堆之險，越懸度之阻，涉乎三光之阪，歷乎身熱之野」[75]，大抵皆具字詞華美、用典等賦作特色。

宋祁〈右史院蒲桃賦〉則先以序文交代書寫源起，疑惑右史院所植蒲桃「人不夭摧，禽不栖喙」[76]「與平原槁壤有間，匪灌蕘宿莽所干」卻條悴葉芸，不為時珍，頗有感傷，就此引出「得非地以所宜為安，根以屢徙為危」，聯結王粲〈登樓賦〉「雖信美而非吾土兮」[77]之惆悵無奈，代蒲桃發抒「封殖浸灌，信美非願」之意。故其作初始便非如前引篇章以嘉美贊頌為主，乃將作者個人深濃情感投射蒲桃之上，藉詠物寄寓主觀情志。

此賦以「昔炎漢之遣使，道西域而始通」開端，起始便將時空推擴，將今時今地與昔日、西域貫通，可見作者視野並非局限於眼前此刻，而是將蒲桃置於歷史長流，橫亙炎漢、西域大地觀看，拓展詠物格局。次敘前人矜其異種來遠，故遍植於離宮，下則歌詠其特性乃「玩之可使斮煩，食之足以平志。不由甘而取壞，廼因少而獲貴」，故能「鄙柚苞之輕儇，賤蔗境之塵滓」。其下卻以「粵何人斯，植我於茲」將自身化為蒲桃，從而發抒諸多疑問感慨，試圖為「奚敷華而委質，反慘慘而茲瘁。乏磊砢於當年，讓紛華於此世」尋找答案，「是必野荃非曾披之玩，菲實異大官之味」，希冀回歸巖際壠陰，不受人世紛擾糾葛，而能窮天年以善育。

全篇含序、賦、亂，結構完整，綜採經、史、子、集相關文詞、故事化用成典，確乎「博麗為能」[78]，於「以故為新」中翻出成就，「得前人所未道」[79]。王楙（1151-1213）《野客叢書》以為：「士有不遇，則託文見志，往往反物理以為言，以見造化之不可測也。」[80]明藉物言志，外物僅為逗引作者感思之楔子，而宋祁此篇則人物混融為一，餘韻無窮。

74　〈蒲萄賦〉，《太平御覽》（宋·李昉編撰，夏劍欽等點校，石家莊市：河北教育出版社，1994年，冊8），卷972，果部九，頁788。

75　同前註。

76　《全宋文》，卷482，頁82，以下所引本賦出處皆同，為省篇幅，不另一一註明。

77　同註63。

78　清·王芑孫：《讀賦卮言·審體》：「詩有清虛之賞，賦惟博麗為能」。（《淵雅堂外集》，《續修四庫全書·集部·別集類》，上海：上海古籍出版社，2002年，冊1481），頁376。

79　歐陽脩：《六一詩話》，《歐陽脩全集》，頁1948。

80　是書（王文錦點校，北京：中華書局，2007年），卷1，「歐公譏荊公落英事」，頁2。

　　宋祁另有〈石楠樹賦〉，考前人以「石楠樹」爲題之作，率皆以詩爲之，如：孟郊（751-814）〈和宣州錢判官使院廳前石楠樹〉以寫實筆墨長篇鋪述石楠形貌，末以感慨作結；[81]權德輿（759-818）〈石楠樹〉藉石楠興發相思之情；[82]王建（767-831）〈看石楠花〉、司空圖（837-908）〈石楠〉均藉石楠抒寫離鄉愁思；[83]白居易（772-846）〈石楠樹〉（又作〈石榴樹〉）雖以寥寥數筆將石楠「可憐顏色」襯敘得栩栩如生，令人賞愛，重點卻在發抒「上林無此樹，只教桃柳占年芳」感慨；[84]胡玢（?-?）〈石楠樹〉以詠物爲主，[85]以賦題詠石楠樹，歷來文人似僅有宋祁一人。[86]

　　宋祁〈石楠樹賦〉以近四分之三篇幅循序賦陳其栽植情形、獨特樣貌，其文字多如「翠帽森覆，仙幢凝峙」[87]、「默默幄密，童童蓋圓」[88]、「送密影於瑣窻，薦翠霏於瑤席」[89]般典麗具象，紅綠鮮美、生意盎然畫面自然躍現讀者眼前。

81　詩云：「太朴既一剖，衆材爭萬殊。懿茲南海華，來與北壤俱。生長如自惜，雪霜無凋渝。籠籠抱靈秀，簇簇抽芳膚。寒日吐再艷，頹子流細珠。鴛鶱花數重，翡翠葉四鋪。雨洗新粧色，一枝如一姝。聳異數庭際，傾妍來坐隅。散彩飾机案，餘輝盈盤盂。高意因造化，常情逐榮枯。主公方寸中，陶植在須臾。養此奉君子，賞觀日爲娛。始覺石楠詠，價傾賦兩都。棠頌庶可比，桂詞難以踰。因謝丘壚木，空採落泥塗。時來聞佳姿，道去臥枯株。爭芳無由緣，受氣如欝紆。抽肝在郢匠，歎息何踟蹰。」《孟郊詩集校注》（唐·孟郊撰，華忱之、喻學才注，北京：人民文學出版社，1995年），卷9，頁408。

82　詩云：「石楠樹石楠紅葉透簾春，憶得粧成下錦茵。試折一枝含萬恨，分明說向夢中人。」見《全唐詩》（北京：中華書局，1999年），卷329，頁3680。

83　王詩云：「留得行人忘卻歸，雨中須是石楠枝。明朝獨上銅臺路，容見花開少許時。」見《全唐詩》，卷301，頁3424。司空圖詩云：「客處媮閒未是閒，石楠雖好懶頻攀。如何風葉西歸路，吹斷寒雲見故山。」《全唐詩》，卷633，頁7317。

84　詩云：「可憐顏色好陰涼，葉剪紅牋花撲霜。傘蓋低垂金翡翠，薰籠亂搭繡衣裳。春芽細炷千燈焰，夏藥濃焚百和香。見說上林無此樹，只教桃柳占年芳。」《全唐詩》，卷439，頁4905。

85　詩云：「本自清江石上生，移栽此處稱閒情。青雲士盡識珍木，白屋人多喚俗名。重布綠陰滋蘚色，深藏好鳥引離聲。余今一日千迴看，每度看來眼益明。」《全唐詩》，卷768，頁8809。

86　筆者以「石楠樹賦」、「石楠賦」、「楠樹賦」檢索《文淵閣四庫全書電子版》（香港：迪志文化出版公司，2005年），僅見宋祁〈石楠樹賦〉一篇，宗澤作有〈古楠賦〉，餘未見名爲「楠賦」之作。

87　《全宋文》，卷483，頁94。

88　同前註。

89　同前註。

　　然一切美好事物之堆累實為反襯下文之絕遠孤生，觀其「嗟上國之絕遠，憫孤生之薄祜。六枳維乎萬國，三槐配於上公。御史著中臺之柏，大夫紀東岳之松。顧弱質之雖陋，冀賞心之一逢。託陵阿之善養，丐根柢之先容。苟君子兮不顧，將老棄於山中」[90]之語，實將惋惜之意涵藏至此方噴薄而出，其中言及六枳、三槐、中臺之柏、東岳之松，除為植物本身物性之對照外，亦蘊蓄豐富故實，似亦傳遞宋祁希冀建功立業之企求。林天祥認為宋祁乃因復州為上國之遠，「軍事推官職司又微，與其自期不合，故藉石楠樹以自喻，抒寫其幽懷之歎」[91]，若純就賦中歎嗟「上國之遠」視之，似不無可能。

　　考此賦作於仁宗天聖二年（1024），宋祁與兄長宋庠同年舉進士，釋褐為復州軍事推官，[92]而天聖八年（1030）石介（1005-1045）、歐陽脩進士及第後，二人分被任命為鄆州觀察推官、西京留守推官，其職階與宋祁相當，[93]推想宋祁釋褐為軍事推官應無職司過微之虞。唯復州地處荊湖北路，[94]鄆州位京東路，[95]西京位京西路，[96]均距京城較近，然宋祁曾云：「復州者，古為景陵郡，樓地敞夷，殖物繁夥，濱帶江漢，嘗被文王之聲詩，蔽虧宿莽，流為騷人之悽愴。神姦物厲之不作，民風國教之在柔。居然吉祥，是最殊勝。」[97]頗欣賞當地勝景民風，且有與其兄笑謔趣談任所事，[98]就其〈石楠樹賦〉之命題與內容觀之，或僅為因物起興，未必有不遇之慨。劉培以為：

　　　　（宋祁）他對自己窮愁孤獨的身世充滿顧影自憐，對人生充滿憐憫。這種情感可
　　　　以說是平庸的承平景象在他的心鏡中的折射，是在平庸環境的無可奈何之中，將

90　同前註。

91　氏著：《北宋詠物賦研究》（臺北：萬卷樓圖書公司，2004 年），頁 144。

92　《宋史》，卷 284・〈宋祁傳〉，頁 9593。

93　參見龔延明：《宋代官制辭典》（北京：中華書局，1997 年），頁 544-545。

94　《宋史》，卷 88，〈地理志四〉，頁 2193。

95　《宋史》，卷 88，〈地理志一〉，頁 2111。

96　《宋史》，卷 88，〈地理志一〉，頁 2115。

97　〈復州廣教禪院御書閣碑〉，《全宋文》，卷 526，頁 83。

98　宋・王得臣《麈史》載：「元憲宋公應舉，再上及第，初任通判襄州。景文一上及第，初任復州推官。元憲謂曰：『某多幸，纔入仕不識州縣況味。』景文答曰：『某亦多幸，纔應舉便不知下第況味。』兄弟相與笑謔而罷。」見是書（朱易安、傅璇琮等主編：《全宋筆記》，鄭州：大象出版社，2003 年，第 1 編，第 10 冊，黃純艷整理），卷下，〈諧謔〉，頁 79。

人生的窮愁放大了，以此來渲染內心莫名的苦悶。[99]

宋祁屢次言及自身「甫冠而孤，未堪多難」[100]、「祜薄早孤，學勤晚就」[101]，窮愁孤獨之感確長駐心中，若將此視爲平庸承平景象於心鏡中之折射，似未能勘透文人幽微敏銳氣質，正如「誰道閒情拋棄久，每到春來，惆悵還依舊」[102]，易感多思恐爲諸多文人與生俱來之才性，未必與現實環境緊密相關。準此以觀〈石楠樹賦〉，宋祁應有感於石楠樹之弱質難移，適與自身孤拙命運類近，故著意以其入賦別加吟詠。

四、筆法之變易

製題、立意之開創新異外，宋祁辭賦之筆法亦多有革舊變易之處，《曲洧舊聞》載曰：

> 范忠文公在蜀，始爲薛簡肅公所知。及來中州，人未有知者。初與二宋相見，二宋亦莫之異也。一日相約結課，以《長嘯卻胡騎》爲題。公賦成，二宋讀之，不敢出所作。既而謂公曰：「君賦極佳，但破題兩句無頓挫之功，每句之中各添一『者』字如何？」公欣然從之。二宋自此遂大加稱賞，乃定交焉。[103]

記述宋庠、宋祁兄弟評論范鎭（1007-1088）〈長嘯卻胡騎賦〉破題筆法及彼此定交情事，至於二宋所改〈長嘯卻胡騎賦〉是否較原作頓挫有力，不妨略作檢視：

> 制動以靜，善勝不爭。伊劉氏之長嘯，卻胡人之亂兵。初歷歷以傳聞，合圍風靡；遂稍稍而引退，一境塵清。當其分晉室之憂勤，守幷門之衝要，邊寇衆至，虜戰數挑。勝不可以近決，敵不可以前料。凌雲拔幟，誰爲趙璧之謀；訴月登樓，獨

99　氏著：《北宋初、中期辭賦研究》（臺北：萬卷樓圖書公司，2004 年），頁 142。

100　〈謝直館啟〉，《全宋文》，卷 509，頁 551。

101　〈授待制謝兩府啟〉，《全宋文》，卷 509，頁 562。

102　歐陽脩：〈蝶戀花〉其十六，《歐陽脩全集》，冊 5，卷 131，頁 2008。

103　見是書（收入朱易安、傅璇琮等主編：《全宋筆記》，鄭州：大象出版社，2008 年，第 3 編第 7 冊，張劍光整理），卷 2，頁 22。

引蘇門之嘯。出自予口，期於衆聞。微角更變，宮商互分。……[104]

本篇爲律賦，限定以「清嘯聞外，胡騎潛去」爲韻，句式大抵以緊句、隔句爲主，[105]前引諸句皆爲四、六言形式，初爲四四六六，繼爲六四六四，「當其」二字提領下文後，易爲六六四四六六、四六四六、四四四四，齊整之中復具參差錯落之美，故范鎭原以「制動以靜，善勝不爭」八字破題，符合一般律賦形式，既配合全篇基本句式，又爲簡明扼要之開端，自有其道理。

雖有上述優點，然「制動以靜，善勝不爭」過於平穩和緩，且與全篇四六句式一致，不易凸顯其與衆不同之處，破題力道確稍嫌不足。二宋各添一「者」字，使之成爲「制動者以靜，善勝者不爭」，則每句吟誦節奏改爲三二，較富變化情韻，且層次分明，重點突出，頓挫強調作用隨之增加，確較原作精采秀傑。

宋人記載該事始末後，曾附論曰：「景文賦雖不逮於蜀公，他人亦不能到。破題云：『月滿邊塞，人登戍樓』，眞奇語也。」[106]查「月滿邊塞，人登戍樓」八字未見於宋祁現存詩文中，該〈長嘯却胡騎賦〉已佚失，無法得見全篇，亦無法與范鎭作品比較長短。然破題以「月滿邊塞」起筆，皎潔月色映照大地，營造祥和溫馨情調，畫面鮮活具現眼前，繼而敘明乃月滿「邊塞」，倍增離人月圓思鄉情懷，且極富衝突矛盾美感，「人登戍樓」愈顯其外出征戰之無奈，令人印象深刻。

李調元（1734-1803）以爲：「作賦全在起首，須令冠冕涵蓋，出落明白」[107]，其中律賦尤重破題，多採開門見山筆法，緊扣題目甚至題眼，[108]以求簡捷有力。宋祁〈長嘯却胡騎賦〉卻以靜景開端，蒼涼之戍人登樓繼之，有違一般律賦筆法，印證前文所引

104　《全宋文》，卷 862，頁 465。

105　據許結研究，唐代無名氏：《賦譜》將賦之句式分為壯、緊、長、隔、漫、發、送諸類，參見是氏：《中國賦學歷史與批評》（南京：江蘇教育出版社，2001 年），頁 83。郭建勛分析：「緊句」指四字對，「隔句」則有上四下六對、上六下四對、上七下四對、上三下不限各種情形，見是氏：《辭賦文體研究》（北京：中華書局，2007 年），頁 85-86。

106　宋・吳曾：《能改齋漫錄》（臺北：木鐸出版社，1982 年），卷 14，「記文・賦長嘯却邊騎」，頁 399。

107　《賦話》（王冠輯：《賦話廣聚》，北京：北京圖書館，2006 年），卷 2，頁 50。

108　郭建勛：《辭賦文體研究》，頁 85-86。

修增范鎮賦作一事,可知宋祁十分重視辭賦筆法之推陳出新,若能翻轉舊制,另具面貌,即使破壞固有規範,背逆常作,應亦在所不惜。

　　無論自作或建議增字之〈長嘯却胡騎賦〉,除呈示宋祁更易破題手法外,亦顯露宋祁以意、氣為主,改換律賦習有句式結構之創作態度,以〈鷙鳥不雙賦〉為例,其文云:

> 鳩彼鷙鳥,羽族之雄。挺異稟而邈焉自處,俯衆禽而莫與爭功。屬擊之羣,豈顧連雞之桀;翔翺獨任,寧虞六鷁之風。稽乃物情,驗諸前志。蓋內稟於介特,實中存於猛鷙。所以擅美惟一,爭先寡二。殊姿鶚立,詎知乎入不亂行;迅體鷹揚,但見夫出乎其類。志自我適,衆徒爾為。顧絶倫而示乃,非命匹以求之。食鮮罕儔,鄙燕燕於飛之際;翰奇寡和,異嚶嚶求友之時。質謝羣居,心存霄極。將專累百之美,以保獨清之德。靜惟介立,靡從舒鴈之行;動必雄飛,安俟比鶼之翼。少之為貴,疇敢以踰。排天宇以上出,冠雲羅而德孤。蔑飛鶉而在下,視持鷂以如無。介處可徵,方擅威於夏習;羣翔莫得,遂專制於霜誅。不如是則何以屬逸翮而遠圖,據嘉名而奄有。下轉而視不留眄,屬吻而擊無遺走。雄姿絶俗,殊雛雄之應媒;隻影戾天,誚舞鸞之索偶。嗟乎,氣皆從類,物必有倫。何茲禽之特異,由至性以難馴。雖同乎必慎其獨,當恥乎比之匪人。臨敵有餘,豈梟鷯之可逮;干霄直上,諒鳥合以無因,別有繞樹可依,搶榆而止。雖攷類以各異,顧呈材而曷比。未若我出叢萃而超等夷,一舉千里。[109]

全篇遵行賦體規則,多以對句行之,雖基本以四六句為主,然其間穿插部分長句與散文字詞、散句,[110] 如第三四句「挺異稟而邈焉自處,俯衆禽而莫與爭功」乃八字長句,如改為「異稟邈焉自處,衆禽莫與爭功」,文意似亦相近,文氣卻有欠暢達,與衆禽區隔之高傲俯瞰情境未能全然顯現,若於每句句首加一動詞,中間加一「而」字承接,既可重點突出「挺」、「俯」意涵,復能使全句韻味縣邈,與傳統六字句相較,略無板滯笨重之弊,改創之功顯而易見。

109　《全宋文》,卷484,頁106。

110　郭建勛定義「長句」乃指「五字及五字以上對」,見是氏:《辭賦文體研究》,頁84。

　　三四句之後，宋祁轉回一般句式，四六四六，四四六六，「所以」二字後爲四四句，又變以七四七、四四、六六，四七四七，其後大致以四六句爲主，至「不如是則何以屬逸翮而遠圖」以十二字一氣直下，似有噴薄洶湧慨歎須藉此長句方能一吐爲快。下句「據嘉名而奄有」可與「屬逸翮而遠圖」對仗，緊接之「下轟而視不留眴，屬吻而擊無遺走」復爲七字句，激昂情緒似較收束。其後爲四六四六，二四四，六六，七七，四六，四六六四，六六，句式變化多端，結尾則以「未若我出叢萃而超等夷」塑造另波高潮，「一舉千里」戛然而止，使讀者視線彷若隨從作者文字觀看迢遙天際，目送孤介雄猛之鷙鳥衝飛高空，餘韻無窮，且能與篇首「挺」、「俯」扣合，前後呼應，洵爲結構完整緊密之佳作。

　　大抵而言，「賦屬描繪性文體」[111]，「徵材聚事」[112]乃習見作法，且據研究，「律賦由駢賦發展而來，本以駢儷偶對句爲主，一般僅在段首或段尾用一個散句來提起或收束，而段落中間則一般都是駢句，兩兩對仗，這是律賦也是駢賦的常格。」[113]〈鷙鳥不雙賦〉卻屢以跌宕筆勢抒發作者澎湃情感，不拘格套率意揮灑，所謂「觀其命句，可以見學植之深淺；即其構思，可以覘器業之大小」[114]，本篇允爲宋祁命句、構思均有所成就之篇，非僅具現其學殖、器業之深廣，亦可展示其棄舊求新之努力，不容忽視。

　　另如〈豐宜日中賦〉，破題云：「豐，大也，貴夫擊蒙；日，實也，盛乎居中」[115]，雖切中題意，然句式與一般四四開篇迥然不同，頗具攫取讀者注意功效。其後六六、四六四六句，緊接爲「聖人所以仰之，如日受之以豐者也」[116]之六八句，且爲較散文化之文意句式，而非律賦對仗精華之駢偶情形，其下「昔之作《易》也，妙探神幾，冥符

111　許結：〈論賦的學術化傾向——從章學誠賦論談起〉，《賦體文學的文化闡釋》（北京：中華書局，2005 年），頁 207。

112　清‧章學誠：《校讎通義》（王重民通解，田映曦補注，上海：上海古籍出版社，2009 年），〈漢志詩賦第十五〉，頁 116。

113　趙俊波：《中晚唐賦分體研究》（北京：中國社會科學出版社、華齡出版社，2006 年），頁 332。

114　孫何：〈論詩賦取士〉，引自宋‧沈作喆《寓簡》（《全宋筆記》，鄭州：大象出版社，2008 年，俞鋼、蕭光偉整理，第 4 編第 5 冊），卷 5，頁 42。

115　《全宋文》，卷 483，頁 98。

116　同前註。

心匠」[117]爲五四四句，亦與一般律賦形式有異，「昔之作《易》也」亦爲散化句。「《離》明乎下，《震》動而上。大道既備，微生斯暢」[118]回復四四四四穩當對句，卻又再次以「由是因《豐》體之甚盛，與日華之相尙」之八六句破壞齊整。

其後多爲四六句，間雜七字句，末六句則云：「王者所以丕建謀猷，愼守宗社。觀《豐》則澤浸於無外，宜日則明被於群下。因一卦之義焉，見聖人之道也」[119]散化痕跡昭然可見。且宋律賦程式本較唐賦嚴苛，無論用韻、字數、句數皆有限制，據李調元所云：「唐時律賦，字有定限，鮮有過四百者」[120]，「唐賦一般都在 400 字以內」[121]，「宋賦也不例外」[122]，本篇約 444 字，篇幅較一般律賦爲長，散化字句亦較多見，或爲宋祁有意突破常規之作。

律賦之外，宋祁現存他類辭賦亦有筆法異於一般者，如〈傷賢賦〉乃因同僚故友公孫子正（?-?）「事親孝，與士信，深中夷澹，毅然持正」[123]，卻「祿不過上農，位不登寧定」[124]，早世而「無兒應門，有女未傅」[125]，故以賦悼念祭拜。有別於〈歲云秋賦〉、〈窮愁賦〉、〈憫獨賦〉等發抒深切感懷作品以騷體書寫，[126]本篇以一般四六句式行文，唯中段言及「士惟君養，爵乃吾縻。斂以越砥，御以新羈。入冑筵而鳴鼓，退私室而垂帷」[127]後，筆鋒一轉，連以四「或」字提領文句，謂：

　　或東觀以讎籍，或平臺而見師，或連蜷第賦，或競病論詩。[128]

117　同前註，頁 98-99。

118　同前註，頁 99。

119　同前註。

120　同註 107，卷 4，頁 82。

121　郭建勛：《辭賦文體研究》，頁 88。

122　同註 121。

123　〈傷賢賦·序〉，《全宋文》，卷 483，頁 90-91。

124　〈傷賢賦〉，《全宋文》，卷 483，頁 91。

125　同前註。

126　以上三賦分見於《全宋文》，卷 482，頁 88；卷 483，頁 89-90；卷 483，頁 92。

127　同註 125。

128　同前註。

斷句有別於一般四六句之二二、三三，而易爲一二一二、一二二，字數變爲六六五五，四句卻又明顯爲排比句組，語脈連貫，一氣呵成。四句後「包左氏之富艷，無枚皋之詆欺」[129]似回歸賦之駢對，然其下「有洌匪泉，有直伊始」[130]復加變化，八句句式於全篇頗爲特出。

自此以下，宋祁多以六字句陳寫，近篇末時，先以「未嫁兮左思之女，獨拜兮任咸之妻」[131]似騷體句式造成與全賦迥異之句式、風格，使讀者誦詠之際勢得稍加停頓玩味，其後以六六四四，六六六六六六終篇，雖似以人事爲主，[132]然悲憾情思縈繞迴盪不已，充分流露宋祁不捨舊人之意。

另如前引〈詆仙賦〉之句式有別於宋祁慣使之駢偶對仗，而時有錯落參差之美，「之」字時現文中，乃善用虛字以沖散凝重文氣者，「壯士抱翻車之歎，長年有落木之悲」[133]亦爲一例。「與平原槁壤有間，匪灌叢莽所干，而條萃葉芸，不爲時珍，何耶？得非地以所宜爲安，根以屢徙爲危？」[134]則具散文化風味。[135]此外，宋祁亦有以議論筆法抒寫成篇者，如：「志者，孰爲聖人所之？欲成功於撥亂，非務麗於屬辭」[136]，凡此種種皆可得見宋祁創意書寫之巧思用心。

五、結語

綜理前文所論，略可得知：宋祁雖少習辭賦，並以之博取聲名，步入仕途，然並未爲程式所限，反強調陳言務去、自名一家之創新意識。具體呈現於創作中者顯有幾端，

129　同前註。

130　同前註。

131　同前註。

132　《宋代辭賦全編》將〈傷賢賦〉納入「人事」，而非如〈歲云秋賦〉、〈窮愁賦〉、〈臥廬悲秋賦〉般歸爲「情感」，參見是書（曾棗莊、吳洪澤主編，成都：四川大學出版社，2008 年），卷 100，頁 3125-3126；卷 99，頁 3091-3094。

133　〈臥廬悲秋賦〉，《全宋文》，卷 482，頁 83。

134　〈右史院蒲桃賦〉，《全宋文》，卷 482，頁 81。

135　據何灝繫年，此篇作於明道二年（1033），宋祁三十六歲，見《宋祁年譜》頁 49。

136　〈志在春秋賦〉，《全宋文》，卷 483，頁 102。

如「感蚗蟟賦」、「憐竹賦」、「詆仙賦」之題目皆《四庫全書》僅此一見者，「蚗蟟」即寒蟬，其別名異稱眾多，前人嘗有〈蟬賦〉、〈寒蟬賦〉、〈鳴蜩賦〉篇章，然從未於詩文中吟詠「蚗蟟」，宋祁乃首以「蚗蟟」入賦者。原因或有三項：一、學殖深厚，擇取生僻名稱以炫學逞技。二、「蚗蟟」與「怮憭」形音俱近，「怮憭」乃憂愁懊悔義，命曰「蚗蟟」較「寒蟬」具聯想空間，意蘊較豐富深入。三、落實創新理念，刻意另取新名以與舊作區隔。

此外，詠物賦傳統多以所詠對象之名爲題，宋祁則於其上加增「感」、「憐」字，可凸顯創作主體之存在與主導性，並與全篇承轉、縣邈情韻緊密綰合。而〈憐竹賦〉書寫重點、筆法異於一般詠竹之賦，雖賦中未有「憐」字，「憐」意實貫串全篇，以之扣題堪稱允當。

〈詆仙賦〉與前人多爲賦以頌美神仙動機有別，乃爲批判世俗牽奇合怪、妄陳僞存之事而作，爲便於議論說理，全篇以較質樸簡白字詞行文，雖化用典故卻無凝重板滯之弊，乃翻案之作。

〈送將歸賦〉、〈零雨被秋草賦〉均爲餞行送別之篇什，二賦章法結構、醞釀離愁別緒氛圍各有不同，然渲染之不捨情緒則無二致。以賦贈別幾爲前此未見之舉，宋祁之創意書寫拓展賦作之應用場域，應予重視。

舊有題材中，宋祁亦擇取獨有所感者敷衍成章，如〈右史院蒲桃賦〉、〈石楠樹賦〉、〈古瓦硯賦〉皆能另闢蹊徑，自出機杼，以創意賦予舊物新貌。

關於〈長嘯却胡騎賦〉破題手法之評論與自作情境均顯示宋祁思索辭賦書寫筆法、著意創新態度，甚至偶以意、氣爲主，改換律賦習有句式結構，如〈鷙鳥不雙賦〉、〈豐宜日中賦〉擺落固有習套，屢有散化句式，時以跌宕多姿樣貌傳達作者洶湧澎湃情感，頗爲特別。他如〈傷賢賦〉之句式變化，〈詆仙賦〉善用虛字以沖淡板重文氣及篇中錯雜議論筆法等，皆宋祁賦作筆法變異創新例證，可見其創意書寫辭賦之用心。

簡言之，學界雖多將宋祁視爲西崑餘緒，然其辭賦現存多篇，題材豐富，各有情韻，饒具創意書寫筆法者甚眾，實非僅依範舊規者，其貢獻與重要性應重加審視肯定。

刊落陳言，探出新意——宋祁碑誌文析論

一、前言

　　學界論及宋祁（998-1061）時，多半將目光集中在他編修《新唐書》的貢獻，或就史料保存價值、史觀角度探查宋祁成就，較少深入研究宋祁文學表現，而只簡單將他畫歸爲西崑體詩人之一，重要性遠遠不及楊億（974-1020）、劉筠（971-1031）、錢惟演（962-1034）等領袖人物。其實，宋祁科舉中第前後便在文壇享有盛名，[1]備受當時高官夏竦（985-1051）、劉筠稱揚，[2]晚近學者雖漸關注宋祁其人其文，相關研究日益豐富，但仍偏重在生平事蹟考訂、作品繫年，[3]或文學思想、詩歌研究，[4]觀看層面略受局限。

　　據考，宋祁著作等身，《景文集》卷帙眾多，[5]辭賦、詩歌都頗有饒富新意、不拘陳規的表現，[6]此外，散文書寫也有突破舊制，另開局面，甚至可能擔負唐宋古文承繼中介地位的重要作用，可惜，似乎從未有學者特別關注宋祁散文書寫情況。

1　事見宋・宋祁：《宋景文公筆記》（鄭州：大象出版社，2003 年），卷上，頁 47。

2　宋祁於天聖二年參加科考及第，主考官即為劉筠，劉筠對宋祁極為欣賞，「大稱之朝，以為諸生之冠。」參見〈座主侍郎書〉，《全宋文》（成都：巴蜀書社，1990 年），卷 503，頁 437。

3　如何灝：《宋祁年譜》（成都：四川大學中文系碩士論文，2003 年 3 月，97 頁）、溫潔：《宋祁詩文繫年及行實考述》（鄭州：鄭州大學碩士論文，2005 年 5 月，52 頁）。

4　如許菊芳：《宋祁詩歌研究》（湘潭：湖南科技大學碩士論文，2007 年 5 月），56 頁。

5　據祝尚書：《宋人別集敍錄》（北京：中華書局，1999 年）考察，《景文集》於宋代分別有二百卷、一百五十卷、一百卷、七十八卷四種本子，但當時即有所散佚（見是書頁 118），就後人搜輯整理情形視之，應有百卷以上。

6　詳參拙稿〈宋祁辭賦之創意書寫〉（收入國立成功大學中國文學系編：《文學藝術與創意研發研究論文集》，臺北：里仁書局，2011 年 12 月，頁 167-201）、〈將飛更作回風舞——宋祁詩歌特色與宋詩發展之研究〉（《從風騷到戲曲——第一屆兩岸韻文學學術研討會論文集》，臺北：世新大學，2009 年 12 月，頁 187-213）。

　　現存宋祁文章，無論辭賦、制、奏、對、表、序、題跋、論、說、記、述、錄、戒、銘、行狀、墓誌銘、祭文……，皆曾書寫，眾體兼備，各具風采，雖因戰亂，存世不多，但其中書牘尚有 3 卷，115 篇，數量最豐；[7]其次為碑誌文，[8]計佔近 3 卷，共 31 篇。[9]書信基本上是宋祁與師友故舊往來問候，述說生活見聞思感，或表抒生命、文學理念的產物，雖然可以成為「他自己的簡潔的注釋」[10]，發揮史料作用，讓我們更全面貼近宋祁，瞭解他的心靈世界，但多數書牘都只是娓娓陳敘個人想法，並未著意經營章法結構，較乏改變文體規範、成為特殊文學作品的意圖，不具急切研究價值。相較之下，宋祁碑誌文數量既多，筆法又頗有特異動人之處，應加重視。

　　關於碑誌文起源、發展與書寫規範，徐師曾（?-?）記之甚詳，所謂：

> 按誌者，記也；銘者，名也。古之人有德善功烈可名於世，歿則後人為之鑄器以銘，而俾傳於無窮，若《蔡中郎（名邕）集》所載〈朱公叔（名穆）鼎銘〉是已。至漢，杜子夏始勒文埋墓側，遂有墓誌，後人因之。蓋於葬時述其人世系、名字、爵里、行治、壽年、卒葬年月，與其子孫之大略，勒石加蓋，埋於壙前三尺之地，以為異時陵谷變遷之防，而謂之誌銘；其用意深遠，而於古意無害也。迨夫末流，乃有假手文士，以謂可以信今傳後，而潤飾太過者，亦往往有之，則其文雖同，而意斯異矣。然使正人秉筆，必不肯徇人以情也。……其為文則有正、變二體，正體唯敘事實，變體則因敘事而加議論焉。[11]

7　《全宋文》，卷 502-504，頁 415-474。

8　碑誌文一般含括宮室、宗廟石碑與神道墓碑等，但「至《唐文粹》、《宋文鑑》，則凡祠廟等碑與神道墓碑，各為一類。」（明·吳訥著，于北山校點：《文章辨體序說》，北京：人民文學出版社，1998 年，頁 52。）宋祁為宋代文人，當時實際情況應如《唐文粹》編選者所反映的文體觀念，已將宮廟碑文與神道墓碑分為二類，因此本文所謂「碑誌文」不含山川、城池、宮室、宗廟……之類碑文，而限定為神道碑、神道碑銘、墓誌銘之類與冢墓有關文字。

9　《全宋文》，卷 526-528，頁 83-151。

10　魯迅：〈當代文人尺牘序〉，《且介亭雜文二集》，收入《魯迅全集》（北京：人民文學出版社，2005 年），頁 1856。

11　明·徐師曾著，羅根澤點校：《文體明辨序說》（北京：人民文學出版社，1998 年），頁 148-149。

說明墓誌銘幾項要點與性質改變：一、書寫對象由德善功烈可名於世轉爲一般亡故者。二、由鑄器以銘轉爲勒文埋墓側。三、書寫者原爲亡故者後人，後乃漸假手文士，以求信今傳後。四、內容應包含墓主世系、名字、爵里、行治、壽年、卒葬年月，與其子孫之大略等基本材料，但後世撰寫者往往因人情牽繫，以致潤飾太過，背離古人之意。五、墓誌銘最大目的是爲永傳於後代，本應以敘事爲主，因敘事而加議論的書寫情形不合傳統體例，是種變體。

徐師曾文中透露墓誌銘自漢代至明朝已有所改變，改變契機極可能始於張說（667-730），李珠海認爲「在墓誌書寫中加入了活潑、開放的文學性構思，以對話場景的描述或議論感觸的抒發，對墓主其人其事進行深刻的紀錄。」[12]但因張說的改變「只是點的突破，並未形成風潮，同時由於改動的幅度不大，也未引發當時文壇的注目或討論風氣。」[13]

直到韓愈（768-824）大量書寫墓誌銘，「碑誌七十六」[14]且「一人一樣」[15]，「篇篇不同」[16]，甚至可稱爲「古今無兩」[17]時，墓誌銘的書寫格式才眞正突破固有框限，擺脫「鋪排郡望，藻飾官階，殆於以人爲賦，更無質實之意」[18]的應酬堆疊風格，具有獨特風格。雖然韓愈墓誌銘無論題、序、銘、立意都有特異之處，對後世碑誌文影響甚

12　李珠海：《唐代古文家的文體革新研究》（臺北：臺灣大學中國文學研究所博士論文，2001 年），頁 49。

13　陳玉蓉：《歐陽脩與王安石墓誌銘研究——以韓愈文體改創爲中心的討論》（臺北：政治大學中國文學研究所碩士論文，2005 年 6 月），頁 16。

14　唐·李漢：〈唐吏部侍郎昌黎先生諱愈文集序〉，《全唐文新編》（周紹良主編，長春：吉林文史出版社，1999-2000 年），卷 744，頁 8671。韓愈文章目前計有 337 篇，墓誌銘今存 75 篇，約佔近五分之一。

15　唐·李塗：《文章精義》，收入《韓愈資料彙編》（臺北：學海出版社，1984 年），頁 468。

16　同前註，頁 469。

17　清·儲欣：《唐宋十大家全集錄》（收入《四庫全書存目叢書》冊 404，臺南：莊嚴文化公司，1977 年），頁 383。

18　清·章學誠著，倉修良編：《文史通義新編》（上海：上海古籍出版社，1993 年），外篇一·〈墓銘辨例〉，頁 368。本段文字原是評論「六朝駢儷，爲人誌銘」情形，但在韓愈改革墓誌銘寫作內容前，墓誌銘仍多是以鋪排墓主出身、官階爲主。

大，但據葉國良研究，「韓序在唐代並未成爲顯著之模仿對象」[19]，而「中晚唐文士雖或多或少受其影響，但除『銘』外，不甚顯著」[20]。

趙宋時期，歐陽脩（1007-1072）墓誌銘對韓愈墓誌銘的深化、回應情形頗爲顯明，在題稱、序文、銘辭、立意幾方面都有所承繼，更續加開展變化，[21]確是「用韓之法度，改變其面目而自成一家者也」[22]。但或許因爲蘇軾（1037-1101）「今之韓愈」[23]稱號普受認同，加以歐陽脩作品研究者較多，難免造成一種印象：似乎韓愈之後，緊接著便是歐陽脩的發揚光大，中間並無其他文人墓誌銘值得關注。可能因此忽略了在歐陽脩之前或與他同時的重要現象。

以宋祁爲例，雖自漢代以來便有不少碑誌文傳世，但突破陳規、開創新局者寥寥可數，[24]而宋祁卻能不受傳統文體規範限制，而有別出心裁表現。爲便於自歷史發展脈絡考察宋祁碑誌文特色，明瞭宋祁對於文體的承繼改易情形，本文將以多數論者所謂「正體」樣貌作爲參照基準，據以比較觀察，查看宋祁碑誌文風貌，如果都是符合「正體」模式，基本上只能證明宋祁是位循規蹈矩的作者，書寫方式與呈現面貌可能與其他文人差別不大，極易被淹沒在浩瀚文海之中，獨立標舉研究價值不大。但如是有別於一般書寫格式，傾向所謂「變體」面目，反而值得觀察。一方面須探究宋祁爲何要違逆固有範式，另覓他法創作？一方面也應分析此種「變體」如何「變」？「變」的成果如何？對於唐宋古文發展有無影響？是否在文學史上占有一席之地？希望藉此抉發宋祁碑誌文面貌，彰顯其「刊落陳言」[25]、「探出新意」[26]成就。

19　氏著：〈韓愈冢墓碑誌文與前人之異同及其對後世之影響〉，《石學蠡探》（臺北：大安出版社，1989年），頁 86-87。

20　同前註，頁 98。

21　同註 13，頁 46-91。

22　梁啟超：《王荊公》（臺北：中華書局，1956 年），頁 195。

23　宋·蘇軾：〈六一居士集敘〉，《蘇軾文集》（北京：中華書局，1986 年），卷 10，頁 315-316。

24　關於漢代至北宋，碑誌文發展情形及其文體規範狀況，可參見于景祥、李貴銀編著：《中國歷代碑志文話》（瀋陽：遼海出版社，2009 年），頁 2-99。

25　宋·歐陽脩、宋祁：《新唐書》（北京：中華書局，2003 年），卷 176，〈韓愈傳〉，頁 5269。

26　宋祁：〈南陽集序〉，《全宋文》，卷 515，頁 654。此二句分別爲宋祁論述韓愈、趙湘評語，但若移作說明宋祁撰寫散文的用心與表現，似乎也頗爲貼切。

二、寓志抒情——題目新意

　　碑誌文發展歷史中，韓愈、歐陽脩表現廣受注目，普獲肯定，而宋祁碑誌文無論題稱、序文、銘辭、立意都有與韓、歐類近之處，卻又兼具個人獨特風姿。

　　以「題」爲例，傳統碑誌文爲顯揚墓主、勸慰在世子孫，幾乎都是標列墓主一生中最尊顯或最終任職官爵，有時甚至長串臚舉墓主曾任重要官爵與贈官，如：韓愈〈唐故銀青光祿大夫檢校左散騎常侍兼右金吾衛大將軍贈工部尚書太原郡公神道碑文〉[27]、胡宿（995-1067）〈宋故朝散大夫尚書工部郎中充天章閣待制兼集賢殿修撰知越州兼管內隄堰橋道勸農使提點銀場公事充兩浙東路屯駐駐泊兵馬鈐轄溫台明越衢婺處州等諸州軍并都同巡檢兵甲賊盜公事護國軍清河縣開國男食邑三百戶賜紫金魚袋贈工部侍郎張公墓誌銘〉[28]便爲通例。

　　「題官」外，韓愈另有針對墓主身分或與作者關係而分立「先生」、「處士」、「字」、「名」四種標題方式，[29]實爲其人對碑誌文題目之創新變化，宋祁雖未如韓愈般區別五類題目，但卻依據墓主生平事蹟與宋祁所想要傳達的情感決定個別題稱方式，[30]比如「題官」，宋祁題稱常不詳列墓主諸多顯赫官爵，而只簡要提示，如石中立（972-1049）曾任尚書禮部侍郎、吏部郎中、知制誥、參知政事，後以太子少傅致仕，遷少師，卒後追贈太子太傅，[31]宋祁僅以「石太傅墓誌銘」簡短名之。[32]又如高若訥（997-1055）曾任

27　羅聯添：《韓愈古文校注彙輯》（臺北：鼎文書局，2003 年），卷 6，頁 1959。

28　《全宋文》，卷 469，頁 581-584。

29　詳參註 19，頁 52-60。

30　關於宋祁碑誌文「題目」，本文以《全宋文》所標示者爲據，但考量各標題或有可能於歷史演變過程中，因刊刻編印諸種因素而有所修改訛誤，故另核查《文淵閣四庫全書》、《文津閣四庫全書》二版本《景文集》及《景文集附佚存叢書殘本景文宋公集》，一一比對，確認各本所收宋祁碑誌文數量、內容、題目幾皆相同，僅文津閣本之《景文集》差異較大，文津閣本未收〈張文懿公士遜舊德之碑〉，多〈皇從姪孫贈左領軍衛將軍墓誌銘〉一篇，《全宋文》之〈荊王墓誌銘〉、〈皇從姪全州觀察使追封新興侯墓誌銘〉、〈文憲章公墓誌銘〉，文津閣本分題作：「荊王墓誌」、「皇從姪全州觀察使追風興新侯墓誌銘」、「章公墓誌銘」，雖如此，但並不影響此處關於宋祁碑誌文「題目新意」之論述。

31　元·脫脫：《宋史》（臺北：鼎文書局，1980 年），卷 263，〈石中立傳〉，頁 9104。

32　《全宋文》，卷 528，頁 122。

御史中丞、參知政事、樞密使，皇祐五年（1053）因事被御史奏彈，罷爲觀文殿學士兼翰林侍讀學士、尚書左丞、同羣牧制置使、判尚書都省，止命舍人草詞，卒贈右僕射，諡文莊。[33]宋祁則載：

> 公累官攝領難悉著，摭其顯者，待制時，假節京西，爲安撫使，在臺兼理檢使，知貢舉再，使契丹一，知審刑院一，領吏部銓、三班院各再，侍經筵二，特召進讀者一。爵開國公，階光祿大夫，勳上柱國，邑二千八百，實戶六百，功號自「推忠佐理」換「推誠保德」，大較如此。[34]

若依前舉胡宿題例，宋祁大可在題稱中抄錄開國公、光祿大夫、上柱國等等官爵，但宋祁卻只題爲：「高觀文墓誌銘」，「觀文」即「觀文殿學士」。一般碑誌文題稱泰半會登錄完整官銜，如文彥博（1006-1097）〈觀文殿學士尚書左丞諡文莊高公神道碑〉[35]，宋祁卻只取簡稱，又不標明贈官、諡號，似乎並未竭盡全力榮耀墓主，但若對照文中對高若訥諸多事蹟的肯定頌揚，與「仕雖貴，忌者不媚；已去位，間者不容訾；沒，而士君子泣相弔也」[36]的評語，「觀文」二字可能有意凸顯高若訥「畏惕少過，而前驟厭路人輒至死」[37]，以至被奏彈貶官的際遇。含蓄傳遞宋祁不平不捨態度，以及帝皇雖將高若訥罷爲觀文殿學士，卻依然恩寵倚重的意蘊。[38]

　　宋祁集中少數詳標官職的碑誌文都是別有深意的，或是墓主與宋祁雖非摯友，但兒孫與宋祁爲至交好友，爲了顯揚其先人功勳，宋祁才會在題稱上羅列官銜，如〈故右侍禁贈左屯衛將軍高府君墓誌銘〉[39]是爲高若訥父親高懷隱（969-1007）所作，宋祁與高

33　《宋史》，卷288，〈高若訥傳〉，頁9686。

34　〈高觀文墓誌銘〉，《全宋文》，卷529，頁137。

35　《全宋文》，卷659，頁69-73。

36　同註34。

37　同前註。

38　「觀文殿大學士」、「觀文殿學士」簡稱「觀文」，一般是宰相或曾任樞密使、知樞密院事等執政官離任外調時，可帶此職名以示恩寵，並有備皇帝顧問名義。參見龔延明編著：《宋代官制辭典》（北京：中華書局，1997年），頁136-137。

39　《全宋文》，卷528，頁131-132。

若訥「偕第同班」[40]，情誼深厚，墓誌銘中記載高懷諱諱、字、行治、履歷等基本資料外，在「子」部分，除登錄「生一男子若訥，字敏之，今爲尚書禮部郎中、天章閣待制兼侍讀」[41]外，又特別強調高若訥於父母亡故後，生活艱辛及閻夫人撫育情形，而「敏之能興孤生，入京師，以文策進士，以材選御史，以鯁謬官諫署，以淹該直書林。雲阿華光，以侍以游」[42]，以致朝廷累贈其父官爵至左屯衛將軍。所以，題稱的詳列，正是爲了明示高若訥顯親孝親作爲，既告慰先人在天之靈，也符合子孫衷心期盼。

另一詳列官銜作品爲〈宋故朝奉郎檢校尚書水部員外郎權舒州團練判官兼侍御史武騎尉安定胡君墓誌銘〉[43]，題稱長度乃現存宋祁碑誌文中第一，墓主胡畫（?-?，字明遠）史書無傳，僅知曾於眞宗咸平六年（1003）任象山縣令，[44]與宋庠（996-1066）、宋祁兄弟都有往來，[45]宋祁痛惜胡畫「才而不顯」[46]，雖「歷八官皆有聲」[47]，卻「終不得翰而飛，軒而乘，以光明其身」[48]，終至沒振。

宋祁此篇墓誌銘「序文」寫法極爲特別（詳見下文分析），充滿對胡畫有才不得施展的慨歎與悲傷，對於墓主生平仕宦行治不似一般碑誌文屢載官職、爲官治績、百姓感戴或重要作爲，而只是簡單記述：「年二十五取進士乙科，歷八官皆有聲，六十二終節度府判官」[49]，看來似乎乏善可陳，卻特意在題目上長段一一詳記歷來官銜，相信必是

---

40 同前註，頁 132。

41 同前註。

42 同前註。

43 《全宋文》，卷 529，頁 151-152。

44 宋‧羅濬：《寶慶四明志》（《宋元方志叢刊》，北京：中華書局，1990 年），卷 21，〈象山縣志全‧敘縣‧縣令〉，頁 5259。

45 今宋庠集中有〈聞胡明遠記室將至〉（見《全宋詩》，北京：北京大學出版社，1991-1999 年，冊 4，卷 192，頁 2206），詩云：「昔歎都門別，今聞隴阪還。風煙背秦塞，陵邑過周關。松老忘年契，朱衰玩日顏。須君述征賦，方驗此塗艱。」知胡畫可能在京師時與宋庠交游，後因事遠出邊關，即將再相見時，宋庠感慨萬千，且對胡畫艱辛旅程頗有不捨之情。

46 同註 43，頁 151。

47 同前註。

48 同前註。

49 同前註。

藉此讓世人一眼便能注意到胡書對家國貢獻，也有意對他才而不顯、沒振以終的命運加以平反，在友人故逝之後，以自己獨特書寫手法標舉墓主一生功業，安頓亡友魂魄神靈。

〈張文懿公士遜舊德之碑〉為宋祁另一篇題目特殊的碑誌文，碑誌文雖有神道碑、神道碑銘、墓誌銘、權厝誌、歸祔誌、墓磚記……等等數十種稱呼，[50]但核查歷來作品，宋祁之前的碑誌文從未出現「舊德之碑」名稱。[51]追源溯始，「舊德之碑」本是張士遜（964-1049）卒後，宋仁宗（趙禎，1010-1063）親往致奠，並御篆其墓碑曰「舊德之碑」，[52]以表恩寵器重舉動。胡宿所撰張士遜行狀題為「太傅致仕鄧國公張公行狀」[53]，取最終最顯官爵列於題目，符合一般行狀、碑誌文體例，宋祁則是先書謚號「文懿」，再加名諱「士遜」以表明墓主為何人，最後以獨有恩遇「舊德之碑」為文章名稱，而非傳統大臣「神道碑」、「神道碑銘」稱呼，十分特別，更能在題稱上便以簡單明白方式揭露墓主一生最重要功勳。寥寥四字便輕易將墓主與眾多宰執名臣不同處勾勒清楚，相較於胡宿篇名，宋祁用心設計，巧構題稱的慧思深意不難看出。

從以上所舉數例，我們可以發現，原本碑誌文題目是以標識墓主姓名身分為主，為表示尊崇敬仰，榮耀墓主，撰作者常鉅細靡遺地堆疊眾多官銜，除非「無官無爵，則依年齡、事行之不同而另題」[54]，基本上以具實用性的形式意義為主。到了韓愈，雖分為五類，但「題官」、「先生」、「處士」是依墓主身分為區分準據，仍以標識身分為主，具實用性；題「字」、「名」作用，王行（?-?）以為是因「其字重於官也」[55]，葉

50　詳參《文體明辨序說》，頁 148-151。

51　此項結果為檢索《文淵閣四庫全書電子版》（香港：迪志文化公司，2005 年）及「中國基本古籍庫」（北京：愛如生數字化技術研究中心，2006 年）、中央研究院「漢籍電子文獻資料庫」（臺北：中央研究院·歷史語言研究所，1997 年）、「中國歷代石刻史料彙編」（北京：北京書同文數字化技術有限公司，2004 年）等電子資料庫所得。

52　宋·李燾：《續資治通鑑長編》（北京：中華書局，2004 年），卷 166，〈仁宗六十七·皇祐元年一·正月〉載：「庚戌，太傅致仕鄧國公張士遜卒，車駕臨奠。翌日，謂宰臣曰：『昨有言庚戌是朕本命，不宜臨喪。朕以師臣之舊，故不避。』文彥博曰：『唐太宗辰日哭張公謹，陛下過之遠矣。』贈士遜太師、中書令，謚文懿，御篆其墓碑曰『舊德之碑』。」見是書，頁 3982。

53　《全宋文》，卷 467，頁 553-559。

54　同註 13，頁 18。

55　《墓銘舉例》評〈柳子厚墓誌銘〉之語。見明·王行：《墓銘舉例》，卷 1，頁 3，收入《四庫全書珍本十集》（臺北：臺灣商務印書館，1981 年），冊 360。

國良歸納各例，斷爲「同調至友則稱字」[56]，是「對墓主由「『親之』且『貴之』的情感表現而來的創用」，[57]後二類是韓愈獨特用法，重在表達墓主與撰寫者彼此情感，實用性降低。

宋祁題稱不受前述規則限制，他依據每位墓主身分地位個別擬訂題目，傳統碑誌文最多、最常出現的詳列官爵題稱情形，反而是宋祁碑誌文最少採用方式，僅有的二三例都是爲了藉臚列官銜襯顯墓主際遇，榮顯亡者，告慰子孫，而刻意以此種形式賦予深意。其他提及官銜題稱，也未必遵循傳統最終最顯官爵，而是以如微言大義、一字褒貶方式擇取最能彰顯墓主際遇、功業的稱呼置入題目。

可見，宋祁碑誌文題目已非以標識墓主姓名、身分爲重，也不像韓愈藉由名、字寓含彼此關係，寄託撰寫者情感，宋祁其實是藉由題目的擬訂書寫呈現各墓主不同樣貌，寓託他對墓主生命際遇、得失的看法與心情。

碑誌文題目變化正可反映書寫者態度的轉變與題稱性質的移動：韓愈之前，題目書寫完全以墓主爲重，實用標識、顯揚功勳是最大目的，同一位墓主的碑誌文交付不同撰作者，內容取捨偏重必然有所歧異，但題目可能差異不大。韓愈時，多數碑誌文題目仍是符合傳統要求，以墓主身分爲主要考量，少數七八篇爲同調至友、親族後輩早卒無官書寫的碑誌文才稱「字」、「名」，此時題目不是客觀呈現墓主身分資料的存在，而是顯示作者與墓主關係的標幟，含寓作者深厚情感的呈現。

宋祁碑誌文題目明確標示墓主身分，極力顯揚墓主的作用較爲降低，如〈范陽張公神道碑銘〉[58]只能看出墓主張公爲范陽人士，畢生曾任何種官職？贈官爲何？……其實是無法一目瞭然的。〈高觀文墓誌銘〉之類題目既非取墓主最顯最終官爵，也不是諡號、名、字，而是作者自墓主一生官職選取個人最有感懷，最想切入的觀看位置作爲題目，溢出韓愈五類題目範圍，題目的書寫已不是以墓主爲重，反而是透過題目的設計寄託作者觀感評價，題目不再是千篇一律、一體適用的格式套入，而是各自具有獨特意涵，承載濃厚作者主觀意識的符號，富有勃發生命力。

56　同註 19，頁 52-56。

57　同前註，頁 56。

58　《全宋文》，卷 526，頁 91-93。

三、巧構重組——序文新法

　　題目之外，序文也多有宋祁巧心安排構思的成果，以韓愈為參照對象，便可知曉，韓愈多數碑誌文開端仍是「公（君）諱某，字某，某人之後」，以集中名篇〈殿中少監馬君墓誌〉為例，便是以「君諱繼祖，司徒贈太師北平莊武王之孫，少府監贈太子少傅諱暢之子」起首；[59]與韓愈曾同僚為官的鄭群（?-?）亡故後，韓愈所撰墓誌銘開篇為：「君諱群，字弘之，世為滎陽人，其祖於元魏時有假封襄城公者，子孫因稱以自別。」[60]最廣為人知，深受肯定的〈柳子厚墓誌銘〉則是「子厚諱宗元，七世祖慶為拓跋魏侍中……」[61]起筆，可知韓愈大抵都會先介紹墓主諱、字、族出。而宋祁以此種筆法開端的碑誌文少之又少，絕大多數都是先詳實記錄某年某月，接著分三類內容承接首句，一是簡單錄載墓主亡故時間，如：

> 慶曆三年，歲含鶉首，秋七月丁丑，光祿卿致仕南陽葉君齊終於京師，享年八十。[62]

> 皇祐元年八月乙酉，太子少師致仕石公中立薨於京師，年七十八。[63]

有別於以往碑誌文將卒日安排於序文後段的習慣，宋祁調換順序，將墓主卒日置放在諱字前方，明顯透露出他對時間的敏感度，可能也是身為史臣，裁剪編排材料的專業素養使然，讓宋祁撰作碑誌文時也特別重視時間問題。

　　客觀留存墓主亡故年月的記實筆墨外，宋祁更常以倒敘手法追記墓主亡故前情形，夾雜其他人物與墓主交談往來情貌，生動傳神，如影片在眼前播放般，使讀者彷若親眼目睹，親耳聽聞般具有臨場感，如：

> 慶曆三年冬十二月，皇叔荊王疾病。辛丑，皇帝輦如其宮，見王臥內，禮如家人。

59　《韓愈古文校注彙輯》，卷7，頁2767。

60　唐·韓愈：〈唐故朝散大夫尚書庫部郎中鄭君墓誌銘〉，《韓愈古文校注彙輯》，卷7，頁2643。

61　唐·韓愈：〈柳子厚墓誌銘〉，《韓愈古文校注彙集》，卷7，頁2579。

62　〈故光祿卿葉府君墓誌銘〉，《全宋文》，卷528，頁126。

63　〈石太傅墓誌銘〉，《全宋文》，卷528，頁122。

上手為調藥，王泣且謝，即陳：「被恩三朝，無以報厚德，今保首領仆牖下，倘使有知，從二先帝遊，死骨不朽，惟以兒女長累陛下。」上惻然，謂：「王素康強，雖今小恙，行且瘳。」敕近醫藥以自愛。因賚白金五千兩。王固辭曰：「辛一見天子，奚賜之敢叨？」上高王之讓，特詔從之。明年春正月乙亥，遂薨。上即時臨弔，哭之慟，廢五日朝。壬午，御素服，宰相率百官詣崇政門奉慰，遣中大夫相其室，以蔵內事。詔翰林學士臣某、內侍省都知臣守忠護其葬，以庀外事。制詔中書門下，其贈以天策上將軍、兗徐二州牧、燕王印綬。太常上謚為恭肅。又詔臣祁：「爾應敍王治行，縷碧款隧，俾永其傳。」……[64]

如同紀錄片片頭般，第一幕先打上「慶曆三年冬十二月」，讓讀者對於事件開始有個清楚印象，而這並非主角生命終站的時間點，只是他人生故事的某段開端。我們看到荊王臥病在床，接著，皇帝親自探望、調藥，荊王泣謝、託孤，皇帝安慰荊王、賜藥，荊王死後，治喪、加謚……，循著「慶曆三年冬十二月」、「辛丑」、「明年春正月乙亥」、「壬午」時間軸的推移，我們看到劇情不斷推展。

面對死亡的召喚，即使掌控萬千臣民生殺大權，尊貴不容冒犯的人間君皇，也無力抗拒阻擋，挽留點滴消逝的荊王精魂。在時間催迫下，荊王、皇帝，乃至經由文本穿越時空，旁觀荊王生命旅程的我們，都只能無奈接受命運安排，徒餘「無計留春住！」[65] 慨歎。

幾段對話的穿插記錄，讓人物神態更加栩栩如生，君上惻然不捨、荊王感恩自抑、掛念兒女情景更讓人印象深刻，「死骨不朽，惟以兒女長累陛下」似迴繞耳畔，隨宋祁文字而一再重現。有學者以為：

原本碑誌文寫作是一種記錄，專以第三人稱為敍述觀點；運用對話，敍述觀點轉移到第一、二人稱，可使平板的文章波瀾起伏，且予人親切、真實的感受，是相

64　〈荊王墓誌銘〉，《全宋文》，卷 527，頁 100-101。

65　宋·歐陽脩：〈蝶戀花〉（「庭院深深深幾許」），《歐陽修集編年箋注》（李之亮箋注，成都：巴蜀書社，2007 年），卷 6，頁 225。

當能表現作者主觀意識的寫作手法。[66]

敘述觀點轉移，除了替原初偏向平鋪直敘、單調呆板的記述增添變化，製造活靈活現趣味外，更是作者書寫心態改變的具現。純粹記錄事件，透過生平行治、履歷宣揚墓主功業，符契孝子孝孫「稱美而不稱惡」心情，[67]此時撰作者擔負的是滿足家屬需求的任務，分寸拿捏稍有不慎，可能便會淪為溢美，吳訥（1372-1457）提醒：

> 大抵碑銘所以論列德善功烈，雖銘之義稱美弗稱惡，以盡其孝子慈孫之心；然無其美而稱者謂之誣，有其美而弗稱者謂之蔽。誣與蔽，君子之所弗由也歟！[68]

「誣」、「蔽」雖是君子撰作碑誌文應避免問題，但連韓愈有時都不免被譏為「諛墓」，[69]何況「從來誌狀之屬，盡出其家子孫所創草藁，立言者隨而潤色之，不免過情

---

66 謝敏玲：《韓愈之古文變體研究》（臺北：政治大學中國文學研究所博士論文，2006 年 6 月），頁156。

67 《禮記·祭統》云：「夫鼎有銘。銘者自名也，自名以稱揚其先祖之美，而明著之後世者也。為先祖者，莫不有美焉，莫不有惡焉，銘之義，稱美而不稱惡，此孝子孝孫之心也，唯賢者能之。」《禮記》所言本是針對「銘」而言，但後世討論碑誌文幾乎都視為「序」、「銘」共通標準。見漢·鄭玄注，唐·孔穎達疏，清·阮元校：《重栞宋本十三經注疏附校勘記·重栞宋本禮記注疏附校勘記》（臺北：藝文印書館，1955 年），〈祭統第二十五〉，〈禮記注疏〉，卷 49，頁 838-2。

68 《文章辨體序說》，頁 53。

69 關於韓愈「諛墓」之說，首見於唐·李商隱〈齊魯二生·劉叉〉一文，載曰：「（劉叉）聞韓愈善接天下士，步行歸。既至，賦〈冰柱〉、〈雪車〉二詩，一旦居盧仝、孟郊之上，樊宗師以文自任，見叉拜之。後以爭語不能下諸公，因持愈金數斤去，曰：『此諛墓中人所得耳，不若與劉君為壽。』愈不能止，復歸齊、魯。」（唐·李商隱撰，劉學鍇、余恕誠：《李商隱文編年校注》，北京：中華書局，2002 年，〈未編年文〉，頁 2279） 劉學鍇、余恕誠認為本文「具體作年不詳」，但因與另篇〈齊魯二生·程驤〉「均提及鄆地、齊魯，其材料來源或與商隱居鄆州令狐楚幕有關。」（同前書，頁 2279）其後《新唐書》·〈劉叉傳〉（見是書，卷 176，頁 5269）錄述其事，韓愈「諛墓」說自此引發諸多正反評論意見，相信、批駁者皆有之，近代學者經由比較分析韓愈所有碑誌文章及李商隱書劉叉話語之心態動機等方式，提出證據，辨正此說之不可信，頗具說服力。有關韓愈「諛墓」問題之討論歷史，徐海容：〈韓愈「諛墓」問題研究述評〉（《學術論壇》，2011 年第 7 期，頁 81-85）已有簡要回顧，可供參考。

之譽」，[70]以致前人有「大半誌銘，蓋諛墓之常不足詫」[71]印象，可見碑誌文要能恰如其份地稱美談何容易。

宋祁書寫碑誌文的動機泰半是皇帝下令史臣撰述，或爲故交舊友本人、親人撰作，雖常也是應旁人要求而作，但宋祁顯然不以「稱美弗稱惡，以盡其孝子慈孫之心」爲目的，而是始終以「史臣」職責自律，因此文中處處可見宋祁如實記錄、存史心態。以上引文句爲例，宋祁不像傳統碑誌文，將墓主事蹟挑選編排後，以第三人稱角度客觀記錄，而是儘量援引相關人物彼此對談言詞，或是將詔令內容引錄載於文中，種種處理方式都有助於如實重現當時情景。

此外，韓愈常在碑誌文中說明撰寫該篇作品的原由，如：

> 將葬，公之母兄太學博士冀與公之夫人及子男女謀曰：「葬宜有銘，凡與我弟游而有文者誰乎？」 遂來請銘，銘曰……[72]

> 愈既與公諸昆弟善，又嘗代公令河南，公之葬也，故公弟集賢殿學士尚書刑部侍郎放屬余以銘其文曰……[73]

大抵都是在序文末尾簡要提到受託原因，並藉此帶引出銘文內容，如張圓（?-?）墓碣銘以「有女奴抱嬰兒來，致其主夫人之語，曰……」[74]方式大段鋪陳撰作因由的筆法雖深受注目，但終究特殊少見。宋祁則常是在序文前段便詳細交代撰寫緣起以及個人心情、感想，如前引〈荊王墓誌銘〉，皇帝詔令宋祁敘王治行後，宋祁接著書寫：

> 臣再拜稽首。伏自念懵學局聞，不能周知王德。今天子展親飾終，震動顯幽。自王弗寧，遣太醫高手，踵相及於路。逮終，歸賵不貲計。比塟，三酹其喪。則上

---

70 明·沈德符：《萬曆野獲編》（《元明史料筆記叢刊》，北京：中華書局，2004 年）　，冊上，卷 8，〈內閣·諛墓〉，頁 225。

71 清·永瑢等編撰：《四庫全書總目提要·集部》（上海：商務印書館，1933 年），卷 157，「集部十·別集類十·鴻慶居士集四十二卷」，頁 3305。

72 〈故中散大夫河南尹杜君墓誌銘〉，《韓愈古文校注彙輯》，卷 6，頁 1809。

73 〈唐故朝散大夫越州刺史薛公墓誌銘〉，《韓愈古文校注彙輯》，卷 7，頁 2659。

74 〈唐河中府法曹張君墓碣銘〉，《韓愈古文校注彙輯》，卷 6，頁 1786。

之所以眷王，王之所以承上，其仁其賢，方付史氏，以昭無極。臣雖缺然牽綴，尚懼稱道失當，為斯文羞。而日迫事嚴，不及誤避，是用詢玉牒，摭行狀，次第其辭。謹按王諱元儼，太宗皇帝第八子，母曰德妃。王於諸子最幼，太宗特愛之，終日侍左右在宮中。[75]

謙稱自身見聞淺薄，不能周知荊王德行，恐有辱斯文，故而搜羅資料謹慎下筆，在表達受命撰寫心情之中夾雜對皇帝與荊王仁賢的讚頌，而非全然敘事。與前引韓愈文句相比，宋祁不止是扼要交代書寫緣起而已，也對承擔撰銘工作的心情多所著墨，並藉由詳述過程傳達君臣相得情誼及雙方仁德可貴之處。類似筆法也出現在〈楊太尉神道碑〉，文云：

慶曆二年春二月甲子詔書：故太子太保致仕、贈太尉崇勳，剛純義勇，任重效顯，有不懈之亮、能斷之彊，其追諡曰恭毅。申命史臣祁譔文刻石，且俾螭首龜趺如命，揭著墓阡，馨香無窮。臣祁伏念天子所以襃禮大臣，隱悼幽顯，霜遷樹拱，猶無已時。沈恩念忘，漏入九泉。受名節惠，不使有司得預。雖礪山於廟，固功臣之誓；謹載在廷，深將帥之思。始終感會，未有二茲者已。敢拜手奉詔，紬繹功狀，掫其功瑑於碑。太尉姓楊氏，字寶臣，系出宏農，支裔熾昌，載質四方。……[76]

先引錄詔書內容，並載明下詔年月日，接著申明朝廷譔文刻石用意，抒發作者對此事感想，才開始陳寫墓主姓氏、名諱、族出，有別於傳統碑誌文開門見山便表明墓主身分的寫法，表彰君臣情義、存錄朝廷相關作為似乎才是宋祁優先考量的重點。也因編排方式的調整，碑誌文的意義不止在稱美墓主而已，更有存史及頌揚皇帝愛顧臣屬恩德的深意。

宋祁以年月開端的碑誌文，第三種類型是以墓主人生中與某件重要情事有關的時間為起點，記載事件始末，接著一路透迤，娓娓述說：自彼時直到墓主生命終結期間的故事；喪亡後，朝廷處置，各方悲痛哀悼情形；然後才表露墓主名諱、族出，回溯墓主仕宦歷程，記載具體作為、造福黎民蒼生的實證。以〈楊太尉墓誌銘〉為例，文云：

75　同註64。

76　《全宋文》，卷526，頁87。

慶曆二年，契丹間差人來請，設言造端，謀寒先盟，南竝盧龍塞，陰狙邊隙。上方視圖按鎖，曰：「中山博陵，襟束空道，天下勁兵處，須貴重宿將，以張吾軍。」於時河陽三城節度使楊公崇勳守淮陽，其三月，召還。既見上，數請間陳方略，願先顏行，乘北方盛秋。有詔仍舊節，復拜同中書門下平章事，部署真定、定州兩路馬步軍，即判定州公事。至則飭部隊，習馳射，彀甲休士，堅壘養威。本法設張，伍符叶修。由是幹皮鞗鞼備於行，渠苔羅闉給於守，技擊跳盪奮於屯，長城巨防，隱若萬里。其五月，移判成德軍，兼高陽關都部署。於是河北兵皆屬。會朝廷以不戰屈敵，其秋，麾下兵罷。十二月，改判鄭州。前此，公告足鬒，頗害良行，當緩急，不敢為解，至是以疾自上乞致所事，還私門。詔授左衛上將軍，聽謝。明年，拜太子太保，全食其俸。五年後五月己酉，薨於清平坊第之正寢，享年七十。上聞訃悼痛，再不視朝，以太尉冊書告於樞，內司賓臨問其家，錄孤歸賵，治命不敢當鴻臚葬，有司諡曰恭毅。嗚呼！逢聖於始，顯庸於中。奉身於終，綴榮於哀。其所以載侯表世家者，幾何公之比！公字寶臣，本宏農著姓。……[77]

以慶曆二年（1042）契丹犯邊一事為楔子，牽引出楊崇勳（976-1045）屢次上陳禦兵方略、主動請纓抗敵事蹟，從而詳述楊崇勳飭治部隊方法及成果，「幹皮鞗鞼備於行，渠苔羅闉給於守，技擊跳盪奮於屯」三句排比句一氣直下，除了可能是當時真定、定州實景，也是宋祁巧妙運用文學技巧營造出長城巨防守衛森嚴，軍備豐贍的景象。墓主何時判任何地何官，文中一一詳記；亡故後，皇帝反應、朝廷處置也詳明錄記。種種筆法都透露出宋祁存史用意。而在記錄事件後，宋祁繼以「嗚呼」表達個人感懷與贊頌，之後才開始書寫墓主名字、族出，以致追敘墓主十一歲時的往事，成長過程中特殊表現。

多數碑誌文常先記述墓主先祖名姓、官銜、事蹟，再介紹墓主名諱，按照時間先後順序取擇具代表性事蹟書寫，最後記錄墓主妻、子家人及治喪相關情事，王行（1331-1395）《墓銘舉例》云：

墓誌銘書法有例，其大要十有三事焉：曰諱、曰字、曰姓氏、曰鄉邑、曰族出、

77　《全宋文》，卷 529，頁 141-142。

曰行治、曰履歷、曰卒日、曰壽年、曰妻、曰子、曰葬日、曰葬地。[78]

大抵便是一般墓誌銘書寫次序，但宋祁幾乎都不按照此種排序撰寫，如前文所舉開篇內容，分明有如現代電影所採取敘事法，先自主角生命某一時間點切入，隨著鏡頭運轉，（觀眾）讀者逐漸進入主角人生故事，場景歷歷如在目前，當主角結束世間旅程時，故事並未就此畫上句號，反而隨著主角名諱、父祖、郡望等資料的登場，讓我們重新看到主角與人世的聯繫，看到主角自幼至壯，種種攸關重大的作為，看到旁人如何觀察、評價主角，看到精力旺盛、栩栩如生、重新活過的主角，看到主角日漸成熟獨立，位居家國重要位置，以致終於來到文章開始那一刻的時間點。

如將主角（墓主）的人生畫爲直線長軸，故事從起點與終點之間的某個定點展開，先是向「終點」那端行去，到達「終點」後，故事並未如一般以爲的結束，反而再自「終點」跳過「定點」，直接奔躍到「起點」之前的另一「定點」，也就是主角某位先祖的時代，再從那「定點」跳接幾次，來到主角生命「起點」，從那兒不斷推展，直到回到故事開始的「定點」，終於縮合收束一處。因爲敘述軸線不像傳統從「起點」一路直線往「終點」行去，故事就不是那麼順理成章地只往前鋪排，而是插敘、倒敘、順敘各種技法交替使用，波瀾迭起，趣味橫生，將側重應酬實用性質的碑誌文搖身一變，成爲富具文學風采的篇章。

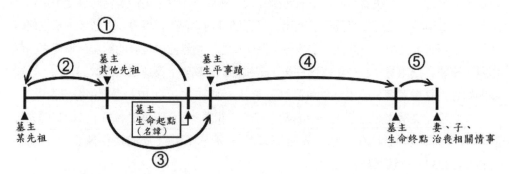

※一般墓誌銘書寫順序

---

[78] 同註55，頁1。

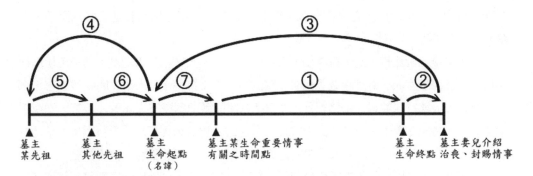

※宋祁墓誌銘書寫順序

　　宋祁喜歡調動碑誌文結構，在文章開頭記錄時間的還有另一種類型，〈隴西郡君李氏墓誌銘〉云：

> 慶曆元年，翰林學士太原王拱辰以著令白於朝，得隴西郡追君其母李氏夫人。明年，以丙寅制書，改陳留郡。又明年，翰林授右諫議大夫、權御史中丞。歲次甲申，卜兆於開封府尉氏縣蔣成鄉之原。秋九月庚申，奉夫人柩，合諸王考贈尚書兵部員外郎府君之葬。李氏自成紀來山東，世牒湮放。夫人之先，更為開封府陳留人，數世隱居。母曰時夫人。夫人性靜淑不媚刻，德肖行嚴，舉有儀矱。事時夫人也，以孝稱；歸兵部也，以順稱。兵部故大家，尊章姻婭數十姓，慶恤饋餉，歲時無虛。夫人以恩意接之，親疎咸有節適。皆喜曰：「婦當得此。」[79]

本篇是為王拱辰（1012-1085）母親李氏夫人所作墓誌銘。慶曆四年（1044），歐陽脩曾撰作〈江寧府句容縣令贈尚書兵部員外郎王公墓誌銘〉，墓主王代恕（973-1041）為王拱辰父親，歐文先以「王氏世家開封陳留之通許鎮，咸平中，分通許為咸平縣，故王氏今為開封咸平人」交代王氏鄉邑，接著便道：「公諱某，字某，曾祖……，父……」，後續例舉墓主任官行事以見其功績。[80]宋祁集中另一女性碑誌文以「夫人姓錢氏，系出

79　《全宋文》，卷 529，頁 147。

80　《歐陽修集編年箋注》，卷 27，頁 407-410。

彭城。曾祖違延正，以武力奮爲左金吾衛將軍。祖諱守榮，以謹敏進，終內園使。考諱……」[81]起述。

　　三篇文章並置比較，便不難看出，宋祁所作李氏夫人文章詳盡記載：其子王拱辰何年何月擔任何種官職，爲母親做了何事，直到與其先父合葬後，宋祁才開始敘述李氏鄉邑、李氏夫人德行，並以「婦當得此」[82]四字具體而微地頌揚夫人品德。接著，文章繼續臚舉夫人持家、教子、十男二女中官途最順遂的王拱辰種種表現，最後以「中丞乃泣狀先懿，授予爲銘」[83]，以及宋祁說明己作與歐陽脩〈王代恕墓誌〉區隔作結。

　　綜覽全篇，可以推想，宋祁所以與另二篇墓誌銘不同，以確切時間開篇，詳述某年某月發生情事，其實與文章後半部分詳述王拱辰孝順行爲目的相同。古代女性無法出將入相，建立自身功業的環境中，女性墓誌銘無法像男性墓誌銘記述墓主行治履歷，褒贊稱美墓主的方法常只能採取「母以子貴」[84]方式，藉由子女身分地位、各種表現顯揚母親，宋祁正是藉由這種筆法證明李氏夫人教養有成，慈暉永存。

　　首句標明年月的寫法外，宋祁碑誌文開端還有二項值得注意的現象，一是文章開始便長篇發抒陳辨己見，彷若論說文考析事理般，全無墓主身影，如〈宋故朝奉郎檢校尙書水部員外郎權舒州團練判官兼侍御史武騎尉安定胡君墓誌銘〉云：

> 士之才而顯，曰彼能自取之；才而不顯，曰彼有命則使然。予謂非也，才存乎人，命係乎天。天寧常戾才使困戾，不才使通邪？宜曰顯不顯皆命也。然才且顯，人人能自愛重，惟才而不顯爲難處也。爲多怨，爲自汙，爲逆施，無不至焉。[85]

以士才顯不顯問題興起，提出「自取之」與「有命則使然」二種觀點，先以類近句式作爲參照對比，呈現可能考量情形，接著以一句帶有強烈主觀意識的「予謂非也」，簡截有力地否定所謂「自取之」的觀點，既而以二句對稱四字句扼要斷言：「才存乎人，命

81　〈皇姪孫右衛率府率夫人錢氏墓誌銘〉，《全宋文》，卷529，頁146。

82　同註79。

83　同前註。

84　語見《春秋公羊傳》（收入葉聖陶斷句：《斷句十三經經文》，臺北：開明書店，1965 年），〈隱公元年〉，頁1。

85　《全宋文》，卷529，頁151。

係乎天」。論斷句之後，宋祁卻又提出內心疑問：「天」難道會顛倒是非，使有才之士困戾而不才通達嗎？一切只能歸諸「命」。雖然，「顯」、「不顯」並不是士人所能選擇決定的，但如何面對「顯」或「不顯」的際遇，卻是士人可自行掌控的。才且顯之人，春風得意，懂得自愛重不足為怪；才而不顯之人常難免自怨自艾、不自貴重，甚至言行乖張，違逆世情，可見才而不顯時該當如何自處，實是艱難課題。宋祁兩兩對舉，層層推導，似乎以「才顯」為問題重心，試圖為文闡述立論。但當作者發表己見後，筆鋒一轉，卻是接著引出胡畫生平遭際，說道：

> 予友安定胡畫明遠才而不顯歟！年二十五取進士乙科，歷八官皆有聲，六十二終節度使判官。內明外柔，有文而無害。當路要官，數薦之朝，惟階循考遷而止，終不得翰而飛，軒而乘，以光明其身。晚節與進取少年益不合，魁然骯髒，遂至沒振。然自信甚篤，雖方無所入而不為之刓，直無所合而不為之撓，至白首常慅慅其中，恥為前所謂怨、汙、施者。噫，果若困之，使見其才，露其節耶？予不敢知已。傳曰：「莫非命也，順受其正。」如君是哉！[86]

因著「予友安定胡畫明遠才而不顯歟」的承轉，讀者方才恍然大悟，原來文章開門見山的論辨是作為鋪墊胡畫「才而不顯」的基礎，至於胡畫如何「才而不顯」，宋祁以「當路要官數薦之朝」、「遂至沒振」幾件情事具體作證。雖然仕途蹇澀，但胡畫可貴之處正在於能固守志氣，堅持方直節操，而不刓撓本性屈從功利，或因之圓通世故，如與前文所謂「為多怨，為自汙，為逆施，無不至為」士人相較，胡畫可說是「才而不顯」卻善於自處之人，難能可貴。

　　身為知交好友，宋祁雖敬佩胡畫節行，卻也不免惋惜傷感，因而在敘述墓主事蹟後，忍不住發出慨歎詞語，懷疑：上天是否有意藉由困頓挫折讓胡畫才、節為世人知曉？引錄古書「莫非命也，順受其正」[87]後，宋祁以「如君是哉」四字作為全篇才、顯議論的總結，接著才回到碑誌文敘事體例，交代墓主妻、子、葬地等資料。

86　同前註。

87　宋祁文本作「傳曰」，但查考史料，此二句恐出自《孟子》，原為：「孟子曰：『莫非命也，順受其正。是故知命者，不立乎巖牆之下。盡其道而死者，正命也。桎梏死者，非正命也。』」見宋·朱熹撰：《四書章句集注·孟子集注》（北京：中華書局，1983 年），卷 13，〈盡心章句上〉，頁 349-350。

　　特別的是，一般多將先祖名姓、事蹟載於篇首，宋祁此文卻是在記完墓主安葬情事後才載：「君曾祖柔、祖仁矩。考銑，終武勝軍節度判官」[88]，從而順著文意發抒「嗚呼，君再世無膴仕，宜有弟有子，將興其宗」[89]感慨。既能綜合墓主與先人仕宦情形，呼應前文所謂「才而不顯」情形，也能表示：祝禱後世子孫興旺其宗，不再「才而不顯」的願望，一方面安慰亡者安心，一方面也勸撫生者「才而不顯」情形不會重現。

　　就篇幅比重觀察，撰寫者宋祁發表意見、抒發慨歎感情的分量幾乎占據全文三分之一，突破碑誌文敘事爲主的筆法，全篇最重要目的可能不再是墓主生平資料的堆砌排列，而是書寫者情感意見的展現。尤其以異於常規的「士之才而顯」起論，最爲特殊，雖然作者論述後便換由墓主登場，論辨仍是與墓主作有機整合，但書寫方式的創新定讓讀者印象深刻。

　　以〈柳子厚墓誌銘〉[90]爲例，韓愈雖有議論、對話，或先不介紹墓主姓氏，直至墓主「嶄然見頭角」後，才以「眾謂柳氏有子矣」帶出「柳」姓，藉此表彰柳宗元不辱沒祖先，光耀門楣表現，但韓愈大抵仍是先介紹墓主行治、履歷後，才據以發抒「嗚呼！士窮乃見節義」一大段議論，議論是緊扣墓主事蹟而發的，主從因果關係明確。

　　宋祁「才顯」議論雖也是因墓主生平而起，但次序的調換、寫法的改易似乎都暗示墓主事蹟不再是碑誌文重心，書寫者如何看待墓主，希望讀者透過碑誌文認識的墓主爲何種人物，可能才是書寫者最重視的部分，碑誌文重心可能已有所移轉。

　　更重要的是，碑誌文作者不再只是記錄墓主資訊的代筆者，從韓愈開始，書寫者濃厚個人情性滲透進碑誌文中，宋祁更是以議論代替墓主名諱介紹，作爲文章開端，「議論」、「敘事」，孰輕孰重，孰先孰後，撰作者掂量考慮情形已大不相同，這應是宋祁碑誌文重要改創之一。

　　另，宋祁引《孟子》而稱「傳曰」，可能與《孟子》當時地位有關，據考察，《孟子》原歸爲子書而非「經典」，中唐後雖有「孟子升格運動」，然五代十國亂世偃旗息鼓一段時日，宋仁宗慶曆前後方又重新振起，宋徽宗宣和六年（1124）成爲實際「十三經」之一，詳參許道勛、徐洪興：《中國經學史》（上海：上海人民出版社，2006 年），頁 69-73。

88　同註 85。
89　同前註。
90　《韓愈古文校注彙輯》，卷 7，頁 2579-2614。

　　撰作者個人意見情感的抒發，逐漸凌駕墓主事蹟介紹的情形，還可從宋祁另一種碑誌文開端觀察，〈故大理評事張公墓誌銘〉云：

> 嗚呼！有宋聞人張晦之之墓。晦之名景，江陵公安人。羈丱能長言，嗜學尤力。未冠涉通藝文，頗班班言當世務。貧不治產，往從崇儀使解人柳開。開以文自名，而薦寵士類，一見歡甚，悉出家書畀之，由是屬辭益有法度。開每曰：「今日在朝廷挈囊薦笏，誰踰晦之者！」即厚遣，使如京師。時富春孫僅、沛國朱嚴、成紀李庶幾號為豪英，晦之散衣與游，名稱籍籍，美不容口。真聖諒闇，未即聽政，責有司精覆計偕，預者十一二，晦之名在第四，調主大名館陶簿。年少氣銳，未能以智自將，坐公累為吏痛詆，貶全州。會赦還。豪長者得罪，并坐所知，繼為房、襄二州文學參軍。晦之中廢不用，則大覃思古今，為《洪範》、《王霸》二書。常病浮圖氏怪迂誕荒，塔廟日熾，雖服儒衣冠者，皆共寵神之，愍實六經反為外典。故因事見文，為紀傳數十篇而辨折之。雖與世舛馳，而自信不跲云。……噫！世之言材而顯，善而艾，皆若可信，如晦之終始報享，獨大謬不然者耶！晦之幼喪二親，有終身之戚。方其間關蓬累，而竭誠盡物，克襄事焉。墓不用甓，既窆，則下土實之。曰：「千歲後無為狐兔宅，不亦善乎！」荆人高之，咸曰：「張氏有子矣。」[91]

直接將感嘆詞「嗚呼」提挈到文章第一句，有如黃河之水天上來一般，讀者尚未見得有關墓主張景（970-1018）的隻字片言介紹，便先感受到迎面而來、澎湃不已的豐饒情感，此刻，撰作者的不捨悲傷籠罩全篇，極具感染力，顯然將碑誌文敘事為重的性質向抒情偏移。

　　文章追記墓主成長歷程，提及柳開（948-1001）賞識張景時，引錄柳開言語，使得原本以旁觀者角度平鋪直敘的說明，轉變為信實可靠的歷史紀錄，尤其直接記載當事人言詞，當日口吻語氣重現眼前，柳開器重張景之神態靈活重現，讀者更能體會張景才華儡人情狀。

此外，張景爲雙親治喪後所言：「千歲後無爲狐兔宅，不亦善乎！」及荊人「張氏有子矣」的讚許，都讓碑誌文更加立體生動。陳玉蓉比較六朝及韓愈、歐陽脩墓誌文後，說道：

> 六朝以來的墓誌撰寫，爲人所詬病之處，便是羅列偉詞，堆垛美言，反而遮蔽了墓主真實的面貌，韓愈改以具體的事行著手，以對話增加敘述的臨場感與真實性，歐陽脩則進一步「以言代敘」（或可謂「以言代辭」），使墓主成爲活動在生活圈裡鮮明的影像，而讀者益發想見其人。[92]

「以言代敘」能夠革除六朝碑誌文平面堆累偉詞美言的弊病，讓墓主真實面貌鮮活再現，確是一大特色。宋祁在多篇碑誌文中屢次運用「以言代敘」筆法，雖然因史料不足，無法一一確定諸篇碑誌文寫作年代，判斷宋祁是否爲「以言代敘」首創者，但他較歐陽脩年長近十歲，現存碑誌文多篇作於慶曆年間，又因同修《新唐書》而多有往來，歐陽脩尊爲「前輩」[93]，「以言代敘」筆法或有受宋祁啓發之處，或二人相互影響，仍有待考察，但至少可見宋祁打破成規意圖。

回到〈故大理評事張公墓誌銘〉，宋祁引錄柳開言詞，說明柳開大力提拔栽培張景，張景也順利躋身官場，卻未就此平步青雲，飛黃騰達，反而受累遭貶，「年少氣銳，未能以智自將，坐公累爲吏痛詆」彷彿若有「子厚前時少年，勇於爲人，不自貴重顧藉，謂功業可立就，故坐廢退」[94]蹤影；「荊人高之，咸曰：『張氏有子矣。』」更與「衆

92　同註 13，頁 54。

93　宋·張邦基：《墨莊漫錄》載：「公於修《唐書》，最後至局，專修紀、志而已，列傳則宋尚書祁所修也。朝廷以一書出於兩手，體不能一，遂詔公看詳列傳，令刪修爲一體。公雖受命，退而嘆曰：『宋公於我爲前輩，且人所見多不同，豈可悉如己意。』於是一無所易。及書成奏，御史白舊例修書，只列書局中官高者一人姓名，云某等奉敕撰，而公官高當書。公曰：『宋公於列傳亦功深者，爲日且久，豈可掩其名而奪其功乎？』於是紀、志書公姓名，列傳書宋姓名，此例皆前未有，自公爲始也。宋公聞而喜曰：『自古文人不相讓，而好相陵掩，此事前所未聞也。』」（見是書，收入《宋元筆記小說大觀》，上海：上海古籍出版社，2001 年，冊 5，卷 8，頁 4726-4727。）雖是就《新唐書》修撰、列名事而言，但歐陽脩尊敬宋祁情形略可想見一斑。

94　唐·韓愈：〈柳子厚墓誌銘〉，《韓愈古文校注彙輯》，卷 7，頁 2605。

謂：『柳氏有子矣。』」[95]雷同度甚高，如與前述「羅列」、「對話」、「以言代敘」發展脈絡並看，宋祁可能曾熟讀韓愈碑誌文，並有意延續或續加推擴韓愈較具文學性的寫法。[96]

關於韓愈文學性的碑誌文寫法包含使用對話及雜用各體技巧，何寄澎認為：

> 碑誌之作，有序有銘。韓作於序，最大貢獻在將古來刻板條述之生平記錄變為史書記傳體，且其中雜用傳奇體、《尚書》體、漢賦體、志怪體、訓詁體，真千變萬化。[97]

葉國良則說道：

> 使用對話及轉換敘述觀點，技巧近乎小說，亦是韓「序」特色之一。[98]

都明確指出韓愈碑誌成就，宋祁碑誌文也雜用以上諸種筆法，如：

> 公諱蘊，字延蘊，張其氏也。……大中祥符四年夏六月卒於官，享壽五十六。羅源茶歲入鮮，而置吏專司，尚書身得其處，不敢安，上言願省冗員，以茶界通判軍州事兼領，詔可，故得馬嶺。馬嶺瀕邊，人皆晝負鞬，夜燒烽，以強力相賢，未嘗知禮義文儒。尚書始興孔子祠，日召悖老可人，語以《詩》、《書》，曰：「習是可以為慈父，為順子，為悌弟，為愛兄，遷善革頑，弗犯天子法。」衆皆喜曰：「公不鄙我，我敢不從！」悉遣子弟學祠下。自是邊俗一變。文人為刻石，著功在淄也。方咸平初，契丹擾趙魏，乘冰壯，游騎度河，闞齊魯。淄人駭，舉將走山。知州事者乃議縱之，欲身亡去。尚書扈譙闉，怒曰：「縣官財廥咸在，壕堞尚完，一去此則強弱凌暴，敵未至，我先敗矣。敵知我有備，敢過而東乎？」

95　同前註，頁 2588。

96　筆者曾就「重視語意創新」、「探求古文淵源」、「校改文章字詞」三角度探求宋祁對韓愈之接受問題（詳參拙稿〈宋祁對韓愈的接受——以重新、探源、校改為中心的討論〉，《師大學報》，55 卷 1 期，2011 年 3 月，頁 83-113），若以宋祁對韓愈作品之熟悉、欣賞情形觀之，宋祁碑誌文書寫筆法極可能曾受韓愈啟發影響。

97　氏著：《典範的遞承：中國古典詩文論叢》（臺北：文史哲出版社，2002 年），頁 104。

98　同註 19，頁 69。

按劍橫膝曰：「有出者斬！」知州汗額羞恨。吏欲戰，尚書即治戰具，浚淺增痺，守氣毅然。後數日，敵去，由淄以東，按堵自若。衆相語：「微張公，吾等血丹野草。」知州儲前憾，陰攘尚書計爲己功，白於朝。會使者按狀，尚書以實對，吏惶怖，共劾尚書妄言。不讐請下獄，遂連年不能決。尚書訖不自明，故下遷。[99]

先是記錄墓主張蘊（?-?）[100]名諱、鄉邑、妻、子等基本資料，當「大中祥符四年夏六月卒於官，享壽五十六」出現後，照例多半應接著交代葬日、葬地，從而銘曰……，可宋祁卻是在卒日後轉而追述墓主興學易俗、禦敵迎戰等情事，其間數次引載張蘊言詞與衆人回應言語，生動立體，彷若當日情景重新搬演。尤其述及契丹擾邊，淄人驚駭，知州怯懦畏戰一事時，張蘊義正辭嚴地怒責官員，據守譙闉，按劍橫膝地喝令：「有出者斬！」一夫當關，萬夫萬敵，正氣凜然，威嚴難犯形象鮮明躍入眼前，令人印象深刻，而這不正是傳奇小說般的寫作技巧嗎？

依傳統碑誌敘事作風，宋祁大可省減筆墨，將墓主「怒曰」、「按劍橫膝曰」二段話語簡單歸納爲：「尚書扈譙闉，怒責知州，嚴禁出入。」文意可能與原文相去不遠，但風格、效果卻大異其趣。可見宋祁並不是將碑文納入純粹實用應酬文體，如實記載墓主相關資料便可交差了事，而是將它視爲各自獨立的文學作品，依墓主作爲、個性擇選最能貼切呈現該人面貌的方式書寫，不再是疏忽人物形象塑造的資料長編，[101]而是「人人殊面，首尾決不再行蹈襲」[102]的創作。

---

99 〈范陽張公神道碑銘〉，《全宋文》，卷 526，頁 91-92。

100 《中國文學家大辭典·宋代卷》（曾棗莊主編，李文澤、吳洪澤副主編，北京：中華書局，2004年）收錄一位「張蘊」事蹟，雖生卒年不詳，但根據介紹內容知曉此位張蘊事迹見《江湖後集》（前書，頁 458），與宋祁所載並非同一人。

101 葉嬌以爲：「六朝以來的碑誌，往往形式僵化，千篇一律，形式上講求聲律典故、駢四儷六，內容上『鋪排郡望，藻飾官階』，近於資料長編，而忽於對人物形象的塑造。」（見氏著：〈韓愈碑誌的傳記文學價值〉，《黑龍江社會科學》，2000 年第 4 期，頁 67）韓愈之前的碑誌文確實多數有此情形。

102 元·陶宗儀：《南村輟耕錄》（《元明史料筆記叢刊》，北京：中華書局，1959 年），卷 9，〈文章宗旨〉，頁 108。此二語本是陶宗儀評論韓愈碑文意見。

再如〈高觀文墓誌銘〉描寫高若訥守邊擊賊情事，文云：

> 康定時，西鄙騷繹，東南多盜，始置宣毅兵，州悉有之，扞鎮方夏。士既飽衣食
> 不事，悍不可制。公曰：「是本欲制賊，今反自賊，何賴為？」建擇精銳者團籍
> 北遷，以補戍人。守臣爭言：「士素驕，驟遣必亂。」公固謂：「朝家威令整嚴，
> 等輩孰敢？」既徒，無一上干法。……儂蜑襲邕州，殺守將，公曰：「南海可虞
> 也。」或謂未然。閱旬，賊剽十餘州，乘流下番禺，入其外郭，南軍不習鬭，部
> 校爭長，連戰輒北。賊遂張，嘯亡命數萬，嶺南大瘡。公謂當遣貴賢將節度諸部，
> 以番落千騎怖之，可禽也。會大臣馳往，斬敗將，鼓而南。賊盡銳薄前軍，顧騎
> 出其後，驚以為神，遂大敗。[103]

朝廷士兵飽食不事反成禍端，守臣不敢約束節制與墓主堅持整頓軍紀情形，透過對話實
錄明顯而強烈地具現眼前，毋須多言，墓主不畏悍卒眾議的個性自然鮮活。至於儂蜑突
襲邕州、剽攻番禺各州情事，雖未轉載將帥士卒對話，但宋祁依文意變化句式，使書寫
形式能適時反映當日景象，如「公謂當遣貴賢將節度諸部」以長句記載遣將事，暗示其
中諸種調度安排並非一日可成的易事，至於作戰過程則僅以「斬敗將，鼓而南」二句簡
短三言句帶過，宋軍勢如破竹，一路過關斬將，長驅直下，大勝追擊賊寇的勇武功績便
不言可喻。三言三言一句，扼要二句，使人吟讀之際也能感受宋軍迅速敏捷行動，勝利
得來如此順理成章，輕而易舉。

　　注入書寫者個人情緒感受，使碑誌文情韻更豐富，並以小說筆法讓碑誌文更生動耐
讀，宣示宋祁看待碑誌文的態度，早已不是以如實記載墓主事蹟為重的代筆人自居，而
是視為表達個人文學態度的自我創造，因此，自然也會在文中發表議論，闡述理念，如
〈李郡王墓誌銘〉云：

> 初，王無第，詔權舍芳林園。王以禁籞非人臣所居，固辭，更假今第。此則實長
> 君之能讓也。領殿前兵歷四期，後數請間避劇任，帝曰：「叔舅誠年高，尚煩以
> 職事，非所以優之。」由是開府視宰相，每朝會大宴，與執政聯坐，鳴玉珥貂，

進退恂然，親寵第一。嘗屬疾，輦過候安否，勉醫藥，賜予千萬，又以王經過郊墅，別賜銀飾安輿。此則鄧隲之貴也。大抵外戚在朝廷，預進退士，干議論，則近權，權且有黨；滋貨買田，通四方餉謝，則近侈，侈則多求。王居常謝賓客，罕所薦進。朝或大議論，不敢知，故無黨，無黨則權不往。用度一出俸，稍抑絕苞苴。其為子孫謀，盡仰所賜產，故求寡，求寡則侈不至。且王肺腑要重，苟有開說於上，勢宜聽。糜金錢，嗜所欲，厚自奉養，人亦無所詆疵。而天資儉約，終不舍此為彼。使屬任之恩始終蔭密，不曰賢哉！[104]

墓主李用和（988-1050）身爲國舅，仁宗皇帝優寵有加，李郡王卻謙遜自抑，宋祁條舉墓主「小心靜默，推遠權勢」[105]具體事例後，議論外戚在朝經常近權結黨、近侈多求，李郡王有別於干預朝政的外戚，求寡儉約，實爲賢人。錢基博（1887-1957）評論韓愈碑誌文時，曾說道：

蓋傳以敘事，銘以昭德；而碑誌以敘事為體，不以抒情為本；以昭德為美，不以議論為貴。觀韓愈〈殿中少監馬君墓誌〉撫今追昔，感慨存亡，指在抒情；而〈故太學博士李君墓誌銘〉以李君服食致死，而歷著並時所見以藥敗者六、七公以為世戒，皆非碑誌正體。[106]

如前所論，宋祁碑誌文常以抒發作者情感爲主，論辨意見也屢見不鮮，依錢氏意見，都非正體寫法，但正因非正體，更顯示宋祁意圖衝越體製藩籬，創立新貌，將碑誌文視爲文學作品的嘗試。

四、句型多變——銘辭設計

宋祁碑誌文題目、序文力求樹立新變風采，想當然爾，銘辭部分必然也有獨特面貌，李士彪歸納碑銘形式，說道：

104　《全宋文》，卷527，頁107-108。
105　《宋史》，卷464，〈外戚中・李用和〉，頁13565。
106　錢基博：《韓愈志》（臺北：華正書局，1985年），〈韓集籀讀錄第六〉，頁140。

蔡邕現存碑銘語體共有四種形式：一是四言韻語，二是三言韻語，三是六言韻語，四是四言韻語與騷體合璧。但四言韻語的形式占了絕大多數，當是碑銘語體的正宗。後人則遵循蔡邕的模式，使四言韻語最終成為碑銘的規範語體。[107]

檢視歷來碑誌文銘辭，確實以四言韻語占最多數，宋祁碑誌文則不拘一格，變化多端，三言形式中可論者分別為：

> 狥崇儀，材而力。扞邊鎮，百夫特。被金痍，聲震敵。病中奪，殯久客。維三年，時慶曆。夏六月，壬寅直。京巽隅，龜墨食。祔雙靈，安兆域。[108]

> 嗟若人，才而仕，奚不偶。嗒然喪，與物盡，託坤厚。弟綽綽，子詵詵，宜有後。[109]

> 公之先，蓋世家，顯發祥。公之仕，對盛時，鬠含章。道透遲，蹇不回，晚乃光。老成人，倬有猷，時而揚。退於家，有生涯，壽則臧。莽何所，從先兆，洛之陽。[110]

第一篇文章，墓主為高若訥祖父高審釗（935-989），宋祁與高若訥頗有交情，曾為其父高懷諲及高若訥撰作墓誌銘，但未曾結識本篇墓主，因此文章大抵依諱、字、姓氏、鄉邑等固定格式書寫，僅在序文最後以「嗚呼」興發感歎，惋惜「府君才為時用，且大有立而遽病卒，似若命然。然孔子罕言命，亦難言之。」[111]所論重點在「才」、「命」。

宋祁碑誌文中，關於「才」的思考最深情動人，最特殊奇異的就是前引第二段文字，為胡書所作墓誌銘，同樣以「才」、「命」為論述焦點，相同主題，宋祁選擇類似形式書寫，四言韻語典重莊嚴，三言較為奇崛短促，吟誦時易有「不偶」感受。第一篇以三言韻語兩兩一斷，語氣急促如同墓主五十五年人間歲月短暫，二句一組卻又適時沖淡奇

107　氏著：《魏晉南北朝文體學》（上海：上海古籍出版社，2004年），頁52。

108　〈故崇儀使高府君墓誌銘〉，《全宋文》，卷528，頁131。

109　〈宋故朝奉郎檢校尚書水部員外郎權舒州團練判官兼侍御史武騎尉安定胡君墓誌銘并序〉，《全宋文》，卷529，頁151。

110　〈石太傅墓誌銘〉，《全宋文》，卷528，頁123。

111　同註108。

立感覺，趨向平穩風格，符合爲長輩書寫分寸。第二篇，墓主與作者爲同輩好友，且作者對墓主「才而不顯」際遇感慨甚深，因此銘辭以三言韻語爲之，且是三句一組，共三組，連串奇數組構形式呼應「不偶」文意，頗爲特殊。

第三篇，墓主石中立年少得志，知名當世，序文中記載：

> 天子好文學，而虢略楊億以雄渾奧衍革五代之弊，公與中山劉筠、潁川陳越推而肆之，故天下靡然變風。朝廷每有論次，公常在選。自中秘書無不讀，校正舛疑無不經意，故二館以公爲法。[112]

標舉石中立與楊億、劉筠諸人革除五代弊端，使天下靡然變風的貢獻，此外，論次典籍、校正秘書，石中立無不參與，甚至二館以之爲法，照說應是深受朝廷倚重，仕途一帆風順。無奈「公於仕最先進，中偃蹇不遷，階積考升，至是已六十餘。同車茵聯綏位者，皆平日子姓行，或在公右。」[113]正因曾有一段歲月偃蹇不遷，落拓失意，故而宋祁在銘辭中爲之嘆息「道逶遲，蹇不回」。省視石中立才華能力與宦途起落境遇，宋祁或許覺得墓主也是有才未能盡顯，「命」之安排難以完全理解吧？

四言形式除全篇銘辭皆爲四言外，另有多種搭配組合形式，或四言與三言錯雜，或四言與騷體合璧，或四、五言合用，各具深意，如〈李郡王墓誌銘〉云：

> 王之先，赤烏綿綿。乃自餘杭，引而北遷。允顯魏公，賜始家田。度汴之陽，大表厥阡。王之貴，照發於他。帝所自出，親則舅家。忠力謹庸，福祿是荷。台臣之印，上將之牙。王之亡，帝慟且傷，五不視朝，哀襲緦裳。師令王爵，追密厥章。歸贈易名，恩縟於常。王之葬，圖於塋穆。既有秘器，飯珠贈玉。鼓吹轟錚，旌旐熠煜。我且不朽，彼則陵谷。王之陵，詵詵而榮。或築外館，有提衛兵。佩鏘其珩，冠翠其緌。爾公爾侯，永嗣家聲。[114]

112　同註110，頁122。

113　同前註。

114　《全宋文》，卷527，頁108。

全篇幾乎都是四言韻語，但每八句爲一組，每組第一句必是三言，分別以「王之先」、「王之貴」、「王之亡」、「王之葬」、「王之後」提領其後七句四言銘辭，因著形式上的明顯差異，三言句自然會被單獨孤立出來，閱讀之際，「先」、「貴」、「亡」、「葬」、「後」層次井然凸顯，段落分明，既具條理又穩當平和，符合墓主身分。

　　類似情形出現在〈僕射孫宣公墓誌銘〉，文云：

> 猗歟！公之文，慮憲秉彝，式是古訓，進爲經師。狹策立言，刪剟游枝，搴其蕤兮。猗歟！公之仕，丁辰展美，其弁頩然，其縌華止。不蹈九折，安我六轡，坦斯履兮。猗歟！公之德，方嚴直清，鎮浮含厚，不伐存誠。匪躬蹇蹇，受命青青，時則行矣。猗歟！公之老，在汶之陽，貴平國爵，宇發天光。弋者何慕，鷦鵬已翔，壽俾臧兮。峨豶封兮序先域，纍密壐兮照窀穸。子克荷兮孫繩繩，奉二尊兮安此宅。襃善歜兮刻沈珉，珉可泐兮名無垠。[115]

全篇仍以四言韻語爲主，分爲二大區塊，前部分每八句一組，都是以「猗歟」讚美詞語興起，繼而以「公之文」、「公之仕」、「公之德」、「公之老」爲主題，分別再以三句一組，各二組方式頌揚孫奭（962-1033）功勳。有別於書寫李郡王按照時間軸線先後頌贊墓主先人子孫順序，本篇則是依墓主生命中各項表現重要程度排序稱頌，孫奭「博貫九經」[116]，時人尊爲「大儒」[117]，曾與馮元（975-1037）「以經術並進講論，自是仁宗益嚮學。」[118]著作等身，流布甚廣，[119]因此「文」實爲孫奭永垂不朽的功業代表，銘辭不循常規的安排，恰如其分地彰顯墓主「文」、「仕」輕重。

115　《全宋文》，卷 527，頁 117。

116　《宋史》，卷 191，〈儒林傳·崔頤正〉，頁 12822。

117　《宋史》，卷 330，〈孫瑜傳〉，頁 10626。

118　《宋史》，卷 294，〈馮元傳〉，頁 9822。

119　參見宋祁所言：「初公患五經章句浮長，刪爲《節解》數百篇，取九經之治要，著《微言》五十篇，實被詔獎。作《樂記圖》。承詔撰《崇祀錄》，次五服年月，爲一家之言。奉和兩朝聖製，著《廣載集》，體尚沈雅，不爲華藻。自七經之疏，皆與刊正。史志、子篇、律學，未鑱官槧，以次建白。自是流布，學者仰之，殆如杓然，終始典於學矣。」〈僕射孫宣公墓誌銘〉，《全宋文》，卷 527，頁 115-116。

四組「猗歟」贊頌之後，銘辭轉以三組六句騷體文字書寫，兩相比較，「猗歟」部分較以仰慕角度頌美墓主功德，筆調較理性自制，後半部分則感情較澎湃悲傷，末句「珉可泐兮名無垠」肯定墓主名聲無垠永傳，作者與世人的不捨似也無垠永存。四言韻語與騷體的併用能使銘辭涵容更豐富意蘊，情理俱備。

除與騷體合璧外，宋祁碑誌文另有數篇爲四言與五言合用，如〈范陽張公神道碑銘〉云：

> 孰如公之時，才不克施。孰如公之才，不幸而災。孰如公之報，熾豐厥後。孰如公之榮，漏寵冥冥。揭表於阡，鏤美青完。請視子孫，俾信斯言。[120]

一反銘辭多以肯定句式稱美墓主筆法，而以疑問語氣「孰」字領起，前半部分都以「孰如公之□」加一四言句組成，共四組；後半部分則以二組四句四言韻語證成前半意見。「孰」雖具疑問語氣，但宋祁此處顯然心中早有定見，只是藉「孰」字的探問表達心中疑惑，藉此傳達對墓主張蘊「才不克施」、「不幸而災」的悲惜。

序文評述「文正范公仲淹……常謂今之士欲輩古人者，惟尙書則無愧」[121]、「文正不輕許可人，其實錄自視司馬遷比。故士大夫知尙書忠且賢，益明白不疑」[122]，配合前文所引治績，可知墓主張蘊確爲忠賢有才之士，卻因同僚嫉恨遭受無妄之災。宋祁刻意以此種特殊句型，一連四組「孰如公之時」、「孰如公之才」、「孰如公之報」、「孰如公之榮」直貫而下，讓人難以忽視作者強烈情緒，印象深刻。

〈隴西郡君李氏墓誌銘〉也以「誰如」置於銘辭之首，但爲四、五言搭配，每組二句，五言句置於末尾，都以「兮」字作結，如：

> 誰如夫人，有子皆才兮。誰如中丞，方顯而養兮。吾親不待，鍾於永懷兮。大郡疏封，上施窀壤兮。蓬池之西，隧而及泉兮。雙靈同穴，安斯萬年兮。[123]

營造餘韻無窮效果。〈高觀文墓誌銘〉則曰：

120　《全宋文》，卷 526，頁 93。

121　同前註，頁 92。

122　同前註。

123　《全宋文》，卷 529，頁 148。

高氏自渤海，徙占河東，為榆次人。世潛德弗融，久乃發祥，逮公大昌。以孤童
奉母，羈旅京輔。軋出陋貧，化為偉人。由御史諫官，健健敷言，事有固爭，不
市直取名。我完吾履，弗援弗倚。一辭寢主，直都貴位。憤俗陵遲，令敝法刑。
遂弛必衰，或悼後艱。自公佐王，輔乾為剛。不假借賞刑，以新故章。引薦俊良，
惟力孜孜。斯謀斯猷，外莫聞知。澹於榮寵，峻節是甘。去位甚易，如肩釋擔。
邇英之游，惟經術是毗。巷無密輪，奧無勝袿。誰市其門，誰侈而室。聞公之風，
可以自律。初秦國多疾，公自調治，方劑天悟，親嚮壽祺。公之屬疾，自疹不可
治，召見諸子，遺訓逾屬，歿無以私，敢丐諸天子。天子賢之，嗟我師臣，顯卒
光哀，湛漏厥恩。予聞于古，曰仁者壽。公不六十，斯言巨究。有宰皐如，有樹
岑如，公安是居，千載不渝。[124]

五、四言交錯運用，三或四、六句為一組，分為：五四四／五四四／五四四四／五四四
五／四四四四／四四四四／四四五四／四四四四／四四四四／四五四四／四四四四／
五四四四／四五四四四五／四四四四／四四四四／四四四四，句式組構既齊整又富變
化，且五言在每組出現位置視情況跳動移挪，除第一與第八句五言句「高氏自渤海」、
「自疹不可治」節奏為 212/221 外，其餘都是 122，第一字與其餘四字截然區隔，具有
特別顯眼，引發注意作用。

四、五言合用外，宋祁碑誌銘辭另有錯綜不齊者，如〈代祠部墓誌銘〉云：

仕不入官，隱不違世。藩臣高之，天子褒之。汎然受名，內完泰和。萬物營營，
不能舍其情。享年七十有三，考終厥命。是謂其言立不朽之徒歟！奚其為為政者
歟！[125]

墓主代淵（985-1057）天聖二年（1024）舉進士甲科，與宋祁有同年之誼，「為人簡潔」[126]、
「高尚」[127]，淡泊名利，著有《周易旨要》、《老佛雜說》[128]，「天子異焉」[129]。銘

---

124 《全宋文》，卷 529，頁 138。
125 《全宋文》，卷 528，頁 130。
126 〈代祠部墓誌銘〉，《全宋文》，卷 528，頁 129。

辭中提及墓主立言不朽時，句式特長，與其他四言、五言句斷然判分，頗有鶴立雞群，集中目光效果。

另有七言句型者，如〈故光祿卿葉府君墓誌銘〉云：

> 胄出諸梁邈千禩，後昆推遷籍吳里。三代曠僚君臨仕，椠根茂葉叢慶祉。忠愛廉靖府循吏，華顛辭位延壽紀。茂生翰林復濟美，盡養而收忠孝始。相冢山原古桑梓，嗚呼體魂安於此。[130]

墓主葉參（964-1043）為宋祁同年葉清臣（1000-1049）父親，宋祁以七言詩體頌揚墓主忠愛節操及其子忠孝行為，平穩古雅。〈故大理評事張公墓誌銘〉銘曰：

> 觿才章兮懿淳孝，至腆仕兮難老，嗇弗予兮孰天道。寋皇皇兮晚獲伸，發吾懷兮露珍，甫半道兮摧華輪。倚盧空兮無家嗣，從藁殯兮二紀，魂煢煢兮何所止。彼戚友兮義弗違，奉輤柩兮來歸，穴盧祔兮人所悲。兄弟鮮兮疇立後，神茫茫兮安究，尚立言兮參不朽。[131]

以七言騷體為主，每三句一組，共五組，每組句式皆為七六七，六言句分別在「兮」字後承接「難老」、「露珍」、「二紀」、「來歸」、「安究」，有如標示關鍵詞般，特別突出。本篇序文開端便是「嗚呼」二字，充沛情感不可抑制，噴湧而出，或許也是基於同樣激動情懷，因此銘辭全以騷體文字書寫，淋漓盡致地傳遞作者悲惜之情，銘辭中雖提出「孰天道」、「何所止」、「安究」種種疑問，但最終以「尚立言兮參不朽」肯定墓主必將以立言不朽，告慰生者，也為作者洶湧情感覓得安頓依靠。

127　《宋會要輯稿》（清·徐松輯，北京：中華書局，1957 年），〈崇儒·崇儒五·獻書升秩·仁宗·皇祐四年〉，頁「崇儒五之二三」載：「五月二日，以太常丞致仕代淵為祠部員外郎致仕，以臣僚上其所著《周易旨要》二十卷，而帝嘉其高尚，故特寵之。」
128　《宋史》，卷 458，〈隱逸傳中·代淵〉，頁 13442。
129　同註 126，頁 128。
130　《全宋文》，卷 528，頁 129。
131　《全宋文》，卷 528，頁 134。

五、結語

　　宋祁作品雖佚失不少，但現存散文中仍可看出他致力求新求變成果，尤以碑誌文最顯明重要。

　　傳統碑誌文為了榮耀墓主，勸慰子孫，幾乎都是在題目上標列墓主最終最顯官銜，書寫重心在於墓主身分的標識，顯揚功勳為最大目的，實用性強。韓愈多數碑誌文題目符合體例要求，以墓主身分為主要考量，少數七八篇為同調至友、親族後輩早卒無官書寫的碑誌文才稱「字」、「名」，題目由客觀呈現墓主身分資料轉為顯示作者與墓主關係的標幟，含寓作者情感。宋祁碑誌文題目極力顯揚成分降低，已非以墓主為重，反而寄託作者觀感評價，各自具有獨特意涵，承載濃厚作者主觀意識，富有勃發生命力。這種改變反映書寫者態度的轉變與題目性質的移動。

　　題目之外，序文也多有宋祁巧心安排構思的成果，韓愈多數碑誌文開端仍是「公（君）諱某，字某，某人之後」形式為主，宋祁此種筆法開端的碑誌文少之又少，絕大多數都是先詳實記錄某年某月，接著分幾類承接，一是簡單錄載墓主亡故時間；二是以倒敘手法追記墓主亡故前情形，夾雜其他人物與墓主交談往來情貌，如影片播放般具有臨場感；三是以墓主人生中與某件重要情事有關時間為起點，記載事件始末，直到墓主生命終結期間故事，喪亡後情形，墓主名諱、族出等等。

　　序文結構的重新安排布置，透露出宋祁強烈時間感與存史用意，也讓墓主生平故事不再只是依序往前鋪排，而是如現代電影所採取敘事法，插敘、倒敘、順敘各種技法交替使用，波瀾迭起，趣味橫生，將側重應酬實用性質的碑誌文變為富具文學風采的篇章。首句標明年月的寫法外，宋祁序文另有一新創，便是文章開始就長篇發陳辨己見，彷若論說文考析事理般，全無墓主身影，撰作者個人意見情感的抒發，逐漸凌駕墓主事蹟介紹，碑誌文重心可能已有所轉移。

　　此外，宋祁在多篇碑誌文中屢次運用「以言代敘」、「對話」、「議論」、小說筆法，宣示宋祁看待碑誌文的態度，早已不是以如實記載墓主事蹟為重的代筆人自居，而是視為表達個人文學態度的自我創造，依墓主作為、個性擇選最能貼切呈現該人面貌的方式書寫，不再是疏忽人物形象塑造的資料長編。

　　銘辭更是擺落四言韻語的規範形式，或全篇三言，或四言、三言錯雜，或四言、騷

體合璧，或四、五言合用，或七言，又常於大段銘辭中分組呈現，以收致提挈顯目作用，藉由銘辭強化題目、序文中所蘊藏的書寫者態度。概略而言，宋祁碑誌文銘辭並無固定格式，一依書寫者對墓主生命感懷而機動調整，靈變多姿，收結有力。

　　綜觀上文所論，可知宋祁碑誌文突破漢魏以來的諸種陳規，一再力求開拓新局，雖有承繼韓愈作法的痕跡，但自具創意的貢獻更是不容忽視。至於宋祁碑誌文是否曾對歐陽脩碑誌有所啓導影響？在唐宋古文，甚至歷代碑誌發展演變史上是否占據承先啓後關鍵地位？日後若能一一考辨釐清，對重新觀看宋代文學史及文體研究必能有所助益。

跨越化用——宋祁「說」體文研究

一、前言

　　宋祁（998-1061）向來以參與編修《新唐書》的身分而爲學界認識，但若考察宋代文人意見，便不難發現宋祁文學表現其實深受肯定，如「宋莒公兄弟皆以高名擢用，仁廟時本朝文章多人，未有二公比者，少時作〈落花〉詩，爲時膾炙。」[1]稱揚宋庠（996-1066）、宋祁二人文章遠勝於宋仁宗朝眾多才士，僅以二宋年少所作〈落花〉詩膾炙人口便可知曉其人才華洋溢。〈落花〉詩外，宋祁〈采侯詩〉尤爲京師傳誦，以致「當時舉子目公爲宋采侯」[2]；詞作則以〈玉樓春〉流傳較廣，「紅杏枝頭春意鬧尙書」[3]傳爲美談；辭賦以省試所作〈良玉不琢賦〉最爲知名，天聖二年乃「以詞賦得名」，[4]其賦作成就略可想見。

　　雖然詩、詞、賦皆各具風貌，曾受注意，然《景文集》中爲數眾多的散文作品卻未嘗獲致應有重視，原因或有二端，一如朱迎平所言：「唐宋散文研究的兩個重要誤區」，

1　宋·趙令畤：《侯鯖錄》（孔凡禮點校，北京：中華書局，2002 年），卷 2，頁 59〈宋莒公兄弟詩〉。

2　宋·歐陽脩：《六一詩話》，《歐陽脩全集》（李逸安點校，北京：中華書局，2001 年），卷 128，頁 1957。

3　清·丁傳靖輯：《宋人軼事彙編》載：「景文過子野家，將命者曰：『尙書欲見雲破月來花弄影郎中。』子野內應曰：『得非紅杏枝頭春意鬧尙書耶？』」見是書（北京：中華書局，1981 年），卷 7，「二宋」條，頁 311。

4　元·馬端臨：《文獻通考》則載：「仁宗天聖二年，賜舉人宋郊、葉清臣、鄭戩以下及諸科凡四百八十餘人及第，……國朝以策擢高第者自清臣始，郊與弟祁俱以詞賦得名，時奏祁第一，太后不欲弟先兄，乃擢郊第一，祁第十。」（見是書，臺北：臺灣商務印書館，1987 年，卷 31，〈選舉考四·舉士四·宋二〉，頁 289-1。）

一是「只注重古文的興起和發展，不顧及駢散的消長和相互影響」，[5]一是「只推尊『唐宋八大家』的成就，不注意其他古文家的貢獻」[6]；一為後人多將宋祁歸類為西崑體詩人之一，受既定印象所限，以致未能拓展觀看、接受宋祁文學面向。

以現存制、奏、對、表、序、題跋、論、說、記、述、錄、戒、銘、行狀、墓誌銘、祭文……等類散文而言，宋祁除碑誌文屢有突破傳統文體規範而另創新貌的成果外，「說」體文也具有跨越化用、闢路奠基的貢獻。

考察「說」體文發展軌跡，可知雖然早自六朝便有文人書寫這類作品，但直到韓愈（768-824）、柳宗元（773-819）方才有所開拓轉變，創作〈師說〉、〈鶻說〉等新型文章，宋祁則兼具數種特色，除賡續原有「說」的論辨性質，更承繼韓愈〈雜說〉、柳宗元〈捕蛇者說〉等具寓言成分的「說」體文章而有所改變，也書寫「字說」之類宋代盛行文類，卻又能自具面貌。凡此種種都可見出宋祁散文獨特價值，以及在唐宋古文發展中可能承先啓後的地位，本文因而先就此類作品展開論述，以釐析宋祁「刊落陳言」[7]、「探出新意」[8]的表現。

二、論說陳明──「說」體類別與性質

所謂「說」，徐師曾（1517-1580）以為：

> 按《字書》：「說，解也，述也，解釋義理而以己意述之也。」說之名起於〈說卦〉，漢許慎作《說文》，亦祖其名以命篇。而魏晉以來，作者絕少，獨《曹植集》中有二首，而《文選》不載，故其體闕焉。要之傳於經義，而更出己見，縱橫抑揚，以詳贍為上而已，與論無大異也。……此外又有名說、字說，其名雖同，而所施則異，故別為一類。[9]

5　氏著：〈唐宋散文研究芻議〉，《宋文論稿》（上海：上海財經大學出版社，2003 年），頁 158-162。

6　同前註，頁 162-164。

7　宋·宋祁、歐陽脩：《新唐書》（北京：中華書局，2003 年），卷 176，〈韓愈傳〉，頁 5265。

8　宋·宋祁〈南陽集序〉，《全宋文》（成都：巴蜀書社，1990 年），卷 515，頁 654。

9　明·徐師曾：《文體明辨序說》（羅根澤點校，北京：人民文學出版社，1998 年），頁 132。

如照字書解釋，「說」字以解釋義理而以己意重述爲主，故「說」本應爲讀者觀閱某些典冊文本後，經由玩味理解，再重新以自我領會心得敘述，「說者」兼具讀者與作者身分，因時間推移，扮演角色不同，但原則上是以中介者立場，重新詮解述說義理。

因爲是以己意述之，所以必須闡論清晰，必須條理分明，才能使後來讀者理解，而「己意」是否完全符合原初「義理」內涵，可能在每一位「讀者」的理解系統都有所不同。爲了讓其他讀者瞭解，甚至認同自身所重述的便是正確無誤的「義理」，解說重述者勢必得設法說服其他讀者，方法或是旁徵博引，或是氣勢磅礴，或是層層推衍，正如徐師曾所說，總是得「縱橫抑揚」、「詳贍爲上」，才能具有說服力道，以致難免與「論」相差無幾。

因著這般源流發展及性質關係，泰半有關文體書籍都將「論」、「說」並置，歸爲一類，文集編排時，也常將「論」、「說」文章合置一處，吳訥（1372-1457）說道：

> 說者，釋也，述也，解釋義理而以己意述之也。說之名，起自吾夫子之〈說卦〉，厥後漢許慎著《說文》，蓋亦祖述其名而爲之辭也。魏晉六朝文載《文選》，而無其體。獨陸機〈文賦〉，備論作文之義，有曰「說、煒燁而譎誑」，是豈知言者哉！至昌黎韓子，憫斯文日弊，作〈師說〉，抗顏爲學者師。迨柳子厚及宋室諸大老出，因各即理即事而爲之說，以曉當世，以開悟後學，由是六朝陋習，一洗而無餘矣。[10]

反對陸機（261-303）「說、煒曄而譎誑」見解，舉韓愈〈師說〉爲標竿，認同柳宗元、宋人「即理即事而爲之說，以曉當世，以開悟後學」作品爲「說」體佳文。據此，「說」體文章仍不脫論說特色，但與「解釋義理而以己意述之也」不同的是，前類「說」必「傅於經義」，文章乃是有所依附而書寫的，韓、柳、宋人如〈師說〉一類文章卻是無所依傍貼合，作者並非先身爲經書讀者，有所感發體會後，才又化身爲義理詮釋作者，而是本身內在有股強烈動力，對於某些情事有不得不論說辨析的動機，強力驅使，書寫目的是爲了讓世人明曉事物眞義，讓後學不再困於迷惘，似是而非。

10　明·吳訥：《文章辨體序說》（于北山校點，北京：人民文學出版社，1998年），頁43。

韓愈、柳宗元除〈師說〉類「說」體文章，其實也有另一類「說」文，錢穆（1895-1990）
說道：

> 雜記之外，復有雜說，此於韓集亦不多見，而柳集乃頗盛。所謂說者，《漢志》
> 九流十家有小說家者流，其書雖不傳，然諸子之書尚多有之，尤以莊子書為然。
> 亦可謂莊周寓言，皆小說也。……又如策士縱橫遊說，見於《戰國策》者，其文
> 亦多以小說雜厠之。惟此等皆鎔入長篇，不獨立為文，因此後世遂不見此體，而
> 往往轉化入詩中。……柳集有〈鶻說〉，有〈捕蛇者說〉，有〈謫龍說〉，有〈熊
> 說〉，有〈觀八駿圖說〉，皆雜說之體也。[11]

提出「雜說」一體，追源溯始，「雜說」與古代「小說」頗有關聯，但之前並未獨立為
文，韓愈、柳宗元時將之抽繹出來單獨成篇，並在題目加上「說」字，使得「雜說」可
成為文體一類，柯慶明分析：

> 採虛構的敘事，不論其為「神話」為「寓言」，作為主要的論證，加上主體的介
> 入，抒情的表現，因而使得唐宋「古文」的論述，往往具有「說」的性向，而深
> 具富涵「文學」的興味。「說」的這種「煒曄而譎誑」的特質，甚至可以在「有
> 激而為」之下，達到一種「謬悠之說，荒唐之言，無端崖之辭」恣縱滑稽的表
> 現。[12]

根據上文，唐宋所謂「雜說」，反而較符合〈文賦〉以「煒曄而譎誑」定義的「說」性
質。此類文章基本上以虛構敘事為主要論證，避開直接批判教訓口吻，減少讀者爭強好
勝心理的反彈。虛構，反而有無限想像空間供作者恣意馳騁，能夠盡情創造適合傳布理
念的氛圍，有如現代包裝宣傳手法般，透過類似置入性行銷方式，讓讀者在具趣味性的
閱讀中被吸引、洗腦，從而順理成章地認同、接受作者理念，這一切都須借助文學技巧
的妥善運使，才能使文章散發動人魅力，達到設定目標。王闓運（1833-1916）說道：

11　錢穆〈雜論唐代古文運動〉，收錄於《唐代研究論集》（臺北：新文豐出版社，1992 年），第一輯，
　　頁 61。

12　柯慶明：〈「論」、「說」作為文學類型之美感特質的研究〉，收錄於《六朝唐宋學術研討會》（臺南：
　　國立成功大學，2003 年），頁 56-57。

說煒曄而譎誑——說當回人之意，改已成之事，譎誑之使反於正，非尚詐也。[13]

可見此類文章常與當世社會狀況、民心思想密切相關，作者往往都是對當時現況有所不滿，想要透過書寫發揮改正力量，先有中心意旨想要傳達，再設計故事包裹，有學者便以「說體寓言」名之，與前二類「說」體有所區隔。

　　綜合上述諸家意見，大致可將「說」體分爲幾類：一是與「論」相同，以「解釋義理而以己意述之」爲主；二是如韓愈〈師說〉，「即理即事而爲之說，以曉當世，以開悟後學」爲目的；三是以「神話」、「寓言」爲主要論證，富涵文學興味的唐宋古文；四是所謂「其名雖同，而所施則異」的名說、字說，徐師曾認爲：

> 按《儀禮》，士冠三加三醮而申之以字辭，後人因之，遂有字說、字序、字解等作，皆字辭之濫觴也。雖其文去古甚遠，而丁寧訓誡之義無大異焉。若夫字辭、祝辭，則倣古辭而爲之者也。然近世多尚字說，故今以說爲主，而其他亦並列焉。至於名說、名序，則援此意而推廣之。而女子筓，亦得稱字，故宋人有女子名辭，其實亦字說也。今雖不行，然於禮有據，故亦取之，以備一體云。[14]

考辨字說源流及後世分支情形，名稱容或不同，但自《儀禮》「申之以字辭」至後世字說，都是以「丁寧訓誡之義」爲要。「字說」另有字序、字解、字辭、祝辭、名說、名序、女子名字說等異名別稱，可見「解說」只是此類文章書寫引子，論說、陳說，甚至說服讀者接受作者想法的目的性，已較其他三類「說」降低。

三、曉世悟學——論類「說」體文筆法

　　辨明「說」在歷史上的幾種類型、性質、書寫緣起與目的後，將有助於我們進行後續研究，宋祁「說」體文章目前計存六篇，性質各有不同，略分爲幾類，一如〈醺說〉，云：

13　清·王闓運撰，馬積高主編：《湘綺樓詩文集》（長沙：岳麓書社，2008 年），冊 2，〈王志卷二〉，〈論詩文體式——答陳復心問〉，頁 545。

14　《文體明辨序說》，頁 147。

客問曰：「朝廷設酺宴之令，享天下高年。質於古經，何禮之處？」答曰：「先儒顏籀有言：酺之為言布也，王德布于天下，而合聚飲食以為酺。然予之所聞，似異於是。酺為神名，音如步讀。本于民里，因祀而合飲耳。《周官·大司徒·族師》：「春秋祭酺。」先鄭說：「酺者，為人物災害之神。」後鄭謂「族師無飲酒之禮，因祭酺，與其民以長幼相獻酬焉。」蓋古之為民者，防過爭端，酒禁最重，惟祭祀鄉飲得以行禮，細民之室，不得常御。《書》曰「無彝酒」，此之謂乎！漢承秦法，於周差近，流風遺書，頗有存者。故漢律三人以上無故羣飲者，罰金四兩。是則醴醪糜穀，廢于私室之問遺；飲食合釀，繫乎君上之橫賜。西京文、景、武、宣之代，時有酺賜，本之歸于祭酺之禮，因餘福而弛酒禁也。故武帝太初二年，令天下酺五日，臘五日。且貙、臘亦祭名也。漢帝以立秋貙祭獸，因以出獵。是則祭酺而後民飲酒，祭貙而後民搏獸。一切之制，於義自均。今許臘為祭，而廢酺為神，破一體，興二說，近乎攻異端者矣。三鄭之詁《周官》，多視漢法。其言酺也，乃云有螟蝗之酺，人鬼之酺。夫三鄭目見漢之有酺祭，因令民之會聚酒食也。故于《族師》之詁，意悉事詳。苟無其端，不咨臆測。」客曰：「然則今之酺令，或未思其本耶？」予曰：「否。酒禁行於古，故漢之酺也，民財自出，得以達夫家。酤榷施於今，故我之酺也，君澤所頒，專用寵耆耋。禮與世變，名隨事易，損益之常也，何必執古禮而處之哉！」[15]

以主客問答方式帶出關於「酺」的諸種思辨，客開門見山地提問：以酺宴享天下高年，禮出自何處古經？宋祁雖先引顏籀（581-645）解經言詞，卻繼之以「然予之所聞，似異於是」否定先儒看法，從而再就鄭眾（?-114）、鄭玄（127-200）訓解《周官·大司徒·族師》「春秋祭酺」意見，引經據典，判斷是非。辨明經書「酺」意後，宋代酺令與古代原意有所改易已是不辨自明的事實，但宋祁反對客所提「未思其本」的質疑，強調「禮與世變，名隨事易」，既澄明古禮內涵，也為當代酺宴之令尋得根本，傳達：不拘執古禮、通變適用理念。

〈配郊說〉則云：

15　《全宋文》卷 517，頁 685-686。

　　周公之攝政，仁乎其父，欲配之郊，則抗乎祖；欲遂無配，則己有仁父之心，不
　　能見之天下。不見之天下，非仁人。於是乎名天以上帝而配之。上帝也者，近人
　　理者也。人於萬物乃一物，假令天若有知然，宰制生育，未必圓顱方趾、耳鼻食
　　息如人者也。今名之帝，以人尊天，引天以自近，親之也。人之親者莫若父，故
　　以文王配上帝。不可以郊，故內之明堂。明堂，王者之最尊處也。仁乎其父，故
　　親於天。天有帝名，則祭之明堂，親與敬兼之矣。孔子所以美周公，能以是心於
　　天下，而不失乎至禮。禮者，緣人情者也。[16]

以周公姬旦（?-1105BC?）攝政配郊事為焦點，多方闡述辯說，導引出「禮者，緣人情
者也」結論，贊許周公親、敬兼備，「能以是心於天下，而不失乎至禮」。本文應是立
基於《孝經》所載周公郊祀事，文云：

　　昔者周公郊祀后稷以配天，宗祀文王於明堂以配上帝，是以四海之內各以其職來
　　祭。夫聖人之德，又何以加於孝乎？[17]

根據唐明皇李隆基（685-762）注解所云：「后稷，周之始祖也。郊謂圜丘祀天也。周
公攝政，因行郊天之祭，乃尊始祖以配之也。」[18]宋祁進一步分析周公作為得失，肯定
周公以其父文王姬昌（1152BC ?-1056BC ?）配享為合禮之事。雖然史料未曾登載〈配
郊說〉撰寫時間，但宋真宗（趙恒，968-1022）大中祥符元年（1008）十一月戊戌，曾
下詔追封周公為「文憲王」，詔書云：

　　周公旦制禮作樂，誕稟聖資，煥乎舊章，垂之千載。今以上封岱岳，按禮魯郊，
　　邈遠遺風。緬懷前烈，始公胙土，寔惟是邦。故其嗣君，得用王祭，而祠宇未稱，
　　闕孰甚焉。特議褒崇，以申隆顯。可追封文憲王，所司擇日備禮冊命，於曲阜縣

16　《全宋文》卷518，頁696。
17　《重刊宋本十三經注疏附校勘記・重栞宋本孝經注疏附校勘記》（臺北：藝文印書館，1965年），
　　〈聖治章第九〉・〈孝經注疏〉卷第五，頁36-2。
18　同前註。

建廟，秋委本州長吏致祭。[19]

可見朝廷於曲阜縣建廟奉祀周公，追封、建廟都與封禪泰山有關，眞宗此次封禪雖與澶淵之盟、繼位紛爭等事有關，[20]但如同宋太宗趙光義（939-997）東封前，扈蒙（915-986）定議曰：「嚴父莫大於配天，請以宣祖配天。」[21]般，眞宗於諸多先世名臣中特別追封周公，[22]並於登泰山後向群臣出示〈周文憲王贊〉，[23]是否具有「嚴父」、確立繼位正統等用意，或不無可能。

如果〈配郊說〉書寫緣起確與眞宗封禪泰山、追封周公有關，則宋祁此篇「說」並不只是解釋經書義理而述以己意而已，極可能也是針對當時現實狀況，爲了「以曉當世，以開悟後學」而作。〈醋說〉雖以《春秋》爲立論起點，但重點仍是在對當時朝廷頒令作法釋疑，同樣有「以曉當世，以開悟後學」目的。二篇可能都是即事即理之作，寫法則是追溯經典根源，以古今對照比較方法證明有所依據，但重點都在於因時制宜，隨著時移事遷而賦予古書、古禮新詮，此類文章似乎結合前述「說」體一二類文章而成。

四、轉化創新——寓言「說」體文成就

宋祁「說」體文章較受到關注的應是二篇具寓言性質的作品，一爲〈鴈奴後說〉，文云：

19　〈追封周公爲文憲王詔〉，《宋大詔令集》（宋·宋綬、宋敏求編，司義祖校點，北京：中華書局，1962年），卷156，〈政事九·褒崇先聖〉，頁587。

20　關於宋真宗封禪緣起、儀式及影響等問題，可參宮磊：《宋真宗封禪探究》（濟南：山東師範大學碩士論文，2007年，86頁）。

21　《宋史》，卷269，〈扈蒙傳〉，頁9239。

22　見《宋會要輯稿》（清·徐松輯，北京：中華書局，2006年），〈禮·禮八·追封先世名臣諡〉，頁禮八之二一。

23　事見宋·李燾《續資治通鑑長編》（北京：中華書局，2004年），卷71，〈真宗二十九·大中祥符二年一~五月〉，頁1606。文云：「初登泰山，王欽若言唐高宗、玄宗二碑之東石壁，南向平峭，欲即崖成碑，以勒聖製。上曰：『朕之功德固無所紀，若須譔述，不過謝上天敷佑，敘祖宗盛美爾。』戊午，上出登泰山謝天書述二聖功德銘及九天司命保生天尊、周文憲王等贊、玉女象記示輔臣。」

《周官·醢人》：「箈菹鴈醢。」六贄：「大夫執鴈。」莊周舍故人家，主人殺鴈。鴈為羞品舊矣。大江之南，陽鳥攸居，餘苽稻稻，群翔葦唼者動數百千計。鄉人或夜經大澤，連巨繳而掩之，然常苦鴈奴之覺也。鄉人說曰：鴈奴，鴈之最小者，性尤機警。每羣鴈宿，鴈奴獨不瞑，為之伺察。或微聞人聲，必先號鳴，羣鴈則雜然相呼引去。後鄉人益巧設詭計，以中鴈奴之欲。於是先視陂藪鴈所常處者，陰布大網，多穿土穴於其傍。日未入，人各持束縕，并匿穴中。須其夜艾，則燎火穴外。鴈奴先警，因急滅其火。羣鴈驚視無見，復就棲焉。如是三燎三滅，鴈奴三叫，眾鴈三驚，已而無所見，則眾鴈謂奴之無驗也，互唼迭擊之，又就棲焉。少選，火復舉，鴈奴畏眾擊，不敢鳴。鄉人聞其無聲，乃舉網張之，率十獲五，而厪有脫者。以是江湖之民尤嗜鴈，或賤售於人。予聞其事不甚諦，後有隱民馮生者，與予善，他日問之而信。馮生工屬文，嘗為〈鴈奴説〉，嘆其以詐相籠，以禍相嫁也。其言曰：「奚獨鴈哉！人固有之。李斯，秦之警也，趙高詐燎而胡亥擊之，國入於漢。陳蕃，漢之警也，曹節詐燎而孝靈擊之，家獲於魏。由是觀之，可不為之大哀耶！」予嘗愛其文。今馮生遁老，訪其書不獲，姑掇其切著於篇，還以舊名題云。[24]

先引《周官》、《莊子》典故，證明鴈向來為珍饈，鄉人為捉捕鴈鳥，設計詐騙伺察守護的鴈奴，以禍相嫁而終能一舉網羅。本文約可分為三部分：第一部分敘錄鄉人詐取鴈鳥經過，第二部分引述隱民馮生以鴈喻人感懷，第三部分交代書寫緣起。其中第一部分篇幅最長，也最生動迷人，所提鴈奴故事，今可得見最早記載應是王仁裕（879-956）《玉堂閒話》所載：

鴈宿於江湖之岸，沙渚之中，動計千百，大者居其中，令鴈奴圍而警察。南人有採捕者，俟其天色陰暗，或無月時，於瓦罐中藏燭，持棒者數人，屏氣潛行。將欲及之，則略舉燭，便藏之，鴈奴驚叫，大者亦驚，頃之復定。又欲前舉燭，鴈奴又驚。如是數四，大者怒啄鴈奴。秉燭者徐徐逼之，更舉燭，則鴈奴懼啄，不復動矣。乃高舉其燭，持棒者齊入羣中，亂擊之，所獲甚多。昔有淮南人張凝評

---

24 《全宋文》卷517，頁 687-688。

事話之，此人親曾採捕。[25]

王文筆法如實記錄淮南人所言採捕鴈鳥方法，文字簡潔俐落，並未摻雜作者個人情感或評論，顏瑞芳分析二篇文章關於鴈奴部分描寫筆法時，說道：

> 本文增加對「雁奴」之解說，……似將雁奴的守更行為轉化為自我意願或自然習慣，且守更者「獨」不暝，是孤單的隻雁。這樣的轉變，一方面在內涵上凸顯奴的情操，為賦予寓意預作準備；另一方面則透露何以「雁奴」故事後來演變為「孤雁」故事的線索。[26]

對鴈奴解說的增加其實暗示了作者感情的投入，宋祁以「微聞人聲，必先號鳴」、「鴈奴先警，因急滅其火」表現鴈奴的機警盡責，甚至是奮不顧身地以一己之力急滅其火，而沒有想到自身可能陷入危險，或反而造成群鴈驚醒後不見火影，對鴈奴的誤會。因為三叫三驚，眾鴈卻總是無所見，以致「眾鴈謂奴之無驗也」，詩話裡只載「大者怒啄鴈奴」的動作，原因當然可能是無故被驚擾睡夢的憤怒，而宋祁則直接明示眾鴈反應，責怪鴈奴「無驗」，指明「信驗」重要性。

宋祁文章雖可能以王仁裕及馮生故事為底本，但他書寫時，卻是以更詳盡細膩的筆觸刻劃過程、鴈奴與眾鴈情緒，二篇情節雖相近，但宋祁作品顯然較具有文學性。

值得注意的是，宋祁對於「鴈」在文學世界的形象已有所轉化，向來，「在經學家眼中，雁是絕佳的道德象徵；在文學家筆下，雁則是飛揚的情感載具。」[27]詩人常「詠雁以抒懷」[28]，宋祁卻可能是首位特別標舉「鴈」忠誠盡責情操，以及被誤會責怪後的驚懼畏事，王安石（1021-1086）〈同昌叔賦雁奴〉云：

> 雁雁無定棲，隨陽以南北。嗟哉此為奴，至性能懇惻。人將伺其殆，奴輒告之亟。舉群窘而飛，機巧無所得。夜或以火取，奴鳴火因匿。頻驚莫我捕，顧謂奴不直。

---

25 宋·李昉等編：《太平廣記》（北京：中華書局，2006年），冊10，卷462，〈禽鳥三·雁·南人捕雁〉，頁3792引錄。

26 氏著：《唐宋動物寓言研究》（臺北：亞馬遜出版社，2000年），頁150。

27 同前註，頁148。

28 同前註。

啾啾身百憂，泯泯眾一息。相隨入矰繳，豈不聽者惑。偷安與受給，自古有亡國。君看雁奴篇，禍福甚明白。[29]

詩中歌詠群鴈「頻驚莫我捕，顧謂奴不直」，如參照王仁裕「如是數四，大者怒啄鴈奴」與宋祁「如是三燎三滅，鴈奴三叫，眾鴈三驚，已而無所見，則眾鴈謂奴之無驗也，互喧迭擊之，又就棲焉」內容，王詩所指較貼近宋文情節。再者，《太平廣記》收錄王仁裕文章時，標題為「南人捕鴈」，王詩「雁奴篇」指的應是宋祁〈鴈奴後說〉，加上「偷安與受給，自古有亡國」的感慨，王安石賦詠根據極可能來自宋祁〈鴈奴後說〉。吳曾（1162前後在世）《能改齋漫錄》所收「議論」主題部分，曾言：

> 《呂氏春秋》載戎嘗寇周，幽王擊鼓，諸侯皆至，褒姒大悅而笑。王欲褒姒之笑，數擊鼓而諸侯至，無寇。及真寇至，擊鼓而諸侯不來，遂為戎所滅。予嘗觀宋景文鴈奴說，王荊公鴈奴詩，然後知幽王者，其自為鴈奴。《史記》以為舉烽火。[30]

以宋祁〈鴈奴說〉、王安石〈鴈奴詩〉參證周幽王擊鼓取悅褒姒事，抨擊幽王自為鴈奴之愚昧無知，雖對鴈奴的理解與宋祁不同，但仍可顯示宋祁此篇文章在宋時的迴響，同時也透露出宋人將宋祁、王安石二篇作品置放在同一書寫脈絡觀看的態度。

此後，宋濂（1310-1381）曾藉具區雁奴故事，以表抒他對政治時事的諷諫之意，有關「雁奴」一段文本為：

> 具區之澤，白雁聚焉，夜必擇棲。恐人弋己也，設雁奴環巡之，人至則鳴。群雁藉是以瞑。澤人熟其故，爇火照之，雁奴戛然鳴，澤人遽沉其火。群雁皆驚起，視之無物也。如是者四、三，群雁以奴紿己，共啄之。未幾，澤人執火前，雁奴不敢鳴，群雁方寐，一網無遺者。[31]

29　《全宋詩》（傳璇琮等主編，北京：北京大學出版社，1991-1999年），卷547，頁6546。

30　是書（《全宋筆記》第五編，鄭州：大象出版社，2012年），卷10，〈議論·周幽王擊鼓而褒姒笑〉，頁23。

31　〈燕書十六首〉其十五，《文憲集》（《景印文淵閣四庫全書》，臺北：臺灣商務印書館，1986年3月，冊1224），卷27，頁396。

此則故事極可能是宋濂參酌宋祁〈鴈奴後說〉而作，原因有幾：一、文中提及「爇火」與宋文「燎火」近似，與王文「於瓦罐中藏燭」較有差異。二、群雁下場是「一網無遺者」，宋文為：「乃舉網張之，率十獲五，而厪有脫者」，王文則僅說「持棒者齊入臺中，亂擊之，所獲甚多」，不曾出現網羅情節，也未記載遺脫情形。三、宋濂曾稱道宋祁「素稱該洽」[32]，並對其《宋景文筆記》有所了解，[33]但未曾提及王仁裕與其詩話。降及清代，清高宗（1711-1799）〈弋鴈篇〉詠道：

> 三秋月如水，風雜喧菰蒲。羣鴈自北至，飛飛集平湖。穩向沙汀宿，夢與秋波俱。
> 誰與弋鴈者，巧計突澤虞。潛身葦岼側，持燈照鴈奴。鴈奴嗷嗷叫，羣鴈驚眠初。
> 避射各分飛，旋顧矰繳無。無端迴幽夢，共疾鴈奴誣。喙啄更爪擊，忍辱聲鳴鳴。
> 雌雄各安眠，孤身痛始蘇。弋者還復來，噤口不敢呼。隨意恣弋取，滿載尋歸途。
> 我聞傳此事，把筆長嗟吁。嗟吁意何為，覽古興懷紆。諫官君耳目，讒者百計圖。
> 一朝誅斥盡，旋亦亡其軀。干剚周代殷，員沈越滅吳。自閉其耳目，古今嗤至愚。
> 嗚呼興亡事，視此竟何殊。[34]

起筆以饒富情韻、幽雅靜謐的「三秋月如水」開端，描寫群雁南飛避寒、穩宿沙汀，「夢與秋波俱」的安詳，不料突生變故，戈獵者施計捕取，以致身陷險境的過程。詩中所云「巧計」、「共疾鴈奴誣」、「喙啄更爪擊」、「噤口不敢呼」都與宋文「巧設詭計」、「眾鴈謂奴之無驗也」、「互喙迭擊之」、「不敢鳴」等情節、文字相互對應，可為參照，而與王文較為不同。至為關鍵的乃在於清高宗書載傳聞故事後，由之嗟吁感發的諫官、讒者慨歎，與宋文所錄秦、漢之「警」寓意可相關聯，而王文僅止於記述故事，全未涉及人事感慨。

　　綜觀以上線索，略可察知〈鴈奴後說〉於宋、明、清各朝被接受情形，王安石、宋濂身為文學大家，以及清高宗帝王身分的援引化用，可能於當時造成更多影響學習，從另一面向證明宋祁此篇文章的重要性。

32　〈筆記序〉，《文憲集》（《景印文淵閣四庫全書》，冊 1223）卷 9，頁 517。

33　同前註。

34　氏著：《樂善堂全集》（《清代詩文集彙編》，上海：上海古籍出版社，2010 年，冊 331），卷 27，頁 367。

宋祁另一篇寓言性說體文章爲〈舞熊說〉，文云：

> 晉有蘭子者，獲二孺熊於太行山，而飲食之，能得其欲。教爲蹲舞之技，以丐市中。先開逈場，震之嚴鼓，市人項背山立。俄以巨梃鞭熊，應手皆舞。蹩跙騰蹋，悉中音節。伎殫曲闋，蘭子放梃四顧，躊躇滿志，人爭投錢與之。既而自負其能，數與優角。時眞聖幸汾陰，祠后土，曼延奇怪，竝參侑樂。蘭子以熊見行在，上奇其馴服，賜以鏐器束帛遣之。自是蘭子挈賜物嘐嘐郡縣，頤指楊袒，擾熊益甚，遠近聞者亦爭玩之。於是除地會要，趣節亟引，心冀技之速售也。每舞一終，輒裹金數千。是日，曲數十終，售金數萬。蘭子被酒霑醉，益有驕色。會日暮，二熊不時得拳，瞪目跋扈，不復肯舞。蘭子鞭之彌急，市人有竊笑者。蘭子恥熊之反己，因假利兵欲刺之，二熊驚躍，批蘭子手殺之，復旁傷數人，突出譙門。大譙卒并力殺之于道周。噫，獸與人，嗜欲不相遠，畜之以理，猶可屈伏，而蘭子見利忘義，求之不已，力窮變生，反受其咎，宜哉！昔東野馭馬，顏闔曰：「稷之馬必敗，馬力殫矣，而猶求焉。」寧斯人之徒歟？[35]

以生花妙筆描寫蘭子訓練孺熊、孺熊表演、獲賞、蘭子鞭熊、二熊反撲、人獸皆亡等情節，靈動流暢，絕無冷場，實是一篇精采有趣的故事。李珠海曾分析：

> 與「論」相比，「說」爲了勸說人、打動人，具有更高的文學性。所以更注重文章的立意、謀篇、布局、修飾等問題。柳宗元的〈捕蛇者說〉、〈羆說〉，都顯示了這一特點。[36]

本文無論謀篇、布局、修飾，都經過巧心構思設計，並非率爾下筆成章，尤其對於人物、二熊心理狀態的描摹更是精深入微，如提到蘭子獲利豐厚，酒醉後得意忘形，愈有驕色，以致忽略按時豢飼二熊，二熊飢餓而不肯復舞，蘭子心急鞭打二熊等情狀，情節發展合理順當，切中物情。而「市人有竊笑者」則寫出市集民眾看熱鬧心態，因著旁觀民眾的

---

35 《全宋文》卷 517，頁 688-689。

36 氏著：《唐代古文家的文體革新研究》（臺北：臺灣大學中文研究所博士論文，2001 年），頁 224。

「竊笑」，讓蘭子覺得面子掛不住，以致惱羞成怒，失去理智，而以利兵欲刺之，逼得二熊失控殺人，最終同歸於盡。

透過緊湊而扣人心弦的劇情安排，〈舞熊說〉成功吸引讀者目光，即使故事終了，卻仍不免對於出人意表的悲慘結局欷歔不已。此時，作者順勢發抒個人議論，表達警世訓勉，自然具有說服力，極易使讀者認同。顏瑞芳分析：

> 唐宋說體寓言多由「故事」和「申說」兩部分構成，具象的故事與抽象的說理相輔相成。而在主題的呈現上，多是通過故事角色的結局、下場，提供人們正面的教戒或反面的借鑑，然後在申說中作不同程度的提示、說明；另有一些則是通過故事中的角色對話來控訴或說理。[37]

故事角色的結局、下場外，〈舞熊說〉成功的地方也在於情節轉折發展過程中，便含蘊耐人尋味的深意，如前所述，關於蘭子、二熊，甚至是旁觀者心理狀態的描繪，讀者早已有所領會，再扣到「畜之以理」、「見利忘義」、「求之不已」、「力窮變生」等議題，當然體會深刻。

就形式看來，本文應是屬於由「故事」和「申說」構成的說體寓言，但宋祁文中曾提及「眞聖幸汾陰，祠后土」，而宋眞宗於大中祥符四年（1011）確曾親至汾陰祭拜后土祠，[38]頒布〈汾陰二聖配饗銘〉刻碑，[39]這使得「舞熊」故事的眞實性大爲增加，似乎不是向壁虛造的寓言故事，而虛實夾雜有如歷史小說般的性質，更能增添詮讀魅力。

根據「唐宋動物寓言一覽表」[40]統計，柳宗元、陳師道（1053-1101）都曾以「羆」爲主角，書寫〈羆說〉，但宋祁是第一位，也是唯一一位以「熊」爲主角撰作說體寓言

---

37 顏瑞芳：〈從《文心雕龍·論說》看唐宋說體寓言〉，收錄於《《文心雕龍》國際學術研討會論文集》（臺北：文史哲出版社，2000 年），頁 348。

38 《續資治通鑑長編》卷 75，〈真宗三十三·大中祥符四年一～二月〉，頁 1713。

39 《宋會要輯稿》，〈禮·禮二八·郊祀事物四·真宗·大中祥符四年〉，禮二八之五二，頁 1045。

40 張靜怡：《唐宋說體與戒體寓言研究》（臺北：臺灣師範大學國文研究所碩士論文，2010 年），頁 203-212。

的文人。熊、羆外表相近，[41]詩文中常併用，宋祁爲據實書寫熊故事，或刻意選取與柳宗元〈羆說〉既相關又有區別的動物創作，雖無法得知，但說體寓言在宋祁之前，僅有：韓愈二篇，柳宗元四篇，無能子二篇，接著便是宋祁的二篇，就數量上看來，宋祁對說體寓言的發展應有一定貢獻。

五、取字釋義 ──「字說」新意

宋祁另有二篇題目含「字說」文章，向來未受到重視，但卻極可能於該類說體文章發展史深具價值，一爲〈王杲卿字說〉，文云：

> 字之言滋也，名之外滋其一稱，古君子因用表德焉。《陽秋》：「大夫褒則書字。」《禮經》：「男子二十冠而字。」厥惟舊矣。琅邪王君仁旭，字杲卿，既式是道，且欲本而推之以充其誼。予辱君請，得以文陳。旭者，日之旦也，本君含章自內，不待於外也。杲者，日之出也，本君厥修時敏，寖升以著也。仁聯昆仲之次，八慈比也；卿同士子之稱，勞謙象也。凡道不揚休篤實，光明章大，未有能發乎遠也。若君家太尉，以三公建上將，威略折衝，為時長城，勳在王府，耿乎當世。君承德厚之慶，孺筮於賞典，崇讓下賢，不以倨貴自安，靖恭肅給，入服華伍，其有意乎緝熙於光明，發於事業歟！又不將衰其孝謹而念爾祖歟！昔君之先代有元長者，自比扶桑暘谷。今君溯洪源，休令聞，還以旭杲命之，則光輝日新。世其家者，有待於君矣。[42]

先就字音解釋「字」義及作用，接著陳明王仁旭（?-?）意欲遵循古書表德、褒揚儀禮，而商請宋祁作文經過，繼而解析「旭」、「杲」、「仁」、「卿」意涵，頌揚王仁旭先

41　《爾雅·釋獸》：「羆，如熊，黃白文。」郭璞注：「似熊而長頭高腳，猛憨多力，能拔樹木。」《重栞宋本十三經注疏附校勘記·重栞宋本爾雅注疏附校勘記》（臺北：藝文印書館，1955 年），卷 10，〈釋獸第十八〉，頁 189-2。

42　《全宋文》卷 517，頁 686-687。

人的功勳彪炳，並將王仁旭之靖恭肅給、存謹與其先祖縮連，以王融（467-493，字元長）自比扶桑暘谷與「旭杲」關聯，肯定王仁旭必能如旭日般明亮耀世，顯揚門楣。[43]

宋祁此文的重要性須自「字說」類文章發展史考察，此類作品雖於宋元明清文集中大量出現，[44]但在宋祁之前，數量極少。《文心雕龍》、《文選》都未有「字說」一詞，韓愈、柳宗元集中也無「字說」文章，[45]劉禹錫（772-842）〈名子說〉可能爲宋代「字說」先聲，[46]該文題目雖似以解說二子咸允（字信臣）、同廙（字敬臣）命名深意爲主，但全文僅有「欲爾於人無賢愚，於事無大小，咸推以信，同施以敬，俾物從而衆說，其庶幾乎！」「存始不親，終於事君，偕曰臣，知終也。」[47]二段文字闡述二子名、字意涵，其餘重點全在強調「仁義道德，非訓所及，可勉而企者，故存乎名。」「然則書紳銘器，孰若發言必稱之乎？」[48]希望藉由隨附個體依存的「稱呼」，時刻提醒個體有關仁義道德、忠孝等「立身之要」[49]。

劉文寫法並非開門見山、引經據典地論說釋義，反是先以「魏司空王昶名子制誼，咸得立身之要。前史是之」開端，頗有承續王昶（?-259）「欲使汝曹顧名思義，不敢

---

43 關於王仁旭其人其事，現存史料有限，綜合各書所載，僅能粗略得知：王仁旭爲馬軍都指揮使夏守贇女婿（《續資治通鑑長編》卷 107，〈仁宗八·天聖七年一·閏二月〉，頁 2499），曾任濟州防禦使（〈濟州防禦使并代管內部署王仁旭可起復雲麾將軍依前濟州防禦使差遣依舊制〉，《蔡忠惠集》卷 10，頁 9 下）、棣州防禦使、博州防禦使（〈棣州防禦使知鄆州王仁旭可博州防禦使知滄州制〉，《鄆溪集》卷 4，頁 14）、契丹國母正旦使禮賓副使（《續資治通鑑長編》卷 137，〈仁宗三十八·慶曆二年三-八月〉，頁 3289），處事得體（《續資治通鑑長編》卷 158，〈仁宗五十九·慶曆六年一～四月〉，頁 3825）。

44 據葉國良蒐集統計，「字說及與字說具有血緣關係的文章」，「唐文僅得一篇」，宋朝共 439 篇，元朝 436 篇，「明清兩朝，資料尤多」，參見氏著：〈冠笄之禮的演變與字說興衰的關係──兼論文體興衰的原因〉（《臺大中文學報》，第 12 期，2000 年 5 月），頁 62。

45 徐建平：〈黃庭堅「字說」散文論〉（《長江學術》，2010 年第 1 期），頁 32。

46 蓋琦紓認爲「宋以前未見題爲字序、字說的文章，唐人劉禹錫〈名子說〉一文……可以說是宋代字說的濫觴。」見氏著：〈領略古法生新奇──黃庭堅「字說」書寫的文字新意〉，《黃庭堅的散文藝術》（臺北：花木蘭文化出版社，2010 年 9 月），頁 71。

47 唐·劉禹錫著，陶敏、陶紅雨校注：《劉禹錫全集編年校注》（長沙：岳麓書社，2003 年 11 月），卷 20，頁 1311。

48 同前註。

49 同前註。

違越也」[50]的用意，因此即使明知「朋友字之，非吾職也」[51]，劉禹錫依然「顧名旨所在，遂從而釋之」[52]。葉國良以爲此文乃「合名說與字說爲一」[53]，而自晉至唐僅有陶淵明（365-427）〈命子詩〉及劉禹錫〈名子說〉二篇名說（字說），可見此類作品尚非廣爲社會接受的文體，其書寫只是個別事件而未形成風尚。[54]

泊乎趙宋始立，柳開（948-1001）首創先例，於宋太宗至道三年（997）撰作〈字說〉，[55]爲今日所見最早標明「字說」二字的文章，該文撰寫緣起乃是因焦邕（?-?）「請字於開」，柳開愛其爲人，故爲焦邕取字並「作〈字說〉遺焉」，[56]全文主旨在闡述所命「世和」字之意涵，同時寄託作者深切期勉。[57]

趙湘（959-993）〈名說贈陳價〉[58]則是第一篇於題目明確標立「名說」之文，該文乃因陳價（?-?）與趙湘「言及人之名，請問其事」[59]，故而爲其演說，全文以近五分之四篇幅闡論「名之貴，貴乎道。道由人，不由名」[60]事理，書寫目的不在說明爲陳價易名的用意，乃是有感於時人但慕古人之名，而不慕其爲人、其道的惑繆風尚，希冀藉文章澄清世風，有別於其後「字說」的筆法。

穆修（979-1032）〈張當字序〉[61]先追溯歷史，強調「春秋之法，書字爲褒，有以知君子之尚其字也。然則古之君子名與字相配，配字者，所以表名也。」[62]大抵與「冠

50　晉·陳壽：《三國志》（臺北：鼎文書局，1980年），〈魏書〉，卷27，〈王昶傳〉，頁745。

51　同註47。

52　同前註。

53　同註44，頁71。

54　同前註，頁68-69。

55　柳開文中言道：「（邕）至道三年，來自京師」，復謂：「今天子新即位，紹二聖遺烈」，考知〈字說〉極可能作於至道三年。

56　宋·柳開〈字說〉，《全宋文》卷122，頁665。

57　柳開文集於〈字說〉前，另收錄〈名係〉一文，原序曰：「進士高生學慕韓愈氏爲文，名曰愈，開重惜生難得也，作名系一篇貽之。」（《全宋文》卷122，頁663-664。）用意、作法與此篇類近，可並參。

58　《全宋文》卷167，頁755-756。

59　同前註，頁756。

60　同前註，頁755。

61　《全宋文》卷322，頁424。

德明功」[63]、「字以表德」[64]等傳統取字用意相近，確立取字作用後，穆修方才爲張當（?-?）表述其字「元膺」之意，「又以勉其行」，[65]雖然題目名爲「字序」，但性質其實與劉禹錫、柳開二文相同。

范仲淹（989-1052）〈南京府學生朱從道名述〉[66]記錄晏殊（991-1055）爲朱從道（1009-?）命名取字一事，申明「道」之意義，但全篇重點乃是藉此強調晏殊希望「激清學校，騰休都邑」[67]，以使宋文炳爲復三代之英的期許，書寫對象並非如劉、柳、穆幾篇字說以被取字者爲主，要旨已經有所偏移。

史料不足，我們無法斷定〈王杲卿字說〉完成年月，也無法確知〈王杲卿字說〉與〈南京府學生朱從道名述〉書寫時間孰先孰後，但就現存資料看來，〈王杲卿字說〉寫法與劉、柳、穆幾篇字說較接近，且宋祁可能爲宋代第一位以「某某字說」命題的文人。[68]

同時代之石介（1005-1045）〈歸魯名張生〉[69]、〈宗儒名孟生〉[70]都是爲道士易名之作，但主旨皆在推揚儒道，斥責夷狄，〈呂虞部士龍字序〉[71]雖說明爲呂士龍取字「兼濟」的用心，但以強烈語氣要求對方克稱名、字，否則「雖在千萬里外，必走就君，操吾矛、持吾戈以擊君，奪此字矣。」[72]相較之下，宋文之筆法、態度與多數字說文章相近，如果就承傳影響而論，宋文應較石文重要。

62　同前註，頁 424。

63　漢·班固：《白虎通義》，清·陳立撰，吳則虞點校：《白虎通疏證》（北京：中華書局，1994 年），卷 9，〈姓名〉，頁 415。

64　南北朝·顏之推：《顏氏家訓》（檀作文譯注，北京：中華書局，2007 年），卷 2，〈風操〉，頁 64。

65　同註 61。

66　李勇先、王蓉貴校點：《范仲淹全集》（成都：四川大學出版社，2002 年 9 月），卷 8，頁 175-177。

67　同前註，頁 176。

68　宋代散文多有散佚，此意見乃翻檢《全宋文》，統計宋人「字說」文章撰寫情形所得之結果。

69　《全宋文》卷 627，頁 294-295。

70　《全宋文》卷 627，頁 295。

71　《全宋文》卷 627，頁 295-296。

72　同前註。

　　歐陽脩（1007-1072）總計撰有〈章望之字序〉[73]、〈鄭荀改名序〉[74]、〈張應之字序〉[75]、〈尹源字子漸序〉[76]、〈胡寅字序〉[77]五篇與命名取字有關文章，但全題爲「序」，且無論收於《居士集》或《居士外集》都與詩文集序、贈序文錯雜並置。推想歐陽脩與其後編集者都認爲此類作品較近於「序」，可能側重於三類序文都具有因一定對象而「次第有序」[78]、「善敘事理」[79]性質。

　　《古文辭類纂》單獨設立「贈序」一類，[80]並將名說、字序明確歸於「贈序」，[81]雖已將「字序」、「字說」類文章與詩文集序區隔，但可能仍以「贈人以言」[82]標準而

73　洪本健：《歐陽修詩文集校箋》（上海：上海古籍出版社，2009 年），卷 41，頁 1048-1049。篇末註明此文爲慶曆三年六月所作，另，章望之，字表民。

74　同前註，卷 41，頁 1067-1068，鄭昊「將更其名，數以請，予使之自擇，遂改曰荀」「余旣嘉君善自擇而慕焉，因為之字曰叔希，且以勗其成焉」。

75　同前註，《外集》卷 14，頁 1716-1717。

76　同前註，《外集》卷 14，頁 1718-1719。

77　同前註，《外集》卷 14，頁 1720-1721。

78　《文章辨體序說》，頁 42 解釋「序」之意見。

79　同前註。

80　褚斌杰認為：「在文體分類上，過去把它（贈序）與序跋合為一類，直到清代姚鼐編《古文辭類纂》，才把它單獨列出，稱為贈序類。」（氏著：《中國古代文體概論》，臺北：學生書局，1991 年 4 月，頁 400。）薛峰則斷言：「『贈序』之名最早出自姚鼐《古文辭類纂》。……他從『書序』的角度把『序跋』與『贈序』分開，單獨列『贈序』作為一類，這在前代諸家文體著作和文章媲集、選本等著作中也是不曾有過的。」（氏著：〈贈序之誕生及文體實踐〉，《南陽師範學院學報（社會科學版）》，4 卷 1 期，頁 56，2005 年 11 月。）趙厚均則舉出明·林弼有《林登洲集》、明·黃宗義編《明文海》等例，論辨：「在姚鼐之前，贈序之名已經存在。姚鼐的功績在於。他把應用於文集、總集編選中的『贈送序』、『贈序』、『送序』統一起來，正式冠之以『贈序』之名，並作為古代文體中的一類。……贈序之名是在姚鼐手中得以最後確立，若說是始於姚鼐則不符合事實。」（氏著：〈贈序源流考論〉，《文藝理論研究》，2008 年第 4 期，頁 85-86。）然無論是「始創」或「最後確立」，姚鼐對於「贈序」的處理皆極具意義。

81　《古文辭類纂》（清·姚鼐纂集，胡士明、李祚唐標校，上海：上海古籍出版社，1998 年 7 月）計收歐陽脩〈鄭荀改名序〉（卷 33，頁 405）、蘇洵〈仲兄文甫說〉（卷 33，頁 409-410）、〈名二子說〉（卷 33，410）、歸有光〈張雄字說〉（卷 34，頁 417）、〈二子字說〉（卷 34，頁 418）五篇字說類選文，該書所收蘇洵文章，除前二篇外，另有〈送石昌言為北使引〉（卷 33，頁 408-409），〈送石昌言為北使引〉確為贈序，姚鼐將該文與〈仲兄文甫說〉、〈名二子說〉依次並置，可見其心中三文性質實無二致，皆為「贈序」無疑。

將「字說」歸類於「贈序」，反映身兼桐城古文大家與編選者二重身分的姚鼐（1731-1815）分類眼光，具有一定代表性。

不過，明人吳訥、徐師曾將「字說」、「字序」抽繹於「說」、「序」之外而獨立為一類，分別定義解說，可見「字說」仍以「解說」為主，同時寓託作者「丁寧訓誡之義」[83]，與一般序文實有差異。

值得注意的是，雖然徐師曾將「字說」與「字序」、「字解」、「字辭」、「祝辭」、「名說」、「名序」、「女子名字說」歸為一類，[84]但宋代字說類文章絕大多數題為「某某字序」或「某某字某某序」，以「某某字說」為題者較為少見，宋祁之後，蘇洵（1009-1066）有〈仲兄字文甫說〉[85]、〈名二子說〉[86]，但可能是為避家諱而將「序」改易成「說」，[87]實質仍以「名序」、「字序」為此類文章名稱，觀念或與歐陽脩相近，認為「字說」屬於「序」文。

如前所述，就現存資料考察，宋祁為宋代第一位以「某某字說」命題之文人，其後撰有「某某字說」文章者，為蘇頌（1020-1101）〈李惟幾改字說〉[88]、呂陶（1028-1104）〈呂希述字說〉[89]二篇。蘇文先是記錄李惟幾請改字一事，繼而引經據典地論述所改新字「仲思」意涵；呂文全篇都在闡述六經之道，關於呂希述其人僅有「予以傳叟字之者，以明學之宗尚，以見君之志也。」[90]簡短數語。相較之下，宋祁〈王杲卿字說〉涵括「字」

82　《荀子》載：「曾子行，晏子從於郊，曰：『嬰聞之：君子贈人以言，庶人贈人以財。』」見李滌生：《荀子集釋》（臺北：學生書局，1988 年），卷 27，〈大略篇〉，頁 626。《史記》則載老子謂孔子：「吾聞富貴者送人以財，仁人者送人以言。」事（見是書，卷 47，〈孔子世家〉，頁 1909。）

83　《文體明辨序說》，頁 147。

84　同前註。

85　《嘉祐集箋註》（曾棗莊、金成禮箋註，上海：上海古籍出版社，1993 年 3 月），卷 15，頁 412-413。

86　《嘉祐集箋註》卷 15，頁 414-415。

87　清·姚鼐《古文辭類纂·序目》說道：「蘇明允之考名序，故蘇氏諱序，或曰引，或曰說。」見是書頁 8。

88　《全宋文》卷 1338，頁 349-350。

89　《全宋文》卷 1609，頁 407-408。

90　同前註。

義解說、請字緣起、取字用意、頌揚請字者先祖與本人、祝福期待語等內容，面面俱到，比例均衡，較為典重持平。

蘇軾（1037-1101）共計有：〈講田友直字序〉[91]、〈江子靜字序〉[92]、〈文與可字說〉[93]、〈楊薦字說〉[94]、〈文驥字說〉[95]、〈張厚之忠甫字說〉[96]、〈趙德麟字說〉[97]、〈何苓之名說〉[98]、〈思聰名說〉[99]九篇與字說相關的文章。五篇「字說」書贈對象都與蘇軾關係密切；[100]二篇「名說」題贈對象一為羅浮道士何宗一姪子，一為法惠圓師小童，都是佛道宗教中人物，而且篇幅短小，兼帶有遊戲意味；二篇「字序」中，〈講田友直字序〉與黃庭堅〈田益字說〉文字重複率極高，[101]恐為誤收[102]；江存之事蹟失

91　《蘇軾全集校注》（張志烈、馬德富、周裕鍇主編，石家莊：河北人民出版社，2010年），卷10，頁1035。

92　《蘇軾全集校注・蘇軾文集校注》卷10，頁1040-1041。

93　同註91，卷10，頁1042-1043。

94　同註91，卷10，頁1044-1045。

95　同註91，卷10，頁1046-1047。

96　同註91，卷10，頁1049-1050。

97　同註91，卷10，頁1050-1051。

98　同註91，卷10，頁1064。

99　同註91，卷10，頁1065。

100　文與可為蘇軾表兄兼姻親（參見朱安義：〈蘇軾與文同交誼芻談〉，《樂山師範學院學報》，第23卷第6期，頁5-6、54，2008年6月），文驥乃文與可之孫、蘇轍外孫（參見宋・蘇軾：〈文驥字說〉）；張厚之為張方平之子，而張方平對蘇軾兄弟多所提拔照護，蘇軾為執門生之禮（詳參拙稿：〈張方平文學史地位新探〉，《宋代文學之會通與流變——近世文學國際學術研討會論文集》之一，臺北：新文豐出版公司，頁251-293，2007年3月）。趙德麟則為蘇軾「獎許不容口」（宋・羅大經：《鶴林玉露》，北京：中華書局，1983年，卷1・乙編，頁122。）之宗室子，「始以僚屬受知於蘇公」（宋・魏了翁：〈跋東坡趙德麟字說真蹟〉，《重校鶴山先生大全文集》，北京：北京圖書館出版社據宋開慶元年刻本影印，2004年，卷64，頁3。）楊薦因文集散佚，生卒不詳，無法查知其人與蘇軾交遊情形。

101　黃文見《宋黃文節公全集・正卷》（編入劉琳、李勇先、王蓉貴校點：《黃庭堅全集》，成都：四川大學出版社，2001年5月），卷24，頁627-628。

102　該文開篇即云：「韓城田益字遷之，黃庭堅以謂不足以配名，更之曰友直。」就全篇語氣與內容考察，為黃庭堅所作之機率較高。另就該文題目觀之，「田益字說」較合常理，「講田友直字序」

考，僅見蘇軾〈江子靜子序〉一文，文中提及「君齒少才銳，學以待仕」[103]，應是青年學子求字於蘇軾，交誼淺薄。

綜觀蘇軾九篇字說，可概分為三類題目，顯示蘇軾似乎已開始嘗試依題贈對象而訂立不同標題，其中「字說」一名可能較「名說」、「字序」重要。

蘇頌、呂陶、蘇軾三人與宋祁活動年代交疊，彼此或許有所往來，蘇頌曾幾次於文章中記述宋祁言行，[104]並於頌贊「仁宗皇帝一朝，文章人物之盛跨越前代」[105]時，歷舉宋庠、宋祁與歐陽脩數人為代表，頗致推許之意。[106]呂陶則僅曾言及宋祁《方物志》之作。[107]蘇軾曾與宋庠嗣子宋國博（?-?）先後任職密州郡守，詩文酬唱，〈密州宋國博以詩見紀在郡雜詠，次韻答之〉云：

> 吾觀二宋文，字字照縑素。淵源皆有考，奇險或難句。[108]

所謂「淵源皆有考」乃是來自於讀書深廣、學問淵博，「奇險或難句」則映現出作者不願從俗守舊，苦心孤詣追求創新的堅持，意、語二方面都能有所成，終致字字珠璣，光采粲然耀目。蘇軾簡要數語便能將二宋作品之特色顯明無遺，獲得時人認同，[109]實乃二宋知音。

中「講」字頗為奇異，如視為「講述」、「講解」，適足以證明「字序」一文之作者應為黃庭堅。《蘇軾全集校注》即將此篇斷定為黃庭堅之作，見是書，卷10，頁1035-1036。

103　同註92，頁1043。

104　參見〈龍圖閣直學士修國史宋公神道碑〉（《蘇魏公文集》，王同策、管成學、顏中其等點校，北京：中華書局，1988年9月，卷51，頁1011-1012 ）、〈二樂陵郡公石公神道碑銘〉（卷54，頁814-820）、〈朝請郎辛君墓誌銘〉（卷61，頁937-940）。

105　〈呂舍人文集序〉，《蘇魏公文集》卷66，頁1011。

106　同前註，頁1011-1012。

107　〈和李寶文紫庭玉節花〉，《全宋詩》卷668，頁7804。

108　《蘇軾全集校注·蘇軾詩集校注》，卷16，頁1757-1758。

109　如宋·唐庚便云：「予典獄益昌，始得尚書（宋祁）所為文，讀之粲然。東坡所謂『字字照縑素』，詎不信哉！」見〈書朱尚書集後〉，《眉山唐先生文集》（上海：上海商務印書館，1936年），卷28，頁632。

此外，蘇軾也曾贊頌二宋「君家家學陋相如，宜與諸儒論石渠」[110]，識得其「概竹森烟纛」[111]句的佳美處，[112]而成「風梢千纛亂」一句。[113]再者，宋祁與歐陽脩合作修撰《新唐書》多年，復與張方平（1007-1091）同僚共事，而蘇軾將歐陽脩、張方平尊爲師長，關係匪淺，或許因此得以觀見宋祁「字說」文章。

其後，黃庭堅（1045-1105）大量書寫「字說」，合計撰寫五十餘篇，雖然題目兼有「某某字說」、「某某字序」、「某某字訓」、「某某字詞」各種名稱，[114]但仍可見出黃氏重視「字說」的態度。黃庭堅大量撰作「字說」的原因，或與北宋古文運動有關，[115]或與宋祁有關，筆記小說曾記載黃庭堅熟讀宋祁《新唐書》而文章日進之事，[116]黃庭堅也曾推崇「翰林尚書宋公子，文采風流今尚爾」[117]。

概言之，蘇頌、呂陶、蘇軾、黃庭堅四人所作「字說」與宋祁有無關聯，雖因史料不足，暫難推斷，但宋祁開創表現與可能影響仍不容忽視，此後宋代「字說」便如雨後春筍後蓬勃興發，作者日眾，作品日多，而其筆法大抵類似，多以議論取勝。[118]

與取字有關的「字說」外，宋祁另有一篇文章，題目便爲「字說」，文云：

110　〈次韻宋肇惠澄心紙二首〉其二，《蘇軾全集校注·蘇軾詩集校注》，卷 29，頁 3205。

111　宋·宋祁：〈三泉縣龍洞洞門深數十步呀然復明皆自然而成〉，《全宋詩》卷 220，頁 2542。

112　宋·吳曾《能改齋漫錄》謂此詩：「曲盡龍洞之景，利路漕爲刻石，仍以石本寄公。」見是書（《全宋筆記》第五編，鄭州：大象出版社，2012 年），卷 11，頁 56。

113　宋·蘇軾：〈綠筠堂〉，《蘇軾全集校注·蘇軾詩集校注》，卷 6，頁 508。案：施元之《施註蘇詩》、王十朋《東坡詩集註》均將此詩題作「次韻子由綠筠堂」，王文誥以為「似題有偽也。」引自前書頁 508。

114　宋·黃庭堅「字說」作品之題目，《豫章先生文集》古代刊刻本如叢刊本、嘉靖本皆作「字序」，劉琳等人所校點之《黃庭堅全集》則多改為「字說」，究竟何者較符合黃庭堅原意，暫難確定。

115　詳參黃明理：〈淺談命名文學及其在北宋的開展〉，《建構與反思——中國文學史的探索學術研討會論文集》（臺北：臺灣學生書局，2002 年），頁 659-688。

116　宋·朱弁《曲洧舊聞》載：「古語云大匠不示人以璞，蓋恐人見其斧鑿痕跡也。黃魯直於相國寺得宋子京《唐史稿》一冊，歸而熟視之，自是文章日進。此無他，但見其竄易句字，與初造意不同，而識其用意所起故也。」見是書（孔凡禮點校，北京：中華書局，2002 年），卷 4，頁 142。

117　〈聽宋宗儒摘阮歌〉，《黃庭堅詩集注》（任淵等注，劉尚榮校點，北京：中華書局，2003 年 5 月），卷 9，頁 344。

118　曾棗莊：〈近世多尚字說〉，《宋文通論》（上海：上海人民出版社，2008 年），頁 643。

《高祖紀》：「七年春，令郎中有罪，耏以上請之。」應邵注曰：「輕罪不至於髡，完其耏鬢，故曰耏。古耏字從彡，髮膚之意也。杜林以為法度之字皆從寸，後改如是。耏音若能。」如淳曰：「耏，猶任也，任其事也。」師古曰：「依應說，耏當音而，如說則音乃代反。其義兩通。耏，謂兩頰旁毛也。彡，毛髮貌。」予以顏氏之說似不審應音，乃誤引許慎《說文》，不了其義，更有兩通之語。且耏無而音，止於乃代一音耳。案，古者能字皆作耐字，亦取堪任其事之意。後世以鼈三足之能為能，故令人書能無有作耐字者。應云耐音若能，此能鼈乃是三足能之能，能耐自然聲近矣，本不為而音也。顏氏云「彡謂頰旁毛」。案，《說文》自訓而字為頰毛耳，象毛之形。至耏字，直釋云罪不至髡。則顏氏謬應意而誤《說文》，其失明矣。[119]

考訓「耐」、「耏」、「能」字異同及其意義、讀音，名符其實為論說「字」的文章，與前舉為友人親屬名字闡說意涵、賦予告誡祝福之意的文章不同。此類「字說」與元豐、熙寧年間王安石《字說》性質較相近，[120]，雖經查考，學者輯佚之 379 條《字說》佚文，並無與「耐」、「耏」、「能」相關資料，[121]但該書亡佚過久，已無法得見全貌，原書是否收錄「耐」、「耏」、「能」解說文字，實難判定。

據考，王安石至和元年（1054）因梅堯臣（1002-1060）而得結識劉敞（1019-1068）、劉攽（1022-1088）、吳長文（?-?）諸人，三人皆於字學有所鑽研，王安石曾受影響。[122]

---

119 〈字說〉，《全宋文》卷 518，頁 695-696。
120 王安石《字說》成書時間，學界歷來有幾種不同說法，或謂元豐三年，或謂元豐五年，徐時儀：〈王安石《字說》的成書時間和版本流傳考〉（《喀什師範學院學報》，1995 年第 1 期，頁 90-93）考訂為熙寧九年至十年間，可參考。
121 黃復山：《王安石字說之研究》（臺北：臺灣大學中國文學研究所碩士論文，1982 年），頁 76-183。
122 同前註，頁 18-19。

詩話記載王安石嘗以「能言奇字世已少，終欲追攀豈遽辭？」[123]贊賞劉攽，加以二人交情深厚，[124]《字說》如有受劉攽啓發之處，也不足爲怪。

　　而宋祁正如劉攽般重視字學，曾奏請刻寫篆楷二體九經於國學，以教導學子，自云：

> 唐末文籍亡散，故諸儒不知字學，江南惟徐鉉、徐鍇，中朝郭恕，先此三人，信其博也。鍇為《說文》繫傳，恕先作汗簡佩觿，時蜀有林氏作小說，然狹於徐、郭，太宗朝句中正亦頗留意，予頃請刻篆、楷二體九經於國學，予友高敏之笑之。[125]

此外，宋祁亦如劉攽「能言奇字」，邵博（?-1158）《邵氏聞見後錄》記載：

> 大儒宋景文公學該九流，於音訓尤邃，故所著書用奇字，人多不識。嘗納子婦三日，子以婦家饋食物書白，一過目即曰：「書錯一字。姑報之！」至白報書，即怒曰：「吾薄他人錯字，汝亦爾邪！」子皇駭，卻立緩扣其錯，以筆塗「煖」字。蓋婦家書「以食物煖女」云，報亦如之。子益駭，又緩扣當用何煖字？久之，怒聲曰：「從食從而從大。」子退檢字書博雅，中出「餪」字，注云：「女嫁三日，餉食為餪女。」始知俗聞餪女云者，自有本字。[126]

對於用字精當準確與否要求嚴謹，又如：

> 古文卯本柳字，後借為辰卯之卯，北本別字，後借為西北之北，虞翻笑鄭玄不識古文，以卯為昧，訓北曰北，猶別也。[127]

123　宋·王安石〈過劉貢甫〉，《王荊公詩註補箋》（李壁注，李之亮校點補箋，成都：巴蜀書社，2002年），卷14，頁259。

124　宋·葉夢得：《石林詩話》載：「劉貢父天資滑稽，……與王荊公素厚。」見《石林詩話校注》（逯銘昕校注，北京：人民文學出版社，2011年），卷上，頁3。

125　《宋景文公筆記》，（收錄於《全宋筆記》第一編，鄭州：大象出版社，2003年），卷中·〈考古〉，頁51。

126　是書（劉德權、李劍雄點校，北京：中華書局，1997年），卷27，頁212。

127　同註125，頁55。

呈現宋祁詳明分辨字形、字義的態度，雖然與王安石似乎以字形解說字義方式有所差別，[128]但精研字形的態度卻是頗為類近，而宋祁或因過於講究「奇字」，以致修撰《新唐書》時，「至列傳用字多奇澀，殆類『虬戶銑谿體』，識者病之。」[129]至於二人間有無承繼脈絡，因資料不足，暫無定論，但宋代盛行的「字說」都是前類關於命名取字文章，宋祁「字說」卻為解說字義之作，異於時俗，甚具創意，而王安石以「字說」為「說文解字」專著名稱，更是值得關注之事。

六、結語

宋祁作品雖佚失不少，但現存散文中仍可看出他致力求新求變成果，以說體文章而言，一般約可分為四類：一是與「論」相同，以「解釋義理而以己意述之」為主；二是如韓愈〈師說〉，「即理即事而為之說，以曉當世，以開悟後學」為目的；三是以「神話」、「寓言」為主要論證，富涵文學興味的唐宋古文；四是所謂「其名雖同，而所施則異」的名說、字說。

〈醋說〉、〈配郊說〉扣合當時社會狀況，引經據典闡論，似為一二類綜合體；〈鴈奴後說〉、〈舞熊說〉承繼韓愈、柳宗元以來說體寓言脈絡，所選主角、描寫方式、情節安排、數量都有值得注意之處，突破陳規的貢獻不容忽視；〈王杲卿字說〉呈現宋代「字說」文章風貌；〈字說〉則以考辨解讀「字」為主，或與其後王安石《字說》有關。

綜觀宋祁說體文章，可以發現，雖僅存六篇，但一般所分四類說體，宋祁都曾書寫，且不拘限於傳統範圍，能夠相互跨越化用，展現時代精神，同時也在說體文章發展上據有一席之地，不容忽視。

128　筆記小說常記載關於王安石以字形解說字義之趣聞，如：「東坡聞荊公《字說》成，戲曰：『以竹鞭馬為篤，不知以竹鞭犬，有何可笑？』又舉坡字問荊公曰：『何義？』荊公曰：『坡者土之皮。』東坡曰：『然則滑亦水之骨乎？』荊公默然。荊公又問曰：『鳩字從九鳥亦有證乎？』東坡曰：『詩云：「鳲鳩在桑，其子七兮。」和爺和娘，恰是九個。』荊公欣然而聽，久之，始悟其謔也。」（《宋人軼事彙編》，清·丁傳靖輯，北京：中華書局，1981 年，卷 10，頁 494。）

129　元·馬端臨：《文獻通考》（臺北：臺灣商務印書館，1987 年），卷 192，頁 1628-1。

將飛更作回風舞——
宋祁詩歌特色與宋詩發展之研究

一、前言

　　宋祁（998-1061），字子京，二十四歲即以〈落花〉詩備受夏竦（985-1051）激賞，[1]而於文壇嶄露頭角；[2]二十七歲中進士甲等，所作〈采侯詩〉號為「擅場」[3]，「京師傳誦」[4]，宋人曾有「政事文章，兩極其至」[5]之贊語。其著作《景文集》卷帙眾多，略有百卷以上，[6]其中詩、賦、詞、序、記……眾體皆備，泰半各具特色，深受時人肯定，蘇軾（1037-1101）謂其「字字照縑素」[7]，「學通古今，文擅宗師」[8]之譽當是其來有自。

1　參見宋·宋祁：《宋景文公筆記》（鄭州：大象出版社，2003 年），卷上，頁 47。

2　宋·趙令畤撰，孔凡禮點校：《侯鯖錄》（收入《唐宋史料叢刊》，北京，中華書局，2002 年），卷 2，頁 59：「宋莒公兄弟皆以高名擢用，仁廟時本朝文章多人，未有二公比者，少時作〈落花〉詩，為時膾炙。」

3　《六一詩話》：「天聖二年，省試〈采侯詩〉，宋尚書祁最擅場。」《歐陽脩全集》（宋·歐陽脩撰，李逸安點校，北京：中華書局，2001 年），卷 128，頁 1956。

4　同前註。

5　宋·陳之強：《元憲集·序》（臺北：新文豐出版社，1984 年）評論宋庠、宋祁兄弟之語，頁 1。

6　據祝尚書：《宋人別集敘錄》（北京：中華書局，1999 年）考察，《景文集》於宋代分別有二百卷、一百五十卷、一百卷、七十八卷四種本子，但當時即有所散佚（見是書頁 118），就後人搜輯整理情形視之，應有百卷以上。

7　〈密州宋國博以詩見紀在郡雜詠次韻答之〉，《蘇軾詩集》（宋·蘇軾撰，孔凡禮點校，北京：中華書局，1987 年），卷 34，頁 1825。

可惜以往學界言及宋祁詩歌，多僅簡單劃入西崑體詩人，寥寥數語帶過，晚近雖漸有學者將其分立爲「後期西崑派」，以與錢惟演（962-1034）、劉筠（971-1031）、楊億（974-1020）等列名《西崑酬唱集》詩人區隔，並重探宋祁詩歌之成就。[9]然若細究其現存詩篇，當可發現宋祁詩歌仍有諸多可待抉發闡論之處，以數量而言，宋祁現存詩作計 1547 首，爲崑體詩人中詩篇最夥者；體裁兼涵四、五、七言古詩，五、七言律詩、五、七言長律，五、六、七言絕句，學者以爲「五古有漢魏風貌，五律漸脫姚、賈之窠臼，七絕饒有情趣，七律命意新奇」[10]，風貌各異；題材筆法亦皆有饒具創意，影響宋世詩人者，如宋祁詩云：「賣劍得牛人息盜，乞漿逢酒里餘歡」[11]，蘇軾〈浣溪沙〉詞曰：「賣劍買牛眞欲老，乞漿得酒更何求」[12]，陸游（1125-1210）詩則言：「乞漿得酒人情好，賣劍買牛農事興」[13]，其間承傳化用軌跡昭然可見，類似情形非僅一見，是否從另一側面顯現宋祁對宋代詩壇之某種影響？

另如宋詩所謂：「有志慕孤直，多言畏奇中。往往犯怒狙，時時遭嚇風」[14]、「老還東觀復懷鉛，坐對秋風鬢颯然。怨曲未平曾破瑟，故瘡雖愈尙驚弦。蕭條門巷張羅外，闃寂曹司擱筆前。借問不才爲累否？古來山木盡天年。」[15]之類作品，雖用典，但非對偶精麗，華美藻飾之作，反有古硬之宋詩風格。並有近似杜甫（712-770）、白居易（772-846）者，[16]〈擬杜子美峽中意〉[17]、〈和賈相公覽杜子美北征篇〉[18]、〈擬杜工部九成宮〉[19]略可見出其態度。

8　宋·胡宿：〈宋祁可依前諫議大夫充史館修撰制〉，《文恭集》（《四庫全書珍本·別輯》，臺北：臺灣商務印書館，1975 年，冊 253），卷 12，頁 1。

9　如：祝尚書：〈論後期「西崑派」〉（《社會科學研究》，2002 年第 5 期，頁 134-140）、段莉萍：《後期「西崑派」研究》（成都：四川大學文學與新聞學院博士論文，2004 年，頁 104-134）。

10　曾祥波：《從唐音到宋調——以北宋前期詩歌爲中心》（北京：昆侖出版社，2006 年），頁 195。

11　〈歲稔務閒美成都繁富〉，《全宋詩》（北京：北京大學出版社，1991 年），卷 214，頁 2426。

12　宋·蘇軾著，鄒同慶、王宗堂校注：《蘇軾詞編年校注》（北京：中華書局，2002 年），頁 478。

13　〈遊近村〉，宋·陸游著，錢仲聯校注：《劍南詩稿校注》（上海：上海古籍出版社，1985 年），卷 7，頁 3614。

14　〈抒懷上孫侍講學士〉，《全宋詩》，卷 205，頁 2344。

15　〈老選〉，《全宋詩》，卷 224，頁 2614。

16　參見曾棗莊：《論西崑體》（高雄：麗文文化公司，1993 年），頁 355-362。

17　《全宋詩》，卷 216，頁 2491。

　　此外，南宋任淵曾注解宋祁、黃庭堅（1045-1105）、陳師道（1053-1101）三家詩，[20]宋祁注本雖已亡佚，但任淵於宋人中僅選取宋、黃、陳三家必有其原因，而黃、陳二家均為宗法杜甫之江西詩派詩人，宋祁與杜甫、江西詩派有無關聯？南宋文人如何看待宋祁詩歌？皆為耐人尋味問題，有待探討。

　　概言之，宋祁恐已超越西崑體門戶而別具自我面目，其詩歌特色與宋詩發展之研究實應詳加梳理審視，以賦予宋祁詩歌應有之肯定，並有助於理解宋代文學史之豐富面貌。

　　職是之故，本文擬由造語用事、擇題立意、寄懷抒情、取法傳承等面向研析宋祁詩歌，以彰顯其特色與重要性。

二、自名一家之造語遣詞

　　學者研究宋詩時常引「宋人生唐後，開闢真難為」[21]說明宋人處境之艱難，此種開闢難為心情雖或形成部份壓力，然反成為激發宋人致力擺落唐人陰影，另創新徑、自成一家之動力，如宋祁嘗云：

> 文章必自名一家，然後可以傳不朽。若體規畫圓，準方作矩，終為人之臣僕。古人謂屋下作屋，信然。陸機曰：「謝朝華于已披，啟夕秀于未振。」韓愈曰：「惟陳言之務去。」此乃為文之要。「五經」皆不同體，孔子沒後，百家奮興，類不相沿，是前人皆得此旨。[22]

18　《全宋詩》，卷 206，頁 2359。

19　《全宋詩》，卷 205，頁 2346。

20　陸游〈施司諫註東坡詩序〉云：「近世有蜀人任淵嘗註宋子京、黃魯直、陳無己三家詩，頗稱詳贍。」見《渭南文集》（北京：線裝書局，2004 年），卷 15，頁 144。

21　清·蔣士銓：〈辨詩〉，《忠雅堂詩集》（上海：上海古籍出版社，2002 年），卷 13，頁 651。

22　同註 1。

於古人立德、立功、立言三不朽之下,尋思「立言」不朽方法,[23]顯示宋祁絕未將書寫文章視爲壯夫不爲之雕蟲小技,反欲追求久傳後世之可能,明言「自名一家」之重要,並於歷史長河中觀看可茲借鏡效法對象,從而標舉陸機(261-303)、韓愈(768-824)謝華啓秀、陳言務去理念以爲標竿,強調「百家奮興,類不相沿」之事實。而宋祁爲趙湘(959-993)文集題序時,藉由與近世詩人之倣擬比較凸顯趙氏貢獻,言道:

> 大抵近世之詩多師祖前人,不丐奇博于少陵,蕭散于摩詰,則肖貌樂天,祖長江而摹許昌也,故陳言舊辭未讀而先厭。若叔靈不傍古,不緣今,獨行太虛,探出新意,其無謝一家者歟。[24]

摒斥陳言舊辭而強調不傍古緣今,探出新意,此與其稱許韓愈「造端置辭」「不襲蹈前人」[25]、「刊落陳言」[26]態度頗爲一致,類此言論於宋祁詩文中屢見不鮮,或可推知宋祁賦詩之際應不願自縛於舊規框架中,而會著意憂憂獨造,創異生新。

雖然,王安石(1021-1086)曾慨歎:「世間好語言,已被老杜道盡;世間俗語言,已被樂天道盡」[27],然以宋祁之「博學能文章,天資蘊藉」[28],必能衝破陳俗語言之藩籬而另鑄偉詞。方法之一即是將舊有字詞重加改創,「不易其意而造其語」[29],因語詞有所改創,自然能賦予詩文新異之感,避免因熟濫而難以引發讀者閱讀興趣,如,自〈飲馬長城窟行〉「客從遠方來,遺我雙鯉魚。呼兒烹鯉魚,中有尺素書」面世後,文人們便常以「鯉魚」、「雙鯉」借指遠方來信,又因「鯉魚當脇一行三十六鱗,鱗有黑文如

---

23 楊伯峻注:《左傳·襄公二十四年》(北京:中華書局,1990年),頁1088:「太上有立德,其次有立功,其次有立言,雖久不廢,此之謂不朽。」

24 〈南陽集序〉,《全宋文》(成都:巴蜀書社,1990年),卷515,頁654。

25 宋·歐陽脩、宋祁:《新唐書》(北京:中華書局,2003年),卷176,〈韓愈傳〉,頁5265。

26 《新唐書》,卷176,〈韓愈傳·贊〉,頁5269。

27 宋·陳輔:《陳輔之詩話》,收錄於《宋詩話輯佚》(臺北:華正書局,1981年),頁291。

28 宋·魏泰:《東軒筆錄》,收錄於《全宋筆記》(鄭州:大象出版社,2006年,第二編),卷15,頁115。

29 宋·釋惠洪:《冷齋夜話》,《稀見本宋人詩話四種》(南京:江籍古籍出版社,2002年),卷1,頁17。

十字，故謂之鯉。」[30] 之故，詩文中也漸以「三十六鱗」代替「鯉魚」一詞，段成式（803-863）
詩云：「三十六鱗充使時，數番猶得裏相思。待將袍襖重抄了，盡寫襄陽播搯詞。」[31]
即為一例。宋祁則於「三十六鱗」之上再加翻轉變化，另創「六六鱗」一詞，如〈朱舜
卿南遊有寄〉云：

> 漢臯烟浪潑醅春，弭節江干一問津。南浦草平偏送客，大堤花晚欲留人。歸心怨
> 逐搖搖斾，尺素愁迷六六鱗。湘冊聚螢穉几靜，露軒香粉暗書筠。[32]

先是描繪朱舜卿（？-？）南遊境地景象，一片烟浪潑醅春與花草漫野處所本是醉人風
光，卻因與友朋別離添增愁怨，只能寄託書信捎問訊息，傳遞遠方閒適氛圍。詩中藉由
「六六鱗」縮合分隔二地情誼，並與前句「搖搖斾」巧妙對仗，又能與「一問津」因同
有數字而產生呼應效果，饒具情味。〈送黃灝〉則云：

> 橫步文林二十春，華顛初得半通綸。江邊又濯滄浪水，堂上寧招骯髒人。未分塵
> 纓慚蕙帳，不緣羊酪棄羹蓴。思家夕夢還都信，併附秋波六六鱗。[33]

讚揚黃灝（？-？）文才過人，[34] 贈別友人不捨之情則藉由叮囑對方勿因羊酪忘卻家鄉羹
蓴之語，並提醒來函告知音訊中留下無盡餘韻。「六六鱗」既可避開重述前句「信」之
冗贅，又能與首句「二十春」有數字連結之趣，音近宋祁好用之「溜」字，兼能與「江
邊」、「滄浪水」暗合，意蘊豐富，遠較單由鯉魚外表命名之「三十六鱗」更曲折有味，

---

30 宋·沈括著，胡道靜點校：《夢溪筆談校注》（上海：上海古籍出版社，1987 年），卷 17，頁
555。

31 〈寄溫飛卿箋紙〉，《增訂注釋全唐詩》（陳貽焮主編，北京：文化藝術出版社，2001 年），頁
232。

32 《全宋詩》，卷 215，頁 2475。

33 《全宋詩》，卷 215，頁 2476。

34 宋代至少有二位名為黃灝之人，一從朱熹學於南康，《宋史》（元·脫脫著，北京：中華書局，2006
年，卷 430）有傳；另一則為本詩致贈對象，范仲淹作有〈依韻酬黃灝秀才〉（宋·范仲淹撰，李
勇先、王蓉貴校點：《范仲淹全集》，成都：四川大學出版社，2002 年，頁 114）、〈送黃灝員外〉
（同前，頁 127）二詩，可知黃灝與宋祁、范仲淹均有往來。

頗具巧思。其後王十朋（1112-1171）、李洪（約 1169 前後在世）、陸游、戴復古（1167-?）、文天祥（1236-1283）、陸深（1477-1544）、湯右曾（1656-1722）、查慎行（1650-1727）諸人皆曾以「六六鱗」代指書信，[35]其中陸游兩用之，[36]似有所偏愛，而宋祁造語之功可自後人傚效中得到肯定。

「六六鱗」外，宋祁兼替用「六六魚」，〈祇答太傅鄧國張相公〉云：

> 鴨陂清浪撼城隅，此地班春忝細書。琪樹老來拋禁省，玉繩低處認皇居。君軒戀結蕭蕭馬，客素愁憑六六魚。相閣裁章憐舊物，為曾簪筆從雕輿。[37]

首句「鴨陂清浪」既為鋪寫實景之語，兼具暗示下文游魚之意，而「鱗」字改為「魚」，雖與鯉魚關係較為薄弱，但可使頸聯對仗更工穩精切，藉此將全詩內在脈絡扣合得愈加緊密，另有一番效用。其後王十朋、姜特立（?-1192）、朱彝尊（1629-1709）、張英（1637-1708）、高文虎（1134-?）詩詞中皆曾援用「六六魚」一詞，宋祁「不易其意而造其語」之努力當已收致成效。

宋祁另有一類個人偏好之造語方法，即將某一較為生僻字詞視詩意重加組構，成為全新詞彙，如〈仲夏愆雨穉苗告悴輒按先帝詔書繪龍請雨兼禱霍山淮瀆二祠戊寅嵗祀己卯獲雨謹成喜雨詩呈官屬〉詩云：

> 盛夏挾驕陽，于以搆炎燠。歊塵坌天蓋，烈御煽雲漢。稻穎苗然秀，涸流不勝灌。田畯卹嵗功，釋耒共愁歎。太守忝農使，閉閣重慙惋。曾是謬政綱，曾是濫囚犴。一食三失匕，冀亦思過半。馳祝訴羣望，願以身塞譴。先帝隱民瘝，致和格靈變。圖龍著繪法，令甲布州縣。愚計不知出，奉行安敢慢。外日築層壇，丙夜封舒鴈。奉匜再三跪，信辭靡虛薦。幸勿為龍羞，敢不報神眷。翼日耿弗寐，徂野視宵奠。

---

35 此項結果根據檢索《文淵閣四庫全書電子版》（香港：迪志文化公司，2005 年）而得，以下論及某詞彙或詩題於四庫全書中出現頻率之意見，皆立基於此套電子檢索系統之查考結果，為省篇幅，不另一一註明，讀者幸諒之。

36 一為〈九月晦日作〉其四，（同註 13，卷 14，頁 1148），一為〈得林正父察院書問信甚勤以長句寄謝〉（同前，卷 24，頁 1736）。

37 《全宋詩》，卷 215，頁 2481。

幽血粲靜蹋，執事便傳讚。薄誠蒙昭享，距躍私自忭。回車未及稅，雲油黷焉徧。
窮海遂涔涔，籠山茲漫漫。旱麓衆卉蘇，焦原暍氣散。寸苗蔚如握，新波鱗欲渙。
何意一漑窖，有望千箱衍。揆予乏嘉績，聖詔仰成憲。恤祀神罔恫，昏作人胥勸。
抒藻拙言詞，竊用慰羣掾。[38]

全篇按照時間順序娓娓敘說盛夏驕陽炙人，天地悶熱乾旱，百姓愁苦，以迄太守繪龍請
雨，獲雨賦詩過程，詩人以寫實詳盡筆法長篇敘事，略有詩史意味。

　　值得注意的是本詩連用數組特殊詞彙，如：「熯」字，《說文解字》釋為：「乾兒。
從火漢省聲。《詩》曰：我孔熯矣。」[39]，古籍中曾出現「熯焚」、「熯熱」等詞，「炎
熯」一詞卻僅見於宋祁詩文，全無他人使用。宋祁所以新組「炎熯」而不用「炎天」、
「炎夏」、「炎日」等習見語詞，原因或有四：一是有意遠避俗爛；二是為押韻方便；
三恐是刻意利用「炎」、「熯」字形相近聯邊特性，營造天地之間瀰漫「火」象之視覺
效果，更增仲夏愆雨酷熱感受；四是於詩篇開端另創新詞，可引發讀者疑惑好奇心理，
從而迅速攫取關注，並因而產生續讀興趣，不致因篇幅過長而驟然放棄閱讀。其後文同
（1018-1079）、邵寶（1460-1527）詩中亦曾使用「炎熯」一詞，或可從另一側面證明
此處創用「炎熯」之良好效果。

　　再如「犴」字，《說文解字》釋曰：「胡地野狗。……犴或從犬。《詩》曰：宜犴
宜獄。」[40]歷代詩文屢見「獄犴」一詞，「囚犴」則僅此一例，宋祁先以「曾是謬政綱，
曾是濫囚犴」相同字詞句式製造緊湊關聯效果，吟誦時自然一氣直下毫無停頓扞格，從
而泛溢出作者自責焦慮之急迫語氣。而「囚犴」之新異字詞勢必吸引讀者注意，明白作
者苦心所在，且隱與前後文「太守悉農使，閉閣重懃惋」、「愚計不知出」、「翼日耿
弗寐」之坐困愁城，上下交相煎逼艱苦處境之「囚」狀吻合。「犴」有善於看守特質，
吐露詩人盡忠職守之堅持，且可與下一句模仿周公「一飯三吐哺」之「一食三失匕」形
象一致，一舉數得。

38　《全宋詩》，卷 204，頁 2335。

39　清·段玉裁：《說文解字注》（臺北：洪葉出版社，1999 年），頁 485。

40　同前註，頁 462。

另如「瘠」字，《廣韻》釋爲：「病也。」[41]《禮記·玉藻》則云：「親瘠色容不盛，此孝子之疏節也。」[42]《四庫全書》僅見此一「民瘠」語詞。再如「暍」字，《說文解字》釋爲：「傷暑也。」[43]古籍中曾出現「氣暍」、「暍暍」、「暍人」、「暍死」諸詞彙，卻唯有宋祁首創「暍氛」一詞，《四庫全書》中亦僅此一例。

宋祁詩歌中類此新組詞彙頗多，如「田畯挈壺漿，稚子勤襏襫」[44]中，「襏襫」原應作「襫襏」，《國語·齊語》云：「首戴茅蒲，身衣襫襏。」[45]實即蓑衣之類雨具。宋祁之前全無「襏襫」一詞，若爲押韻之故，另擇同韻部他字亦有可貼切描繪仲春田野情景之字，且與前後句相較，「春鳩日夜鳴，陽膏淺深達」[46]、「驅牛洒先稑，趣車載輪秸」[47]對仗較爲齊整，乙倒「襏襫」並加上「勤」字，文意、句式未必爲最佳選擇。此處宋祁極可能刻意倒用「襫襏」二字以造成新奇語感，其後王與之（宋淳熙間人）、方岳（1199-1262）、羅玘（1447-1519）、唐順之（1507-1560）偶用之，雖無法斷言必是模仿宋祁文字，然宋祁開創示範之影響恐不容漠視。

雖然宋氏重構詞彙泰半能適切傳達詩意，具備陌生化效果，但有時不免因刻意求奇而矯枉過正，如〈池上〉二首其一云：

> 晚矚西池上，池清暑氣微。雲煙互明滅，蒲荇兩因依。戲鱱來無定，眠鳧久自飛。紛吾刀筆慮，逢此憺忘歸。[48]

「戲鱱」一詞於歷代詩文中，除宋祁二用外，僅曾見於何晏（約195-249）〈景福賦〉，[49]另一例爲〈十日宴江瀆亭〉：

41　宋·陳彭年等：《新校宋本廣韻》（臺北：洪葉文化公司，2001年），頁87。
42　漢·鄭玄注，唐·孔穎達疏：《十三經注疏·禮記》（臺北：藝文印書館，1981年），頁566。
43　同註39，頁309。
44　〈長葛道中作寄侍讀梅給事〉，《全宋詩》，卷204，頁2336。
45　徐元誥：《國語集解》（北京：中華書局，2002年），頁221。
46　同註44。
47　同前註。
48　《全宋詩》，卷209，頁2403。
49　《歷代賦彙》（北京：北京圖書館，2006年），卷73，頁8-16。

節去歡猶在，賓來賞更延。悠揚初短日，淒緊乍寒天。霤沼元非漲，秋花自少妍。蟻留新獻酎，蕙續不殘烟。戲鱨衝餘藻，游龜避折蓮。流芳真可惜，從此逐凋年。[50]

「鱨」字見於《詩經·小雅·魚麗》，[51]郭璞（276-324）注曰：「今鱨，額白魚。」[52]前詩「戲鱨」出現於向晚天色昏暗時，因此「雲煙互明滅」，此時視線雖可見得魚鳥動靜，但是否可分明辨析池中游魚種類，不無疑問，何況此時池魚嬉戲流盪來往無定，更不易區判是否歸屬「鱨」或其他魚類。後詩以「衝餘藻」傳神重現鱨魚靈活動態，栩栩如生，但「衝」字含有快速、力道之意，魚兒奮力沒入水藻中嬉玩時，詩人如何清楚確認該魚品種，似乎也是種疑問。宋祁二處「戲鱨」用字是否妥切恐有待斟酌。

再如〈巡視河防置酒晚歸作〉二首其一云：

古戍連沙曲，層阿屬岸隈。天長倦鳥沒，山晚跛牂同。斜日低官樹，輕寒犯客杯。還城聞暮角，三疊落江梅。[53]

其中「牂」字，《廣雅疏證》曰：「吳羊牡一歲曰牡羝，三歲曰羝；其牝一歲曰牸羝，三歲曰牂。」[54]將吳羊依牡牝年歲各自命名精確解析清楚，以宋祁精於字學，甚至造成「其文多奇字，讀者往往不識」[55]夙習及詩文中八次用「牂」字情形看來，此處「牂」字應非誤用。但上詩吟詠時間已是斜日低官樹之刻，牂羊因山色昏黑而回返羊圈，縱因疲累而跛行，詩人於岸隈巡防時如何能清楚分辨行走羊兒為「牂」？「牂」字如作「羊」恐較符合實景，但詩人或為去俗求新而改用較生澀字詞，以致略有不盡合理之弊。俞德鄰（1232-1293）追記道：

50　《全宋詩》，卷 218，頁 2517。

51　屈萬里：《詩經注釋》（臺北：聯經出版公司，1983 年），頁 302。

52　晉·郭璞注，宋·刑昺疏：《爾雅注疏》（合肥：安徽教育出版社，2002 年），卷 10，頁 79。

53　《全宋詩》，卷 207，頁 2369。

54　是書卷十下，〈釋獸〉，《小學名著六種》（北京：中華書局，1998 年），頁 272。

55　宋·唐庚：〈書朱尚書集後〉，《眉山文集》（收入《文津閣四庫全書》，北京：商務印書館，2006 年，冊 1128），卷 9，頁 369。

> 宋景文公常言為文之要:「意不貴異而貴新,事不貴僻而貴當,語不貴古而貴淳,字不貴怪而貴奇。」善夫![56]

或可借以解釋宋祁用「鱷」、「胖」字之心理狀態。不過,字之「奇」未必都來自刻意求新,有時也是源自宋祁要求精確下字的求實精神,宋人筆記載錄有關「餪」字事,云:

> 大儒宋景文公學該九流,于音訓尤邃,故所著書用奇字,人多不識。嘗納子婦三日,子以婦家饋食物書白,一過目即曰:「書錯一字,姑報之。」至白報書,即怒曰:「吾薄他人錯字,汝亦爾邪?」子皇駭,卻立緩扣其錯,以筆塗「煖」字,蓋婦家書「以食物煖女」云,報亦如之。子益駭,又緩扣當用何煖字?久之,怒聲曰:「從食從而從大。」子退檢字書《博雅》,中出「餪」字,注云:「女嫁三日,餉食為餪女。」始知欲聞餪女云者,自有本字。[57]

將宋祁責讓其子情形描寫得活靈活現,宋祁動怒原因之一在於向來因自身學養豐厚而指正他人錯字,未料兒子卻如眾人般誤用字,全未承襲優良家風。原因之二或正在於宋祁一貫「薄他人錯字」標準,非為誇能炫學,而為實事求是之理性精神,如〈華州西溪〉云:

> 山近重嵐逼,溪長匹練分。霽波平撼日,寒崦側藏雲。弄荇魚差尾,投汀鷺列羣。如何去尋丈,塵路已紛紛。[58]

題下標明:「在路左百步」,詩句「寒崦側藏雲」下注曰:「溪側有松崦,中隱佛祠。」配合全詩觀讀,一幅寫真景圖冊彷彿就在眼前依序開展,引導讀者同遊西溪山水,此種賦詩手法實與講究用字精確態度一致。又如用「饍」字事,據載:

---

56 宋·俞德鄰:《佩韋齋集》(《景印文淵閣四庫全書》,臺北:臺灣商務印書館,2003 年,冊 1189),卷 19,頁 152。

57 宋·邵博:《邵氏聞見後錄》(《宋元筆記小說大觀》,上海:上海古籍出版社,2001 年),卷 27,頁 402。

58 《全宋詩》,卷 209,頁 2394。

劉夢得作九日詩，欲用「餻」字，以以五經中無之，輒不復為。宋子京以為不然，故子京〈九日食餻〉有詠云：「颸館輕霜拂曙袍，糇餈花飲鬪分曹。劉郎不敢題糕字，虛負詩中一世豪。」遂為古今絕唱。「糇餌粉餈」，餻類也，出《周禮》。「詩豪」，白樂天目夢得云。[59]

世人多以為「餻」字同於「糕」字，實則重陽節攜以登高遊賞食用糕餅專稱為「餻」[60]，劉禹錫認為「詩用僻字宜有來歷」[61]，故不敢擅用「餻」字，宋祁則據《周禮》及重九食餻習俗，精確用字，絕非「務為艱澀隱僻，以誇其能」，反是負責任作為，王士禛（1643-1711）以為：「宋景文近體，無一字無來歷，而對仗精確，非讀萬卷書不能。」[62]確能識出宋祁用字特色。前引諸例，除可證明宋祁援引經典古奧文字另創新詞與個人學養有關外，或許也透露宋祁藉此營造詩歌典雅奇博韻致之用心。

其實，「奇」字效果並非都得透過選用怪澀字詞達到目的，有時凡俗字詞若能用心琢鍊，同時涵蘊二種意義，使讀者玩味之際能擺脫慣常解釋，開發另種詮讀空間，同樣能造成意外效果，賦有「奇」趣，宋祁所載記晏殊（991-1055）與曾公亮（999-1078）論詩之語便可見出端倪：

> 晏丞相嘗問曾明仲云：「劉禹錫詩有『濬西春水縠紋生』，生字作何意？」明仲曰：「作生育之生。」丞相曰：「非也。作生熟之生，語乃健。」[63]

「生」字若如曾公亮（字明仲）所詮解之「生育」意，只是一般景象之平常敘述語詞，但若作「生熟之生」，則是將習見景物、心情以出人意表方式表現，激發讀者另種閱讀趣味與聯結，而且更能表露春日方至，萬物充滿盎然生氣，新穎富希望氣象，更具生命

59　同註56，卷19，頁148。

60　宋・陳元靚：《歲時廣記》（《歲時習俗資料彙編》，臺北：藝文印書館，1970年），卷35，〈重九中・為時讌〉，頁1109。

61　清・陳元龍：《格致鏡原》（揚州：古籍書店，1989年），卷25，頁289。

62　清・王士禛：《帶經堂詩話》（北京：人民文學出版社，2002年），卷1，頁43。

63　同註1，卷上，頁48-49。

力，又與一般習用詮解意涵不同，超出凡俗而有翻新出奇效果，自然較為俊健而有超拔氣骨。晏殊此種解詩法必然也會運用到實際創作之上，如蔡絛（?-?）《西清詩話》載：

> 二宋俱為晏元獻殊門下士，兄弟雖甚貴顯，為文必手抄寄公，懇求彫潤。嘗見景文寄公書曰：「莒公兄赴鎮圃田，同游西池，作詩云：『長楊獵罷寒熊吼，太一波閒瑞鵠飛』，語意驚絕，因作一聯云：『白雪久殘梁複道，黃頭閒守漢樓舡』，仍注『空』字於『閒』之傍，批云：『二字未定，更望指示。』」晏公書其尾曰：「『空』優於『閒』，且見雖有舡不御之意，又字好語健。」蓋前輩務求博約，情實純至，蓋如此也。[64]

雖然宋庠、宋祁兄弟二人於天聖二年受劉筠提拔步入仕途，但現存《景文集》中，宋祁與晏殊詩歌往來之作約有二十餘首，《宋景文公筆記》記載與晏殊有關情事為三則，宋、晏情誼似較宋、劉深厚，宋人筆記載：

> 公（晏殊）之佳句，宋莒公皆題於齋壁，若「無可奈何花落去，似曾相識燕歸來」、「靜尋啄木藏身處，閒見游絲到地時」、「樓臺冷落收燈夜，門巷蕭條掃雪天」、「已定復搖春水色，似紅如白野棠花」之類。莒公嘗謂此數聯使後之詩人無復措詞也。[65]

為宋庠景仰賞讀晏殊詩句之事，但以二宋手足情深兼為文友情形，相信宋祁必曾與聞其事，甚至與兄長共相研析晏殊佳句精妙之處。因此，宋祁寄送詩歌委請晏殊指正圈定可能為事實，也可見出宋祁受晏殊影響情形。以「空」、「閒」字為例，宋庠原詩為〈赴鄭出國門經西苑池上〉，云：

> 十里商中抱帝畿，苑煙宮霧共霏微，長楊獵近寒熊吼，太液歌餘瑞鵠飛。碧護斗城天倚蓋，光銜蓬島日舒圍。樓船法從年年盛，借問孤臣何歲歸。[66]

---

64 見是書（《中國詩話珍本叢書》，北京：北京圖書館出版社，2004 年，冊 1），頁 201。
65 宋·吳處厚：《青箱雜記》（北京：中華書局，1985 年），卷 5，頁 47。
66 《全宋詩》，卷 198，頁 2261。

先以遙望京畿起筆，於煙霧霏微中映襯宋庠眼中宮苑之朦朧迷離，除是眼中實景描寫外，更是詩人心裡與君王遙遠距離，難以親近瞭解之外顯。接著筆鋒一轉，宕除輕煙漫霧之幽清感，而以揣想帝王遊獵長楊宮，寒熊吼鳴壯盛氣勢與歇息太液宮中歌舞喧譁、瑞鵠飛翔之繁華歡樂景緻，激揚出京都氣象，再以「碧護斗城天倚蓋，光銜蓬島日舒圍」之明亮光線烘托城中瓊華島之堅固美好，而這一切光景實為與下文孤臣羈留遠方作一強烈對比，透露宋庠不捨及眷戀都城心志。「長楊獵罷寒熊吼，太液歌餘瑞鵠飛」確為全詩警句，詩意語脈之承轉藉此令人耳目一新。而宋祁擬作則云：

> 寶樓斜倚關西天，北轉樓陰壓素漣。白雪久殘梁複道，黃頭空守漢樓船。塵輕未損朝來霧，樹暖才容臘外煙。弭節不妨饒悵戀，待歌魚藻記他年。[67]

不避重複地於篇首連用二「樓」字，造成「樓」之意象迴環不去感覺，彷若暗示詩人將如王粲（177-217）一般「登茲樓以四望兮，聊暇日以銷憂」，思鄉情懷已然隱含其中，「樓」字續接「斜倚」、「陰」、「壓」，倍增沉重氛圍。頷聯接著以「白雪」、「黃頭」鮮明色澤集中焦點，卻是藉此傳達鄭地荒涼淒清景象，頸聯則輕抹前此悲苦意味，為詩人與全篇帶來一絲輕暖希望，從而串連末句歌詠「魚藻」典故，表抒詩人思念君王、重返故都期盼。

就全詩意境與韻味而言，「閒」字雖有賦閒無事之意，但略偏有清雅幽閒風格，不如「空」字之窮愁無聊及落空意義來得貼切豐富，且「空」字之音韻與意義都較剛勁，具有俊健風骨。

宋祁所以寄書晏殊請求指導「閒」、「空」二字之擇用，自曾著意思索二字異同與全詩風格問題，而宋祁所問並非奇險字句，反是一般習用字詞，可見詩人造語生新方法並不局限在前文所分析二種類型上，而能在普通字詞中翻轉濫熟用法，以精細斟酌態度取得生新理解，使用字、詩意產生陌生化效果，從而塑造俊健有骨格，這毋寧是一種重視「氣格」的表現，以〈省舍晚景〉為例：

67　〈兄長苫公赴鎮道出西苑作詩有長楊獵罷寒熊吼，太液歌餘瑞鵠飛造語驚邁予輒擬作一篇〉，《全宋詩》，卷 216，頁 2496。

> 日稷城陰生，塵露稍云歊。密樹抱烟沈，高禽映天沒。外物既不擾，清機亦徐發。
> 何意羲皇風，吹我襟袖末。少駐北堂陲，娟娟待明月。[68]

其中「密樹抱烟沈，高禽映天沒」之「抱」字一般作「環繞」意，於本詩可誇張地刻劃樹木栽植密集緊靠情形，連輕渺烟霧都無法飛散。但若作「拋擲」解，則可視爲密樹拋擲烟而沉沒，本指烟不爲密樹所拘執，而能自由拋擲密樹輕飛而上，此處以反用句法表現，更能呈顯日暮烟氣消散，密樹逐漸自眼前消失，彷若沉沒昏暗夜色、沉入地底般。而順著烟氣上飛引出下句「高禽」，並以天爲映襯，將讀者視線延長至天際，空闊有味。陸游曾云：

> 李虛己侍郎，字公受，少從江南先達學作詩，後與曾致堯倡酬。曾每曰：「公受
> 之詩雖工，恨啞耳。」虛己初未悟，久乃造入，以其法授晏元獻，元獻以授二宋，
> 自是遂不傳。然江西諸人，每謂五言第三字、七言第五字要響，亦此意也。[69]

李虛己（?-?，983 進士）爲晏殊岳丈，悟得賦詩用字不啞心法後，以之傳授晏殊，而晏殊又以之授予二宋，其間一脈相傳師承關係昭然可知。前引〈省舍晚景〉中，「抱」、「映」都是五言第三字，都是該句名詞之後第一個動詞，且具有顯明烘襯作用，「抱」字更能造成俊健風骨，確有「響」之功效。

造語之外，宋祁同時致力於詩題上展現新意，諸如：「自訟」、「曉櫛」、「浮屠」、「敝俗」、「不言」、「詠酒壺」等題目皆前所未有，一方面自是配合內容所命取，一方面實也灌注宋祁「刊落陳言」用心，爲明其中深意，將於下節詳析。

三、開拓詩意之寄懷抒情

宋祁賦詩除著意於造語遣詞之獨創出新外，同時也十分關注題材內容之開拓，天聖二年進士及第後曾撰〈座主侍郎書〉，詳述個人文學思想：

68　《全宋詩》，卷 204，頁 2334。

69　宋·陸游：《老學庵筆記》（北京：中華書局，1979 年），卷 5，頁 69。

竊惟吟詠之作,神明攸繫。內導性情,旁概謠俗。造端以諷天下之事,變義戛萬
物之蘊。音之急緩,隨政之上下。大抵三百篇,皆有為為之,非徒爾耳。後雖體
判五種,時經三變,音制彌婉,體裁益緻,以浮聲切響相鎮,以雕章襯彩相矜。
然而大方之家,往往披華於沈宋之林,收實乎曹王之圃,室其流宕,歸乎雅正。
是以垂虹蜺,騎日月,而不為怪;礪泰山,吞雲夢,而不為廣;矜蠍首,狀佩玉,
而不為麗;興蜩螗,比樸樕,而不為煩;道治世,語憂國,而不為佞且怨。靈均
以來,未有不覩斯奧而能垂名不朽者也。[70]

文中首先肯定詩歌性質可內導性情,旁概謠俗,故必本乎真誠,以達致諷知天下情事,
抉發萬物意蘊效用,可見詩歌絕非無病呻吟之作,乃同《詩經》般有為為之。為如實安
帖傳達神明攸繫內涵,賦寫時當兼顧文采內涵,袪除流宕歪風而導歸雅正,若能以雅正
為依循標的,即使想像縱橫廣漠宇宙,辭藻華美精麗,論述憂國治世理率皆無所不可,
其中奧義正是詩人能否垂名不朽之關鍵因素。

宋祁此番言詞雖有學者以為乃是有意沿襲李商隱(813-858)觀點,「強調了文學
內導性情、鉤深締情的作用,並主張通過造端變異、披華收實、促節入律的手段來達到
這一目的。……作者雖然主張折衷華實,但顯然是有憾於宋初有實無華的文風,為追求
形式華美的西崑派文風辯護。」[71]但若細理其中脈絡,當可發現宋祁其實有意超軼「恬
愉優柔,無有怨謗」[72]之類西崑園囿,擴充詩歌內涵,驗證宋祁現存詩篇確可得見踐履
蹤跡與斐然成果。

以體裁而言,《西崑酬唱集》全為五七言律詩;[73]宋祁除五七言律詩 914 首,占全
部詩作 59.1%外;另有五七言古詩 131 首,占 8.4%;五七言長律 141 首,占 9.1%;五
七言絕句 360 首,占 23.2%及 1 首四言古詩,占 0.1%。[74]

---

70 《全宋文》,卷 503,頁 437。

71 謝思煒:〈宋祁與宋代文學發展〉,收入氏著:《唐宋詩學論集》(北京:商務印書館,2003 年),
    頁 185。

72 宋・楊億:〈溫州聶從事雲堂集序〉,《武夷新集》(福州:福建人民出版社,2007 年),頁 110。

73 楊億:〈西崑酬唱集序〉,王仲犖注:《西崑酬唱集注》(上海:上海書店出版社,2001 年),
    頁 3。

74 參見馬俊:《「二宋」研究》(揚州:揚州大學碩士論文,2005 年),頁 65-66。

以題目、題材而言，除《西崑酬唱集》曾出現之寄答贈別、詠史、詠物、「無題」情詩外，宋祁已大幅擴展書寫對象與命題名稱，以前節所述「自訟」爲例，題目當源自《論語·公冶長》：「吾未見能見其過而內自訟者也。」[75]宋庠、宋祁兄弟爲始創者，宋庠自白：

> 余自洛移許，公餘有宴坐之勝，偶感曩事，多所悔尤，類非他人所知，因題曰「自訟」。[76]

乃以詩歌省思過往言行，深切自責以表達悔尤心意，並藉此增益個人修養，以宋祁〈伯逢欲予買一田墅因成自訟〉爲例，詩云：

> 予從大夫後，祿乃二千餘。簪筆論何事，藏山著底書。病教年事早，拙使宦情疏。合治菟裘未，蝸牛尚有廬。[77]

因友朋建議購置田墅而引動詩人回顧前塵往事，感歎多病傷身易老，拙直以致無意續於宦海翻滾，末尾化用魯隱公經營菟裘歸隱典故，[78]表明心志。全篇以舒徐語氣緩緩抒寫內心感懷，淡致有味，雖爲律詩，首二句「予從大夫後，祿乃二千餘」卻頗有「以文爲詩」風貌，別具意義。宋祁另有一組〈自訟〉詩，共三首，分別爲：

> 史薰雖殘得自隨，兵符未解定堪嗤。淹留正似周南老，戲劇何爭灞上兒。鉛筆用多毛禿落，鬢髯愁罷雪粉垂。十年尚滯成書奏，可驗相如屬思遲。[79]

> 有人多病臥遙帷，誤舍寒耕失故畦。每畏賓朋嘲乘鴈，寧教子弟愛家雞。淹中學

75　黃懷信主編，周海生、孔德立參撰：《論語彙校集釋》（上海：上海古籍出版社，2008 年），頁458。

76　《全宋詩》，卷 194，頁 2228。

77　《全宋詩》，卷 210，頁 2413。

78　楊伯峻注：《左傳·隱公十一》（北京：中華書局，2000 年）載：「爲其少故也，吾將授之矣。使營菟裘，吾將老焉。」頁 79。

79　《全宋詩》，卷 217，頁 2509。

廢心都塞，轅下鳴餘耳更低。自顧上恩無一報，何顏歲晚望金閨。[80]

坐氈無客凍鷗愁，談樹蕭然兩見秋。執戟不知身寂寞，寫書猶得罪風流。官閒無日慚軒鶴，機盡多年謝海鷗。借問殿科能免否，杜陵男子有耕疇。[81]

三詩情調大抵相同，都是淹留邊防定州時遙望京闕，[82]自慚官閒未能回報君恩。或因愁悶難以排遣，故而須連賦三首以盡意，雖語多自責，眷眷懷歸情思仍迴盪終篇。第一首中「鉛筆用多毛禿落」既爲事實陳述，兼含人生哲理體悟，就內容視之，三詩與一般感懷作品類似，「自訟」題目或是爲加強詩人自省意味而刻意命創。此後王安石、王令（1032-1059）、賀鑄（1052-1125）各作一首〈自訟〉詩、陸游則有二首，[83]可見「自訟」詩題似已引起部份宋代名家注目。

另如「虛名」一題，《全唐詩》及宋名家詩、宋庠集中都未曾出現，極可能爲宋祁首創，詩云：

身外虛名莫妄求，強關事事判悠悠。試看雲將三年役，止博鴻蒙一掉頭。[84]

以論斷警惕語氣開端，告誡世人切莫貪求身外虛名，並借用《莊子・在宥》雲將與鴻蒙對話故事，證明虛名無用。全篇實爲闡發詩人對「虛名」看法而作，與所謂包蘊密緻、精麗工巧崑體詩歌有所不同，可見出宋祁戛戛獨造苦心。又如〈隱几〉詩云：

空齋隱几度流光，濩落由來我所長。枉許是非同喻馬，不知書篆兩亡羊。空名更甚浮雲薄，代事都無半捶強。心誓前賢六百石，異時初服返東岡。[85]

80　同前註。

81　同前註。

82　繫年據溫潔：《宋祁詩文繫年及行實考述》（鄭州：鄭州大學碩士論文，2005 年），頁 37。

83　根據羅鳳珠主持「網路展書讀・宋名家詩」（http://cls.hs.yzu.edu.tw/sung/sung）檢索所得，《文淵閣四庫全書・電子版》因資料龐雜，尚未能篩檢查知結果如何。

84　《全宋詩》，卷 223，頁 2573。

85　《全宋詩》，卷 215，頁 2482。

雖似自敘「隱几度流光」歲月，並以「濩落由來我所長」自我解嘲，其實志在說明空名無益，全詩摻雜個人隱几領會與哲理表抒，節制理性意味較落寞感傷濃厚，似有意貼近道家逍遙遊風格。「隱几」一題，唐人中僅白居易曾作一首，詩云：

> 身適忘四支，心適忘是非。既適又忘適，不知吾是誰。百體如槁木，兀然無所知。方寸如死灰，寂然無所思。今日復明日，身心忽兩遺。行年三十九，歲暮日斜時。四十心不動，吾今其庶幾。[86]

似以詩思辨哲理問題，與宋詩可相參照。白氏另有一首〈隱几贈客〉詩，云：

> 宦情本淡薄，年貌又老醜。紫綬與金章，於予亦何有。有時獨隱几，答然無所偶。臥枕一卷書，起嘗一杯酒。書將引昏睡，酒用扶衰朽。客到忽已酲，脫巾坐搔首。疏頑倚老病，容恕慚交友。忽思莊生言，亦擬鞭其後。[87]

敘述個人生活情狀以寄贈訪客，略無前篇理性思考精神，風格有異。「隱几」外，宋祁另有多篇詩題如「自詠」[88]、「三月晦日送春」[89]等恐與白居易有關。

此外，「家居」一題，唐人亦未曾有之，宋人梅堯臣有〈秋日家居〉寫家居閒適之情，[90]宋祁則有二首〈家居〉，各謂：

> 賃廡接中林，迷途感慨深。窮年不材木，提月退飛禽。官宇昏投版，私囊利挫針。病呻無用怪，不是顯時吟。[91]

> 鬱鬱行何適，肩肩體寖臞。安人非善宦，宥子是真愚。北化隨江枳，東遊謝海桴。

86　唐・白居易撰，謝思煒校注：《白居易詩集校注》（北京：中華書局，2006 年），頁 523-525。

87　同前註，頁 2340-2341。

88　分見：《全宋詩》，卷 212，頁 2445；卷 220，頁 2543。

89　《全宋詩》，卷 223，頁 2568。

90　詩云：「移榻愛晴暉，翛然世慮微。懸蟲低復上，鬥雀墮還飛。相趁入寒竹，自收當晚闈。無人知靜景，苔色照人衣。」作於仁宗至和二年（1055），梅堯臣 54 歲時。（宋・梅堯臣撰，朱東潤編年校注：《梅堯臣集編年校注》，臺北：源流出版社，1983 年）。

91　《全宋詩》，卷 224，頁 2581-2582。

何須命私駕，危涕避窮途。[92]

雖寫家居，卻無清閒自適愉悅，反藉孔子「道不行，乘桴浮於海」及阮籍（210-263）駕鹿車等典故表白個人不爲世用之際遇，似能以理性精神化解不適悲哀，命題有意。

上類寓含理性精神，並刻意創製新作外，宋祁另有一類表現文人生活雅趣之詩篇，如〈詠酒壺〉，詩云：

刻像小蹲踞，無情是所憐。客歡迎指過，觴冷寄回旋。屢轉疑投節，將休似取妍。勞君戢深意，醒者勿須傳。[93]

並非純粹歌詠酒壺外貌或堆砌典故，而是將酒壺視爲有情有感之人，以充滿憐惜眼光賞愛酒壺周旋賓客間心思，別富情趣。「詠酒壺」詩題，唐人未見，宋人僅陸游有〈書巢五詠·空酒壺〉詩。[94]另如〈詠石〉[95]、〈曉櫛〉[96]，詩題於四庫全書中皆僅此一見，宋祁細膩觀看書寫身旁器物，似已顯露宋詩生活化傾向。

此外，宋祁作有一首〈危語〉，詩云：

奔車下山朽索轡，倒行垂踵臨無地。菉子十二卵相纍，手探驪珠觸龍睡。[97]

臚列四項危險之事，略無深意，屬於遊戲炫才之作，此格應是源自《世說新語·排調》中桓玄（369-404）、殷仲堪（?-399）爭說戲言事，唐代權德輿（759-818）曾作〈危語〉詩，云：「被病獨行逢乳虎，狂風駭浪失權櫓。舉人看牓聞曉鼓，孱夫孽子遇妬母。」[98]

---

92 《全宋詩》，卷224，頁2587。

93 《全宋詩》，卷210，頁2416。

94 詩云：「銅壺受五升，中貯太古醇。相從亦已久，一朝委流塵。我豈少恩哉？白頭乃如新。誰知矮道士，亦作斥仙人？」，同註13，卷64，頁3645。

95 《全宋詩》，卷220，頁2540。

96 《全宋詩》，卷205，頁2345。

97 《全宋詩》，卷223，頁2572。

98 唐·權德輿：《新刊權載之文集》（上海：上海古籍出版社，1994年），卷8，頁149。

所舉四事都以人為主，而宋祁則涵括四種殊異類型，想像力較豐富，廣度較大。其後另有王世貞〈危語〉詩，[99]四庫全書僅見此三首〈危語〉詩。

宋祁遊戲筆墨之作尚有一組〈七不堪詩七首〉，古往今來似僅有宋祁一人賦寫此題，〈序〉云：

> 昔嵇康有書抵山濤，自謂有七不堪，恐不可居世。雖抗言自任，亦篤性使然。予年過四十，抱支離之疢，移告時滿三月，臺家未之劾也。而因病成老，習憒成懘，向之不堪，予皆有之矣。自念官在史氏，執筆右螭，不容頹放以安于無用，聊作七章自歌之，亦自儆云。[100]

明白交代創作緣起，以嵇康（223-263）〈與山巨源絕交書〉中七不堪內容敷衍成文，云：

> 一不堪，性嗜日高寢。疊鼓震餘夢，星毛欹倦枕。冠劍朝已盈，當關視門闔。
> 二不堪，草野樂垂釣。潑潑錦鱗游，籊籊翠竿掉。夕負橋桐還，行吟面煙徼。
> 三不堪，坐痺不得搔。湯沐乏薰濯，蟣蝨喜爬搔。俯惕板在手，回愬綬結腰。
> 四不堪，不喜謝書疏。正無刀筆能，拙作餐飯句。自勉信非長，愆酬亦逢怒。
> 五不堪，未始臨喪弔。倍重秦失號，禮譏老聃笑。勉順當世情，為哀損真妙。
> 六不堪，不樂俗人共。聒聒沸蝸集，紛紛臭蕢槖。怒邅多市色，禮煩方聚訟。
> 七不堪，束紳對文案。吏若鳧鴨趨，文驚朱墨抏。自襮安所能，深心託蕭散。[101]

宋祁個性雖不似嵇康懶慢傲逸，但對嵇氏蕭散風韻實無限欽羨。至於宋祁詩歌中出現之古人以賈誼（200BC-168BC）、王粲頻率最高，學者計數李商隱與西崑詩人常用古人典故分別為：屈原（約339BC-278BC）、宋玉（約298BC-222BC）、賈誼、司馬相如（約179BC-127BC）、曹植（192-232）、沈約（441-513），以及揚雄（53BC-18）、司馬

99　詩云：「懸度山腰鐵絚靡，恐風吹船入羅鬼。前有篡貐後伏虺，孤臣握兵內嬖毀。」見〈弇州四部稿〉（《景印文淵閣四庫全書》，臺北：臺灣商務印書館，2003年，冊1279），卷53，頁677。
100　《全宋詩》，卷204，頁2339。
101　《全宋詩》，卷204，頁2339-2340。

相如、曹植、顏回（521BC-481BC）、阮籍、沈約、宋之問（約 656-712），[102]這些古人都曾出現宋祁詩中，成爲仿同追慕對象，其中賈誼有才不得用，似乎成就文人心中一種「普遍的記憶」，凡自覺懷才不遇者總好言及賈誼。宋祁因父母早逝，[103]家境貧困，[104]加之生性敏感多情，身世之感屢屢成爲詩篇主軸，如〈去郡作〉云：

> 解龜淮陽區，浮鷁暮春月。州民擁前道，重爲使君別。尊酒卻略跪，絲管參差發。
> 共謂君此行，寵命煥朝節。進伏丹泥阨，勉之奮芳烈。使君慚且嗟，處躬素衷拙。
> 雖爾荷賜環，安敢冀榮轍。頓首謝上畢，行當避時傑。願移邦人愛，孤根保勿
> 伐。[105]

就詩意看來，應是宋祁慶曆三年（1043）暮春卸除陳州（淮陽）職務，返回京師任知制誥時所作。重返京畿擔任重要文職，本該歡欣鼓舞，宋祁卻於詩中吐露憂懼心情，當時所上謝表中，「蕞爾孤生，覘然去國。長而多病，衰不須年。鬢雪紛斑，目花眩黑。越在遐外，積有流憂。尙恐狗馬道窮，先塡溝壑。江漢天限，無復朝宗。……雖否運已傾，決無終塞」[106]、「羣議坐讟，夸者陰媢」[107]、「慮窮刀筆，氣耗風波。壯爲病侵，衰先老至。任焉不稱，謗又將興」[108]之類憂畏詞語屢見不鮮，遑論貶放在外時期之詩篇，〈偶書〉云：

> 病骨巖巖怯早衰，月枝三繞寄身危。避風寧望鵁鶄享，出卜頻遭僂句欺。烟梦蔽

102　滕春紅：《西崑體和西崑作家》（西安：陝西師範大學中國古代文學碩士論文，2002 年），頁
　　17。

103　「稟生暗愚，少小多病，十有三歲，慈母見損。年甫及冠，又失父蔭」〈祈福醮文〉，《全宋文》，
　　卷 530，頁 173。

104　《宋景文公筆記》卷上：「余少爲學，本無師友，家苦貧無書，作詩賦，未始有志立名於當世也，
　　願計稟米養親，紹家閥耳。」頁 2884。

105　《全宋詩》，卷 204，頁 2336。

106　〈謝替赴闕表〉，《全宋文》，卷 495，頁 306。

107　〈謝知制誥表〉，《全宋文》，卷 495，頁 306。

108　同註 106。

江懷隱伴，雨苗頳壟負耕期。開年幾許他鄉淚，盡付窮途與素絲。[109]

確是「尤善寫牢騷之況」[110]，學者認為「宋祁詩充滿了嘆老、念衰、怨憤、憂讒、畏嫉的主題」[111]，「為宋詩打開了返回了內心的道路」，[112]頗能道出宋祁詩歌特色之一。

四、自覺開創之承先啟後

西崑體宗法李商隱，但據載「楊大年不喜杜子美詩，謂之村夫子」[113]，宋祁則對杜甫贊譽有加，《新唐書》·〈杜甫傳·贊〉云：

> 唐興，詩人承陳隋風流，浮靡相矜。至宋之問、沈佺期等，研揣聲音，浮切不差，而號律詩，競相沿襲。逮開元間，稍裁以雅正，然恃華者質反，好麗者壯違，人得一概，皆自名所長。至甫，渾涵汪茫，千彙萬狀，兼古今而有之。他人不足，甫乃厭餘，殘膏賸馥，沾丐後人多矣。故元稹謂：詩人以來，未有如子美者。甫又善陳時事，律切精深，至千言不少衰，世號詩史。昌黎韓愈於文章少許可，至歌詩獨推曰：李杜文章在，光焰萬丈長。誠可信雲。[114]

以「渾涵汪茫，千彙萬狀，兼古今而有之」概括杜甫詩歌成就，推許甚高，更藉由元稹（779-829）、韓愈評論話語確立杜甫古今一人地位，並於該文中首度觸及杜甫思想。[115]宋祁曾自言：「年過五十，被詔作《唐書》，精思十餘年，盡見前世諸著」[116]，盡見

109　《全宋詩》，卷216，頁2496。

110　清·賀裳著，富壽蓀點校：《載酒園詩話》（上海：上海古籍出版社，1983年），卷1。

111　段莉萍前揭書頁126。

112　同註74，頁77。

113　郭紹虞點校：《古今詩話》（臺北：華正書局，1981年），頁124。

114　《新唐書》，卷201，〈杜甫傳·贊〉，頁5738。

115　陳文華認為：「在所有研究杜甫的材料裡，最先觸及到杜甫思想的，也許應推《新唐書》的〈杜甫傳〉。」見氏著：《杜甫傳記唐宋資料考辨》（臺北：文史哲出版社，1987年），頁203。

116　同註1。

前世諸著後，宋祁對唐人諸家作品與風格必有深切體悟與抉擇，宋人筆記記載宋祁曾手抄一卷杜詩，[117]並有具體論詩意見：

> 小宋舊有一帖論詩云：「杜子美詩云云，至於實下虛成，亦何可少也。」先子未達，後問晁以道。「云云」，昔聞於先人，此蓋為〈縛雞行〉之類。如「小奴縛雞向市賣」云云，是實下也。末云云「雞蟲得失無了時，注目寒江倚山閣」，是虛成也。蓋堯民親聞於小宋焉。[118]

郭知達輯成《九家集注杜詩》中，詳列：王洙（997-1057）、宋祁、王安石、黃庭堅、薛夢符、杜田、鮑彪、師尹、趙彥材九家注解，[119]紀昀（1724-1805）以為各注「頗為簡要」，凡此種種，都證明在宋祁苦心孤詣致力開創詩歌新貌心態下，杜甫必是他所認定詩人典範之一，必對杜詩有所關注學習。

今宋集中留存〈擬杜子美峽中意〉、〈和賈相公覽杜子美北征篇〉、〈擬杜工部九成宮〉三首明顯倣擬杜詩之作，「擬杜子美……」詩題首見於宋祁，「擬杜工部……」題目除李商隱〈河清與趙氏昆弟讌集得擬杜工部〉外，未見於他人詩集，可見宋祁於宋人崇揚杜詩歷史中，實有開風氣之先貢獻。杜甫〈九成宮〉云：

> 蒼山八百里，崖斷如杵臼。曾宮憑風迴，炭黑土囊口。立神扶棟梁，鑿翠開戶牖。其陽產靈芝，其陰宿牛斗。紛披長松倒，揭蘖怪石走。哀猿啼一聲，客淚迸林藪。荒哉隋家帝，製此今頹朽。向使國不亡，焉為巨唐有。雖無新增修，尚置官居守。巡非瑤水遠，跡是雕墻後。我來屬時危，仰望嗟嘆久。天王守太白，駐馬更回首。[120]

---

117 見宋·周紫芝《竹坡詩話》，收入何文煥輯：《歷代詩話》（北京：中華書局，1981 年），頁345。

118 宋·范公偁：《過庭錄》（北京：中華書局，2002 年），頁 329。

119 《欽定四庫全書總目》（《景印文淵閣四庫全書》，臺北：臺灣商務印書館，2003 年，冊 4），卷 149，頁 33。

120 楊倫輯：《杜詩鏡詮》（臺北：華正書局，1986 年），頁 156-157。

先描繪地理形勢，次則發抒今昔變異、人世滄桑感歎，氣象宏偉，情韻盎然，令人低迴不已，宋祁〈擬杜工部九成宮〉則云：

> 雲山鬱嵯峨，宮戶莽轇輵。摧峯隱馳道，鑱岫啓繡闥。遊鷗邀飛鬪，陽馬恣陵突。危淙注銅池，翠激漱崖骨。落虹拖晨軒，奔蟾守夜窟。憑高眺鴻洞，念古一超忽。咄嗟有隋後，締構窮剞劂。徒矜昔日工，乃忘後世拙。居為唐家保，功業何汩汩。牛酒望幸民，嚴廊衛守卒。殘松抱空偃，臥楊委新伐。千載徧荒愁，金鋪鎖嶭嶭崒。[121]

書寫筆法與詩意大抵依循杜詩，字詞則較偏向生澀剛硬，〈擬杜子美峽中意〉云：

> 天入虛樓倚百層，四方遙謝此登臨。驚風借墊為寒籟，落日容雲作暝陰。峴井北拋王粲宅，楚衣南逐女嬃砧。十年不識長安道，九簣宸開紫氣深。[122]

方回（1227-1307）評謂：「擬老杜亦頗近之」，[123] 紀昀以爲：「『借』字、『容』字刻意鍊出」[124] 皆能見出宋祁努力之處。〈和賈相公覽杜子美北征篇〉因賈昌朝（998-1065）原詩已散佚，無法判知宋祁唱和情形，但由「眼前亂離不忍見，作詩感慨陳大猷。北征之篇辭最切，讀者心隕如摧輈」、「相君覽古慨前事，追美子美真詩流」諸語可知宋祁肯定杜甫之意。

　　除上述三詩明確與杜詩有關外，〈長安道中悵然作三首〉，紀昀以爲「三詩俱有杜意，馮氏（馮舒）引爲西崑體，以張其軍。宋公固西崑派，此三詩則非西崑體也。」〈城隅晚意〉，許印芳（1832-1901）評爲：「骨味格律，真近老杜」[125]。宋祁集中近似杜詩者仍有多首，以致有學者認爲：「宋人對杜甫的大規模學習始於慶曆時期，代表人物

121　《全宋詩》，卷 205，頁 2346。

122　《全宋詩》，卷 216，頁 2491

123　元·方回著，李慶甲點校：《瀛奎律髓匯評》（上海：上海古籍出版社，2005 年），卷 6，頁 263。

124　同前註，卷 6，頁 263。

125　同註 123，卷 15，頁 546。

有宋祁、石延年、梅堯臣等人。」[126]此外，南宋任淵曾注解宋祁、黃庭堅、陳師道三家詩，[127]宋祁注本雖已亡佚，但任淵於宋人中僅選取宋、黃、陳三家必有其原因，而黃、陳二家均為宗法杜甫之江西詩派詩人，宋祁與杜甫、江西詩派之間關聯似宜重新釐清。《曲洧舊聞》載：

> 古語云大匠不示人以璞，蓋恐人見其斧鑿痕跡也。黃魯直於相國寺得宋子京《唐史稿》一冊，歸而熟視之，自是文章日進。此無他，但見其竄易句字，與初造意不同，而識其用意所起故也。[128]

顯示黃庭堅自宋祁著作獲益良多，如黃庭堅〈用明發不寐有懷二人為韻寄李秉彝德叟〉詩云：「人生不如意，十事恒八九。未見歷下人，徒傾歷城酒。」[129]與宋詩「人生不如意，在十常九八。茲事可奈何，惆悵千載末。」[130]用字、筆法、用事、詩意皆類近，而宋祁〈予既到郡有詔仍修唐書寄局中諸僚〉詩，[131]馮班以為：病處似「江西」，漸啟「江西體」，段莉萍認為：

> 從某種意義而言，宋祁是「宋詩」「以才學為詩」的開創者之一，他對後代詩人如黃庭堅有所影響。[132]

大抵無誤，但具體影響如何，仍有待後續研究。杜甫之外，宋祁曾作〈擬王右丞瓜園〉，詩云：

> 荷鋤往瓜田，煙蔓紛廣疇。植杖未及憩，有客眷林丘。騶哄羅戶前，冠蓋陰道周。

---

126 馬東瑤：〈論北宋慶曆詩風的形成〉，《文學遺產》，2002 年第 2 期，頁 62。

127 陸游：〈施司諫註東坡詩序〉云：「近世有蜀人任淵嘗註宋子京、黃魯直、陳無已三家詩，頗稱詳贍。」《渭南文集》（臺北：臺灣商務印書館，1979 年），卷 15。

128 宋·朱弁著，孔凡禮點校：《曲洧舊聞》（北京：中華書局，2002 年），卷 4，頁 142。

129 宋·黃庭堅著，劉琳、李勇先、王蓉貴校點：《黃庭堅全集》（成都：四川大學出版社，2001 年），頁 915。

130 〈雜興〉其三，《全宋詩》，卷 206，頁 2354。

131 《全宋詩》，卷 217，頁 2508。

132 同註 111，頁 131。

進客北堂上，藉以氈毺柔。持盃再三跪，酌我清白酹。時時高興酣，矯首望神州。
長衢貫廣陌，及宇注飛樓。惠風林間翔，早暉花上浮。新葉向蒙密，鷇雛已啁啾。
時哉物可玩，況復忘吾憂。故人心儻爾，駕言時見求。[133]

與王維（701-761）〈瓜園詩〉風貌相近，〈眞定述事〉則是「體近香山而風骨勝之」[134]，
可見宋祁實不願受限於西崑體中，有意多方倣效學習，自成一家。周必大（1126-1204）
云：

> 惟本朝承五季之後，詩人猶有唐末之遺風。迨楊文公、錢文僖、劉中山諸賢繼出，
> 一變而爲崑體。未幾宋元憲、景文公兄弟又以學問文章別成一家，藻麗而歸之雅
> 正，學者宗之，號爲二宋。[135]

頗能見出宋祁於宋初詩壇地位。至於宋祁與歐陽脩（1007-1072）、梅堯臣（1002-1060）
等慶曆革新文人關係，更值得探討，宋祁最爲人們熟知者當是修《唐書》一事，《新唐
書》自慶曆四年（1044）刊修，除宋祁外，另有梅堯臣、歐陽脩、張方平（1007-1091）、
范鎮（1008-1089）等二十餘人參與其事，歷時十七年方才完成，[136]其中尤以宋祁參與
最深久。[137]有學者認爲宋祁不支持慶曆新政，對詩文革新運動冷漠，持對立態度。[138]
但歐、宋二人共事甚久，且慶曆四年三月時曾與宋祁、張方平、梅摯（994-1059）等人

133　《全宋詩》，卷 205，頁 2348。

134　紀昀評語，見《瀛奎律髓匯評》，卷 6，頁 263。

135　〈跋宋待制暎寧軒自適詩〉，《文忠集》（北京：商務印書館，2006 年，《文津閣四庫全書》，
　　　冊 1151），卷 47，頁 453。

136　參撰者名單可參見李一飛：〈《新唐書》的編撰及參撰人紀考〉，《湘潭師範學院學報》，2002
　　　年第 3 期（2002 年 5 月），頁 76-79。

137　宋・葉夢得著，侯忠義點校：《石林燕語》（北京：中華書局，1984 年，卷 4，頁 51）謂趙槩、
　　　余靖諸人初皆參與編修《新唐書》，但「刊修未畢，諸人皆以故去，獨景文下筆。」後來歐陽脩、
　　　梅堯臣等人陸續加入，而宋祁即使外貶成都，仍隨身攜帶《新唐書》刊修，（見宋・魏泰：《東
　　　軒筆錄》卷 15，頁 115），其用力之久且深，略可想見。

138　同註 71，頁 188。

上書合奏，建請朝廷設立學舍，以實際行動支持范仲淹復古勸學理念。[139]宋祁又曾與丁度（990-1053）、張方平、歐陽脩聚議契丹來書及朝廷答書事，[140]只因宋祁曾與張方平、王拱辰（1012-1085）列狀言王益柔（1015-1086）作〈傲歌〉事，[141]蘇舜欽（1008-1048）因此事被貶，甚至「憤懣之氣不能自平」[142]，以致學者據此斷言宋祁與歐陽脩不合，似過度簡化諸人之恩怨情仇。

事實上，宋祁於康定二年（1041）曾與王洙、刁約（994-1077）、歐陽脩等人聚會賦詠，作有〈春集東園詩〉；[143]雖書信往來不多，但由宋祁〈上歐陽內翰書二首〉及歐陽脩尊奉宋祁爲「前輩」[144]等事看來，二人應非敵對關係。翁方綱（1733-1818）以爲：

> 宋元憲、景文、王君玉並遊晏元獻之門，其詩格皆不免楊、劉之遺。雖以文潞公、趙清獻，亦未嘗不與諸人同調。此在東都，雖非極盛之選，然實亦爲歐、蘇基地，未可以後有大匠，盡行抹卻也。[145]

> 入宋之初，楊文公輩雖、雖主西崑，然亦自有神致，何可盡眺去之？而晏元獻、宋元憲、宋景文、胡文恭、王君玉、文潞公，皆繼往開來，肇起歐、王、蘇、黃

---

139 參見宋·李燾：《續資治通鑑長編》（北京：中華書局，2004 年），卷 148，「仁宗慶曆四年甲戌」條，頁 3563。

140 同前註，卷 151，「慶曆四年八月乙未」條，頁 3677。

141 見宋·韓琦撰，李之亮、徐正英箋注：《安陽集編年箋注》（成都：巴蜀書社，2000 年）附《韓魏公家傳》，卷 4，頁 1792。

142 宋·蘇舜欽：〈與歐陽公書〉，《蘇舜欽集編年校注》（傅平驤、胡問陶校注，成都：巴蜀書社，1991 年 3 月），卷 9，頁 611。

143 《全宋詩》，卷 204，頁 2339。

144 宋·陳振孫：《直齋書錄解題》（徐小蠻、顧美華點校，上海：上海古籍出版社，1987 年，頁 103）載：「舊例，修書止著官高一人名銜，歐公曰：『宋公於我爲前輩，且於此書用力久且深，何可沒也？』遂於紀傳各著之，宋公感其退遜。」。

145 清·翁方綱：《石洲詩話》（《續修四庫全書》，上海：上海古籍出版社，2002 年，冊 1704），卷 3，頁 164。

盛大之漸。[146]

奠基、繼往開來之說頗能彰顯宋祁於宋詩發展史重要性，洵爲的論。宋祁詩歌成就正如其名作〈落花〉詩所云：「將飛更作回風舞」，即使花落離枝仍保持優雅姿態飛舞環旋，吸引眾人無數欣許目光，引發關注迴響，甚至能化作春泥更護花，若僅以西崑餘緒視之，實有愧婆娑舞影。

五、結語

綜理前文所論，略可得知：宋祁自少即深信：文章必自名一家，然後可以傳不朽。並於歷史長河中觀看可茲借鏡效法對象，從而標舉陸機、韓愈謝華啓秀、陳言務去理念以爲標竿，強調「百家奮興，類不相沿」之事實，因此著意戞戞獨造，創異生新。

首要之務乃衝破陳俗語言之藩籬而另鑄偉詞，方法略有：（一）將舊有字詞重加改創，「不易其意而造其語」，以製造陌生化作用，避免因熟濫而無法引發者閱讀興趣，如將「雙鯉」、「三十六鱗」改造爲「六六鱗」、「六六魚」。（二）將某一較爲生僻字詞視詩意重加組構，成爲全新詞彙，如「炎燦」一詞僅見於宋祁詩文，全無他人使用，原因或有四：甲、有意遠避俗爛；乙、押韻方便；丙、利用「炎」、「燦」字形相近聯邊特性，營造天地之間瀰漫「火」象之視覺效果；丁、於詩篇開端另創新詞，引發讀者疑惑好奇心理。「囚狴」、「民瘝」、「暍氛」、「襫襏」、「戲鱹」、「跛眫」皆爲其例。（三）琢鍊凡俗字詞，使之涵蘊二種意義，擺脫慣常解釋，開發另種詮讀空間，如「黃頭空守漢樓船」之「空」字，「密樹抱烟沈」之「抱」字。另有一類因宋祁重視精確而用之字，如「餒」、「餙」。

造語之外，宋祁致力開拓詩題新意，如：「自訟」、「曉櫛」、「浮屠」、「敝俗」、「不言」、「詠酒壺」、「七不堪詩七首」等題目皆前所未有，既能配合內容命取，且能展現宋祁「刊落陳言」用心，其中具現宋詩理性精神、文人雅趣、生活化、抒情性質諸面向。

146　同前註。

　　宋祁以「渾涵汪茫，千彙萬狀，兼古今而有之」推許杜甫古今一人地位，曾手抄一卷杜詩，注釋杜詩，存留〈擬杜子美峽中意〉、〈和賈相公覽杜子美北征篇〉、〈擬杜工部九成宮〉三首倣擬之作，於宋人崇揚杜詩歷史中，實有開風氣之先貢獻。另與歐陽脩、梅堯臣共修《新唐書》、共議改革科舉、詩文酬唱，自作於歐、梅詩歌實有奠基貢獻。

　　綜言之，宋祁詩歌成就如其名作〈落花〉詩所云：「將飛更作回風舞」，實已飄離西崑枝幹，飛舞於開闊穹宇之中，另創新局，於宋詩發展史上乃有承先啓後重要性，不容漠視。

宋祁詩歌校讀

　　宋祁詩歌現存約 1600 首，定非其作全貌，據考，宋祁文集《景文集》[1]於宋代分有 78 卷、100 卷、150 卷、200 卷四本，歷經戰亂，各種刊刻版本久已散佚失傳，[2]清乾隆年間編纂四庫全書時自《永樂大典》輯彙得 62 卷，爲現存收錄最多宋祁作品之集本。當時四庫全書抄錄七部，今僅存文淵閣、文津閣、文溯閣三部及半部文瀾閣本，文淵閣、文津閣陸續全套影印出版，便於取閱，因而使世人得識二本內容。往昔向無學者對勘四庫全書各本，故世人印象多以爲各本來源一致，內容應相同，然以《景文集》爲例，文淵閣[3]、文津閣[4]所收錄之文本數量、內容頗有歧異，若能一一比對考訂，或可藉此略識二本優劣情形。

　　四庫全書本之外，近人董康（1867-1947）、傅增湘（1872-1949）、嚴紹璗（1940- ）皆曾於其著作中登錄日本宮內廳書陵部庋藏之《景文集》，[5]該版本乃南宋建安麻沙刊本殘帙，日本光格天皇文化七年（1810）時，天瀑山人（林衡） 將其印出置入《佚存叢書》中，簡稱爲「佚存本」。今可見之「佚存本」計有：日本宮內廳書陵部所

1　宋祁文集一般稱「景文集」，各家亦有作：「宋景文集」、「宋景文公集」、「景文宋公集」者，本文概以「景文集」名之。

2　關於宋祁《景文集》版本、流傳情形，本文參考祝尚書：《宋人別集敘錄》（北京：中華書局，1999 年，頁 116-121）、王瑞來：〈《宋景文集》版本源流考〉（《古籍整理研究學刊》，1988 年 04 期，1988 年）、王玉紅：〈《宋景文集》版本源流淺考〉，《時代文學》，2010 年 15 期，2010 年，頁 203-204）、王福元：〈宋祁《景文集》流傳及版本考〉（《貴州文史叢刊》，2012 年 02 期，2012 年，頁 110-113）意見綜言之。

3　臺北：臺灣商務印書館據國立故宮博物院藏本影印，冊 1088，1983 年。

4　北京：商務印書館據中國國家圖書館藏本影印，冊 1091，2006 年。

5　上引三人著作分別爲《書舶庸譚》、《藏園群書經眼錄》、《日本漢籍錄》，惟《書舶庸譚》作者，祝尚書作「徐康」（見氏著：《宋人別集敘錄》，頁 118），恐誤。

藏刊本原帙、清光緒八年（1882）黃氏木活字本、民國商務印書館影印日本本，按理，三本皆源自林衡所藏之宋槧零本，版式、卷數、文字應無二致，惟筆者詳勘三本，發現其版式、卷數、文字大同中亦有小異，殊為奇特。

上述二大系統外，《永樂大典》本《景文集》後曾刊入《武英殿聚珍版叢書》[6]，孫星華（?-?，清末民國）採錄《佚存叢書》所刊殘本、《成都文類》、《播芳大全》、《諸臣奏議》、《全蜀藝文志》等書，輯成《宋景文集拾遺》22 卷。而 20 世紀北京大學編印《全宋詩》時，以 1923 年《湖北先正遺書》影印廣雅版《武英殿聚珍版叢書》本《景文集》為底本，參校「佚存本」、「文淵閣本」及散見諸書之宋祁詩篇，[7]乃現行搜羅最為齊全，點校勘誤最為完備之本，故本文以《全宋詩》為底本，一一比校文淵閣、文津閣、三本「佚存本」之《景文集》，詳列各本文字別異處，自平仄格律、典故、詩意及宋祁慣習用法等等面向加以核查考辨，以求訂知正訛，確定宋祁詩歌文字，以為詮解閱讀其作之依據，並藉此察識各本之優缺與其價值。

為省篇幅，並使版面簡淨，各則校讀條目，先列詩題、《全宋詩》所在頁次、《全宋詩》所作文字，凡參校各本之文字與《全宋詩》相同者，概不標出，僅校注異文，為便於參對，或須引錄相關之前後文句。考辨文字所引用之相關字詞解釋或典故出處，暫不依循一般學術論文詳注其出處作法，而僅標明書名、篇名，異體字、通假字、古今字、避諱字則捨棄不論。三本「佚存本」分以「宮」代指：日本宮內廳書陵部本，[8]「珍」代指：《域外漢籍珍本文庫》本，[9]「叢」代指：《叢書集成初編》據《聚珍版》排印，並附印《佚存叢書》之本。[10]

6　原刻影印百部叢書集成本，臺北：藝文印書館，1969 年。

7　參見《全宋詩·宋祁》說明，是書（北京大學古文獻研究所編，傅璇琮等主編，北京：北京大學出版社，1991-1999 年），卷 204，頁 2330。

8　原書現存日本宮內廳書陵部，本文所據乃國家圖書館漢學研究中心赴日本影印之《宋景文集》，共 2 冊，18 卷，該書收入《漢學研究中心景照海外佚存古籍書目》（臺北：漢學研究中心，1990 年 3 月）。

9　收入《域外漢籍珍本文庫》（第一輯·集部）（域外漢籍珍本文庫編纂出版委員會編輯，北京：人民出版社、重慶：西南師範大學出版社，2008 年）。

10　見《景文集附佚存叢書殘本景文宋公集三十二卷》（臺北：新文豐出版社，1984 年）。

　　本文校讀之論證臚列於後，各處異文皆詳考相關典故以斷各本是非優劣，其間發現：文淵閣、文津閣雖同屬四庫全書，然其文字多有歧異，似非引錄同一底本，文淵閣時與聚珍版同，而與文津閣有別，謬誤訛亂不少，抄刻頗嫌粗疏，未臻精審；文津閣則與佚存本、《永樂大典》常相一致，屢存可校正諸本舛漏之資料。

　　三本佚存本彼此亦存有差異，日本宮內廳書陵部所藏麻沙本乃現存《景文集》最早刊本，甚具考證意義，唯麻沙本向有質量最下之惡評，甚為劣本代詞，其中錯亂處亦不在少數；珍本版式較精美，疑經考證整理，錯漏較少；叢本為《全宋詩》參校資料，自多同於《全宋詩》文字，然與宮本、珍本別異之處所在多有。

　　囿於文獻不足，諸本之比勘訂正，仍有少數文詞難以論斷正謬，唯本文訂正諸多《全宋詩》與諸本之差誤，且藉由詳校細論，呈露文淵閣、文津閣部分異同，彰顯文津閣之重要性。《全宋詩》雖有其搜羅點校之功，甚便學者，然經由本次比勘校讀，發現其中仍存留多處判讀失誤，本文對於理解、詮釋宋祁詩歌，應具參考價值。

《全宋詩》卷 205，宋祁一

〈順祀詩·并序〉，頁 2331

唐明皇帝「主于」合祔，失于敘升。文淵閣、文津閣：唐明皇帝「合於」合祔，失于敘升。

　　案：合祔，猶合葬。就對文角度觀之，「合」與「失」相對應較穩當，「合於」似較「主于」更為妥貼。另，〈順祀詩〉書寫源起乃宋仁宗慶曆五年，章獻明肅皇太后、章懿皇太后並祔宋真宗廟室，十月辛酉，依次奉納二皇太后木主於太廟。宋祁〈序文〉記錄此事外，並論述其「善教者不拘古以妨今，善禮者不後情以先物」之意，以為雖三代以來「配食納寢，止一后而已」，然「先帝獨啟聖慮，順躋二德，侑太宗之尊；陛下述遵前憲，寅奉二章，參文考之祐」，故崇贊二后並祔事。而「順祀」意指順昭穆次序祭拜，故舉唐明皇李隆基事訾議其使「一王之典，闇而不昭」之過，考《新唐書·睿宗肅明劉皇后傳》載：「睿宗肅明順聖皇后劉氏，……儀鳳中，帝在藩，納為孺人，俄為妃。……帝即位，為皇后。……長壽二年，為戶婢誣與竇德妃挾蠱道祝詛武后，並殺之宮中，葬祕莫知。景雲元年，追諡肅明皇后。」

《新唐書·睿宗昭成竇皇后傳》載：「睿宗昭成順聖皇后竇氏，……帝為相王，納為孺人；即位，進德妃。生玄宗及金仙、玉真二公主。與肅明（指睿宗肅明順聖皇后劉氏）同追諡，並招魂葬東都之南，肅明曰惠陵，后曰靖陵，立別廟曰儀坤以享云。帝崩，追稱皇太后，與肅明祔橋陵。后以子貴，故先祔睿宗室。肅明以開元二十年乃得祔廟。」知唐明皇處理二后合祔睿宗事，未依昭穆禮制，故此處作「合於」較佳。

〈順祀詩〉，頁2331-2332

和鸞有容，「龍」旗孔揚。文津閣：和鸞有容，「旂」旗孔揚。

　　案：旂，古代九旗之一，上交龍之形，竿頭繫有鈴鐺，用以號令士眾，《周禮·司常》：「王建大常，諸侯建旂。」龍旂，亦作「龍旗」，謂畫有兩龍蟠結之旗幟，天子儀仗之一，《周禮·考工記·輈人》：「龍旂九斿，以象大火也。」鄭玄注：「交龍為旂，諸侯之所建也。」賈公彥疏：「九斿，正謂天子龍旂。」又《後漢書·明帝紀》：「東海王彊薨，遣司空馮魴持節視喪事，賜升龍旄頭、鑾輅、龍旂。」李賢注：「交龍為旂，唯天子用之，今特賜以葬。」「旂旗」一詞，古籍亦多有用者，如：《周禮注疏》：「以日月星辰畫於旂旗，所謂三辰旂旗，昭其明也。」《晉書·桓溫傳》：「然後陛下建三辰之章，振旂旗之旆。」及《南史·梁本紀上》：「乘大輅，建旂旗。」等皆屬之，未定孰是。然疑此句暗用揚雄〈劇秦美新一首〉之故事：「式軨軒旂旗以示之，揚和鸞肆夏以節之。」由是觀之，當從「旂旗」為宜。

有主則止，有匹「得」行。文津閣：有主則止，有匹「則」行。

　　案：《周易·艮》：「時止則止，時行則行，動靜不失其時。」此處疑承自《周易》文字，作「則」較佳。

其收丕「祺」。文津閣：其收丕「祉」。

　　案：祺，吉祥，福；祉，福。丕祉，大福，束晳〈補亡詩〉其一：「勛增爾虔，以介丕祉。」《宋史·樂志七》：「明德惟馨，以介丕祉。」試觀宋祁〈長寧節賀表〉：「訂千秋之舊章，擁三靈之丕祉。」與〈皇從姪全州觀察使追封新興侯墓誌銘〉：「帝孫之子，燾我丕祉。」皆作「丕祉」，且遍查文淵閣四庫全書與中國基本古籍庫，未見他人使用「丕祺」一語者，若此，恐以「丕祉」為是。

〈上許州呂相公嗣崧許康詩二首 · 并書〉，頁 2332

辭「必欲」類，不容虛美。文津閣：辭「欲必」類，不容虛美。

　　案：類，《尚書 · 太甲中》：「予小子不明于德，自底不類。」《孔傳》：「類，善也。」《詩經 · 大雅 · 皇矣》：「克明克類，克長克君。」此言文辭必須美善，故下文謂「不容虛美」，而宋祁〈致同年書〉：「愛獎踰涯，必欲肉其枯骴，相其堙埴。」亦見「必欲」一詞，「欲必」則未見之，故恐從「必欲」為宜，「欲必」疑倒錯。

〈上許州呂相公嗣崧許康詩二首〉 · 〈嗣崧詩〉，頁 2333

乘車錯衡，淑「施」英英，式遄其榮。文淵閣、文津閣：乘車錯衡，淑「斿」英英，式遄其榮。

　　案：施，鋪設、設置。斿，或通「旗」，其義見前〈順祀詩〉校讀文字，《周禮 · 司常》：「王建大常，諸侯建斿。」英英，輕盈明亮貌，《詩經 · 小雅 · 白華》：「英英白雲，露彼菅茅。」朱熹《詩集傳》：「英英，輕明之貌。」又謂光彩鮮明貌，潘岳〈為賈謐作贈陸機〉：「英英朱鸞，來自南岡。」淑施，蓋指遺留美善於人者，《清容居士集 · 道碑銘并序》：「教子惟忠以報國恩，不令其贏，淑施後人。」淑斿，指繪有交龍之旗幟，試觀《詩經 · 大雅 · 韓奕》：「王錫韓侯，淑斿綏章，簟茀錯衡，玄袞赤舄，鉤膺鏤鍚，鞹鞃淺幭，鞗革金厄。」與《陸士龍文集 · 吳故丞相陸公誄》：「淑斿飛藻，綏章丞蓋。」及《唐丞相曲江張先生文集 · 益州長史叔置酒宴別序》：「命莫不文茵暢轂，淑斿綏章。」得見「淑斿」一詞自《詩經》以降，每與華美車飾之形容文字有關，宋祁恐化用〈韓奕〉故事，若此，則當以「淑斿」為是，「施」、「斿」疑形近而誤。

〈嗣崧詩〉，頁 2333

受「民」作邦，于今以光。文津閣：受「命」作邦，于今以光。

　　案：受民，天帝所授之民，《尚書 · 洛誥》：「誕保文、武受民，亂為四輔。」受命，受天之命，《尚書 · 召誥》：「惟王受命，無疆惟休，亦無疆惟恤。」宋祁作品唯〈景靈宮頌〉：「六羽基德，五雲御歷，受民者十四姓，長神者三百年，則見于先天之紀。」係作「受民」，而〈論以尺定律〉：「會高祖受命而止。」〈禮院議祖宗配侑〉：「始受命也，宗無豫數。」〈論乞別撰郊廟歌曲明述祖宗積累之

業〉：「宋興承五運末流，繼千載紹業受命之始。」〈配帝議〉：「國朝太祖受命，以宣祖配享明堂。」等悉從「受命」，自文人慣習與文意考察，恐從「命」為當，「民」疑音近而誤。

〈許康詩〉，頁2334

左拂其殽，「炰」鼈燔羔，絠鮮于庖。右「烹」其「蔌」，筍菹蒲菹，柔嘉惟馥。文淵閣：左拂其殽，炰鼈燔羔，絠鮮于庖。右「烝」其「薂」，筍菹蒲菹，柔嘉惟馥。文津閣：左拂其殽，「寒」鼈燔羔，絠鮮于庖。右「烝」其「薂」，筍菹蒲菹，柔嘉惟馥。

　　案：炰，蒸煮、燒烤；寒，冷。此句當屬動詞與名詞交替組合而成之句式，如此，唯「炰」字得與「燔」字相對，且《詩經·小雅·六月》：「飲御諸友，炰鼈膾鯉。其蔌維何，維筍及蒲。」故以「炰鼈」為是。烹，煮。烝，冬祭，或指以蒸汽加熱，後作「蒸」，《詩經·大雅·生民》：「釋之叟叟，烝之浮浮。」孔穎達疏：「炊之於甑釜而烝之，其氣浮浮然……既烝熟乃以為酒食。」然《詩經·豳風·七月》：「七月烹葵及菽。」以「烹」說明料理蔬菜情形，或從「烹」字較妥切。蔌，音ㄙㄨˋ，入聲屋韻，蔬菜。薂，音同蔌，垂、抖動、搖動或形容眼淚紛紛下墜情貌。此句當與首句「左拂其殽」之語法相應，互為對文。殽，指帶骨之熟肉，或同「肴」，泛指葷菜，下接鼈、羔，而此句下接「筍菹蒲菹」，知此句當以意指蔬菜之「蔌」字為是，與「殽」字皆作名詞之用，且前引〈六月〉作：「其蔌維何，維筍及蒲。」亦證此處當從「蔌」字為是，「薂」疑形近而誤。

〈夜直省舍〉頁，2334

自問濩落姿，胡「攖」文墨務。文津閣：自問濩落姿，胡「嬰」文墨務。

　　案：攖，纏繞，《淮南子·繆稱訓》：「勿撓勿攖，萬物將自稱。」高誘注：「攖，纓。」羅隱〈途中寄懷〉：「兩鬢已衰時未遇，數峰雖在病相攖。」亦指擾亂，《莊子·庚桑楚》：「不以人物利害相攖。」陸德明《釋文》引《廣雅》：「攖，亂也。」嬰，糾纏、羈絆，陸機〈赴洛道中作〉其一：「借問子何之，世網嬰我身。」自詩意而言，二字均可，唯宋祁書寫世務羈絆皆從「嬰」，其〈次陝郊〉：「自問何為爾，官牒見嬰纏。」〈曉過二里山〉：「生平好山意，每遭事嬰縛。」〈西齋休偃記〉：「若吾人者漫漶塵容，嬰絡世網。」皆如此，或從「嬰」為宜。

遠寄江海心，「冷」風儻能御。文淵閣、文津閣：遠寄江海心，「泠」風儻能御。

案：冷，意指低溫狀態予人之感受。泠，具清涼、輕妙、柔和之意。此句微引《莊子·列禦寇》之故事：「夫列子御風而行，泠然善也，旬有五日而後反。」故當以「泠風」為是，「冷」字乃形近而誤。

〈省舍晚景〉，頁 2334-2335

日稷城陰生，塵「露」稍云歇。文津閣：日稷城陰生，塵「霧」稍云歇。

案：日稷，即日昃，太陽西斜。據詩中「密樹抱烟沈」與「外物既不擾，清機亦徐發」觀之，此聯乃書寫向晚霧散日出之景象，天地趨於清朗，雖宋祁〈賦得新秋似舊秋〉：「芙蕖兼露歇，楊柳帶蟬衰。」嘗言「露歇」，然自詩意完整性觀之，當從「塵霧」方相契合。且古籍中言「塵露」者，多取其細微之意，如韓琦〈成德軍謝上表〉：「少分宵旰之憂，庶有塵露之益。」范仲淹〈潤州謝上表〉：「恕臣無塵露之勞。」〈代謝加恩轉官表〉：「建功無塵露之微。」而謝朓〈和江丞北戍琅邪城〉：「京洛多塵霧，淮濟未安流。」〈古意〉：「廻頭望京邑，合沓生塵霧。」元稹〈青雲驛〉：「歸家塵霧黯，忽遇蓬蒿妻。」等「塵霧」用例與詩意，似亦可為輔證，是知宜從「霧」。

少駐北堂「陲」，娟娟待明月。文津閣：少駐北堂「垂」，娟娟待明月。

案：陲，邊境、邊隅；垂，旁邊。《尚書·顧命》：「一人冕執戣，立於東垂；一人冕執瞿，立於西垂。」孫星衍疏：「垂是邊，蓋堂下之邊也。」王粲〈詠史詩〉：「妻子當門泣，兄弟哭路垂。」梁武帝〈古意〉：「當春有一草，綠花復垂枝。云是忘憂物，生在北堂垂。」均作「垂」，而鮑照〈詠雙燕二首〉其一：「出入南閣裏，經過北堂陲。」沈約〈八詠詩·霜來悲落桐〉：「分取孤生桥，徙置北堂陲。」作「北堂陲」，然鮑、沈二詩之「陲」字，《玉臺新詠》均作「垂」，足見「陲」、「垂」得通用。就字義而論，此句「少駐北堂」之後當以方位詞接續，以宋祁用字精準之態度，當從「北堂垂」較適切。

〈正言田學士況書言上庠祭酒廳北軒予所種竹滋茂〉，頁 2335

「飭」吏勤浸灌，冉冉榮孤根。文津閣：「敕」吏勤浸灌，冉冉榮孤根。

案：據此語之「吏」觀之，「吏」為名詞，故其前之字當屬動詞或形容詞，然「飭」與「敕」均無作形容詞解者，是知此字宜作動詞解。飭，命令，告誡，《史

記·五帝本紀》：「信飭百官，眾功皆興。」裴駰《集解》引徐廣曰：「古『敕』字。」《漢書·循吏傳·黃霸》：「宜令貴臣明飭長吏守丞，歸告二千石，舉三老孝弟力田孝廉吏務得其人。」顏師古注：「飭讀與敕同。」《廣雅·釋詁》：「飭、戒……備也。」王念孫疏證：「《說文》：『敕，誡也』；『誡，敕也』。鄭注《曾子問》云：『戒猶備也。』飭、勅、敕古通用。」皆具命令之意。獨孤及《毘陵集·祭揚州韋大夫文》：「飭吏以儒，出言有章。」與王安石《臨川文集·信州興造記》：「敕吏士以桴收民。」「飭吏」、「敕吏」並存，是知二者均得解釋之，而宋祁文字未見有固定之習慣用法，未定孰是，姑備異文。

〈去郡作〉，頁 2336

使君慚「且」嗟，處躬素「衷」拙。雖爾荷賜環，安敢冀榮轍。文津閣：使君憼「可」嗟，處躬素「衰」拙。雖爾荷賜環，安敢冀榮轍。

　　案：且，連詞，表並列關係，具「又」、「而且」之意。可，能夠、許可。「慚」與「嗟」屬二類不同之情感，當為並列關係，故宜從「且」字。處，自居；躬，身體。處躬，自處之意，張仲素〈內侍護軍中尉彭獻忠神道碑〉：「位愈高而接物愈敬，恩益厚而處躬益卑，故能行與福隨，動將吉會。」素衷，平素心意，元稹〈鶯鶯傳〉：「慢臉含愁態，芳辭誓素衷。」宋祁除此詩外，未有言「素衷」者，其〈上曾太尉書三首〉其三：「祁移病臥家，本藏密以便衰拙。」「衰拙」用例可供此處參照，細味詩意，亦以「衰」字較適宜，「衷」疑形近而誤。

〈壽州十詠〉·〈齊雲亭〉，頁 2337

予始創「此」，下臨都場，時「于」此閱武戲。文淵閣、文津閣：予始創「北」，下臨都場，時「於」此閱武戲。

　　案：此為宋祁於「憑軒肆師子」下方自注之文字。肆，查檢。子，殘餘，亦指戟，《春秋左傳注疏·莊公》：「授師子焉以伐隨。」其下注云：「子者，戟也。」創，始造，初始。此，代詞，蓋指「齊雲亭」。所謂「都場」，此指眾人聚會娛樂之廣場，若作「創北」則無法解釋，且查檢文淵閣四庫全書與中研院漢籍電子文獻資料庫及中國基本古籍庫，「創北」皆未作獨立詞語解，如《梁書·傳岐》：「是時改創北郊壇。」屈大均《明四朝成仁錄》：「身被十餘創，北拜自經而死。」故當以「創此」為宜，「此」、「北」疑形近而誤。

〈草木雜詠五首〉· 〈藤〉，頁 2338

藤。文津閣：藤「蘿」。

案：藤，蔓生植物白藤、紫藤等之通稱，謝脁〈敬亭山〉：「交藤荒且蔓，櫟
枝聳復低。」宋祁〈訪隱者因題壁〉：「巖徑躡雲層，藤蘿失晦明。」〈湖上晚矚〉：
「荒藤依樹老，殘荽聽波浮。」藤蘿，紫藤通稱，亦泛指有匍匐莖與攀援莖之植物，
楊炯〈群官尋楊隱居詩序〉：「寒山四絕，煙霧蒼蒼；古樹千年，藤蘿漠漠。」二
者皆可，唯自此組詩作命題邏輯觀之，或從「藤」為佳。

虺蔓相結「蟠」。文津閣：虺蔓相結「盤」。

案：蟠，盤曲，《法言·問神》：「龍蟠于泥，蚖其肆矣。」盤，盤繞，《後
漢書·安帝紀》：「帝自在邸第，數有神光照室，又有赤蛇盤於床笫之閒。」韓愈
〈柳州羅池廟碑〉：「秔稌充羨兮蛇蛟結蟠。」梅堯臣〈使者自隨州來知尹師魯寓
止僧舍語其處物景甚詳因作詩以寄焉〉：「夜堂蛇結蟠，晝戶鵲噪聚。」王安石〈答
張奉議〉：「結蟠茅竹纔方丈，穿築溝園未過旬。」等悉從「結蟠」，南宋以降則
見有「結盤」一詞，韓淲有〈次韻昌甫論菊之結盤者無真意〉一詩，王憚〈肇祭霍
岳文〉：「蛟蛇結盤兮物不窺。」亦屬之。然宋祁「盤」幾皆作杯盤之意解，〈暮
春〉：「蕙殘已覺銅盤冷，梅落猶煩玉笛吹。」〈賀紫微舍人改鎮〉：「芝房照露
供盤劑，萍日橫波送棹謳。」等皆如此，僅極少數如〈登師利寺文殊閣〉：「寶梯
斜級上盤空，千里亭皋一眺窮。」之「盤」與曲折之意相關，「蟠」之運用則與此
句較為相近，〈圜丘賦〉：「遡朱鳥以高蟠兮，概瑤魁而衰峙。」〈龍杓賦〉：「存
身酸辛之中，初蟠縟禮，驤首陶匏之內。」〈和賈相公覽杜工部北征篇〉：「才高
位下言不入，憤氣鬱屈蟠長虹。」〈蜀人李仲元贊并序〉：「上際于天，不足容其
高；下蟠于淵，不足寄其深……鳳翔覽德，龍蟠隱靈。」藉「蟠」以形容「圜丘」、
「龍杓」、「虹」、「龍」之情態，皆與此聯形容「虺」、「虹」近似，故恐從「蟠」
較適切。

虹梢互回「屈」。文津閣：虹梢互回「曲」。

案：回屈，曲折，《新唐書·吐蕃傳下》：「過石堡城，崖壁峭豎，道回屈，
虜曰鐵刃城。」回曲，曲折，王安石〈長干寺〉：「梵館清閒側布金，小塘回曲翠
文深。」蘇轍〈書論〉：「其言回曲宛轉。」就詞義觀之，二者均可從，然宋祁除
〈和武宣徽陝樓晚望有懷〉：「屈指疑還饒歲月，逼身添重許功名。」外，罕以「屈」
作彎曲、折曲之意解，反觀其〈清漣亭〉：「煙篠環曲隝，飛軒俯幽渚。」〈新月〉：
「曲篆臨鉤誤，殘黃映額羞。」〈望仙亭晚眺〉：「晚雲山曲，纛飯客稽留。」等

篇，咸以「曲」形容彎曲回折之物態，雖其〈和賈相公覽杜工部北征篇〉云：「才高位下言不入，憤氣鬱屈蟠長虯。」與此詩「虯梢互回屈」近似，然「憤氣鬱屈蟠長虯」乃書寫心理鬱結之狀態，未取其曲折之意，不足為證，故或從「曲」為是。「峭格外團陰，尤堪庇炎日。」文津閣：缺此二句。

　　案：《全宋詩》錄：「原注：『此詩《宋詩存》缺結韻，作五言絕。』」就此詩仄聲韻腳觀之，當非五言絕句，且此聯所述藤之形象頗為傳神，宜據補之。

〈春集東園詩賦得筍字〉并序，頁 2339

〈春集東園詩「賦得筍字」〉并序。文淵閣：〈春集東園詩〉（并序及李獻臣「以」下六首附）。文津閣：〈春集東園詩〉（并序及李獻臣「己」下六首附）。

　　案：文津閣、文淵閣於〈序文〉後，收錄〈賦得筍字天章閣待制宋祁子京〉、〈賦得藥字端明殿學士兼侍讀學士李淑獻臣〉、〈賦得葉字翰林學士王舉正伯中〉、〈賦得蓴字天章閣侍講王洙原叔〉、〈賦得翠字館閣校勘刁約景純〉、〈賦得節字館閣校勘歐陽修永叔〉、〈賦得蒂字館閣校勘楊儀子莊〉七詩，各詩題上半部「賦得某字」應為吟作者之標記，下半部有關職銜名號之文字乃指作者，二者應加區別。此番春集東園所賦詩章，除歐陽脩外，其餘諸人之作皆僅附收於《景文集》，未見他本。歐陽脩之詩，今存《歐陽脩全集·外集》卷二，題作「與李獻臣宋子京春集東園得節字」，若就各詩詩題、文字、押韻情形及〈序文〉「章別十二句，句五言，雜附左方云」視之，宋祁此處當為「春集東園詩」之「賦得筍字」篇，文津閣、文淵閣之編排及詩題應較近於原貌。另，按當日宴集情形，詩題下方說明文字應作「以下」，「己下」之「己」應為「已」字形近而誤。

天章侍講原「叔」王君。文淵閣：天章侍講原「叙」王君

　　案：《宋史·王洙傳》云：「王洙字原叔，……為天章閣侍講」，知文淵閣或因形近而誤。

（序文）時之勝，如載陽之辰，戢慘慒舒，惠氣韶「華」。文淵閣：時之勝，如載陽之辰，戢慘慒舒，惠氣韶「葷」。

　　案：葷，即藜，草木植物，嫩葉可食，老莖可為杖，「韶葷」義不可解。「韶華」則指美好時光、春光，戴叔倫〈暮春感懷〉：「東皇去後韶華盡，老圃寒香別有秋。」「載陽之辰」應源自《詩經·豳風·七月》「春日載陽，有鳴倉庚」，故據詩題「春集東園」及此處「時之勝」、「載陽之辰」等文字，當作「華」字。

〈七不堪詩七首〉幷序，頁 2339-2340

自念官在史氏，執筆右蝸，不容頹放「以」安于無用。文淵閣：自念官在史氏，執筆右蝸，不容頹放「矣」安于無用。

　　案：就文義觀之，「以」為連詞，表承接，相當於「而」，《尚書·金縢》：「秋，大熟，未穫，天大雷電以風。」《禮記·樂記》：「治世之音安以樂，其政和；亂世之音怨以怒，其政乖。」而「矣」僅作語氣助詞與代詞解，與文義不符，故當從「以」字為是。

夕負槁「桐」還，行吟面煙徹。文津閣：夕負槁「梧」還，行吟面煙徹。

　　案：槁梧，《莊子·德充符》：「倚樹而吟，據槁梧而瞑。」陸德明《釋文》引崔譔曰：「據琴而睡也。」成玄英疏：「夾膝几也。」故後代詩文中，「槁梧」或指几，或指琴。此外，枯老梧桐樹亦可謂為「槁梧」，葉適〈祭中洲處士李公文〉：「蘄春山城，中洲水宅，槁梧其陰，釣石不泐。」桐，詩文中多指梧桐樹，然「桐君」、「桐音」、「桐絲」中之「桐」多指「琴」。宋祁此詩乃仿嵇康〈與山巨源絕交書〉所謂「有必不堪者七」而作，嵇康之論「二不堪也」得見「抱琴行吟，弋釣草野」一語，據以推知宋祁所負者當為琴，「梧」、「桐」均可，然若併同「行吟」及嵇康之《莊子》淵源以觀，則此處作「槁梧」較佳。「梧」、「桐」殆義近而誤。

六不堪，不樂俗人共。聒聒沸蝸集，紛紛臭「孥」眾。怒遷多市色，禮煩方聚訟。文津閣：六不堪，不樂俗人共。聒聒沸蝸集，紛紛臭「帑」眾。怒遷多市色，禮煩方聚訟。

　　案：孥，妻兒，又通「奴」，泛指奴僕或俘虜。帑，可通「孥」，作妻兒、奴僕解，或作幣巾，又音ㄊㄤˇ，上聲養韻，府庫、公款之意。「臭帑」疑指弊惡之巾絮，常借指喧鬧嘈雜之塵囂俗世，如《黃庭經·隱影章》所云：「倏欻遊遨無遺憂，羽服一整八風驅。控駕三素乘晨霞，金輦正立從玉輿。何不登山誦我書，鬱鬱竊窕真人墟。入山何難故躊躇，人間紛紛臭帑如。」白居易〈喜照密閑實四上人見過〉：「紫袍朝士白髯翁，與俗乖疏與道通。官秩三迴分洛下，交遊一半在僧中。臭帑世界終須出，香火因緣久願同。」陸游〈晨坐道室有感〉：「丹氣初升勤沐浴，芝房未熟飽耘鋤。碧霄騰舉人人事，莫戀污渠與臭帑。」所言皆與佛教、道教有關。此詩「六不堪」乃涵容嵇康〈與山巨源絕交書〉「不喜俗人，而當與之共事。或賓客盈坐，鳴聲聒耳，囂塵臭處，千變百伎，在人目前，六不堪也。」之意義與文字，

作「臭帤」頗能與秫作相應,且「臭帤」一詞,查檢「中國基本古籍庫」、「文淵閣四庫全書」及中央研究院「漢籍電子文獻資料庫」等電子資料庫,除宋祁此詩外,未有他例,白詩雖有作「臭帤」版本,然朱金城《白居易集箋校》已據宋本、那波本、盧校改正為「帤」,知宜從「帤」,「帤」字非也。

〈庫部閔員外還都〉,頁2340

東道整朝珂,西亭「摻」離韉。文津閣:東道整朝珂,西亭「操」離韉。

　　案:摻,執、握;操,握持、駕馭。韉,郭璞《方言》:「韉即袟字也。」《說文》:「袟,袖也。」《詩經·鄭風·遵大路》:「遵大路兮,摻執子之袪兮。」李白〈感時留別從兄徐王延年從弟延陵詩〉:「摻袂何所道,援毫投此辭。」梅堯臣〈寄謝師直〉:「匆匆操行袟,汎汎如水萍。」知「摻」、「操」義通,姑備異文。

〈葵〉,頁2340

「葵」。佚存本(珍)(叢):「黃薔薇」。

　　案:薔薇,植物名,莖細長,蔓生,枝上密生小刺,羽狀複葉,花白色或淡紅色,有芳香,果實可入藥,其形貌與宋祁「密房」、「蕊間露」形容近似。古籍類書、集部中目前未見「葵」與「道家裝」或「肌骨香」相關之說法,然卻得見與「黃薔薇」有關者,梅應發、劉錫同《四明續志·浣溪沙》:「宮額新塗一半黃,薔薇空自效顰忙,澹然風韻道家粧。」復參以詩歌內容觀之,恐從「黃薔薇」為是。

剗蘗染新蘳,插鈿成「密」房。文津閣:剗蘗染新蘳,插鈿成「蜜」房。

　　案:蘗,黃柏,落葉喬木,莖可作黃色染料,樹皮味苦,可入藥,鮑照〈擬行路難〉:「剗蘗染黃絲。」蘳,謂植物之繁殖器官。鈿,音ㄊㄧㄢˊ,平聲先韻,以金、銀、玉、貝等製成花朵狀之首飾,劉孝威〈采蓮曲〉:「露花時濕釧,風莖乍拂鈿。」密房,密室,梁簡文帝〈和徐錄事見內人作臥具〉:「密房寒日晚,落照度窗邊。」蜜房,蜂巢,班固〈終南山賦〉:「碧玉挺其阿,蜜房溜其巔。」試觀宋祁〈殘花〉:「林下感餘歡,流芳逐雨殘。香歸蜜房盡,紅入燕泥乾。」與〈落花〉其二:「可能無意傳雙蝶,盡委芳心與蜜房。」均慣以「蜜房」指稱花朵,而此聯乃形容葵花之狀,所謂「插鈿」蓋指花蕊,此句則書寫花朵盛開之貌,故當以「蜜房」為宜。

仙人文玉字，宮女道家「妝」。文淵閣：仙人文玉字，宮女道家「粔」。文津閣：仙人文玉字，宮女道家「裝」。

　　案：粔，即粔籹，古代以蜜和米麵製成之食品，乃搓成細條，組之成束，扭為環形，以油煎熟，又稱寒具或膏環，劉禹錫〈楚望賦〉：「投粔籹以鼓桴，拳鱣魴而如犧。」陸游〈九里〉：「陌上鞦韆喧笑語，擔頭粔籹簇青紅。」是知文淵閣誤也。妝，梳妝，打扮，亦指女子之妝飾與妝飾之式樣。裝，行裝，服裝，或有裝飾之意。此句主語為宮女，故打扮或服飾之意皆得解釋之，「妝」、「裝」音同義近，文獻中常見混用之情況，然二者恐以「道家裝」一詞出現較早，薛能〈黃蜀葵〉：「嬌黃新嫩欲留詩，盡日含毫有所思。記得玉人初病起，道家裝束厭禳時。」且該詩亦與「葵」相關，故「道家裝」或較為妥適。

聞說藥間「露」，能令肌骨香。文淵閣：聞說藥間「路」，能令肌骨香。

　　案：作「藥間路」文意難解，疑音同而誤。

《全宋詩》卷 206 · 宋祁二

〈次陝郊〉，頁 2341-2342

崖奔仆僵樹，湍「躁」啼荒泉。文津閣：崖奔仆僵樹，湍「噪」啼荒泉。

　　案：躁，迅速、浮躁；噪，吵鬧。此句下有啼字，當指泉水發出之音聲，故以「噪」字為佳。然就對文角度觀之，上句以奔字形容山崖之動作狀態，下句以意指迅速之躁字彰顯湍流之動作狀態亦無不可。「躁」、「噪」疑形近而誤。

〈雜詠三首〉，頁 2342

「雜詠三首」。文津閣：「襍詠四首」。

　　案：文津閣於《全宋詩》三首詩後，收錄下詩：「憑高望空極，天地曠悠悠。襍藹爭乘暝，羣聲共作秋。孱長嘶漢馬，蹊險下吳牛。潦罷初澄水，雲低即傍樓。河流回鵲渚，霜氣動鷹鞲。自古騷人思，居然有為愁。」

其二，頁 2342

金爐焚蕙「荃」，香播蕙已灰。文淵閣、文津閣：金爐焚蕙「芊」，香播蕙已灰。

　　案：荃，平聲先韻，香草名，《楚辭·離騷》：「荃、蕙化而為茅。」芊，平聲先韻，草木茂盛貌或碧綠貌。蕙荃，均香草名，常喻賢淑之人，張說〈登九里臺〉：「自我來符守，因君樹蕙荃。」此聯下句有「香播」一語，意指花草之香氣散播，故當從香草名之「荃」字為是。

〈寫懷寄獻樞密太尉〉，頁 2343

悟非不必老，「斑」領況云屢。文津閣：悟非不必老，「斑」領況云屢。

　　案：斑，意指頭髮花白，亦謂斑點或雜色花紋。班，贈予，頒布，回，行列。屢，急速，《禮記·樂記》：「臨事而屢斷，勇也。」王粲〈柳賦〉：「嘉甘棠之不伐，畏取累於此樹。苟遠跡而退之，豈駕遲而不屢。」上句「悟非不必老」暗自化用「蘧伯玉行年五十，而知四十九年之非」（《朱子語類·論語·憲問篇·蘧伯玉使人於孔子章》）一事，下句之「斑領況云屢」則承上句表達個人年華老大之感慨，「斑領」恐源自潘岳〈秋興賦〉：「斑鬢彰以承弁兮，素髮颯以垂領。」觀呂延濟注：「斑謂黑白雜，言悟歲之終，慨然自省，乃見斑白之髮或承冕，或垂領也。」益為明晰。杜甫〈上巳日徐司錄林園宴集〉：「鬢毛垂領白，花藥亞枝紅。欹倒衰年廢，招尋令節同。」趙蕃〈寄送潘文叔恭叔二首〉其一：「斑鬢驚催老，青衿悔負初。」感懷之意概與此處類近，可相參看，故宜從「斑」字。

載以朱「輲」車，佩以銀符兔。文淵閣：載以朱「幡」車，佩以銀符兔。

　　案：輲，古代車廂兩旁用以遮蔽塵土之屏障，可借指車。幡，旗幟，冠上巾飾，簿冊。朱輲，乃車乘兩旁之紅色障泥，《漢書·景帝紀》：「令長吏二千石車朱兩輲，千石至六百石朱左輲。」故後世常以「朱輲」喻指顯貴者之車乘。銀符，銀質符牌，亦稱「銀牌」，古代凡發兵、出使、乘驛皆授用之。《宋史·輿服志六》：「符券。唐有銀牌，發驛遣使，則門下省給之。」《續資治通鑑長編·宋太宗太平興國三年》：「戊辰，詔：『自今乘驛者皆給銀牌。』」蘇舜欽〈乞發兵用銀牌狀〉云：「漢世發兵，皆以虎符，所以嚴國命而絕姦端，厥後給銀牌以為信。」周煇《北轅錄》：「接伴戎服陪立，各帶銀牌……虜法出使皆帶牌，有金銀木之別。」觀全詩詩意及此處二句相互關涉情形，知應作「輲」為是，王安石〈送王詹叔利州路運判〉：「未駕朱輲辭輦轂，卻分金節佐均輸。」可為參看例證。

〈瓊花〉，頁 2344

「瓊花」。佚存本（珍）（叢）：「玉蕊」。

　　案：玉蕊，玉之精英，《漢武內傳》：「王母曰：『昌城玉蕊，夜山火玉，有得食之，後天而老。』」庾闡〈游仙詩〉其八：「朝餐雲英玉蕊，夕挹玉膏石髓。」庾肩吾〈東宮玉帳山銘〉：「玉蕊難移，金花不落。隱士彈琴，仙人看博。」一指玉蕊花，劉禹錫〈和嚴給事聞唐昌觀玉蕊花下有游仙二絕〉其一：「玉女來看玉蕊花，異香先引七香車。」白居易〈代書一百韻寄微之〉：「唐昌玉蕊會，崇敬牡丹期。」亦指雪花，虞集〈雪花詩〉：「瓊英與玉蕊，片片落階墀。」「玉蕊花」一名「瓊花」，宋敏求《春明退朝錄》：「揚州后土廟有瓊花一株，或云自唐所植，即李衛公所謂玉蕊花。」一說為瓊花，趙彥衛《雲麓漫鈔》：「今瓊花即玉蕊花也。介甫以比瓊，謂當用此瓊字。蓋瓊，玉名，取其白。山谷又名為山礬礬，謂可以染也……唐昌玉蕊，以少故見珍耳。」此詩首句謂：「唐昌觀中樹。」觀張籍〈唐昌觀玉蕊花二首〉、王建〈唐昌觀玉蕊花〉及前引劉、白詩，參以詩中「曾降九天人」、「鑾駕久何許」、「雪英如舊春」、「豈無遺佩者」諸語，知宋祁實將「玉蕊」所指稱之玉、花、雪諸般意涵與典故皆加化用，雖如康駢《劇談錄》：「唐昌觀玉蕊花，每發如瓊林瑤樹。」所述，「瓊花」所指亦為玉蕊，然若命為「玉蕊」應較切合詩意，宜從之。

〈抒懷上孫侍講學士〉，頁 2344

叢雲屬帝辰，烝「油」樂賢共。文淵閣、文津閣：叢雲屬帝辰，烝「汕」樂賢共。

　　案：油，液態脂肪或脂質物。汕，音ㄕㄢˋ，去聲諫韻，以竹子編成之捕魚工具，或指魚游水貌。烝，加熱、蒸煮，或進獻、眾多之意。《詩經·小雅·南有嘉魚》：「南有嘉魚，烝然汕汕」《毛詩序》曰：「〈南有嘉魚〉，樂與賢也，太平之君子，至誠樂與賢者共之也。」此詩化用〈南有嘉魚〉意旨與文字痕跡明顯，結合上句「叢雲屬帝辰」化用《尚書大傳》〈卿雲歌〉典故以頌詠太平盛世君臣相得情事，益可證知：當作「汕」字，「油」恐因形近而誤。

裒然羣儁來，「燦若」春葩縱。文津閣：裒然羣儁來，「曄若」春葩縱。

　　案：裒，聚集，《詩經·小雅·常棣》：「原隰裒矣，兄弟求矣。」葩，花，張衡〈西京賦〉：「蒂倒茄於藻井，披紅葩之狎獵。」燦若，鮮明貌，舒元輿〈錄桃源畫記〉：「其夾岸有樹木千萬本，列立如揖，丹色鮮如霞，擢舉欲動，燦若舒顏。」曄曄，美盛貌，陶潛〈和胡西曹示顧賊曹〉：「流目視西園，曄曄榮紫葵。」

或光芒四射貌，韓愈〈獨孤申叔哀辭〉：「濯濯其英，曄曄其光，如聞其聲，如見其容。」司馬光〈祭劉大卿文〉：「昔與群俊同登帝庭，曄如春葩，雜然秀發。」此聯形容群儁才華洋溢猶如春華綻放般，二者皆可從，唯若參酌司馬光例，或從「曄」為宜。

〈溪上〉，頁 2344

便「值」人間慮，浩然滄海情。文淵閣、文津閣：便「置」人間慮，浩然滄海情。

　　案：值，逢、遇。置，擺、放，或停止。此句意指擱置人間世俗之憂慮與煩惱，悠然閒適，故當從「置」字。

〈筠亭〉，頁 2345

露籜新舊斑，風「梢」動搖綠。文津閣：露籜新舊斑，風「稍」動搖綠。

　　案：籜，筍殼，謝靈運〈於南山往北山經湖中瞻眺詩〉：「初篁苞綠籜，新蒲含紫茸。」梢，樹木、植物末端，杜甫〈嚴鄭公宅同詠竹〉：「綠竹半含籜，新梢纔出牆。」稍，禾末，《說文·禾部》：「稍，出物有漸也。」朱駿聲《通訓》：「稍，按此字當訓禾末，與秒為穀芒者別。」亦泛指事物末端、枝葉，顧炎武《天下郡國利病書·山東五》：「凡蘆荻謂之芨，山榆柳枝葉謂之稍。」宋祁「稍」字幾皆作副詞解，如〈夜直省舍〉：「稍聽班馬鳴，獨見昏鴉度。」〈省舍晚景〉：「日稷城陰生，塵露稍云歇。」〈提刑使者還嘉州〉：「勁風自薄林，寒流稍分浦。」等篇，若將此處之「風稍」釋為風尾，恐不符其用字習慣，而〈對月〉：「林梢霞尾暗，海面月華新。」〈澠池道中〉：「翠含山氣猶疑夜，紫動林梢已放春。」〈春霽〉：「柳外輕黃紛漠漠，梅梢殘白悵微微。」〈閏正月二十五日送客尋春集裴氏園〉：「黃抹柳梢初徧後，紫粘花蕚未開前。」〈玉堂北欄叢竹〉：「密幹青杠矗，危梢翠蕞翻。」諸篇屢用「梢」，恐從「梢」較適切。

〈送屯田張員外〉，頁 2345

詎意前歡餘，更爲後「感」端。文津閣：詎意前歡餘，更爲後「戚」端。

　　案：感，上聲感韻，意指受到外來刺激所引起之情緒反應，或謂傷嘆。戚，入聲錫韻，憂愁、感動、感慨、感觸。此句相對於「詎意前歡餘」而論，當與歡情相對，描述歡欣後所萌發之落寞感受，「戚」、「感」二字均可同「歡」字相對，然

試觀宋祁〈感舊送虞曹楊員外〉:「前樂暫還衿,後戚已盈慮。」〈讌集〉:「莫矜來歡早,須念後戚長。」與〈除夕作〉:「四十九年今日到,來歡往戚是歟非。」皆以「後戚」、「往戚」與「前樂」、「來歡」相對顯,故當從「戚」字為宜。

〈感舊送虞曹楊員外〉,頁2346

丈夫固有志,「膂」力經世務。文津閣:丈夫固有志,「旅」力經世務。

案:膂,脊骨。旅,通「膂」作脊骨或體力解,《周禮·函人》:「權其上旅。」又《漢書·敘傳》:「斷蛇奮旅。」膂力,體力,《後漢書·董卓傳》:「卓膂力過人,雙帶兩鞬,左右馳射,為羌胡所畏。」旅力,眾人之力、膂力、體力、獻力,《漢書·翟方進傳》:「害其可不旅力同心戒之哉。」《晉書·吾彥傳》:「身長八尺,手格猛獸,旅力絕群。」《尚書·秦誓》:「番番良士,旅力既愆。」《後漢書·班彪傳下》:「若然受之,宜亦勤恁旅力,以充厥道。」然《三國志》、《晉書》、《北史》屢見以「膂力」形容拉弓臂力之例,又如:劉珍《東觀漢記·祭肜》:「膂力過人,力貫三百斤弓。」崔鴻《十六國春秋·趙聰》:「十五習擊刺,猿臂善射,彎弓三百斤,膂力驍捷,冠絕一時。」足見古人混用情形。惟宋祁〈戚舜元可比部員外郎陸仲息可國子博士王逢士郭承祚並可殿中丞李從夏侯錫並可秘書丞制〉有「經營旅力」之句,又〈定州到任謝表〉:「前載數剷大獸,雖旅力,復弗強知忠孝。」與〈賀參政侍郎啟〉:「函德之厚,剛中而明,旅力四方。」悉作「旅力」,而此句意指獻力處理世務,故仍當以「旅」字為宜。

〈擬杜工部九成宮〉,頁2346

摧峯隱馳道,鑱岫啓「繡」闥。游鷗邈飛翽,陽馬忝陵突。文津閣:摧峯隱馳道,鑱岫啓「飛」闥。游鷗邈飛翽,陽馬忝陵突。

案:闥,宮門,亦泛指門。繡闥,裝飾華麗之門。飛闥,乃高樓上之門,可借指為高樓。古來繡闥、飛闥均多所傳用,由詩意觀之,亦得解釋而無礙,然其下句即有「游鷗邈飛翽」之語,就常理論之,詩人多會避「飛」字重出。另,王勃〈秋日登洪府滕王閣餞別序〉:「層臺聳翠,上出重霄;飛閣流丹,下臨無地。鶴汀鳧渚,窮島嶼之縈迴;桂殿蘭宮,列岡巒之體勢。披繡闥,俯雕甍。山原曠其盈視,川澤紆其駭矚。」之語,與「雲山鬱嵯峨,宮戶莽轇轕。摧峯隱馳道,鑱岫啓繡闥」似有關涉,且本詩乃倣擬杜甫〈九成宮〉之作,而杜詩「鑿翠開戶牖」文句與「鑱

岫啓繡闥」較相近，故綜合前述幾項理由，恐作「繡」字為佳，「飛」字疑涉下文而誤。

〈湖山〉，頁 2347

寒「湖」囓沙痕，狂「峰」貫霞景。文津閣：寒「潮」囓沙痕，狂「風」貫霞景。

　　案：本詩為五言古詩，就詩意而論，「囓沙痕」係形容潮水於沙岸留下之痕跡，然此聯下句本充滿異常想像意味，「寒湖囓沙痕」、「狂峰貫霞景」承前「一水抱天回，千巖互相映」壯闊氣勢之語而續加鋪寫，「峰」與「湖」均為具體實物，「風」則為抽象之流動空氣，「湖」呼應「水」，「峰」可扣合「巖」，並與詩題「湖山」緊密綰連，氣象亦較雄豪壯大，故據前後意象、詩意及二句相對情形判斷，宜作「湖」、「峰」，「潮」疑形近而誤，「風」或因音近而誤。

〈涼蟾〉，頁 2347

「鵲鴉」依空牆，蠨蛸已在戶。文津閣：「喈雅」依空墻，蠨蛸已在戶。

　　案：喈，音ㄗㄜˊ，入聲陌韻，吮吸，又音ㄐㄧˊ，作象聲詞，形容鳥鳴聲，《淮南子·原道》：「鳥之啞啞，鵲之喈喈。」此句當與「蠨蛸已在戶」相對，蠨蛸，乃腳長體小之蜘蛛，常於戶內壁間，結網成車輪狀，舊時常視為喜慶徵兆，亦呼作「蟢子」，《詩經·豳風·東山》：「伊威在室，蠨蛸在戶。」疑「依空牆」者亦應為動植物之屬，從「鵲鴉」為宜。

君行閱三歲，「确」戰亦云苦。文津閣：君行閱三歲，「勇」戰亦云苦。

　　案：确，音ㄑㄩㄝˋ，入聲覺韻，作形容詞解為確實可靠，《後漢書·崔寔傳》：「指切時要，言辯而确。」作動詞則解為角逐、爭取，《漢書·李廣傳》：「李廣材氣，天下亡雙，自負其能，數與虜确。」勇，作形容詞解為有膽量或力氣大，作動詞解則具敢作敢當或肯負責之意。因「戰」作動詞解，是知此字當屬形容詞以修飾「戰」，使從「确」字則難以解釋之。另，「君行閱三歲」可能承自其前一句「蠨蛸已在戶」而來，〈東山〉各章皆反覆吟詠「我徂東山，慆慆不歸。我來自東，零雨其濛。」第二章「蠨蛸在戶」想像離家遠出後之室居景象；第三章說明「自我不見，于今三年」之長久光陰流逝，恐即此句所本；第一章「制彼裳衣，勿士行枚」或與「确戰亦云苦」下句之「新衣本自綻，故裳復誰補」相關。若果真如此，本詩乃緊扣〈東山〉而作，當以「勇戰」強調將士勇於上陣殺敵之勞苦。

新衣本自綻，故裳「復誰」補。文津閣：新衣本自綻，故裳「誰復」補。

　　案：綻，衣縫裂開、脫線，與「補」相對。宋祁〈退居五首〉其五：「履穿誰復問，新進競青緺。」〈雨夜〉：「新歡誰復得，最是楚高唐。」及〈夏日陪提刑彭學士登周襄王故城〉：「誰復歌離黍，惟興箕潁情。」皆書於尾聯作「誰復」，然據詩意而對文角度論之，「故裳復誰補」與「新衣本自綻」相對，故「自」宜與「誰」相對，或作「復誰補」為宜。

風過無傳音，徘徊獨「誰語」。文淵閣、文津閣：風過無傳音，徘徊獨「愁予」。

　　案：愁予，《楚辭·九歌·湘夫人》：「帝子降兮北渚，目眇眇兮愁予。」王逸注：「予，屈原自謂也。」或謂憂愁之意。「徘徊」一句乃承「風過無傳音」而來，傳音，鄭磻隱〈風賦〉：「送夕鼓而傳音，墙晨鐘而成響。」自詩意判斷，此處作「誰語」較適切。

〈擬王右丞瓜園〉，頁2348

持盃再三跪，酌我清白「酧」。文津閣：持盃再三跪，酌我清白「醅」。

　　案：酧，同「酬」，指向客人勸酒或以詩文贈答之行為。醅，未過濾之酒。二字同屬平聲尤韻，皆符此詩之用韻，然「清白」為形容詞，其後當與名詞相接，故宜從「醅」字。

長衢貫廣陌，「反」宇注飛樓。文淵閣：長衢貫廣陌，「及」宇注飛樓。

　　案：此詩乃宋祁擬王維〈瓜園〉之作，詩中「時時高興酣，矯首望神州。長衢貫廣陌，反宇注飛樓」可能即承自王詩：「攜手追涼風，放心望乾坤。藹藹帝王州，宮觀一何繁。林端出綺道，殿頂搖華幡。」其中「長衢貫廣陌」、「林端出綺道」均以道路為書寫對象，「反宇注飛樓」、「殿頂搖華幡」均聚焦於樓房，而長衢乃大道也，〈青青陵上柏〉：「長衢羅夾巷，王侯多第宅。」廣陌，亦大道之意，沈佺期〈臨高臺〉：「高臺臨廣陌，車馬紛相續。」飛樓，此指高樓，如蘇軾〈次韻曾子開從駕再和〉其二：「桂觀飛樓凌霧起，仙幢寶蓋拂天來。」反宇，屋簷上仰起之瓦頭，即飛簷。「長衢貫廣陌」以相同詞組形容神州大道縱橫開闊景象，推知下句應亦為相同句式，「反宇」意同「飛樓」，「注」宜作接連解，如《北史·周法尚傳》：「請分為二十四軍，日別遣一軍發，相去三十里，旗幟相望……首尾連注，千里不絕。」秦觀〈謁禹廟〉：「陰陰古殿注脩廊，海伯川靈儼在傍。」「及宇」意不可解，「反」字是也。

〈曉過二三里〉，頁 2349

曉過二三里。文津閣：曉過二三里「作」。

案：宋祁詩篇如：〈去郡作〉、〈九日藥市作〉、〈望月西廡作〉、〈宛丘作〉、〈巡視河防置酒晚歸作二首〉等詩題名之模式皆與此詩類近，或得據之補。

〈迎春曲三闋〉，頁 2350

東郊風馭「軟」。佚存本（珍）：東郊風馭「輕」。

案：宋祁除此詩外，未見以「軟」形容風者，而〈送客〉：「低雲能作暝，輕吹不成寒。」〈閏月晦日〉：「輕風生樹態，暖日淡雲容。」〈江瀆池亭〉：「斷岸有時通暑汋，輕風盡日戰栟櫚。」等皆以「輕」形容風。雖此語非純述風者，乃謂乘風輕快而行之意，然亦與風有關，故或從「輕」為宜。

〈和成上人〉，頁 2350

「妄」懷萬緣息，舉意千里差。文津閣：「忘」懷萬緣息，舉意千里差。

案：妄，胡亂、虛假、荒誕，作形容詞之用。忘懷，忘卻、不介意，不係戀於事物，陶淵明〈五柳先生傳〉：「忘懷得失，以此自終。」辛棄疾〈水調歌頭·題張晉英提舉玉峰樓〉：「君看莊生達者，猶對山林皋壤，哀樂未忘懷。」或指無拘無束，蘇軾〈吳子野將出家贈以扇山枕屏〉：「浮游雲釋嶠，燕坐柳生肘，忘懷紫翠間，相與到白首。」此詩乃和比丘之作，全篇佛理意味濃厚，白居易嘗有詩題名為：「自到潯陽生三女子因詮真理用遣妄懷」，同可得見佛理之陳述，故此句當指「妄懷萬緣」之侵擾悉皆止息，遂得隨意自在。而「忘懷」多雜有道家意味，合觀「妄」與「緣」，則多見於佛家語，由是論之，「妄懷」之可能性較高。

靜眠金粟室，「厭」坐馬融紗。文淵閣：靜眠金粟室，「壓」坐馬融紗。

案：金粟，金粟如來之省稱，相傳為維摩詰大士前身，維摩詰，意為「淨名」、「無垢稱」，王中〈頭陀寺碑文〉：「金粟來儀。」李善注引《發跡經》：「淨名大士是往古金粟如來。」所謂「金粟室」蓋指佛寺之宮室。馬融紗，《後漢書·馬融列傳上》：「融才高博洽，為世通儒，教養諸生，常有千數……常坐高堂，施絳紗帳，前授生徒，後列女樂，弟子以次相傳，鮮有入其室者。」蓋謂宣講佛經之場合。厭，飽嘗、充分經受，陸游〈三山杜門作歌〉：「我生學步逢喪亂，家在中原厭奔竄。」據宋祁「厭坐馬融紗」自注文字：「伯氏比多齋薰，動或累日。」知唯

「厭」得與「動或累日」相應,使作「壓坐」則不得其解。

層陰朋盍阻,坐「久」丹霏斜。文淵閣:層陰朋盍阻,坐「情」丹霏斜。文津閣:層陰朋盍阻,坐「惜」丹霏斜。

案:朋盍,指友人齊聚,《周易·豫》:「(九四)由豫大有得,勿疑,朋盍簪。」孔穎達疏曰:「若能不疑於物,以信待之,則衆陰羣朋合聚而疾來也。」宋祁〈送刁君績序〉云:「相許于朋盍之間。」丹霏,朱色雲霧。此二句乃承前「揮斤郢匠室,流水子期家」所言知己相逢,故「清襟互默遣,所得非齒牙」,毋須隻字片語即能心照不宣地互通情意,友朋相得之樂使成上人與宋祁不覺時光推移,直至丹霏斜移方才有所感知。就詩意判讀,此處宜從「久」字,「惜」雖可表達二人珍惜丹霏之心意,然若與「斜」字並觀則未臻穩妥,「情」字文意難解,疑與文津閣之「惜」字形近而誤。

〈水文疊石〉,頁 2351

陰罅囓餘苔,寒凹逗輕「露」。文津閣:陰罅囓餘苔,寒凹逗輕「霧」。

案:罅,縫隙,韓愈〈縣齋有懷〉:「湖波翻石車,嶺石圻天罅。」凹,《藝林伐山》引盛弘之《荊州記》:「山脅漫衍無垠凹,湖面平滿無高低。」逗,停留,張衡〈思玄賦〉:「亂弱水之潺湲兮,逗華陰之湍渚。」此聯書寫詩人將水文疊石移置園亭後,玩賞之視覺感受,細筆描繪「石」之形貌,就情理,宜從「露」字,「霧」疑音近而誤。

〈早秋有感〉,頁 2351

「怊」然感物化,鬚髮不常美。文津閣:「怡」然感物化,鬚髮不常美。

案:怊,音彳幺,悲傷、失意貌。怡,安適、和悅。此詩因早秋葉落而起興,感歎韶光易逝,而「鬚髮不常美」意謂美好之青春終將消逝,故此句當從「怊」字為是,「怡」疑形近而誤。

〈和君貺學士宿淮上見寄〉,頁 2351-2352

和「君貺」學士宿淮上見寄。文津閣:和「王」學士宿淮上見寄。

案:宋祁〈和王君貺禁中寓直〉與〈寄君貺王學士〉皆見姓、字合稱之現象,〈寄沂州王學士〉、〈寄弋陽王學士〉、〈偶作寄季長學士〉、〈送常州陳商學士〉、

〈陝府祖擇之學士〉、〈河南希深學士〉諸篇，或僅稱姓與字，或連稱姓、字，實無一定之書寫習慣，未知孰是，二者皆不無可能。

〈常山楊氏有二怪石奇險百狀田曹張中行家雒陽偏見都中諸家所得異石皆出此下予他日思之恐常人忽而不珍作詩以詑其處幷邀中行伯逢同賦〉，頁2352

濤頭縮不「長」，魖臂憤相捽。文津閣：濤頭縮不「展」，魖臂憤相捽。

　　案：縮，退，《國語·越語下》：「贏縮轉化，後將悔之。」韋昭注：「贏縮，進退也。」杜甫〈三川觀水漲二十韻〉：「普天無川梁，欲濟願水縮。」《埤雅·釋草·麭》：「秋，水漲之時也；冬，水縮之時也。」又具短之意，《淮南子·時則訓》：「孟春始贏，孟秋始縮。」高誘注：「贏，長也；縮，短也。」長，滋長、增長，可通「漲」而有水面升高之意，據前引杜甫、《埤雅》之例，知漲（長）字與縮字較為相關。「展」雖具伸展、舒張之意，可與縮字相對，承前句形容奇石之詭異，鋪寫濤頭亦為之後縮而不敢向前之形貌，然考量宋祁賦詩擇字常與前人詩文典故相關之習慣，此處恐以「長」字為宜。

〈反騷〉，頁2353

離「楚」何所據，招回逐客魂。文淵閣、文津閣：離「騷」何所據，招回逐客魂。

　　案：據，依從，《後漢書·皇甫嵩傳》：「所在燔燒官府，劫略聚邑，州郡失據，長吏多逃亡。」或指定、安，《史記·白起王翦列傳》：「上黨民走趙，趙軍長平，以按據上黨民。」就「何所據」與「逐客魂」觀之，此字當從空間實際存有之「楚」較為適切。

（自注）《「楚」辭》：魂無上天。文淵閣、文津閣：《「騷」辭》：魂無上天。

　　案：騷辭，楚辭體之創作文字，白居易〈與元九書〉：「國風變為騷辭。」「魂無上天」見於《楚辭·招魂》：「魂兮歸來君無上天些。」此處乃引專著以為注釋，是知當從《楚辭》較適切。

「窮」壤苦恨隔，傳聞恐失真。文津閣：「穹」壤苦恨隔，傳聞恐失真。

　　案：窮壤，貧窮而荒遠偏僻之地。蘇頲〈蜀城哭台州樂安俞少府〉：「故鄉閉窮壤，宿草生寒荄。」《學餘堂文集·續宛雅序》亦有「窮壤僻邑」一語。穹壤，天地，沈約〈齊故安陸昭王碑文〉：「思所以克播遺塵，敞之穹壤。」張銑注：「言使遺塵之聲，與天地同敞。」《周書·晉蕩公護傳論》：「若斯人者，固以功與山

嶽爭其高，名與穹壤齊其久矣。」唯「窮壤」偶亦有作「天地」之意者，如：《周易經傳集解·渙》：「而況《易》之為書又其至者，窮壤之間，苟有是理，聖人烏得而遺之？」據詩意論之，宋祁為無法上天之「逐客魂」深感憤慨，明「上天」與「下土」之「隔」，故從「窮壤」或「穹壤」皆無不可，唯其意當指天地。若檢視宋祁詩文，則屢見「穹壤」一語，如：〈皇太后躬謁清廟賦〉：「錫之多福，塞穹壤以無垠。」〈進幸南園觀刈宿麥詩·表〉：「薰為樂和，塞乎穹壤。」〈杜衍加食邑實封功臣制〉：「接神明以歆馨，塞穹壤而凝祐。」〈特授李德政加食邑實封保節功臣制〉：「推福為恩，塞穹壤而偕抃。」〈謝加常山郡開國公表〉：「穹壤殊私，遽併膺於奬典。」〈復州廣教禪院御書閣碑〉：「藥函真本，頒貺方國，鎮七千神靈之封。用能蔽穹壤而相傳，在都邑而有副。」率皆書為「穹壤」，自宋祁慣用字及避除「窮壤」之歧義解讀二方面考量，此處宜從「穹」字。

〈懷三封墅〉其二，頁2353

杏花「燦」晴落，菖葉甲陰浦。文津閣：杏花「粲」晴落，菖葉甲陰浦。

案：燦，去聲翰韻，光采鮮明貌。粲，去聲翰韻，明白、明亮、豔麗、華美鮮明。宋祁之後，得見數例與此相關之詩句，如：程端禮《畏齋集·贈廉訪分司五首》其二：「柳搖春路迎絲轡，花燦晴原照繡衣。」王冕《竹齋集·褉詠》其二：「白煙橫遠嶼，紅花燦晴原。」皆作「燦」，而童冀《尚絅齋集·金華集上·送王宰遊上清宮》：「瑶草淩寒碧，琪花粲晚晴。」錢陳群《香樹齋詩文集·詩續集·曉》：「濺濺泉水流，漠漠杏花粲。晴雨有先徵，課量可預斷。漸看景物暄，宸遊得奇觀。」則均作「粲」。五代嘗有藉「粲花」形容言論典雅雋妙，有如明麗春花之事，王仁裕《開元天寶遺事·粲花之論》載：「李白有天才俊逸之譽，每與人談論，皆成句讀，如春葩麗藻，粲於齒牙之下，時人號曰李白粲花之論。」如此，恐當從「粲」較為適切。

野老攜晨饁，薄醪「間」炊黍。文淵閣：野老攜晨饁，薄醪「聞」炊黍。

案：饁，往田野送飯，《詩經·豳風·七月》：「同我婦子，饁彼南畝。」間，夾雜，羅隱〈桃花〉：「暖觸衣襟漠漠香，間梅遮柳不勝芳。」此聯書寫「野老」之「晨饁」兼有「薄醪」與「炊黍」，故當從「間」，「聞」疑形近而誤。

〈風雨〉，頁2353

溪南梅正花，狼藉隨塵沙。皓皓多易「汗」，不得同春葩。文津閣：溪南梅正花，狼藉隨塵沙。皓皓多易「汗」，不得同春葩。

　　案：此句形容梅花狼藉飄零之景況，汗字多用於動物，「汙」字與前後塵沙、皓皓詩意較吻合，宜從「汙」字，「汗」蓋形近而誤。

〈金雀花〉，頁 2354

金雀「花」。佚存本（珍）（叢）：金雀。

　　案：金雀花，高濂《遵生八牋·飲饌服食牋中·家蔬類·金雀花》：「春初開，形狀金雀，朵朵可摘。用湯焯作茶供，或以糖霜油醋拌之可作菜，甚清。」金雀，亦作花名，古詩文中多用指婦女首飾，如白居易〈長恨歌〉：「花鈿委地無人收，翠翹金雀玉搔頭。」首句以「疊葉倚風綻」破題，「綻」謂花蕾開放，似寫花貌，然下句「翾翾凌霧排」，「翾翾」乃輕飛貌，杜甫〈秋日夔府詠懷一百韻〉：「紫鷰無近遠，黃雀任翾翾。」則轉書雀鳥。第三句「齊名仙母使」，「仙母使」應指青鳥，《山海經·西山經》：「又西二百二十里，曰三危之山，三青鳥居之。」郭璞注：「三青鳥主為西王母取食者，別自棲息於此山也。」《藝文類聚》引《漢武故事》：「七月七日，上（漢武帝）於承華殿齋，正中，忽有一青鳥從西方來，集殿前。上問東方朔，朔曰：『此西王母欲來也。』有頃，王母至，有兩青鳥如烏，夾侍王母旁。」後遂以「青鳥」為信使代稱。伏知道〈為王寬與婦義安主書〉：「玉山青鳥，仙使難通。」張衡〈西京賦〉：「翔鶤仰而不逮，況青鳥與黃雀。」亦將青鳥、黃雀並舉，末句「珠彈」就《莊子》、蕭愨詩觀之，亦均與雀鳥有關，故知此詩諸句乃皆化用與「金雀」相關之花、鳥典故，使從「金雀」較符文句所言且涵涉範圍較廣，似較「金雀花」為宜。

俗眼未應妬，「勿」憂珠彈來。文津閣：俗眼未應妬，「忽」憂珠彈來。

　　案：未應，不曾，李白〈關山月〉：「戍客望邊色，思歸多苦顏，高樓當此夜，嘆息未應閑。」王維〈聽宮鶯〉：「遊子未應返，為此始思鄉。」或作「不應當」解，劉基〈旅興〉其二十四：「晨興步庭除，足弱幾不持；論年未應爾，胡為遽如斯？」珠彈，以珠作彈，謂其豪貴，徐陵〈紫騮馬〉：「角弓連兩兔，珠彈落雙鴻。」此疑與《莊子·讓王》「以隨侯之珠彈千仞之雀。」有關，蕭愨〈野田黃雀行〉：「寧死明珠彈。且避鷹將軍。」就語氣推敲，上句「未應」後方若與肯定語氣銜接較為通暢，宜從「勿」字。

〈四季花〉，頁 2354

四季「花」。佚存本（珍）（叢）：四季。

案：四季花，四季皆能開花之植物，陶宗儀《說郛・益部方物贊（其下有注：宋祁）・月季花》：「此花即東方所謂四季花者，翠蔓紅蕤，蜀少霜雪，此花得終歲。十二月輒一開花。」又云：「亘四時，月一披秀，寒暑不改，似固常守。」此詩云：「羣葩各分榮，此獨貫時序。聊披淺深艷，不易冬春慮。真宰竟何言，予將造形悟。」顯為詠花之作，恐作「四季花」較適切。

〈雜興〉其二，頁 2354

留邸月餘罷，君恩「詎」可恃。召以一人譽，去由一人毀。文津閣：留邸月餘罷，君恩「渠」可恃。召以一人譽，去由一人毀。

案：詎，豈、曾、不料、假若。渠，大、人工挖掘之水道、第三人稱。此句之後所稱「一人」乃指君主，而此句主旨為君恩無由恃，故當從「詎」字為是。

〈初伏休沐〉，頁 2355

羲和挾升陽，「曉」氣紅崔嵬。文津閣：羲和挾升陽，「晚」氣紅崔嵬。

案：據上句「羲和挾升陽」知為日出之時，當作「曉」字。

炎林鬱歊「露」，焦原橫赭埃。文津閣：炎林鬱歊「霧」，焦原橫赭埃。

案：鬱，積聚、凝滯。歊，氣蒸發貌，班固〈東都賦〉：「嶽脩貢兮川效珍，吐金景兮歊浮雲。」李善注引《說文》：「歊，氣上出貌。」古代將夏季分為初伏、中伏、末伏，合稱三伏天，初伏乃夏至後第三個庚日，或指夏至後第三個庚日至第四個庚日之間十日。休沐，《初學記》：「休假亦曰休沐。」《漢律》：「吏五日得一下沐。」乃於休假日洗沐也，唐宋行旬休制。本詩題為〈初伏休沐〉，所書乃詩人其時所見所思，「炎林」其前二句「羲和挾升陽，曉氣紅崔嵬」描寫盛夏豔陽高照之炎熱氣息，似襲潘岳〈在懷縣作〉其一：「初伏啟新節，隆暑方赫羲。」而來，衡酌詩意、「歊」多與雲、霧等較輕微水滴並用、「歊霧」意指升騰霧氣、「歊露」未有他例等情形，此處當從「霧」字為是。

〈送伊闕鄭著作〉，頁 2356

硎新始發「刃」，鳴晚逾驚人。文淵閣：硎新始發「兩」，鳴晚逾驚人。

　　案：硎，用以發刃，即磨刀石，《莊子·養生主》：「今臣之刀十九年矣，所解數千牛矣，而刀刃若新發於硎。」是知當從「刃」字。

此路「塵」車往，明年郊雉馴。文津閣：此路「鹿」車往，明年郊雉馴。

　　案：塵車，類近「征車」，謂遠行人所乘之車，韓愈〈送侯參謀赴河中幕〉：「別袖拂洛水，征車轉崤陵。」具車行而風塵僕僕之意。鹿車，以鹿拉車，或指古代一種小車，《太平御覽》引應劭《風俗通》：「鹿車，窄小裁容一鹿也。」馴雉，馴順之雉。據《後漢書·魯恭傳》：「建初七年，郡國螟傷稼，犬牙緣界，不入中牟。河南尹袁安聞之，疑其不實，使仁恕掾肥親往廉之。恭隨行阡陌俱坐桑下，有雉過止其傍。傍有童兒，親曰：『兒何不捕之？』兒言：『雉方將雛。』親瞿然而起，與恭訣曰：『所以來者，欲察君之政跡耳。今蟲不犯境，此一異也；化及鳥獸，此二異也；豎子有仁心，此三異也。久留徒擾賢者耳。』」後以「雉馴」為稱頌地方官吏施行仁政澤及鳥獸之典。宋祁〈寄郭仲微〉：「顧我偶陪螭陛立，無人竝駕鹿車還。」與〈仲微相過把酒有感〉：「鹿車君偃蹇，鶴祿我裴回。」均見「鹿車」與懷思友朋情誼連結之例，陸游〈送子坦赴鹽官縣市征〉：「遊山尚有平生意，試為閒尋一鹿車。」亦為送友赴任與鹿車並用情形，且「此路」、「明年」相對，「鹿」或與下句「雉」相關，或當從「鹿」字為是，「塵」恐形近而誤。

〈擬東武曲二首〉其一，頁2357

隱隱輕雷逐車響，顏行使者「樂」相望。文津閣：隱隱輕雷逐車響，顏行使者「遙」相望。

　　案：顏行，前行、前列，《管子·輕重甲》：「若此，則士爭前戰為顏行。」《漢書·嚴助傳》：「以逆執事之顏行。」顏師古注引文穎曰：「顏行猶雁行，在前行，故曰顏也。」樂，ㄌㄜˋ，入聲藥韻，歡樂、高興。遙，遠。前者指相望之心理狀態，後者指相望之情況，二者皆可用。然檢索文淵閣四庫全書，未見有「樂相望」之語而不乏「遙相望」一詞，試觀鮑照〈代出自薊北門行〉：「天子按劍怒，使者遙相望。」王勃〈秋夜長〉：「月明露白澄清光，層城綺閣遙相望。」李白〈太守良宰〉：「祖道擁萬人，供帳遙相望。一別隔千里，榮枯異炎涼。」杜甫〈壯遊〉：「兩宮各警蹕，萬里遙相望。」韋應物〈龍門遊眺〉：「都門遙相望，佳氣生朝夕。」屢以「遙相望」強調人物、空間之距離以烘寫其無奈或思念情懷，輔以其前「黃龍

城下見愁雲」、「隱隱」氛圍，其後「自從天子樂休牛」之「樂」字避重出考量，恐作「遙」字較適切。

〈天台梵才師長吉在都數以詩筆見授因答以轉句〉（九闋十八韻） 其四，頁2358

盡把天光注言語，「眞」將清氣入肝脾。文津閣：盡把天光注言語，「直」將清氣入肝脾。

案：真，作副詞用，意謂確是。直，作副詞用，但、只、只不過，又具逕直、直接之意。此句與上句之「盡把」相對，據詩意當作逕直解，據《全宋詩》句下所注，《天台續集》亦作「直」，故從「直」字為是，「真」疑因形近而誤。

〈天台梵才師長吉在都數以詩筆見授因答以轉句〉（九闋十八韻） 其七，頁2358

比來緇侶「頗言」文，局「促」喞啾寧足論。私地蛙鳴徒聒耳，長沙國小僅回身。文淵閣：比來緇侶「言頗」文，局促喞啾寧足論。私地蛙鳴徒聒耳，長沙國小僅回身。文津閣：比來緇侶頗言文，局「趣」喞啾寧足論。私地蛙鳴徒聒耳，長沙國小僅回身。

案：此詩須與〈天台梵才師長吉在都數以詩筆見授因答以轉句〉其八並觀，該詩云：「惟師墨海多雄藻，具足身中無欠寶。先追禦寇跨冷風，後伴騷人拾香草。」頌贊長吉文采斐然，成就非凡。而此詩則抨擊近來好論文章之僧侶，先論宋祁不滿之意，復以之與長吉對照，藉此顯揚長吉高出眾人之處，就詩意而論，從「頗言」為當。緇侶，僧侶。局促，匆促、短促，劉楨〈詩〉：「天地無期竟，民生甚局促。」或謂器量狹小、見識、作品之意境狹隘。傅毅〈舞賦〉：「嘉《關雎》之不淫兮，哀《蟋蟀》之局促。」李善注：「局促，小見之貌。」局趣，拘牽、拘束，《史記‧魏其武安侯列傳》：「今日廷論，局趣效轅下駒，吾并斬若屬矣。」私地，私下。聒耳，聲音吵雜刺耳。「長沙國小僅回身」，疑微引李白〈送長沙陳太守二首〉其二之故事：「七郡長沙國，南連湘水濱。定王垂舞袖，地窄不迴身。莫小二千石，當安遠俗人。」楊齊賢注云：「長沙定王發母唐姬，故程姬侍者。景帝召程姬，程姬有所避，不願進而飾侍者，唐兒使夜進，上醉不知，以為程姬而幸之。生子因名發，以母微而無寵，故王卑濕貧國。」應劭曰：「景帝後二年，諸王來朝，有詔更前稱壽歌舞。定王但張腰小舉手，左右笑其拙，上怪問之，對曰：『臣國小地狹，不足同旋。』帝乃以武陵、零陵、桂陽益焉。」宋祁乃以此句與「私地蛙鳴徒聒耳」

抨擊比來緇侶之格局與表現，綜合四句詩所言，當從「促」字為是。

〈天台梵才師長吉在都數以詩筆見授因答以轉句〉（九闋十八韻） 其九，頁2358

「嗟余」投報乏瓊瑰。文淵閣、文津閣：「跂予」投報乏瓊瑰。

案：「余」、「予」二字相通，均指「我」。嗟，悲歎、歎惜，或作歎詞用。跂，踮腳，通「企」。嗟余，即自我悲歎之意，嵇康〈憂憤詩一首〉：「嗟余薄祜，少遭不造。」陶淵明〈命子〉：「嗟余寡陋，瞻望弗及。」跂予，謂自身跂足之狀，《詩經·衛風·河廣》：「誰謂宋遠，跂予望之。」「投報乏瓊瑰」乃化用《詩經·衛風·木瓜》之典：「投我以木瓜，報之以瓊琚。」具難以報答之意。以詩意判斷，「跂」字似無所依托，「嗟余」較妥適。

「目」睊金園剩九回。文淵閣：「日」睊金園剩九回。

案：金園，寺中園圃，李白〈安州般若寺水閣納涼喜遇薛員外乂〉：「倏然金園賞，遠近含晴光。」王琦注：「金園，寺中園圃也。須達長者欲買祇陀太子園為佛住處。太子戲言：『得金布滿地中，即當賣與。』須達遂出金餅布地，周滿園中，厚及五寸，廣惟十里，買此園地，奉施如來，起立精舍。後人用『金園』事，本此。」睊，微微斜視、注視。九回，此處當同於「九迴」，乃以路途之迂迴曲折、多次翻轉縈繞情狀形容愁思起伏、鬱結不解，司馬遷〈任少卿書〉：「是以腸一日而九迴，居則忽忽若有所亡，出則不知其所往。」此句乃承前句「嗟余投報乏瓊瑰」而言己身凝望長吉師所居園林，自嘆詩筆弗如而愁腸九迴。「日睊」形容宋祁每日凝望，乃以誇飾筆法極言仰慕之情，「目睊」雖有潘岳〈楊荊州誄〉：「多才豐藝，強記洽聞；目睊毫末，心算無垠。」用例，然潘文「目睊」乃「明察」之意，與此處詩意不合。《全宋詩》「目睊」下方注曰：「原作日，據《天台續集》改。」考《天台續集》此句作「目梯金園剩九回」，文意不通，疑「目梯」二字均誤，「日」字較佳。

「籃」舁婆姍兩生舉，定容元亮醉中來。文淵閣：「藍」舁婆姍兩生舉，定容元亮醉中來

案：籃舁，竹轎，《宋書·隱逸傳·陶潛傳》：「潛有腳疾，使一門生二兒舉籃輿。」此二句明顯化用陶潛典故，當作「籃」字。

《全宋詩》卷207 · 宋祁四

〈後苑賞花釣魚應制〉，頁2361

後苑賞花釣魚應制。佚存本（宮）（珍）（叢）：「奉和御製」後苑賞花釣魚應制。

案：宋祁〈奉和御製後苑賞花詩有狀〉：「臣伏見今月二十五日，召宰臣以下赴後苑賞花釣魚，側聞降賜天什，許羣臣屬和。」且此詩內容顯與皇家園林有關，詩題所謂「應制」，乃特指應皇帝之命寫作詩文，亦以稱其所作，歐陽脩《歸田錄》：「真宗朝，歲歲賞花釣魚，群臣應制。」故或得據以補之。

〈元會詩〉，頁2361

羣臣「深」拱「宁」，列仗儼屯門。佚存本（宮）（珍）：羣臣「森」拱「著」，列仗儼屯門。

案：深，作副詞解為極力，《漢書·王莽傳上》：「將為皇帝定立妃后，有司上名，公女為首，公深辭讓，迫不得已然後受詔。」森，作副詞解為眾多貌，潘岳〈藉田賦〉：「森奉璋以階列，望皇軒而肅震。」儼，作副詞解為整齊，陶淵明〈桃花源記〉：「土地平曠，屋舍儼然。」屯，作動詞解為聚集，屈原〈離騷〉：「屯余車其千乘兮，齊玉軑而並馳。」宁，作名詞解，指大門與屏風之間，《爾雅·釋宮》：「門屏之間謂之宁。」著，作名詞解，大門與屏風之間，《詩經·齊風·著》：「俟我於著乎而。」就詩意觀之，二者皆可從，然宋祁〈祗五代篇〉：「憔然中晟，穆然深拱。」〈皇帝神武頌〉：「皇帝陛下深拱諒闇，覽照前典。」悉作「深拱」而未見「森拱」，故從「深」、「宁」或較符合作者習慣。

〈和道卿舍人奉祠太一齋宮〉其一，頁2362

「蘋」薦祠無餼，樓居地不塵。佚存本（宮）（珍）：「蔬」薦祠無餼，樓居地不塵。

案：蘋，亦稱四葉菜、田字草，全草入藥，《詩經·召南·采蘋》：「于以采蘋？南澗之濱。」毛傳：「蘋，大萍也。」蔬，《逸周書·大匡》：「無播蔬，無食種。」孔晁注：「可食之菜曰蔬。」此或指嘉蔬，即祭祀用之稻米，《禮記·曲禮下》：「凡祭宗廟之禮……稷曰明粢，稻曰嘉蔬。」蘇轍〈遊景仁東園〉「濁酒淪浮蟻，嘉蔬薦柔荑。」薦，指祭品，《禮記·祭義》：「奉薦而進。」餼，古代祭祀或饋贈用之活牲畜，亦指生肉，《舊五代史·唐書·明宗紀一》：「出牲餼以勞師。」陶淵明〈自祭文〉：「羞以嘉蔬，薦以清酌。」王溥《唐會要·緣廟裁制下》：「粢盛合薌萁，嘉蔬薦嘉醴。」《宋史·禮志》：「每歲春孟月薦蔬。」皆

見薦蔬之禮。王洋〈臧夫人挽詩二首〉其一：「奕世流芳遠，傳家慶有餘。簀荊蘋薦潔，曳練寶粧疏。」林之奇〈辭宣聖祭文〉：「高堅所慕，鑽仰尤勞，菲然蘋薦，惟先聖實臨顧之。」亦得見「蘋薦」一詞，然文獻皆為南宋以後事，而薦以「蔬」之禮於唐代以前已然有之，並載入官方史冊典籍，且此詩所詠乃與奉祠齋宮有關情事，故從「蔬」為宜。

「擲」波琴鯉樂，傍時漢雞馴。文津閣：「鄭」波琴鯉樂，傍時漢雞馴。

　　案：鄭，古國名，姬姓，周宣王弟友封國。擲波，或與《宋史·禮志·嘉禮四》：「（宋太宗）淳化三年三月，帝幸金明池，命為競渡之戲，擲銀甌於波間，令人汎波取之。」有關。時，古代祭祀天地、五帝之場所。漢雞，王充《論衡·道虛》：「淮南王學道……奇方異術，莫不爭出。王遂得道，舉家升天，畜產皆仙，犬吠於天上，雞鳴於雲中。」後衍為「一人得道、雞犬升天」之成語。此句與「傍時漢雞馴」相對，故此字當與「傍」字相對而作動詞用，以此，從「擲」字為是。

〈和道卿舍人奉祠太一齋宮〉其二，頁 2362

塵氛不可到，深「注」五城樓。佚存本（宮）、文津閣：塵氛不可到，深「駐」五城樓。

　　案：塵氛，塵俗之氣氛，牟融〈題孫君山亭〉：「長年樂道遠塵氛，靜築藏修學隱論。」五城樓，韓翃〈同題仙遊觀〉：「仙臺下見五城樓，風物凄凄宿雨收。山色遙連秦樹晚，砧聲近報漢宮秋。疏松影落空壇淨，細草香閒小洞幽。何用別尋方外去，人間亦自有丹丘。」柳貫〈送葉道士歸天台〉「北斗光中曳翠旗，五城樓觀極巍巍。采山不鑄黃金鼎，佩印空垂白羽衣。石井劍花飛夜氣，玉田芝草豔春暉。天台仙子應招隱，萬壑梯颷看鶴歸。」二詩中所言之處均與道士、道教有關，疑為道教勝地之一，趙崡《石墨鐫華·訪古遊記·遊終南》云：「仙遊寺，寺傳是隋文帝避暑宮，唐韓均平詩『仙臺初見五城樓』者，即其地也。」若所言可信，則五城樓位居終南山，而詩題中之「太一齋宮」，「太一」或指天神，如《史記·封禪書》：「天神貴者，太一。」司馬貞《索隱》引宋均云：「天一、太一，北極神之別名。」或指終南一山，張衡〈西京賦〉：「於前則終南太一。」李善注：「《漢書》曰：太一山，古文以為終南。《五經要義》曰：『太一一名終南山，在扶風武功縣。』此云終南太一，不得為一山明矣。蓋終南，南山之總名。太一、一山之別號耳。」據此，則宋祁詩中「五城樓」當實寫「太一齋宮」周遭建物。依詩意，「深」乃形

容時間之久遠，「注」或指灌入、流入、聚集，「駐」則意謂車馬停止、停留。使從「深駐」，則具久留之意，可與後文所書寫久留之實感相連貫，「深注五城樓」主語難明，文義不通，故當從「駐」字為宜。

素瑟少今韻，仙「春」無俗秋。佚存本（宮）（珍）、文津閣：素瑟少今韻，仙「椿」無俗秋。

　　案：椿，傳說中之木名，年壽極長，《莊子・逍遙遊》：「上古有大椿者，以八千歲為春，八千歲為秋。」蓋此句典出於是，所謂「無俗秋」指其秋之單位非同一般，又宋祁〈上貫相公啟三首〉其三：「乾台將鉞，已圖績於同寅；絙月仙椿，共歸年於難老。」故當從「仙椿」為是。

〈和道卿舍人奉祠太一齋宮〉其三，頁2362

詩長清夜徧，「祠」罷素秋回。佚存本（珍）：詩長清夜徧，「祀」罷素秋回。

　　案：祠，平聲之韻，作動詞解為祭祀，《尚書・伊訓》：「惟元祀十有二月乙丑，伊尹祠于先王。」祀，上聲止韻，祭祀，《周禮・春官・典瑞》：「四圭有邸，以祀天旅上帝。」就字義觀之，二者皆可從，然此詩屬仄起首句不入韻格，此句須作「仄仄仄平平」，當從「祀」方合律。

〈和天休舍人奉祠太一宮見寄〉，頁2362

瑞木千尋竦，「仙」圖幾「卷」開。文津閣：瑞木千尋竦，「僲」圖幾「弔」開。

　　案：仙，「僲」為其異體字之一。卷，作量詞解，乃計算成卷之單位。弔，作量詞解，為古代計算錢幣之單位，亦作「吊」。據詩意觀之，此詩書寫太一宮祠齋館所見之景致如巨幅仙圖般宏闊空靈，而「仙圖」之量詞當為「卷」，故從「卷」字為是。

〈玉堂感舊〉，頁2363

「磚」花仍可記，厦雀稍驚飛。文淵閣、文津閣：「塼」花仍可記，厦雀稍驚飛。

　　案：磚，以黏土燒製而成之長方形建築材料，亦指磚形物。塼，燒製過之土坯，後多作「磚」，《宋書・孝義傳・王彭》：「元嘉初，父又喪亡，家貧力弱，無以營葬……鄉里並哀之，乃各出夫力助作塼。」俞樾《茶香室續鈔・靈隱犬冢》：「《太平廣記》云：『靈隱造北高峰塔，有寺犬，自山下銜塼石至嶺上，吻為流血，人憐

之，乃繫磚其背，塔成犬斃。』」此詩為感舊之作，此句則書寫回憶之場景，與「厦雀稍驚飛」相對，故從作建築材料解之磚字方得與厦字相對，故以「磚花」為宜。宋祁〈初宿東閤追憶文簡丁公作〉：「制蕈流塵積，磚花駮蘚重。」亦見「磚花」一語，形容磚上蘚苔密布之狀。然《韻府羣玉·下平聲·一先·花塼》：「殿中御史得立五花塼及紫案褥之類，號七貴。」有所謂「五花塼」一詞，據文義觀之，恐是指建築材料之「磚」者，而兩字同屬平聲先韻，疑為同音通假。由是觀之，雖「塼」與「磚」皆得解釋之，然就字義而論，「磚」較「塼」精準而通用，故宜從「磚」。

〈旬沐二首〉，頁 2363

旬「沐」二首。佚存本（宮）（珍）（叢）：旬「休」二首。

案：旬休，旬假，元稹〈元和五年思憶囊游因投五十韻〉：「朝士遇旬休，豪家得春賜。」李建勳〈薔薇〉其二：「綵牋蠻榼旬休日，欲召親賓看一場。」唐宋行旬休制，是日休沐，說可見前〈初伏休沐〉資料。宋祁另有〈旬休〉一詩，且除此詩外，未見有作「旬沐」者，況詩中所述乃休假閒適而非沐浴情事，是知宜從「休」，「沐」疑義近而誤。

其一，頁 2363

燕口「將」泥重，蜂脾「抱蜜」喧。佚存本（珍）：燕口「銜」泥重，蜂脾「銜釀」喧。

案：將，取拿，楊衒之《洛陽伽藍記·平等寺》：「將筆來，朕自作之。」銜，平聲銜韻，《墨子·非攻下》：「赤鳥銜珪，降周之岐社。」鮑照〈三日〉：「鳬鶂挍苦箸，黃鳥銜櫻梅。」銜，平聲麻韻，作名詞解為依次排列成行之事物，程垓〈烏夜啼·牆外雨肥梅子〉：「春盡難憑燕語，日長惟有蜂銜。」蜂脾，蓋指蜂巢，吳存〈朝中措·春歸〉：「蜂脾蜜滿燕成窠，春事已無多。」使從「將」，則與「抱」均為擬人化用法，二句對仗工切，較「銜」字妥適。另，此為五言律詩，屬仄起首句不入韻格，是知此聯下句當作「平平仄仄平」，「銜釀」與此不符，且名詞之「銜」與動詞之「將」、「銜」未相對，故恐從「將」、「抱蜜」為宜。

〈學舍直歸晚霽三首〉，頁 2363

學舍直歸晚霽「三」首。佚存本（珍）：學舍直歸晚霽「二」首。佚存本（叢）：

學舍直歸晚霽「二」首，見聚珍版卷八，作三首，此缺末章。

　　案：三首同屬晚霽之景致，或當從「三首」為宜。

其二，頁 2363

餘昏淡雲「翳」，聚沫泛河流。佚存本（珍）：餘昏淡雲「斂」，聚沫泛河流。

　　案：「雲翳」可為名詞組，意指「雲」，王勃〈廣州寶莊嚴寺舍利塔碑〉：「仙楹架雨，若披雲翳之宮。」或謂陰影。如為名詞、動詞關係，翳作隱沒、遮蔽解，陶淵明〈雜詩〉其九：「日沒星與昴，勢翳西山巔。」唯「翳」後須加賓語，與此處情形有別。斂，收縮，王勃〈餞韋兵曹〉：「川霽浮煙斂，山明落照移。」宋祁〈和晏公園丘詩〉：「仗外鮮雲斂夕容，蹕聲遙下紫營東。」同係規模夕景，且以「斂」狀「雲」，故或從「斂」為宜。

〈初到郡齋〉，頁 2364

學慵前志「忘」，身遠故人疎。佚存本（珍）：學慵前志「怠」，身遠故人疎。

　　案：前志，往昔之志向，李白〈潁陽別元丹邱之淮陽〉：「前志庶不易，遠途期所遵。」忘，遺棄，《詩經·秦風·晨風》：「如何，如何！忘我實多。」又指玩忽或怱怱，韓愈〈潮州祭神文〉其四：「惟神之恩，夙夜不敢忘怠。」怠，懈怠，《尚書·大禹謨》：「汝惟不怠，總朕師。」此聯表白個人之疏懶自慚，二字均可從，唯宋祁〈論文帝不能用頗牧〉：「成其求人之心，摩其將怠之志。」與李昭玘〈試館職策一道〉：「中道而止，卒至於箕踞偃卧而不進，志怠故也。」李新〈孫武論上〉：「小惑之則其志怠甚，惑之則其志亂，志亂則敗亡。」胡宏〈九黎亂教〉：「自漢以來，聖學絕滅，世衰一世。在上之人苟且僥倖功成而氣盈，利得而志怠。」諸例，皆見以「怠」形容「志」受損之狀態，「忘」字修飾志損情形則未見之，故或從「怠」為宜。

〈初到郡齋三首〉其一，頁 2364

暫解樞機任，來從「海上」閒。佚存本（宮）（珍）：暫解樞機任，來從「江海」閒。

　　案：此為五言律詩，屬仄起首句不入韻格，是知此語當悉從仄聲，唯「海上」與之相符。

月「袞」生潮浦，風香墮桂山。佚存本（珍）：月「朗」生潮浦，風香墮桂山。

案：袞，此疑指翻轉、滾動，劉基〈送葛元哲歸江西〉：「江南二月草未秀，雪陣如濤袞清晝。」朗，明亮，王羲之〈三月三日蘭亭詩序〉：「天朗氣清，惠風和暢。」此字當與「香」相對，唯「朗」與之均屬形容詞，且古籍中似無以「袞」書寫「月」之狀態者，或從「朗」為宜。

蒼生雖「繫」望，要作「冶」城還。佚存本（宮）（珍）：蒼生雖「係」望，要作「治」城還。文津閣：蒼生雖「係」望，要作冶城還。

案：繫，懸掛、牽掛。係，可通「繫」而作細綁解，又具牽涉之意。此聯上句與《冊府元龜·總錄部·譏誚》故事有關：「謝安少有重名，初辟司徒府除佐著作郎，並以疾辭，寓居會稽。除尚書吏部郎並不至。後征西大將軍桓溫請為司馬，將發新亭，朝士咸送，中丞高崧戲之曰：『卿屢違朝旨，高臥東山，諸人每相與言：「安石不肯出，將如蒼生何？」蒼生今亦將如卿何？』安甚有愧色。」而所謂「繫望」乃描摹百姓關注期盼之心理，繫字作牽掛解，《晉書·劉聰》：「東宮萬幾之副，殿下宜自居之，以領相國，使天下知，早有所繫望也。」而《續資治通鑑長編·真宗》有「中外繫望」之語，皆從繫字。「係望」則為係心企望之意，《晉書·溫嶠傳》：「因說社稷無主，天人係望，辭旨慷慨，舉朝屬目帝器而嘉焉。」《宋史·宋祁傳》：「遺奏曰：『陛下享國四十年，東宮虛位，天下係望，人心未安。』」冶城，《景定建康志·城闕志一·古城郭》：「金陵有古冶城，本吳冶鑄之地，《世說敘錄》云：『丹楊冶城去宮三里，今天慶觀即其地。』」疑徵引《晉書·謝安傳》故事：「人皆比之王導，謂文雅過之。嘗與王羲之登冶城，悠然遐想，有高世之志。」治城，謂治理城池，然宋祁〈在外上兩地書〉云：「下情區區，繫望之至。」又據與謝安有關之「登冶城」事，恐當以「繫」與「冶」為是，「治」疑形近而誤。

〈潁上唐公張集仙相勞〉頁2365

潁上唐公張集仙相勞。佚存本（宮）（珍）（叢）：「出」潁上唐公張集仙相勞。

案：詩題下有注，謂對方「以翰林侍讀學士知濠州」，此詩離情依依，然未知當時對方是否居於潁上，唯「出」字於此似文義不通，疑為衍文。

共束西崑峽，「都」為左虎鄰。佚存本（宮）（珍）：共束西崑峽，「來」為左虎鄰。

案：都，副詞，表示總括，《列子·周穆王》：「莫知其所施為也，而積年之

疾一朝都除。」杜甫〈喜雨〉：「農事都已休，兵戎況騷屑。」來，作動詞解，與「去」、「往」相對，《易經·復》：「出入無疾，朋來無咎。」就此聯之對仗觀之，唯「都」方得與上句之「共」相對，均屬副詞，或從「都」為是。

〈同張子春淮上作〉，頁2365

川迴舟如葉，山遙「石」似人。佚存本（宮）（珍）：川迴舟如葉，山遙「草」似人。

案：此聯顯係書寫遠望之景致，故川上行「舟」猶如葉片逐流般，舟、葉乃一巨一細之對比，而此句隔山之遙，遠觀何能見得「草」似人，且石、人較可能為一巨一細之關係，故從「石」為宜。

〈次江都〉其二，頁2366

遠「草」薆緣綠，幽花落漠春。文津閣：遠「芳」薆緣綠，幽花落漠春。

案：芳，音ㄕㄥˊ，平聲蒸韻，舊草未割而新草生，又音ㄕㄥˋ，去聲敬韻，同「葕」，謂割後再生之新草，亦作亂草解，屬鶹〈揚州新構梅花書院紀事〉：「榛芳誰剪剃？」相對於「幽花」，此字當為仄聲，此詩描摹山水幽深險峻之狀，人跡罕至，因此，若作割後再生之新草解釋則與詩意不合，得作亂草解。宋祁〈提刑勸農使者還嘉州〉：「遠岫隨時見，幽花無候開。清氛霽平陸，林芳信重複。」亦曾以「芳」字描摹景致。然就對句觀之，宋祁〈賦得翠字館閣校勘習約景純〉：「簇花照席光，藉草連袍翠。」〈齊雲亭晚矚〉：「樹花紅暗淡，城草綠坡陀。」〈寒食日送李公佐歸漢東〉：「茂草平無際，殘花慘更妍。」與〈送馬房〉：「草色不須爭去袂，花光正欲傍迎醁。」皆得見「花」、「草」相對之書寫習慣，卻未見「花」、「芳」相對之例。若此，或當從「草」為是。

〈齊雲亭晚矚〉，頁2366

歸艇「衝」烟去，昏梟接翅過。文津閣：歸艇「樺」烟去，昏梟接翅過。

案：樺，古同「划」，以槳撥水使船前進，張鎡〈沙際亭〉：「小檝輕樺去，無人伴此翁。午煙青一點，魚虎出深叢。」二者皆得形容舟行之狀，然古籍中未見作「樺烟」者，而皆從「衝烟」，釋貫休〈送杜使君朝勤〉：「花舸衝烟濕，朱衣照浪紅。」林逋〈復廣前韻且以陋居幽勝詫而誘之〉：「秋花把露明紅粉，水鳥衝

烟濕翠衣。」張耒〈湖上成絕句呈劉伯聲四首〉其二：「湖邊艇子衝烟去，天畔青山隔雨看。」等皆如是，或從「衝」為宜。

〈惠民隄河晚矚〉，頁 2366

惠民「隄河」晚矚。佚存本（宮）（珍）（叢）文津閣：惠民「河隄」晚矚。

　　案：此詩為書寫河隄景觀之作，據《宋史·任福傳》：「巡護惠民河堤岸。」《續資治通鑑長編·真宗》：「天禧三年秋七月戊午，崇儀副使史瑩責授供備庫副使，坐所治惠民河隄決，壞民廬舍故也。」且《宋史》多見「惠民河」而無作「惠民隄」者，故詩題當為〈惠民河隄晚矚〉，作「隄河」者乃倒錯。

〈鄭子產廟〉，頁 2367

「謬」政為邦久，千秋謝所欽。文津閣：「繆」政為邦久，千秋謝所欽。

　　案：鄭子產，春秋時鄭大夫公孫僑，字子產，治鄭多年，政績卓著，鄭聲公五年卒，鄭人悲之如亡親戚，《論語·公冶長》：「子謂子產，有君子之道四焉，其行己也恭，其事上也敬，其養民也惠，其使民也義。」謬政，荒謬之政治措施，梅堯臣〈碧雲騢〉：「朝廷知之，亟罷觀（張觀）落知制誥守杭州，杭州苦其謬政。」據詩意，此「謬」疑通「繆」，作纏縛意，《莊子·庚桑楚》：「徹志之勃，解心之謬，去德之累，達道之塞。」成玄英《疏》：「謬，繫縛也。」繆，蓋取其「綢繆」之意，比喻事前準備，防患未然，《詩經·豳風·鴟鴞》：「迨天之未陰雨，徹彼桑土，綢繆牖戶。」孔穎達《疏》：「鄭以為鴟鴞及天之未陰雨之時，剝彼桑根以纏綿其牖戶，乃得成此室巢。」或通「糾」，《墨子·非命中》：「故昔者三代之暴王，不繆其耳目之淫，不慎其心志之辟。」孫詒讓《間詁》：「繆即『糾』之借字。」蓋具糾正政治之意。此聯歌頌子產貢獻，是知與「謬政」無關，從「繆」較無歧義。

〈宛丘作〉，卷八，頁 2367

「宛丘」真善地，承詔幸班春。佚存本（宮）：「晚丘」真善地，承詔幸班春。佚存本（珍）：「晚邱」真善地，承詔幸班春。

　　案：宛丘，古宛丘地為春秋時陳都，秦置陳縣，隋開皇初改稱宛丘縣，傳縣東南有宛丘，高二丈，《詩經·陳風·宛丘》：「子之湯兮，宛丘之上兮。」就詩題

「宛丘作」觀之，此所謂「真善地」當為「宛丘」無疑，宋祁〈離宛丘舟中作〉、〈楊太尉墓誌銘〉：「徙知壽、亳兩州，還為宛丘。」等皆作「宛丘」，〈上兩府謝改知制誥啟〉：「俄蒙下蔡之組，間換宛邱之章。」與〈張尚書行狀〉：「天禧四年十一月二十七日權窆于陳州宛邱縣孝悌鄉謝村。」則書為「宛邱」，並無「晚丘」或「晚邱」之語，當與詩題同作「宛丘」為是，「晚」疑音近而誤。

〈題蜀州休覺寺〉，頁 2369

花供法界雨，江助梵音「朝」。海水聞鐘下，天風引磬遙。文津閣：花供法界雨，江助梵音「潮」。海水聞鐘下，天風引磬遙。

案：潮，潮水。此句當與「花供法界雨」相對，所謂「花供」，據《御定駢字類編・草木門二十八・花二・花供》所錄《彌勒成佛經》之記載：「時諸天龍鬼神王，不現其身而雨天花供養於佛。」得知其義或源自於此，故「雨」即為花雨，意指佛法遍照十方。而此句亦有佛法遍照十方之意，形容江潮對梵音存有推助之功，故其後進一步描寫：「海水聞鐘下，天風引磬遙。」凸顯鐘聲、磬音於「海水」與「天風」間迴盪推擴之情形。由是觀之，當從「潮」字為是。

〈轉運彭季長學士小集數辭宴集〉，頁 2369

轉運彭季長學士小「集」數辭宴集。文津閣：轉運彭季長學士小「疾」數辭宴集。

案：據此詩所謂「此日疾為解」與「霏香藥裏餘」觀之，知確有疾意，當從「疾」字為是，「集」疑涉下文而誤。

「此」日疾為解，遂將杯酒疏。文津閣、文淵閣：「比」日疾為解，遂將杯酒疏

案：比日，連日，王績〈春園興後〉：「比日尋常醉，經年獨未醒。」或指近來，王安石〈與王宣徽書〉其一：「得聞比日動止康豫，深慰鄙情也。」此日，是日、即日。據詩題「數辭宴集」，宜從「比」字，且宋祁〈寄題元華書齋〉：「比日投簪隱，盃逢列舍椽。」可參看。

〈送呂太初法曹之許田〉，頁 2370

潘「鬢」不勝梳。佚存本（珍）：潘「領」不勝梳。

案：鬢，頰旁近耳處之頭髮。領，頸，或謂衣服護頸部分。潘岳〈秋興賦序〉：「余春秋三十有二，始見二毛。」具年華早衰之意，爾後，「潘鬢」一詞遂衍生為

形容體衰髮白之故事，《權文公集·奉酬張監閣老雪後過中書見贈加兩韻簡南省僚舊》之「潘鬢年空長」與《元氏長慶集·酬翰林白學士代書一百韻》之「潘鬢去年衰」皆如此。由此觀之，當從「鬢」字為是。唯宋祁〈晨赴書局〉：「漸覺蘇裘敝，行嗟潘領衰。」（文津閣與文淵閣皆作「領」字）與〈馬上逢雪〉：「無煩濕潘鬢，今是二毛人。」一作「領」、一作「鬢」，似皆可從之。然就此詩所謂「不勝梳」而論，從「鬢」較妥切。

白皙公庭步，翹材首曳「裾」。文津閣：白皙公庭步，翹材首曳「裙」。

案：白皙公庭步，化用〈陌上桑〉故事：「為人潔白皙，鬑鬑頗有鬚。盈盈公府步，冉冉府中趨。坐中數千人，皆言夫婿殊。」謂人舉止不凡。翹材，特出之才能，亦指才能特出之士，曾鞏〈使相制〉：「某精慮造微，翹材絕眾。」或「翹材館」之省稱，漢公孫弘為宰相，設翹材館，以羅致天下人才，後因以「翹館」謂招致才學穎異之士之館舍，沈遘〈七言奉寄三衢趙少師〉：「昔年翹館青衫客，非佛非仙江水東。」曳，牽引、拖、穿。裙，平聲文韻，下裳、裙子。裾，音ㄐㄩ，平聲魚韻，衣服之大襟。曳裾，拖著衣襟，陶潛〈勸農〉：「矧伊眾庶，曳裾拱手。」又為「曳裾王門」之省稱，比喻於王侯權貴門下作食客，《漢書·鄒陽傳》：「飾固陋之心，則何王之門不可曳長裾乎？」杜甫〈又作此奉衛王〉：「推轂幾年惟鎮靜，曳裾終日盛文儒。」此詩押平聲魚韻，故當從「裾」字為是。

〈初宿東閣追憶文簡丁公作〉，頁2370

「磚」花「駁」蘚重。文津閣：「塼」花「駮」蘚重。

案：磚、塼之別，可參見前校〈玉堂感舊〉文字，此句顯為形容磚上蘚苔密布之狀，且〈玉堂感舊〉：「磚花仍可記，厦雀稍驚飛。」亦有「磚花」一語，故當從「磚」字。駁，顏色雜亂或事務紛雜之意。駮，顏色雜亂。二字得同用，均作形容詞解，且皆屬入聲覺韻，宋祁於二字之使用頻率頗為相當，姑備異文。

〈望僊亭書所見〉，頁2371

舉頭看白日，還過「太」山西。文津閣：舉頭看白日，還過「大」山西。

案：望僊亭，宋祁集中題為〈望仙亭〉之詩共二首，〈望仙亭晚眺〉、〈望仙亭實酒看雪〉及〈望仙亭北軒晚思〉亦與此亭有關，自〈望仙亭〉：「淮山相蟬聯，萬景歸宇下。」〈望仙亭實酒看雪〉：「淮滸亂迷珠皪月，柳園狂誤絮時風。」及

梅堯臣〈望仙亭并序〉：「壽春望仙亭，廣平宋公所作也。」足證此「望仙亭」位於淮地。太山，即泰山，《孟子·梁惠王上》：「挾太山以超北海。」大山，泰山，《墨子·非攻中》：「北而攻齊，舍於汶上，戰於艾陵，大敗齊人，而葆之大山。」此詩書寫「南國冬無雪」之美景，然泰山位居魯中，未能稱為南國，復與淮南距離遙遠，且宋祁言及「泰山」皆未書作「太山」，此處恐與「泰山」無涉，疑乃單就當時所見之高山而書，故或作「大」為宜，「太」疑形近而誤。

〈呈胡希元進士二首〉，頁 2372

軒鴻「遡」霄路，和鶴答溪陰。文津閣：軒鴻「傃」霄路，和鶴答溪陰。

案：遡，「泝」之異體字，迎、向，張衡〈東京賦〉：「泝洛背河，左伊右瀍。」曹丕〈永思賦〉：「仰北辰而永思，泝悲風以增傷。」傃，趨向，顏延之〈陶徵士誄〉：「視死如歸，臨凶若吉……傃幽告終，懷和長畢。」蘇軾〈放鶴亭記〉：「山上有二鶴，甚馴而善飛，旦則望西山之缺而放焉……莫則傃東山而歸。」霄路，雲中之路、上天之路，沈約〈為柳克州世隆上舊宮表〉：「故能屬輦道於天階，命帝關於霄路。」就詩意觀之，此句書寫飛鴻向天之狀，二者皆可從，雖宋祁〈春集東園詩并序〉：「時之勝，如載陽之辰，戢慘傃舒，惠氣韶葦，怡豫天區。」〈迎薰亭〉：「飛宇棘南傃，以待風之薰。」〈代晏尚書亳州謝上表〉：「擁左魚於官次，傃疲馬於君軒。」悉作「傃」，然〈送張端公轉運兩浙序〉：「精力靡監，遡密靖之風。」〈西齋休偃記〉：「目睇飛鴻，心遡歸雲。」〈謝留府尚書啓〉：「距容舠之流，坐驚宋遠；遡飛鴻之渚，久竚公歸。」則見「遡」與「鴻」相關，故或從「遡」為宜，「傃」疑義近而誤。

〈送張士安同年赴上元尉〉，頁 2373

「苑葩」依日晚，官樹共秋高。佚存本（宮）（珍）：「蕪蒹」依日晚，官樹共秋高。

案：苑，上聲阮韻，古稱養禽獸、植林木之處，多指帝王或貴族之園林，亦泛指一般園林，戴名世〈陳某詩序〉：「而姑蘇、天台、震澤之濱，長洲之苑，尤為秀絕。」蕪，平聲虞韻，叢生之草，李煜〈虞美人·風回小院庭蕪綠〉：「風回小院庭蕪綠，柳眼春相續。」蒹，無長穗之蘆葦，《詩經·秦風·蒹葭》：「蒹葭蒼蒼，白露為霜。」官，平聲桓韻，房舍，《論語·子張》：「夫子之牆數仞，不得

其門而入，不見宗廟之美，百官之富。」賈誼《新書·耳痺》：「百世名寶因閑官為積。」俞樾《諸子平議·賈子二》：「官乃館之古文，閑官即閑館，謂館舍之空虛者。」就詞義觀之，唯「苑」與「官」同與建物有關，且此聯當作「平平平仄仄，仄仄仄平平」，然「官」似有救拗情況，須從仄聲之「苑」方得以「官」救之，故恐從「苑葩」為宜。

〈送王鼎同年尉滎陽〉，頁 2374

送王鼎同年尉「滎」陽。佚存本（珍）：送王鼎同年尉「榮」陽。

案：尉，古官名，多為武職，《漢書·百官公卿表上》：「太尉，秦官，金印紫綬，掌武事。」顏師古注引應劭曰：「自上安下曰尉，武官悉以為稱。」此指出任尉官。蔡絛《鐵圍山叢談》：「李鬱林佩，政和初出官。尉芮城時，因公事過河鎮。」《宋史·地理志》：「鄭州，輔滎陽郡，奉寧軍節度。熙寧五年廢州，以管城、新鄭隸開封府，省滎陽、滎澤縣為鎮入管城，原武縣為鎮入陽武。元豐八年復州，元祐元年還舊節，復以滎陽、滎澤原武為縣，與滑州並隸京西路。崇寧四年建為西輔。大觀四年罷輔郡。政和四年又復，宣和二年又罷，崇寧戶三萬九百七十六，口四萬一千八百四十八，貢絹、黃麻。縣五：管城、滎澤、原武、新鄭、滎陽。」宋無「榮陽」一地，且此詩所謂「作吏緇衣國」當是暗用《詩經·鄭風·緇衣》故事，古鄭國所在地正與「滎陽」相應，故當從「滎」字，「榮」乃形近而誤。

盜息連殊課，章「封」刺史臺。文津閣：盜息連殊課，章「交」刺史臺。

案：封，皇帝賜官授爵之詔令，《左傳·昭公二十九年》：「實列受氏姓，封為上公。」宋代行政區劃有「刺史州」之說，亦為統轄該州之職官名，錢大昕《廿二史考異·宋史三·地理志一》：「汝州本防禦州。案宋制，州有四等：曰節度州，曰防禦州，曰團練州，曰刺史州。志稱軍事者，即刺史也。」此聯謂對方有息盜之功，故朝廷進用升遷，或從「封」為宜。

〈玩晚菊〉，頁 2376

自嫌「霜」白鬢，將插重裴徊。文津閣：自嫌「雙」白鬢，將插重裴徊。

案：霜，此作白色解，與「雙」均可通，然「霜」、「白」字義重複，雖或有強調意味，頗嫌未臻妥適，宋祁〈將歸二首〉其二云：「旋鬢雙垂雪。」〈尹學士自濠梁移倅秦州〉曰：「于役三年遠，論兵兩鬢斑。」兼以「雙」、「白」形容「鬢」

之狀態。且宋詩屢見「雙白鬚」一詞，時代相近者，如：蘇舜欽〈老萊子〉：「常羨老萊子，七十親不衰。颯然雙白鬚，尚服五綵衣。」王安石〈退朝〉：「邂逅欲成雙白鬚，蕭條難得兩朱輪。」均可參看，故宜從「雙」字，「霜」恐音近而誤。

〈冬日呈應之〉，頁 2376

北山如借問，矯「首」謝丹崖。文津閣：北山如借問，矯「掌」謝丹崖。

案：矯首，昂首、抬頭。杜甫〈又上後園山腳〉：「窮秋立日觀，矯首望八荒。」又具昂昂然自得貌之意，葛洪《抱朴子·名實》：「至於駑蹇矯首於琱輦，駃騄委牧乎林坰，彼已尸祿，邦國殄瘁。」《明史·李植江東之等傳贊》：「李植、江東之諸人，風節自許，矯首抗俗，意氣橫屬，抵排群枉。」矯掌，據江淹〈郭弘農璞遊仙〉：「渺然萬里遊，矯掌望烟客。」與韋應物〈寄黃劉二尊師〉：「矯掌白雲表，晞髮陽和初。」觀之，蓋為抬手遠望之狀。二者之行為動作似皆得用以傳達對「丹崖」之「謝」意，唯此二句疑與孔融〈北山移文〉有關。「北山」殆指鍾山，又名紫金山，呂向題解〈北山移文〉云：「鍾山在都北。其先，周彥倫隱於此山，後應詔出為海鹽縣令。今欲卻過此山，孔生乃假山靈之意移之，使不許得至，故云『北山移文』。」丹崖，綺麗之巖壁，〈北山移文〉中有：「碧嶺再辱，丹崖重滓。」之語，嵇康〈琴賦〉言：「丹崖嶮巇，青壁萬尋。」李白〈送溫處士歸黃山白鵝峰舊居〉謂：「丹崖夾石柱，菡萏金芙蓉。」見知「丹崖」常與隱居、隱士相關，而〈北山移文〉文末表明：「請迴俗士駕，為君謝逋客。」逋客乃指避世之隱者。綜上述線索，此處作「矯首」較能呈顯宋祁昂然自得之情貌，且其〈擬王右丞瓜園〉：「時時高興酣，矯首望神州。」亦嘗用「矯首」一詞，「矯掌」較為不妥。

〈秋夕不寐〉，頁 2376

啼螿思「歲」晚，寒葉伴人衰。文津閣：啼螿思「年」晚，寒葉伴人衰。

案：「歲」與「年」字義略同，然平仄相反。此詩為仄起首句不入韻格，此句音律乃作「平平平仄仄」，遂知當從仄聲之「歲」為是。

〈冬日野外〉，頁 2376-2377

葉飄霜外「柳」，烟「山」燒餘田。睕晚流芳後，崢嶸急景前。文津閣：葉飄霜外「栫」，烟「出」燒餘田。睕晚流芳後，崢嶸急景前。

　　案：柹，「㮌」之異體字，泛指物始生，《廣雅·釋詁一》：「㮌，始也。」王念孫《疏證》引《尚書·盤庚》：「若顛木之有由㮌。」亦指枝幹新長之枝芽，《孟子·告子上》：「是其日夜之所息，雨露之所潤，非無萌㮌之生焉。」晼晚，時令晚，庾信〈周祀宗廟歌·皇夏〉：「日月不居，歲時晼晚。」劉禹錫〈百花行〉：「時節易晼晚，清陰覆池閣。」流芳，猶流光、好時光，歐陽脩〈訴衷情·眉意〉：「思往事，惜流芳，易成傷。」急景，急馳日光、急促時光，曹鄴〈金井怨〉：「西風吹急景，美人照金井。」此組詩共計三首，皆書寫冬日寒凍情狀，未見景物始萌之徵兆，且此詩頷、頸聯對仗工穩，自「霜外」、「燒餘」、「晼晚」諸語觀之，從「柹」不合情理，宜從「柳」字。另，此為五言律詩，屬仄起首句不入韻格，此聯之「葉」、「烟」具拗救關係，是知此句格律作「仄仄仄平平」，宜從仄聲之「出」，且「山」為名詞，唯「出」之詞性得與「飄」相對，確從「出」無誤，「山」疑形近而誤。

〈贈文雅度大士〉，頁 2377

「祇陀」學久徧。文津閣：「秖陁」學久徧。

　　案：祇陀，或作秖陁，佛教語。《大唐西域記》：「逝多林給孤獨園，城南五六里有逝多林，（唐言勝林，舊曰祇陀，訛也。）是給孤獨園。勝軍王大臣善施為佛建精舍。昔為伽藍，今已荒廢。」又「善施長者仁而聰敏，積而能散，拯乏濟貧，哀孤恤老，時美其德，號給孤獨焉。聞佛功德，深生尊敬，願建精舍，請佛降臨。世尊命舍利子隨瞻揆焉，唯太子逝多園地爽塏。尋詣太子，具以情告。太子戲言：『金遍乃賣。』善施聞之，心豁如也，即出藏金，隨言布地。有少未滿，太子請留，曰：『佛誠良田，宜植善種。』即於空地，建立精舍。世尊即之，告阿難曰：『園地善施所買，林樹逝多所施，二人同心，式崇功業。自今已去，應謂此地為逝多林給孤獨園。』」由是觀之，「祇陀」與「秖陁」及「逝多」蓋音譯之名，故文字多有不同，然所指涉者並無差別。

《全宋詩》卷 208 · 宋祁五

〈歲晚私感〉，頁 2378

歲「晚」私感。佚存本（珍）（叢）：歲「晏」私感。

案：晚，接近終了，一時期之後段部分，韓愈〈雨中寄張博士籍侯主簿喜〉：「歲晚偏蕭索，誰當救晉饑？」歲晏，一年將盡時，白居易〈觀刈麥〉：「吏祿三百石，歲晏有餘糧。」，「歲晚」、「歲晏」義同，宋祁均多用之，如：〈秋夕不寐〉「啼螿思歲晚，寒葉伴人衰」，唯「歲晏」常與「崢嶸」並現，如：〈偶書〉「媒勞傷偃蹇，歲晏恨崢嶸」、〈喜得當塗葉學士手筆〉「隨岸秋風慘別袪，崢嶸歲晏得雙魚」、〈上江南轉運郎中啟〉「崢嶸歲晏，悒鬱人還」，而此詩首聯謂：「已嗟官落魄，更值歲崢嶸」，就詩人用字習慣，或從「晏」為宜。

〈春晏病體少惓退臥北齋有寄〉，頁 2378

春晏病「體」少惓退臥北齋有寄。文津閣：春晏病「軀」少惓退臥北齋有寄。

案：宋祁〈抒懷呈同舍〉：「晝役迴腸數，秋扶病體輕。」〈上太尉啟〉：「近闋私憂，甫寧病體，久去外朝之著，罕修執訊之儀跡。」兩用「病體」，「病軀」則僅見於此詩之文津閣本，依宋祁慣習，恐作「體」為是，「軀」蓋義近而誤。

「小」有負薪疾，早成憔悴姿。佚存本（珍）、文淵閣、文津閣：「少」有負薪疾，早成憔悴姿。

案：負薪，古代士人自稱疾病之謙辭，《禮記·曲禮上》：「君使士射，不能，則辭以疾，言曰：『某有負薪之憂。』」《史記·平津侯主父列傳》：「臣弘行能不足以稱，素有負薪之病，恐先狗馬填溝壑，終無以報德塞責。」宋祁〈祈福醮文〉自述：「臣稟生暗愚，少小多病，十有三歲，慈母見損。」可供參看。「小」與「少」均具年幼之意，唯詩文中若追憶年少情事，多用「少」字，宋祁現存創作中並無他例「小有」、「少有」可為對照，然其《新唐書》為前人作傳時屢用「少有」一詞，如〈李禕傳〉「禕少有志尚」、〈郭孝恪傳〉「少有奇節」、〈郭元振傳〉「少有大志」等，推知此處恐以「少」字為是，「小」蓋形近而誤。

樸斲知「林」短，腥腰厭「席」卑。佚存本（珍）：樸斲知「材」短，腥腰厭「革」卑。

案：樸，未經雕鑿之木料、砍伐整理。斲，砍、切，《尚書·周書·梓材》：「若作室家，既勤垣墉，惟其塗墍茨；若作梓材，既勤樸斲，惟其塗丹雘。」意指良材除「勤樸斲」外，亦須「塗丹雘」，強調對良材之善加處治。此句疑反用其意，說明細加雕鑿素料之際，方才知悉其非良材，「林」字雖似可通，然「材」字兼含才能之意，具雙關意味，且與《尚書》緊密相關，故以「材」字為當，「林」殆形

近而誤。腥，生肉。《儀禮·聘禮》：「腥一牢，在東鼎七。」《論語·鄉黨》：「君賜腥，必熟而薦之。」臘，古代祭名，《漢書·武帝紀》：「令天下大酺五日，臘五日。」顏師古注引蘇林曰：「臘，祭名也。」《風俗通·臘》：「楚俗常以十二月祭飲食也。又曰嘗新始殺也，食新曰貙臘。」席，職位，劉禹錫〈贈楊尚書〉：「步武離臺席，徊翔集帝梧。」革，革製酒囊。此句蓋藉「腥臘」之祭品厚薄以謂個人之地位卑下，與上句謂己短於才德之敘述相應，故或從「席」為是。

〈春郊曉「望」〉，頁 2379

春郊曉「望」。文淵閣、文津閣：春郊曉「野」。

案：野，廣平處、郊外，此與詩題「郊」字意義重複，且難以理解所指，當作「曉望」為是，「野」疑涉下文「野色兼山遠」而誤。

〈和丞相小園雨霽〉，頁 2380

林果高仍在，葅菘晚自「嘉」。文津閣：林果高仍在，葅菘晚自「佳」。

案：嘉，平聲麻韻，美好；佳，平聲佳韻，美、好。二者義略同，均得解釋之，然此詩其餘韻腳，皆押平聲麻韻，故就詩律角度言之，從「嘉」字較顯工整。

〈聞蟬〉，頁 2381

庭樹「喝」蟬聲。佚存本（珍）：庭樹「唱」蟬聲。

案：喝，大聲喊叫，多用於使令、呼喚、制止等，《晉書·劉毅傳》：「既而四子俱黑，其一子轉躍未定，裕屬聲喝之，即成盧焉。」唱，動物鳴叫，謝混〈游西池〉：「悟彼蟋蟀唱，信此勞者歌。」宋祁慣以「喝」形容蟬鳴，如〈石楠樹賦并序〉：「帶寒蜩之嘶喝，映翠禽之格磔。」〈聞蟬有感三首〉其一：「初聞蜀樹蟬，舍喝晚風前。」〈懷滕秘校書〉：「露鶴驚霄島，風蜩喝暝柯。」等皆如此，以「唱」形容蟬鳴者則僅見二處：〈送將歸賦〉：「切寒蜩之暝唱，驚離鶢之晨囀。」〈登高晚思〉：「同宿鳥霞橫嶺，唱殺寒蟬柳抱橋。」據詩，恐從「喝」較為適切，「唱」疑形近而誤。

衰意先鶗鴃，繁音伴沸「羹」。佚存本（珍）：衰意先鶗鴃，繁音伴沸「賡」。

案：鶗鴃，即故鴂，張衡〈思玄賦〉：「恃己知而華予兮，鶗鴃鳴而不芳。」李善注：「《臨海異物志》曰：『鶗鴃，一名杜鵑，至三月鳴，晝夜不止，夏末乃

止。』」衰意先鵙鴃，《楚辭》：「恐鵜鴃之先鳴兮，使夫百草為之不芳。」《禽經》：「鵙鴃鳴而草衰」下注曰：「《爾雅》謂之鵙，鵙，伯勞也，狀似鶡而大。《左傳》謂之伯趙，《方言》曰孤雞，鳴則草衰。」繁音，繁密音調。沸羹，輔以詩意觀之，此句當徵引《詩經·大雅·蕩》故事：「如蜩如螗，如沸如羹。」鄭玄箋：「飲酒號呼之聲，如蜩螗之鳴，其笑語沓沓，又如湯之沸、羹之方熟。」此處當指蟬聲嘈雜喧鬧，宜從「羹」字，「廙」殆音近而誤。

斜陽掛高柳，落「日」淡遙城。佚存本（宮）（珍）：斜陽掛高柳，落「月」淡遙城。

案：此句與「斜陽掛高柳」相對，據詩意之時序觀之，斜陽多指傍晚日落之際，故當從「日」字為是，「月」蓋形近而誤。

此際君懷苦，非徒「客」子情。佚存本（珍）：此際君懷苦，非徒「俗」子情。

案：鵙鴃聲啼與日暮斜陽多引發客子羈旅之愁緒，試觀杜甫〈峽中聞杜鵑〉：「春風破曉晴嵐濕，客子吟峋去程急。空山兩兩杜鵑聲，回首家鄉無羽翼。」與秦觀〈踏莎行〉：「可堪孤館閉春寒，杜鵑聲裏斜陽暮。」又宋祁〈臥廬悲秋賦〉「客子迴腸」、〈零雨被秋草賦〉「客子被酒」之句，未見「俗子」一詞，故或從「客」字為宜。

〈聞蟬有感三首〉，頁 2381

案：文津閣區分為：〈聞蟬悵然作〉、〈聞蟬有感〉、〈聞蟬〉三詩題。佚存本（宮）僅收第三首，題為「聞蟬」，置於第 30 卷，與各家編入第 9 卷有所不同。

〈遠行〉，頁 2381

「平原已」超忽。文津閣：「原野已」超忽。

案：《全宋詩》校記：《永樂大典》卷八六二八作「原野一」。平原、曠野，同義。超忽，遙遠貌，王中〈頭陀寺碑文〉：「東望平皋，千里超忽。」考此詩為平起首句不入韻格，當作「平平平仄仄」，然第三字與第四字存在拗救之現象，遂為「平平仄平仄」，故宜從「平原」。且檢索宋祁文字，其〈春日同趙侍禁遊白兆山寺序〉：「追盛集，睠良辰，弭節乎平原，按轡乎遄路。」與〈禦戎論〉其四：「如今不掘而浚，弗出百年，為平原矣。」諸篇均見「平原」之語，《景文集》計用 6 次，《新唐書》85 次，而「原野」僅於《新唐書》四見，知宋祁慣用「平原」

一詞，此處應作「平原已」。

山「徑」亦紆餘。文津閣：山「川」亦紆餘。

　　案：《全宋詩》校記：《永樂大典》「山川一」。此句格律當作「仄仄仄平平」，唯首字為平聲而不工，如此，第二字當從仄聲之「徑」字方合律。作「亦」字，詩意較「一」字通順，故從「山徑已」為是。

〈集江瀆池亭〉，頁2382

「集」江瀆池亭。文津閣：江瀆池亭。

　　案：試觀宋祁〈江瀆亭〉（或作〈江瀆池亭〉）、〈夏日江瀆亭小飲〉、〈十日宴江瀆亭〉等詩題，知「江瀆亭」或「江瀆池亭」乃亭名之專稱，唯檢索「漢籍電子文獻資料庫」、「文淵閣四庫全書」、「中國基本古籍庫」等資料庫，除宋祁外，未見任何有關「江瀆亭」或「江瀆池亭」之記載與詩文。《歲時雜詠》、《瀛奎律髓》及《全蜀藝文志》諸書皆僅有「江瀆亭」而無「江瀆池亭」，《成都文類》卷7將〈集江瀆池亭〉、〈江瀆亭〉、〈夏日江瀆亭小飲〉並置一處，然「一鬐掀翅壓溪隅」一詩，文淵閣《景文集》、《全宋詩》皆題為「江瀆池亭」，而《成都文類》則書為「江瀆亭」，「集江」則未查得是否為某江河之名。推測或以「江瀆亭」為是，「江瀆池亭」未知為其異稱、另有他亭或「池」字為衍文，「集」字恐為衍文。

〈兔〉，頁2383

兔。佚存本（珍）：「食」兔。

　　案：據詩中「歸肉助庖羶」一句，知確有捕兔為食之意，非純粹詠兔之作，或應補「食」字為是。

可嗟多狡「穴」。佚存本（珍）：可嗟多狡「窟」。

　　案：《全宋詩》校記：「佚存本」作「窟」。

　　穴，窩巢、洞窟。窟，洞穴、人居之土室。據詩意則當指兔之窟巢，二字皆得解釋之。另，窟，入聲沒韻，穴，去聲屑韻，均屬仄聲，無法自格律判斷。然此語當暗用《戰國策·齊策四》之故事：「馮諼曰：『狡兔有三窟，僅得免其死耳。今君有一窟，未得高枕而臥也。請為君復鑿二窟。』」是知或以「狡窟」一語較為適切，「穴」字殆義近而誤。

〈同年李宗太平法掾〉，頁 2383

重紆碧「鶴」裳。佚存本（珍）：重紆碧「鸛」裳。

案：鶴，李時珍《本草綱目·禽一·鶴》：「鶴大于鵠。長三尺，高三尺餘，喙長四寸，丹頂赤目，赤頰青腳，修頸凋尾，粗膝纖指，白羽黑翎。亦有灰色，蒼色者。嘗以夜半鳴，聲唳雲霄。」鶴裳，毛珝〈和張梅深四首〉其三：「不愁死去無名在，化作千年老鶴裳。」許虬〈萬聖山〉：「穿花麋角煖，巢樹鶴裳寒。」似與年壽、雪花有關，不符此處意涵。此詩「鶴裳」疑與「鶴文」、「鶴紋」、「鶴袍」有關，乃指繡有仙鶴圖案之官服，劉禹錫〈謝春衣表〉：「在身不稱，恐招鵜翼之譏；居位無功，叨受鶴紋之賜。」李東陽〈候駕畢宿神樂觀〉：「夜賜鶴袍階二品，書頒龍饌日三回。」《禮部志稿·列傳四·嚴訥》：「始訥為學士，時官五品，上特賜鶴袍，謂此一品服。」皆可參見。鸛，《本草綱目·禽一·鸛》：「鸛似鶴而頂不丹，長頸赤喙，色灰白，翅尾俱黑。多巢於高木。其飛也，奮於層霄，旋遶如陣。仰天號鳴，必主有雨。」「鸛」未見與官服相關之詞語，恐從「鶴」較為可能，「鸛」疑義近而誤。

佐庖鮭「菜」厚。佚存本（珍）：佐庖鮭「稟」厚。

案：「菜」與「稟」同屬仄聲，故無從自格律判斷。廩，糧倉、糧食、俸祿、俸米。鮭菜，意指古代以魚類所製成之菜餚，杜甫〈王竟攜酒高亦同過共用寒字〉：「自愧無鮭菜，空煩卸馬鞍。」鮭稟，《南齊書·倖臣·紀僧真》：「永明四年，坐役使將客，奪其鮭稟，削封卒。」鄭獬〈送餘姚知縣陳最寺丞〉：「食案資鮭稟，公田剩酒材。」乃指官府所撥發之薪給糧米。宋祁〈溪上〉、〈嘉祐庚子秋七月予還臺明年始對家圃春物作〉、〈舟中三首〉其三皆用「鮭菜」一詞，且就「佐庖」而論，「鮭菜」較「鮭稟」妥適，故從「菜」字為宜。

束帙「秘廚」香。佚存本（珍）：束帙「蠹侵」香。

案：束帙，謂捆紮或整理書籍。蠹侵，指蠹蟲對書籍之咬蝕與破壞。秘廚，貯存書籍之櫥櫃。其後謂之「香」，蓋係就書籍而發，即書香之意。另，此句與「佐庖鮭菜厚」相對，故當從「秘廚」為是。

〈出城暫憩林下〉，頁 2384

山禽不辨種，溪草「盡」無名。文津閣：山禽不辨種，溪草「先」無名。

案：此詩書寫憩於林下所見之景致，此聯表現個人游目所及，毋須詳辨禽鳥林

木之類別，唯求自適而已，故宜從「盡」。

〈馮彭年蘇州法掾〉，頁2384

象闕天中隔，鄉「朝」月外聞。文津閣：象闕天中隔，鄉「潮」月外聞。

　　案：此句與「象闕天中隔」相對。象闕，懸掛法令與告示之高大宮門，沈約〈上建闕表〉：「詔匠人建茲象闕，俯藉愛禮之心，以申子來之願。」據前文所謂「倦游銷仲產」、「參事厭卿軍」及「象闕天中隔」，得知此人既非政治核心之高級官員，亦不在野。故此句之主旨在於傳達宦游之苦，表明無法位居朝廷中樞，卻又歸鄉不得之愁苦，而「朝」具朝廷或官署之意，「潮」則意指潮水，且此句有「月外聞」之語，據此「聞」字益足以知曉，當作「鄉潮」為宜，「朝」字誤也。

〈吏上〉，頁2385

「吏上」。佚存本（珍）（叢）：「晚思」。

　　案：〈吏上〉蓋取自此詩首句二字而來；〈晚思〉則與詩中日暮景象有關，此篇之後緊接之〈曲幌〉、〈林缺〉皆取首句二字以命題，此處或作「吏上」為宜。

〈連秀才東歸〉，頁2386

烟樹偏「雲」中，迎君馬首東。文津閣：煙樹偏「林」中，迎君馬首東。

　　案：雲煙繚繞之樹木、叢林，孟浩然〈閑園懷蘇子〉：「鳥從煙樹宿，螢傍水軒飛。」雲中，雲霄之中，高空，常用指傳說中之仙境，《楚辭‧九歌‧雲中君》：「靈皇皇兮既降，猋遠舉兮雲中。」王逸注：「雲中，雲神所居也。」又謂高聳入雲之山上，喻指塵世之外，嚴參〈沁園春‧自適〉：「吾應有，雲中舊隱，竹裏柴扉。」此二句應為實景描寫，「雲中」似較適切，「林」字恐誤。

〈徐帥北歸〉，頁2386

徐「帥」北歸。文津閣：徐「師」北歸。

　　案：帥，軍事統領。師，前輩、師長，亦為對道士或僧尼之尊稱。據詩中「仙巖」、「柱史客」（柱史，即「柱下史」之省稱，謂老子。）、「上清人」（上清，指道觀或道長，白居易〈酬贈李煉師見招〉：「幾年司諫直承明，今日求真禮上清。」）、「牝谷」、「凝神」等詞彙，得見此詩仙道意味濃厚，當與軍事無關。宋祁另有〈寄

襄陽觀徐師〉一詩，雖無法確知是否即此詩所詠之人，然恐以「徐師」為是，「帥」字蓋形近而誤。

學霧應成市，「泠」風肯待旬。文淵閣：學霧應成市，「泠」風肯待旬。文津閣：學霧應成市，「吟」風肯待旬。

　　案：學霧，《後漢書·張楷傳》：「楷字公超，通嚴氏春秋、古文尚書，門徒常百人。賓客慕之，自父黨馮儒，偕造門焉。車馬填街，徒從無所止，黃門及貴戚之家，皆起舍巷次，以候過客往來之利。楷疾其如此，輒徙避之。……隱居弘農山中，學者隨之，所居成市，後華陰山南遂有公超市。……性好道術，能作五里霧。」後以「學霧」指學習道術，楊億〈寄靈仙觀舒職方學士〉：「華陰學霧還成市，彭澤橫琴豈要絃。」泠風，《莊子·齊物論》：「泠風則小和，飄風則大和。」成玄英疏：「泠，小風也。」《呂氏春秋·任地》：「子能使子之野盡為泠風乎？」高誘注：「泠風，和風，所以成穀也。」《新唐書·柳宗元傳》：「蒸為清氛，疏為泠風。」吟風，於風中有節奏地作響，楊巨源《紅線傳》：「忽聞曉角吟風，一葉墜落，驚而起問，即紅線迴矣。」或以風為題材賦詩，杜甫〈雨〉：「風扉掩不定。」仇兆鰲注引清黃生曰：「杜詩吟風之句，如『風扉掩不定』、『風幔不依樓』、『風簾自上鈎』、『寒聲風動簾』、『風連西極動』、『風前竹逕斜』，皆畫風手也。」就詩意觀之，此語乃形容對方傳道猶如時之和風般化育萬物，故從「泠」較適切，「冷」疑形近而誤，「吟」疑音近而誤。

〈肅簡魯公挽詞四首〉，頁 2387

肅簡「魯公」挽「詞」四首。佚存本（宮）（珍）（叢）：肅簡「燕魯公」挽「歌」四首。文津閣：肅簡魯公挽「歌」四首。

　　案：宋祁集中所存：〈宣徽太尉鄭公挽詞二首〉、〈王沂公挽詞三首〉、〈司徒待中宣獻公挽詞二首〉、〈李中令挽詞二首〉、〈回李太傅惠御製挽詞石刻啟〉諸篇，皆作「挽詞」，未見作「挽歌」者，當從「挽詞」為宜，「歌」字恐義近而誤。另，《宋史·魯宗道傳》：「魯宗道，字貫之，……太常議謚曰剛簡，復改為肅簡。」知「燕」字恐衍文也。

其一，頁 2387

密啓多焚草,加餐釀「嗜葵」。佚存本（宮）：密啓多焚草,加湌厭「啗繁」。佚存本（珍）：密啓多焚草,加湌厭「嗜啗」。

案：密啟,秘密啟奏,《晉書·賈充傳》：「先是羊祜密啟留充,及是,帝以語充。」或謂秘密書函,沈德符《野獲編·吏部二·辛亥兩察之爭》：「掌河南道御史張京兆,具密啟于吏部尚書 孫丕揚,謂明時前疏要挾免察。」加餐,猶進餐,「湌」為「餐」異體字,戴名世〈詹烈婦傳〉：「至三日,烈婦收淚請姑加餐。姑曰：『汝食,吾方食。』」葵,平聲脂韻,古代重要蔬菜之一,可醃製,稱「葵菹」,《詩經·豳風·七月》：「七月亨葵及菽。」或為滑菜之泛稱,吳其濬《植物名實圖考·水草·菩菜》：「古人於菜之滑者多曰葵。」繁,平聲元韻,多。自押韻情況判斷,「葵」與「熙」、「隨」、「龜」諸韻腳得通用而相符,恐從「嗜葵」為是,佚存本（宮）（珍）脫文,當據《全宋詩》補。

不圖霜「露」疾,奄忽喪元龜。佚存本（珍）：不圖霜「霧」疾,奄忽喪元龜。

案：不圖,不料。奄忽,疾速、倏忽。《舊唐書·劉仁軌傳》：「奄忽長逝,銜恨九泉。」元龜,古代用於占卜之大龜,此或指謀士、謀臣,《宋史·魯宗道傳》載：「宗道為人剛正,疾惡少容,遇事敢言,不為小謹。」霜露,霜與露水,二字連用常非實指,而義近於風霜,具艱難困苦之意,宋祁〈哀故文節公〉：「霜露纏嬰疾,龍蛇已喪賢。」與〈文正王公墓誌銘〉：「瘁蔺嬰霜露以踣。」均見「霜露」與「疾」相關之用法。「霜霧」雖可解為霜與霧之合稱,然詩文中向為實指,於此處難以詮解,當從「露」字為是。

其二,頁 2387

震邸陪翔鳳,天壇侍祭「牲」。佚存本（宮）：震邸陪翔鳳,天壇侍祭「□」。

案：翔鳳,即鳳凰,班固〈幽通賦〉：「翔鳳哀鳴集其上,清水泌流注其前。」天壇,帝王祭天之高臺,《宋書·禮志三》：「光武建武中,不立北郊,故后地之祇常配食天壇。」祭牲,古代祭祀時以牲畜為祭品,《禮記·祭義》：「犧牷祭牲,必於是取之,敬之至也。」自押韻情況判斷,「牲」為平聲庚韻,與「英」、「楹」、「名」諸韻腳得以通用而相符,故當據之補。

武公年不至,輔德「是」功名。佚存本（宮）（珍）：武公年不至,輔德「似」功名。

案：《毛詩注疏·鄘風·考證》：「武公立于宣王十六年,卒于平王十三年,

在位五十五年，其立之年已四十餘歲矣。共伯為武公兄。」知武公非僅長壽，其在位執政之年月亦不短。此二句乃宋祁綜結全詩頌贊魯宗道之語：「震邸陪翔鳳，天壇侍祭牲。參謀大丞相，別對小延英。」惋惜其人「上棟方隆國，頹山遽莫楹。」故將魯宗道與武公兩相對照，肯定魯宗道之壽命或執政年歲雖不如武公，然其「輔德」、「功名」卻可與之相比，故當從「似」字為宜。

其三，頁 2387

人憂一「臺坼」，帝遣兩驪扶。佚存本（珍）：人憂一「台拆」，帝遣兩驪扶。

案：坼，分離、拆毀。拆，裂開，《晉書·天文下》：「永康元年三月，中台星坼，太白畫見。占曰：『台星失常三公憂，太白畫見為不臣。』」此紀錄於《宋書·天文二》則作「中台星坼」，又《北齊書·樊遜》有「台星坼而還欲」一語，《山西通志·藝文·求才審官策》則作「臺星坼」。由是觀之，「臺坼」與「台拆」皆得解釋之，姑備異文。

〈退居五首〉其一，頁 2388

平生鷗鳥志，未去「戀」滄洲。文津閣：平生鷗鳥志，未去「臥」滄洲。

案：鷗鳥志，乃微引《列子·黃帝》之故事：「海上之人有好漚鳥者，每旦之海上，從漚鳥游。」而「漚」得通「鷗」，宋祁藉此重申個人「戀一丘」之心念，表達其退隱志趣及對逍遙生活之嚮往。滄洲，濱水處，古時常用以稱隱士之居處，阮籍〈為鄭沖勸晉王箋〉：「然後臨滄洲而謝支伯，登箕山以揖許由。」戀，留戀、依戀。臥，睡、躺、趴伏。「戀」與「臥」均作仄聲，無從自格律判斷。顧況〈杜秀才畫立走水牛歌〉：「杜生知我戀滄洲，畫作一障張床頭。」與方干〈東溪言事寄于丹〉「唯君壯心在，應笑臥滄洲。」知宋祁之前詩人，「戀滄洲」、「臥滄洲」二詞語皆有作者，宋祁書寫習慣亦難以考定，未知孰是。唯「戀」字既能彰顯己身嚮慕鷗鳥之樂，亦得表明心志，故似以「戀」字較為妥貼，因二者均得解釋之，姑備異文。

〈南齋二首〉其一，頁 2389

「孔」書罕言命，莊意闇同人。文津閣：「丘」書罕言命，莊意闇同人。

案：「孔書」與「莊意」相對，所謂「孔」即孔子。而「罕言命」一語，源於

子貢之論：「夫子罕言性與天道」。下句之「莊意闇同人」則徵引《晉書·庾峻》之故事：「未嘗以事嬰心，從容酣暢，寄通而已。處眾人中，居然獨立，嘗讀老莊曰：『正與人意闇同。』太尉王衍雅重之。」是知下句之「莊」乃謂莊周，與上句之「孔」皆以姓氏稱之，且就格律觀之，此詩為反起首句不入韻格，此句當作「平平平仄仄」，然此聯存在二組拗救之處：一組自本句救之，以「言」救「罕」；一組則自對句救之，以「莊」救「孔」。如此，格律遂為「仄平仄平仄，平仄仄平平。」若從「丘」則與拗救後之格律不符。由此觀之，當以「孔書」為是，「丘」字殆義近而誤。

〈光祿葉大卿哀「詞」〉，頁2391

光祿葉大卿哀「詞」。文津閣：光祿葉大卿哀「詩」。

案：哀詞，亦作「哀辭」，乃文體名，本用以哀悼天而不壽者，後世亦用於壽終者，多以韻語寫成。《後漢書·楊脩傳》：「脩所著賦、頌……哀辭、表、記、書凡十五篇。」《南史·后妃傳下·陳後主沈皇后》：「及後主薨，后自為哀辭，文甚酸切。」梅堯臣撰有〈葉大卿挽詞〉三首，宋祁另有〈章靖馮公哀詞〉一首而無作「哀詩」者，其餘則皆名為「挽詞」，如：〈宣徽太尉鄭公挽詞〉、〈肅簡魯公挽詞〉、〈王沂公挽詞〉、〈司徒待中宣獻公挽詞〉、〈李中令挽詞〉等，「哀詩」於此難解，當從「詞」字為是。

其二，頁2391

偃息朋三壽，生平「定」四知。文津閣：偃息朋三壽，生平「懼」四知。

案：偃息，此指睡臥止息，司馬光〈和君倚藤床十二韻〉：「朝訊獄中囚，暮省案前文。雖有八尺床，初無偃息痕。」朋三壽，此語化用《詩經·魯頌·閟宮》之故事：「三壽作朋，如岡如陵。」《毛傳》：「壽，考也。」馬瑞辰《通釋》：「據下言如岡如陵，是祝其壽考，則壽從《傳》訓考為是。考猶老也，三壽，猶三老也。」又張衡〈東京賦〉：「降至尊以訓恭，送迎拜乎三壽。」薛綜注：「三壽，三老也。言天子尊而養此三老者，以教天下之敬，故來拜迎，去拜送焉。」生平，素來、有生以來，《史記·張耳陳餘列傳》：「涉及左右生平數聞張耳、陳餘賢，未嘗見，見即大喜。」又具一生或終身之意，何遜〈入西塞示南府同僚〉：「年事以蹉跎，生平任浩蕩。」定，確定、規定。懼，害怕擔憂。四知，乃「天知神知我

知汝知」，《後漢書·楊震傳》：「當之郡，道經昌邑，故所舉荊州茂才王密為昌邑令，謁見，至夜懷金十斤以遺震。震曰：『故人知君，君不知故人，何也？』密曰：『暮夜無知者。』震曰：『天知，神知，我知，子知。何謂無知！』密愧而出。」《傳贊》：「震畏四知。」後多用為廉潔自持、不受非義饋贈之典故。觀：《素履子·履貧賤》：「常遠三惑，早慎四知。」、《隋書·韋世康傳》：「志除三惑，心慎四知，以不貪而為寶，處膏脂而莫潤。」、李商隱〈祭長安楊郎中文〉：「既懼四知，亦畏三惑。」、李百藥〈荊州都督劉瞻碑銘一首并序〉：「深懼四知。」諸例，此處當從「懼四知」為是，「定」字文意不通。

〈辯才少白師歸天台〉，頁 2391

（注語） 自南北異宗，學者多「尊師」授以喪祖意，惟仁者「尚」圓成一案耳。文淵閣：自南北異宗，學者多「封詩」授以喪祖意，惟仁者尚圓成一案耳。文津閣：自南北異宗，學者多「封師」授以喪祖意，惟仁者「當」圓成一案耳。

　　案：此注文說明後世學者專學師所教授者，而忽略原始祖述之內容，故當從「尊師」為是。另，因強調唯識者能就整體觀學，而不囿於片段之師說，是知宜從「當」。

〈懷滕秘校書〉，頁 2391

露鶴驚「霄」島，風蜩喝暝柯。文津閣：露鶴驚「宵」島，風蜩喝暝柯。

　　案：露鶴，即白鶴，蘇軾〈正輔既見和復次韻慰鼓盆勸學佛〉：「由來驚露鶴，不羨撮蚤鷗。」《歲時廣記·秋景·警鶴鳴》載：「《風土記》：『鳴鶴戒露。』白鶴也，此鳥性警，至八月，白露降，即鳴而相警，東坡詩云：『由來警露鶴。』」趙孟頫〈修竹賦〉：「露鶴長嘯，秋蟬獨嘶。」結合此詩末聯「此時潘簟冷，爭奈近秋何」語，知「露鶴」乃秋日之白鶴。唯李時珍《本草綱目·禽一·鶴》載：「鶴大于鵠。長三尺，高三尺餘，喙長四寸，丹頂赤目，赤頰青腳，修頸凋尾，粗膝纖指，白羽黑翎。亦有灰色，蒼色者。嘗以夜半鳴，聲唳雲霄。」「露鶴」或可能指夜半沾帶露水之鶴，王安石〈莫疑〉「露鶴聲中江月白，一燈岑寂擁書眠。」、袁桷〈李宮人琵琶行〉「天鵝夜度孤雁響，露鶴月唳哀猿驚。」均言及「露鶴」夜半鳴叫之事。風蜩，恐即為風蟬，亦稱秋蜩、鳴蜩，秋蟬也，常於秋間日沒時長鳴不已，王褒〈洞簫賦〉：「秋蜩不食，抱樸而長吟兮，玄猿悲嘯，搜索乎其間。」范成大〈初歸石湖〉：「當時手種斜橋柳，無限鳴蜩翠掃空。」喝，此指聲音悲咽、

嘶啞或高聲鳴叫，司馬相如〈子虛賦〉：「摐金鼓，吹鳴籟。榜人歌，聲流喝。」
郭璞注：「言悲嘶也。」李善注：「喝，一介切。」謝莊〈宋孝武宣貴妃誄〉：「鏘
楚挽於槐風，喝邊簫於松霧。」李善注引《廣雅》曰：「喝，嘶喝也。」霄，高空
雲氣、天空，或通「宵」，指夜晚。宵，作名詞解，夜晚。此詩格律為仄起首句不
入韻格，此句與「風蜩喝暝柯」相對，格律十分工整而作「仄仄平平仄，平平仄仄
平。」，仄聲之「暝」得作名詞解，乃日暮或夜晚之意，又作動詞解，即入暮之意。
反觀「霄」與「宵」皆無動詞之功用，故僅能作名詞解，以與「暝」相對。細玩此
聯筆法，「露鶴」、「風蜩」均藉鳥蟲透露時節，「驚」、「喝」則具強烈情緒之
作用，「島」、「柯」皆為可停歇棲息之處所，且其意味、情境，似皆側重於聽覺
鋪寫，故與「暝」相對之字詞，其意恐亦相近，作「宵」字較佳，「霄」雖或可通
「宵」，難免易生歧義，仍從「宵」字為宜。

《全宋詩》卷 209 · 宋祁六

〈和小飲〉，頁 2392

天「帟」暮雲消，飛觴夜正遙。文津閣：天「迥」暮雲消，飛觴夜正遙。

　　案：帟，帳幕。迥，遼遠貌。飛觴，指舉杯或行觴。左思〈吳都賦〉：「里讌
巷飲，飛觴舉白。」劉良注：「行觴疾如飛也。大白，杯名，有犯令者舉而罰之。」
劉憲〈夜宴安樂公主新宅〉：「層軒洞戶旦新披，度曲飛觴夜不疲。」此詩描寫宋
祁與友朋通宵達旦聚飲情景，與前引劉憲詩頗有相似之處，「天帟」或與「天簾」、
「天幕」同義，唯遍查各電子資料庫，「天帟」僅此一見，「天簾」亦僅見於張元
幹〈好事近〉：「梅潤乍晴天簾捲，畫堂風月珠翠共。」若作「天迥」，則可藉由
觀看「暮雲消」而烘襯天空之遼遠，開展氣象，且宋祁〈和道卿舍人承祀出郊過西
苑馬上有作〉：「天迥軟臨野，河長側貫都。」亦得見「天迥」一語。此外，高適
〈送兵到薊北〉：「積雪與天迥，屯軍連塞愁。」李商隱〈寓懷〉：「海明三島見，
天迥九江分。」及方干〈曉角〉：「罷聞三弄後，天迥曉星流。」諸詩皆有「天迥」
語，「天迥曉星流」句式、用字與「天迥暮雲消」類近，故或以「迥」字為是。

〈朝陽〉，頁 2392-2393

鳴鳳梧岡迥，「桑柔」桂籠斜。文津閣：鳴鳳梧岡迥，「柔桑」桂籠斜。

案：桑柔，桑樹嫩葉，《詩·大雅·桑柔》：「菀彼桑柔，其下侯旬。」鄭玄箋：「桑之柔濡，其葉菀然茂盛，謂蠶始生時也。」柔桑，嫩桑葉。《詩·豳風·七月》：「女執懿筐，遵彼微行，爰求柔桑。」鄭玄箋：「柔桑，稚桑也。」王安石〈郊行〉：「柔桑採盡綠陰稀，蘆箔蠶成密繭肥。」亦指始發芽之桑樹，杜甫〈絕句漫興〉其八：「舍西柔桑可拾，江畔細麥復纖纖。」此為五言律詩，此語須與「鳴鳳」相對，雖「桑柔」、「柔桑」意義相同，然若細究此聯對仗情形，從「柔桑」較工穩，「桑柔」疑倒錯。

〈出城所見賦五題〉其一，頁 2393

二月雨堪愛，霏霏膏「澤」盈。文津閣：二月雨堪愛，霏霏膏「憤」盈。

案：霏霏，雨雪盛貌，《詩經·小雅·采薇》：「今我來思，雨雪霏霏。」膏，豐潤，韓愈〈苦寒〉：「霜雪頓銷釋，土脈膏且黏。」膏澤，滋潤作物之雨水，曹植〈贈徐幹〉：「良田無晚歲，膏澤多豐年。」憤盈，積滿，《後漢書·列女傳·董祀妻》：「心吐思兮胸憤盈，欲舒氣兮恐彼驚，含哀咽兮涕沾頸。」此詩以「雨」為書寫對象，恐從「膏澤」較妥帖，且宋祁〈長源公廟再祈雨文〉：「願監薄訴，垂庇我民，驅彼旱殃，大沛膏澤。」亦見「膏澤」一詞，或得輔證之，「膏憤盈」則未見之。

〈出城所見賦五題〉其四，頁 2394

遠迷天泱泱，低隱雉「斑斑」。文津閣：遠迷天泱泱，低隱雉「班班」。

案：泱泱，雲起貌，潘岳〈射雉賦〉：「天泱泱以垂雲，泉涓涓而吐溜。」斑斑，淚痕點點貌、繁茂貌、文彩鮮明貌。班班，可通「斑斑」作斑點眾多貌。此句乃書寫雉鳥藏於草間若隱若顯之狀，與上句之遠景相對，此為近景，恐當從解作文彩明顯貌之「斑斑」為宜，強調雉鳥之毛色鮮明，且據李時珍《本草綱目·禽二·雉》所云：「雉，南北皆有之，形大如雞，而斑色繡異。雄者文采而尾長，雌者文暗而尾短。」未言及雉鳥是否斑點眾多，而特意陳明其斑色繡異，韓愈〈送區弘南歸〉：「蜃沉海底氣昇霏，彩雉野伏朝扇翬。」王建〈雉將雛〉：「雉咿喔，雛出殼。毛斑斑，嘴啄啄。」亦皆凸顯雉鳥文彩斑斕樣貌，「彩雉野伏朝扇翬」與「低隱雉斑斑」略有類近處，且宋祁〈早春出近郊〉：「風長參淺如阜路，雉子斑斑錦羽乾。」以「斑斑」修飾「雉子」之「錦羽」，復可視為明證，綜上所論，當作「斑

斑」為是。

細雨鮮原「潤」，東風古道閒。文津閣：細雨鮮原「闊」，東風古道閒。

　　案：此句形容細雨飄落後之原野情狀，潤、闊二字均得解釋之，然其言「細雨」，從「潤」字與詩意較吻合，「闊」殆形近而誤。

〈出城所見賦五題〉其五，頁2394

拂水「紋」層浪，穿條杌紫莖。文津閣：拂水「文」層浪，穿條杌紫莖。

　　案：紋，物體呈現如線條之痕紋，李珣〈浣溪沙〉：「翠疊畫屏山隱隱，冷鋪紋簟水潾潾。」文，線條交錯之圖案、紋理、花紋。此句形容風對水面之吹拂，進而造成層層水浪波紋，若此，則與圖案無涉，當從「水紋」為是。又，宋祁〈迎春曲三闋〉得見「冰解水紋融」一語，復有〈水文疊石〉一詩，知其「水文」實通「水紋」，二字均可。

〈僖宗在蜀諫官孟紹圖上疏言田令孜屏書不奏沈之蝦蟆津詩人鄭谷傷之略曰徒將心許國不識道消時予欽其人作詩投弔〉，頁2395

難排趙高鹿，「竟」葬楚江魚。憤魄棲長瀨，冤氛犯太虛。文津閣：難排趙高鹿，「魂」葬楚江魚。憤魄棲長瀨，冤氛犯太虛。

　　案：此句與「難排趙高鹿」相對，故此字當作副詞解，以輔助其後之動詞。竟，作副詞解為居然、到底、直接。魂，平聲魂韻，僅作名詞解為精氣、精神、意念。憤魄，蓋與對句之「冤氛」義近，李新〈弔安康郡君詞并序〉：「竟復好爵於昌明兮，伸憤魄於重陰；事夫子而無怍兮，下報於九泉。」冤氛，冤氣，韓愈〈江陵途中寄三學士〉：「雷煥掘寶劍，冤氛銷斗牛。」此詩格律屬仄起首句入韻格，而「難排趙高鹿」之「趙高」為拗救，故上句遂作「平平仄平仄」，對句則為「仄仄仄平平」，推知此字應屬仄聲。由是觀之，從「竟」字為當。

〈文靖呂丞相〉，頁2395-2396

慶曆公三入，「邊陲擾」太平。文津閣：慶曆公三入，「敵謀搖」太平。

　　案：「邊陲擾太平」與「敵謀搖太平」之意略同，皆謂敵寇犯邊之患。此詩格律為仄起首句不入韻格，此句當作「平平仄仄平」，而「敵謀搖」為「仄平平」，與格律不符，故當從「邊陲擾」為是。

〈宣獻宋公〉，頁 2396

（原注）宋史列傳宋綬，仁宗朝參知政事，諡宣獻。文津閣：宋史列傳宋綬「字公垂」，仁宗朝恭知政事，諭宣獻。

案：核實《宋史》無誤，亦得據文津閣補之。

名待天淵「蔽」，文爭日月新。文津閣：名待天淵「敝」，文爭日月新。

案：待，等候、將要。天淵，天地。蔽，遮掩、受阻隔。敝，作動詞解為失敗、損壞。此句蓋指宋綬之聲名將遮掩天地，即充塞於宇宙天地之間，此字與對句之「新」相對，當作動詞解，藉以表現「天淵」之演變，故宜從「天淵蔽」。試觀宋祁〈圜丘賦〉之「塞天淵以隮祉」、〈詆五代篇〉之「光塞廜天淵」及〈景靈宮頌〉之「天淵盈塞」等語，知其慣以「充塞」修飾「天淵」狀態，「天淵蔽」之敘述邏輯亦同此理，「敝」字恐音同而誤。

〈送同年吳穀尉烏程〉，頁 2396

「送」同年吳穀尉烏程。佚存本（珍）（叢）：同年吳穀尉烏程。

案：試觀宋祁〈送同年葉文卿尉高郵〉、〈送同年孫錫勾簿巢縣〉、〈送同年張孝孫勾簿潁陰〉皆見作「送同年」者，而〈同年李宗太平法掾〉、〈同年毛洵勾簿新建〉則未冠以「送」字，未定孰是，姑備異文。

「閬」月長留夢，吳門自是仙。文津閣：「闞」月長留夢，吳門自是仙。

案：闞，音ㄎㄢ丶，去聲勘韻，望、看，又具臨、靠近之意。此句須與「吳門自是仙」相對，故此字當作地名或專名解，宜從「閬」字較妥貼。

〈送王庾〉，頁 2396-2397

〈送王庾〉。佚存本（珍）（宮）（叢）：〈送王庾〉、〈再送王庾〉。

案：《全宋詩》將二詩並置一處，僅一詩題「送王庾」，佚存本則分為二首，題目各自不同，二詩篇幅一致，韻腳一寒一仙，據內容似亦未得判定其分合。

其一，頁 2396-2397

文津閣：「土」甑殘炊黍。佚存本（宮）：「友」甑殘炊黍。佚存本（珍）：「突」甑殘炊黍。

案：甑，瓦製蒸煮炊器。《雲笈七籤·白雪玄霜法》：「准此法五度入飯甑，四度入土甑蒸之。」與《昌谷集·始為奉禮憶昌谷山居》：「土甑封茶葉，山盃鎖竹根。」皆作「土甑」，且電子資料庫皆未見「突甑」一詞，而「友」古通「犮」、「拔」、「跋」，於此處皆難明其意，故當從「土」字為是。

雲迷孝王苑，星「認」太丘「躔」。佚存本（宮）：雲迷孝王苑，星「忍」太丘「躔」。佚存本（珍）：雲迷孝王苑，星「忍」太邱「纏」。文津閣：雲迷孝王苑，星「認」太丘「躔」。

案：孝王苑，《西京雜記》載：「梁孝王好營宮室苑囿之樂，作曜華之宮，築兔園。園中有百靈山，山有膚寸石、落猿岩、棲龍岫。又有雁池，池間有鶴洲鳧渚。其諸宮觀相連，延亘數十里，奇果異樹，瑰禽怪獸畢備。王日與宮人賓客弋釣其中。」孝王苑亦稱梁苑、睢苑、梁園、睢園、兔園，韋應物〈送李十四山東游〉：「聖朝有遺逸，披膽謁至尊。……東遊無復繫，梁楚多大蕃。高論動侯伯，疏懷脫塵喧。送君都門野，飲我林中樽。立馬望東道，白雲滿梁園。踟躕欲何贈，空是平生言。」張大安〈奉和別越王〉：「離衿愴睢苑，分途指鄴城。」「雲迷孝王苑」疑化用韋詩故事以表離別情思。躔，日月星辰於其軌道運行，亦作名詞解，謂日月星辰所行經之度數。纏，作動詞解為圍繞、騷擾、對付。此句疑化用《藝文類聚·人部五·德》所錄之故事：「漢雜事曰，太史言有德星見，當有英才賢德同遊者。詔下諸郡縣問，潁川郡上事曰：『有陳太丘父子三人俱共會社。』」且昔有「星躔」一語，謂日月星辰運行之度次，梁武帝〈閶闔篇〉：「長旗掃月窟，鳳跡輾星躔。」而「迷」與「認」兩相為對，又據原典觀星象之言，宜以「認」字為是，若從「忍」字則無由解釋之。又「苑」與「躔」亦須相對，得作名詞解，再者，宋祁〈送韓太祝〉：「雲野星躔促傳車，長安初日望儲胥。」與〈賀齊都官〉：「星躔入夜衰哀烏動，軍蓋迎晨雛雉飛。」均見「星躔」之語，是知須作「躔」字為確。由是觀之，當從「星認太丘躔」。

〈送王庾〉其二，頁2397

「倦」客衣空化，求知刺欲漫。文淵閣：「捲」客衣空化，求知刺欲漫。

案：倦客，客游他鄉而對旅居生活厭倦之人，鮑照〈代東門行〉：「傷禽惡弦驚，倦客惡離聲。」捲客，意義難明。化衣，衣著變色，形容仕途奔波之苦，陸機〈為顧彥先贈婦〉其一：「辭家遠行游，悠悠三千里。京洛多風塵，素衣化為緇。」

李嶠〈田假限疾不獲還莊載想田園兼思親友〉：「游宦勞牽網，風塵久化衣。」據詩意，知當從「倦」，「捲」疑形近而誤。

〈送連庶〉，頁 2397

素衣因客變，華髮「看」秋生。佚存本（宮）（珍）：素衣因客變，華髮「著」秋生。

　　案：素衣，白色絲絹中衣，《詩·唐風·揚之水》：「素衣朱襮，從子于沃。」陳奐《傳疏》：「素衣，謂中衣也……孔疏云：『中衣，謂冕及爵弁之中衣，以素為之。』」《論語·鄉黨》：「（君子）緇衣羔裘，素衣麑裘，黃衣狐裘。」何晏《集解》：「孔曰：『服皆中外之色相稱也。』」華髮，花白頭髮，《墨子·修身》：「華髮隳顛，而猶弗舍者，其唯聖人乎？」著，依附，韓愈〈秋懷〉其九：「霜風侵梧桐，眾葉著樹乾。」王安石〈山中〉：「春晨花上露，芳氣著人衣。」此句疑與潘岳〈秋興賦·序〉有關，其文云：「余春秋三十有二，始見二毛。」另就詩意觀之，因「看」秋而生華髮，文字似過於雕鏤刻意，「看」將官能侷限於視覺，不如「著」秋而產生華髮愈多之感慨自然合理，綜上線索，當從「著」為宜，「看」疑形近而誤。

〈送陳動之〉，頁 2397

睢苑寒雲隔，漁「撾」暝鼓喧。佚存本（宮）（珍）：睢苑寒雲隔，漁「檛」暝鼓喧。

　　案：寒雲，寒天雲彩，常用以渲染蕭颯悲淒氛圍，如：陶淵明〈歲暮和張常侍〉：「向夕長風起，寒雲沒西山。」郎士元〈蓋屋縣鄭礒宅送錢大〉：「荒城背流水，遠雁入寒雲。」「睢苑寒雲隔」可參看前論〈送王庚〉「雲迷孝王苑」文字。撾，音ㄓㄨㄚ，平聲麻韻，打、擊、鼓槌。檛，ㄓㄨㄚ，平聲麻韻，馬鞭，古代兵器之一，又指笙兩側之竹管，或是擊打。《後漢書·文苑傳下·禰衡》：「衡方為〈漁陽〉參撾，蹀躞而前，容態有異，聲節悲壯，聽者莫不慷慨。」李賢注：「撾，擊鼓杖也。參撾是擊鼓之法。」《世說新語·言語》：「禰衡被魏武帝謫為鼓吏，正月半試鼓。衡揚枹為漁陽摻撾，淵淵有金石聲，四坐為之改容。」「漁撾暝鼓喧」應與前引禰衡故事有關，當從「漁撾」為是，「檛」殆形近而誤。

〈送梅堯臣〉，頁 2397-2398

臺舟三「鷁」駛，「官」烏兩鳧飛。佚存本（宮）（珍）、文津閣：臺舟三「翼」駛，「宦」烏兩鳧飛。

案：鷁，此謂畫於船首之鷁鳥，亦借指船。司馬相如〈子虛賦〉即有「浮文鷁」一語。而「官烏兩鳧飛」典出《後漢書·方術傳上·王喬傳》：「王喬，河東人也。顯宗世，為葉令。喬有神術，每月朔望，常自縣詣臺朝。帝怪其來數，而不見車騎，密令太史伺望之。言其臨至，輒有雙鳧從東南飛來。於是候鳧至，舉羅張之，但得一隻烏焉。乃詔尚方診視，則四年中所賜尚書官屬履也。」遂有「鳧烏」一詞，作飛鞋、仙履之意，亦常用以指縣令，沈約〈善館碑〉：「霓裳不反，鳧烏忘歸。「三鷁」或「三翼」須與「兩鳧」相對，故當從禽鳥之「鷁」字為是，「翼」疑音近而誤。官，吏員、官署；宦，官吏。烏，以木為複底之鞋，得泛指鞋。「官烏兩鳧飛」說明參見前則考辨，「官烏」、「宦烏」義近，然此詩格律為仄起首句不入韻格，此聯當作「平平平仄仄，仄仄仄平平。」故此字須從仄聲而以「宦烏」為是，「官」或形近而誤。

不應緣事事，「手自」廢談圍。佚存本（宮）（珍）：不應緣事事，「平日」廢談圍。

案：句末所謂「談圍」，乃指下圍棋，亦作「手談」，《世說新語·巧藝》：「王中郎以圍棋是坐隱，支公以圍棋為手談。」「談圍」即手談圍棋之合稱，故「手自」足與談字合於一處，且談字亦得作動詞解，故當從「手自」為是。又，此句格律應作「仄仄仄平平」，若從「平日」則與格律不符。

〈春暉寓目二首〉其二，頁 2398

游蜂抱藥去，驚燕失泥飛。風下幡幡影，霞留暝暝「霏」。文津閣：游蜂抱藥去，驚燕失泥飛。風下幡幡影，霞留暝暝「飛」。

案：霏，雲氣。飛，飄散。霞，日出或日落之際，天空雲層出現之紅、橙、黃等彩光。此字當與「影」相對，作名詞解，且「飛」字與前聯韻腳重複，而「霏」與「霞」能妥帖解釋詩意，當從「霏」字為是，「飛」疑涉上文而誤。

「既」知瑤席恨，不減欲沾衣。文津閣：「懸」知瑤席恨，不減欲沾衣。

案：既，已經、既然，表前後情況具連帶關係。懸知，料想、預知，庾信〈和趙王看伎〉：「懸知曲不誤，無事畏周郎。」《太平廣記》引《玄門靈妙記》云：

「法之效驗，未敢懸知。」瑤席，以瑤草編成之席子，常為坐臥席子之美稱，如鮑照〈代白紵舞歌詞〉：「象床瑤席鎮犀渠，雕屏匼匝組帷舒。」或指珍美之酒宴，如劉禹錫〈酬嚴給事賀加五品〉：「雕盤賀喜開瑤席，彩筆題詩出琑闈。」「不減欲沾衣」疑與陶淵明〈歸園田居〉其三有關，該詩云：「種豆南山下，草盛豆苗稀。晨星理荒穢，帶月荷鋤歸。道狹草木長，夕露沾我衣。衣沾不足惜，但使願無違。」宋祁此二句乃表抒個人意欲遂願而去，即使可能因此無法享有豐美酒席，仍不改志向。此詩格律為仄起首句不入韻格，此字當作平聲，雖詩中數詩句之首字，如「春意都無幾」、「驚燕失泥飛」、「風下幡幡影」之「春」、「驚」及「風」皆未恪守格律，然自格律與詩意觀之，應從平聲之「懸」字較妥適，復可藉此彰顯宋祁忽焉百感交集之傷春愁緒。

〈秋日四首〉，頁 2399

秋日四首。文津閣區分為〈秋日〉與〈又〉、〈又〉、〈又〉共四首。

案：二本詩題應同義，唯編排處理方式有別，《全宋詩》將之視為組詩，文津閣則歸為同題詩四首。

〈秋日四首〉其一，頁 2399

林聲蟬「后」老，陂影雁賓聯。文津閣：林聲蟬「蛻」老，陂影雁賓聯。

案：后，得通「後」而具時間上較晚之意。《禮記·大學》：「知止而后有定。」蛻，指蛇、蟬一類生物所脫落之皮膚或外殼。蟬后，檢索各電子資料庫，恐為宋祁獨用，未見他人作此者，然卻見有「蟬後」一詞，劉禹錫〈謝樂天聞新蟬見贈〉：「碧樹有蟬後，烟雲改容光。瑟然引秋氣，芳草日夜黃。」將「蟬後」與「秋氣」日盛之季節轉換現象並列，而劉得仁〈送僧歸玉泉寺〉：「玉泉歸故里，便老是心期。亂木孤蟬後，寒山絕鳥時。」則將「老」與「孤蟬後」並舉。蟬蛻，蟬自幼蟲變為成蟲時脫落外殼之現象，李復言《續玄怪錄·楊敬政》：「及明，訝其起遲，開門視之，衣服委於床上，若蟬蛻然，身已去矣。」蘇舜欽〈春睡〉：「身如蟬蛻一榻上，夢似楊花千里飛。」或喻脫胎換骨，多指修道成真或羽化仙去，左思〈吳都賦〉：「桂父練形而易色，赤須蟬蛻而附麗。」。陂，此指池塘、湖泊。雁賓，謂雁來客居，古時常指九月，語出《禮記·月令》：「（季秋之月）鴻雁來賓，爵入大水為蛤。」孫希旦集解：「是月鴻雁來賓，始至中國也。曰『來賓』者，雁以

北為鄉,其在中國也,若來為賓客然。」雁賓聯,或指秋日鴻雁南來客居,其翔飛形貌乃成列聯結,即「雁字」、「雁陣」之謂,岳珂《桯史·快目樓題詩》:「八月書空雁字聯,岳陽樓上俯晴川。」王勃〈秋日登洪府滕王閣餞別序〉:「雁陣驚寒,聲斷衡陽之浦。」若作此解則斷句為「雁賓」「聯」,然「雁」「賓聯」亦可通,因「林聲蟬后老」與「陂影雁賓聯」相對,且〈秋日四首〉各首之吟誦句式排列極為齊整規律,本詩「短影悠揚日,薄寒慄慄天。林聲蟬后老,陂影雁賓聯。悽感客自爾,變衰時適然。何須問容鬢,所遇是周年。」句式為:221,221。2??,2??。212,212。212,212。而〈秋日四首〉其四則為:221,221。221,221。212,212。212,212。考量四詩句式與出句、對句關係、詩意等面向,「陂影雁賓聯」宜作221解,故「林聲」、「老」間宜「蟬蛻」。

〈晚發〉,頁2399

「致」君何所憚,便道許之官。文津閣:「知」君何所憚,便道許之官。

　　案:致君,輔佐國君,使其成為聖明之主,杜甫〈奉贈韋左丞丈二十二韻〉:「致君堯舜上,再使風俗淳。」便道,猶即行,指拜官或受命後不必入朝謝恩,直接赴任,《史記·酷吏列傳》:「孝景帝乃使使持節拜都為鴈門太守,而便道之官,得以便宜從事。」自詩意觀之,當從「致」字,「知」疑音近而誤。

〈晚發〉其二,頁2399-2400

曉瀨雖能迅,寒波不復「揚」。佚存本(宮)(叢)文淵閣:曉瀨雖能迅,寒「流」不復「漲」。佚存本(珍):曉瀨雖能迅,寒「流」不復「狂」。文津閣:曉瀨雖能迅,寒波不復「漲」。

　　案:揚,平聲陽韻,掀播、簸散。漲,上聲養韻,意指水位增高。此詩押平聲陽韻,「漲」字與韻腳不合,惟「揚」、「狂」合韻,且古有「揚其波」一語,試觀《楚辭·漁父》:「世人皆濁,何不淈其泥而揚其波。」《史記·屈原賈生列傳》:「舉世混濁,何不隨其流而揚其波。」曹植〈野田黃雀行〉:「高樹多悲風,海水揚其波。」與《晉書·索靖傳》:「海水窊隆揚其波,芝草蒲陶還相繼。」等皆得見之,《楚辭·九歌·少司命》:「與女遊兮九河,衝風至兮水揚波。」酈道元《水經注·河水五》:「狄水衍兮風揚波,船楫顛倒更相加。」則皆言「揚波」,顯示「波」、「揚」之密切關係,雖宋祁〈提刑使者還嘉州〉:「寒流稍分浦,訟矢久

已聞。」與〈野渡〉：「行路到溪窮，寒流自浣浣。」咸有「寒流」一詞，然以「揚」修飾「波」則其來有自，且其上句「曉瀨雖能迅」或嘗拆用「迅瀨」語詞，所謂「迅瀨」乃指急湍，劉禹錫〈始至雲安〉：「迅瀨下哮吼，兩岸勢爭衡。」若此，則「寒波不復揚」修辭方式相同，應曾拆用「揚波」一詞，正可呼應前引典故，而「漲波」、「漲流」則未成固定詞語，「漲流」語意不甚通暢，故恐當從「寒波不復揚」為是。
茲歲方云暮，吾行未「遽」央。佚存本（宮）、文津閣：茲歲方云暮，吾行未「渠」央。

案：遽央，終盡、完畢，《樂府詩集·相和歌辭九·相逢行》：「丈人且安坐，調絲未遽央。」陶淵明〈雜詩〉其三：「嚴霜結野草，枯悴未遽央。」渠央，勿遽完結，「渠」通「遽」，陶淵明〈讀《山海經》〉其八：「方與三辰游，壽考豈渠央？」王安石〈送程公辟守洪州〉：「使君謝吏趣治裝，我行樂矣未渠央。」是知二者皆得解釋之。宋祁〈寒夜始長〉云：「四海秋風晚，千門夜刻長。梧桐老空井，蟋蟀近人牀。暗燭勤垂爐，離鴻短趁行。生平江海志，耿耿未渠央。」《全宋詩》、佚存本（宮）、文淵閣、文津閣皆作「渠央」，且北宋詩人言及「渠央」者較多、較近此處用法，如：王安石〈送程公闢守洪州〉：「使君謝吏趣治裝，我行樂矣未渠央。」、〈悼四明杜醇〉：「都城問越客，安否常在耳。日月未渠央，如何棄予死。」黃庭堅〈答闍求仁〉：「節物謝徂歲渠央，來自江南登君堂。秋氣欲動聞寒蜇，會幾何日今別長」皆可參看，故此處恐作「渠央」為是。
病身非汲黯，安「敢」薄淮陽。文淵閣：病身非汲黯，安「能」薄淮陽。

案：此聯徵引《史記·汲鄭列傳》之故事：「拜（汲）黯為淮陽太守，黯伏謝不受印，詔數彊予，然後奉詔。詔召見黯，黯為上泣曰：『臣自以為填溝壑不復見陛下，不意陛下復收用之，臣常有狗馬病，力不能任郡事。臣願為中郎，出入禁闥，補過拾遺，臣之願也。』上曰：『君薄淮陽邪？吾今召君矣，顧淮陽吏民不相得，吾徒得君之重，臥而治之。』」而此聯格律首字存在拗救之現象，遂作「仄平平仄仄，平仄仄平平。」是知「敢」字方合律，且較符合詩意。

〈湖上晚矚〉，頁2400
風舸時搖纜，「眠」鳧自去洲。文津閣：風舸時搖纜，「疑」鳧自去洲。

案：風舸，靠風力行進之大船。眠，休眠；疑，猶豫不決。眠鳧，處於休眠狀態之鳧鳥，宋祁〈池上〉：「戲鯤來無定，眠鳧久自飛。」《御定佩文韻府·上平

聲七·虞韻四·符》：「吳萊詩『汀草正眠鳧』；張羽詩『渚可浴鷺汀眠鳧』。」
疑鳧，形容鳧鳥警戒四周之觀察狀。雖除此詩外，宋祁文字未見「疑鳧」者，然據
詩意觀之，此聯似化用梁簡文帝〈入溆浦〉：「竹垂懸掃浪，鳧疑遠避檣」詩句，
均書寫人類行駛舟船而使鳧鳥產生警戒並迴避之情景，且若從「眠鳧」，又如何能
因人類「搖纜」而「自去洲」，故以「疑鳧」為是，「眠」字誤矣。

〈答京西提刑張司封次韻〉，頁2400

夢「寤」慚封邑，（自注：來詩云：疇庸國邑開，此語是夢中做得，「有」此非常
句，故綴成全章以見寄。）陶埏仰鉉台。文淵閣：夢寤慚封邑，（自注：來詩云：
疇庸國邑開，此語是夢中做得，「似」此非常句，故綴成全章以見寄。）陶埏仰鉉
台。文津閣：夢「寐」慙封邑，（自注：來詩云：疇庸國邑開，此語是夢中做，「得
似」此非常句，故綴成全章以見寄。）陶埏仰鉉台。

　　案：寤，醒。寐，睡。夢寤，即夢醒後之狀態，《冊府元龜·總錄部·夢徵第
二》：「後周高琳母嘗被禊泗濱，遇見一石光彩朗潤，遂持以歸。是夜夢一人衣冠
有若仙者，謂其母曰：『夫人向所將來之石，是浮磬之精，若能寶持，必生令子。』
其母夢寤，便舉身流汗，已而有娠，乃生琳，因以名字焉。」宋庠〈林獻可移袁州
司馬制〉：「輒復于上託緣夢寤，陰濟訟仇跡。」夢寐，謂睡夢，《後漢書·郎顗
傳》：「此誠臣顗區區之念，夙夜夢寐，盡心所計。」何遜〈七召·神仙〉：「清
歌雅舞，暫同于夢寐。」疇庸，謂選賢任用，語出《尚書·堯典》：「疇咨若時登
庸。」孔《傳》：「疇，誰；庸，用也。誰能咸熙庶績，順是事者，將登用之。」
國邑，國都、城邑，此借漢代諸侯封地之意，《漢書·馬宮傳》：「伏自惟念，入
稱四輔，出備三公，爵為列侯，誠無顏復望闕廷，無心復居官府，無宜復食國邑。」
陶埏，陶人將陶土放入模型中製成陶器，比喻造就培育，《荀子·性惡》：「聖人
之於禮義積偽也，亦猶陶埏而生之也。」楊倞注：「聖人化性於禮義，猶陶人埏埴
而生瓦。」鉉台，三公之職，潘岳〈西征賦〉：「納旌弓於鉉台，讚庶績於帝室。」
宋祁於「夢寤慚封邑」下方之自注，顯示張司封來詩以「疇庸國邑開」讚揚宋祁，
據《宋史·仁宗本紀·嘉祐四年》載，是年「冬十月壬申，朝饗景靈宮。癸酉，大
祫于太廟，大赦。……戊寅，加恩百官。」宋祁於是時加封常山郡開國公，曾上〈謝
加常山郡開國公表〉，此前宋祁已加封常山郡開國侯，上有〈謝覃恩轉給事中表〉。
觀本詩第一句「乞得二千石」語，所謂「二千石」本因漢制之郡守俸祿為二千石，

後世因以此稱郡守，張詩或即指此事。「疇庸國邑開」乃張司封夢中做得，宋之答詩前四句「乞得二千石，終非循吏才。霜蓬根易動，籠鳥翅難開」為自謙之詞，此聯與末聯「報言殊麗藻，虛附驛筒回」均於謙抑中稱頌張詩及其人，「夢」、「封邑」二語扣合來詩，「慚」則具羞愧之意，表其謙遜而具理性反思精神，從「寱」字較能貼合詩人心意，「寐」字與全篇鋪陳筆法較有距離。另，宋祁注語謂夢中得一非常奇詩，故宜從「有」，「似」字文義不通。

〈柔上人〉，頁 2401

（詩題下小字）年八十不出，夜「能」讀細字。佚存本（宮）（叢）：年八十不出，夜讀細字。佚存本（珍）：年出八十，夜讀細字。

　　案：就文義觀之，年踰八十而能讀細字，實為難得，若存「能」字，意思較為完備。又，《全宋詩》校記曰：「佚存本卷三一作年出八十，能讀細字」，然今所見三本佚存本，文字皆與此不同。

〈送梵才長吉還天台〉，頁 2401

溪行「鷗」避錫。佚存本（珍）：溪行「虎」避錫。

　　案：此語化用「解虎錫」之故事，丁福保《佛學大辭典・解虎錫》：「高齊僧稠禪師，以錫杖解兩虎之鬥。《續高僧傳》十六〈僧稠傳〉曰：『後詣懷州西王屋山，修習前法，聞兩虎交鬥咆響震巖，乃以錫杖中解，各散而去。』又隋曇詢禪師有此事。《續高僧傳》十六〈曇詢傳〉曰：『又山行值二虎相鬥，累時不歇，詢乃執錫分之。以身為翳，語云：同居林藪，計無大乖，幸各分路。虎低頭受命，便飲氣而散。』證道歌曰：『降龍鉢，解虎錫，兩鈷金環鳴歷歷。』」錫，禪杖。且宋祁〈送僧遊越〉有「喦虎蹊空避錫歸」一語，是知當從「虎」字。

嚴供「馬」銜花。佚存本（珍）：嚴供「鳥」銜花。

　　案：馬銜花，韋元旦〈奉和聖製春日幸望春宮應制詩〉：「侍蹕妍歌臨灞涘，流觴豔舞出京華。危竿競捧中衢日，戲馬爭銜上苑花。」此句當徵引《類說・傳燈錄・嬾融》之故事：「遂投師落髮，入牛頭山，有百鳥銜花之異。」且《禪林僧寶傳・浮山遠禪師》亦載：「猿抱子歸青嶂後，鳥銜花落碧喦前。」而宋祁〈白兆山橋亭〉之「銜花翔翠鳥」與〈贈通教大士善升〉之「銜花谷鳥還」均謂「銜花」者為「鳥」，尤題贈對象為釋氏，此聯當有意引用佛典故事。以是觀之，當作「鳥」

字，「馬」疑形近而誤。

〈寥寥〉，頁2402

寥寥。文津閣：寥寥「詩」。

案：宋祁集中部分作品與此詩題名模式相類，如：〈七不堪詩七首并序〉、〈元會詩〉、〈享廟禋郊詩〉、〈進幸南園觀刈宿麥詩〉等皆屬之，「詩」字不影響題意，姑備異文。

〈早秋〉，頁2402

早秋。文津閣：早秋「詠」。

案：檢索宋祁文字，僅見〈南方未臘梅花已開北土雖春未有秀者因懷昔時賞玩成憶梅詠〉與〈和三司晏尚書秋詠〉二首題名之模式與〈早秋詠〉相類似，唯各版本皆於此詩後收錄：〈山中晚春〉、〈早春〉詩，觀〈早秋〉、〈早春〉二詩之編排位置及詩題，此或恐作「早秋」為是，「詠」疑衍文。

〈早春〉其二，頁2402

鵝雪「鎖」平苑，烏風裊迥竿。佚存本（珍）（叢）、文津閣：鵝雪「銷」平苑，烏風裊迥竿。

案：銷，具融化之意。鎖，喻束縛人之物，亦謂封閉。鵝，古書所載形似天鵝之大鳥。鵝雪，查檢各電子資料庫，僅見宋祁三用此詞，一為〈寄王共〉：「沸蟻雲罍溢，離鵝雪苑開。」然當作「離鵝」「雪苑」「開」解；一為〈冬日呈應之〉：「橐風寒薄木，鵝雪夜平階。」餘無他例，推測此詞恐為宋祁獨創，靈感或來自謝惠連〈雪賦〉：「對庭鵝之雙舞，瞻雲雁之孤飛。」或與文人以鵝毛比喻飛雪有關，白居易〈酬令公雪中見贈訝不與夢得同相訪〉：「雪似鵝毛飛散亂，人披鶴氅立裝回。」司空曙〈雪〉之一：「樂遊春苑望鵝毛，宮殿如星樹似毫。」呂止庵〈集賢賓·嘆世〉：「到冬來，落瓊花陣陣飄，剪鵝毛片片飛。」皆可參看，故鵝雪意謂大雪。烏風，本具黑風之意，如王逢〈江邊竹枝詞〉其四：「南北兩江朝暮潮，郎心不動妾心搖。馬駞少簡天燈塔，暗雨烏風看作標。」然依詩意推敲，「烏」疑作「太陽」解，烏風或指晴日之風。此詩格律為仄起首句不入韻格，此句原作「仄仄平平仄」，然疑有拗救情形，因「鵝」為平聲，若從仄聲之「鎖」則正足以救之，

且可具象描繪：早春時節，大地仍為大雪覆蓋，卻已得見「暖容侵柳動，寒意向梅殘」之回春景致，「銷」不合邏輯，故宜從「鎖」字，二字蓋形近而誤。

〈北園池上〉，頁 2403

「頗」賦高秋興，人非騎省才。文津閣：「叵」賦高秋興，人非騎省才。

　　案：頗，略微，或通「叵」而作不可之意解。叵，表原因，具「遂」、「故」之意。此聯化用潘岳〈秋興賦〉：「晉十有四年，余春秋三十有二，始見二毛，以太尉掾兼虎賁中郎將寓直于散騎之省。高閣連雲，陽景罕曜，珥蟬冕而襲紈綺之士，此焉遊處……于時秋也，故以秋興命篇。」之故事，自嘆己無潘岳之才，試觀司空曙〈九日洛東亭〉：「傷秋非騎省，玄髮白成斑。」與韋莊〈避地越中作〉：「傷心潘騎省，華髮不禁秋。」等詩句，亦化用此一故事。據詩意，此句乃謂個人因秋興而賦吟，故有「略微」之意，宜從「頗」字。

〈避暑江瀆祠池〉，頁 2404

避暑江瀆「祠」池。文津閣：避暑江瀆池。

　　案：江瀆祠，《新唐書·地理志·劍南道·劍南採訪使·成都府蜀郡》載：「成都，有江瀆祠。」《元和郡縣志·劍南道·成都縣》：「江瀆祠在縣南八里。」張守節《史記正義》引《括地志》云：「江瀆祠在益州成都縣南八里，秦并天下，江水祠蜀。」《宋史·蔣堂傳》則載：「乃伐喬木於蜀先主惠陵江瀆祠，又毀后土及劉禪祠，蜀人浸不悅，獄訟滋多。」知「江瀆祠」當在益州，而宋祁於仁宗嘉祐元年至四年間嘗任官益州。江瀆池，《太平廣記·三朵瑞蓮》：「偽蜀主當僭位，諸勳貴功臣競起甲第。獨偽中令趙廷隱起南宅北宅，千梁萬拱，其諸奢麗，莫之與儔。後枕江瀆池中有二島嶼，遂甃石循池，四岸皆種垂楊，或間雜木芙蓉，池中種藕，每至秋夏，花開魚躍柳陰之下。」勾延慶《錦里耆舊傳》（一名《成都理亂記》）：「（唐昭宗）光化元年，江瀆池魚無數皆死，浮出水面長尺餘，以車般之送於城外。」均見「江瀆池」，然文中「江瀆池」究為池陂之專名或泛稱江河池水則暫難斷言。概言之，「江瀆祠」、「江瀆池」皆位於蜀郡，所指當為同處地方，證據如下：吳中復〈江瀆泛舟〉：「曉來一雨過池塘，江瀆祠前館宇涼。翠水細風翻畫浪，紅蕖微露浥秋香。欲停畫舫收船檝，旋折圓荷當羽觴。逃暑豈須河朔飲，遲留車馬到斜陽。」田況〈伏日會江瀆池〉：「長空赤日真可畏，三庚遇火氣伏藏。溫風洶忍鬱

不開，流背汗洽思清涼。江瀆祠前有流水，灌注蓄泄為池塘。」是知「江瀆祠」與池相傍，其池涼得以避暑氣，觀詩中「溪淺容篙短，舟移覺岸長。烟稠芰荷葉，霞熱荔支房。」多寫水景，而未及「祠」事，且除此詩題外，未見「江瀆祠池」一稱，而宋祁另有〈集江瀆池亭〉與〈江瀆池亭〉二詩，是知宜作「避暑江瀆池」，「祠」字恐為衍文。

〈過惠崇舊居〉，頁 2405

塵憶清談外，雲經「合座」餘。佚存本（宮）（珍）：塵憶清談外，雲經「暮合」餘。

案：合座，亦作「合坐」，所有在座之人，王粲〈公宴詩〉：「合坐同所樂，但愬杯行遲。」此聯書寫於惠崇舊居睹物憶昔之情況，見「塵」而憶當時「清談」之狀，見「雲」而憶當時眾人集聚之景，使從「暮合」則純為描寫黃昏景致之句，與惠崇舊居關聯不大，且與上句睹物思往之情形未甚相應，或從「合座」較妥帖。

「行草案殘書」之自注：師善行草，齋「中」多自題寫。佚存本（宮）：師善行草，齋「字」多自題寫。

案：據文意，當從「中」。

「懷賢要可傷」之自注：予為郡之年，師之去世已二「年」矣。佚存本（宮）：自注：予為郡之年，師之去世已二年「紀」矣。

案：溫潔《宋祁詩文繫年及行實考述》謂宋祁：「時年四十四，初得郡壽陽，惠崇舊居院在境內。選此一詩以見惠崇之死，宋公年二十也。」認為當從「二紀」方合理。

〈對月〉其二，頁 2405

白露方徐「覗」，清風適共來。佚存本（宮）（珍）：白露方徐「汎」，清風適共來。文津閣：白露方徐「況」，清風適共來。

案：白露，秋天之露水，《詩經·秦風·蒹葭》：「蒹葭蒼蒼，白露為霜。」韓愈〈秋懷〉其二：「白露下百草，蕭蘭共雕悴。」或謂二十四節氣之一，於每年陽曆九月八日前後，《逸周書·時訓》：「白露之日鴻鴈來。」覗，去聲漾韻，賜予。汎，漂浮、水向四處漫流。況，古同「覗」。此字與「來」字相對，據詩意，從「覗」為宜。

〈望月〉，頁 2405

傍漢「含」銀淺，過雲漏葉鮮。文津閣：傍漢「藏」銀淺，過雲漏葉鮮。

　　案：藏，隱匿、隱藏。含，銜於口中，具包容之意。漢，河漢，即銀河，《古詩十九首‧迢迢牽牛星》：「河漢清且淺，相去復幾許。」此句形容月光伴隨星光天河，有淺淺銀輝之感，宜從「含」字語意較為妥帖，且此為頸聯，「藏」字與頷聯「魄中藏暗樹，輪外上虛弦」重複，是知當從「含」字為宜。

〈月〉，頁 2406

映波休混璧，入「幔」且迷鈎。蚌冷侵珠潤，羅疏逼帳秋。文津閣：映波休混璧，入「帳」且迷鈎。蚌冷侵珠潤，羅疏逼帳秋。

　　案：幔，垂直懸掛以作遮擋用之大塊帷幕，《三國志‧魏志‧臧洪傳》：「紹素親洪，盛施帷幔，大會諸將見洪。」帳，張掛或支架以為遮蔽用之器物，多以布帛氈革製成，常指帷幔，班固〈東都賦〉：「供帳置乎雲龍之庭。」李善注引張晏曰：「帳，帷幔也。」就詞義觀之，二者皆可從，且宋祁皆嘗用之，未定孰是，然其後「羅疏逼帳秋」已見「帳」字，此處恐從「幔」為宜，「帳」疑義近而誤。

〈新月〉，頁 2406

殘「黃」映額羞。佚存本（珍）：殘「橫」映額羞。

　　案：黃，即花黃，古代女子將黃色花瓣狀之面飾貼於額上以為裝飾，謂之帖花黃。殘黃，蓋形容久帖花黃後尚未重新梳理之狀態，權德輿〈相思曲〉：「少小別潘郎，嬌羞倚畫堂。有時裁尺素，無事約殘黃。鵲語臨粧鏡，花飛落繡裀。相思不解說，明月照空房。」張綱〈次韻公顯賦蠟梅詩二首〉其一：「壽陽催粧花睡起，半額殘黃嬌欲語。香魂浮動滿幽思，著莫春風暗相與。」殘橫，殘暴專橫，《南史‧曹景宗傳》：「開街列門，東西數里，而部曲殘橫，部下厭之。」據詩意觀之，當從「黃」字為是。

〈殘月〉，頁 2406

「陰」光隨落宿，有意待朝陽。佚存本（珍）：「餘」光隨落宿，有意待朝陽。

　　案：陰光，得指昏暗之光，或謂月光，阮籍〈采薪者歌〉：「陽精蔽不見，陰光代為雄。」餘光，殘存光線，元稹〈有酒十章〉其九：「有酒有酒今日將落，餘

光委照在林薄。」落宿,漸趨隱沒之明星,劉鑠〈擬明月何皎皎〉:「落宿半遙城,浮雲蔽層闕。」呂向注:「宿謂星也。」陸龜蒙〈風人〉其二:「曉天窺落宿,誰識獨醒人。」此詩乃詠「殘月」,復謂此光將隨「落宿」逝去以待「朝陽」之繼起,如此則皆得解釋之。唯宋祁〈望月西廡作〉:「孤月霧中來,餘光淡前庑。」以「餘光」論月,又〈禁門待漏〉:「破月餘光淡禁街,駐車聊候九門開。」亦藉「餘光」形容曉至月殘之光景。由是觀之,恐以「餘光」較為適切。

《全宋詩》卷 210,宋祁七

〈峽中逢雪〉,頁 2408

「寒」花纔集棧,斜片旋沈溪。文津閣:「險」花纔集棧,斜片旋沈溪。

　　案:寒,平聲寒韻。險,上聲琰韻。寒花,亦作寒華,寒冷時節開放之花,多指菊花,張協〈雜詩〉:「寒花發黃采,秋草含綠滋。」陶淵明〈九日閒居〉:「塵爵恥虛罍,寒華徒自榮。」宋祁詩文屢見「寒花」一詞,如:〈和丞相小園雨霽〉:「鵲輕來燥枿,蜂濕抱寒花。」〈寥寥〉:「高樹足危響,寒花無媚姿。」〈西園晚秋見寄〉:「暝篠深留翠,寒花淺作紅。」與〈早秋二首〉其一:「寒花尚作茸茸密,晚葉偏能颯颯鳴。」上引諸詩之「寒花」多與秋季有關,疑即意指菊花,然此詩之「寒花」恐乃形容雪花之語,黃庭堅〈常父惠示丁卯雪十四韻謹同韻賦之〉:「風聲將仁氣,艷艷生瓦溝。寒花舞零亂,表裏照皇州。」可參看。此詩格律屬仄起首句不入韻格,此句當作「平平平仄仄」,然此聯恐存在拗救之現象,此字須從仄聲,方得以平聲之「斜」救之,從「險」字較合律,雖「險花」罕見,然此聯或藉書雪花「斜片旋沈溪」描寫峽中險狀,若此則作「險」或可也。

〈舟中三首〉其一,頁 2409-2410

舟行不礙動,縱目望聯陧。稍覺前「川」近,徐驚後樹低。魚游隨聚沫,禽度帶殘啼。文津閣:舟行不礙動,縱目望聯陧。稍覺前「山」近,徐驚後樹低。魚游隨聚沫,禽度帶殘啼。

　　案:就詩意觀之,二者均可從,然此詩自舟中書寫所見景致,細味之,此篇似具上句寫水景,下句寫陸景之規律,謝靈運、歐陽脩山水詩時見此模式,故或從「川」為宜。

〈舟中三首〉其二，頁 2410

「紺」舟時一眺，牂踐損春莎。文淵閣、文津閣：「維」舟時一眺，牂踐損春莎。

案：紺，《說文解字》：「帛深青而揚赤色也。」維，繫、連結。維舟，繫船停泊，何遜〈與胡興安夜別〉：「居人行轉軾，客子暫維舟。」牂，繫船纜之木椿。此句意謂將舟船暫繫於岸椿以眺望川上風光，故從「維舟」較為適切。又此詩格律為仄起首句不入韻格，知此句當作「平平平仄仄」，如此，則以維字為是。且遍查文淵閣四庫全書，並未見有「紺舟」一語。

〈司徒侍中宣獻公挽詞二首〉，頁 2410-2411

司徒侍中宣獻公挽詞「二」首。佚存本（宮）（珍）（叢）：宣獻宋公挽「辭三」首。文津閣：司徒侍中宣獻公挽詞「三」首。

案：《全宋詩》與文淵閣、聚珍版皆僅錄收二首，而文津閣、佚存本（宮）（珍）（叢）見存三首，多出之文字為：「順諫長樂朝，奮庸明辟始。功名一不處，愛直兩遺美。空廄侍中貂，遂失尚書履。不朽在德言，古來皆有死。」八句詩文意通暢，押同韻，當為一首五言古詩，然實與前二首挽詞之五言律詩有別，恐非屬同組詩，疑為錯簡文字或佚文。經逐句查檢文淵閣四庫全書與中國基本古籍庫，僅見「古來皆有死」一句，其餘詩句皆未能檢得，而五筆「古來皆有死」資料皆與此詩無關，暫無法確認該詩為何人之作。《宋史·宋綬傳》載宋綬卒後，朝廷「贈司徒兼侍中，諡宣獻。」推知司徒侍中宣獻公乃宋綬，而傳記中另載其人嘗「同修國史」、「史成，遷尚書工部侍郎兼侍讀學士」，太后稱制時「五日一御承明殿，垂簾決事，而仁宗未嘗獨對羣臣也。綬奏言：『唐先天中，睿宗為太上皇，五日一受朝，處分軍國重務，除三品以下官，決徒刑。宜約先天制度，令羣臣對前殿，非軍國大事，除拜皆前殿取旨。』書上，忤太后意，改龍圖閣學士，出知應天府。太后崩，帝思綬言，召還，將大用。」與詩中「順諫長樂朝，奮庸明辟始。功名一不處，愛直兩遺美。空廄侍中貂，遂失尚書履。」諸語似可契合，歐陽脩〈宋宣獻公挽詞三首〉其三：「結綬逢明主，馳聲著兩朝。莫楹先有夢，升屋豈能招。贈服三公袞，兼榮七葉貂。春風笳鼓咽，松柏助蕭蕭。」及蔡襄〈司徒侍中宋宣獻公挽詞五首〉其三：「懷道初名世，乘時遂致君。平分百年筭，中據兩台文。行翠連寒樹，凝笳上晚雲。路人那得識，揮涕指幽墳。」所言亦若可與此詩參對，疑「順諫長樂朝」一詩亦為宋綬挽詞之一，唯作者如文津閣、佚存本所錄為宋祁，或為宋庠作品而誤入《景文

集》，或另有他人，則史料不足，暫難斷言。另，所謂「詞」乃指有組織或成片段之語言文字，「辭」則為敘述或說明之語言文字。就宋祁書寫習慣而論，其〈宣徽太尉鄭公挽詞二首〉、〈肅簡魯公挽詞四首〉、〈王沂公挽詞三首〉、〈李中令挽詞二首〉、〈回李太傅惠御製挽詞石刻啟〉均作「挽詞」而無作「挽辭」者，是知宜作「挽詞」。

〈司徒侍中宣獻公挽詞二首〉其二，頁2410-2411

宗盟一箇弱，（自注：公與伯氏同參宰政，一時頓稱兩宋。）人贖百身難。

案：《全宋詩》校記：「公」，原作「今」，據四庫本改。兩宋乃指宋祁與其兄長宋庠，此句為宋祁自注，觀其文意，應作「今」方通順，「公」字誤矣。

（自注）中宮「冊」文，公實為之，時稱名筆。佚存本（宮）：中宮「策」文，公實為之，時稱名筆。

案：中宮，宮中。策文，古代祭皇帝陵墓所用之哀策文。冊文，文體名，簡稱「冊」，帝王祭祀天地神仙之文書或封爵之詔書，後世應用漸繁，凡祭告、上尊號及諸祀典，皆得用之。據詩中「溫辭聯冊祕」及文意，當從「冊」無疑。

賜歛榮縟袞，臨「哀」駐玉鑾。佚存本（宮）：賜歛榮縟袞，臨「歌」駐玉鑾。

案：歛，通「殮」，為死者穿衣、入棺，《儀禮·士喪禮》：「主人奉尸斂于棺。」 哀，悲傷，《易經·小過》：「君子以行過乎恭，喪過乎哀，用過乎儉。」 歌，歌頌、贊美，《左傳·成公七年》：「九功之德皆可歌也。」玉鑾，仙佛或天子之車駕，梁簡文帝〈大法頌〉：「玉鑾徐動，金輪曉莊，紫虯翼軟，綠驥騰驤。」此聯書寫亡者備極哀榮，皇帝亦為之傷悼，當從「哀」字。

〈送炳宗巢簿〉，頁2411

塵「緇」去郡客，木落渡淮天。文淵閣、文津閣：塵「淄」去郡客，木落渡淮天。

案：緇，黑色、染黑、僧服。淄，染黑、黑色、玷汙。塵緇，語本陸機〈為顧彥先贈婦〉其一：「京洛多風塵，素衣化為緇。」後因以「塵緇」謂塵污或污垢，鮑照〈紹古辭〉其二：「何言年月馳，寒衣已擣治；條繡多廢亂，篇帛久塵緇。」張九齡〈使還都湘東作〉：「當須報恩已，終爾謝塵緇。」塵淄，實與「塵緇」義近，《論衡·四諱篇》：「毋反懸冠，為似死人服，或說惡其反而承塵淄也。」梁簡文帝〈君子行〉：「君子懷琬琰，不使涅塵淄。」唯後者亦有作「緇」者。經查

文淵閣四庫全書，作「塵緇」者得 105 筆資料，而作「塵淄」者僅 12 筆資料，且宋祁〈送常熟尉〉：「賦閣諸傖筆，塵緇倦客裘。」另見有「塵緇」一詞，雖二者義近而皆得解釋之，然「塵緇」之使用較為普遍，或當從「緇」字為宜。

〈李中令挽詞二首〉其一，頁 2412

李「中」令挽詞二首。佚存本（宮）：李「仲」令挽詞二首。

　　案：中令，中書令之省稱。宋敏求《春明退朝錄》：「國朝歷三師三公者……定難節度西平王李中令彝興自守太傅為太尉。」觀其年代，疑「李中令彝興」即此「李中令」，電子資料庫查無「李仲令」者，故恐從「中」為宜。

不圖「新」渚畔，更作死生分。佚存本（宮）、文津閣：不圖「星」渚畔，更作死生分。

　　案：不圖，不料，《論語·述而》：「子在齊，聞《韶》，三月不知肉味，曰：『不圖為樂之至於斯也。』」渚，原江中小陸地，此謂江邊。新渚，意謂新積澱而成之州渚，司馬光〈首夏呈諸鄰二章〉其二：「塵頭清過轍，水脉生新渚。」葉清臣〈松江秋汛賦〉：「轉白鶴之新渚，據青龍之上游。」星渚，銀河中之小州，亦指銀河，陸龜蒙〈上云樂〉：「便浮天漢泊星渚，回首笑君承露盤。」而宋祁〈乾元節乞男定國等恩澤狀四首〉：「敢因星渚之辰，更丐童衿之幸。」與〈代晏尚書亳州謝上表〉：「始自書林，寖階辭掖。屬星渚之貳極，參震邸以為僚。」藉「星渚」比擬眾官如眾星之拱帝星（紫微星），「新渚」則不見宋祁他例。若從官之喻，「中令」為中書令，亦得應「星渚」之稱，恐當從「星渚」為宜，「新」疑音近而誤。

〈農閣〉，頁 2412

農閣。文津閣：「劭」農閣。

　　案：農閣，疑即詩中言及之菌閣，菌閣，一謂美好之閣樓，如王褒《九懷·匡機》：「菌閣兮蕙樓，觀道兮從橫。」張銑注曰：「菌，香草也，言菌閣，美也。」或指形如菌狀之閣，謝朓〈游東田〉：「尋雲陟累榭，隨山望菌閣。」施閏章〈齊雲巖〉：「裂石通天門，陵巇構菌閣。雲入巖下飛，瀑從松頂落。」可參。劭農，勸農，梅堯臣〈送劉郎中知廣德軍〉：「劭農井田桑，科薅重鋤斧。」宋祁〈郡界閔雨州將率官署禳禬〉：「劭農方狎野，燠旱嘆焦原。」現存文獻雖暫查無「劭農

閣」，然有「勸農閣」之建物，陳道《（弘治）八閩通志·宮室·福州府·連江縣》謂「勸農閣」乃「在縣治內忠愛堂之後」，魯曾煜《（乾隆）福州府志》則得見「勸農閣，宋時建」之記載，是知此「勸農閣」位於閩地，與詩中「西南蜀塞寬」及「看雲記巫峽」之蜀地大不相同。觀詩中「菌閣俯江干，西南蜀塞寬」、「誰伴數憑欄」及詩人看雲望日所見景象，推想此閣乃依傍江岸而建，梅堯臣唱和宋祁〈壽州十詠〉之〈和壽州宋待制九題·熙熙閣〉詩云：「初日照城樓，流暉及菌閣。上收花霧紅，下見春煙薄。信美是珠邦，而淹佐時略。自慙江外人，敢慕淮南作。」以「菌閣」代稱「熙熙閣」，料與宋祁此詩筆法相同，「劭農閣」應如「滕王閣」般為一專名。考宋祁出知壽州時，曾兼管內勸農使（參見宋祁〈壽州謝上任表〉），移知陳州軍事則兼管內河堤勸農使（參〈除陳州謝上任表〉），並上〈乞開治渒河〉議論農田水利灌溉事宜，知宋祁關心農事，或因此自命某樓閣為「劭農閣」，書寫其憑欄觀覽情事，作〈劭農閣〉，作者用心較顯豁明晰，且遍查各電子資料庫，除宋祁外，未見「農閣」作獨立語詞使用，推知「農閣」恐脫文而誤。

鈿「崒」峯頭碧，霞皺荔子丹。文津閣：鈿「翠」峯頭碧，霞皺荔子丹。

　　案：崒，山勢高峻。翠，意謂青、綠、碧色之美玉，或單指綠色之美玉。鈿翠，螺鈿與翡翠，引申為鑲嵌金、銀、玉、貝等物之首飾，梅堯臣〈依韻和禁煙近事之什〉：「鞦韆競打遺鈿翠，芍藥將開剪繚羅。」黎民表〈感舊篇答蘇子川〉：「羅裳鈿翠為誰驕，鄰笛哀傷事非一。」彭孫遹〈春從天上來·孫介夫索句題炤贈此篇〉：「麻姑玉女，矑盼清揚，鈿翠輕飛，裙波小皺。」「鈿」為頭飾而與下句之「霞皺」相對，「鈿崒」蓋形容「峰頭」之高峻，「鈿翠」則得以喻擬「峰頭」之色彩，是知「鈿翠」與「碧」正相呼應，與下句「霞皺荔子丹」描摹筆法相同，且經查文淵閣四庫全書，除宋祁外，未見「鈿崒」一詞。由此觀之，當從「鈿翠」較為適切，「崒」疑形近而誤。

〈唐詔監簿池陽市征〉，頁 2413

萍「密」浮罍劑，蓴絲雜金羹。文淵閣、文津閣：萍「蜜」浮罍劑，蓴絲雜金羹。

　　案：萍密，浮萍密聚之意，汪由敦〈知舍弟讀書僧舍追憶舊遊寄題四首〉其二：「衹厭草深萍密處，黽聲閣閣鬧斜陽。」清世宗〈春郊〉：「萍密藏溪鷖，風高戾紙鳶。」萍蜜，據《施註蘇詩續補遺·戲答王都尉傳柑》之注文：「《詩話》，唐上元夜，宮人以黃羅包柑遺近臣，謂之傳柑宴。劉禹錫〈謝柑表〉：『甘踰萍蜜，寒比天漿。』然劉禹錫此文不見今集，萍蜜亦不詳何物。」邵寶〈答浦文玉惠蓮房〉：

「盈盈水上華，垂垂露中實。數應經天星，不止摽梅七。虛傳周董飴，真嘗楚萍蜜。置之萱草間，吾親何固必。珍重泛清泠，薦以雕盤漆。」周董飴，疑即董荼，《詩經‧大雅‧緜》云：「周原膴膴，董荼如飴。」「董荼」多有作「董荼」者，王鴻緒《欽定詩經傳說彙纂》：「陸氏璣曰：『荼生山田及澤中，得霜甜脆而美，所謂「董荼如飴。」』」由並列之「周董飴」，猜測「萍蜜」或為飴糖之屬。杜甫《九家集注杜詩‧奉酬薛十二丈判官見贈》：「榮華貴少壯，豈食楚江萍。」其下注云：「楚王渡江，有物觸船，問之。孔子云：『萍實也。』以孺子之歌告王，曰：『楚王渡江，得萍實，大如斗，赤如玉，割而食之，甜如蜜。』」疑此詩所謂之「萍蜜」即「楚江萍」或「楚萍蜜」。劑，指以多味藥材合成之藥劑，《三國志‧魏志‧華佗傳》：「又精方藥，其療疾，合湯不過數種，心解分劑，不復稱量。」蓴，多年生水草，浮生水面，莖葉背面有黏液，夏日開紅紫色花，嫩葉可作羹湯，味鮮美，多生於池沼中。蓴絲雜釜羹，疑化用《晉書‧張翰傳》之故事：「張翰字季鷹，吳郡吳人也。父儼，吳大鴻臚。翰有清才，善屬文，而縱任不拘，時人號為『江東步兵』。會稽賀循赴命入洛，經吳閶門，於船中彈琴。翰初不相識，乃就循言譚，便大相欽悅。問循，知其入洛，翰曰：『吾亦有事北京。』便同載即去，而不告家人。齊王同辟為大司馬東曹掾。同時執權，翰謂同郡顧榮曰：『天下紛紛，禍難未已。夫有四海之名者，求退良難。吾本山林間人，無望於時。子善以明防前，以智慮後。』榮執其手，愴然曰：『吾亦與子採南山蕨，飲三江水耳。』翰因見秋風起，乃思吳中菰菜、蓴羹、鱸魚膾，曰：『人生貴得適志，何能羈宦數千里以要名爵乎！』遂命駕而歸。著首丘賦，文多不載。俄而同敗，人皆謂之見機。然府以其輒去，除吏名。」「萍蜜浮罌劑」與「蓴絲雜釜羹」相對，所謂蓴絲，乃切絲處理後之蓴菜，僅為名詞疊用之結構，與「萍蜜」名詞、形容詞疊用之結構有別，而同於「萍蜜」形式。又，「罌」乃謂大腹小口之瓶，「萍蜜」為甘美可嚐之物，與此聯書寫烹調食材之情況密切相關，「萍密」則皆作浮萍密生之狀解，未涉及飲食。由是觀之，或當作「萍蜜」較為適切。

袁郎秋詠「去」，江月對盈盈。佚存本（珍）、文津閣：袁郎秋詠「苦」，江月對盈盈。

　　案：本詩格律屬仄起首句不入韻格，此句當作「平平平仄仄」，「去」與「苦」皆合律。「袁郎秋詠」出自《晉書‧文苑傳‧袁宏》之故事：「（袁）宏有逸才，文章絕美，曾為詠史詩，是其風情所寄。少孤貧，以運租自業。謝尚時鎮牛渚，秋夜乘月，率爾與左右微服泛江。會宏在舫中諷詠，聲既清會，辭又藻拔，遂駐聽久

之，遣問焉。答云：『是袁臨汝郎誦詩。』即其詠史之作也。尚傾率有勝致，即迎升舟，與之譚論，申旦不寐，自此名譽日茂。」文中未見苦意。然李白〈勞勞亭歌〉：「昔聞牛渚吟五章，今來何謝袁家郎。苦竹寒聲動秋月，獨宿空簾歸夢長。」與崔塗〈牛渚夜泊〉：「煙老石磯平，袁郎夜泛情。數吟人不遇，千古月空明。人事年年別，春潮日日生。無因逢謝尚，風物自淒清。」均有苦意。盈盈，晶瑩清澈貌，《古詩十九首·迢迢牽牛星》：「盈盈一水間，脈脈不得語。」欲明此聯是否有「苦」意，或可就詩題、詩意考察，唐詔，王德毅等人《宋人傳記資料索引》載：「字彥範，錢塘人，肅子。治平中知潭州，改蘇州。文章氣格高簡，尤精翰墨，遺一小札，亦必華牋妙管。」談鑰纂修《嘉泰吳興志·郡守題名》曰：「唐詔，司勳郎中，熙寧元年四月到任，二年九月移知太平州，改知潭州。」蔡襄曾與之往來（參見周鳳翔〈跋蔡君謨與唐詔帖〉），應即為此詩題贈對象。市征，乃市場稅收之意，《宋史·扈蒙傳》：「稍遷左補闕，掌大名市征。」此篇當為唐詔赴池陽負責市征任務前，宋祁題贈之作，觀詩中「美材王國秀，獨木縣官征」諸語，未見絲毫苦意，「袁郎秋詠」乃稱許唐詔「文章氣格高簡」之才華，斯人遠去，徒留一川江月引人懷想，從「去」字較合詩意。

〈早秋夜坐〉，頁 2413

早秋夜坐。文津閣：早秋夜坐「作」

案：經查宋祁文字，〈去郡作〉、〈九日藥市作〉、〈望月西廡作〉、〈宛丘作〉、〈巡視河防置酒晚歸作二首〉等詩題名之模式皆與此詩相類，或得據之補。

〈秋日書懷〉，頁 2413

秋日「書懷」。文津閣：秋日「偶書」。

案：據查宋祁之詩篇題名，除此詩外，尚見一首〈秋日書懷〉，另有〈書懷〉與〈書懷寄郭正〉，另有三首同作〈偶書〉者，由另一首〈秋日書懷〉觀之，此詩或亦為同名之作，恐當以〈秋日書懷〉為是。

〈伯逢欲予買一田墅因成自訟〉，頁 2413

伯逢欲「予」買一田墅因成自訟。文津閣：伯逢欲「為予」買一田墅因成自訟。

案：菟裘，地名，位今山東泗水，《左傳·隱公十一年》：「羽父請殺桓公，

以求大宰。公曰：『為其少故也，吾將授之矣。』使營菟裘，吾將老焉。」後因以稱告老退隱之居處。陸游〈暮秋遣興〉：「買屋數間聊作戲，豈知真用作菟裘。」自「合治菟裘未，蝸牛尚有廬」及「予從大夫後」通篇自述語氣觀之，全無一語提及伯逢「為予」購置或感謝、推辭事，恐從「予」為宜，「為」字疑衍文。

〈西園晚眺〉，頁 2414

西園晚眺。佚存本（宮）（珍）（叢）：「二月十四日」西園晚眺。

　　案：線索不足，未定孰是。

貪尋芳「蒨」遠。佚存本（宮）（珍）：貪尋芳「芿」遠。

　　案：蒨，茜草，根可做絳色染料，劉勰《文心雕龍·通變》：「夫青生於藍，絳生於蒨，雖踰本色，不能復化。」或為木名，《山海經·中山經》：「敖岸之山……北望河林，其狀如蒨如舉。」芿，割後再生新草、亂草，鮑照〈侍郎報滿辭閣疏〉：「墾畛剗芿。」二字宋祁皆用，唯就「尋」、「芳」觀之，恐從「蒨」為宜。

〈李先輩昆仲見過〉，頁 2414

南州一榻下，平輿二龍來。霏「雪」欣談麈，炊菰乏案杯。文津閣：南州一榻下，平輿二龍來。霏「屑」欣談麈，炊菰乏案杯。

　　案：南州一榻下，乃化用《後漢書·周黃徐姜申屠列傳·徐稚》之故事：「徐稚字孺子，豫章南昌人也。家貧，常自耕稼，非其力不食。恭儉義讓，所居服其德。屢辟公府，不起……時陳蕃為太守，以禮請署功曹，稚不免之，既謁而退。蕃在郡不接賓客，唯稚來特設一榻，去則縣之。後舉有道，家拜太原太守，皆不就。」平輿二龍來，則徵引《世說新語·賞譽》之故事：「謝子微見許子將兄弟曰：『平輿之淵，有二龍焉。』」劉孝標注：「《汝南先賢傳》曰：『謝甄字子微，汝南邵陵人。明識人倫，雖郭林宗不及甄之鑒也。見許子將兄弟弱冠時，則曰：「平輿之淵有二龍。」仕為豫章從事。許虔字子政，平輿人。體尚高潔，雅正寬亮，謝子微見虔兄弟歎曰：「若許子政者，幹國之器也。」虔弟劭，聲未發時，時人以謂不如虔。虔恆撫髀稱劭，自以為不及也。釋褐為郡功曹，黜姦廢惡，一郡肅然。年三十五卒。』《海內先賢傳》曰：『許劭字子將，虔弟也。山峙淵停，行應規表。邵陵謝子微高才遠識，見劭十歲時，歎曰：「此乃希世之偉人也。」』」霏雪，紛飛之雪花，《魏書·樓毅傳》：「同雲仍結，霏雪驟零。」霏屑，語本《晉書·胡毋輔之傳》：「胡

母輔之字彥國……與王澄、王敦、庾敳俱為太尉王衍所昵，號曰四友。澄嘗與人書曰：『彥國吐佳言如鋸木屑，霏霏不絕。』」後用「霏屑」指滔滔不絕之談吐。談塵，清談，陳造〈夜宿商卿家〉：「更喜良宵共談塵，幾煩親手剪燈花。」案杯，猶案酒。據詩意，此聯書寫友人來訪，與之促膝長談而酒逢知己千杯少之欣喜情狀，儘管宋祁〈覽蜀宮故城作〉：「故苑猶霏雪，荒池但刧灰。」與〈時雪贊〉：「盛德震動，霏雪應祈。」〈南嶽祈雪文〉之「霏雪無應」與〈上宣徽李太尉書〉之「霏雪未降」，均作「霏雪」而無作「霏屑」者，然此句當從「霏屑」，方與詩意相符，「雪」疑音近而誤。

炊「菰」乏案杯。文淵閣、文津閣：炊「葫」乏案杯。

　　案：菰，亦名「蔣」，茭筍，多年生水生宿根草本，葉如蒲葦，嫩莖基部經黑粉菌寄生後膨大，即一般食用之「茭白」，果實狹圓柱形，稱之為「菰米」，一謂「雕胡米」，古為六穀之一，李時珍《本草綱目‧穀二‧菰米‧集解》引蘇頌曰：「菰生水中……至秋結實，乃雕胡米也，古人以為美饌。今飢歲，人猶採以當糧。」葫，《玉篇‧艸部》：「葫，大蒜也。」或指葫蘆（匏瓜）。案杯，即案酒、按酒，指下酒菜肴，梅堯臣《和通判太博雪後招飲》其二：「邀飲奏醴醪，案杯烹蟹螯，吾非獨醒者，莫誦楚人騷。」此句意指宋祁雖欲爨火煮食菰（或葫）以款待來賓，卻苦無下酒菜肴，境況窘困，此句疑化用《晉書‧文苑列傳‧張翰》之故事，詳參前論〈唐詔監薄池陽市征〉「萍密浮罌劑，蒪絲雜釜羹」資料。今文淵閣四庫全書中，除宋祁外，未見「炊葫」一詞，而「炊菰」則數見之，鄭谷〈倦客〉：「閒烹蘆笋炊菰米，會向源鄉作醉翁。」宋庠〈送從兄祕校咸赴衢州都掾〉：「汗竹書滕密，炊菰宴具香。」劉攽〈和梅聖俞食鱠歌〉：「蜀薑吳橘正相益，炊菰絮羹還慊然。」皆是，宜作「炊菰」，「葫」字誤矣。

「自」慚隣壁焰，時照不燃灰。文淵閣、文津閣：「千」慚隣壁焰，時照不燃灰。

　　案：此聯存在拗救現象，作「仄平平仄仄，平仄平平」，故當以「自慚」為是。

〈八月十四日夜東軒餞趙同州志元吳陝州冲卿徐潤州君章〉，頁2414

八月十四日夜東軒餞趙同州「志」元吳陝州冲卿徐潤州君章。文津閣：八月十四日夜東軒餞趙同州「老」元吳陝州冲卿徐潤州君章。

　　案：「趙志元」或「趙老元」必為人名，然檢索各電子資料庫，暫未尋得任何資料，未詳何人，待考。

〈哭郭仲微三首〉其一，頁 2414-2415

倉卒聞「嬰」疾，何辜遂沒身。佚存本（珍）：倉卒聞「櫻」疾，何辜遂沒身。

案：嬰疾，患病，《後漢書·黨錮傳·李膺》：「道近路夷，當即聘問，無狀嬰疾，闕於所仰。」宋祁〈哀故文節公〉其三：「霜露纏嬰疾，龍蛇已喪賢。」與〈南嶽祈雪文〉：「誠願身嬰疾癘，明塞無狀，墜越厥命以紓民災。」均作「嬰疾」，「櫻疾」古籍未曾見之，是知宜從「嬰」，「櫻」疑形近而誤。

哭筵同產子，「霜寢未亡」人。佚存本（珍）：哭筵同產子，「聞訃悵友」人。

案：同產子，兄弟之子，《漢書·平帝紀》：「平帝即位，令諸侯王、公、列侯、關內侯亡子而有孫若子同產子者，皆得以為嗣。」未亡人，寡婦自稱，《左傳·成公九年》：「穆姜出于房，再拜曰：『大夫勤辱，不忘先君以及嗣君，施及未亡人。先君猶有望也！』」杜預注：「婦人夫死，自稱未亡人。」此為五言律詩，仄起首句不入韻格，此聯首字存在拗救現象，故此句格律須作「平仄仄平平」，據此，唯「霜寢未亡」合律，且「悵友人」與「同產子」詞性未相對，僅「未亡人」得與之相對。由此觀之，當從「霜寢未亡」無疑。

其三，頁 2415

謝氏雖多女，中郎竟乏兒。人生忽至此，天道果「無」知。佚存本（珍）：謝氏雖多女，中郎竟乏兒。人生忽至此，天道果「難」知。

案：中郎竟乏兒，「中郎」謂蔡邕，韓愈〈題西林寺故蕭二郎中舊堂公有女為尼在江州〉：「中郎有女能傳業，伯道（即鄧攸）無兒可保家。」其下注云：「韓曰：『蔡中郎邕女，名琰，字文姬。興平中，天下喪亂，為胡騎所獲。曹操痛邕無嗣，以金贖之。因問曰：「聞夫人家先多墳籍，猶能記憶否？」曰：「昔亡父賜書四千卷，流離塗炭，罔有存者。今所誦憶裁四百餘篇。」于是繕寫送之，文無遺誤。』」天道，天理、天意，《尚書·湯誥》：「天道福善禍淫，降災於夏。」無知，無知覺，《穀梁傳·僖公十六年》：「石無知之物，鶂微有知之物。」難知，不易知曉。此句暗用《晉書·鄧攸傳》故事：「時人義而哀之，為之語曰：『天道無知，使鄧伯道無兒。』」由是觀之，當從「無」無疑。

〈西樓夕望〉，頁 2415

西樓夕「望」。文津閣：西樓夕「坐」。

案：《全宋詩》校記載：《全蜀藝文志》卷六作「登」。此詩所述景色變遷、溫度、天色、天象、禽鳥之反應，皆暗示時間之潛移，從「望」、「坐」均得解釋之，唯玩味「炎氣隨日入，岑寂坐遙帷」、「珍重窗風好」文義，知宋祁當位於室內，「坐」較「望」貼切細膩，當與「登」意無涉。宋祁另有〈夕坐〉詩，云：「岸幘坐前楹，天圍極望青。日華開嶺霧，風影碎池星。重露驚棲鶴，幽叢帶暗螢。塵機心久息，寧待據梧瞑。」亦書寫坐觀景物變化之情況，兩相參照，此處恐宜從「坐字」。

〈偶書〉，頁2415

悲秋葆髮生，倦客厭離「身」。九奏莊禽眩，千鈞楚俗輕。文津閣：悲秋葆髮生，倦客厭離「聲」。九奏莊禽眩，千鈞楚俗輕。

案：葆，草叢生，亦指叢生之草，《漢書·燕刺王劉旦傳》：「當此之時，頭如蓬葆，勤苦至矣，然其賞不過封侯。」顏師古注：「草叢生曰葆。」離身，離開身體，《莊子·漁父》：「舉足愈數而跡愈多，走愈疾而影不離身。」離聲，別離之音聲，鮑照〈代東門行〉：「傷禽惡弦驚，倦客惡離聲。離聲斷客情，賓御皆涕零。涕零心斷絕，將去復還訣。一息不相知，何況異鄉別。遙遙征駕遠，杳杳落日晚。居人掩閨臥，行子夜中飯。野風吹秋木，行子心腸斷。食梅常苦酸，衣葛常苦寒。絲竹徒滿坐，憂人不解顏。長歌欲自慰，彌起長恨端。」由是觀之，此句恐出自鮑照〈代東門行〉。另，身，平聲真韻。聲，平聲清韻。此詩押平聲耕韻，與庚韻及清韻同用，以此，當從「聲」字為是。且其後之「九奏莊禽眩」一語上承所謂之「厭離聲」，乃援引《莊子·至樂》：「於廟奏九韶以為樂，具太牢以為膳，鳥乃眩視憂悲。」藉以凸顯個人對宦游生涯之厭倦，是知當從「離聲」無疑，「身」或音近而誤。

〈答書〉其一，頁2416

「鑱」刻暗書筠。佚存本（珍）：「鈊」刻暗書筠。

案：鑱刻，刻畫、雕鑿，施補華《峴傭說詩》：「入蜀諸詩，須玩其鑱刻山水，於謝康樂外另闢一境。」鈊，《說文解字·金部》：「鈊，吮圓。」段玉裁注：「謂本不圓變化而圓也。《廣韻》曰：『鈊，刓也，去角也。』」李咸用〈健仔怨〉：「不得團圓長近君，珪月鈊時泣秋扇。」書筠，史籍，黃滔〈與盧員外啟〉：「雖

則異於披沙之說，然略幾於架屋之譚，許列書筠，令參撰杖。」就詩意觀之，「鑱
刻」與書寫創作相關，謝絳〈遊嵩山寄梅殿丞書〉：「碑之空無字處，覯聖俞記樂
理國而下四人同遊，鑱刻尤精。」歐陽脩〈聖俞會飲〉：「詩工鑱刻露天骨，將論
縱橫輕玉鈴。」等可供參照，而各電子資料庫皆未見「鉆刻」一詞，故或從「鑱」
為宜。

親見「揚」雄者。佚存本（珍）：親見「楊」雄者。

　　案：作揚雄專名可為通同字。

〈答書〉其二，頁2416

「觸」籠摧勁翮，煦沫曝窮鱗。文淵閣：「解」籠摧勁翮，煦沫曝窮鱗。

　　案：勁翮，矯健之翅膀，劉楨〈鬥雞〉：「長翹驚風起，勁翮正敷張。」下句
援引《莊子・大宗師》：「泉涸，魚相與處於陸，方相望煦以濕，相濡以沫，不若
相忘於江湖。」此聯對仗工穩，觀詩意，當從「觸」，「解」疑形近而誤。

〈和朱少府苦雨〉，頁2416

和朱少府苦雨。佚存本（珍）、文津閣：「次韻」和朱少府苦雨。

　　案：宋祁〈宮保龐丞相以詩見寄次韻和答〉、〈次韻和李長學士正月二十八日
出郊見寄之作〉、〈次韻和奉寧太尉相公見寄二首〉皆與此詩題名模式相類，或得
據之補正。

滯「淹」連春晦，層陰接夜分。文淵閣、文津閣：滯「淊」連春晦，層陰接夜分。

　　案：淹，平聲鹽韻，浸漬、留滯之意，又音一ㄢ丶，去聲梵韻，作動詞解為浸
沒。淊，音一ㄢˇ，上聲琰韻，作名詞解為陰雲，動詞可通「淹」。滯淹，閉塞、
不通暢，黃景仁〈客齋偶成〉：「到處蝸廬感滯淹，曉涼差喜失朱炎。」滯淊，陰
雲久滯之情況，各電子文獻資料庫中，除宋祁外，未見「滯淊」一詞，皆作「滯淹」
者，往往藉以形容位卑者無法升遷官職之情狀。層陰，指密布之濃雲，李商隱〈寫
意〉：「日向花間留返照，雲從城上結層陰。」此詩為仄起首句不入韻格，此句當
作「仄仄平平仄」，知此字為仄聲。又，此聯為首聯，無強制對仗之要求，然古往
今來實不乏首聯對仗者，此聯亦有對仗現象，「層陰」乃形容詞加名詞所構成，從
「滯淊」方得與之相對。

「驍」壺惟發電，愁棟但生雲。佚存本（珍）：「驕」壺惟發電，愁棟但生雲。

　　案：驍壺，《舊唐書·音樂志二》：「投壺者謂壺中躍矢為驍壺，今謂之驍壺者是也。」此句暗用《神異經·東荒經》故事：「東荒山中有大石室，東王公居焉……恒與一玉女投壺，每投千二百矯……矯出而脫誤不接者，天為之笑。」張華注：「言笑者，天口流火炤灼，今天不下雨而有電光是天笑也。」藉以形容閃雷現象，所謂「矯出而脫誤不接」即與「驍壺」同義，故當從「驍」，「驕」疑形近而誤。

〈詠酒壺〉，頁2416

客歡迎指「顧」，觴冷寄回旋。文淵閣：客歡迎指「過」，觴冷寄回旋。

　　案：顧，回首、返還、眷念。過，經過。指顧，手指目視，指點顧盼，《漢書·律曆志上》：「指顧取象，然後陰陽萬物靡不條鬯該成。」陳維崧〈喜遷鶯·排悶〉：「憑高指顧，歎野水增波，故陵無樹。」指過，謂出過失，司馬光〈指過〉：「或曰：『有人於此人指其過而告之則喜，何如？』」回旋，此當指旋轉、返回。宋祁〈祗答相國龐公將至并部馬上郵寄〉：「馳屬橐鞬隨指顧，賣殘刀劍事耕耘。」與〈紀聖詩〉：「從容攜日月，指顧靖乾坤。」均見「指顧」一語，「指過」則除此詩外，未見他例。此聯乃詩人以體貼心情之筆法，描述酒壺於筵席間之際遇：賓客歡聚時欣於酒壺並品頭論足，或賞愛不已；待酒冷席散則無情送回，無復關愛眷顧。另就對仗情形觀之，「指顧」較「指過」穩妥工切。綜上考量，當從「指顧」為是。

〈答書〉，頁2416

漸硯寒餘滴，「窗」燈「明」映籯。佚存本（宮）：漸硯寒餘滴，「窻」燈「暝」映籯。佚存本（珍）：漸硯寒餘滴，「挑」燈「暝」映籯。佚存本（叢）：漸硯寒餘滴，「膉」燈明映籯。

　　案：漸，通「澌」，解凍時漂流之冰塊，《御定佩文韻府》收錄「硯坳微沫結文漸」一句，李石〈次年朝佐見贈韻〉云：「霜花氣未暖，冰漸硯含凍。膉梅眩書燈，厭聽曉角弄。」推知「漸硯」或謂冰塊漂流其上之硯臺。挑，音ㄊㄧㄠˇ，上聲篠韻，以手或器具撥弄。挑燈，撥動燈火、點燈，亦指於燈下，岑參〈邯鄲客舍歌〉：「邯鄲女兒夜沽酒，對客挑燈誇數錢。」秦觀〈次韻公闢聞角有感〉：「秉燭何人猶把盞，挑燈有女正穿針。」暝，此謂夜晚，去聲徑韻，〈古詩為焦仲卿妻作〉：「晻晻日欲暝，愁思出門啼。」籯，音ㄍㄡ，平聲尤韻，罩於薰爐上之籠子，此指籯燈，即外罩竹籠之燈火。此詩為仄起首句不入韻格，此句當作「平平仄仄平」，自

二句對仗、格律、詩意諸方考量，「窗」與「漸」相對且合律，「暝」符詩意並合律，宜從之。

子「威」銷骨盡，何相得封侯。文淵閣：子「成」銷骨盡，何相得封侯。

案：據《漢書·翟方進傳》：「翟方進，字子威，汝南上蔡人也。……方進年十二三，失父孤學，給事太守府為小史，號遲頓不及事，數為掾史所詈辱。方進自傷，乃從汝南蔡父相問己能所宜。蔡父大奇其形貌，謂曰：『小史有封侯骨，當以經術進，努力為諸生學問。』方進既厭為小史，聞蔡父言，心喜，因病歸家，辭其後母，欲西至京師受經。」即「子威銷骨盡」所本。且此句下方宋祁自注文字：「〈翟子威傳〉：小史有封侯骨。」各本皆作「子威」，證知當作「威」，「成」字形近而誤。

〈晚眺〉，頁 2417

危欄眞可「倚」。佚存本（宮）（珍）、文津閣：危欄眞可「凭」。

案：《全宋詩》校記：佚存本作「凭」。倚，上聲紙韻，或作去聲寘韻。《戰國策·齊》：「吾倚門而望。」凭，平聲蒸韻，昔有「倚欄」一詞，謂憑靠欄干上趙蝦〈宿靈岩寺〉：「倚欄香徑晚，移石太湖秋。」亦有「憑欄」一詞，「憑」與「凭」為異體字，謂身倚欄杆，崔塗〈上巳日永崇里言懷〉：「遊人過盡衡門掩，獨自憑欄到日斜。」此詩格律屬平起首句不入韻格，故此句當作「平平平仄仄」，知從仄聲之「倚」字為是，「凭」殆義近而誤。

〈胡同年恢信州弋陽簿〉，頁 2417

籠櫻沈釀「宴」，津鼓愴離羣。文淵閣：籠櫻沈釀「晏」，津鼓愴離羣。

案：釀，湊錢聚飲，《烈女傳·魯之母師》：「醑釀醉飽。」宴，同聚吃飯、酒席。晏，遲、晚。釀宴，聚集宴會，孫棨《北里志·鄭舉舉》：「鄭舉舉者，居曲中，亦善令章……有名賢釀宴，辟數妓，舉舉者預焉。」元稹〈酬翰林白學士代書一百韻〉：「僧餐月燈閣，釀宴劫灰池。」鄭谷〈賀進士駱用錫登第〉：「題名登塔喜，釀宴為花忙。」「釀晏」一詞，各電子資料庫皆未見之。津鼓，古代渡口設置之信號鼓，李端〈古別離〉：「天晴見海檣，月落聞津鼓。」離群，離開眾人，皇甫曾〈送元侍御充使湖南〉：「離群復多病，歲晚憶滄州。」此聯書寫送行之酒宴情景，是知當從「釀宴」，「晏」字誤矣。

〈黃坦勾建昌簿〉，頁 2417

靈風徹宴辰，「十幅」曙帆飛。文津閣：靈風徹宴辰，「三翼」曙帆飛。

案：靈風，春風，梅堯臣〈將行賽昭亭寺喜雨〉：「蕭蕭靈風來，蹲蹲祝郎舞，莫言春作遲，但念寒灘阻。」三翼，古代戰船因有大、中、小之分，故稱三翼，後詩文多以指輕舟，謝靈運〈撰征賦〉：「迅三翼以魚麗，襄兩服以鵬逝。」幅，布帛、圖畫之量詞，梅堯臣〈使風〉：「胯下橋南逆水風，十幅蒲帆彎若弓。」張耒〈步下四望亭至東坡柳遲訪邠老不遇〉：「論文挈兒曹，得句懷友生。安得輞川翁，畫此十幅屏。」後或借指船帆，周必大〈送沈世德撫幹還朝〉：「積雨半篙生別浦，清風十幅送歸舟。」就詩意而論，二者均可從，然自格律觀之，此語須作仄聲，故僅「十幅」合律。

〈元處宗安化簿〉頁 2417-2418

「軍」府沈千奏，邊城佐一同。佚存本（珍）：「車」府沈千奏，邊城佐一同。

案：安化，據宋庠〈送慶州安化元處宗主簿〉知此地隸屬慶州，為永興軍路所轄。軍府，軍中府庫，亦用以囚禁俘虜，焦贛《易林·師之蹇》：「武庫軍府，甲兵所聚。」或指將帥府署，韓愈〈送鄭尚書赴南海〉：「番禺軍府盛，欲說暫停盃。」車府，即車府令，《漢書·百官公卿表上》：「太僕，秦官，掌輿馬，有兩丞……又車府、路軨、騎馬、駿馬四令丞。」或謂星名，《星經·車府》：「車府七星在天津東，近河，主官車之府也。」此聯書寫邊城無事之狀，是知當與軍事機構有關，且此地隸屬永興軍路，故當從「軍府」無疑，「車」疑形近而誤。

鄉書黃耳遠，客爨「扊扅」空。文津閣：鄉書黃耳遠，客爨「剡移」空。

案：黃耳，原為陸機所飼之犬名，《晉書·陸機傳》載：「初機有駿犬，名曰黃耳，甚愛之。既而羈寓京師，久無家問，笑語犬曰：『我家絕無書信，汝能齎書取消息不？』犬搖尾作聲。機乃為書以竹筒盛之而繫其頸，犬尋路南走，遂至其家，得報還洛。」後即以「黃耳」喻指信使，元好問〈懷益之兄〉：「黃耳定從秋後到，白頭新自夜來生。」扊扅，門閂，《山堂肆考·親屬·烹伏雌》：「百里奚去虞將適秦，其妻以門關烹雞母餞之。後奚為秦相，堂上樂作，所賃澣婦自言知音。呼之，因援琴撫絃而歌，名扊扅歌。其首章曰：『百里奚，五羊皮，憶別時，烹伏雌，炊扊扅，今日富貴忘我為？』尋問之，乃其故妻也，遂復為夫婦。」而文後有注：「門關謂之扊扅或作剡移。」陸游〈舍北行飯〉：「自掩柴門上扊扅。」剡移，蔡邕〈月

今章句〉：「鍵，關牡，所以止扉，或謂之刲移。」此聯援引故事以書寫離鄉背井之苦悶心情，是知二者皆得解釋之。

〈同年毛洵勾簿新建〉，頁2418

「年衰」冬集罷，鷁首曉帆催。佚存本（珍）：「鸛衣」冬集罷，鷁首曉帆催。

案：年衰，年老，《魏書・胡叟傳》：「見其二妾，並年衰跛眇，衣布穿弊。」冬集，謂職事官員任滿後，依規定於冬季集會京師參加銓選，事始於唐代，見《新唐書・選舉志下》：「六品以下始集而試，觀其書、判。已試而銓，察其身、言；已銓而注，詢其便利而擬；已注而唱，不厭者得反通其辭，三唱而不厭，聽冬集。」鸛，似鶴而頂不赤，項無烏帶，惟尾翼俱黑，善食魚，《禽經》：「鸛仰鳴則晴，俯鳴則雨。」鸛衣，據宋祁〈赴調〉：「編政黃堂碧鸛衣，遠飡周粟位猶卑。」則「鸛衣」疑為當時銓選之際所著官服，唯遍查各電子文獻資料庫，僅宋祁嘗言「鸛衣」。鷁首，泛指船，《淮南子・本經訓》：「龍舟鷁首，浮吹以娛。」此聯頗見對仗之思，若此，則「鸛衣」與「鷁首」相對工切。然此詩屬平起首句不入韻格，當作「平平平仄仄」，使從「鸛衣」則首字為仄聲而與格律不符，雖聲律不協，然首字本較易出現不合律之情形，故恐仍以「鸛衣」為宜。

枳棘非鸞處，膏腴得「父」才。佚存本（珍）：枳棘非鸞處，膏腴得「鳳」才。

案：枳棘，比喻艱難險惡之環境，《後漢書・黃瓊傳》：「光武以聖武天挺，繼統興業，創基冰泮之上，立足枳棘之林。」李賢注：「枳棘諭艱難。」膏腴，謂土地肥沃，《戰國策・趙策四》：「今媼尊長安君之位，而封之以膏腴之地。」父才，經查文淵閣四庫全書，未見獨立作一詞語使用者，未知其意指為何。鳳才，蓋謂才華出眾者，昔有「吐鳳」一詞，《西京雜記》載：「雄著《太玄經》，夢吐鳳凰，集《玄》之上。」後因以「吐鳳」稱頌文才或文字之美。李商隱〈喜舍弟羲叟及第上禮部魏公〉：「朝滿遷鶯侶，門多吐鳳才。」《舊唐書・文苑傳序》：「門羅吐鳳之才，人擅握蛇之價。」當與「鳳才」義近。自此聯觀之，「鸞」與「鳳」相對，且其前後文句另有「鷁首」、「孤鸞」之禽鳥類詞語，由是論之，恐從「鳳才」為宜。

〈霜宇〉，頁2418

霜「宇」澹「秋」光，崢嶸歇歲芳。文津閣：霜「寓」澹「扶」光，崢嶸歇歲芳。

案：宇，屋簷。寓，寓所。文淵閣四庫全書中，「霜宇」之運用較「霜寓」頻繁，試觀黃裳〈中秋月〉：「秋客瘦，秋聲寂，浮雲散盡霜宇寒，未見疏星點空碧。」與葉適〈張氏東園送王恭父得殿字〉：「抱英特霜宇，搏溫霾雄詞。」〈送徐洞清秀才入道〉：「月華滿庭蕪，闃沈霜宇峭。」又王邁〈題洪知觀靜齋〉：「別來火雲張，今見霜宇淨。」與衛宗武〈冬留紫芝庵即事〉：「玄冬適莽蒼，霜宇更闃寂。」等詩句，皆作「霜宇」，而「霜寓」僅見於《兩宋名賢小集·月泉紀游》：「小春霜寓曉，閒訪古招提。」故恐當以「霜宇」較為適切。秋光，秋日陽光，李商隱〈商於〉：「商於朝雨霽，歸路有秋光。」或謂秋日之風光景色，陳子昂〈秋日遇荊州府崔兵曹使宴〉：「秋光稍欲暮，歲物已將闌。」扶光，扶桑之光，得指日，謝莊〈月賦〉：「日以陽德，月以陰靈。擅扶光於東沼，嗣若英於西冥。」李善注：「扶光，扶桑之光也。」崢嶸，形容歲月逝去，又猶凜冽，或作枯槁貌解，羅隱〈雪霽〉：「南山雪乍晴，寒氣轉崢嶸。」司馬光〈苦寒行〉：「窮冬北上太行嶺，霰雪糾結風崢嶸。」澹，此謂淡薄，王安石〈送和甫至龍安暮歸〉：「隱隱西南月一鉤，春風落日澹如秋。」「霜宇澹」與「崢嶸歌歲芳」皆具歲月遷移之慨，若作「秋光」較為妥帖，且前引諸作常將「霜宇」、「秋光」聯結，宋祁〈哀江南〉其三：「龍山戲馬賞秋光。」〈探題得小橋〉：「弭節誰憑望，秋光徧水西。」亦屢見「秋光」一詞而無「扶光」之例，故恐作「秋」為是。

〈古邑二首〉其二，頁 2419

此時看落葉，「寧」翅長年悲。佚存本（珍）：此時看落葉，「斂」翅長年悲。

案：翅，通「啻」，但、僅、止，常用於表示疑問或否定之字後，故「寧翅」即「寧啻」，意謂「豈止」，曾丰〈紹興淳熙兩朝內禪頌并序〉：「聖人視天，遞退遞進。進退俱休，堯舜之運。於赫兩朝，德宏業峻。銖較寸量，寧啻堯舜！堯七十六，治水云初。咨岳試鯀，不遑寧居。高宗時則，斯慶壽餘……」方孝孺〈醫原〉：「人固有盛寒而飲水者，亦有遇風而欷者，有披甲馳馬操劍槊行數百里而不汗者，有出門輒勞憊不能行者，相去寧啻十百！此資稟之殊也。」斂翅，翅膀戢合之動作。此句乃因感於落葉而悲不可遏，藉「寧翅」之語氣以強調悲感之沉重，且此詩未見與鳥相關之語詞或譬喻，忽云「斂翅」，則詩意不相連貫，而此所謂「斂翅」與張祜〈鸚鵡〉較為近似：「棲棲南越鳥，色麗思沉淫。暮隔碧雲海，春依紅樹林。雕籠悲斂翅，畫閣豈關心。無事能言語，人聞怨恨深。」顯與此詩悲秋歎衰之意不同。由是觀之，當從「寧翅」。

〈三封田墅〉，頁 2419

林間尋路隘，「露」裏「入」山迷。文淵閣：林間尋路隘，「霧」裏入山迷。文津
閣：林間尋路隘，「霧」裏「覓」山迷。

　　案：就詩意觀之，能產生迷於山間效果者，當從「霧」無疑。另自對仗角度觀
之，「覓」與上文之「尋」互文見意而舉止相應，故從「覓」為宜。

〈江夏黃孝恭數遺新詩因以是答〉，頁 2419

驚弦已瘡雁，「涸」轍欲窮「鱗」。文淵閣：驚弦已瘡雁，涸轍欲窮「鱗」。文津
閣：驚弦已瘡雁，「呼」轍欲窮鱗。

　　案：驚弦，曾受箭傷，聞弓弦聲而驚墮之鳥，喻受過驚嚇而遇事惶惶之人，語
本《戰國策·楚策四》：「更羸與魏王處京臺之下，仰見飛鳥。更羸謂魏王曰：『臣
為王引弓虛發而下鳥。』魏王曰：『然則射可至此乎？』更羸曰：『可。』有間，
雁從東方來，更羸以虛發而下之。魏王曰：『然則射可至此乎！』更羸曰：『此孽
也。』王曰：『先生何以知之？』對曰：『其飛徐而鳴悲。飛徐者，故瘡痛也；鳴
悲者，久失群也。故瘡未息，而驚心未去也，聞弦音引而高飛，故瘡隕也。』」所
謂「涸轍」乃比喻處境困難而急待援助，《莊子·外物》：「莊周家貧，故往貸粟
於監河侯。監河侯曰：『諾。我將得邑金，將貸子三百金，可乎？』莊周忿然作色
曰：『周昨來，有中道而呼者。周顧視車轍中，有鮒魚焉。周問之曰：『鮒魚來！
子何為者邪？』對曰：『我，東海之波臣也。君豈有斗升之水而活我哉？』周曰：
『諾。我且南游吳越之王，激西江之水而迎子，可乎？』鮒魚忿然作色曰：『吾失
我常與，我無所處。吾得斗升之水然活耳，君乃言此，曾不如早索我於枯魚之肆！』」
是知「窮鱗」乃失水之魚，比喻處於困境之人，柳宗元〈酬婁秀才將之淮南見贈之
什〉：「好音憐鎩羽，濡沫慰窮鱗。」宋祁〈定州到任啟〉：「祁衰老之餘，懦怯
有素，傷羽不擇林以息，窮鱗僅得水而安。」與此聯詩意一致，是知當從「窮鱗」
為確。唯若自此聯對仗情形觀察，作「涸」，則其組構句法、意義、詞性均不如「呼」
字適切，疑從「呼」為是。

〈和伯氏小疾原韻〉，頁 2421

和伯氏小疾「原韻」。文津閣：和伯氏小疾「之什」。

　　案：此詩為唱和之作，而所謂「原韻」，即宋祁以唱者原詩之韻為韻進行創作。

什，《詩經》中《雅》、《頌》部分多以十篇為一組，稱之，如：《鹿鳴之什》、《清廟之什》等，後用以泛指詩篇、文卷，猶言篇什，任昉〈奉答敕示七夕詩啟〉：「竊惟帝跡多緒，俯同不一，託情風什，希世罕工。」柳宗元〈故大理評事柳君墓志〉：「其嗣曰寬，字存諒，讀其世書，揚於文辭，南方之人多諷其什。」是知「什」具篇章之意，宋祁〈答燕侍郎謝與端明李學士見過之什〉與〈祗答晏尚書懷寄之什〉均作「之什」。據詩題，或從「原韻」為宜。

〈悼祚禪師二首〉，頁 2421

千金供「住」園。佚存本（珍）：千金供「佛」園。

　　案：此句蓋暗用陳耀文《天中記·園圃》故事：「湏達多長者白佛言：『弟子欲營精舍請佛住。』惟有祇陀太子園廣八十頃，林木欝茂可居。白太子，太子戲曰：『滿以金布便當相與。』湏達出金布八十頃，精舍告成。凡千二百區，亦曰『給孤園』。」由是觀之，二者皆可從，然就「供」而論，或從「住」為宜。

《全宋詩》卷 211 · 宋祁八

〈答朱公綽牡丹〉，頁 2422

珍「卉」分清賞，飛郵附翠籠。文津閣：珍「蘤」分清賞，飛郵附翠籠。

　　案：珍卉，珍貴之花卉，李翰〈尉遲長史草堂記〉：「前有芳樹珍卉，嬋娟修竹。」蘤，上聲紙韻，即花。珍蘤，珍貴之花，李淑〈賦得蘤字〉：「東城桃李春，結客玩珍蘤。」就詞義觀之，二者均可從。宋祁〈白蓮堂〉：「鈿葉矗新團，玉莖粲繁蘤。」〈葵〉：「剉藥染新蘤，插鈿成密房。」作「蘤」，而〈塞垣〉：「塞垣八月暮，百卉已凄然。」〈種竹〉：「況茲歲華晚，衆卉日凋斂。」作「卉」，無法判定其書寫習慣，姑備異文。

〈中秋新霽壕水初滿自城東隅泛舟圯謝公命賦〉，頁 2423

「清」漾思江浦，夷猶遶郡城。文津閣：「演」漾思江浦，夷猶遶郡城。

　　案：清，水明澈，《詩經·鄭風·溱洧》：「溱與洧，瀏其清矣。」演漾，水波蕩漾，阮籍〈詠懷〉其七五：「泛泛乘輕舟，演漾靡所望。」此為五言律詩，屬仄起首句不入韻格，是知此字須作仄聲，故當從上聲獮韻之「演」較為適切。

〈讀絕交論〉，頁 2423

嫌「忌」蕭朱末，盈虛田竇間。佚存本（珍）（叢）：嫌「隙」蕭朱末，盈虛田竇間。

案：嫌忌，猜忌，《後漢書‧孔融傳》：「曹操既積嫌忌，而郗慮復構成其罪。」嫌隙，因猜疑或不滿而產生之惡感與仇怨。蕭朱，指蕭育與朱博，《漢書‧蕭育傳》載：「（蕭）育為人嚴猛尚威，居官數免，稀遷。少與陳咸、朱博為友，著聞當世。往者有王陽、貢公，故長安語曰『蕭、朱結綬，王、貢彈冠』，言其相薦達也。始育與陳咸俱以公卿子顯名，咸最先進，年十八為左曹，二十餘御史中丞。時朱博尚為杜陵亭長，為咸、育所攀援，入王氏。後遂並歷刺史郡守相，及為九卿，而博先至將軍上卿，歷位多於咸、育，遂至丞相。育與博後有隙，不能終，故世以交為難。」《後漢書‧王丹傳》：「交道之難，未易言也。世稱管鮑，次則王貢。張陳凶其終，蕭朱隙其末，故知全之者鮮矣。」劉孝標〈廣絕交論〉：「由是觀之，張陳所以凶終，蕭朱所以隙末，斷焉可知矣。」田竇，西漢武安侯田蚡與魏其侯竇嬰之並稱，二人均為皇戚，每相爭雄，事見《史記‧魏其武安侯列傳》，曹攄〈感舊詩〉：「廉藺門易軌，田竇相奪移。」李白〈古風〉其五九：「田竇相傾奪，賓客互盈虧。」據前引典故，知當從「嫌隙」為是。

「覆」轍何能救，頹波遂不還。佚存本（珍）（叢）：「後」轍何能救，頹波遂不還。

案：轍，輪印。覆轍，即覆車之轍，比喻招致失敗之教訓，語出《後漢書‧范升傳》：「今動與時戾，事與道反，馳騖覆車之轍，探湯敗事之後，後出益可怪，晚發愈可懼耳。」葉適〈葉嶺書房記〉：「當是時，子重專治軍事，晝夜不得休息，而余聽訟斷獄，從容如平常，不然，則建康之人，未見敵先遁，墮建紹覆轍矣。」後轍，蓋後車之轍。頹波，比喻衰頹世風或事物衰落之趨勢，李白〈上留田〉：「高風緬邈，頹波激清。」陳亮〈高士傳序〉：「惟其屹然立於頹波靡俗之中，可以為高矣。」本詩乃宋祁覽讀劉孝標〈廣絕交論〉後有感而發所作，詩句皆化自劉文典故，所謂「覆轍」、「後轍」疑與「陽舒陰慘，生民大情；憂合驩離，品物恆性。故魚以泉涸而呴沫，鳥因將死而鳴哀。同病相憐，綴河上之悲曲；恐懼置懷，昭谷風之盛典。」有關，因「魚以泉涸而呴沫」或聯想至《莊子‧外物》「涸轍之鮒」事，故有此聯之語，若此，玩其文意，恐作「後轍」較合理。

〈寄涇北都運待制施正臣〉，頁 2423

「共」結光華遇，難禁離索情。文淵閣：「兵」結光華遇，難禁離索情。

案：共，去聲用韻，作副詞解為「一起」。兵，平聲庚韻，軍卒、戰爭。光華，榮耀，鮑照〈擬古〉：「宗黨生光華，賓僕遠傾慕。」呂延濟注：「宗族鄉黨皆持其勢而生光榮。」離索，離群索居，陸游〈釵頭鳳〉：「東風惡，歡情薄，一懷愁緒，幾年離索。」此句與「難禁離索情」相對，難字作副詞解為不能，得與「共」相對，且注文有「相繼拜恩」文字，與「共」字之意密切相關。又，此詩屬仄起首句不入韻格，此句當作「仄仄平平仄」，唯仄聲之共字與之相符。由是觀之，當以「共結」為確，「兵」疑形近而誤。

共結光華遇，「難禁」離索情。文津閣：共結光華遇，「奈何」離索情。

案：奈何，怎麼、為何，《禮記·曲禮下》：「國君去其國，止之曰：『奈何去社稷也？』大夫曰：『奈何去宗廟也？』士曰：『奈何去墳墓也？』」此句與「共結光華遇」相對，「共結」為副詞、動詞之組合，而「難禁」乃不能承受之意，詞性亦得與「共結」相對，「奈何」則否。又自此句「平平仄仄平」之格律觀之，「奈何」之格律為「仄平」，與之不符。由此觀之，是知當從「難禁」。

〈蓬池二首〉其二，頁 2424

「蓬池二首」。佚存本（宮）（叢）：「蓬池寫望」。佚存本（珍）：「蓬池作二首」。

案：經查宋祁文字，其〈長葛道中作寄侍讀梅給事〉、〈去郡作〉、〈九日藥市作〉、〈送伊闕鄭著作〉、〈望月西廡作〉等悉從「作」，「寫望」則未見之。另，此詩其一云：「大道來中縣，餘糧徧近原。狙林朝芋隄，齒屋畫茅喧。短日方催暮，低雲屢向繁。我憂寧易寫，惟有悄無言。」未見與池水相關之景致，疑有錯雜。

駉駉開牧「庈」，蹇蹇度柴車。文淵閣、文津閣：駉駉開牧「庌」，蹇蹇度柴車。

案：駉駉，馬肥壯貌，亦指肥壯之馬，《詩經·魯頌·駉》：「駉駉牡馬，在坰之野。」庌，廊屋、廳堂、馬廄。《周禮·夏官·圉師》：「夏庌馬。」鄭玄注：「庌，廡也。廡所以庇馬涼也。」牧庌，《周禮注疏》中賈公彥疏云：「牧庌者，放牧之處皆有庌廄以陰馬也。」庈，亦作庍庈，謂不相合，楊循吉《都下將歸述懷》詩：「況今一病已到骨，兼與世事多庍庈。」是知當作「庌」，「庈」蓋形近而誤。

「卻」望斜陽市，行人掉臂初。文淵閣：「欲」望斜陽市，行人掉臂初。

案：卻望，回頭遠看，杜甫〈暫如臨邑率爾成興〉：「暫遊阻詞伯，卻望懷青關。」欲望，希望、意欲觀望，司馬光〈論衛前札子〉：「臣愚欲望聖慈特降指揮，

下諸路州縣相度上件里正衙前與鄉戶衙前，各具利害奏聞。」掉臂，甩動胳膊走開，表示不顧而去，《史記·孟嘗君列傳》：「日暮之後，過市朝者，掉臂而不顧。」此聯徵引《史記·孟嘗君列傳》之故事，「卻」較「欲」字貼合詩意，宜從「卻」字，「欲」或形近而誤。

〈送睦州柳從事〉，頁 2424

「雞」翹迂賜綬，鷁首赴歸船。文淵閣：「溪」翹迂賜綬，鷁首赴歸船。

案：雞翹，鸞旗，為帝王儀仗之一，李商隱〈茂陵〉：「內苑只知含鳳觜，屬車無復插雞翹。」溪翹，不明何意，遍查文淵閣四庫全書，除宋祁外，未見作「溪翹」者。鷁首，繪於船首之鷁鳥，得借代指船。「雞翹」與「鷁首」相對工切，類近〈孫抗寺丞宰晉陵〉「鷁首凌波穩，鳧翁賜綬鮮」情形，且宋祁〈念衰〉：「問我何功德，乃玷雞翹省。」〈答李從著作〉：「身是雞翹侍從流，單車淮上老為州。」及〈上謝復侍讀學士表〉：「從雞翹之游豫，備虎觀之討論。」皆作「雞翹」，故宜從「雞」字。

雞翹「迂」賜綬，鷁首赴歸船。文津閣：雞翹「紆」賜綬，鷁首赴歸船。

案：迂，曲折、迂迴。紆，縈繞、佩帶。綬，繫於玉飾或印信上之絲帶。此字與「赴」字相對，皆作動詞解，據詩意，此為送人赴任之離別作品，句末復云「賜綬」，即官印之屬，故當從佩帶之意解之「紆」為是。此外，宋祁〈思歸〉云：「見莫慳紆綬，逢荷誤索囊。」足以輔證「紆」與「綬」之關係，「迂」疑形近而誤。

別思瑤華岸，「懷鄉」玉膾天。文津閣：別思瑤華岸，「鄉懷」玉膾天。

案：別思，離別之思念。瑤華，玉白色之花，時以借指仙花。《楚辭·九歌·大司命》：「折疏麻兮瑤華，將以遺兮離居。」王逸注：「瑤華，玉華也。」洪興祖補注：「說者云：瑤華，麻花也，其色白，故比於瑤。此花香，服食可致長壽，故以為美。」贈別詩文中常言及，如江淹〈雜體詩·效謝法曹「贈別」〉：「昨發赤亭渚，今宿浦陽汭。方作雲峰異，豈伊千里別。芳塵未歇席，澄淚猶在袂。停艫望極浦，弭棹阻風雪。風雪既經時，夜永起懷思。……今行崤嶸外，銜思至海濱。覯子杳未僝，款睇在何辰？雜佩雖可贈，疏華竟無陳。……」李善注曰：「疏華，瑤華也。」呂向注：「言結芳草為佩，折疏麻之華以贈離居。」陳子昂〈東征至淇門答宋參軍之問〉：「碧潭去已遠，瑤花折遺誰？」「別思瑤華岸」似承江詩而來。玉膾，亦作「玉鱠」，鱸魚膾，因色白如玉，故名，常借指東南佳味，馮贄《雲仙

雜記》引《南部煙花記》：「吳都獻松江鱸魚，煬帝曰：『所謂金虀玉膾，東南佳味也。』」亦常與《晉書·張翰傳》典故聯結，表達拋捨名利或思鄉情懷，陸游〈洞庭春色〉：「人間定無可意，怎換得玉鱠絲蓴。且釣竿漁艇，筆牀茶竈，閒聽荷雨。」是為例。此句與「別思瑤華岸」相對，故知必用張翰故事，「別思」，離別之思緒、思念，如張籍〈送從弟濛赴饒州〉：「京城南去鄧陽遠，風月悠悠別思勞。」乃由動詞與名詞組合而成，「別」用以修飾「思」。依此組構及詞性，「懷鄉」雖詞性對仗工整，然句法有別，若作「鄉懷」，雖「鄉」之詞性似未與「別」對，然其意應為思念故鄉，或有轉品情形，而「懷」對「思」，情韻較悠長。且宋祁〈秋氣〉：「凋年自茲始，鄉懷念松菊。」張方平〈江樓遲客〉：「木葉初搖落，鄉懷動式微。」均有「鄉懷」詞，〈秋氣〉「鄉懷」用法與此處略近，或從「鄉懷」為是。

〈城隅晚意〉，頁2424

暝思輸鳧鵠，歸飛「沉漭」間。文津閣：暝思輸鳧鵠，歸飛「汎莽」間。

　　案：輸，灌輸、灌注，《商君書·去強》：「國彊而不戰，毒輸於內，禮樂蝨官生，必削。國遂戰，毒輸於敵，國無禮樂蝨官，必彊。」沉漭，水面寬廣浩大貌。《後漢書·馬融傳》：「瀁瀁沉漭，錯紛繁委。」汎莽，《風俗通》：「汎，莽也。言其平望汎莽，無崖際也。」此聯書寫「鳧鵠」，「鳧鵠」皆得解作水鳥之屬，「汎莽」泛指無崖際之狀，實不如「沉漭」形容水面之浩淼貼切。且宋祁詩文，除此詩外，皆作「沉漭」而無作「汎莽」者，其〈蓬池二首〉其二：「天形垂沉漭，原勢帶紆餘。」〈臘後書所見〉：「寒日已高猶沉漭，薄雲無待故徘徊。」及〈江上宴集序〉：「睨沉漭之綿野，泝迤邐之曲水。」等篇皆如是，故知當從「沉漭」。

〈即事〉，頁2424

暫光風處葉，餘「墨」雨殘雲。佚存本（宮）（珍）：暫光風處葉，餘「黑」雨殘雲。

　　案：餘墨，殘留墨汁、遺留或殘存之書畫，歐陽脩〈哭曼卿〉：「遺蹤處處在，餘墨潤不枯。」此聯上句以「暫光」書寫風葉之視覺感受，此句形容雲雨之狀，恐亦未直以色彩描述，疑從「墨」，宋祁〈北牆董羽水〉：「萬疊雲濤墨海間。」亦以「墨」書寫自然景物色彩，「黑」則多形容髮色而無此用法，或足以佐證之。

巾幘殊「上」喜，文酒半離群。佚存本（宮）（珍）、文淵閣、文津閣：巾幘殊「不」喜，文酒半離群。

案：上，去聲漾韻。不，入聲物韻。文酒，謂飲酒賦詩，如《梁書·江革傳》：「優游閑放，以文酒自娛。」王仁裕《開元天寶遺事·撤去燈燭》：「八月十五日夜，於禁中直宿，諸學士翫月，備文酒之宴。」此詩敘述中伏無暑之日，夕陽尚未西沉之際，惜借眼前風葉雲影之光景，於圃堂間文酒為樂所萌發之感慨。巾幘，或作巾褠，即頭巾與單衣，乃古代士人之盛服，得借指士人。殊，作程度副詞解。「上」字與「不」字表正反不同之情緒，就詩意觀之，「不喜」與「離群」相應，當從「不」字為是。且宋祁〈七不堪詩七首并序〉：「四不堪，不喜謝書疏。」與〈欹枕〉：「疎慵不喜當關報，羅雀先時署翟門。」均用「不喜」，宜從「不」，「上」誤矣。「文」酒半離群。佚存本（珍）：「詩」酒半離群。

案：文酒，謂飲酒賦詩，《梁書·江革傳》：「優游閑放，以文酒自娛。」司馬光〈和君貺宴張氏梅臺〉：「淹留文酒樂，璧月上瑤臺。」詩酒，作詩與飲酒，詩與酒，蘇軾〈寄黎眉州〉：「且待淵明賦歸去，共將詩酒趁流年。」就詩意觀之，二者似均可從，雖宋祁〈西園早春二首〉其一云：「要知刀筆暇，文酒得相依。」「詩酒」一詞未見之，然若從「文」，則與前句「堂坳壘蘚文」重字，或從「詩」字，「文」疑涉上文而誤。

〈水亭〉，頁 2425

地漬「蚌」衣接，天澄穀霧開。文淵閣、文津閣：地漬「蠙」衣接，天澄穀霧開。

案：蚌，上聲講韻，軟體動物名，介殼橢圓形，有能產珍珠者。蠙，音ㄆㄧㄣˊ，平聲真韻，蚌之別名。蠙衣，陳元龍《格致鏡原·草類》：「莊子：『得水土之際則為蠅蠙之衣』注：『青苔也。』說文：『苔，水衣也。』」劉禹錫〈再經故元九相公宅池上作〉：「雁鶩羣猶下，蛙蠙衣已生。」宋祁〈小池〉：「細溜沙渠逗曲池，碧潯餘潤漬蠙衣。」劉敞〈苦雨二首〉其二：「被服蠅蠙衣，出入螺蚌居。」《史記·夏紀》：「淮夷蠙珠臮魚。」又周邦彥〈汴都賦〉：「照夜之蠙。」本詩為仄起首句不入韻格，此句作「平平仄仄平」，知此字從平聲，而各電子資料庫中，除此詩外皆未見「蚌衣」一詞，故當以「蠙」字為是，「蚌」蓋義同而誤。

〈贈清逸魏閒處士〉，頁 2425

（詩題下方原注）閒即「野處士」之子。文津閣：閒即「處士野」之子。

案：宋祁〈文正王公墓誌銘〉云：「公始合姓于蔡，實處士光濟之女。」自其

書寫慣習觀之，宜從「處士野」，《宋史·魏野傳》載：「魏野字仲先，……及長，嗜吟詠，不求聞達。居州之東郊，手植竹樹，清泉環遶，旁對雲山，景趣幽絕。鑿土袞丈，曰樂天洞，前為草堂，彈琴其中，好事者多載酒肴從之遊，嘯詠終日。……大中祥符初契丹使至，嘗言本國得其上帙，願求全部，詔與之。……天禧三年十二月，無疾而卒，年六十。州上其狀。四年正月，詔曰：『……故陝州處士魏野，服膺儒素，刻意篇章，顧詞格之清新，為士流之推許，而能篤淳古之行，慕肥遯之風。……可特贈秘書省著作郎，賻其家帛二十匹，米三十斛，州縣常加存卹，二稅外免其差徭。』」與本詩內容可相參對，「處士野」當指魏野，「野處士」乃倒錯。

〈夏日陪提刑彭學士登周襄王故城〉，頁 2426

誰復「歌」「離黍」，惟興箕穎情。文津閣：誰復「離黍」「咏」，惟興箕穎情。

案：離黍，《詩經·王風·黍離序》：「《黍離》，閔宗周也。周大夫行役至於宗周，過故宗廟宮室，盡為禾黍，閔周室之顛覆，彷徨不忍去，而作是詩也。」後遂以「離黍」為慨嘆亡國之典，張元幹〈賀新郎·送胡邦衡待制赴新州〉：「夢繞神州路，悵秋風，連營畫角，故宮離黍。」此為五言律詩，此聯為尾聯，無對仗之必要，「離黍咏」反顯對仗之刻意經營，「歌離黍」雖自然無對仗，然「離」與格律不符，故或從「離黍咏」為是。

「惟」興箕穎情。文津閣：「但」興箕穎情。

案：惟、但同義，若自格律觀之，此字當從仄聲之「但」，「惟」疑義同而誤。

〈寄淨名菴僧長吉〉，頁 2426

「孤」「情」嚴桂老，「逸思」暮雲傳。文津閣：「身」「□」嚴桂老，「詩興」暮雲傳。

案：嚴桂，木犀別名，唐高宗〈九月九日〉：「砌蘭虧半影，嚴桂發全香。」此語與「逸思」相對，而「逸思」為形容詞與名詞組合，以此，唯「孤情」與「孤身」符合此一限制，且「情」、「思」均與心理活動有關，與「身」之生理層面有別。此外，「嚴桂」與「暮雲」均屬形容詞與名詞之組合，兩相為對，「依桂」則非是，由是觀之，當從「孤情嚴桂老」無疑。承上所述，此為五言律詩，屬平起首句不入韻格，是知此句之格律作「仄仄仄平平」，「詩」屬平聲之韻而「思」得作去聲志韻，故恐從「逸思」較妥帖。

〈東晉〉，頁 2427

倉卒浮江日，「聲名」建號初。佚存本（宮）（珍）：倉卒浮江日，「昇明」建號初。

　　案：聲名，聲教與名教，徐陵〈為貞陽侯重與王太尉書〉：「文物以紀之，聲名以發之，斯實不世之隆恩，寧曰循常之恆禮。」昇明，南朝宋順帝年號，或高昇明照之意，胡祇遹〈士辨〉：「蓋天地泰日月昌時，則聖智賢哲才能美傑，應類而生發，而為事業，則文物昇明，萬善畢舉。」建號，建立名號，自立或受封為侯王，《漢書·蒯通傳》：「天下初作難也，俊雄豪桀建號壹呼，天下之士雲合霧集，魚鱗雜襲，飄至風起。」此聯書寫晉室南渡，王朝整建之情形，「昇明」無論作何解皆與「倉促」「浮江」情理不合，而「聲名」一詞，宋祁屢用之，如：〈祗答洛臺資政房春卿侍郎〉：「聲名已愧空如餅，富貴原知薄似雲。」〈和承旨學士喜資政侍郎休退五絕〉其二：「聲名自昔拘如鎖，富貴由來薄似雲。」〈和戎論〉：「聲名之盛，殊尤之伐。」等，或從「聲名」為宜，「昇明」疑音近而誤。

〈黃「花」道〉，頁 2428

黃「花」道。文淵閣：黃「化」道。

　　案：祝穆《方輿勝覽》：「黃花川，在梁泉縣大散水，流入黃花川。唐有黃花縣，後併為梁泉。王維有詩。」薛逢〈題黃花驛〉：「孤戍迢迢蜀路長，鳥鳴山舘客思鄉。更看絕頂煙霞外，數樹巖花照夕陽。」南宋則有黃花驛，隸利州西路天水軍鳳州而與鳳翔相鄰，為關中前往蜀地之路徑，宋祁曾任官益州，疑詩中所言「驛道」即蜀道。「錦官」即錦官城，乃成都舊名，言官之所織錦也，亦猶合浦之產珠，與前引「孤戍迢迢蜀路長」般，均同蜀地有所關聯。「黃化」則不曉意指為何，疑為地名，然遍查各資料庫，皆未見相關區域之記載，且除此詩外，未有作「黃化道」者，知「化」字當形近而誤。

〈中秋對月〉，頁 2428

圓「期」壓秋半，飛影破雲端。明極翻無夜，清餘遂作寒。文津閣：圓「明」壓秋半，飛影破雲端。明極翻無夜，清餘遂作寒。

　　案：圓期，蓋指月圓之際。圓明，謂圓月之輝光清亮。二者皆得解釋之，然「秋半」一詞頗有區隔季節時間之意，從「期」字較符詩意。又，唐人孟貫〈酬東溪史

處士〉：「貧齋有琴酒，曾許月圓期。」《御定分類字錦·節令·秋第十四》收錄該詩，並標為：「圓期秋半」，此詩或與之相關。另，使從「明」則與第三句之「明極翻無夜」重複，且由詩題及「明極」知此夜為望月，從「期」較能凸顯準確日期，故宜從「圓期」，「明」恐形近而誤。

〈孫抗寺丞宰晉陵〉，頁 2428

舊筆「刑」丹燥，新辭苑雪妍。文津閣：舊筆「墀」丹燥，新辭苑雪妍。

　　案：刑，刑罰。墀，殿堂上塗飾過之地面、臺階，古書有「丹墀」一詞，指屋宇前未有屋簷覆蓋之平臺，因多塗為紅色，故稱之，常用於宮殿或廟宇正殿等具儀典性建物前。或謂宮殿之赤色臺階、地面，《宋書·百官志上》：「殿以胡粉塗壁，畫古賢烈士。以丹硃色地，謂之丹墀。」然未見「墀丹」作一名詞解者。刑丹，謝維新《古今合璧事類備要後集·六部門·刑部郎中》於「丹筆議刑」詞下注曰：「國綱作重，白雲司職，人命是懸，賤表類。」自此語之「筆」、「丹」觀之，當與「丹筆議刑」有關，是知宜從「刑」字為是。

〈有懷舊隱〉，頁 2428

官事未易了，「田家」胡不歸。佚存本（珍）：官事未易了，「家園」胡不歸。

　　案：官事，官府之事、公事，《論語·八佾》：「官事不攝，焉得儉。」田家，農家，楊惲〈報孫會宗書〉：「田家作苦，歲時伏臘，烹羊炮羔，斗酒自勞。」家園，家中庭園，泛指家庭或家鄉，或謂自家園林。此句徵引陶淵明〈歸去來兮辭〉故事：「歸去來兮，田園將蕪胡不歸。」田園，田地與園圃，《史記·魏其武安侯列傳》：「田園極膏腴，而市買郡縣器物相屬於道。」「田家」、「田園」側重農地之意，亦與詩題之「舊隱」相應，是知或從「田家」較為可能。

煙原射雉樂，春「糝」養魚肥。文淵閣、文津閣：煙原射雉樂，春「糝」養魚肥。

　　案：射雉，射獵野雞，古代田獵活動之一，魏晉以後多以射雉為戲，潘岳有〈射雉賦〉，陳子良〈游俠篇〉：「東郊鬥雞罷，南皮射雉歸。」又謂春秋時賈大夫以射雉博取其妻言笑之故事，《左傳·昭公二十八年》：「昔賈大夫惡，娶妻而美，三年不言不笑。御以如皋，射雉，獲之。其妻始笑而言。賈大夫曰：『才之不可以已。我不能射，女遂不言不笑。』」後遂以「射雉」為因才藝博得妻室歡心之典故。糝，音ㄙㄢˇ，上聲感韻，磨成碎粒之穀物。糝，音ㄙㄢˇ，上聲感韻，積柴水中做

成之捕魚器具，《爾雅・釋器》：「槮謂之涔。」郭璞注：「今之作槮者，聚積柴木於水中，魚得寒入其裡藏隱，因以薄圍捕取之。」陳師道〈晚興〉：「布網收魚槮。」此語當與「射雉樂」之場所「煙原」相對，若此，則唯「春槮」得以作為「養魚肥」之承載空間，故宜從「槮」字。

「菜」密成巖幄，蘿長代石衣。佚存本（珍）：「葉」密成巖幄，蘿長代石衣。

　　案：菜，蔬菜類植物之總稱。《國語・楚語下》：「庶人食菜，祀以魚。」蘿，松蘿，或云女蘿，蔓生植物，緣松柏或其他喬木而生，亦間有寄生石上者，枝體下垂如絲狀，孫綽〈游天臺山賦〉：「攬榛木之長蘿，援葛藟之飛莖。」此聯書寫「舊隱」所見之山林情景，描述植物蔓衍滋生廣布於巖、石，猶如巾幄、衣裳之狀，當從「葉密」較妥帖，且「菜」字義較受侷限，其形貌恐不宜以「密」形容，是知從「葉」為宜。

〈屬疾五首〉其三，頁 2429

酒希非所嗜，「揚」宅竟誰過。文淵閣：酒希非所嗜，「楊」宅竟誰過。

　　案：此聯當化用《前漢書・揚雄傳下》之故事：「雄以病免，復召為大夫。家素貧，嗜酒，人希至其門。時有好事者，載酒肴從游學，而鉅鹿侯芭常從雄居，受其《太玄》、《法言》焉。」是以知當從「揚」字。

〈屬疾五首〉其五，頁 2429

上恩何日報，「怯」步已蹣跚。文淵閣、文津閣：上恩何日報，「卻」步已蹣跚。

　　案：怯，懼而不前貌，岳珂〈病中有感四首〉其四：「行圃須人助，登樓怯步遲。」卻步，因畏懼或憎厭而退縮不前，韓愈〈復志賦〉：「諒卻步以圖前兮，不浸近而愈遠。」古人慣用「卻步」，或從「卻」字為宜。

〈祗答公序相國二兄見寄二首〉其一，頁 2429

棹前饒沸浪，蓬處「但」驚颱。文津閣：棹前饒沸浪，蓬處「徂」驚颱。

　　案：但，可作上聲旱韻與去聲翰韻，僅，李白〈蜀道難〉：「但見悲鳥號古木，雄飛雌從繞林間。」徂，乃「徂」之異體字，平聲模韻，往，《詩經・豳風・東山》：「我徂東山，慆慆不歸。」此屬五言律詩，為平起首句不入韻格，是知此字作仄聲，當從「但」字，「徂」疑形近而誤。

〈秋興〉，卷十二，頁 2430

晚蟪猶嘶樹，啼鴉「稍着」城。佚存本（珍）：晚蟪猶嘶樹，啼鴉「忽度」城。

案：稍，作副詞解為已經，趙冬曦〈和尹懋秋夜遊灉湖二首〉其一：「山暗雲
猶辨，潭幽月稍來。」又具「正」或「方才」之意，陳師道〈寄晁無斁春懷〉：「稍
聽春鳥語叮嚀，又見官池出斷冰。」此為五言律詩，然「稍着」、「忽度」均符格
律，詞性亦皆與「猶嘶」相對。宋祁〈夜直省舍〉：「稍聽班馬鳴，獨見昏鴉度。」
與〈春晏北園三首〉其三：「悠然望層堞，千翄度昏鴉。」均以「度」書寫「鴉」
之狀態，藉「着」形容者則未見之。雖如此，然「稍」與「猶」對仗較工切，梅堯
臣〈次韻景彝三月十六日范景仁家同飲還省宿〉：「席上未觀雙舞鳳，城頭已覺聚
啼鴉。」見啼鴉聚集城頭景況，似可與此參照，或從「稍着」為宜。

〈賦得新秋似舊秋〉，頁 2431

流景「預」何事，長年眞自悲。文津閣：流景「與」何事，長年眞自悲。

案：流景，謂如流之光陰，武平一〈妾薄命〉：「流景一何速，年華不可追。」
預，可通「與」，參與，岑參《終南山雙峰草堂》：「數預名僧會。」然昔有「預
事」一詞，謂參與其事，《通俗編·行事》引三國吳唐滂《唐子》：「佐門者傷，
預事者亡。」或指干預其事，王通《中說·述史》：「婦人預事，而漢道危矣。」
如此，恐當作「預」。

〈張轉運席上〉，頁 2431

偃藩多式宴，「佳」雪屢飄霙。文津閣：偃藩多式宴，「佳」雪屢飄霙。

案：偃藩，地方長官安臥撫治之地，梅堯臣〈送公儀龍圖知杭州〉：「成都與
餘杭，天下莫比論。彼為公故鄉，此為公偃藩。」佳，《說文·佳部》：「佳，鳥
之短尾總名也。」就詞義觀之，「佳雪」難以解釋，宋祁他作未有「佳雪」一詞，
唯〈春前二日獲雪〉：「佳雪春前降，層陰臘外留。」見有「佳雪」，恐當從「佳」
為是，「佳」疑形近而誤。

〈迴蝶〉，頁 2432

遠溪寒不浪，高木暝「饒」風。佚存本（珍）：遠溪寒不浪，高木暝「餘」風。

案：饒，眾多，簡文帝〈阻歸賦〉：「壠樹饒風，胡天少色。」晁說之〈見諸

公唱和暮春詩軸次韻作九首〉：「燕多知近海，蝶少為饒風。」宋祁唯〈予昔游雲
臺觀謁希夷先生陳摶祠堂緬想其人今追作此詩〉：「丹遺舐後鼎，林遺御餘風。」
得見「餘風」一詞，「饒風」則未見之，然其〈林缺〉：「衰烟稍辭柳，寒雨併饒
苔。」〈送戚秘丞典上饒錢監〉：「江南饒杜若，何興奈高秋。」〈祗答公序相國
二兄見寄二首〉其一：「棹前饒沸浪，蓬處但驚颭。」等皆以「饒」形容景物狀態。
據詩意及對仗關係觀之，「饒」較「餘」易彰顯天寒將暝之強烈對比與衰颯氛圍，
且較符合宋祁慣習，或從「饒」為宜，「餘」疑義近而誤。

〈寄題元華書齋〉，頁 2433

「寄題元華書齋」。佚存本（宮）：「比日」。

　　案：《全宋詩》此處所錄文本為：「比日投簪隱，孟逢列舍椽。值嚴因鑿牖，
仍磵即疏泉。斧爛仙蓁路，花飛佛雨天。諫帷他夜夢，猶在翠微巔。」另於卷 224，
頁 2591 收「比日」一首，除「孟逢列舍椽」作「孟峰列舍椽」，「值嚴因鑿牖」作
「值嚴因作牖」外，文字皆相同，文津閣、文淵閣則均題為「寄題元華書齋」。據
詩中「投簪隱」、「列舍椽」、「值嚴因鑿牖」、「仍磵即疏泉」諸言觀之，有建
築屋舍於山林間之意，如此則與「書齋」關係較近，而「比日」乃取首句二字以為
詩篇題名，實不如「寄題元華書齋」貼近詩意，故或從「寄題元華書齋」為是。

比日投簪隱，「孟逢」列舍椽。佚存本（宮）、文津閣：比日投簪隱，「孟峰」列
舍椽。文淵閣：比日投簪隱，「盂逢」列舍椽。

　　案：投簪，丟棄固冠用之頭簪，比喻棄官，陸機〈應嘉賦〉：「苟形骸之可忘，
豈投簪其必谷。」孟逢，《宋史・宗室世系表》載，宋太祖趙匡胤次子趙德昭房有
名「孟逢」者；《正統道藏・法海遺珠・召天醫大聖咒》載，尚藥靈官亦名「孟逢」。
孟峰，疑為某處與煉仙修道有關之地，趙道一《歷世真仙體道通鑑・亢倉子》：「亢
倉子者，姓庚桑，名楚，陳人也。得老君之道，能以耳視而目聽……後遊吳興，隱
毗陵孟峰。道成仙去後，有漢張道陵、唐張果老相繼隱脩，因號張公壇福地，古建
洞靈觀，宋改大甲萬壽宮。」張雨《句曲外史集・次韻王文友送遊張公洞》：「庚
桑成道來孟峰，再拜攝衣昇故宮。」皆得見仙道之意濃厚，而此詩之「投簪隱」、
「仙蓁路」、「佛雨天」亦見隱居山林之仙佛意味。另，據詩意觀之，第三句之「嚴」
及第四句「磵」皆與山水之境有關，詩末所謂「翠微巔」，亦得與「峰」相呼應。
逢，當為「逢」之隸變異體，後分化為二字，音混與「逢」相近，今於ㄆㄤˊ音謂

「獨立」，ㄈㄥ∕音仍作「逢」之異體。列舍，列星，劉向《說苑·辨物》：「天文列舍，盈縮之占，各以類為驗。」或羅列屋舍。椽，架於桁上用以承接木條及屋頂之木材。綜上所考，「孟逢」、「孟逢」意難曉，或當從「峰」字，「逢」、「盂」疑形近而誤。

值巖因「鑿」牖，仍礮即疏泉。佚存本（宮）：值巖因「作」牖，仍礮即疏泉。

　　案：巖，石窟、洞穴，齊己〈贈岩居僧〉：「石如麒麟巖作室，秋苔漫壇淨於漆。」鑿，穿空，韓愈〈衢州徐偃王廟碑〉：「偃王死，民號其山為徐山，鑿石為室，以祠偃王。」作，興建，王安石〈讀秦漢間事〉：「秦徵天下材，入作阿房宮。」該動作之對象為「巖」，從「鑿」較精準。

〈喜藥山賢師見過〉，頁2433

卻舉當年話，無言「促」「塵」松。文淵閣：卻舉當年話，無言促「塵」松。文津閣：卻舉當年話，無言「捉」塵松。

　　案：塵松，《御定佩文韻府》見有「代塵松」一詞：「《陳書》：後主幸開善寺，召侍臣坐松樹下，勅張譏義，索塵尾未至，後主取松枝屬，譏曰：『可代塵尾。』晁補之詩『猶憶君王代塵松。』」「塵」乃似鹿之哺乳類動物，其尾毛可做拂塵，用以驅除蚊蟲、揮除塵灰，古人閒談時常執持之，其毛垂露樣貌類似馬尾松，而馬尾松為常綠松樹，松針叢生如馬尾，故名，因知「塵松」應同於「塵尾」。捉塵，魏晉南北朝，文士清談常好捉塵，徐陵《塵尾銘》曰：「既落天花，亦通神語，用動舍默，出處隨時。揚斯雅論，釋此繁疑。」《格致鏡源》引《釋藏指歸》云：「群鹿隨之，皆看塵所往，隨塵尾扭轉為准。今講僧執塵尾拂子，蓋象彼有所指揮者耳。」《世說新語·賞譽》劉孝標注引康法暢《高逸沙門傳》：「王濛恒尋（支）遁，遇祇洹寺中講，正在高坐上。每舉塵尾，常領數百言，而精理俱暢，預坐百餘人皆結舌注耳。」《高僧傳·釋慧通傳》：「少而神情爽發，俊氣虛玄，止於治城寺。每塵尾一振，輒軒蓋盈衢。」推知彼時名僧弘揚佛法亦屢執之，可為弘法代稱。此詩題為：「喜藥山賢師見過」，其下一首為「寄題藥山牛欄庵壁」，明「藥山」為地名，《宋元方志叢刊·齊乘·濟南山》載：「粟山，曰藥山，山出陽起石，極佳，故名。」或即此地。師，於此為僧尼之尊稱，故詩中「塵松」乃扣合過訪者之身分而言，作「捉塵松」方顯適切，且宋祁〈答張學士西湖即席〉「捉塵談方熟」、〈監中會兩禁諸公飲餞吳舍人梁正言富修撰葉龍圖以計省不赴作詩見寄〉「捉塵知君非

興淺」、〈答朱彭州惠茶長句〉「分甘捉塵晨」之句，皆見「捉塵」一詞。促塵，古書另僅見 3 筆資料：汪砢玉《珊瑚網·名畫題跋十九》有〈又未央促塵圖〉一文，崔世召《秋谷集·俗佛後四日閒菴新成偕社諸子集為石懶上人賦限七言律得二首》其一：「倦遊與爾同棲息，促塵敲玄月滿床。」鄧顯鶴《沅湘耆舊集·垂老》：「泉聲歷歷含宮徵，似共先生促塵談。」綜上考辨，當從「捉」字為是，「促」疑形近而誤，「塵」亦形近而誤。

〈萬秀才園齋〉，頁 2434

仁里樂丘園，茨茅構「迴」軒。佚存本（宮）、文淵閣、文津閣：仁里樂丘園，茨茅構「迴」軒。

案：《全宋詩》校記：《永樂大典》卷 2539 作「迴」。仁里，語本《論語·里仁》：「里仁為美。」何晏集解引鄭玄曰：「里者，民之所居，居於仁者之里，是為美。」後泛稱風俗淳美之鄉里。丘園，家園、鄉村，《易經·賁》：「六五，賁於丘園，束帛戔戔。」王肅注：「失位無應，隱處丘園。」孔穎達疏：「丘謂丘墟，園謂園圃。唯草木所生，是質素之所。」後以「丘園」指隱居之處。茨茅，茅屋，《陳書·馬樞傳》：「及鄱陽王為南徐州刺史，欽其高尚……別築室以處之，樞惡其崇麗，乃於竹林間自營茨茅而居焉。」迴，平聲灰韻，旋轉、曲折。迴，上聲迴韻，高。迴軒，猶回車，盧諶〈覽古〉：「屈節邯鄲中，俛首忍迴軒。」鮑照〈翫月城西門廨中〉：「迴軒駐輕蓋，留酌待情人。」此詩為仄起首句入韻格，此句作「平平仄仄平」，知此字當從仄聲之「迴」，意指高軒。且宋祁〈蘭皋亭〉：「信美蘭皋地，疏椽構迴軒。」亦作「迴軒」，而無「迴軒」一詞，確知當從「迴」，「迴」疑形近而誤。

《全宋詩》卷 212 · 宋祁九

〈聞圜丘禮成肆眚〉，頁 2435

寶雞竝「雊」迎神曲，卓馬爭趨助祭侯。文淵閣：寶雞並「進」迎神曲，卓馬爭趨助祭侯。

案：寶雞，古代傳說中之神雞，謂得之可成王霸之業，《太平廣記》引張華《列異傳·陳倉寶雞》：「秦穆公時，陳倉人掘地得物，若羊非羊，若豬非豬，牽以獻

穆公。道逢二童子曰：『此為媼述，常在地中，食死人腦。若欲殺之，以柏插其首。』媼曰：『此二童子名為雞寶，得雄者王，得雌者伯。』陳倉人捨之，逐二童子。二童化為雉，飛入於林。陳倉人告穆公，發徒大獵，果得其雌，又化為石，置之汧渭之間。至文公立祠，名陳寶。」潘岳〈西征賦〉：「寶雞前鳴，甘泉後涌。」進，薦引、前進。雊，音ㄍㄡ丶，《說文解字》：「雊，雄雉鳴也。」此作動詞，意指鳴叫。寶雞竝雊，意謂寶雞並鳴。迎神，舊時迎接神靈來降，以祈多福免災之活動，迎神時，多配有鼓樂歌辭，《漢書‧禮樂志》：「大祝迎神于廟門，奏《嘉至》，猶古降神之樂也。」潘岳〈西征賦〉有「寶雞前鳴」之語。助祭，古代謂臣屬出資、陪位或獻樂佐君主祭祀，後亦謂以財物助人祭祀，王禹偁〈求致仕第一表〉：「尋奉帝俞，得伸助祭之誠，實有分司之望。」此句格律當從「平平仄仄平平仄」，二字均合，然自詩意與潘賦用法觀之，宜從「雊」字，「進」疑形近而訛。

〈元夜觀正陽錫宴〉，頁2435

雲端巍闕下呼鞭，綵樹遙分坐「狄」前。佚存本（珍）：雲端巍闕下呼鞭，綵樹遙分坐「殿」前。

案：巍闕，指皇宮大門，因高大，故稱，張衡〈西京賦〉：「正紫宮於未央，表巍闕於閶闔。」狄，秦漢以降對北方各少數民族之泛稱、古代最低級之官吏，或指狄人，即古代掌樂之下級官吏。《禮記‧喪大記》：「復有林麓則虞人設階，無林麓則狄人設階。」鄭玄注：「狄人，樂吏之賤者。」坐狄，張衡〈西京賦〉：「嘉木樹庭，芳草如積。高門有閌，列坐金狄。」或與此有關，「金狄」即金人，指銅鑄人像。殿，帝王宸居。此詩屬平起首句入韻格，此句作「仄仄平平仄仄平」，二字皆合格律，未定孰是。然經查中國基本古籍庫，除此詩外，全未見「坐狄前」一語，「坐殿前」則屢見之，如：秦蕙田《五禮通考‧賓禮八》：「賀生辰，正旦……皇太后升殿，坐殿前，契丹文武起居上殿畢。」與《梁書‧張稷傳》：「稷召尚書右僕射王亮等列坐殿前西鍾下。」悉屬之。此聯疑均化用張衡〈西京賦〉之故事，藉以書寫皇家宮室之宏美氣派，若此，恐當從「狄」為宜。

祥風入助銀花麗，寶月來供雉扇「圓」。佚存本（珍）：祥風入助銀花麗，寶月來供雉扇「圜」。

案：祥風，預兆吉祥之風，班固《白虎通‧致仕》：「德至八方則祥風至，佳氣時喜，鐘律調，音度施，四夷化，越裳貢。」寶月，明月，吳均〈碎珠賦〉：「寶

月生焉,越浦隋川,標魏之美,擅楚之賢。」雉扇,即雉尾扇,古代帝王儀仗用具之一,崔豹《古今注·輿服》:「雉尾扇起於殷世,高宗時有雊雉之祥,服章多用翟羽。周制以為王、后、夫人之車服,輿車有翣,即緝雉羽為扇翣,以障翳風塵也,漢朝乘輿服之。後以賜梁孝王。魏晉以來無常,惟諸王皆得用之。」《新唐書·儀衛志上》:「次雉尾障扇四,執者騎,夾繖……次小圓雉尾扇四,方雉尾扇十二。」亦省作「雉尾」、「雉扇」,梅堯臣〈十二月十三日喜雪〉:「大明廣庭踏朝駕,雉尾不掃黏宮靴。」朱東潤注:「雉尾,宋時有雉尾扇,皇帝大駕出,一人舉之以行。」圓,環形。圜,音ㄏㄨㄢˊ,環繞,又音ㄩㄢˊ,與圓形之意相通。二字皆從平聲,難自音律判斷。然據查中國基本古籍庫,唯劉辰翁〈西江月〉題名下之注文云:「石奇儀嘗授吾奇門式局以為兵法至要,日持扇圜自衛。」係作「扇圜」者,餘則皆作「扇圓」,白居易〈六年秋重題白蓮〉:「素房含露玉冠鮮,紺葉搖風鈿扇圓」、〈池邊〉:「柳老香絲宛,荷新鈿扇圓」、梁蘭〈題蕭鵬舉在謫所寄弟鵬翔扇〉:「月盈尚有虧,不如羅扇圓」皆如此,是知從「圓」字或較適切。

〈禁門待漏〉,頁 2436

雙蟠「曉」闕蒼龍動,斜倚春城北斗回。佚存本(宮):雙蟠「曙」闕蒼龍動,斜倚春城北斗回。

案:曉,明亮,特指天亮;曙,天亮、破曉。就詩意觀之,二者均可從。宋祁〈晨赴書局〉:「曉光銜睥睨,秋色靜罘罳。」〈孟冬駕狩近郊并狀〉:「九街猶未曉,堯屋己還衡。」均見「曉」,而〈會聖宮〉:「晨幌明河宿,曙帷露盤金。」〈海棠〉:「萬萼霞乾照曙空,向來心賞已多同。」等悉從「曙」,是知二者皆多用者,未定孰是,姑備異文。

〈仲冬二日使到頒翠毛錦旋襴〉,頁 2437

泥和五「芳」中出詔。佚存本(宮)(珍)、文津閣:泥和五「芝」中出詔。文津閣、佚存本(宮)(珍):泥和五「芝」中出詔。

案:芳,香氣,或指花。芝,芝草,菌類。五芝,五種靈芝。《後漢書·馮衍傳下》:「飲六醴之清液兮,食五芝之茂英。」此句之謂詔書,有其淵源,富大用《古今事文類聚遺集·省屬部遺》引《文粹·張鷟奏》:「漢儀天子制詔以紫芝為泥以封,又蘭英為檢。紫芝為泥,黃縑為制,勅也。」而宋祁〈句上紀盛德二首〉

其一：「雙鶴對眠雲帳月，五芝催耨雨嚴春。」與〈送屯田張中行罷成德軍通判還朝〉：「早伏青規奏邊事，五芝泥熟待新恩。」〈代中書謝表〉：「五芝封檢，忽頒星掖之文；六枳維邦，遽貳夏卿之秩。」〈答李舍人謝知制誥啟〉：「被召三槐之廷，試草五芝之檢。」皆用「五芝」、「五芝泥」，「五芳」則未見之，是知宜從「芝」字。

〈觀上朝〉，頁 2437

黃人日映仙盤上，「閶闔天隨」禁鑰開。佚存本（珍）：黃人日映仙盤上，「金鼎香騰」禁籥開。

案：黃人，傳說中之捧日仙人，滕邁〈二黃人守日賦〉：「日觀天文，彼黃人之離立是守，麗紫霄而規模乍分。」閶闔，《楚辭·離騷》：「吾令帝閶開關兮，倚閶闔而望予。」王逸注：「閶闔，天門也。」或指宮門、京都城門，《後漢書·寇榮傳》：「閶闔九重，陷阱步設，舉趾觸罘置，動行絓羅網，無緣至萬乘之前。」丘遲〈侍宴樂游苑送張徐州應詔〉：「詰旦閶闔開，馳道聞鳳吹。」天隨，隨順天然，《莊子·在宥》：「尸居而龍見，淵默而雷聲，神動而天隨，從容無為而萬物炊累焉。」李肇《唐國史補》：「吾之於五弦也，始則心驅之，中則神遇之，終則天隨之。」禁鑰，宮門鑰匙，亦指宮廷門禁，范成大〈上元紀吳中節物俳諧體三十二韻〉：「禁鑰通三鼓，歸鞭任五更。」金鼎，此或指九鼎，傳說夏鑄九鼎，奉為傳國之寶，劉勰《文心雕龍·銘箴》：「夏鑄九牧之金鼎，周勒肅慎之楛矢。」此詩書寫上朝景象，自此句之「禁鑰」觀之，知所描述者為宮門層遞開啟時之雄偉氣勢，「閶闔」意與「禁鑰」重複，且謂為「天隨」殊難理解。「金鼎香騰」或為開啟宮門之時，焚香祝禱淨氛，文義較通暢，且「金」可與「黃」相對，或從「金鼎香騰」為是。

黃人日映仙盤上，閶闔天隨禁「鑰」開。佚存本（珍）、文津閣：黃人日映仙盤上，閶闔天隨禁「籥」開。

案：籥，假借為「龠」而作古代管樂器解，又通「鑰」，鑰匙。《墨子·備城門》：「周垣之高八尺，五十步一方，方尚必為關籥守之。」鑰，鑰匙。禁鑰，宮廷門禁。文淵閣四庫全書中，「禁籥」一詞僅見於蘇軾〈復改科賦〉：「噫！昔元豐之新經未頒，臨川之《字說》不作，止戈為武兮曾試於京國，通天為王兮必舒於禁籥。」餘則皆作「禁鑰」，王明清《揮麈後錄》：「孰知其中蓋禁鑰十二、皇居

九重，深嚴祕奧，內外莫通。」與王珪〈宮詞〉其二七：「三殿飛雲禁鑰開，風從天上送春來。」王洋〈代問候葉帥啓〉：「守行宮之禁鑰。」莫不如此。由是觀之，或當從「鑰」為宜。

〈聞後苑賜宴〉，頁 2437

病客無階陪「槀飫」，除因斷夢到鈞天。佚存本（珍）：病客無階陪「鎬飲」，除因斷夢到鈞天。

案：槀飫，書篇名、槀賞，《尚書・舜典》：「帝釐下土，方設居方，別生分類，作〈汨作〉、〈九共〉、〈九篇〉、〈槀飫〉。」孔《傳》：「槀，勞也。飫，賜也。」鎬飲，《詩經・小雅・魚藻》：「王在在鎬，豈樂飲酒。」鄭玄《箋》：「天下平安，萬物得其性。武王何所處乎？處於鎬京，樂八音之樂，與群臣飲酒而已。」後以「鎬飲」謂天下太平，君臣同樂。顏延之〈應詔宴曲水作〉：「伊思鎬飲，每惟洛宴。」鈞天，神話傳說中天帝居住之處，亦引申指帝王。陳裴之〈香畹樓憶語〉：「歲費金錢億萬計，以儲鈞天之選。」自詩題及「漢家殿幄紫雲連，萬品仙葩匝賜筵。」知為皇帝賜宴，宋祁因病無法與會，故有「無階」之歎，「陪」當具侍陪之意，參以下句「鈞天」之語，知當從「鎬飲」，「槀飫」疑形近而誤。

〈憶上苑錫宴〉，頁 2438

恩盃蘭末流霞溢，蹕道梧陰綷羽「鮮」。文淵閣：恩盃蘭末流霞溢，蹕道梧陰綷羽「前」。

案：流霞，泛指美酒，庾信〈衛王贈桑落酒奉答〉：「愁人坐狹邪，喜得送流霞。」蹕道，謂禁行人以清車駕所過之路，或指帝王車駕行經之路。綷羽，五色毛羽。鮮，具豔麗與華美之意。「鮮」與「前」均為平聲先韻，難自音律判讀，唯此句與「流霞溢」相對，「鮮」、「前」均係就「綷羽」之狀態而言，然「鮮」字與「綷羽」之關係較緊密直接，宜從之。

紫陌暮歸人籍籍，汗帷揮「雨」杏粘韉。文淵閣：紫陌暮歸人籍籍，汗帷揮「兩」杏粘韉。

案：紫陌，京師郊野之道路，劉禹錫〈元和十一年自朗州召至京戲贈看花諸君子〉：「紫陌紅塵拂面來，無人不道看花回。」籍籍，眾口喧騰貌。《漢書・江都易王劉非傳》：「（劉建）復數使使至長安迎徵臣，魯恭王太后聞之，遺徵臣書曰：

『國中口語籍籍，慎無復至江都。』」顏師古注：「籍籍，諠聒之意。」或形容眾多貌，葛洪《抱朴子·塞難》：「該河洛之籍籍，博百氏之云云。」王明注：「籍籍，紛紛貌。」司馬光〈次韻和吳沖卿秋意〉其一：「槐花落庭除，籍籍不可掃。」汗帷揮雨，疑用《晏子春秋·雜下九》故事：「齊之臨淄三百閭，張袂成陰，揮汗成雨，比肩繼踵而在，何為無人？」《史記·蘇秦列傳》：「臨菑之塗，車轂擊，人肩摩，連衽成帷，舉袂成幕，揮汗成雨。」此聯前後二句均刻畫遊人眾多熱鬧景象，是知當從「雨」字，「兩」蓋形近而誤。

〈謁四陵下宮〉，頁2438

謁四陵下宮。文津閣：謁四陵下宮作。

案：經查宋祁文字，〈去郡作〉、〈九日藥市作〉、〈望月西廡作〉、〈宛丘作〉、〈巡視河防置酒晚歸作二首〉等詩題名之模式皆與此詩相類，或得據以補增「作」字。

〈寄南郡直講王聖源〉，頁2438

榮路久「嗟」冠一免，經筵貪愛樀三摧。文淵閣、文津閣：榮路久「差」冠一免，經筵貪愛樀三摧。

案：榮路，仕途，陸游〈遣興〉：「虛名大似月蟾兔，榮路久如風馬牛。」嗟，平聲麻韻，哀痛、感傷之意。差，平聲麻韻，缺失、錯誤。久嗟，蓋具深沉感慨之意，杜甫〈暮春題瀼西新賃草屋五首〉其一：「久嗟三峽客，再與暮春期。」經筵，漢唐以來帝王為講論經史而特設之御前講席，宋代始稱經筵，置講官以翰林學士或其他官員充任或兼任，宋代以每年二月至端午節、八月至冬至節為講期，逢單日入侍，輪流講讀。樀，櫥架，王珪〈校理東觀〉：「舊蠹翻書樀。」三摧，疑此語與《王氏談錄·古事不見所出》所錄之事有關：「公言古事有相承傳用而不見出者甚多，如顏回讀書鏑三摧，是其一也。」唯古書關於此一記載，皆作「鏑」，而非「樀」，宋祁〈送薛學士伯垂同理嘉興郡兼簡太守集仙柳著作〉「廣內多年鐵樀摧，監州新命詔函開」亦作「樀」。鏑，箭頭、箭也。「樀」與「鏑」於宋本《廣韻》同屬入聲錫韻，實難確定二字有無關聯，若有關聯，從「鏑」恐謂顏淵讀書深刻如鐵箭之摧物，使作「樀」則或有顏淵讀書韋編三絕之意，藉鐵製書架屢受損壞以形容用功之勤。此句與「經筵貪愛樀三摧」相對，貪原作動詞解，以「貪愛」言則有

副詞之用，若此，「貪」與「久」均修飾其後動詞之程度，故當從「嗟」。且此句注云：「聖源嘗以公累去官。」足以確知此語當有嗟歎之思。

深詔糊名求異等，佇「看」揮筆映天臺。佚存本（珍）：深詔糊名求異等，佇「君」揮筆映天臺。

　　案：糊名，科舉考試防止舞弊措施之一，劉餗《隋唐嘉話》：「武后以吏部選人多不實，乃令試日自糊其名，暗考以定等第。判之糊名，自此始也。」異等，超出一般，《漢書·循吏傳·王成》：「治有異等之效。」佇，企盼，陸贄〈博通墳典達於教化科文〉：「虛襟以佇，側席以求。」佇看，行將看到。天臺，尚書臺、省，《三國志·魏志·夏侯玄傳》：「天臺縣遠，眾所絕意。」此為七言律詩，屬平起首句入韻格，此聯原作「仄仄平平平仄仄，平平仄仄仄平平。」除「深」、「佇」、「揮」存有拗救現象外，餘則不變，故此語當從「君」為是，表明深切期盼對方獲致「異等」成績。

〈賜禁中所種稻米〉，頁2438-2439

賜禁中所種稻「米」。佚存本（宮）（珍）（叢）：「九月十五日恩」賜禁中所種稻「二把米一囊」。

　　案：就詩句觀之，無法判斷何者為是，唯據文意，恐宜添「恩」字，如此，或從「九月十五日恩賜禁中所種稻二把米一囊」較禮敬，且語意完整。

〈休沐〉，頁2439

自顧支離「身碌碌」。佚存本（宮）（珍）：自顧支離「與尸祿」。文津閣：自顧支離「與口祿」。

　　案：支離，殘缺而不中用，《莊子·人間世》：「夫支離其形者，猶足以養其身，終其天年，又況支離其德者乎！」碌碌，煩忙勞苦貌，牟融〈游報本寺〉：「自笑微軀長碌碌，幾時來此學無還。」陳舜俞〈上歐陽參政侍郎書〉：「自恨其身碌碌，未有所立以報嘗願。」畢仲游〈和夷仲寄仲純叔弼〉：「十載塵埃身碌碌，百年杯酒意飄飄。」王士祿〈天仙子〉：「閉仙谷，俯仰青山身碌碌。」與，上聲語韻；尸，平聲支韻；祿，入聲屋韻。此詩為平起首句入韻格，此句當作「仄仄平平平仄仄」，唯「身碌碌」與之相符，遂知從「身碌碌」為是。

〈休日〉，頁2439

半夜覊魂隨鶴「警」，九秋嘶腹共蟬虛。佚存本（宮）（珍）：半夜覊魂隨鶴「驚」，九秋嘶腹共蟬虛。

　　案：警，上聲梗韻，戒備。驚，平聲庚韻，驚嚇。鶴警，謂鶴性機警，語本《藝文類聚》引周處《風土記》：「鳴鶴戒露，此鳥性警，至八月白露降，流於草上，滴滴有聲，因即高鳴相警，移徙所宿處。」王勃〈梓州郪縣兜率寺浮圖碑〉：「宵汀鶴警，乘鼓吹而齊鳴；曉峽猿清，挾霜鐘而赴節。」九秋，秋天，或謂九月深秋。此詩為仄起首句入韻格，此句當作「仄仄平平平仄仄」，且其言鶴應有所本，是知宜從「警」字，「驚」疑音近而誤。

〈旬休〉其二，頁2440

司馬「苦」消非「我」事，次公無酒是眞狂。佚存本（宮）（珍）：司馬苦消非「避」事，次公無酒是眞狂。文津閣：司馬「若」消非我事，次公無酒是眞狂。

　　案：司馬苦消，乃用《西京雜記》故事：「司馬相如初與卓文君還成都，居貧愁懑……遂相與謀於成都賣酒……長卿素有消渴疾，及還成都，悅文君之色，遂以發痼疾，乃作美人賦欲以自刺，而終不能改，卒由此疾至死。」就司馬相如故事而論，其苦於消渴之疾，並未見與「避事」有何關聯之訊息，恐從「我」較適切。另，苦，困擾，「消」係指消渴之疾，據詩意，當從「苦」無疑，「若」疑形近而誤。

〈旬休〉其三，頁2440

官非言責「如」餘裕，流在儒家覺少功。佚存本（宮）（珍）：官非言責「知」餘裕，流在儒家覺少功。

　　案：言責，指諫官，王安石〈右司諫趙抃禮部員外郎兼侍御史知雜事制〉：「以爾嘗任言責，有猷有為。」餘裕，寬綽有餘，《孟子·公孫丑下》：「我無官守，我無言責也，則吾進退豈不綽然有餘裕哉？」趙岐注：「今我居師賓之位，進退自由，豈不綽綽然舒緩有餘裕乎。綽、裕皆寬也。」此句即化用此一故事。覺，醒悟、感悟，陶淵明〈歸去來辭〉：「寔迷途其未遠，覺今是而昨非。」此詩為仄起首句入韻格，此句當作「平平仄仄平平仄」，然二字均屬平聲，唯此字與「覺」相對，得作動詞解，且此乃宋祁以親身體驗認知，表達個人對《孟子》所錄語之認同，從「知」較為妥帖，「如」疑形近而誤。

〈和樞密晏太尉元日雪〉，頁 2440

光含象闕蒼龍舞，「氣勒交衢卓」馬驕。佚存本（珍）：光含象闕蒼龍舞，「跡印鴻泥早」馬驕。

　　案：象闕，即象魏，乃天子、諸侯宮門外之一對高建築，亦名「闕」或「觀」，為懸示教令之處，或借指宮室、朝廷，王禹偁〈獻轉運副使太常李博士〉：「即徵歸象闕，清秩冠駕鴻。」蒼龍，傳說中之青龍，古以為祥瑞之物。《楚辭・九辯》：「左朱雀之茇茇兮，右蒼龍之躍躍。」交衢，道路交錯要衝之處，杜甫〈哀王孫〉：「不敢長語臨交衢，且為王孫立斯須。」卓，挺立出眾貌。《論語・子罕》：「如有所立，卓爾。」鴻泥，鴻鳥於雪泥留下之爪印，喻為往事痕跡，吳牧騮〈題吳和甫學使紀遊圖〉：「使君蒿目意不愉，遣興忽寫臥遊圖。鴻泥雪爪無處無，一一俱請丹青摹。」此詩前半敘寫入宮朝賀前所見自然景致，後半則形容宮闕與京衢之宏偉氣象，「跡印鴻泥」與「光含象闕」對應未穩妥，且「早馬」未足以彰顯「驕」之舉止氣息，唯「卓」方得相應，是知從「氣勒交衢卓」較適切。

〈老還〉，頁 2441

蕭條門巷張羅外，闃寂曹司「擱」筆前。文津閣：蕭條門巷張羅外，闃寂曹司「閣」筆前。

　　案：張羅，形容冷落少人跡，何遜〈車中見新林分別甚盛〉：「還入平原迤，窮巷可張羅。」闃寂，靜寂，江淹〈泣賦〉：「闃寂以思，情緒留連。」曹司，官署，諸曹郎中職司所在，白居易〈喜張十八博士除水部員外郎〉：「無復篇章傳道路，空留風月在曹司。」閣筆，停筆、放下筆，《三國志・魏志・王粲傳》：「善屬文。」裴松之注引三國魏魚豢《典略》：「鍾繇、王朗等雖各為魏卿相，至於朝廷奏議，皆閣筆不能措手。」而宋祁〈癸酉六月奉詔修耤田記十一月詔罷賦詩〉：「歸臥私庭深閣筆，飽嘗雞膳太悠悠。」、〈謝及第啟〉：「儼佩紛而並趨，幾閣筆而不下。」均作「閣筆」。擱筆，停筆、放下筆，畢仲游〈回范十七承奉書〉：「舊詩數百首悉焚去，擱筆不復論詩。」而宋祁亦有作「擱筆」者，其〈奉和晏相公攝事圜丘中書致齋〉：「擱筆暫停黃紙尾，解驂猶放紫茸題。」屬之。由是觀之，二字均可。

借問不才為累否，古來山「水」盡天年。文淵閣、文津閣：借問不才為累否，古來山「木」盡天年。

案:《莊子・山木》:「莊子行於山中,見大木,枝葉盛茂。伐木者止其旁而不取也。問其故,曰:『無所可用。』莊子曰:『此木以不材得終其天年。』」此聯當化用此一故事,當從「木」為是,「水」疑形近而誤。

〈答安陸王工部早春郡園見寄「次韻」〉,頁2443

答安陸王工部早春郡園見寄「次韻」。文津閣:答安陸王工部早春郡園見寄。

案:宋祁〈宮保龐丞相以詩見寄次韻和答〉亦為「見寄」而「次韻」之作,此外楊億〈和酬秘閣錢少卿夜直見寄次韻〉、宋庠〈宮保龐丞相以詩二首見寄次韻和答〉、余靖〈酬黃都官舟次近坰見寄次韻〉等皆有類此而酬答唱和之作,而宋祁亦有多篇答人「見寄」之作而未有「次韻」者,其〈答連生見寄兼簡同邑胡希元〉、〈答刑部王侍郎病中見寄〉等悉如是,故或得據之增補而無礙。

〈將還都寄獻臣〉,頁2442

茂陵移病「在」窮年。佚存本(宮)(珍):茂陵移病「再」窮年。

案:此句化用《史記・司馬相如傳》故事:「(天子)意相如既病免,家居茂陵,天子曰:『司馬相如病甚,可往從悉取其書,若不,然後失之矣。』使所忠往,而相如已死,家無書,問其妻,對曰:『長卿固未嘗有書也。』時時著書人又取,去即空居。」據載,司馬相如偕卓文君私奔後,嘗因貧寒而當壚賣酒,後以病免而居茂陵,其歿,僅存空居,故知「茂陵移病」後,復又陷「窮年」處境,李賀〈昌谷園新筍〉其四:「古竹老梢惹碧雲,茂陵歸臥歎清貧。」亦取此意,由是觀之,當從「再」無疑,「在」疑音近而誤。

秋「風」壓苑檀欒近。佚存本(宮)(珍):秋「雲」壓苑檀欒近。

案:檀欒,秀美貌,詩文中多用以形容竹,枚乘〈梁王菟園賦〉:「脩竹檀欒,夾池水,旋菟園,並馳道。」或借指竹,梅堯臣〈和刁太傅新墅十題・移竹〉:「遠愛檀欒碧逶迤,荷鋤乘雨破秋苔。」就詩意觀之,二者皆可從,宋祁〈春雪〉:「銀礫欺春亂眼來,重陰萬里壓平臺。」〈題多寶寺水閣〉:「寶坊雲構壓河流,梁日東南宿霧收。」〈二月十八日席上憶季長未還不同斯樂欲作詩寄之會使者來已有新章今牽連成篇拜呈上〉:「煙壓西郊雨壓津,滿城歌吹為芳辰。」諸例以「壓」描述雲雨逼迫景象,〈早春雨中因呈邑大夫〉:「瑞澍霑春陸,膚雲壓暝臺。」則見「雲壓」者,雖〈覽從兄咸劍池編〉:「十年締思輕儋賦,一骨評風壓楚謠。」有

「風壓」詞，然此「風」與風評有關，非自然界之風，未可為證。若就詩人書寫習慣，或從「雲」字。

〈聞中山公泚上家園新成秘奉閣輒抒拙詩寄獻〉，頁 2443-2444

別營層閣駐經「幃」。文淵閣：別營層閣駐經「闈」。

案：帷，帷帳，《史記·秦始皇本紀》：「郎中令與樂俱入，射上幄坐幃。」闈，試場、內室、宮中旁門。經幃，猶經筵，李東陽〈送董禮部尚矩還南京〉：「誰言省署寅清地，不及經幃侍從勞？」經闈，蓋與「經幃」同義，《宋史·陳軒傳》：「予嘗入侍經闈，每勸帝以治貴清淨。」王志慶《古儷府·人部·宋謝莊孝武宣貴妃誄》：「綢繆史館，容與經闈。」蘇頌〈翰林侍讀學士尚書禮部侍郎集賢殿修撰范鎮可依前官充翰林學士〉：「眷久侍于經闈且垂成于廟史。」宋祁〈答屯田齊員外見贈〉：「久侍經幃慙肉緩，騶歌樓雪覺心勞。」作「經幃」，姑備異文。

別營「層閣」駐經闈。文津閣：別營「曾閣」駐經闈。

案：曾，通「層」，即重疊之意。閣，樓閣。層閣，猶層樓，鮑照〈代陸平原君子有所思行〉：「層閣肅天居，馳道直如髮。」閤，夾室，白居易〈早寒〉：「半卷寒簷幕，斜開煖閤門。」就詞義觀之，「閣」較「閤」廣泛，且與「層」呼應，宋祁〈有詔解郡作〉：「蛟螭對舞聽層閣，翁仲雙扶識故扉。」與〈授龍圖閣謝恩表〉：「停直複門，徙恩層閣。」悉從「層閣」，「曾閣」或「層閤」則未見之，或以「層閣」為宜。

罇喜客來銜酒數，畫疑仙去起「厨」稀。文津閣：罇喜客來銜酒數，畫疑仙去起「櫥」稀。

案：厨，作儲物櫃可通「櫥」，此句疑化用《晉書·顧愷之傳》故事：「嘗以一厨畫，糊題其前，寄桓玄，皆其深所珍惜者。玄乃發其厨後，竊取畫，而緘閉如舊以還之，紿云未開。愷之見封題如初，但失其畫，直云妙畫通靈，變化而去，亦猶人之登仙，了無怪色。」宋祁現存作品全未見「櫥」而獨用「厨」，其〈同年李宗太平法掾〉：「佐庖鮭菜厚，束帙秘厨香。」〈旬休〉其三：「慢態已成書几積，點姿無半畫厨空。」〈州舉俊民以藝中第為詩馳賀〉：「高軒竝照連乾錦，飲膳分頒薦莆厨。」與〈寄題眉州孫氏書樓〉：「縹厨四匝香防蠹，鏤槧千題縹製囊。」皆如此，或當從「厨」為宜。

〈移病還臺凡閱半歲乃愈始到家園視園夫治畦植花因成自嘆二首〉其一，頁 2444

牢「騷」續罷文誰讀，塊壘澆平酒自賒。文淵閣、文津閣：牢「懂」續罷文誰讀，塊壘澆平酒自賒。

案：牢，憂鬱貌。騷，憂愁。懂，謀慮、昏亂。牢騷，抑鬱不平之情緒、言語，或憂愁哀怨，晁以道〈始到無極作〉：「終期不自失，賦詩吐牢騷。」牢懂，不解其意，遍查文淵閣四庫全書，除此詩外全未見此語。塊壘，比喻胸中鬱結之愁悶或氣憤，劉弇〈莆田雜詩〉其十六：「賴足樽中物，時將塊磊澆。」此語當與「塊壘」相應，而「牢騷」正與之一意相承，是知當從「騷」字。

「塊壘」澆平酒自賒。文津閣：「磊塊」澆平酒自賒。

案：塊壘，《世說新語·任誕》：「王孝伯問王大：『阮籍何如司馬相如？』王大曰：『阮籍胸中壘塊，故須酒澆之。』」知原作「壘塊」，亦可作「礨塊」、「磊塊」、「塊礨」、「塊磊」，宋祁〈水文壘石〉：「奔濤已東決，磊塊溜不去。」與〈漢南使君數以公醪見問〉：「阮生塊壘胸中極，故待兵廚著酒澆。」二者皆用。陸游〈家居自戒〉其三：「世人無奈愁，沃以杯中酒，未能平磊塊，已復生堆阜。」劉克莊〈沁園春·一卷陰符詞〉：「老去胸中，有些磊塊，歌罷猶須著酒澆。」等古人多用「磊塊」。此句與「牢騷續罷文誰讀」相對，就其詞性與組構方式觀之，「磊塊」較工切，參以故事出處及宋人習慣，或從「磊塊」為宜。

舊隱不須相掉「罄」。文淵閣：舊隱不須相掉「磬」。

案：掉罄，亦作「掉磬」，爭論，《禮記·內則》：「舅姑若使介婦，毋敢敵耦於冢婦。」鄭玄注：「雖有勤勞，不敢掉磬。」陸德明釋文：「《隱義》云：『齊人以相絞訐為掉磬。』」崔云：「北海人謂相激事為掉磬也。」唯宋祁自注：「齊人謂相訐為掉磬。」姑備異文。

其二，頁 2444

壺「公」天壤非真死，蒙叟軒裳是儻來。文津閣：壺「丘」天壤非真死，蒙叟軒裳是儻來。

案：壺公，傳說中之仙人，所指各異：酈道元《水經注·汝水》：「昔費長房為市吏，見王壺公懸壺於市，長房從之，因而自遠，同入此壺，隱淪仙路。」王懸河《三洞珠囊》：「壺公謝元，歷陽人。賣藥於市，不二價，治病皆愈。」《神仙傳·壺公》：「壺公者，不知其姓名。今世所有召軍符、召鬼神、治病、王府符，

凡二十餘卷，皆出於壺公，故名為壺公符。」又《雲笈七籤》引《雲臺治中錄》：「施存，魯人。夫子弟子，學大丹之道……常懸一壺如五升器大，變化為天地，中有日月，如世間，夜宿其內，自號『壺天』，人謂曰『壺公』。」壺丘，或作壺丘子，載於《列子》：「初子列子好遊。壺丘子曰：『禦寇好遊，遊何所好。』列子曰：『遊之樂，所玩無故。人之遊也，觀其所見；我之遊也，觀之所變。遊乎遊乎！未有能辨其遊者。』」天壤，天地，張華〈鷦鷯賦〉：「普天壤以遐觀，吾又安知大小之所如？」蒙叟，莊周。儻來，意外得來、偶然得之，《莊子·繕性》：「軒冕在身，非性命也。物之儻來，寄者也。」成玄英疏：「儻者，意外忽來者耳。」由其後「天壤」與注文中之「術士李士寧來謁予病」諸語得知，當與「壺丘」之論遊無關，而與「壺公」較為相關，宜從「公」字。

〈少年〉，頁 2445

十「年」酒美俄星弁，肯信尚書對有期。文津閣：十「千」酒美俄星弁，肯信尚書對有期。

案：十千，一萬，極言其多，《詩經·小雅·甫田》：「倬彼甫田，歲取十千。」朱熹《集傳》：「十千，謂一成之田。地方十里，為九萬畝，而以其萬畝為公田。」此指萬畝。曹植〈名都篇〉：「我歸宴平樂，美酒斗十千。」王維〈少年行〉其一：「新豐美酒斗十千，咸陽遊俠多少年。」星弁，星、弁均具疾速之意，《禮記·玉藻》：「弁行，剡剡起屨。」此蓋形容如流星般迅疾。肯信尚書對有期，此句化用《漢書·游俠傳·陳遵》之故事：「遵耆酒，每大飲，賓客滿堂，輒關門，取客車轄投井中，雖有急，終不得去。嘗有部刺史奏事，過遵，值其方飲，刺史大窮，候遵霑醉時，突入見遵母，叩頭自白，當對尚書，有期會狀，母乃令從後閤出去。」楊億〈勸石集賢飲〉：「祇傳祖席觴無算，肯顧尚書對有期。」「年」、「千」均屬平聲先韻，就全詩文義及曹植、王維詩例觀之，宜從「千」字，「年」或音近而誤。

〈自詠〉，頁 2445

故潭煙「雨」廢槎頭。佚存本（宮）（珍）：故潭煙「雨」廢「楂」頭。文淵閣：故潭煙「兩」廢槎頭。

案：煙雨，濛濛細雨，鮑照〈觀漏賦〉：「聊弄志以高歌，順煙雨而沈逸。」

杜牧〈江南春絕句〉：「南朝四百八十寺，多少樓臺煙雨中。」就詩意觀之，此句書寫江上迷濛煙雨，且唯「煙雨」得與「風塵」相對，確知從「雨」，「雨」蓋形近而誤。「槎」、「楂」為異體字。

〈聞王侍郎請老〉，頁 2445

清商弟子歌聲妙，誰「判」揮金引凍醪。文津閣：清商弟子歌聲妙，誰「拌」揮金引凍醪。

案：拌，通「判」而作分開、剖割解，《呂氏春秋·古樂》：「瞽叟乃拌五弦之瑟，作以為十五弦之瑟。」判，區別，殷仲文〈解尚書表〉：「宜其極法，以判忠邪。」揮金，揮霍錢財，陶淵明〈飲酒〉其十九：「雖無揮金事，濁酒聊可恃。」據詩意，當從「判」為宜，「拌」疑音近而誤。

〈抒懷上南京常山公〉，頁 2446

緇帷悵別倏經年，榮「路」心危重惘然。佚存本（珍）：緇帷悵別倏經年，榮「露」心危重惘然。

案：緇帷，林木繁茂之處，《莊子·漁父》：「孔子遊乎緇帷之林。」成玄英疏：「緇，黑也。尼父游行天下，讀講詩書，時於江濱，休息林籟，其林鬱茂，蔽日陰沉，布葉垂條，又如帷幕，故謂之緇帷之林也。」後為高人賢士講學之典，吳筠〈高士詠·通元真人〉：「已陳緇帷說，復表滄浪謠。」榮路，仕途，元稹〈酬樂天東南行詩一百韻〉：「謫居今共遠，榮路昔同趨。」榮露，甘露，古以降甘露為瑞兆，《宋書·禮志三》：「重以榮露騰軒，蕭雲掩閣。」惘然，失意、憂思貌，江淹〈無錫縣歷山集〉：「酒至情蕭瑟，憑樽還惘然。」此詩藉「寧死道邊終自直，狂歌河上欲誰憐。」表抒個人堅守氣節之志向，全篇未見絲毫喜意，且此句有「心危重惘然」之憂，足明此語當與「榮露」無關，實欲彰顯宦途難行之沉重感懷，宜從「榮路」。且宋祁作品未嘗言及「榮露」，皆作「榮路」，其〈寫懷寄獻樞密太尉〉：「偶與力運偕，牽絲及榮路。」〈念衰〉：「私計狹且偷，榮路浩方永。惟餘昧死章，將露乞身請。」〈多言〉：「榮路多高足，爭傳八列呼。」〈寄南郡直講王聖源〉：「榮路久差冠一免，經筵貪愛樋三摧。」等悉屬之，證知從「路」為是，「露」疑音近而誤。

〈荷花〉，頁 2447

採時雙艇須加「槳」，行罷微波不見塵。文淵閣：採時雙艇須加「獎」，行罷微波
不見塵。

　　案：艇，輕便小船，謝朓〈酬德賦〉：「巾帝車之廣軾，棹河舟之輕艇。」槳，
行船之具。微波，微小波浪，許渾〈泛五雲溪〉：「急瀨鳴車軸，微波漾釣筒。」
或猶餘波，司馬相如〈封禪文〉：「俾萬世得激清流，揚微波，蜚英聲，騰茂實。」
二字同屬上聲養韻，難自音韻判斷。然此字須與下句之「塵」相對，得作名詞解，
又此聯書寫採荷之情狀，唯「槳」方與「雙艇」密切相關，是知當從「槳」，「獎」
疑形近而誤。

《全宋詩》卷 213 · 宋祁一○

〈學舍諸生罕至或累旬倚席不講愧而成詠〉，頁 2448

直舍沈沈掩「迴」廊，古壇槐柳對蒼涼。文淵閣、文津閣：直舍沈沈掩「迥」廊，
古壇槐柳對蒼涼。

　　案：直舍，古代官員於禁中當值辦事之處，韓愈〈與華州李尚書書〉：「獨宿
直舍，無可告語，展轉歔欷，不能自禁。」沈沈，深沉，亦形容寂靜無聲或聲音悠
遠隱約。迴，平聲灰韻，又作去聲隊韻，曲折。迥，上聲迥韻，遼遠。迴廊，回環
曲折之走廊，杜甫〈涪城縣香積寺官閣〉：「小院迴廊春寂寂，浴鳧飛鷺晚悠悠。」
此詩屬仄起首句入韻格，此句當作「仄仄平平仄仄平」，二字皆仄聲，無由自音韻
判斷。宋祁於此句下方自注：「學官直舍列于兩廡。」復觀其詩中慨歎學舍諸生罕
至與「蒼涼」景況、「掩」字作用，宜從「迴」字，「迥」殆形近而誤。

「瞑」據槁梧真用拙，束歸高閣「分」深藏。佚存本（珍）：「權」據槁梧真用拙，
束歸高閣「且」深藏。

　　案：此句徵引《莊子·德充符》故事：「倚樹而吟，據槁梧而瞑。」束歸高閣，
乃徵引《晉書·庾翼傳》故事：「少有經綸大畧，京兆杜乂、陳郡殷浩並才名冠世，
而翼弗之重也。每語人曰：『此輩宜束之高閣，俟天下太平，然後議其任耳。』」
分，甘願，曹植〈上責躬應詔詩表〉：「自分黃耇，永無執珪之望。」此聯強調「深
藏」、「用拙」以保真，從「分」不違詩意，或從「瞑」、「分」為宜。

〈寄題相臺太尉韓公畫錦堂〉，頁2448

漳岸夕波通沼溜，魏「堂」暾日弄梁塵。文津閣：漳岸夕波通沼溜，魏「臺」暾日
弄梁塵。

案：魏臺，指銅雀臺，韓琦〈戊申末伏與立秋同日〉：「冰出魏臺猶示貴，扇
思班篋欲收功。」梅堯臣〈送宋中道朝陵仍於西都省親〉：「漢殿拜衣冠，魏臺嚴
帳帟。」梁塵，比喻嘹亮動聽之歌聲，鮑照〈學古〉：「調絃俱起舞，為我唱梁塵。」
此聯鋪寫韓琦畫錦堂之美好，故有「魏臺」歌舞之比擬。「魏堂」則未見作獨立語
詞之用者，且若非用典而以「魏堂」命稱韓府建築，似有不妥。宋祁他作，如：〈落
花〉：「暮雨便從巫峽散，餘香猶上魏臺分。」〈賀大名王相公啟〉：「疏榮曹社，
坐鎮魏臺，抗大旆之悠悠，肅使騑之耳耳。」「魏臺」用例可相參照，故當從「臺」，
「堂」疑涉上文而誤。

〈偶作寄季長學士〉，頁2449

愛吟「詎」敢追梁甫，倚醉時能問葛彊。文津閣：愛吟「渠」敢追梁甫，倚醉時能
問葛彊。

案：詎，音ㄐㄩˋ，上聲語韻，豈、怎麼。渠，可音ㄐㄩˋ，上聲語韻，得通「詎」。
倚醉時能問葛彊，此句化用《世說新語・任誕》故事：「山季倫為荊州時出酣暢，
人為之歌曰：『山公時一醉，徑造高陽池。日莫倒載歸，酩酊無所知。復能乘駿馬，
倒箸白接羅。舉手問葛彊，何如并州兒。』高陽池在襄陽，彊是其愛將，并州人也。」
愛吟詎敢追梁甫，疑化用《蕩陰里郡國志》故事：「在縣東有三冢焉，即諸葛亮梁
甫吟云：『步出齊城門，遙望蕩陰里。里中有三墳，纍纍皆相似。借問誰家墳，田
疆古冶子。』」雖「詎」、「渠」於此均通，然宋祁慣用「詎敢」一詞，其〈去年
十月赴淮陽今實周一歲歲中三遷送直內禁作詩記其出處〉：「身歸詎敢夸三組，目
眩何能讀九丘。」〈賀史館相公啟〉：「祁早誤知憐，欽聞命數乘北障之守，詎敢
彈冠。」可為例，而未見「渠敢」之語，故從「詎」字為宜。

〈寄會稽天休學士〉，頁2449

鳧乙天遙水驛長，「笠車」貪貳會稽章。佚存本（珍）：鳧乙天遙水驛長，「車笠」
貪貳會稽章。

案：乙，燕鳥。鳧乙，為二種鳥類，形狀相似而實有不同，常藉此比喻對事物

認識不清而各執己見，《南齊書·高逸傳·顧歡》：「昔有鴻飛天首，積遠難亮。越人以為鳬，楚人以為乙，人自楚越，鴻常一耳。」唯此處殆僅取其「積遠」之意，以言「天遙」。水驛，水路驛站，或指水上驛路。笠車，意指車笠之交，《太平御覽》引周處《風土記》：「越俗性率樸，意親好合，即脫頭上巾，解要（腰）間五尺刀以與之為交，拜親跪妻，定交友禮……祝曰：『卿雖乘車我戴笠，後日相逢卿當下。』」後因以「車笠」喻貴賤貧富不移之深厚友誼。趙蕃〈真游覓唐德輿題詩不見有懷其人八首〉其五：「時論歸臺閣，交情異笠車。」陳著〈通交代權縣江監稅極啟〉：「毋慼他日之笠車，心之所倚言不能盡。」黃宗羲〈祭馮韡卿文〉：「升沉雖異，車笠無忘。」篁，竹林。「車篁」不明意指為何，且據查文淵閣四庫全書，全未見此語。會稽章，疑用《漢書·朱買臣傳》故事：「初，買臣免，待詔，常從會稽守邸者寄居飯食。拜為太守，買臣衣故衣，懷其印綬，步歸郡邸。直上計時，會稽吏方相與聚飲，不視買臣。買臣入室中，守邸與共食，食且飽，少見其綬。守邸怪之，前引其綬，視其印，會稽太守章也。」《西京雜記·買臣假歸》則載：「朱買臣為會稽太守，懷章綬還至舍亭，而國人未知也。所知錢勃，見其暴露，乃勞之曰：『得無罷手？』遺與紈扇。買臣至郡，引為上客，尋遷為掾史。」後「會稽章」實指會稽太守印信外，亦用指舊交，如王闢之《澠水燕談錄·歌詠》：「王文正公曾、李文定公迪，咸平、景德閒相繼狀元及第，其後更踐政府，乃罷相鎮青，又為交承，故文正送文定〈移鎮兗海〉詩有『錦標奪得曾相繼，金鼎調時亦踐更』之句，又云：『并土兒童君再見，會稽章綬我偏榮。』」與「車笠」相關。又，此詩為仄起首句入韻格，此句當作「平平仄仄仄平平」，然此聯存有拗救現象，故此字須為仄聲，方得救上句之「鳬」，且同句之「貪」亦能救得此字，因成「仄平平仄仄平平」，綜上所論，或從「笠車」為是。

風從射的迎仙舸，水「是」山陰作禊堂。佚存本（珍）：風從射的迎仙舸，水「自」山陰作禊堂。

　　案：射的，山名，李白〈送紀秀才游越〉：「仙人居射的，道士住山陰。」仙舸，遊船之美稱，暢當〈宿潭上〉其一：「夜潭有仙舸，與月當水中。嘉賓愛明月，遊子驚秋風。」山陰、禊堂，疑化用王羲之〈蘭亭集序〉故事以扣合題贈對象之「會稽」居地，王文云：「永和九年，歲在癸丑，暮春之初，會於會稽山陰之蘭亭，修禊事也。群賢畢至，少長咸集。此地有崇山峻嶺，茂林修竹；又有清流激湍，映帶左右。引以為流觴曲水，列坐其次。」「引」字與「自」較貼合。又，此句與「風從射的迎仙舸」相對，「從」，跟隨、順從，「自」則具由、從之意，「自」與「從」

意近而呼應，具淵源所從來之意。反觀「水是」，則具判斷之意，與詩意較不相合，故宜從「自」。

〈寄弋陽王學士〉，頁 2449

新年給札漢家臺，「愛伏」枚皋受詔才。佚存本（宮）（珍）：新年給札漢家臺，「眾仗」枚皋受詔才。

　　案：給札，《史記·司馬相如列傳》：「蜀人楊得意為狗監，侍上。上讀《子虛賦》而善之，曰：『朕獨不得與此人同時哉！』得意曰：『臣邑人司馬相如自言為此賦。』上驚，乃召問相如。相如曰：『有是。然此乃諸侯之事，未足觀也。請為天子游獵賦，賦成奏之。』上許，令尚書給筆札。」後因謂朝廷對文士之特殊禮遇為「給札」。愛伏，知愛伏念之意，尹洙〈故兩浙轉運使朝奉郎尚書司封員外郎護軍賜紫金魚袋韓公墓誌銘并序〉：「公年少果敢善決斷，民吏愛伏，王公嘉之。」此語得與「枚皋受詔才」相應，亦與上句「新年給札漢家臺」密切相關。眾仗，蓋為眾人所憑藉或倚靠之意，使從「眾仗」則與後文之「偃蹇」、「棲遲」及「敝冠」諸語矛盾，恐當從「愛伏」為是。

「敝」冠猶望振窮埃。佚存本（宮）、文津閣：「弊」冠猶望振窮埃。

　　案：敝，去聲霽韻，作形容詞意指破舊。弊，害處，毛病，作形容詞則解為疲困。據詩意當形容冠首之破舊，祝穆《古今事文類聚別集·人事部·伸於知己》：「晏嬰之晉，至中牟，見敝冠反裘，負芻息於道側者。」饒節〈復用韻成一首特作狡猾爾勿誚吾作夢也想當一笑〉：「自免敝冠歸落寞，便磨餘墨壞華鮮。」等篇皆見「敝冠」一詞，而《晉書·王恭傳》：「棄彼弊冠，崇茲新履。」與徐積〈安叟訓〉：「惡衣弊冠，糟糠不足以餬口。」則作「弊冠」者，是知二字皆可從。

〈送岳州陸學士〉，頁 2449-2450

梅天霞「破」候旗乾，鄉樹依然越絕間。文津閣：梅天霞「綻」候旗乾，鄉樹依然越絕間。

　　案：梅天，黃梅天氣，實常〈北固晚眺〉：「水國芒種後，梅天風雨涼。」綻，衣縫或皮肉裂開，亦謂花蕾開放。就詞義觀之，「綻」較「破」狹隘，且宋祁〈出城所見賦五題〉其三：「香輕長抱蘂，霞破即團枝。」〈上元觀燈紀事〉：「霞破初迎月，林寒即讓春。」均用「霞破」一詞，或從「破」較適切，「綻」疑義近而誤。

〈和待制龐學士寄獻宮師相公之作〉，頁 2450

和待制龐學士寄獻宮師相公之「作」。文津閣：和待制龐學士寄獻宮師相公之「什」

　　案：什，參見前論〈和伯氏小疾原韻〉資料，宋祁〈答燕侍郎謝與端明李學士見過之什〉與〈祗答晏尚書懷寄之什〉均作「之什」，而〈答郭仲微以予記注見慶之作〉、〈次韻和李長學士正月二十八日出郊見寄之作〉、〈答梵才見賀忝承旨之作〉悉從「之作」，似皆可從，姑備異文。

〈秋陰〉，頁 2451

杜若汀洲殘「綠暗」，芙蓉池沼墜紅稀。文津閣：杜若汀洲殘「暗綠」，芙蓉池沼墜紅稀。

　　案：杜若，香草名，亦名杜衡、杜蘅，詩文中常用以比喻君子賢人，《楚辭·九歌·湘君》：「采芳洲兮杜若，將以遺兮下女。」江淹〈去故鄉賦〉：「江南之杜蘅兮色以陳，願使黃鵠兮報佳人。」汀洲，水中小洲，《楚辭·九歌·湘夫人》：「搴汀洲兮杜若，將以遺兮遠者。」此句當與「芙蓉池沼墜紅稀」相對，「墜紅」為一組合名詞，意指花，若此，則當從「殘綠」為是，且「綠」、「紅」對仗工切，故知以「殘綠暗」為宜。

〈和葉道卿連日陰曀坐曹無緒見寄〉，頁 2452

積潤未妨鏗畫瑟，薄寒仍欲「定」流霞。文淵閣：積潤未妨鏗畫瑟，薄寒仍欲「走」流霞。

　　案：積潤，積久濕潤。走，奔跑、移動。定，停止、安定。二字同為仄聲，難自音律判讀。流霞，浮動之彩雲。此句與「積潤未妨鏗畫瑟」相對，鏗，琴瑟聲，或撞擊之意，此作彈奏畫瑟解。此詩因連日陰曀有感而作，此聯頗見「飄風不終朝，驟雨不終日」之意味，故雖「積潤」，仍須「鏗畫瑟」以寬心，同理，「薄寒」尚存，然仍希冀「流霞」燦爛天際。此聯承前「上林已暖先催雁，細柳猶疏不礙鴉」之轉機漸現情調，流露詩人期盼思懷，從「定」可強調其不捨流霞匆逝，意欲挽留停定之情，或較「走」適切，「走」疑形近而誤。

〈賀中丞晏尚書春陰〉，頁 2452

輕「寒」剪剪著春旗，樓外晨光已暗移。文津閣：輕「陰」剪剪著春旗，樓外晨光已暗移。

案：陰，乃相對陽而言，其意得與「寒」略通。宋祁詩作見有「輕陰」者三：〈和葉道卿連日陰瞳坐曹無緒見寄〉：「輕陰連日徧天涯。」〈和晏相公乘輿宿殿致齋日巡仗遇雪〉：「蓋外輕陰亞鳳凰。」及〈早春出近郊〉：「雲作輕陰借鴈寒。」作「輕寒」者五：〈巡視河防置酒晚歸作二首〉其一：「輕寒犯客杯。」〈冬夕酌酒〉：「尚持杯酒御輕寒。」〈送殿院張奎漕京東〉：「霜栢輕寒驚曙烏。」〈夫人閣十首〉其五：「東郊移仗曉迎春，已覺輕寒不著人。」與〈余在北門時每立春必前索宮中春詞十餘解今逢茲日塊坐州閣追懷舊題續作六章〉：「花枝稍稍暗紅上，已覺輕寒不著人。」皆是。剪剪，多指風拂或寒氣侵襲貌，韓翃〈寒食〉云：「淡淡輕寒剪剪風，杏花飄謝小桃紅。」王安石〈夜直〉：「金爐香盡漏聲殘，剪剪輕風陣陣寒。春色惱人眠不得，月移花影上闌干。」見詩人屢以「剪剪」描摹春風料峭樣貌，「輕陰剪剪」則極罕見，似僅陸與〈咏乳燕〉云：「輕陰剪剪翻疏雨，初月纖纖織晚風。」使從「寒」字，則重於觸覺，兼與其後「餘寒未去惱花遲」重字；若作「陰」，則重視覺，並與詩題「春陰」用字重複。考量文人擇用「剪剪」之語境、傳統，恐作「寒」是也，「陰」疑涉上文而誤。

么絃促柱愁成曲，遠水「迎船」巧作漪。誰在河橋望歸客，莫將雷響誤輕輴。佚存本（宮）：么絃促柱愁成曲，遠水「迎舡」巧作漪。誰在河橋望歸客，莫將雷響誤輕輴。文津閣：么絃促柱愁成曲，遠水「移船」巧作漪。誰在河橋望歸客，莫將雷響誤輕輴。

案：么絃，琵琶第四弦，借指琵琶，劉禹錫〈奉和淮南李相公早秋即事寄成都武相公〉：「聆音還竊抃，不覺撫么絃。」促柱，急絃，支絃之柱移近則絃緊，故稱。舡，為「船」之異體字。移船，移動船身，白居易〈琵琶引〉：「移船相近邀相見，添酒迴燈重開宴。」此四句疑化用白居易〈琵琶引并序〉故事：「別時茫茫江浸月，忽聞水上琵琶聲。主人忘歸客不發，尋聲闇問彈者誰。琵琶聲停欲語遲，移船相近邀相見。添酒回燈重開宴……自言本是京城女，家在蝦蟇陵下住。十三學得琵琶成，名屬教坊第一部……門前冷落鞍馬稀，老大嫁作商人婦。商人重利輕別離，前月浮梁買茶去。去來江口守空船。」與詩中「么絃」、「愁成曲」、「移船」、「在河橋望歸客」之敘述頗為接近，若此，則或從「移」字。

〈送連氏昆仲還省侍〉，頁 2452

酥酪君家伯仲賢，相從黌舍「倏」經年。文津閣：酥酪君家伯仲賢，相從黌舍「忽」經年。

案：酥酪君家伯仲賢，此句化用《氏族大全·酥酪醍醐》之故事：「穆寧居家嚴，撰家令訓諸子人一通。唐貞元中言家法者，稱韓穆二門，韓休也。四子德性和粹，世以珍味目之：贊為酪，質為酥，員為醍醐，賞為乳腐。」黌舍，校舍，亦借指學校。「倏」、「忽」均具時間快速消逝之意，而此詩為仄起首句入韻格，此句當作「平平仄仄仄平平」，倏，入聲屋韻；忽，入聲月韻。二字悉屬仄聲，皆得解釋之。觀宋祁詩文，其〈抒懷上南京常山公〉：「緇帷悵別倏經年，榮路心危重惘然。」係作「倏經年」，而未見有作「忽經年」者，然僅此一例，仍難確知宋祁書寫習慣為何。又，經查文淵閣四庫全書，作「倏經年」者，除此詩外僅存 4 筆資料，「忽經年」則見 41 筆，未定孰是，姑備異文。

〈祗役鄰郡道中曉發〉，頁 2454

野「馬」征塵拂袂過。文津閣：野「鳥」征塵拂袂過。

案：征塵，路上揚起之塵埃，或指旅途中所染之灰塵，含有勞碌辛苦之意。二字同屬仄聲，然「征塵拂袂過」與詩題「道中曉發」，均顯示詩人所述當與行道沾染塵埃之狀有關，宋祁〈鄰郡移書覆獄〉：「堀堁征塵敞客裾。」亦為如此，故就場景而論，當從「馬」字為宜，「鳥」疑形近而誤。

〈有詔解郡作〉其一，頁 2454

何幸復燃灰不死，未「應」為失馬重歸。文津閣：何幸復燃灰不死，未「容」為失馬重歸。

案：何幸復燃灰不死，比喻失勢者重新得勢或停息之事物重新活動，語出《史記·韓長孺列傳》：「蒙獄吏田甲辱安國，安國曰：『死灰獨不復然乎？』」下句則化用《淮南子·人間訓》故事：「近塞上之人，有善術者。馬無故亡而入胡，人皆吊之。其父曰：『此何遽不為福乎？』居數月，其馬將胡駿馬而歸，人皆賀之。其父曰：『此何遽不能為禍乎？』家富良馬，其子好騎，墮而折其髀，人皆吊之，其父曰：『此何遽不為福乎？』居一年，胡人大入塞，丁壯者引弦而戰，近塞之人，死者十九，此獨以跛之故，父子相保。故福之為禍，禍之為福，化不可極，深不可

測也。」藉以狀世事多變難料之意。未應，不須、不應當，李白〈梁園吟〉：「東山高臥時起來，欲濟蒼生未應晚。」容，寬容，宋祁〈寄葉兵部〉：「分籍未容妨隱趣，海鷗汀鷺對忘機。」〈金雀花〉：「俗眼未應妒，勿憂珠彈來。」〈元處宗安化簿〉：「未應期會急，平日廢談叢。」〈春夕雨歇〉：「縱使何郎詩筆在，未應幽恨抵蘭時。」「未容」、「未應」使用情形各自有別，考其詩意、詞性，或從「未應」較為適切。

「蛟螭」對舞瞻層閣，翁仲雙扶識故扉。佚存本（宮）：「長離」對舞瞻層閣，翁仲雙扶識故扉。

　　案：蛟螭，猶蛟龍，《楚辭·離騷》：「麾蛟龍以梁津兮，詔西皇使涉予。」王逸注：「小曰蛟，大曰龍。」均居深水中，相傳蛟能發洪水，龍能興雲雨。《禮記·中庸》：「今夫水，一勺之多，及其不測，黿鼉蛟龍魚鱉生焉，貨財殖焉。」長離，《漢書·司馬相如傳下》：「左玄冥而在黔雷兮，前長離而後矞皇。」顏師古注：「長離，靈鳥也。服虔曰：『皆神名也。』」《後漢書·張衡傳》：「前長離使拂羽兮，委水衡乎玄冥。」李賢注：「長離，即鳳也。」後用以比喻才德出眾之人，潘岳〈為賈謐作贈陸機〉：「婉婉長離，凌江而翔，長離云誰，咨爾陸生。」李善注：「長離，喻機也。」翁仲，《史記·秦始皇本紀》「分天下以為三十六郡」下，司馬貞《索隱》注：「二十六年，有長人見于臨洮，故銷兵器，鑄而象之。」謝承《後漢書》：『銅人，翁仲，翁仲其名也。』」《三國志·魏志·明帝紀》「景初元年十二月」下，裴松之注引魚豢《魏略》：「大發銅，鑄銅人二，號曰翁仲，列坐於司馬門外。」後遂稱立於宮闕廟堂、陵墓神道前之銅像或石像為「翁仲」，柳宗元〈衡陽贈別夢得〉：「伏波故道風煙在，翁仲遺墟草樹中。」就「對舞」與下句「翁仲」觀之，此處所指應為二種物類，而非單一鳥獸，故當從「蛟螭」為是，「長離」疑義近而誤。

〈寒食野外書所見〉，頁 2455-2456

一雨初回逗「晚」涼。佚存本（宮）（珍）：一雨初回逗「曉」涼。

　　案：就視覺景象而言，「低烟不散為垂楊」乃破曉與傍晚時分皆可得見之迷濛景色，然自「近郊連旆儼相望」、「暖吹未休緣迥野」及「家家鐘鼓爭行樂」諸句觀之，宋祁應已於郊外停留許久，若為破曉之際、初醒之時即得見「近郊連旆」與「家家鐘鼓」景象，殊不合情理。又，詩中「暖吹」當指暖風，陳與義〈除夜〉：

「城中爆竹已殘更，朔吹翻江意未平。」用法類近，據「暖吹未休」益證當作「晚」方合情理。

乞漿易醉墻間客，「就」養初「閒」竈下郎。佚存本（宮）（珍）：乞漿易醉墻間客，「執」養初「閑」竈下郎。

　　案：乞漿易醉墻間客，語出《孟子・離婁下》：「卒之東郭墦間之祭者，乞其餘。」就，趨向；執，秉持，此語蓋微引《後漢書・劉玄傳》故事：「王匡、張卬橫暴三輔，其所授官爵者，皆羣小賈豎，或有膳夫庖人，多著繡面衣錦袴襠緰諸于罵詈道中。長安為之語曰：『竈下養中郎將，爛羊胃，騎都尉；爛羊頭，關內侯。』」據詩意觀之，「就」字較適切，雖二字悉屬動詞，然就、乞字使詩意相互呼應，故當從「就養」為是。閒，得通「閑」作空暇無事解。

〈送太尉相公赴鎮安軍二首〉其一，頁 2456

久冠「鵷」鷺為上宰。文津閣：久冠「鴛」鷺為上宰。

　　案：鵷，音ㄩㄢˊ，平聲元韻，意指鵷鶵，即傳說中之鳳類神鳥，或得通「鴛」而作鴛鴦解。鵷鷺，比喻朝官，高適〈東平旅游奉贈薛太守二十四韻〉：「鵷鷺粉署起，鷹隼柏臺秋。」上宰，宰輔，亦泛稱輔政大臣。古書「鵷鷺」出現次數較「鴛鴦」高出近一倍，然二者似皆可從。

其二，頁 2456

巖霖舊潤為軒雨，醴麴餘甘作「宴」醅。文淵閣：巖霖舊潤為軒雨，醴麴餘甘作「晏」醅。

　　案：醴，甜酒，《詩經・周頌・豐年》：「為酒為醴，烝畀祖妣。」麴，酒麴，《列子・楊朱》：「朝之室也聚酒千鍾，積麴成封，望門百步，糟漿之氣逆於人鼻。」宴，筵席、安閒，可通「晏」而作「遲」意解。醅，未濾糟粕之酒，亦泛指酒，賈思勰《齊民要術・法酒》：「合醅飲者，不復封泥。」宋祁〈答轉運王工部謝公醪〉：「老依渦曲作藩侯，月例黃堂給宴醅。」亦見「宴醅」，就詩意觀之，當從「宴」字無疑。

下客無緣陪後乘，只應前席「欠」鄒枚。文淵閣：下客無緣陪後乘，只應前席「次」鄒枚。

　　案：下客，下等賓客。後乘，從臣之車馬，亦泛指隨從於後之車馬，皮日休〈陪

江西裴公游襄州延慶寺〉：「不署前驅驚野鳥，唯將後乘載詩人。」前席，《史記·商君列傳》：「衛鞅復見孝公。公與語，不自知膝之前於席也。」後以「前席」謂欲接近而移坐向前。欠，略微彎身。次，即、就，《左傳·襄公三十年》：「使次己位。」或指降一等，盧綸〈送鄧州崔長史〉：「出山車騎次諸侯，坐領圖書見督郵。」鄒枚，漢代鄒陽、枚乘之並稱，二人皆以才辯著名當時，後因以「鄒枚」借指富於才辯之士，王維〈奉和聖制賜史供奉曲江宴應制〉：「侍從有鄒枚，瓊筵就水開。」此句蓋與謝惠連〈雪賦〉故事有關：「歲將暮，時既昏。寒風積，愁雲繁。梁王不悅，游於兔園。乃置旨酒，命賓友。召鄒生，延枚叟。俄而微霰零，密雪下。王乃歌北風於詩，詠南山於周雅。授簡於司馬大夫，曰：『抽子秘思，騁子妍辭，俟色揣稱，為寡人賦之。』相如於是避席而起，逡巡而揖。曰：……鄒陽聞之，懣然心服。有懷妍唱，敬接末曲。於是乃作而賦積雪之歌……又續而為白雪之歌……歌卒。王乃尋繹吟翫，撫覽扼腕。顧謂枚叔，起而為亂，亂曰……。」據詩意，「次」較能表現仰慕鄒枚之情，或宜從之。

〈送張司勳福建轉運使〉，頁 2457

毛竹乾魚仙「祀」古，請君尋徧武夷春。文淵閣：毛竹乾魚仙「祠」古，請君尋徧武夷春。

　　案：毛竹，竹之屬，生長於南方，稈高大粗勁，堅韌富彈性，其筍鮮美，可食用，李商隱〈武夷山〉：「武夷洞裏生毛竹，老盡曾孫更不來。」祀，去聲止韻，舉行祭祀之處，神廟，與「祠」義略同。祠，平聲之韻，供奉鬼神或先賢之廟屋。此詩為平起首句入韻格，此句原作「仄仄平平平仄仄」，須從仄聲之「祀」字。又，此句當化用《史記·封禪書》故事：「祠黃帝用一梟破鏡，冥羊用羊，祠馬行用一青牡馬，太一、澤山君、地長用牛，武夷君用乾魚。」文中用「祠」，然其下注云：「其祀用乾魚」。由此觀之，宋祁恐為合於音律，遂改用「祀」字。

〈孫景隨侍赴舉〉，頁 2457

省「知」唱第蕙雲幄，歸夢因君到斗城。佚存本（珍）：省「曾」唱第蕙雲幄，歸夢因君到斗城。

　　案：省，記憶，韓愈〈祭十二郎文〉：「吾少孤，及長，不省所怙，惟兄嫂是依。」唱第，科舉考試後宣唱及第進士之名次，元稹〈酬翰林白學士代書一百韻〉：

「唱第聽雞集，趨朝忘馬疲。」或指進士及第，劉禹錫〈同樂天和微之深春好〉其
十四：「何處深春好，春深唱第家。」蕺，聚集，黃滔〈貽宋評事〉：「時說三吳
欲歸處，綠波洲渚紫蒲蕺。」雲幄，雲霧似之四合帷幕，狀如宮室，借指殿廷，《宋
史·樂志》：「雲幄邃嚴，宏典是舉。」歸夢，歸鄉之夢，謝朓〈和沈右率諸君餞
謝文學〉：「望望荊臺下，歸夢相思夕。」斗城，《三輔黃圖·漢長安故城》：「城
南為南斗形，北為北斗形，至今人呼漢京城為斗城。」後因以「斗城」借指京城。
司馬光〈樂詞·作語〉：「秋風蕭瑟引華旌，祖宴高張出斗城。」此詩前後分為〈送
友人赴舉〉、〈送令狐秀才赴舉〉、〈黃注昆仲赴舉〉、〈送朱進士赴舉〉，諸詩
筆法多重贊揚、祝福之意，此聯下句提及「歸夢」、「斗城」，推知此句或乃因送
人赴舉，而懷憶自身往昔獲取功名之景況，輔以語氣，宜從「曾」較通暢。

〈黃注昆仲赴舉〉，頁 2457

滄海賦毫多「灑」白，南山書「簡」偏蒸青。佚存本（珍）：滄海賦毫多灑白，南
山書「紙」偏蒸青。文津閣：滄海賦毫多「漉」白，南山書簡偏蒸青。

案：書簡，書信，就詞義觀之，二者皆可從，唯自此句「蒸青」觀之，當與「殺
青」有關，《太平御覽》引劉向《別錄》：「殺青者，直治竹作簡書之耳。新竹有
汁，善朽蠹。凡作簡者，皆於火上炙乾之。」《後漢書·吳祐傳》：「恢欲殺青簡
以寫經書。」李賢注：「殺青者，以火炙簡令汗，取其青易書，復不蠹，謂之殺青，
亦謂汗簡。」故從「簡」為宜。灑，上聲蟹韻，潑灑。漉，入聲屋韻，意謂水之乾
涸，亦得指過濾。二者同屬仄聲，無由自音律判斷。「滄海賦毫多灑白」疑與「飛
白」有關，「飛白」乃書畫中一種枯筆露白線條之稱，李綽《尚書故實》：「飛白
書始於蔡邕，在鴻門見匠人施堊帚，遂創意焉。」張懷瓘《書斷》上：「飛白者，
後漢左中郎將蔡邕所作也。王隱、王愔并云：『飛白變楷製也。本是宮殿題署，勢
既徑丈，字宜輕微不滿，名為飛白。』」漢魏宮闕寺廟題字，嘗廣用之，李肇《唐
國史補》載：「梁武帝造寺，令蕭子雲飛白大書『蕭』字，至今『蕭』字存焉。」
據「賦毫」以觀，此句當與書寫有關，宜從「灑」字方與詩意較為契合，「漉」疑
形近而誤。

縣歌酒醴催鳴鹿，學舍練寒「亂散」螢。文淵閣、文津閣：縣歌酒醴催鳴鹿，學舍
練寒「散亂」螢。

案：鳴鹿，語出《詩經·小雅·鹿鳴》：「呦呦鹿鳴，食野之苹。」毛傳：「鹿

得莘，呦呦然鳴而相呼，懇誠發乎中。以興嘉樂賓客，當有懇誠相招呼以成禮也。」後因以「鳴鹿」喻禮賢求友，韓愈〈答張徹〉：「莘甘謝鳴鹿，罍滿慚罄缾。」練，粗疏之麻葛織物，《陳書·姚察傳》：「吾所衣著，止是麻布蒲練。」散、亂均可作動詞、形容詞用，唯詩文中，「亂螢」較「散螢」常見，如：蕭綱〈秋閨夜思〉：「初霜霣細葉，秋風驅亂螢。」周繇〈螢〉：「亂飛同曳火，成聚却無烟。」高明〈積雨書懷〉「却笑炎威都洗盡，夜涼疏雨亂螢微。」故或宜從「散亂」，「亂散」疑倒錯。

〈李秘校省觀畢邵赴乘氏〉，頁2458

縣花的的照晴「跗」。佚存本（珍）：縣花的的照晴「趺」。

案：跗，同「柎」，花萼房，《管子·地員》：「朱跗黃實。」尹知章注：「跗，花足也。」趺，可通「跗」作腳、腳印解，此指花萼，歐陽脩〈歸雁亭〉：「翠芽紅粒迸條出，纖趺嫩萼如剪裁。」據詩意，二者皆可從，然宋祁〈答朱公綽牡丹〉：「蹄金點鬚密，璋玉鏤跗紅。」〈二月一日次利州見桃李盛開〉：「蜀天寒破讓芳晨，雪蕊霞跗次第新。」〈倒仙牡丹贊〉：「花跗芬侈，叢刺于梗。」等皆作「跗」，「趺」則僅用於「龜趺」，〈肅簡魯公挽詞四首〉其四：「七兵榮贈冊，沉礎賁龜趺。」〈楊太尉神道碑〉：「俾螭首龜趺如令揭著墓阡，馨香無窮。」悉如是，故從「跗」為宜，「趺」疑義近而誤。

客盤「飲」嗜豐千蹠，仙烏歸飛伴兩鳧。佚存本（珍）：客盤「餕」嗜豐千蹠，仙烏歸飛伴兩鳧。

案：飲，喝。餕，宴會、飽。蹠，亦作「跖」，足跟、腳掌，《呂氏春秋·用眾》：「善學者若齊王之食雞也，必食其跖數千而後足。」高誘注：「跖，雞足踵。」此句或源出於是，此字當與具飽足意之「餕」有關。此句與「仙烏歸飛伴兩鳧」相對，典參前論〈送梅堯臣〉「官烏兩鳧飛」資料，自「歸飛」觀之，此字當用以修飾「嗜」，益證從「餕」字為是，「飲」疑形近而誤。

〈陳濟赴舉兼省觀〉，頁2459

相從同是日邊人，兩見江南碧草「生」。文津閣：相從同是日邊人，兩見江南碧草「春」。

案：「碧草生」、「碧草春」所述季節、意涵相近，詩文亦均屢見不鮮，與宋

祁同時文人如韓琦〈王礪寺丞河南知錄〉：「西都為掾促征輪，南浦分攜碧草春。」韓維〈西軒雨中期象之夜話〉：「碧草生牆角，丹花發竹根。」各有不同用例，宋祁作品四見「碧草」，除此詩外，另為：〈贈張齋郎〉：「頹蘭媚畹供晨膳，碧草生塘動晝吟。」〈江上送客〉：「芳晨莫遣歸期晚，碧草江南正亂鶯。」〈懷故里偶成〉：「吟塘碧草他年廢，霧驛哀猿此夜驚。」其「碧草」蓋與謝靈運〈登池上樓〉：「池塘生春草，園柳變鳴禽」、丘遲〈與陳伯之書〉：「暮春三月，江南草長，雜花生樹，群鶯亂飛。」有關。宋祁三詩皆為贈別之作，一為心懷故里之篇，江淹〈貽袁常侍〉：「幽冀生碧草，沅湘含翠煙。」與王維〈山中送別〉：「春草明年綠，王孫歸不歸。」將碧草生綠與贈人連結，宋祁所賦或與此傳統有關，唯就其三例觀之，「碧草」與「生」之關係似較密切，此處或從「碧草生」為宜。

〈同年梅鼎臣赴鳳翔幕兼省觀〉，頁 2459

春罍促浮萍葉紫，夜章催刻「密」枝紅。文津閣：春罍促浮萍葉紫，夜章催刻「蜜」枝紅。

案：罍，古代酒器，圓口平底，三足，有鍪，《詩經·行葦》：「洗爵奠斝。」。「密」、「蜜」同屬入聲質韻，無法自音韻判別，梅堯臣〈宋次道家摘寶相花歸清平里〉：「密枝陰蔓不爭開，薄紅細葉尖相鬥。」與此聯所述枝葉狀貌似相類近，古來詩文亦多謂「密枝」，唯此句與「春罍促浮萍葉紫」相對，從「蜜」對仗較工穩，《齊民要術》載「《廣志》曰：木蜜樹號千歲，根甚大，伐之，四五歲乃斷，取不腐者為香，生南方枳木，蜜枝可食。」未知是否即此之「蜜枝」，姑備異文。

〈梁子材宰華州鄭縣〉，頁 2459

梁子「材」宰「葉」州鄭縣。文淵閣：梁子「林」宰「葉」州鄭縣。文津閣：梁子「材」宰「華」州鄭縣。

案：各電子資料庫皆未查得「梁子林」，而「梁子材」者，顧璘嘗有〈送梁子材入京〉一詩，惟顧璘身處明代，是知此一「梁子材」絕非此詩所指之人，未知孰是。而由《太平寰宇記·關西道五·華州》：「華州華陰郡，今理鄭縣，禹貢雍州之域。」足知鄭縣位於華州，當從「華」字為是，「葉」疑形近而誤。
貪榮壽母「咳」蘭養，不過忠臣坂道危。文淵閣、文津閣：貪榮壽母「陔」蘭養，不過忠臣坂道危。

案：咳，傷悲之歎。陔，田埂。束皙〈補亡詩六首〉其一：「循彼南陔，言采其蘭。」前有小序：「南陔，孝子相戒以養也。」李善注：「采蘭以自芬香也。循陔以采香草者，將以供養其父母。」此詩當化用其事以言孝親，宋祁〈送連氏昆仲還省侍〉：「糗甘調滑思歸養，溢握陔蘭照露鮮」亦用「陔蘭」，元稹〈祭禮部庾侍郎太夫人文〉：「陔蘭始茂，隙駒俄奔。」楊億〈孫及歸吳興〉：「陔蘭行可採，月桂自應芳。」宋庠〈送巢縣梅主簿〉：「堂桂叨聯籍，陔蘭慶奉羞。」皆是。宋祁〈送屯田張中行罷成德軍通判還朝〉：「彌年錦帳殘香燎，幾夕蘭陔擷露痕。」與〈送冀州李團練〉：「忠孝相移難兩遂，沁園歸戀徧蘭陔。」則係作「蘭陔」，故知從「陔」字為是，「咳」疑形近而誤。

〈北樓〉，頁 2459

文津閣多出以下部分：「少城西北之高樓，此地蒼茫天意秋。驚風白日忽已晚，落日長年相與愁。極塞雲霧自慘澹，趨林鳥雀時啁啾。纓上朔塵久不洗，安得手弄滄江流。」

　　案：文津閣多出部分與原詩之押韻情況有別，應視為二首不同詩作。文津閣「少城西北之高樓」一詩未見於《全宋詩》與文淵閣本，然《成都文類》、《蜀中廣記》、《全蜀藝文志》、《宋元詩會》、《宋百家詩存》諸書皆已錄抄，文字相同，僅《宋元詩會》詩題為「題北樓」，與諸本有別，未知文津閣之補遺依據為何。

〈送江西轉運李定度支〉，頁 2459-2460

漕米爭銜千鶂「舶」，即山催鑄萬蚨緡。文津閣：漕米爭銜千鶂「舳」，即山催鑄萬蚨緡。

　　案：舶，航海大船。舳，船尾或船頭，得借代為船。蚨緡，猶錢貫。二字同屬仄聲，無法自音律判斷，且皆具舟船之意，似均得解釋之，然搜檢各電子資料庫，除此詩外，未見有作「鶂舶」者，悉從「鶂舳」，楊炯〈唐上騎都尉高君神道碑〉：「蒼鷹鶂舳，紫貝龍堂。」李德裕〈畏途賦并序〉：「代有覆舟之子，皆由任其智力，比鶂舳為輕禽，以席帆為快翼。」皆足以證之，故恐從「舳」字為宜。

《全宋詩》卷 214·宋祁一一

〈春霽〉，頁 2461

寒消艷雪沈樓唱，暖入重簾「御袷」衣。佚存本（珍）、文津閣：寒消艷雪沈樓唱，暖入重簾「減妓」衣。

案：沈樓，原名玄暢樓，又名八詠樓，後避清康熙玄燁諱復改為元暢樓，位居婺江北岸，南朝齊隆昌元年沈約為東陽太守時所建，崔融、崔顥、嚴維、李清照等皆曾登樓攬勝，賦留名篇，如許渾〈送客歸蘭溪〉：「眾水喧嚴瀨，群峰抱沈樓。」重簾，一層層簾幕，溫庭筠〈菩薩蠻〉：「夜來皓月纔當午，重簾悄悄無人語。」袷，音ㄐㄧㄚˊ，入聲洽韻，謂衣無絮者。袷衣，夾衣，夾裡之雙層衣服。妓衣，《梁書・夏侯亶傳》：「（亶）晚年頗好音樂，有妓妾十數人，並無被服姿容。每有客，常隔簾奏之，時謂簾為夏侯妓衣也。」後因以「妓衣」稱遮隔女樂之簾幕。陸龜蒙〈簾〉：「逆風障燕尋常事，不學人前當妓衣。」此詩為仄起首句入韻格，此句作「仄仄平平仄仄平」，二者皆合。而所謂「御袷衣」，意指穿戴夾衣，潘岳〈秋興賦〉：「藉莞蒻，御袷衣」，袷衣無絮而適合於微涼或新寒之春秋時節穿著，得稍擋涼意，試觀李商隱〈春雨〉：「悵臥新春白袷衣，白門寥落意多違。」與梅堯臣〈依韻和歐陽永叔中秋邀許發運〉：「看取主人無俗調，風前喜御夾衣涼。」皆如此。就「一雨初晴小霧披」、「寒消艷雪」、「暖入重簾」、「梅梢殘白悵微微」諸語觀之，得見霜雪融化且暖意初現，是知春日將屆，然枝頭猶存殘雪，乃春日回暖而寒意尚存之季候，故可卸除禦寒之厚重衣物，僅披戴輕薄衣物即可。所謂「減妓衣」，得與「沈樓唱」之音樂性質相對應，與上句關係較緊密，且細玩「暖入重簾」意味，恐作「減妓衣」較合邏輯。

烟皋笑電無窮樂，行「御鯨」牙逐錦韉。佚存本（珍）：烟皋笑電無窮樂，行「作擎」牙逐錦韉。文津閣：煙皋笑電無窮樂，行「御擎」牙逐錦韉。

案：笑電，閃電，或閃電不雨，典見前論〈和朱少府苦雨〉資料，楊億〈無題〉其一：「纔斷歌雲成夢雨，陡回笑電作嗔霆。」此語蓋化用潘岳〈射雉賦〉故事：「涉青林以游覽兮，樂羽族之翬飛。聿采毛之英麗兮，有五色之名翬……越壑凌岑，飛鳴薄廩。鯨牙低鏃，心平望審。」其下注云：「鯨當作擎，舉也。舉弩牙低矢鏑以射之。」由是觀之，原典從「鯨」而注者以為「擎」，恐當從原典之「鯨」較適切，唯此處「鯨牙」應同「笑電」般為名詞組，查宋詩言及「鯨牙」似皆作名詞用，如歐陽脩〈劍聯句〉：「又若引吳刀，犀象謂無隔。截波虯尾滑，脫浪鯨牙直。」王令〈呂氏假山〉：「鯨牙鯤鬣相摩捽，巨靈戲撮天凹突」，若此，考其詩意，此

處宜從「御鯨」。

〈寄鄂渚胡從事〉，頁2461

膝下「班」裳捧檄榮。文淵閣：膝下「班」裳捧檄榮。

　　案：膝下，此指父母身邊，《新唐書·高宗紀》：「太宗嘗命皇太子游歡習射，太子辭以非所好，願得奉至尊，居膝下。」班，可通「斑」而解作雜色斑點、花紋。捧檄，化用毛義故事，《後漢書·劉趙淳于江劉周趙列傳序》載：「廬江毛義少節，家貧，以孝行稱。南陽人張奉慕其名，往候之。坐定而府檄適至，以義守令，義奉檄而入，喜動顏色。奉者，志尚士也，心賤之，自恨來，固辭而去。及義母死，去官行服。數辟公府，為縣令，進退必以禮。後舉賢良，公車徵，遂不至。張奉歎曰：『賢者固不可測。往日之喜，乃為親屈也。斯蓋所謂「家貧親老，不擇官而仕」者也。』」後以「捧檄」為為母出仕之意，駱賓王〈渡瓜步江〉：「捧檄辭幽徑，鳴桹下貴洲。」此謂「榮」，乃言獲官之喜，即奉親之意。宋祁〈僕射孫宣公墓誌銘〉：「尚書年過九十，公亦耆，指使尚就子舍曳班裳，言不稱老養者以為榮。」亦作「班裳」，疑即朝服之意，劉禹錫〈送韋道冲秀才赴制舉〉：「一旦西上書，班裳拂行鞍。」（此亦有作「斑裳」者。）與邊貢〈送沈仁甫歸省二章〉其二：「品服燿有輝，班裳以裼之。」亦如是。然此句疑與「綵衣娛親」有關，司馬光《家範》曰：「老萊子孝奉二親，行年七十，作嬰兒戲，身服五采斑斕之衣，嘗取水上堂，詐跌，仆臥地，為小兒啼，弄雛於親側，欲親之喜。」劉基〈怡怡山堂記〉：「二老乃泛輕舟、乘板輿，從以諸孫斑裳綵衣，徜徉乎其中，不知其忘昏晨而樂以終永年也。」由是觀之，當從「斑」字，「班」易生歧義，未臻穩妥。

〈送保定張員外〉，頁2462

傾座仙風冠「穎」奇，枳鸞移調位猶卑。文津閣：傾座仙風冠「服」奇，枳鸞移調位猶卑。

　　案：枳鸞，蓋具賢才不遇之思，《後漢書·仇覽傳》：「枳棘非鸞鳳所棲。」此詩為仄起首句入韻格，此句當作「仄仄平平仄仄平」，遂知冠字當作動詞，解為戴帽子或超越之意，「冠穎奇」與「傾座」有關。「穎」疑指穎水、穎川之地，「保定」位於秦鳳路，保定軍位於河北東路，而穎州、穎昌府、穎上、穎陽、臨穎、穎橋鎮諸地皆位於京西北路，與「保定」似無關聯，疑為「穎」之形訛，作聰明之意

解。此聯乃為張員外才調出眾卻懷才不遇，深致歎惋，從「穎」文意難明，若作「服」，則為稱揚對方衣帽奇妙之語，或恐是也。

蘭薰夕膳三「林」案，草妬春袍一綵絲。佚存本（珍）、文淵閣、文津閣：蘭薰夕膳三「杯」案，草妬春袍一綵絲。

案：蘭薰，蘭之馨香，喻人德行之美，顏延之〈祭屈原文〉：「蘭薰而摧，玉縝則折。」夕膳，束皙〈補亡詩〉：「馨爾夕膳。」具侍奉孝養雙親之意，與宋祁自注：「君榮侍二親而行」相應。三杯案，《藝文類聚·雜器物部·杯》：「朱博為御史大夫，為人廉儉，食不重味，案上不過三杯。夜寢早起，妻子希見其面。」蓋以形容人之廉儉。春袍，春衣，李商隱〈春遊〉：「庾郎年最少，青草妬春袍。」綵，彩色絲織品，《晏子春秋·諫上十四》：「身服不雜綵，首服不鏤刻。」林、杯同屬平聲，然自上述典故文義觀之，此句乃褒獎對方為德行良善之人，是知當從「杯」字，「林」疑形近而誤。

君榮「侍」二親而行。文淵閣：君榮「傳」二親而行。

案：侍，伺候。傳，下令叫喚。據文義當從「侍」為是，「傳」疑形近而誤。

報成結「課」行堪待，慰薦連章達帝帷。佚存本（珍）：報成結「果」行堪待，慰薦連章達帝帷。

案：結課，評判等次，孔稚珪〈北山移文〉：「琴歌既斷，酒賦無續，常綢繆於結課，每紛綸於折獄。」李善注：「課，第也。」呂延濟注：「結課，考第也。」結果，佛教中比喻人之歸宿，《壇經·付囑品》：「吾本來茲土，傳法救迷情。一花開五葉，結果自然成。」王明清《玉照新志》：「伏願來吉祥於天下，脫禁錮於人間。既往修來，收因結果。」亦指人事最後結局。慰薦，猶推薦，劉禹錫〈故荊南節度推官董府君墓志〉：「弱歲嗜屬詩，工弈棋，用是索合於貴游，多所慰薦。」連章，接連上章，何遜、劉孺〈賦詠聯句〉：「連章既不敏，高談豈能劇。」或指連名上章。就此句之「行堪待」與下句「慰薦連章達帝帷」觀之，此語恐與考核有關，且宋祁〈臥廬悲秋賦〉：「結課歲殿，勞形日悴。」〈呂公綽可刑部員外郎制〉：「夫結課之條，須最而陟，既挺明效，盍無遴選。」〈叔父府君行狀〉：「代還以結課尤異，遷耀州觀察推官。」悉從「結課」一詞，「結果」則未見之，故或從「課」為宜，「果」疑形近而誤。

〈蘭軒初成，公退獨坐，因念若得一怪石立於梅竹間，以臨蘭上，隔軒望之，當差勝也。然未嘗以語人，沈吟之際。適髯生歷階而上，抱一石至，規製雖不大，而巉巖可喜。欲得一書籍易之，時予几上適有二書，乃插架之，重者即遣持去，尋命小童置石軒南，花木之精彩頓增數倍，因作長句，書以遺髯生，聊志一時之偶然也〉，頁2462

以「臨」蘭上。隔軒望之，當差勝也。文淵閣：以「鄰」蘭上。隔軒望之，當差勝也。

案：臨，居高面低、面對。鄰，接近、連接。據詩意，當從「臨」為宜。

然未嘗「以」語人。文津閣：然未嘗「一」語人。

案：所謂「未嘗『以』語人」說明未嘗將上述情事道予他人知曉，若作「一」字，蓋云未嘗一次語人，文句不暢，宜從「以」為是。

〈答屯田齊員外見贈〉，頁2463

決科「漫」欲當三道，作頌何曾敵二豪。文津閣：決科「謾」欲當三道，作頌何曾敵二豪。

案：決科，謂參加射策，決定科第，後指參加科舉考試。漫，雜亂、隨意、姑且。謾，可通「漫」而具聊且、隨意或徒然之意。三道，《漢書·晁錯傳》：「選賢良明於國家之大體，通於人事之終始及能直諫者，各有人數，將以匡朕之不逮，二三大夫之行，當此三道。」顏師古注引張晏曰：「三道：國體、人事、直言也。」或指三道試題，《新唐書·選舉志上》：「答時務策三道。」此句為自謙之詞，「漫」、「謾」於此殆同義，皆得解釋之。

〈寄贈高知縣〉，頁2463

綠髮如雲艾「綬」青，絃歌百里久沈英。文淵閣：綠髮如雲艾「受」青，絃歌百里久沈英。

案：綠髮，烏黑而有光澤之頭髮，李白〈游泰山〉其三：「偶然值青童，綠髮雙雲鬟。」或借指年輕人，許渾〈送人之任邛州〉：「綠髮臨州丹府歸，還家樂事我先知。」艾綬，繫印紐之綠色絲帶，漢官秩二千石以上者用之，《後漢書·馮魴傳》：「帝嘗幸其府，留飲十許日，賜駁犀具劍、佩刀、紫艾綬、玉玦各一。」 李

賢注:「艾即鬒,綠色,其色似艾。」故此句言「青」。受,蒙受,又通「授」解作交與,二字同屬匚聲,無法自音韻判斷。據詩意,此處當作艾綬解,「受」字疑音近而誤。

〈送梅學密赴并州〉,頁2463-2464

連「天」橐筆侍天臺,始見東方畫隼開。佚存本(珍):連「年」橐筆侍天臺,始見東方畫隼開。

　　案:連天,連日,杜甫〈三川觀水漲二十韻〉:「北上惟土山,連天走窮谷。」連年,接連幾年,〈病婦行〉:「婦病連年累歲,傳呼丈人前一言。」橐筆,古代書史小吏,手持橐囊,簪筆於頭,侍立於帝王大臣左右,以備隨時記事,稱為「持橐簪筆」,簡稱「橐筆」,語本《漢書·趙充國傳》:「卬家將軍以為安世本持橐簪筆事孝武帝數十年。」天臺,《資治通鑑·唐高祖武德二年》:「臣何敢久污天臺、辱東朝乎?」胡三省注:「天臺,謂尚書省。」《北宋經撫年表》載:「明道元年,樞密直學士梅詢知并州。」歐陽脩〈翰林侍讀學士給事中梅公墓誌銘〉:「咸平三年,與考進士於崇政殿,廬中一見以為奇材,召試中書,直集賢院……凡數十事,其言甚壯,天子益器其材,數欲以知制誥。宰相有言不可者,乃已……(天聖)六年復直集賢院,又遷工部郎中,改直昭文館,知荊南府,召為龍圖閣待制。糾察在京刑獄,判流內銓,改龍圖閣直學士,知并州。」龍圖閣,宋代閣名,奉藏太宗御書、御製文集、典籍、圖畫、寶瑞之物,及宗正寺所進屬籍、世譜。待制,職官名,為侍從顧問之職,亦主典守文物。直學士,職官名,凡官資較淺者,初入直館閣,為直學士,班在學士下,待制上。隼,又名鶻,飛速善襲,獵者多飼之,使助捕鳥兔。畫隼,疑指「隼斾」,亦名「隼旗」、「隼旟」,乃畫有隼鳥之旗幟,詩文中常用為州郡長官之標志,岑參〈送羽林長孫將軍赴歙州〉:「隼旗新刺史,虎劍舊將軍。」此聯起筆便緊扣梅詢前任龍圖閣待制,此番轉知并州情事而發,觀前引諸俱料,知宜從「年」。

〈喜屯田凌員外至〉,頁2464

昔歲裁詩送為郡,今年「把」袂喜還臺。文津閣:昔歲裁詩送為郡,今年「挹」袂喜還臺。

　　案:把袂,拉住衣袖,表示親昵,何遜〈贈江長史別〉:「餞道出郊坰,把袂

臨洲渚。」駱賓王〈與程將軍書〉：「嗟乎！流水不窮，浮雲自遠。霑襟此別，把袂何時。恃以平生之私忘其貴賤之禮。」張說〈會諸友詩序〉：「窮猿之意，不擇儒林，喜且把袂舊筵，解帶餘日，臥玩文墨，笑談平生。」張九齡〈送楊道士往天台〉：「當須一把袂，城郭共依然。」等悉從「把袂」。挹，引，郭璞〈游仙詩〉其二：「左挹浮丘袖，右拍洪崖肩。」劉筠〈致齋太一宮〉：「挹袂寧無友，凌霄自放情。」黃庭堅〈用前韻謝子舟為予作風雨竹〉：「挹袂拍其肩，餘力左右逮。」程文海〈三十六代天師挽詞二首〉其二：「拍肩挹袂噫難再，遠托長風送一哀。」則作「挹袂」，數量遠不及「把袂」，且幾皆與郭璞之「游仙」有關。宋祁作品「把袂」二見，另例為〈史逸人〉：「霄外高情思把袂，西疇何日一巾車。」，「挹袂」除此處文津閣本外未見他例，細玩詩意，亦以「把袂」較切合舊友來訪之欣喜親昵情態，故宜從「把」，「挹」疑形近而誤。

〈寄連元禮屯田員外〉，頁2464

人驚李郭同舟日，句索「羊」何共和時。文淵閣：人驚李郭同舟日，句索「揚」何共和時。

　　案：李郭同舟，乃指李膺與郭太，《後漢書・郭太傳》：「郭太字林宗，太原界休人也。家世貧賤……乃遊於洛陽。始見河南尹李膺，膺大奇之，遂相友善，於是名震京師。後歸鄉里，衣冠諸儒送至河上，車數千輛。林宗唯與李膺同舟而濟，眾賓望之，以為神仙焉。」羊何共和，語出謝靈運〈登臨海嶠初發強中作與從弟惠連見羊何共和之〉此一詩題，其下見有一注：「沈約《宋書》曰：『靈運既東還，與族弟惠連、東海何長瑜、潁川荀雍、太山羊璿之，文章常會，共為山澤之遊，時人謂之四友。』」是知此乃詩文唱和往來之雅事，而所謂「羊何」者，即羊璿之與何長瑜，故知當從「羊」，「揚」疑音近而誤。

他年會面須驚「悵」，瘦盡崑山玉樹枝。文淵閣：他年會面須驚「恨」，瘦盡崑山玉樹枝。

　　案：悵，失意、悵惘。恨，遺憾。瘦盡崑山玉樹枝，疑化用李商隱〈韓同年新居餞韓西迎家室戲贈〉故事：「南朝禁臠無人近，瘦盡瓊枝詠四愁。」「悵」、「恨」同屬仄聲，然宋祁〈送同年孫錫勾簿巢縣〉：「驚秋感別俱成恨，瘦盡森森瓊樹枝。」與此聯類似，情感皆既驚且恨，故恐從「恨」字為宜，「悵」疑形近而誤。

〈冬夕酌酒〉，頁 2465

艾夜更壺幾沸殘，尙持杯酒「禦輕寒」。佚存本（宮）（珍）：尙持杯酒「爲餘寒」。
文津閣：艾夜更壺幾沸殘，尙持杯酒「爲餘嘆」。

案：此詩爲仄起首句入韻格，此句當作「平平仄仄仄平平」，「嘆」、「寒」
均屬平聲，未定孰是，三詞中，王安中〈二月四日見小桃〉：「莫爲餘寒嗟晚見，
錦帷輕拜衛夫人。」見「爲餘寒」；古籍罕見「爲餘嘆」，「禦輕寒」則見徐世昌
《晚清簃詩匯》收錄達宣〈癸卯冬日蔣生沐招同沈燭門潘荼卿兩廣文費曉樓趙次閑
兩處士雅集湖舫次元韻〉：「座逢知己皆名士，酒禦輕寒襲散裘。」據詩意，恐宜
作「禦輕寒」。

〈答郭仲微以予記注見慶之作〉，頁 2465

答郭仲微以予記注見慶之「作」。文津閣：答郭仲微以予記注見慶之「句」。

案：據宋祁〈和待制龐學士寄獻宮師相公之作〉、〈次韻和李長學士正月二十
八日出郊見寄之作〉、〈答梵才見賀忝承旨之作〉諸詩，皆酬答之作而多見有「之
作」者，而〈天台梵才師長吉在都數以詩筆見授因答以轉句〉、〈答天台梵才吉公
寄茶幷長句〉、〈答朱彭州惠茶長句〉悉見「句」，詩題中則未見有作「之句」者，
或當從「之作」。

〈送袁進士赴舉〉，頁 2465

秋郊帳飲「曙」烟銷，素籥涼颸滿沆瀁。文淵閣：秋郊帳飲「署」烟銷，素籥涼颸
滿沆瀁。

案：曙，破曉時分。署，官署、部署、簽署。沆瀁，《楚辭・九辯》：「沆瀁
兮天高而氣清。」王逸注：「沆瀁，曠蕩空虛也。或曰沆瀁猶蕭條。蕭條，無雲貌。」
此詩乃送人赴舉之作，「秋郊帳飲」點明餞行之處，知與「署」不相符契。又，出
行多於破曉之際，試觀宋祁〈答轉運王工部到壽陽卻乘流東下以詩見寄〉：「難把
故人杯，曙蓋星銜柳。」與〈送殿院張奎漕京東〉：「霜栢輕寒驚曙烏。」皆送人
出行而與「曙」相關，據此，宜從「曙」，「署」疑形近而誤。

〈守塞三年上北京留守賈相公〉其一，頁 2466

九「宵」冬日人蒙惠，萬耒春霖俗勸耕。文津閣：九「霄」冬日人蒙惠，萬耒春霖俗勸耕。

案：宵，《詩·豳風·七月》：「晝爾于茅，宵爾索綯。」《毛傳》：「宵，夜。」潘岳〈西征賦〉：「夕獲歸於都外，宵未中而難作。」少數作「九霄」之意解，如文彥博〈知副樞蔡諫議孟夏旦日右府書事〉即有「雅詠和聲徹九宵」一句，邵博《聞見後錄》亦得見：「河漢女，玉鍊顏，雲軿往往到人間。九霄有路去無迹，裊裊天風吹佩環。」九霄，高空，李白〈秋夜宿龍門香山寺奉寄王方城十七丈奉國營上人從弟岻成令問〉：「望極九霄迥，賞幽萬壑通。」李嶠〈對雪〉：「瑞雪驚千里，從風降九霄。」冬日，冬季、冬陽，此疑指冬至，因「冬至陽來復，草木漸滋萌」（趙孟頫〈題耕織圖二十四首奉懿旨撰〉），故此詩書寫百姓承蒙天恩，於連綿春雨中萬耒田畝正備耕作圖象，生意盎然。若從「九霄」則其高閣遼闊氣象躍然紙上，「九霄」文義不合，雖「九宵」偶可作「九霄」，然宋祁無此慣習，從「宵」為宜。

〈暮春〉，頁 2467

「拂」世只愁衣帶緩，當筵但訴玉杯遲。文津閣：「撫」世只愁衣帶緩，當筵但訴玉杯遲。

案：拂，入聲物韻，吹拂。拂世，違逆世情，《管子·法禁》：「拂世以為行，非上以為名，常反上之法制，以成群於國者，聖王之禁也。」《史記·李斯列傳》：「凡賢主者，必將能拂世磨俗，而廢其所惡，立其所欲。」司馬貞《索隱》：「拂世，蓋言與代情乖戾。」《漢書·王莽傳上》：「克心履禮，拂世矯俗，確然特立。」或謂蓋世，如蘇舜欽〈上孫沖諫議書〉：「竊維閣下宇量拂世，業問追古，放言遣懷，剖昏出明。」宋祁〈肅簡魯公挽詞四首〉其一：「拂世謨謀盛，端朝載采熙。」「拂世」均為此意。撫，上聲麌韻，安撫、治理。撫世，治理天下。《莊子·天道》：「以此退居而閒遊，江海山林之士服；以此進為而撫世，則功大名顯而天下一也。」玉杯，玉製之杯或杯之美稱，杜甫〈章梓州桔亭餞成都竇少尹〉：「秋日野亭千橘香，玉盃錦席高雲涼。」此詩感於暮春而有「蕙殘」、「梅落」諸語，頗見傷逝之思，復自「玉杯遲」觀之，詩人「愁衣帶緩」當源於拂逆世情之故，是知宜從「拂」，「撫」疑音近而誤。

〈官廪月錢不足經費〉，頁 2467

病杯殘「蟻」分蛇影，夢管流塵晦鼠鬚。文淵閣：病杯殘「嶬」分蛇影，夢管流塵晦鼠鬚。文津閣：病杯殘「螘」分蛇影，夢管流塵晦鼠鬚。

　　案：螘，乃「蟻」之異體字，酒面泡沫，亦借指酒，語出張衡〈南都賦〉：「醪敷徑寸，浮蟻若萍。」司馬光〈送稻醴與子才〉：「螘浮杯面白，味撇甕頭醇。」嶬，山貌。分蛇影，微引應劭《風俗通義校注·怪神·世間多有見怪驚怖以自傷者》故事：「予之祖父郴，為汲令，以夏至日詣見主簿杜宣，賜酒，時北壁上有懸赤弩，照於杯，形如蛇，宣畏惡之，然不敢不飲，其日，便得胸腹痛切，妨損飲食，大用羸露，攻治萬端，不為愈。後郴因事過至宣家，闚視，問其變故，云：『畏此蛇，蛇入腹中。』郴還聽事，思惟良久，顧見懸弩，必是也。則使門下史將鈴下侍徐扶輦載宣，於故處設酒，盃中故復有蛇，因謂宣：『此壁上弩影耳，非有他怪。』宣遂解，甚夷懌，由是瘳平，官至尚書，歷四郡，有威名焉。」就詩意觀之，此字與山貌無涉，乃謂酒沫而當從「蟻」無疑。

〈答通判張太傅賀雪應期〉，頁 2468

府中上客真才子，首為「常」民續楚謠。文津閣：府中上客真才子，首為「州」民續楚謠。

　　案：常，平聲陽韻；州，平聲尤韻，二者無由自格律判斷。常民，普通百姓，《戰國策·趙策二》：「常民溺於習俗，學者沉於所聞。」足見此詞古已有之。通判，官名，即通判某州軍州事，宋初始設置於諸州府，地位略次於州府長官，可共同處理政務，《宋史·劉隨傳》：「晁迥薦通判益州。」據詩題「通判」與此聯「府中」判讀，「州民」較「常民」貼切，且宋祁僅於此詩得見「常民」一語，餘皆作「州民」，試觀其〈去郡作〉：「州民擁前道，重為使君別。」〈光祿葉大卿哀詞〉：「里友歌迎綍，州民酹續漿。」〈寄題相臺太尉韓公晝錦堂〉：「瑞節前驅畫錦身，堂成署榜示州民。」與〈哭中山公三十韻〉：「墜淚四州民。」皆如此，故或從「州」為宜。

〈對雪二首〉其二，頁 2469

「縈」叢著樹半「瀟瀟」，皓氣妍華混沉寥。佚存本（珍）、文淵閣：「榮」叢著樹半「蕭蕭」，皓氣妍華混沉寥。

案：縈，回旋纏繞，江淹〈恨賦〉：「蔓草縈骨，拱木歛魂。」榮，繁茂，《素問·四氣調神大論》：「春三月，此為發陳，天地俱生，萬物以榮。」此語當與「著樹」相應，謂「蕭蕭」之狀態沾染於叢、樹之間，唯「縈」得與之相應。瀟瀟，淒清貌、冷寂貌；蕭蕭，淒清、寒冷、寂靜。沈寥，此指晴朗天空，江淹〈學梁王兔園賦〉：「仰望沈寥兮數千尺。」二者皆與「沈寥」之狀相應。唯宋祁作品除此詩外，未見「瀟瀟」一詞，皆作「蕭蕭」者，其〈澠池道中〉：「月樞殘白伴征輪，雪嶺蕭蕭久墊巾。」與〈新筍成竹〉：「冉冉生能直，蕭蕭意自寒。」皆如此，或從「蕭蕭」為是。

為倚風流偏解舞，故藏朝睍未成「消」。佚存本（珍）：為倚風流偏解舞，故藏朝睍未成「銷」。

案：睍，日光。消，消除、消失，可通「銷」作鎔化意解；銷，耗費、衰敗。二者似皆得解釋之，然此句乃化用《前漢書·楚元王傳》故事：「詩又云：『雨雪麃麃，見睍曰消。』」師古曰：「此《小雅·角弓》篇刺幽王好讒佞之詩也……言雨雪之盛麃麃然，至於無雲，日氣始出而雨雪皆消釋矣。」是知當從「消」字為宜。且古籍中「睍」與「消」常連用，如：華鎮〈感春賦〉：「積腐草之微曜，映睍消之殘白。」吳泳〈祈晴祝文〉：「仰祈玉清天宇之晴，伏願睍消陰霾綺散。」，「睍」、「銷」並現則罕見，戴栩〈賀丞相冬啟〉：「羣陰見睍以默銷，萬物回春而自遂。」是為一例，恐從「消」字為宜。

〈和晏相公乘輿宿殿致齋日巡仗遇雪〉，頁2469

誰識憲驪巡「趠」盛。佚存本（宮）、文津閣：誰識憲驪巡「逴」盛。

案：趠，遠走、跳躍、急行。逴，超越、遠行、驚動、跳躍。巡逴，同於「巡綽」，巡察警戒，歐陽脩〈論麟州事宜札子〉：「逐案不過三五十騎巡綽伏路，其餘坐無所為。」洪邁《夷堅己志·長垣婦人》：「宣和中，開封長垣縣兩弓手適村野巡逴，遇婦人攜一豬蹄獨行，為三狼所逐，叫呼求救。」「巡趠」於古籍中極為罕見，似僅李綱〈與宰相論捍賊劄子〉：「又募海上土豪，自備舟船，巡趠捍禦。」一用，而「巡逴」則頗為尋常，李燾《續資治通鑑長編·仁宗》：「逐寨不過二十五騎，巡逴伏路。」李心傳《建炎以來繫年要錄》：「統制官張順通以百騎巡逴。」及梅應發、劉錫同《四明續志·省劄》：「新創諸屯水軍及出海巡逴探望、把港軍士生券、本府六局衙番鹽菜錢。」等皆如此，故或從「逴」字為宜。

〈寄獻許昌晏相公〉，頁 2469

右輔風烟接上都，功成番愛駐「州」旂。文淵閣：右輔風烟接上都，功成番愛駐「舟」旂。

案：右輔，漢三輔之一，右扶風之別稱，位於京兆之西，故稱，韓愈〈石鼓歌〉：「故人從軍在右輔，為我量度掘臼科。」或泛指京西之地，李商隱〈行次西郊作一百韻〉：「右輔田疇薄，斯民常苦貧。」風烟，即風煙，景象、風光，駱賓王〈在江南贈宋五之問〉：「風煙標迥秀，英靈信多美。」上都，古代對京都之通稱，班固〈西都賦〉：「寔用西遷，作我上都。」旂，古代九旗之一，上畫鳥隼圖案，進軍時所用，可泛指旗幟。州旂，宋祁〈將到都先獻樞密太尉相公〉：「再試州旂驗不才。」〈宮保龐丞相以詩見寄次韻和答〉：「本乏微功輔斗樞，避賢仍忝領州旂。」及〈答彭州職方朱員外公綽〉：「四忝方州換隼旂，九番官樹老儲胥。」屢見「州旂」或相關之敘述，藉以代稱任地方官之意。「舟旂」蓋謂舟中所插之旗幟，然遍查各電子文獻資料庫皆未見此詞，或從「州」為是，「舟」疑音近而誤。

合宴金「匏」催大白，當年賓從照紅蕖。文淵閣：合宴金「袍」催大白，當年賓從照紅蕖。

案：合宴，會飲，何遜〈七召·聲色〉：「開洞房以命賞，召才人而合宴。」或謂酺宴，張說〈東都酺宴〉：「合宴千官入，分曹百戲呈。」匏，平聲肴韻，葫蘆之屬，剖開得作為水瓢，或謂葫蘆製作之容器，又為笙、竽一類樂器。金匏，古代樂器統稱八音，即金、石、土、革、絲、木、匏、竹八類，鐘、鈴等屬金類，笙、竽等屬匏類，因以「金匏」泛指樂器，梁簡文帝〈南郊頌序〉：「金匏既動，望蜿蟬之遊龍。」袍，平聲豪韻，長外衣、衣服前襟，金袍，蓋指華麗之袍子。大白，大酒杯，司馬光〈昔別贈宋復古張景淳〉：「須窮今日懽，快意浮大白。」賓從，賓客與隨從，張華〈輕薄篇〉：「賓從煥絡繹，侍御何芬葩。」紅蕖，喻指女子紅鞋，杜甫〈千秋節有感〉其二：「羅襪紅蕖艷，金羈白雪毛。」仇兆鰲注引黃生曰：「紅蕖，指宮鞋。」宋祁〈皇太后躬謁清廟賦〉：「事因列聖以居歆，薰然至和，入金匏而成象，錫之多福，塞穹壤以無垠。」即見「金匏」一詞，而未見「金袍」。此聯書寫宴會之盛況，以「金匏」「催大白」適顯以樂佐酒情形，「金袍」而催則不合情理，且此語與「賓從」相對，依其組構方式，亦宜從「匏」字，「袍」疑音近而誤。

〈絕葷〉，頁 2470

爐銷午篆天花泊，几隱宵「燈」偈葉留。文淵閣：爐銷午篆天花泊，几隱宵「登」偈葉留。

　　案：天花，亦作「天華」，佛教語，天界仙花，《維摩經·觀眾生品》：「時維摩詰室有一天女……見諸大人聞所說法，便現其身，即以天華散諸菩薩大弟子上。」偈葉，釋家雋永之詩作或佛經。宵燈，蓋謂夜燈，賈島〈贈弘泉上人〉：「西殿宵燈磬，東林曙雨風。」白居易〈東樓曉〉：「宵燈尚留焰，晨禽初展翮。」宋庠〈至日圜丘攝事禮畢歸馬上口占〉：「祠館宵燈罷，歸驂曉轡輕。」宵登，蓋具夜間登上或夜間往赴之意，劉駿〈濟曲阿後湖〉：「宵登毗陵路，旦過雲陽郭。」陶宗儀《說郛·抒掌錄·戲仆》：「唐道士程子宵登華山上方。」二字同為平聲，然此語與「午篆」相對，「篆」意指盤曲繚繞之香煙，宵字乃就時間而論，唯「燈」得與「宵」、「偈葉留」相應，故宜從「燈」，「登」疑音近而誤。

〈寄題眉州孫氏書樓〉，頁 2470

魯簡多年屋壁藏，始營翬棘瞰堂「皇」。佚存本（珍）：魯簡多年屋壁藏，始營翬棘瞰堂「黃」。

　　案：魯簡多年屋壁藏，乃微引《漢書·楚元王傳》故事：「及魯恭王壞孔子宅欲以為宮，而得古文於壞壁之中。」始營翬棘瞰堂皇，化用《詩經·小雅·斯干》之宣王宮室故事：「似續妣祖，築室百堵，西南其戶。爰居爰處，爰笑爰語。……如跂斯翼，如矢斯棘，如鳥斯革。如翬斯飛，君子攸躋。」藉以形容書樓之美盛。堂皇，官吏辦事大堂，或指氣勢宏偉貌。宋祁〈白蓮堂〉之「堂皇敞而華」與〈閔古堂〉之「堂皇對岑蔚」皆如此，未見有作「堂黃」者，且「堂黃」其義不明，古籍亦未見有作獨立詞語使用者，是知宜從「皇」字，「黃」疑音近而誤。

「庭」樹交陰雋味長。佚存本（珍）：「談」樹交陰雋味長。

　　案：庭樹，庭中之樹。談樹，樹下議論交談，沈佺期〈自考功員外授給事中〉：「贈蘭聞宿昔，談樹隱芳菲。」雋味，深長意味，陳田《明詩紀事丁籤·王韋》：「故其詩婉麗多致，雋味難窮。」宋祁〈學舍直歸晚霽三首〉其二：「潘郎最多感，庭樹莫先秋。」〈秋日詠庭樹〉：「庭樹報秋歸，蕭然芳意衰。」悉見「庭樹」，而〈友人書齋〉：「雪上鮮風拂袂過，訟庭談樹自婆娑。」〈自訟〉：「坐甓無客凍鷗愁，談樹蕭然兩見秋。」〈寄題外門亭園〉：「談樹能留客，飛鷗不畏人。」

則言「談樹」，是知二者咸用之，唯細玩詩意，全詩皆緊扣「孫氏書樓」鋪寫，其下復有「交陰」二字，從「庭」較適切。

〈南峴侯館晚春有感獻郡守〉，頁 2470

夢後單衾凌晚薄，體中餘酒向「醒」寒。文淵閣：夢後單衾凌晚薄，體中餘酒向「心」寒。

　　案：心，平聲侵韻；醒，上聲迥韻。此詩為平起首句入韻格，此句作「平平仄仄仄平平」，遂知當從「心」為是，且「晚」與「心」相對，悉作名詞解，「醒」字則否，疑音近而誤。

山梁「嗅」雉晨羞飫，楯鼻磨鉛藻思乾。文淵閣：山梁「臭」雉晨羞飫，楯鼻磨鉛藻思乾。

　　案：山梁嗅雉，乃微引《論語·鄉黨》故事：「子曰：『山梁雌雉，時哉時哉。子路共之，三嗅而作。』」臭，可通「嗅」作「聞」意解。楯鼻磨鉛，《北史·文苑傳·荀濟》：「濟初與梁武帝布衣交，知梁武當王，然負氣不服，謂人曰：『會楯上磨墨作檄文。』」後因以「楯墨」為文人從軍研墨草檄之典故，吳淑《事類賦·什物部·墨》：「《四譜》曰：『潁川荀濟與梁武有舊，而帝素輕之。及梁受禪，乃入北。嘗云曾於楯鼻磨墨作文檄梁。』」此語相對「磨鉛」，是知此字當作動詞解，因此語有其淵源，且宋祁〈送蒙城簿謝煜先輩〉：「嘆時三嗅雉，倦別一飛鳧。」與〈喜刁從事見過〉：「猶龍八才子，嗅雉一畸人。」均作「嗅」而，未見「臭雉」一詞，遂知當從「嗅」字為是。

〈三月晦日〉，頁 2470

「玉」髮未多須劇飲，贏輸寧屬阿戎籌。文淵閣、文津閣：「白」髮未多須劇飲，贏輸寧屬阿戎籌。

　　案：玉，潔白光潤之意，亦得指白。劇飲，豪飲、痛飲。阿戎籌，乃微引《世說新語·儉嗇》故事：「司徒王戎既貴且富，區宅僮牧、膏田水碓之屬，洛下無比。契疏鞅掌，每與夫人燭下散籌算計。」意謂何須如同王戎夫婦般籌算計較世事。「玉」、「白」均入聲，難自音韻判斷，然宋祁〈雜詠三首〉其一之「白髮安足治」、〈到官三歲四首〉其三「白髮不藏衰」、〈秋夕不寐〉「白髮生將遍」及〈祇答公序相國二兄見寄二首〉其二「衰招白髮生」諸句，皆作「白髮」，「玉髮」則不見他例，

且詩中頗見暮春歡衰之感，或從「白」字為是，「玉」疑義近而誤。

〈夜宴〉，頁 2470

吟龍遞怨先供舞，「留」鳳愁寒不傍簫。文津閣：吟龍遞怨先供舞，「描」鳳愁寒
不傍簫。

　　案：吟龍，疑同龍吟，乃形容簫笛類管樂器聲音響亮之意，《初學記》引劉孝
先〈詠竹詩〉云：「誰能製長笛，當為作龍吟。」李白〈宮中行樂詞〉其三：「笛
奏龍吟水，簫鳴鳳下空。」均以「龍吟」形容笛聲，《文苑英華·竽箋賦》「鄒羌
笛之吟龍，輕秦樓之吹鳳」、耶律鑄〈春梅怨笛歌〉：「一聲愁笛吟龍起，萬點驚
香怨雪飛」則以「吟龍」摹之，可為例證。「描鳳」古籍罕見，蓋以形容飾物或圖
像，周紫芝〈祕閣曝書二首〉其二：「香羅剪帕金描鳳，紅字排方玉作籤。」、〈秦
少保生日詩三首〉其二：「神龍守鑰祕不傳，天書錯落御墨鮮。泥金描鳳寶帶纏，
中有紫府遐齡仙。」留鳳，張說〈答李伯魚桐竹〉：「結廬桐竹下，室邇人相深。
接垣分竹逕，隔戶共桐陰，落花朝滿岸。明月夜披林。竹有龍鳴管，桐留鳳舞琴。
奇聲與高節，非君誰賞心。」乃形容樂曲之妙足以吸引鳳鳥來此駐留。於此疑指「琴」，
鳳乃傳說中神鳥，棲於梧桐，《莊子·秋水》：「夫鵷鶵發於南海，而飛於北海，
非梧桐不止。」梅堯臣〈送門人歐陽秀才游江西〉「我家無梧桐，安可久留鳳」即
言其事，《詩·大雅·卷阿》：「鳳凰鳴矣，于彼高岡。梧桐生矣，于彼朝陽。」
孔穎達疏：「梧桐可以為琴瑟。」或因此借鳳以言琴，或以鳳命琴名，如《西京雜
記》所載：「趙后有寶琴曰鳳凰，皆以金玉隱起，為龍鳳螭鸞古賢列女之象。」此
聯摹寫樂舞情狀，「留鳳」解為樂器既較「描鳳」之視覺描摹貼切，復與上句對仗
工切，雖留、描同屬平聲，無由自音韻判斷，然據詩意、用典觀之，當從「留」字。

〈答燕龍圖對雪宴百花見寄〉，頁 2471

斜霏北渚離鴻下，密灑東「風」寶騎攢。文津閣：斜霏北渚離鴻下，密灑東「方」
寶騎攢。

　　案：北渚，《楚辭·九歌·湘君》：「晁騁鶩兮江皋，夕弭節兮北渚。」王逸
注：「渚，水涯也。」離鴻，失群離散之雁，潘岳〈笙賦〉：「夫其悽戾辛酸，嚶
嚶關關，若離鴻之鳴子也。」攢，張衡〈西京賦〉：「攢珍寶之玩好。」薛綜注：
「攢，聚也。」此語當與「北渚」相對，渚字為名詞，故此字須作名詞解，為具體

對象之物，似以「風」字較妥貼。唯從風字則與前聯「舞袂回風人關麗」重字，且宋祁〈送簡殿丞赴闕〉：「君還南闕雙龍下，我駐東方千騎頭。」〈州將和丁內翰寄題延州龍圖新開柳湖五闋〉其四：「東方千騎浮雲駿，折得春枝便作鞭。」與〈又代陳情乞尋醫表〉：「竊飽於太倉之糧，據貴於東方之騎。」皆得見「東方」有「寶騎」之觀念。又，此句之「密灑」應謂飛雪飄落情狀，故知當從「方」字，「風」疑音近而誤。

〈陳奉禮宰四明〉，頁 2471

「大」庭聯袂挍英華，龍鳳「池」名在一家。佚存本（珍）：「天」庭聯袂挍英華，龍鳳「馳」名在一家。

案：大庭，外朝之廷、朝廷。天庭，帝王宮廷、朝廷。聯袂，衣袖相聯，喻攜手偕行，杜甫〈暮秋遣興呈蘇渙侍御〉：「市北肩輿每聯袂，郭南抱甕亦隱几。」挍，鋪張，慧淨〈和琳法師初春法集之作〉：「高才挍雅什，顧己濫明從。」英華，《漢書·敘傳上》：「今吾子幸游帝王之世，躬帶冕之服，浮英華，湛道德。」顏師古注：「英華，謂名譽也。言外則有美名善譽，內則履道崇德也。」龍鳳，喻文章，韋曜〈博弈論〉：「勇略之士，則受熊虎之任；儒雅之徒，則處龍鳳之署。」李善注：「龍鳳五彩，故以喻文。」據此詩「鴈塔墨痕鴒繼序」與「遞廧清思賦餘霞」觀之，知此聯非僅頌揚對方之才德聲名，亦含文章辭采。雖「大庭」、「天庭」均具在朝之意，皆得解釋之，然此詩為平起首句入韻格，「大」屬去聲，而「天」屬平聲，從「大」方與拗救現象相符，此句之「聯」得以救之，對句之「龍」亦得救之，故宜從「大」字，「天」疑形近而誤。又，龍鳳池，《明一統志》：「在建安縣東吉苑里。唐龍啓中，製茶焙，引龍鳳二山之泉，瀦為此池。」與題名所見位於浙東一帶之「四明」，地域雖近，然不盡吻合。馳名，則有聲名遠播之意。據此聯「聯袂挍英華」與「在一家」之語藉以頌揚對方才德、文章聲名之旨觀之，恐當從「馳」為是，「池」疑音近而誤。

〈監中會兩禁諸公飲餞吳舍人、梁正言、富修撰、葉龍圖以計省不赴作詩見寄〉，頁 2472

孺子稾閒同放筆，景山「鐺」暖不停杯。文淵閣：孺子稾閒同放筆，景山「當」暖不停杯。

案：橐，入聲藥韻，袋子，此蓋指「筆橐」，即筆囊。鐺，音彳ㄥ，平聲庚韻，為古代炊器，似鍋而三足，或謂與平底鐵鍋相類。景山鐺暖不停杯，高似孫《緯略·古鐺》：「宋景文公詩：『謝病歸裝能辦未，葛洪丹竈景山鐺。』當是酒具。一日有人持一枚求售，且言以紙燃燈一枚，引火鐺下，酒可溫。余曰：『吾齋所有，安知不解溫酒也？』乃取與俱，則吾鐺中酒先熱，售者大駭，携之去。」得知「景山鐺」恐為一件傳自葛洪而品質精良之溫酒器具。又，此句與「孺子橐閒同放筆」相對，此字亦當作名詞解，且為實物之名，「當」字與此不符，疑形近而誤。

〈客自茂來言元禮日觀某劇飲〉，頁 2472

日日忘懷「還」憶否，戌時瓜老是歸時。文淵閣：日日忘懷「思」憶否，戌時瓜老是歸時。

案：還，平聲刪韻，又、復。思，平聲支韻，想念。戌時瓜老是歸時，乃化用《左傳·莊公八年》故事：「齊侯使連稱、管至父戌葵丘，瓜時而往，曰：『及瓜而代。』」言任期一年，今年瓜時往，來年瓜時代之，後因以「及瓜」指任職期滿。二字皆得解釋之，且無由自格律判斷，僅得就「日日忘懷」推測，從「還」較「思」彰顯「憶」之行為及反覆過程，故疑以「還」較為適切，姑備異文。

《全宋詩》卷 215·宋祁一二

〈送客野外始見春物萌動〉，頁 2473

綠波水暖魚「腮驟」，縹色陂長麥首齊。佚存本（珍）：綠波水暖魚「爭聚」，縹色陂長麥首齊。

案：驟，作形容詞解為急速，李清照〈如夢令〉：「昨夜雨疏風驟，濃睡不消殘酒。」縹色，淡青色，江總〈梅花落〉其一：「縹色動風香，羅生枝已長。」齊，作形容詞解作平整或整齊，韋莊〈臺城〉：「江雨霏霏江草齊，六朝如夢鳥空啼。」據詩意，二字均形容魚群活潑之情狀，皆得解釋之，然此語與「麥首齊」相對，「麥首」乃敘述品物之部位，「齊」則書寫「麥首」之狀態，由是觀之，唯「魚腮驟」與之相應，宜從「腮驟」。

榆牙柳目相看數，枉是「迴腸」付解攜。佚存本（珍）：榆牙柳目相看數，枉是「回觴」付解攜。

　　案：枉，徒然，李白〈清平調〉其二：「一枝紅艷露凝香，雲雨巫山枉斷腸。」
迴腸，此喻愁苦悲痛之情鬱結於內，輾轉不解，唐彥謙〈春陰〉：「一寸迴腸百慮
侵，旅愁危涕兩爭禁。」觴，酒杯、飲酒。回觴，蓋謂回報或回敬某人請飲之意。
解攜，分手、離別。宋祁作品未見「回觴」，而「迴腸」則見於〈臥廬悲秋賦〉、
〈冬日野外〉其二、〈春晏北園三首〉其二、〈感秋〉、〈南亭獨矚〉、〈南方未
臘梅花已開北土雖春未有秀者因懷昔時賞玩成憶梅詠〉、〈思歸〉、〈抒懷呈同舍〉
諸篇，此聯書寫春物萌動之欣欣向榮景象，卻為送行離別之日，似有「昔我往矣，
楊柳依依」氛圍，此際生發「枉」之感慨，從憂思之「迴腸」解似較合情意，「回
觴」疑形近而誤。

〈送客不及〉，頁2473

「班」雖不及來時路，黃鵠空驚去後絃。文津閣：「斑」雖不及來時路，黃鵠空驚
去後絃。
　　案：班，解作頭髮花白或指斑點、雜色花紋之意，可與「斑」通。騅，毛色蒼
白相間之馬。斑騅，毛色青白相雜之駿馬，李商隱〈春游〉：「橋峻斑騅疾，川長
白鳥高。」晏幾道〈玉樓春〉：「斑騅路與陽臺近，前度無題初借問。」此語須與
「黃鵠」相對，且宋祁〈送胡宿同年主合肥簿〉：「恨無旨酒邀枚叟，愁聽斑騅送
陸郎。」亦見「斑騅」一詞，「斑騅」則未見之，或從「斑」為宜。
曾是松心同歲晚，「怒」無梅信發春前。佚存本（宮）（珍）（叢）、文淵閣、文津
閣：曾是松心同歲晚，「忍」無梅信發春前。
　　案：曾，嘗、已經。松心，喻堅貞高潔之節操，劉禹錫〈酬喜相遇同州與樂天
替代〉：「舊託松心契，新交竹使符。」怒，作副詞解為旺盛或奮發；忍，作副詞
解為願意或能夠，此疑為「怎忍」之意。梅信，梅花開放所報知春天將到之信息，
亦暗指信函，賀鑄〈江夏寓興〉：「朋從正相遠，梅信為誰開。」據詩意，此句表
示疑問而有想不透之意，「怒」字不合情理，當以「忍」為宜。
南樓「漫」作憑高計，望盡天涯更有天。佚存本（宮）（珍）：南樓「謾」作憑高計，
望盡天涯更有天。
　　案：漫，去聲換韻。謾，去聲換韻，得作副詞解為隨便、胡亂，而與「漫」通。
宋祁二字皆嘗使用，皆得解釋之，姑備異文。

〈倦客〉，頁 2473

貂裘敝盡飲「瓢」空。佚存本（珍）：貂裘敝盡飲「飄」空。

案：飄，風迅疾貌、吹拂。瓢，將瓠蘆剖製而成之盛器或舀器。「飄」謂風之狀態，從「瓢」則具物資貧乏之意，陶淵明〈五柳先生傳〉：「環堵蕭然，不蔽風日，短褐穿結，簞瓢屢空，晏如也。」據詩意，知以「瓢」為是，「飄」疑形近而誤。

〈長兄冬夕遞宿偶成長句上寄〉，頁 2474

夢思園吏成羈「寢」。佚存本（珍）：夢思園吏成羈「況」。

案：羈，縈擾，《呂氏春秋·誣徒》：「懷於俗，羈神於世。」況，景況，杜荀鶴〈贈秋浦張明府〉：「他日親知問官況，但教吟取杜家詩。」此句化用《莊子·齊物論》故事：「昔者莊周夢為胡蝶，栩栩然胡蝶也，自喻適志與！不知周也。俄然覺，則蘧蘧然周也。不知周之夢為胡蝶與，胡蝶之夢為周與？周與胡蝶，則必有分矣。此之謂物化。」意謂受「夢」牽制，宜從「寢」字。

〈和宮師相公待制龐學士賢年二韻續川然二字〉，頁 2474-2475

和宮師相公待制龐學士賢年二韻「續」川然兩字。佚存本（宮）：「次韻」和宮師相公「因」待制龐學士賢年二韻「易」川然兩字。

案：宋祁〈答京西提刑張司封次韻〉、〈和伯氏小疾原韻〉、〈和夏推官奉太夫人就養仲氏次韻〉、〈答安陸王工部早春郡園見寄次韻〉、〈宮保龐丞相以詩見寄次韻和答〉皆為和答之作而見有「次韻」者，原唱亡佚，未知此詩是否為次韻之作，或得據之補。又，此詩領聯、尾聯分押「川」、「然」，推知宜從「易」字。

〈朱舜卿南遊有寄〉，頁 2475

「弭」節江干一問津。文津閣：「彌」節江干一問津。

案：朱舜卿，王十朋有〈送朱舜卿赴汀州司戶〉詩，鄧元錫〈陳一泉先生墓誌銘〉亦有相關記載，然前者為南宋人，後者為明人，均與宋祁所處年代不同，唯宋祁另有〈朱舜卿歸自別墅〉一詩：「逍遙初服偃郊扉，學舍經旬望貢慕。庾信移談思講樹，周顒迴駕避低枝。摛華更喜聯新唱，散秩猶煩瑩舊疑。欲序三都先自愧，士安風痺素清羸。」彌，作止息或末端解，則可與「弭」通。弭節，駐節、停車。

《楚辭‧離騷》：「吾令羲和弭節兮，望崦嵫而勿迫。」洪興祖補注：「弭，止也。」馬茂元注：「弭節，猶言停車不進。」彌節，駐節，古指官員巡視途中停留，《史記‧司馬相如列傳》：「彌節容與兮，歷弔二世。」江干，江邊、江岸，范雲〈之零陵郡次新亭〉：「江干遠樹浮，天末孤煙起。」宋祁慣用「弭節」，罕用「彌節」，然此詩屬平起首句入韻格，知此句當作「仄仄平平仄仄平」，上聲紙韻之「弭」字與音律不符，而「彌」字之平聲支韻方合律，當以「彌節」為是。

〈送孫臯〉，頁 2476

新水一篙催泛鷁，故林三月「及」聞鶯。文津閣：新水一篙催泛鷁，故林三月「乃」聞鶯。

　　案：新水，春水。泛鷁，泛舟。及，趕上，陸游〈臨安春雨初霽〉：「素衣莫起風塵歎，猶及清明可到家。」此句蓋化用丘遲〈與陳伯之書〉故事：「暮春三月，江南草長，雜花生樹，羣鶯亂飛。見故國之旗鼓，感平生於疇昔。」觀尾聯「我亦中都厭羊酪」、「為傳秋思與蓴羹」，知詩人餞送孫臯時亦逗引出自身思鄉情懷，據「催泛鷁」及全詩詩意，宜從「及」字，「乃」疑形近而誤。

羽書無警「棲」毫熟，談幄多歡醉「葉」傾。佚存本（宮）：羽書無警「捿」毫熟，談幄多歡醉「弁」傾。佚存本（珍）：羽書無警「揮」毫熟，談幄多歡醉「弁」傾。

　　案：羽書，虞義〈詠霍將軍北伐〉：「羽書時斷絕，刁斗晝夜驚。」張銑注：「羽書，徵兵檄也。」棲毫，亦作「栖毫」，謂停筆，劉知幾《史通‧直書》：「陳壽、王隱咸杜口而無言，陸機、虞預各栖毫而靡述。」揮毫，運筆，杜甫〈飲中八仙歌〉：「張旭三杯草聖傳，脫帽露頂王公前，揮毫落紙如雲煙。」熟，熟練，歐陽脩《試筆‧作字要熟》：「作字要熟，熟則神氣充實而有餘。」此詩乃歡餞孫臯之作，自詩意與「熟」字觀之，宜從「揮」字。另，醉弁傾，乃化用《詩經‧小雅‧賓之初筵》故事：「賓既醉止，載號載呶。亂我籩豆，屢舞僛僛。是曰既醉，不知其郵。側弁之俄，屢舞傞傞。」葉，葉子、書頁；弁，古代男子所戴之帽。二字同為仄聲，無法自音韻判斷，然自「醉」與「傾」觀之，此字當指人身物件，加以「醉弁傾」有其淵源，是知從「弁」字為宜。

〈送鄭天休〉，頁 2476

爆桐度曲離筵慘，「樵的」分風使棹催。佚存本（宮）：爆桐度曲離筵慘，「撨的」分風使棹催。佚存本（珍）：爆桐度曲離筵慘，「樵斧」分風使棹催。

　　案：爆桐，焚燒桐木，疑用《後漢書·蔡邕傳》故事：「吳人有燒桐以爨者，邕聞火烈之聲，知其良木，因請而裁為琴，果有美音，而其尾猶焦，故時人名曰『焦尾琴』焉。」傅玄〈琴賦·序〉：「神農氏造琴，所協和天下人性，為至和之主。齊桓公有鳴琴曰『號鍾』，楚莊有鳴琴曰『繞梁』，中世司馬相如有琴曰『綠綺』，蔡邕有琴曰『焦尾』，皆名器也。」此指良琴。度曲，製曲，《漢書·元帝紀贊》：「鼓琴瑟，吹洞簫，自度曲，被歌聲，分刌節度，窮極幼眇。」或指按曲譜歌唱，張衡〈西京賦〉：「度曲未終，雲起雪飛。」樵，砍柴，《詩經·小雅·白華》：「樵彼桑薪，卬烘于煁。」撨，擇取、拭拂。分風，神仙將風分為二方向，葛洪《神仙傳·欒巴》：「廬山廟有神……人往乞福，能使江湖之中分風舉帆，船行相逢。」酈道元《水經注·廬江水》：「山下又有神廟，號曰宮亭廟，故彭湖亦有宮亭之稱焉。余按，《爾雅》云：『大山曰宮。』宮之為名，蓋起於此，不必一由三宮也。山廟甚神，能分風擘流，住舟遣使，行旅之人過必敬祀而後得去，故曹毗詠云：『分風為貳，擘流為兩。』」王維〈贈焦道士〉：「飲人聊割酒，送客乍分風。」亦借指分離，黃庭堅〈寄餘干徐隱甫〉：「東江始分風，苕網饋百紙。」因「分風」源起似多與「山」有關，疑此句「的」乃指尖聳山峰，梁宣帝〈游七山寺賦〉：「神簀嵒嵒而獨立，仙的皎皎以孤臨。」楊慎《藝林伐山》引作「神罍」，王志堅《表異錄·山川》：「壑之凸凹者曰罍，峰之尖射者曰的。」棹，船槳，借指船。「樵的」、「撨的」各資料庫罕見，詞義難曉；「樵斧」即柴斧，陳與義〈出山〉其二：「山空樵斧響，隔嶺有人家。」此語常見，然詞性組合與「爆桐」有別。綜上線索，自此聯對仗、詞性與意義觀之，疑從「撨的」為是。

千萬禊濱傳「善」序，永和三月有流盃。佚存本（珍）：千萬禊濱傳「妙」序，永和三月有流盃。

　　案：此聯化用王羲之〈蘭亭集序〉故事，東晉穆帝永和九年三月三日，王羲之與謝安、孫綽等四十一（四十二）人，會於山陰蘭亭修禊，流觴曲水，暢敍幽情，其文向有「行書第一」美譽，原本據傳為唐太宗殉喪品。宋祁藉〈蘭亭集序〉此一佳作與遺風，比擬送別之際聚會吟詠情形，「善」、「妙」均得修飾「序」，唯宋祁「善」字多作副詞解，具擅長之意，〈致工篆人書〉：「今之視揚許蔡若高山，

然未聞以善書為訾也。」〈回王部署都使啟〉：「周通軍志，善得士心。」，而作形容詞解為美好者相對少見，〈回孫閣使謝官啟〉：「殊乏善詞，舐鉛筆以僅成。」即為一例。「妙」皆作形容詞解為美好貌，〈感交賦并序〉：「馳妙譽于邱稷，掩多奇于汝潁。」〈寄題宮師相公宴息園〉：「冲情舍天倪，妙歌怯物類。」〈學士集普光院〉：「妙墨仙郎題爵里，他年為寄此中行。」〈聞王侍郎請老〉：「清商弟子歌聲妙，誰判揮金引凍醪。」〈覽轟長孺蘄春罷歸舟中試筆〉：「化作妙辭真扣玉，寫成初槀剩驚鶯。」等悉屬之。依宋祁慣習，此處疑從「妙」字。

〈送張問南游〉，頁 2476

「蓋」餘甕酒沈三賦，合作盤鯖厭五侯。佚存本（珍）：「既」餘甕酒沈三賦，合作盤鯖厭五侯。

　　案：蓋，作副詞解為「何不」，而與「盍」同。既，作副詞解為既然或已經。三賦，三篇賦，此疑指左思〈魏都賦〉、〈蜀都賦〉、〈吳都賦〉三作，合稱〈三都賦〉，杜甫〈奉留贈集賢院崔于二學士〉：「謬稱三賦在，難述二公恩。」「甕酒沈三賦」當化用《晉書‧左思傳》故事：「初，陸機入洛，欲為此賦，聞思作之，撫掌而笑，與弟雲書曰：『此間有傖父，欲作三都賦，須其成，當以覆酒甕耳。』及思賦出，機絕歎伏，以為不能加也，遂輟筆焉。」合，作副詞解為共同或應該。五侯鯖，《西京雜記》曰：「五侯不相能，賓客不得來往。婁護、豐辯，傳食五侯間，各得其懽心，競致奇膳，護乃合以為鯖，世稱五侯鯖，以為奇味焉。」後用指佳肴。此聯讚許張問才華富足，自詩意與「合」字觀之，宜作「既」字。

〈送馬房〉，頁 2476

百五天長甚雨回，祖筵離「思」冷「如」灰。佚存本（宮）（珍）：百五天長甚雨回，祖筵離「意」冷「於」灰。

　　案：此聯當與寒食有關，宗懍《荊楚歲時記》：「去冬節一百五日，即有疾風甚雨，謂之寒食。禁火三日，造餳大麥粥。」離別賦詩時節因寒食禁火而灰炭冷涼，藉此喻擬離別愁緒，「祖筵離思冷如灰」疑化用李商隱〈韓冬郎即席為詩相送一座盡驚他日余方追吟連宵侍坐徘徊久之句有老成之風因成二絕寄酬兼呈畏之員外〉云：「十歲裁詩走馬成，冷灰殘燭動離情。」此句若用「於」較能強化詩人不捨情誼，或較「如」字為宜。離思，離別思緒，曹植〈九愁賦〉：「嗟離思之難忘，心

慘毒而含哀。」離意，離別心意，《管子·禁藏》：「五曰：深察其謀，謹其忠臣，揆其所使，令內不信，使有離意。」宋祁作品中，此詩之外，「離思」一詞另見於〈送王庾〉「晚淮他夜月，離思共娟娟」、〈送潘祕校赴潁上簿〉「倦游驚密雪，離思着么絃」、〈和三司晏尚書秋詠〉「正是河山搖落處，莫輕離思欲憑欄」三詩，「離意」則僅見於〈曾參政書〉「去城闕，違親戚，惘惘不能無別離意。」且應斷為「別離意」，細玩此處詩意與宋祁書寫習慣，當從「思」為宜，「意」疑義近而誤。

〈杜少卿知陸州〉，頁 2477

杜少卿知「陸」州。文津閣：杜少卿知「睦」州。

案：《全宋詩》校記：「《嚴陵集》作睦州。」陸州，《新唐書·地理志·嶺南道》：「陸州玉山郡，下。本玉山州，武德五年以寧越郡之安海、玉山置。貞觀二年州廢，縣隸欽州。高宗上元二年復置，更名。」《元豐九域志·廣南路》：「天寶元年曰玉山郡。」而《文獻通考·輿地考》曰：「煬帝初州廢，併地入寧越郡。唐復置玉州，上元二年改為陸州，或為玉山郡，屬嶺南道。貢銀、玳瑁、鼉皮、翠羽、甲香，領縣三，烏雷、寧海、華清。宋無此州。」睦州，《新唐書·地理志·山南東道》：「睦州新定郡，上。本遂安郡，治雉山。武德七年曰東睦州，八年復舊名。萬歲通天二年徙治建德。天寶元年更郡名。」《宋史·地理志·兩浙路》：「建德府，本嚴州，新定郡，遂安軍節度。本睦州，軍事。宣和元年，升建德軍節度；三年，改州名、軍額。」是知睦州位於浙江遂安，宣和元年改建德軍節度，宋代並無陸州，故當從「睦州」為是，「陸」疑形近而誤。

〈程密學知益州〉，頁 2477-2478

墀塗畫對「光」堯蓂，細札芝泥襲綬「馨」。佚存本（珍）：墀塗畫對「別」堯蓂，細札芝泥襲綬「香」。文津閣：墀塗畫對「別」堯蓂，細札芝泥襲綬馨。

案：堯蓂，又名蓂莢、歷莢、曆莢、曆草，傳說中之瑞草，《竹書紀年·帝堯陶唐氏》載：「帝在位七十年……有草夾階而生，月朔始生一莢，月半而生十五莢；十六日以後，日落一莢，及晦而盡；月小，則一莢焦而不落。名曰蓂莢，一曰歷莢。」徐文靖箋：「《田俅子》曰：『堯為天子，蓂莢生于庭，為帝成歷。』」李石《續博物志》：「蓂莢一名曆莢，聖王以是占日月之數。」晏殊〈喜遷鶯〉：「堯蓂隨月欲團圓，真馭降荷蘭。」別，入聲薛韻，《史記·滑稽傳·褚少孫補西門豹傳》：

「三子之才能，誰最賢哉？辯治者當能別之。」光，《宋本廣韻·去聲·宕》釋為「上色」，傅咸〈贈何劭王濟〉：「日月光太清，列宿曜紫微。」雖無法自格律、詞性判斷二字是非，然就詩意而論，此聯書寫對方受朝廷詔命之事，語意吉祥而言辭典正，從「光」益顯「墀塗晝對」之明亮意，使從「別」則輝煌交映之關係較薄弱，故從「光」較妥帖。另，此詩押平聲青韻，而「香」為平聲陽韻，唯「馨」合於規範，是知當從「馨」無疑。

只恐廉襦歌未厭，「螢」煌歸應六符星。佚存本（珍）、文津閣：只恐廉襦歌未厭，「熒」煌歸應六符星。

　　案：廉襦歌未厭，乃徵引《後漢書·廉范傳》故事：「廉范字叔度，京兆杜陵人，趙將廉頗之後也……建初中，遷蜀郡太守，其俗尚文辯，好相持短長，范每屬以淳厚，不受偷薄之說。成都民物豐盛，邑宇逼側，舊制禁民夜作，以防火災，而更相隱蔽，燒者日屬。范乃毀削先令，但嚴使儲水而已。百姓為便，乃歌之曰：『廉叔度，來何暮？不禁火，民安作。平生無襦今五絝。』」熒，光線微弱貌、眩惑。煌，明亮。熒煌，輝煌，李白〈明堂賦〉：「崇牙樹羽，熒煌葳蕤。」六符，三臺六星之符驗，《漢書·東方朔傳》：「願陳《泰階六符》，以觀天變，不可不省。」顏師古注：「孟康曰：『泰階，三臺也。每臺二星，凡六星。符，六星之符驗也。』應劭曰：『《黃帝泰階六符經》曰：泰階者，天之三階也。上階為天子，中階為諸侯公卿大夫，下階為士庶人。』」後用為稱頌朝廷或輔臣之詞。密學，樞密直學士之省稱，葉夢得《石林燕語》：「每吏部尚書補外，除龍圖閣學士，戶部以下五曹，則除樞密直學士，相呼謂之密學。」此詩慶賀程密學升官，其知益州乃家國之福，故詩末轉而書寫天象，敘述六星之明亮輝煌為朝廷得輔弼之吉兆，且宋祁〈將道洛先寄太師文相公〉云：「塵容喜接熒煌座，未忍公然動越吟。」由是觀之，當從「熒煌」，「螢」疑音近而誤。

〈哭公孫子正〉，頁 2479

「肘」臥垂楊感慨深。佚存本（珍）：「尉」臥垂楊感慨深。

　　案：肘，上聲有韻。尉，職官名、安慰。肘臥垂楊，乃化用《莊子·至樂》故事：「支離叔與滑介叔觀於冥伯之丘，崑崙之虛，黃帝之所休。俄而柳生其左肘，其意蹶蹶然惡之。」郭慶藩《集釋》引郭嵩燾曰：「柳，瘤字，一聲之轉。」後因以「楊枝肘」泛指人生病，王維〈胡居士臥病遺米因贈〉：「色聲何謂客，陰界復

誰守。徒言蓮花目，豈惡楊枝肘。」而宋祁〈和龐丞相〉：「病肘垂楊老，危心一櫓摧。」亦見之，由是而論，當從「肘」字無疑，「尉」疑形近而誤。

子正之伯氏淪謝「纔」數月，子正長往。佚存本（珍）：子正之伯氏淪謝「裁」數月，子正長往。

案：淪謝，去世。纔，平聲灰韻。裁，作「剛剛」或「僅」解可與「纔」通，《戰國策·燕策一》：「雖大男子，裁如嬰兒。」又《漢書·高惠高后文功臣表》：「時大城名都民人散亡，戶口可得而數裁什二三。」此字據詩意得作「僅」解，二字皆得解釋之。宋祁文字慣以「纔」意指方才，如：「纔數尺」、「纔容臘外煙」、「暖風纔滿使君旗」、「淺影纔欹檻」、「事君纔寸祿」、「廢社纔存柳」等莫不如此，而如〈訪李生別墅〉：「野杠裁度馬，溪路劣生塵。」之作「裁」者實頗為罕見，宜從「纔」較適切。

〈七夕〉，頁 2479

天邊華幄催雲卷，星外「橫橋」伴客愁。文津閣：天邊華幄催雲卷，星外「橋橫」伴客愁。

案：華幄，帝王所居之華麗帷帳，陸機〈贈馮文羆遷斥丘令〉：「居陪華幄，出從朱輪。」橫橋，古橋名，秦朝建於長安渭水之上，漢代於其二側增建東西二橋，因又稱中渭橋，唐後毀，《三輔黃圖·咸陽故城》：「始皇窮極奢侈，築咸陽宮，因北陵營殿，端門四達，以則紫宮，象帝居。渭水貫都，以象天漢；橫橋南度，以法牽牛。」徐陵〈長安道〉：「橫橋象天漢，法駕應坤圖。」此語與「華幄」相對，乃形容詞加名詞之詞組，「橋橫」與之不符，且此詩書寫七夕天象，與《三輔黃圖》、徐陵之思維有關，故從「橫橋」為宜，「橋橫」疑倒錯。

〈冬眺〉，頁 2480

「冬眺」。佚存本（宮）（珍）：「暮冬城上晚」眺。佚存本（叢）：「暮冬城上晚睡」。

案：詩云：「城外斜光角已催，城頭倦客首空回。星霜牢落凋年往，天地蒼茫暝色來。千尾昏鴉愁迴戍，幾蹄征馬思窮埃。使君興罷惟無緒，不是登高能賦才。」是知二者皆可從，然「冬眺」似過於簡略，且宋祁〈西園晚眺〉、〈望仙亭晚眺〉、〈晚眺〉皆作「晚眺」者，「冬眺」則未見之，或從「暮冬城上晚眺」為宜，「睡」

字意義不通，疑形近而誤。

〈和十九日湖上與張集賢餞提刑張都官韻〉，頁 2480。

和十九日湖上與張集賢餞提刑張都官「韻」。文津閣：和十九日湖上與張集賢餞提刑張都官。

　　案：經查宋祁詩文，其〈答京西提刑張司封次韻〉、〈和伯氏小疾原韻〉、〈和夏推官奉太夫人就養仲氏次韻〉、〈答安陸王工部早春郡園見寄次韻〉、〈宮保龐丞相以詩見寄次韻和答〉皆與此詩題名模式相類，或得據以增補。

〈送蕭山宰劉寺丞〉，頁 2481

飛「乙」天長日際冥。佚存本（宮）（珍）（叢）未見此詩。

　　案：《全宋詩》校記：佚存本卷二七作「鶩」天長「目」。乙，燕鳥，穆修〈秋浦會遇〉：「再見來巢乙，頻聞入市寅。」鶩，家鴨，王安石〈自白土村入北寺〉其一：「夕陽人不見，雞鶩自成群。」晉以後亦指野鴨，王勃〈秋日登洪府滕王閣餞別序〉：「落霞與孤鶩齊飛，秋水共長天一色。」二禽皆能飛天，未定孰是。另，宋祁〈寄會稽天休學士〉：「鳧乙天遙水驛長，笠車貪貳會稽章。」〈和晏尚書出城口占四首〉其一：「天邊一寄冥鴻意，越乙荊鳧判自翻。」均見作「乙」者，〈西樓夕望〉：「倦鶩昏投浦，驚蟬夜去枝。」〈同年毛洵勾簿新建〉：「澄江限天濶，孤鶩透霞來。」則言「鶩」者。宋詩如：梅堯臣〈潘歙州話廬山〉：「何當借輕舠，一往如飛鶩。」蘇頌〈次韻蔣潁叔游西湖入南屏山〉：「薄暮將歸起餘思，落霞飛鶩正橫空。」屢見「飛鶩」一詞，「飛乙」則僅歐陽脩〈漁家傲〉：「畫棟歸來巢未失，雙雙欸語憐飛乙。」等少數詩例。此詩多句皆化用前人詩文故事或文句以成，如「禊林重訪永和亭」當與王義之〈蘭亭集序〉有關，故疑此句亦與〈滕王閣序〉相關，綜上線索，或從「鶩天長目」為宜。

〈寄獻澶淵太傅〉，頁 2481

「花門」車子能歌地，樂職聲詩日夕聞。佚存本（珍）：「溫胡」車子能歌地，樂職聲詩日夕聞。

　　案：花門，山名，位居延海北三百里，唐初於該處設堡壘，以抵禦北方外族，天寶時為回紇占領，後因以「花門」為回紇代稱，杜甫〈哀王孫〉：「花門剺面請

雪恥，慎勿出口他人狙。」或借指豪門，屈大均〈大同感嘆〉：「花門多暴虐，人命如牛羊。」車子，指善歌者，典出繁欽〈與魏文帝箋〉：「都尉薛訪車子年始十四，能喉囀引聲，與笳同音。」同文復云：「及與黃門鼓吹溫胡迭唱迭和，喉所發音無不響應，曲折沉浮，尋變入節。」此句蓋徵引同一故事，藉「溫胡」、「車子」「迭唱迭和」以形容歌樂之美善，故恐從「溫胡」為宜。

〈隱几〉，頁2482

「空」齋隱几度流光，濩落由來我所長。佚存本（珍）：「書」齋隱几度流光，濩落由來我所長。

　　案：空齋，空闊之書房或學舍。書齋，書房。隱几，依憑几案，《莊子·齊物論》：「南郭子綦隱几而坐，仰天而噓，嗒焉似喪其耦。」成玄英疏：「隱，憑也。子綦憑几坐忘，凝神遐想。」陸游〈秋日焚香讀書戲作〉：「世事無端自糾紛，放翁隱几對爐熏。」流光，指如流水般逝去之時光，鮑防〈人日陪宣州范中丞傳正與范侍御傳真宴東峰亭〉：「流光易去懽難得，莫厭頻頻上此臺。」濩落，疑與上句同用《莊子》典故，而同「廓落」、「瓠落」，意指空廓無用、大而無當，《莊子·逍遙遊》：「魏王貽我大瓠之種，我樹之成而實五石，以盛水漿，其堅不能自舉也。剖之以為瓢，則瓠落無所容。」陸德明《釋文》：「簡文云：『瓠落』猶『廓落』也。」蘇軾〈欲就蒜山松林中卜居〉：「我材濩落本無用，虛名驚世終何益？」劉從益〈三弟手植瓢材且有詩予亦戲作〉：「早知瓠落終無用，只合江湖養不才。」「空齋」與「濩落」皆具空曠之意，使從「書齋」亦得解釋之，且較具限定空間之意，此詩之外，宋祁其餘作品，如：〈寄題元華書齋〉、〈友人書齋〉、〈書齋前栢八株森植翠茂〉皆作「書齋」，或從「書」字為宜。

心「誓」前賢六百石，異時初服返東岡。文津閣：心「擔」前賢六百石，異時初服返東岡。

　　案：誓，去聲霽韻；擔，平聲覃韻。此聯徵引《漢書·王貢兩龔鮑傳》：「初，琅邪邴漢亦以清行徵用，至京兆尹，後為太中大夫。王莽秉政，勝與漢俱乞骸骨。自昭帝時，涿郡韓福以德行徵至京師，賜策書束帛遣歸。詔曰：『朕閔勞以官職之事，其務修孝弟以教鄉里。行道舍傳舍，縣次具酒肉，食從者及馬。長吏以時存問，常以歲八月賜羊一頭，酒二斛。不幸死者，賜複衾一，祠以中牢。』於是王莽依故事，白遣勝、漢。策曰：『惟元始二年六月庚寅，光祿大夫、太中大夫耆艾二人以

老病罷。太皇太后使謁者僕射策詔之曰：蓋聞古者有司年至則致仕，所以恭讓而不盡其力也。今大夫年至矣，朕愍以官職之事煩大夫，其上子若孫若同產、同產子一人。大夫其修身守道，以終高年。賜帛及行道舍宿，歲時羊酒衣衾，皆如韓福故事。所上子男皆除為郎。』於是勝、漢遂歸老于鄉里。漢兄子曼容亦養志自修，為官不肯過六百石，輒自免去，其名過出於漢。」從「誓」字謂心中暗自立誓，表信念堅決；從「擔」字則謂心中決意承擔，此字與「時」相對而當作仄聲，故宜從「誓」。

〈送韓太祝〉，頁 2480-2481

雲「陣」星躔促傳車，長安初日望儲胥。文津閣：雲「野」星躔促傳車，長安初日望儲胥。

　　案：雲野，指古雲夢澤，沈約〈齊故安陸昭王碑文〉：「受瑞析珪，遂荒雲野。」雲陣，陣雲，徐陵〈出自薊北門行〉：「天雲如地陣。」盧綸〈綸輒有所酬以申悲舊兼寄夏侯侍御審侯倉曹釗〉：「曉望怯雲陣，夜愁驚鶴聲。」星躔，見〈送王庾〉其一資料。傳車，古代驛站專用車輛，《淮南子·道應訓》：「（秦始皇）具傳車，置邊吏。」此句描繪夜空星雲樣貌，「雲陣」與「星躔」同質性較高，「雲野」乃地名，與「星躔」關係薄弱，且宋祁〈苦雨中作〉：「雲陣窮天雨足低，陰霞不照露盤西」得見「雲陣」，「雲野」未嘗言及，或從「雲陣」為宜。

〈閏正月二十五日送客尋春集裴氏園〉，頁 2483

尋春「送」客共「留」連。文津閣：尋春「選」客共「流」連。

　　案：選，派遣，揚雄〈甘泉賦〉：「選巫咸兮叫帝閽，開天庭兮延群神。」詩題已謂「送客尋春」，是知此語當從「尋春送客」。「留連」、「流連」均指留戀不捨，唯宋祁〈登齊雲亭〉：「雖非吾土信云美，伴客留連傾一盃。」〈集江瀆池亭〉：「機忘更何事，魚鳥亦留連。」〈過郢中〉：「江臯魚鳥留連極，枉被從軍驛馬催。」〈州將和丁內翰寄題延州龍圖新開柳湖五闋〉其四：「弱柳毿毿湖上天，天青湖碧此留連。」諸詩皆作「留連」，而未有作「流連」者，或從「留」為宜。

朋襟自為交歡「悴」，醉斝誰能辨聖賢。文淵閣、文津閣：朋襟自為交歡「慘」，醉斝誰能辨聖賢。

　　案：悴，憂傷、憔悴；慘，悲傷、憂愁。二字皆得解釋之，然此聯疑用李白〈

別、飲宴之詩文典故，「醉箏誰能辨聖賢」似與〈將進酒〉「古來聖賢皆寂寞，惟有飲者留其名」相關，「朋襟自為交歡悴」則可參閱〈暮春江夏送張祖監丞之東都序〉：「王命有程，告以行邁。煙景晚色，慘為愁容。繫飛帆於半天，泛淥水於遙海，欲去不忍，更開芳樽。樂雖寰中，趣逸天半。」另，查檢各電子資料庫，除此詩外，未見「歡悴」一詞而皆作「歡慘」，梁武帝〈出古育王塔下佛舍利詔〉：「故勞逸異年，懽慘殊日。」姚最〈後畫品序〉：「輕重微異則妍鄙革形，絲髮不從則懽慘殊觀。」皆如此，故或從「慘」字為宜。

《全宋詩》卷 216 · 宋祁一三

〈杪秋官舍念歸〉，頁 2485

西江聞道通星漢，試借君平問客「槎」。文津閣：西江聞道通星漢，試借君平問客「查」。

　　案：此聯化用《博物志》故事：「舊說天河與海通。近世有人居海濱者，年年八月有浮槎去來，不失期，人有奇志，立飛閣於槎上，多齎糧，乘槎而去。十餘日，奄至一處，有城郭狀，屋舍甚嚴。遙望宮中多織婦，見一丈夫牽牛渚次飲之。此人問：『此是何處？』答曰：『君還至蜀都，訪嚴君平則知之。』後至蜀，問君平，曰：『某年月日有客星犯牽牛宿。』計年月，正是此人到天河時也。」又《拾遺記》：「堯登位，有巨查浮於西海，查上有光，夜明晝滅，海人望其光，乍大乍小，若星月之出入。查常浮繞四海，十二年一周天，周而復始，名曰貫月查，亦謂挂星查。」槎，作木筏解可與「查」同，二字皆得解釋之。然宋祁〈艤舟懷信亭〉：「游子已攜河上手，客槎猶在斗邊橋。」作「客槎」，電子資料庫中唯吳全節〈牧齋真人華陽道院〉：「籠載三峰擁客查，采真訪古意無涯。」得見「客查」一詞，其餘文人皆言「客槎」，時代相近者如：夏竦〈吳中懷古〉：「夜氣銷龍劍，秋星見客槎。」蔡襄〈耕園驛〉：「悲來唯見金城柳，醉後曾乘海客槎。」均如是，故宜從「槎」字。

〈登高晚思〉，頁 2485

「遊」回宿鳥霞橫嶺，唱殺寒蟬柳抱橋。文津閣：「邀」回宿鳥霞橫嶺，唱殺寒蟬柳抱橋。

案：宿鳥，歸巢棲息之鳥，吳融〈西陵夜居〉：「林風移宿鳥，池雨定流螢。」寒蟬，又稱寒螿、寒蜩，或謂寒天之蟬，秋深天寒，蟬即不鳴。此語與「唱殺寒蟬」相對，「唱殺」謂「寒蟬」，則「遊回」亦當指「宿鳥」，使從「邀」字則難以解釋，是知宜從「遊」字，「邀」疑形近而誤。

〈謝都官監治建州〉，頁2486

幾種珍鮭資晝膳，萬「岑」芳茗蔽春廛。佚存本（珍）：幾種珍鮭資晝膳，萬「檎」芳茗蔽春廛。

案：建州，隸屬福建路，據《宋史·地理志》記載知產貢茶而聲鳴於世，韓淲〈黃仁卿見過留之而無酒因要宋衡攜酒以至得以欵語已又酌仁卿攜行之茶成四十字〉：「重攜萬安酒，再淪建州茶。」陶宗儀《說郛·天下》：「洛陽花，建州茶。」珍鮭，山珍海味，黃庭堅〈送王郎〉：「有弟有弟力持家，婦能養姑供珍鮭。」岑，小而高之山，得泛指山。檎，即林檎，木名，又名花紅或沙果，果實可食。芳茗，猶香茶，陸希聲〈茗坡〉：「二月山家穀雨天，半坡芳茗露華鮮。」廛，特指公家所建供商人存儲貨物之邸舍，《禮記·王制》：「市，廛而不稅。」鄭玄注：「廛，市物邸舍。稅其舍不稅其物。」二字同為平聲，無由自音韻判斷。此語與「幾種珍鮭」相對，知此字當非明確之品物名稱，宜以「萬岑芳茗」之泛指為是，藉以書寫茶山景致，且「檎」與「芳茗」並不相屬，故從「岑」字。

行行正及「陶」嘉月，溪樹烘霞荔子鮮。佚存本（珍）：行行正及「淘」嘉月，溪樹烘霞荔子鮮。

案：陶嘉月，美好之月份，多指春月，王褒《九懷·危俊》：「陶嘉月兮總駕，搴玉英兮自脩。」謝惠連〈西陵遇風獻康樂〉：「成裝候良辰，漾舟陶嘉月。」李周翰注：「嘉月，謂其春月也。」據詩意乃形容時節之美好，宜從「陶」字，「淘」疑形近而誤。

〈筆次〉，頁2486

十擲成「犍」寧是拙，一丸求藥浪圖仙。佚存本（珍）：十擲成「犍」寧是拙，一丸求藥浪圖仙。

案：犍，音ㄐㄧㄢ，平聲元韻，經閹割之公牛。韃，音ㄐㄧㄢ，平聲元韻，盛弓箭之器具。《南齊書·卞彬傳》：「彬性好飲酒，以瓠壺瓢勺杭皮為肴，著帛冠十

二年不改易，以大瓠為火籠，什物多諸詭異。自稱『卞田居』，婦為『傅蠶室』。或諫曰：『卿都不持操，名器何由得升？』彬曰：『擲五木子，十擲輒鞬，豈復是擲子之拙。吾好擲，政極此耳。』永元中，為平越長史、綏建太守，卒官。」程大昌《演繁露‧投五木瓊檃玖骰》：「古惟斲木為子，一具凡五子，故名五木。後世轉而用石，用玉，用象，用骨，故列子之謂投瓊，律文之謂出玖。凡瓊與玖，皆玉名也。蓋謂蒲者，借美名以命之，未必真嘗用玉也。」《御覽》載繁欽〈威儀箴〉曰：「凡投子者，五皆現黑，則其名盧。盧者，黑也，言五子皆黑也。五黑皆現，則五犢隨現，從可知矣。此在摴蒱為最高之采，接木為擲，往往叱喝，使致其極，故亦名呼盧也。其次，五子四黑而一白，則是四犢一雉，則其采名雉，用以比盧降一等矣。自此而降，白黑相雜，每每不同，故或名為梟，即鄧艾言云：『六搏得梟者勝也。』或名為健，謂五木十擲輒鞬，非其人不能是也。」一九求藥浪圖仙，疑化用《史記‧秦始皇本紀》故事：「遣徐市發童男女數千人入海求僊人。」又載曰：「方士徐市等入海神藥，數歲不得，費多，恐譴，乃詐曰：『蓬萊藥可得，然常為大鮫魚所苦，故不得至。』」浪，作副詞解為徒然，寒山〈詩〉其七七：「終歸不免死，浪自覓長生。」是知二字皆有所據，均得解釋之，姑備異文。

「上」此隳官堪自劾，不煩公掾更平鑱。佚存本（珍）：「正」此隳官堪自劾，不煩公掾更平鑱。文淵閣：「止」此隳官堪自劾，不煩公掾更平鑱。

案：隳官，罷官、解職。自劾，檢舉自己之過失。「此」即前聯所謂「位卑司敗無言責，事少當關許晏眠」，此聯自慚不稱職，從「上」字無由解釋，「止」作僅、止解，雖似可通，然未能完全切近詩意。自下句「不煩」觀之，「正」應較妥適，乃表示肯定之強調語氣，作副詞，意謂「確實」、「正是」，《論語‧述而》：「正唯弟子不能學也。」用法或可參照，故宜作「正」，「上」、「止」疑皆形近而誤。

上此隳官堪自「劾」，不煩公掾更平鑱。文津閣：止此隳官堪自「效」，不煩公掾更平鑱。

案：自劾，檢舉自己之過失，《漢書‧王嘉傳》：「臣謹封上詔書，不敢露見，非愛死而不自法，恐天下聞之，故不敢自劾。」自效，報效己力，宋祁〈夏日舊疾間發〉：「苔壓雨垣冒榮難，自效三宿戀君恩。」〈上判府尚書啟〉：「彌忠力而自效。」雖有「自效」詞，然用法有別，而其〈上謝兼侍讀學士表〉：「方將免冠，頓首自劾。」則與此句類近，皆具自我省察之意，由此觀之，宜從「自劾」為是，「效」疑形近而誤。

「不」煩公掾更平鑴。佚存本（珍）：「下」煩公掾更平鑴。

案：《漢書·薛宣朱博傳》：「證驗以明白，欲遣吏考案，恐負舉者恥辱儒士，故使掾平鑴令。」其下注云：「如淳曰：『平鑴激切，使之自知過也。』晉灼曰：『王常為光武鑴說其將帥，此謂徐以微言鑴鑿遣之也。』師古曰：『平，掾之名。鑴，謂琢鑿也。』」此句說明個人深知自省，不須「平鑴」之提醒，是知當從「不煩」，使從「下」字則難以解釋。且宋祁未嘗用「下煩」一詞，而不乏「不煩」者，其〈禮局致齋〉：「倦枕不煩神爍夢，有人無用亦常嘆。」與〈題多寶寺水閣〉：「暇日便堪供賦筆，不煩王粲更登樓。」均屬之，故恐從「不」為宜，「下」疑形近而誤。

〈按行府城通判張太傅有詩美山川風俗因繼作〉，頁 2486

「按」行府城通判張太傅有詩美山川風俗因繼作。文津閣：「案」行府城通判張太傅有詩美山川風俗因繼作。

案：按行，巡行、按次第成行列，與「案行」之意無異，二者皆得解釋之。然經查宋祁文字，未見任何作「案行」者，惟有「按行」一詞，其〈漢南州按行江滨以詩見寄〉、〈乞停開溝洫劄子〉：「本官亦不曾按行。」及〈尉氏縣呂明府創修洩水渠頌〉：「既視事，即按行堤閼。」皆足以輔證之，如此，恐當從「按」為宜。

公私雨足耕疇徧，赤白囊空「寒」候閒。文津閣：公私雨足耕疇徧，赤白囊空「塞」候閒。

案：赤白囊，古代遞送緊急情報之文書袋。《漢書·丙吉傳》：「嘗出，適見驛騎持赤白囊，邊郡發犇命書馳來至。馭吏隨驛騎至公車刺取。」宋祁〈祗答晏尚書懷寄之什〉：「赤白邊書費坐籌，尚餘清暇寄冥搜。」與〈登科記序〉：「真宗即位之八年，匈奴寇河朔，既而邊鄙入保，民屋始騷，赤白之囊，狎至于宰府；烽燧之火，幾照于甘泉。」同《漢書·丙吉傳》皆以「赤白囊」借指邊塞軍情之事。候，去聲候韻，斥候、軍候，軍中任偵察之事者，《墨子·號令》：「候出越陳表，遮坐郭門之外內。」知當從「塞」字，且此字格律須與「耕」相對而作仄聲，平聲之「寒」字不符格律。又宋祁〈上賈相公書〉：「塞候汔寧，盜賊不作。」見有作「塞候」一詞者，「寒候」則未見之。綜上可知，從「塞」為是，「寒」疑形近而誤。

〈覽聶長孺蘄春罷歸舟中詩筆〉，頁 2486

覽聶長孺蘄春罷歸舟中「詩」筆。文淵閣：覽聶長孺蘄春罷歸舟中「試」筆。

　　案：試觀宋祁〈天台梵才師長吉在都數以詩筆見授因答以轉句〉及〈登科記序〉：「乃次登科以來，聖製表謝，及奏御辭賦，諸公詩筆，凡若干章。」〈座主侍郎書〉：「以汝陰詩筆一編，俾之紬覽。」〈張尚書（詠）行狀〉：「夫公雅好著文，深切警邁。以不偶俗尚，自號乖崖公。尤善詩筆，必戛情理。」諸作，「詩筆」皆作詩文解，與此一題名之文義不符。反觀宋人則多見有「試筆」者，《范文正集》之〈試筆〉、《丹淵集》之〈夏日湖亭試筆〉、《宛陵集》之〈和張民朝謁建隆寺二次用寫望試筆韻〉與〈試筆〉諸篇皆是，蓋指隨興創作如試筆墨者，且屢用於詩歌之題名，據此，當從「試」為是，「詩」疑音近而誤。

心隨零雨濛濛密，恨過「清」溪曲曲寒。佚存本（珍）：心隨零雨濛濛密，恨過「青」溪曲曲寒。

　　案：零雨，慢而細之小雨，《詩經·豳風·東山》：「我來自東，零雨其濛。」清溪，清澈或令人感到清新之溪水。青溪，碧綠溪水，杜甫〈萬丈潭〉：「青溪含冥寞，神物有顯晦。」就詩意觀之，二者皆可從，宋祁詩篇唯〈訪隱者因題壁〉：「青谿一道士，籃輿兩門生。」係從「青谿」，然此「青谿」乃徵引郭璞〈游仙〉故事：「青谿千餘仞，中有一道士。」而此詩言及「羽客」、「仙人」、「妙辭」，亦頗具道家意味，從「青」之可能性較高。

靈均千載有餘「嘆」。佚存本（珍）：靈均千載有餘「歡」

　　案：《楚辭·漁父》：「屈原既放，游於江潭，行吟澤畔，顏色憔悴，形容枯槁。漁父見而問曰：『子非三閭大夫與？何故至於斯？』屈原曰：『舉世皆濁我獨清，眾人皆醉我獨醒，是以見放。』」自屈原〈離騷〉出，古今騷人皆感而傷之，何「歡」之有？是知當從「嘆」無疑。

〈西齋夜思〉，頁 2487

几隱「原灰」同木槁，書縑故網有魚侵。佚存本（珍）：几隱「厚繒」同木槁，書縑故網有魚侵。

　　案：厚繒，乃古代一種光滑細澤之厚絲織品，得以製袍或寫字，《說文解字》：「綈，厚繒也。」而《釋名》謂「綈」：「似蝪蟲之色，綠而澤。」此句暗用《莊子·齊物論》故事：「南郭子綦隱几而坐，仰天而噓，荅焉似喪其耦。顏成子游立

侍乎前，曰：『何居乎？形固可使如槁木，而心固可使如死灰乎？今之隱几者，非昔之隱几者也。』」書縑故網有魚侵，蓋謂書籍遭蠹之狀，歐陽詢《藝文類聚·雜文部四·紙》引《董巴記》之說：「故麻名麻紙，木皮名穀紙，故網紙也。」知「故網」即謂紙，而高似孫《緯略·芸臺》引魚豢《典略》曰：「芸，香草也，辟紙蠹魚，藏書臺稱芸臺，藏書閣稱芸閣。」又載錄《雜禮圖》之語：「芸……古之祕閣以辟書魚。」知「魚」即蠹魚，故宜作「原灰」，使從「厚繒」則難以解釋之。

〈同年成楷濰州理掾〉，頁 2487

且欣便道還家近，未厭「無聞」得掾卑。佚存本（珍）：且欣便道還家近，未厭「長途」得掾卑。文淵閣、文津閣：且欣便道還家近，未厭「無同」得掾卑。

案：未厭無聞得掾卑，此句疑暗用劉義慶《世說新語·文學》故事：「阮宣子有令聞，太尉王夷甫見而問曰：『老莊與聖教同異？』對曰：『將無同。』太尉善其言，辟之為掾，世謂『三語掾』。」此聯書寫成楷得掾之喜，非僅未因官卑而生厭，反因離家近而欣喜不已，自用典觀之，宜從「無同」。

〈送黃昱祕校太平理掾〉，頁 2488

兼簡法掾李伯元。文淵閣、文津閣：無上引文字。

案：「兼簡法掾李伯元」為詩題下方注語，黃昱，《八閩通志·選舉》列錄：「天聖二年（甲子）宋郊榜」，為建安人。李伯元，其一載錄於《清平山堂話本》而為話本人物，餘則為明清時期之人，與此詩所指有別。另，宋庠有〈送黃昱赴太平州理掾〉詩，云：「閩錄家聲茂，唐銓吏格平。新資掾三語，舊榜佛千名。月苦鄉魂極，春寒酒意輕。高材難偶俗，慎勿對參卿。」未見與李伯元或他人有何關聯。此詩末云：「聯曹鮑照藻辭新。」所謂「聯曹」乃指同署任職，權德輿〈崔衛二侍郎詩集序〉：「同為渭南尉，聯曹結綬，相視莫逆。」宋祁復於詩句下自注：「伯元富於藻思，至止必並驅辭陣矣。」自詩句與注文而論，疑實有「兼簡法掾李伯元」之意，或得據補之。

星貫「文」稀堪樂事，聯曹鮑照藻辭新。佚存本（珍）、文津閣：星貫「久」稀堪樂事，聯曹鮑照藻辭新。

案：星貫，疑與「彗星襲月」、「貫日」之類情事有關，古人常以之為君王蒙難之天象，《戰國策·魏策四》：「夫專諸之刺王僚也，彗星襲月；聶政之刺韓傀

也，白虹貫日。」此聯或指太平無事，文才同鮑照般之黃昱必能迭有佳篇。又，此字格律當與「鮑」字相對，此句原作「仄仄平平平仄仄」，星字從平聲而有拗，此字須作仄聲之「久」方足以救之，據詩意與格律，恐從「久」為宜。

〈答龐龍圖塞下秋意〉，頁 2488。

答龐龍圖塞下秋「意」。文津閣：答龐龍圖塞下秋「思」。

案：龐龍圖，即龐籍，曾任龍圖閣直學士，知延州，俄兼鄜延都總管與經略安撫緣邊招討使。「意」與「思」近似，二字皆得解釋之，宋祁未有以「秋思」或「秋意」命題之他例，未定孰是。然唐人於詩歌題名中作「秋意」者實少見，如白居易〈東坡秋意寄元八〉即屬之，宋人則頗見增加，與宋祁活動年代相近之司馬光〈次韻和吳沖卿秋意四首〉、〈和鮮于子駿秋意〉、劉敞〈秋意四首〉、張方平〈涼軒秋意〉與范純仁〈秋意〉等皆是。「秋思」極為普遍，唐人李白、白居易、鮑溶、岑參、杜牧、羅隱，宋人寇準、夏竦、宋庠、蔡襄等皆有之自其遍性及宋庠情形觀之，或恐作「秋思」，「意」疑義近而誤。

〈胡氏遲客亭觀詩〉，頁 2488

石磴松「蹊」自不塵，亭名遲客客回輪。山中桂好雖留隱，嶺上雲多肯寄人。文津閣：石磴松「磎」自不塵，亭名遲客客回輪。山中桂好雖留隱，嶺上雲多肯寄人。

案：石磴，石級，蕭統〈開善寺法會〉：「牽蘿下石磴，攀桂陟松梁。」磎，山間小水溝，曹植〈七啟〉其四：「於是磎填谷塞，榛藪平夷。」亦指小路。蹊，小路，亦泛指道路，《孟子·盡心下》：「山徑之蹊，間介然用之而成路。」不塵，不玷污，劉勰《文心雕龍·程器》：「然子夏無虧於名儒，濬沖不塵乎竹林者，名崇而譏減也。」此語當與「石磴」相對，意指松徑，二者皆可從，然宋祁〈公園〉：「使君來已屢，林下自成蹊。」〈祇答公序相國二兄見寄二首〉其一：「蹊李伐不食，原禽行自搖。」〈送客野外始見春物萌動〉：「苑路高高雪作泥，始知春信到芳蹊。」皆作「蹊」，「磎」則未見之，且文淵閣四庫全書未見「松磎」一詞而悉作「松蹊」，如歐陽脩〈和聖俞百花洲二首〉其一：「野岸溪幾曲，松蹊穿翠陰。」故或從「蹊」為宜。

〈送宿州李明允都官〉，頁 2488

「弭」節亭皋鄉梓近，貫都河溜客魚通。文津閣：「彌」節亭皋鄉梓近，貫都河溜客魚通。

　　案：自余靖〈都官員外郎知宿州李明允等一十四人〉：「爾等策名仕籍，咸著吏能，或領牧守以宣王風，或分縣邑以勤民事。」觀之，知此詩為送李明允都官赴任所作。彌，作止息解而與「弭」通，《周禮・春官・小祝》：「彌災兵，遠罪疾。」孫詒讓《正義》：「漢時通用弭為彌，此經例用古字作彌……凡云彌者，並取安息禦止之義。」《穆天子傳》：「擊鼓以行喪，舉旗以勸之，擊鐘以止哭，彌旗以節之。」弭節，駐節、停車，《楚辭・離騷》：「吾令羲和弭節兮，望崦嵫而勿迫。」洪興祖補注：「弭，止也。」馬茂元注：「弭節，猶言停車不進。」謝朓〈從戎曲〉：「選旅辭輦軒，弭節趨河源。」彌節，駐節、古指官員巡視途中停留，《史記・司馬相如列傳》：「彌節容與兮，歷弔二世。」庾信〈擬詠懷二十七首〉其十：「悲歌度易水，彌節出陽關。」此詩所送者係朝廷吏員，或當從「彌節」較為適切。

〈送冀州李團練〉，頁2489

「道北」輕風大斾開。文淵閣、文津閣：「北道」輕風大斾開。

　　案：二者同為仄聲，無法自音韻判斷。北道，作名詞解，謂北向冀州之道路。道北，乃就方位而論，意指面朝冀州地域之方向，皆得解釋之，未定孰是，姑備異文。

〈章判官詵赴吳興幕〉，頁2490

客詠南風蒱齒勝，食無寒具「畫」廚開。文淵閣：客詠南風蒱齒勝，食無寒具「畫」廚開。

　　案：蒱，《晉書・葛洪》：「性寡欲，無所愛翫，不知棋局幾道，摴蒱齒名。」是知「蒱齒」乃博戲之名。客詠南風蒱齒勝，乃徵引《世說新語》故事：「王子敬數歲時嘗看諸門生摴蒱，見有勝負，因曰：『南風不競。』門生輩輕其小兒，迺曰：『此郎亦管中窺豹，時見一斑。』子敬瞋目曰：『遠慚荀奉倩，近愧劉真長。』遂拂衣而去。」寒具，俗所食之麻團，《猗覺寮雜記》：「《通俗文》寒具謂之餲，則粔籹，寒具，今之環餅也。東坡云：『上有桓元寒具油。』則寒具為環餅無疑。」高似孫《緯略》引《張彥遠名畫記》：「桓玄愛重圖書，每以示賓客，有不好事者，正食寒具，以手捉書畫，大點污。玄惋惜移時，自後每出法書，輒令洗手。」又引

《齊民要術》:「所謂上有曾人寒具,油者是也。寒具二字,出周禮邊人注曰:『清朝未食,先進寒具口實之邊。』」更謂:「《食經》曰:『寒具,今之鐶餅也。』宋景文公詩:『客詠南窗蒲齒勝,食無寒具畫厨開。』然則劉禹錫《佳話》有〈寒具詩〉云:『纖手搓來玉數尋,碧油輕醮嫩黃深。夜來春睡濃於酒,壓匾佳人纏臂金。』迺以捻頭為寒具也。」「畫厨」乃微引「顧愷之以一厨畫寄桓玄家」之故事,蓋藉以形容對方雅興不淺之意,雖食無寒具,卻仍不忘「邀真賞」。此外,宋祁〈旬休〉:「慢態已成書几積,點姿無半畫厨空。」亦作「畫厨」,是知當從「畫」字,「畫」疑形近而誤。

〈答翰林蘇學士〉,頁2491

自是犧尊憶溝「水」,敢將吾笠望卿車。佚存本(宮)、文津閣:自是犧尊憶溝「木」,敢將吾笠望卿車。

案:自是犧尊憶溝木,乃化用《莊子·天地》故事:「百年之木,破為犧尊,青黃而文之,其斷在溝中。比犧尊於溝中之斷,則美惡有間矣,其於失性一也。」敢將吾笠望卿車,則微引〈越謠歌〉故事:「君乘車,我戴笠,他日相逢下車揖;君擔簦,我跨馬,他日相逢為君下。」藉以表達二人之情誼,另可參見前論〈寄會稽天休學士〉「笠車」資料。自其用典觀之,當從「木」字為是,「水」疑形近而誤。

流年遂往蹉「跎」在。佚存本(珍):流年遂往蹉「蛇」在。

案:蹉跎,失意、虛度光陰,謝朓〈和王長史臥病〉:「日與歲眇邈,歸恨積蹉跎。」李頎〈放歌行答從弟墨卿〉:「由是蹉跎一老夫,養雞牧豕東城隅。」蛇,曲折通過,酈道元《水經注·淮水》:「淮水又北,左合椒水,水上承淮水,東北流,逕蛇城南。」就詩意觀之,乃有感「流年」之語,是知當從「跎」無疑,「蛇」疑形近而誤。

〈寒食假中作〉,頁2491

寒「食」假中作。文津閣:寒「日」假中作。

案:寒日,寒冷天氣,《後漢書·鄭興傳》:「今年正月繁霜,自爾以來,率多寒日,此亦急咎之罰。」寒食,節日名,於清明前一日或二日,《周禮·秋官·司烜氏》:「中春以木鐸修火禁於國中」則禁火為周之舊制。觀詩中「九門煙樹蔽

春塵，小雨初晴潑火前。草色引開盤馬地，簫聲催暖賣餳天。」諸語，可知所述乃寒食情事，確知當從「食」無疑。

〈早秋二首〉其一，頁 2491

寒花尚作茸茸密，晚葉「偏」能颯颯鳴。文津閣：寒花尚作茸茸密，晚葉「先」能颯颯鳴。

案：二字均為平聲先韻，無法自音韻判斷。偏，作副詞解為格外或偏偏；先，指時序上位列於前者。此語與「寒花尚作」相對。尚，作副詞解為猶或尚且，尚字得與偏字之意相對，形容花未落而秋風已然颯颯作響之早秋景象，宜從「偏」字，「先」疑音近而誤。

〈懷故里偶成〉，頁 2492

何日謁歸聊望里，況無車騎「得」鄉評。佚存本（宮）（珍）：何日謁歸聊望里，況無車騎「避」鄉評。

案：謁歸，告假歸里。車騎，猶車馬，《禮記·曲禮上》：「前有塵埃，則載鳴鳶。前有車騎，則載飛鴻。」鄉評，鄉里公眾之評論，乃古代選拔人才重要依據，《世說新語·言語》：「王武子、孫子荊各言其土地人物之美。」劉孝標注「孫子荊」引孫盛《晉陽秋》：「鄉人王濟，豪俊公子，為本州大中正，訪問宏為鄉里品狀，濟曰：『此人非鄉評所能名。吾自狀之曰：天才英特，亮拔不群。』」此聯書寫個人對故里之想望，據詩意，宜從「得」字。

〈了淨歸天竺〉，頁 2492

「霜籃」烹茗尋前圃，雨屐粘苔認故蹊。佚存本（珍）：「露華」烹茗尋前圃，雨屐粘苔認故蹊。

案：露華，露水，李白〈清平調詞〉其一：「雲想衣裳花想容，春風拂檻露華濃。」雨屐，雨天所著之木屐，鄭谷〈聞進士許彬罷舉歸睦州悵然懷寄〉：「煙舟撐晚浦，雨屐剪春蔬。」就此聯對仗情形觀之，「籃」與「屐」同屬器物，「霜」、「雨」均自然節候物象，二者方得對應，唯「霜籃」一詞各電子資料庫皆未曾出現，推想其義或指可防霜寒之籃簍，用以盛放茶葉。若據詩意，實「露華」較合宜，古來向有以露水煎茶之事，黃庭堅〈寄新茶與南禪師〉：「筠焙熟香茶，能醫病眼花。

因甘野夫食，聊寄法王家。石缽收雲液，銅缾煮露華。一甌資舌本，吾欲問三車。」暫難斷言，姑備異文。

〈寄葉兵部〉，頁 2493

晨杯甌豉江蓴滑，夕俎供「糖」渚蟹肥。文淵閣：晨杯甌豉江蓴滑，夕俎供「糠」渚蟹肥。文津閣：晨杯甌豉江蓴滑，夕俎供「糟」渚蟹肥。

　　案：晨杯甌豉江蓴滑，乃化用《世說新語·言語》故事：「陸機詣王武子，武子前置數斛羊酪，指以示陸曰：『卿江東何以敵此？』陸云：『有千里蓴羹，未下鹽豉耳！』」糖、糠、糟三者皆得作名詞解而與「豉」相對，唯「糖」為保存或料理「蟹」方式之一，《南齊書·周顒傳》：「鮰之就脯，驟於屈伸；蟹之將糖，躁擾彌甚。」即已提及「糖蟹」之食，段成式《酉陽雜俎》則有「平原郡貢糖蠏，採於河間界。」之記載，段公路《北戶錄》更有「糖蟹法」之詳盡敘述，沈括《夢溪筆談》則載云：「大業中吳郡貢蜜蟹二千頭，蜜擁劍四瓮，又何嗣嗜糖蟹，大底南人嗜鹹、北人嗜甘，魚蟹加糖蜜，蓋便於北俗也。」黃庭堅〈食蟹〉：「海饌糖蟹肥，江醪白蟻醇。」等均足以為證。「糠」、「蟹」亦有關聯，然為三者之中，資料最少且較晚者，宋詡《竹嶼山房雜部·養生部》：「冬月以蒲蕢苴之，置諸糠，穩中可久留。」朱彝尊《曝書亭集·古今詩》亦有「躁甚蟹將糠」一句。「糟」與「蟹」關聯亦稱密切，傅肱《蟹譜·食珍》：「凡糟蟹，茱萸一粒置臍中，經歲不沙。」〈酒蟹〉：「酒蟹須十二月間作，於酒甕間撒清酒，不得近，糟和鹽浸蟹一宿……」高似孫《蟹略·洗手蟹、酒蟹》：「黃太史賦云：『蟹微糟而帶生。』今人以蟹沃之鹽、酒，和以薑、橙，是蟹生，亦曰『洗手蟹』……宋景文詩：『曲長溪舫遠，宴暮酒螯香。』」陳景沂《全芳備祖·果部》錄有陳師道之詩句云：「磊落金盤薦糟蟹，纖柔玉指破霜柑。」陳起《芸居乙稿·適安惠糟蟹新酒》：「偉哉無腸公，橫行占江湖……無端四五輩，懷椒尋酒壚。枕藉糟丘下，醉魂呼不甦。」等皆可見一斑。宋祁曾多次論及「蟹」，其〈初到郡齋三首〉其二：「秋蓴不下豉，霜蟹恣持螯。」〈吳中友人惠蟹〉：「秋水江南紫蟹生，寄來千里佐吳羹。」〈早秋二首〉其一：「對把蟹螯何處酒，悵懷蓴菜此時羹。」與〈送貴溪尉周懿文先輩〉：「吳蟹沈波秋稻富，海魚藏穴夜潮平。」而「霜蟹」常與「蓴羹」並現，蓋與地域物產密切相關。由是觀之，古人言及料理「蟹」時，常與「糖」、「糟」有關，未定孰是，然此詩亦見錄於高似孫《蟹略·渚蟹》：「宋景文詩：『晨杯甌豉江蓴滑，夕俎供糖渚蟹肥。』」《全宋詩》校記曰：「原作糠，據《蟹略》卷二改。」以此，

或從「糖」為是。

海鷗「汀」鷺對忘機。文津閣：海鷗「庭」鷺對忘機。

　　案：此句乃化用《列子·黃帝》故事：「海上之人有好漚鳥者，每旦之海上，從漚鳥游，漚鳥之至者百住而不止。其父曰：『吾聞漚鳥皆從汝游，汝取來，吾玩之。』明日之海上，漚鳥舞而不下也。故曰，至言去言，至為無為。齊智之所知，則淺矣。」汀，水中或水邊平地。庭，堂階前空地。鷗、鷺之屬多居水畔與沙洲之地，故當從「汀鷺」為是。且宋祁〈華州西溪〉云：「弄苻魚差尾，投汀鷺列羣。」亦將「汀」、「鷺」並言，或可輔證之，當從「汀」，「庭」疑音近而誤。

〈送靜照大師歸餘杭〉，頁2493

林鳥「入」花迎擁襪，江龍停浪送浮杯。佚存本（宮）（珍）：林鳥「拾」花迎擁襪，江龍停浪送浮杯。

　　案：此句暗用《類說·傳燈錄·嬾融》故事：「遂投師落髮，入牛頭山，有百鳥銜花之異。」《禪林僧寶傳·浮山遠禪師》亦載云：「猿抱子歸青嶂後，鳥銜花落碧嵓前。」宋祁〈贈通教大士善升〉之「銜花谷鳥還」亦與佛教故事有關。銜，鮑照〈三日〉：「鳧鷖搲苦蔄，黃鳥銜櫻梅。」「銜」、「拾」意較接近，且鳥「入」花「迎」遠不如「拾花」合邏輯，若與下句並觀，「迎」、「送」為對反關係，與「停」對仗較工穩者當屬「拾」，故宜從「拾」字。

漸次南征知有為，化「成」今在故巖隈。文津閣：漸次南征知有為，化「城」今在故巖隈。

　　案：漸次，逐漸、次第，司馬承禎《天隱子·漸門》：「是故習此五漸之門者，了一則漸次至二，了二則漸次至三，了三則漸次至四，了四則漸次至五，神仙成矣。」南征，南行，《楚辭·離騷》：「濟沅湘以南征兮，就重華而陳詞。」王逸注：「征，行也。」有為，佛教語，指有為法，謂因緣所生、無常變幻之現象世界，《景德傳燈錄·鳩摩羅多》：「汝若入此法門可與諸佛同矣。一切善惡，有為無為，皆如夢幻。」化城，佛家語，《妙法蓮華經·化城喻品》：「導師知息已，集眾而告言。汝等當前進，此是化城耳。我見汝疲極，中路欲退還。故以方便力，權化作此城。汝等勤精進，當共至寶所。我亦復如是，為一切導師。見諸求道者，中路而懈廢。不能度生死，煩惱諸險道。故以方便力，為息說涅槃。言汝等苦滅，所作皆已辦。既知到涅槃，皆得阿羅漢。」藉化城之喻以謂求道之真幻與滅化。巖隈，深山曲折

處，隋煬帝〈秦孝王誄〉：「厄駕仁壽，撫席嚴隈。」宋祁詩文屢見「化城」一詞，其〈善惠大師禪齋〉：「化城無憚遠，門外即三車。」〈龍嚴寺〉：「居然化城地，長與客塵分。」及〈安州景福寺重修鐘樓記〉：「夫登是樓者，知化城之所及之非遙，衍法之輪轉而不廢。」多與佛教有所關聯，此詩為送靜照大師所作，故當從「化城」為是，「成」字誤矣。

〈再逢成上人〉，頁 2493

上都初見赤髭年，竝在「西」州絳帳前。佚存本（宮）：上都初見赤髭年，竝在「兩」州絳帳前。

案：赤髭，有道僧人，語出慧皎《高僧傳·譯經中·佛陀耶舍》：「舍（耶舍）為人赤髭，善解《毗婆沙》，時人號曰赤髭毗婆沙。」西，平聲齊韻；兩，上聲養韻。絳帳，《後漢書·馬融傳》：「融才高博洽，為世通儒，教養諸生，常有千數……居宇器服，多存侈飾。常坐高堂，施絳紗帳，前授生徒，後列女樂，弟子以次相傳，鮮有入其室者。」後因以「絳帳」為師門、講席之敬稱，李商隱〈過故崔兗海宅與崔明秀才話舊〉：「絳帳恩如昨，烏衣事莫尋。」就格律觀之，此為七言絕句，屬平起首句入韻格，是知此字當從平聲之「西」方合格律。另，宋祁於此句下自注：予識師于中山公坐上。中山公，據〈哭中山公三十韻〉知為陳元佐，曾統理成都府之黎州、京東東路之淮陽、京西北路之潁州、淮南西路之淝上（約壽州一帶）。西州，古城名，東晉置，為揚州刺史治所，故址於今江蘇南京，又指巴蜀地區，或得佐證此字宜從「西」。

每與文殊同問疾，不知靈運遶「生」天。文淵閣：每與文殊同問疾，不知靈運遶「升」天。

案：每與文殊同問疾，乃徵引《維摩詰所說經·文殊師利問疾品》故事：「爾時，佛告文殊師利：『汝行詣維摩詰問疾。』文殊師利白佛言：『世尊，彼上人者難為訓對，深達實相善說法要，辯才無滯智慧無礙，一切菩薩法式悉知，諸佛祕藏無不得入，降伏眾魔遊戲神通，其慧方便皆已得度。雖然，當承佛聖旨詣彼問疾。』於是眾中諸菩薩、大弟子、釋梵四天王等咸作是念：『今二大士文殊師利維摩詰共談，必說妙法。』即時八千菩薩、五百聲聞、百千天人皆欲隨從。於是文殊師利與諸菩薩、大弟子眾及諸天人恭敬圍繞，入毘耶離大城。爾時，長者維摩詰心念：『今文殊師利與大眾俱來。』即以神力空其室內，除去所有及諸侍者，唯置一床以疾而

臥。文殊師利既入其舍,見其室空無諸所有,獨寢一床。時維摩詰言:『善來文殊師利,不來相而來,不見相而見。』文殊師利言:『如是居士,若來已更不來,若去已更不去。所以者何?來者無所從來,去者無所至,所可見者,更不可見。且置是事。居士,是疾寧可忍不?療治有損,不至增乎?世尊慇懃致問無量。居士,是疾何所因起?其生久如?當云何滅?』」生天,佛教謂行十善者死後轉生天道,《正法念處經·觀天品》:「一切愚癡凡夫,貪著欲樂,為愛所縛,為求生天,而修梵行,欲受天樂。」靈運遷生天,乃徵引沈約《宋書·謝靈運傳》故事:「孟顗事佛精懇而為靈運所輕,嘗謂顗曰:『得道應須慧業文人,生天當在靈運前,成佛必在靈運後。』顗深恨此言。」升天,舊時稱人死亡,李約〈過華清宮〉:「玉輦升天人已盡,故宮猶有樹長生。」宋祁嘗自注:「師嘗隨中山公之上都,及公捐館,師還上都。」據此知「靈運遷生天」乃謂人逝世而轉生天道,證知宜從「生」,「升」疑音近而誤。

休問「外」堂諸弟子,餓思周粟賦歸田。佚存本(宮)(珍):休問「升」堂諸弟子,餓思周粟賦歸田。

案:堂,建於高臺基上之廳房。外堂,古代帝王陵墓外間之墓室,酈道元《水經注·濟水》:「(秦王陵)埏門內二丈得外堂,外堂之後又得內堂,觀者皆執燭而行。」升堂,比喻學問技藝已稍入門,《論語·先進》:「由也升堂矣,未入於室也。」餓思周粟賦歸田,乃化用《史記·伯夷列傳》故事:「武王已平殷亂,天下宗周而伯夷叔齊恥之,義不食周粟,隱於首陽山,采薇而食之。」此字之判定疑與「每與文殊同問疾」一句所引故事密切相關:長者維摩詰心想因文殊師利與大眾(即諸菩薩、大弟子眾及諸天人)俱來,遂以神力空其室內,僅置一床以待來者。如此,是知當從「升堂」為宜。

〈送同年孫錫勾簿巢縣〉,頁 2495

酒幟亭長離「帟」罷,波花風穩暝帆移。文津閣:酒幟亭長離「斾」罷,波花風穩暝帆移。

案:酒幟,即酒帘。帟,音一ˋ,入聲陌韻,承塵之小帳,又泛指帳幕。斾,音ㄆㄟˋ,去聲泰韻,亦作「斾」,旗幟末端狀若燕尾之飄帶,泛指旌旗、旗幟。此句乃謂餞行之帳棚,當從「帟」字為是,宋祁另有〈送梅堯臣〉「祖帟都門路,秋風滿客衣」、〈送客不及〉「祖帟難留十里筵,亭皋衰柳但長烟」,均於送行詩

作中言及「帝」，可為輔證。

〈送胡宿同年主合肥簿〉，頁 2495。

送胡宿同年主合「肥」簿。文淵閣、文津閣：送胡宿同年主合「淝」簿。

　　案：合肥，於宋代隸屬淮南西路，其地名稱乃與肥水有關，《廣韻·平微》：「淝，水名，在廬江。本作『肥』。」《爾雅》：「歸異，出同流肥，言所出同而歸異也。合于一源，分而為肥，合亦同也，故曰合肥。」知「合肥」、「合淝」作地名解時得通用之，然「合肥」一詞出現較早，使用較多，《史記·貨殖列傳》：「合肥受南北潮。」張守節《正義》云：「合肥縣，廬州治也。」《後漢書·順沖質帝紀》：「九江賊黃虎等攻合肥。」《水經注·肥水》：「水首受施水于合肥縣城。」及樂史《太平寰宇記·淮南道四·廬州》：「廬州合肥郡，今理合肥縣。」等皆作「合肥」。沈約《宋書·自序》：「諸君何嘗見數十萬人聚在一處而不敗者，昆陽、合淝前事之明驗。」周應合《景定建康志·文籍志三·書》：「近惟張宗顏數千人趨合淝爾。」則作「合淝」。唯宋祁《新唐書》·〈任瓌傳〉、〈楊行密傳〉均言傳主為「廬州合淝人」，詩作〈聞中山公淝上家園新成祕奉閣輒抒拙詩寄獻〉、〈哭中山公三十韻〉「國猘避狺狺」自注：「罷內制鎮淝上。」皆曾言及「淝」，雖〈田頵傳〉作「廬州合肥」，然其詩文僅此一見，或作「淝」為宜。

〈送同年張孝孫勾簿潁陰〉，頁 2495

綿竹誦篇沈祕幄，堵「坡」題字晦輕埃。文津閣：綿竹誦篇沈祕幄，堵「波」題字晦輕埃。

　　案：堵坡，梵文「Stupa」之音譯，原為「窣堵坡」，省譯為「堵坡」，亦作「窣堵波」、「堵波」，乃印度為埋藏佛舍利所築之塔，其後演變為佛教象徵性之重要標誌，李紳〈修龍宮寺碑序〉：「堵波已傾，法輪莫轉。」《洛陽伽藍記》中二字皆嘗出現，是知皆得解釋之。

〈偶書〉，頁 2496

烟「糝」蔽江懷隱伴，雨苗頵壟負耕期。文淵閣：煙「糝」蔽江懷隱伴，雨苗頵壟負耕期。文津閣：烟「槮」蔽江懷隱伴，雨苗頵壟負耕期。

　　案：糝，音ㄙㄢˇ，上聲感韻，米粒。槮，音ㄙㄣ，平聲侵韻，橚槮，草木茂盛

貌，又音ㄙㄢ∨，上聲感韻，積柴水中製成之捕魚器具。此詩為仄起首句入韻格，此句作「仄仄平平平仄仄」，故此字須從仄聲，且此語與「雨苗穎壘」相對，知當屬品物名詞。據詩意，當從「槮」字為是，「槮」疑形近而誤。

《全宋詩》卷 217 · 宋祁一四

〈九日置酒〉，頁 2497

秋晚佳辰重物華，高臺「複帳」駐鳴笳。佚存本（宮）（珍）：秋晚佳辰重物華，高臺「帳飲」駐鳴笳。

　　案：高臺，左思〈吳都賦〉：「造姑蘇之高臺，臨四遠而特建。」複帳，古代冬季使用之華麗夾帳，陸翽《鄴中記》：「石虎御床，辟方三丈，冬月施熟錦流蘇斗帳，四角安純金龍頭，銜五色流蘇。或用青綈光錦，或用緋綈登高文錦，或紫綈大小錦，絲以房子綿百二十斤，白縑裏，名曰複帳。」鳴笳，吹奏笳笛，古代貴官出行，前導鳴笳以啟路，亦作進軍之號，曹丕〈與梁朝歌令吳質書〉：「從者鳴笳以啟路，文學托乘於後車。」帳飲，於郊野張設帷帳，宴飲送別，楊炯〈送徐錄事·序〉：「臨御溝而帳飲，就離亭而出宿。」此詩書寫歡度重陽景況，與送別無涉，是知當從「複帳」，且逢此高秋時節，冬日將屆，使用冬日之「複帳」亦無不可。

〈寄公序兄資政給事〉，頁 2498

韁鎖虛名應只爾，早同「私」駕老邱樊。佚存本（珍）：韁鎖虛名應只爾，早同「嵇」駕老邱樊。

　　案：韁鎖，韁繩、鎖鏈，比喻束縛，《漢書·敘傳上》：「今吾子已貫仁誼之羈絆，繫名聲之韁鎖。」私駕，私人擁有之車駕，宋祁〈定州謝對衣金帶鞍馬狀〉：「惟舊襲衣圍帶，釘鸞名駒，本三朝之餘珍，重兩驂之私駕，曳焉稱體。」嵇駕，語出《世說新語·簡傲》：「嵇康與呂安善，每一相思，千里命駕。」邱樊，園圃、鄉村，常指隱者所居，王維〈同盧拾遺韋給事東山別業二十韻〉：「謁帝俱來下，冠蓋盈邱樊。」「私駕」較能表明詩人意欲解脫官宦生涯束縛之意，宜從之，「嵇」疑形近而誤。

〈春宴行樂家園〉，頁 2498

乘「暖」草茵侵坐軟，畏風桃綬向林低。文津閣：乘「飲」草茵侵坐軟，畏風桃綬向林低。

　　案：《瀛奎律髓》、《兩宋名賢小集》、《石倉歷代詩選》、《宋詩紀事》諸書亦作「飲」。草茵，平整如茵之綠草，楊維楨〈踏踘歌贈劉叔芳〉：「綺襦珠絡錦繡襠，草裀漫地綠色涼。」此詩書寫春日鳥語花香之光景，依倚於柔軟草地，唯「暖」與「軟」同屬觸覺感受，得以相互呼應，且「乘暖」可與下句「畏風」相對，而「飲」與首聯之「飲壺遊展況親攜」重字，故恐從「暖」為宜。

〈病間答雜端龐淳之見寄〉，頁 2498

藥劑祛「繁」催月杵，茗腴供啜嗜春旗。文津閣：藥劑祛「煩」催月杵，茗腴供啜嗜春旗。

　　案：繁，複雜、蕪雜，劉勰《文心雕龍·鎔裁》：「游心竄句，極繁之體。」煩，煩躁，或謂困乏、疲勞，曹植〈洛神賦〉：「日既西傾，車殆馬煩。」左思〈招隱詩〉：「躊躇足力煩，聊欲投吾簪。」李善注：「言世務勞促，故足力煩殆也。」張籍〈寄韓愈〉：「臨溪一盥濯，清去肢體煩。」此句書寫因病服藥以消解困悶之狀，是知或從「祛煩」較為妥帖。古籍中「祛繁」均作「除去繁冗」之意解，如韓琦〈乙巳郊禮慶成五言二十韻〉之「冕服祛繁飾」與清高宗〈抱素書屋〉之「敦樸祛繁務」皆屬之，而朱橚《普濟方·心臟門·天王補心丹》：「化痰涎、祛煩熱。」與鄺浩〈仙宮嶺〉：「言已叟仙去，四望祛煩襟。」則悉與「消解困悶」之意有關，知作「煩」字，「繁」疑音近而誤。

〈有懷謝炳宗先輩〉，頁 2499

柴車路迥驂驢蹇，栗塢人稀「溜」鵲寒。文津閣：柴車路迥驂驢蹇，栗塢人稀「留」鵲寒。

　　案：柴車，簡陋無飾之車輛，《韓詩外傳》：「疏食惡肉，可得而食也；駑馬柴車，可得而乘也。」驂，同駕一車之三馬，或駕車時位於兩側之馬匹，作動詞則解為乘或駕馭。蹇，跛行、行動遲緩，亦可指駑鈍，王褒〈九懷·株昭〉：「蹇驢服駕兮，無用日多。」王逸注：「駑鈍之徒，為輔翼也。」「驂驢蹇」疑源自賈誼〈弔屈原賦〉：「斡棄周鼎兮寶康瓠，騰駕罷牛兮驂蹇驢，驥垂兩耳兮服鹽車。」並參用王褒作品，藉以暗喻己身際遇困窘，若果，此「驂」字乃動詞轉形容詞用。

溜，作動詞解可作私自離開、進入，然宋代詩文似無此用法。留，此疑作等候解，《莊子·山木》：「蹇裳躩步，執彈而留之。」成玄英疏：「留，伺候也。」《楚辭·九歌·湘君》：「君不行兮夷猶，蹇誰留兮中洲。」王逸注：「留，待也。」晏殊〈蝶戀花〉：「草際露垂蟲響遍，珠簾不下留歸燕。」此聯描寫詩人客居江湖之淒清冷寂感懷，二句相對，「溜鵲寒」、「留鵲寒」參照上句之詞性、意涵，或宜作「留」，形容粟塢人稀場景中，守候故人歸返之鵲鳥寒冷情貌，「溜」疑形音俱近而誤。

〈貴溪周懿文寄遺建茶偶成長句代謝〉，頁2500

烹憐晝鼎花浮「柵」，採憶春山露滿旗。文淵閣、文津閣：烹憐晝鼎花浮「柵」，採憶春山露滿旗。

案：柵，去聲禡韻，以竹或木等材料編成之遮攔物。糁，音ㄙㄢˋ，入聲陌韻，以米或參等穀物攪入他物。旗，指茶芽始展之小葉，文瑩《玉壺清話》：「夷簡〈山居〉詩有『宿雨一番蔬甲嫩，春山幾焙茗旗香』之句。」此句蓋書寫煮茶之狀，而與描摹採茶景象之「採憶春山露滿旗」相對。所謂「花浮柵」當係形容茶面湯花之狀，陸羽《茶經·五茶之煮》：「沫、餑，湯之華也。華之薄者曰沫；厚者曰餑；細輕者曰花，如棗花漂漂然於環池之上，又如迴潭曲渚青萍之始生，又如晴天爽朗有浮雲鱗然。其沫者，若綠錢浮於水渭，又如菊英墮於樽俎之中。餑者，以滓煮之，及沸則重華累沫，皤皤然若積雪耳。」是知「花」即湯花，而「浮柵」乃就茶面湯花之色澤外觀比喻，即所謂之「粥面」，講究湯花當如白米粥遇冷凝結之狀，蔡襄《茶錄·點茶》：「茶少湯多則雲腳散，湯少茶多則粥面聚。」宋子安《東溪試茶錄·茶病》：「芽擇肥乳，則甘香而粥面，着盞而不散。」由是觀之，當從「糝」字，「柵」疑形近而誤。

品絕「未甘奴視」酪，啜清須要玉爲瓷。佚存本（珍）：品絕「不同漿與」酪，啜清須要玉爲瓷。

案：奴視酪，疑與「酪奴」有關，即「茶」之別名，楊衒之《洛陽伽藍記·正覺寺》：「羊比齊魯大邦，魚比邾莒小國。惟茗不中，與酪作奴……彭城王重謂曰：『卿明日顧我，為卿設邾莒之食，亦有酪奴。』因此復號茗飲為酪奴。」劉勳〈不寐〉：「酪奴作祟攪秋眠，追咎前非四十年。」就此聯之對仗關係觀之，「漿與酪」為同等關係之二物，然「玉為瓷」則非是，乃謂以玉杯作飲器以品茶，與「奴視酪」

之詞性、詞組關係相同，輔以「酪奴」可切合詩題「茶」與全詩書寫筆法，知當從「未甘奴視」較妥適。

茂陵渴肺「消」無幾。佚存本（珍）：茂陵渴肺「銷」無幾。

案：此句蓋化用《史記·司馬相如列傳》故事：「相如口吃而善著書。常有消渴疾。與卓氏婚，饒於財。其進仕宦，未嘗肯與公卿國家之事，稱病閒居，不慕官爵。」以此，是知當從「消」字。

〈題漣水軍豹隱堂幷序〉，頁 2501

「題」漣水軍豹隱堂。佚存本（珍）：漣水軍豹隱堂。

案：經查宋祁文字，其〈題信相院默庵〉、〈題蜀州修覺寺〉、〈題玉溪符上人清風閣〉、〈寄題元華書齋〉、〈寄題藥山牛欄庵壁〉、〈寄題相臺太尉韓公畫錦堂〉等詩篇，多以「題」冠於建物之前，如是，或得以據之增補。

（序文）今趙集賢既未「榮之」日，常處于此，及「登」科，始以今名榜其堂，不五年集賢出守軍政。佚存本（珍）：今趙集賢既未「策名」日，常處于此，及「決」科，始以今名榜其堂，不五年集賢出守軍政。

案：策名，乃「策名委質」之省，後指因仕宦而獻身於朝廷，《後漢書·蔡邕傳》：「吾策名漢室，死歸其正。」亦作科試及第解，王定保《唐摭言·夢》：「鍾輻，虔州南康人也，始建山齋為習業之所，因手植一松於庭際，俄夢朱衣吏白云：『松圍三尺，子當及第。』輻惡之。爾來三十餘年，輻方策名，使人驗之，松圍果三尺矣。」此所謂「未策名日」與「未榮之日」均得指尚未釋褐入仕或科試及第之意，二者皆得解釋之。登科，登上科舉考試之榜，裴說〈見王貞白〉：「共賀登科後，明宣入紫宸。」決科，參加射策，決定科第，後指參加科舉考試，揚雄《法言·學行》：「或曰：『書與經同，而世不尚，治之可乎？』曰：『可。』或人啞爾笑曰：『須以發策決科。』」據序文之意，前言尚未出仕前之狀態，後則謂及第以後方為其題署堂名，遂知當從「登科」為是。

〈寄鄭天休〉，頁 2502

翹車交辟滯東南，盤蕙多年歇賜衫。佚存本（宮）（珍）（叢）未見此首。

案：《全宋詩》「蕙」下校記：佚存本卷三二作「礴」。翹車，《左傳·莊公二十二年》引逸詩：「翹翹車乘，招我以弓。」後因謂禮聘賢士之車為「翹車」。

陸機〈演連珠〉其四：「是以俊乂之藪，希蒙翹車之招；金碧之巖，必辱鳳舉之使。」交辟，交相徵聘，楊炯〈王勃集序〉：「三府交辟，遇疾辭焉。」盤蕙，以蕙燻香，宋庠〈幽賦〉：「含階筠之媚色，洩盤蕙之幽香。」楊億〈七夕〉：「天開翠帟暮氛消，盤蕙朱煤惜易飄。」宋祁另有〈一雨〉：「梅驛使稀誰託信，蕙盤烟冷不成香。」係作「蕙盤」者，蓋與「盤蕙」同義。盤礴，徘徊、逗留，林逋〈秋日含山道中回寄歷陽希然山人〉：「林落人家總入詩，下驢盤薄立多時。」或引申為不拘形跡，曠放自適，陸游〈與李運使啟〉：「至於盤礴游戲之翰墨，嬉笑怒罵之文章，過黃初而有餘，嗟正始之復見。」就詩意觀之，此句應與薰香無涉，乃謂對方徘徊之狀，與上句之「滯」相呼應，故從「礴」為宜。

〈送李芝還舊隱〉，頁 2503

舊隱「卻」招三徑菊，歸裝不受九街塵。文淵閣：舊隱「卻」招三徑菊，歸裝不受九街塵。

案：舊隱，舊時隱居處，項斯〈送歸江州友人初下第〉：「新春城外路，舊隱水邊村。」卻，作副詞解以表示轉折之意時，可與「卻」同，譚嗣同〈又哭武陵陳星五煥奎七絕〉：「卻憶去年風雨裏，秋窗摘阮夜鐙紅。」招，訪求、邀請，李白〈九日登山〉：「因招白衣人，笑酌黃花菊。」三徑，亦作「三逕」，趙岐《三輔決錄·逃名》：「蔣詡歸鄉里，荊棘塞門，舍中有三徑，不出，唯求仲、羊仲從之遊。」後因以「三徑」指歸隱者之家園，陶潛〈歸去來辭〉：「三徑就荒，松竹猶存。」此句書寫對方歸返舊隱之意志，故二者皆得解釋而無礙。

〈答戶部勾院王學士泊滄陵見寄〉，頁 2503

林姿暗淡吞霞「彩」，浪疊光芒受月輪。佚存本（宮）（珍）、文淵閣、文津閣：林姿暗淡吞霞「尾」，浪疊光芒受月輪。

案：此語與「受月輪」相對，是知「霞」為主體，「彩」與「尾」則為「霞」之狀態或特徵。「彩」意指霞之光彩與輝光，「尾」謂霞殘留西天之狀，二者皆得解釋之，然宋祁〈對月〉：「林梢霞尾暗，海面月華新。」與此詩意境近似，且其文字未見「霞彩」一詞，或從「尾」為宜。

〈送張清臣學士省侍金陵〉，頁 2504

送張清臣學士「省侍金陵」。佚存本（珍）：送張清臣學士「隨侍金陵」。文津閣：
送張清臣學士。

　　案：張清臣，古籍今僅見存尹洙〈張氏會隱園記〉中「河南張君清臣」一語，
文云：「張氏世卿大夫清臣，獨以衣冠為身污，湔洗奮去，目不眠勢人。洛城風物
之嘉，有以助其趣者，必留連忘歸，始得民家園治而新之。」然無論郡望「河南」
抑或會隱園所在之「洛城」，悉與「金陵」無關。「省侍」乃探望、侍奉之意，多
用於尊長父母，蘇軾〈與子安兄書〉其一：「拜違十八年，終未有省侍之期。歲行
盡，但有懷仰。」「隨侍」則指跟隨侍奉。此詩末聯云：「昊天此夜瞻台座，併是
荀家父子星」，荀家父子，疑與《後漢書·荀淑傳》：「荀淑，……朗陵侯相。莅
事明理，稱為神君。……有子八人：儉，緄，靖，燾，汪，爽，肅，專，並有名稱，
時人謂（之）『八龍』。」所言有關，藉以贊揚張清臣與其父，故此詩當有省侍或
隨侍之意，文津閣疑脫誤。

「金」門試罷得蒸青。佚存本（珍）：「期」門試罷得蒸青。

　　案：金門，即金馬門，漢代宮門名，學士待詔之處，《史記·滑稽列傳》：「金
馬門者，宦（者）署門也。門傍有銅馬，故謂之曰『金馬門』。」期門，官名，漢
武帝時置，掌執兵扈從護衛，武帝喜微行，多與西北六郡良家子能騎射者期約於殿
門會合，故稱，漢平帝時更名虎賁郎，《漢書·地理志下》：「漢興，六郡良家子
選給羽林、期門，以材力為官，名將多出焉。」楊炯〈左武衛將軍成安子崔獻行狀〉：
「受軍麾命服之數，掌期門伎飛之職。」蒸青，蓋即汗青，參見前論〈黃注昆仲赴
舉〉「殺青」資料，一謂取竹青浮滑如汗，易於改抹，後以「汗青」指著述完成。
對方為「學士」，此句復見「蒸青」，故當從「金」為宜。

同時第賦留宸幄，他日聞「時」戀相庭。佚存本（珍）、文津閣：同時第賦留宸幄，
他日聞「詩」戀相庭。

　　案：此語與「同時第賦」相對，故「詩」得與「賦」相對，使從「時」則與上
句犯複，且宋祁〈李少傳逸老亭〉：「營菟茲寓老，趨鯉即聞詩。」見「聞詩」語，
「聞時」則未有作獨立語詞之用者，故宜從「詩」字，「時」疑形近而誤。

併是荀家「父」子星。文淵閣：併是荀家「殳」子星。

　　案：殳，古代兵器，多用作儀仗，《說文·殳部》：「殳，以杖殊人也。《禮》：
『殳以積竹，八觚，長丈二尺，建於兵車，旅賁以先驅。』」張衡〈西京賦〉：「但
觀置羅之所胃結，竿殳之所揘畢。」薛綜注：「殳，杖也。八棱，長丈二而無刃。

或以木為之，或以竹為之。」「茍家殳子星」意義難明，「父子」則指茍淑典故，確知「殳」字誤矣，當從「父」。

〈祗答提舉觀文丁右丞〉，頁 2504。

祗答提舉觀文丁右丞。文淵閣、文津閣：祗答提舉觀文丁右丞「見寄」。

　　案：祗答，敬答，宋祁另有〈祗答天平龐相公〉、〈祗答延州安撫吳宣徽〉、〈祗答洛臺資政房春卿侍郎〉、〈祗答太傅鄧國張相公〉及〈祗答公序相國二兄見寄二首〉、〈祗答天平相國龐公追記舊遊見寄〉、〈祗答晏尚書懷寄之什〉諸篇，「祗答」、「見寄」時並現時獨見。大抵和答之詩多有「見寄」二字，試觀〈和君貺學士宿淮上見寄〉、〈和天休舍人奉祠太一宮見寄〉、〈答景亳宣徽吳尚書見寄短偈〉、〈答轉運王工部到壽陽卻乘流東下以詩見寄〉、〈答連生見寄兼簡同邑胡希元〉、〈答刑部王侍郎病中見寄〉、〈答安陸王工部早春郡園見寄次韻〉皆如此，此外，亦有未言和答之作，其〈西園晚秋見寄〉屬之，復有言「答」而未用「見寄」者，如：〈答京西提刑張司封次韻〉、〈答翁愈賦卷〉、〈答勸農李淵宗嘉州江行〉、〈答朱公綽牡丹〉、〈答張學士西湖即席〉諸篇，未定孰是。

〈孫集仙世領東海〉，頁 2505

「雲岊蒼鬱」照城郛，奕葉鄉州擁使符。文津閣：「蒼鬱雲岊」照城郛，奕葉鄉州擁使符。

　　案：蒼，平聲唐韻，韓愈〈條山蒼〉：「條山蒼，河水黃。」蒼鬱，青翠茂盛，薛福成〈後樂園記〉：「山上下古木蒼鬱，皆數百年物。」岊，入聲屑韻，山曲折隱秘處，盧柟〈天目山賦〉：「鼌散陸離，戲遊山岊。」奕葉，累世，蔡邕〈琅邪王傅蔡郎碑〉：「奕葉載德，常歷宮尹，以建於茲。」二者格律一致，且為首聯而無對仗之必要，兼與詩意皆得解釋無礙，未定孰是，姑備異文。

畫繡愈知今日貴，子「庭」猶憶向時趨。文津閣：畫繡愈知今日貴，子「廷」猶憶向時趨。

　　案：畫繡愈知今日貴，疑徵引《漢書·霍光金日磾傳》故事：「明年夏，封太子外祖父許廣漢為平恩侯……廣治第室，作乘輿輦，加畫繡絪馮，黃金塗，韋絮薦輪，侍婢以五采絲輓顯，游戲第中。」趨庭，《論語·季氏》：「（孔子）嘗獨立，鯉趨而過庭。曰：『學詩乎？』對曰：『未也。』『不學詩，無以言。』鯉退而學

詩。他日，又獨立，鯉趨而過庭。曰：『學禮乎？』對曰：『未也。』『不學禮，無以立。』鯉退而學禮。鯉，孔子之子伯魚。」後因以「趨庭」謂子承父教。據詩意，此句當暗用此一故事，是知宜從「庭」，「廷」疑形近而誤。

〈送殿院張奎漕京東〉，頁 2505

霜栢輕寒「驚」曙烏。佚存本（宮）（珍）：霜栢輕寒「警」曙烏。

案：此為七言絕句，屬仄起首句不入韻格，是知此字當從平聲之「驚」為確，「警」為上聲梗韻，與格律不符。

使臺「東」道亞風旛。佚存本（宮）（珍）：使臺「束」道亞風旛。

案：東道，通往東方之道路，《左傳·成公十三年》：「東道之不通，則是康公絕我好也。」束，猶夾，辛棄疾〈水龍吟·過南劍雙溪樓〉：「峽束蒼江對起，過危樓，欲飛還斂。」此詩題名「送殿院張奎漕京東」乃送人向東赴任之作，又自格律觀之，「霜」、「使」存在拗救關係，此字亦得從平聲再救本句之拗字「東」，故從「東」無疑，「束」疑形近而誤。

人瞻御史乘「驄」貴。佚存本（宮）（珍）：人瞻御史乘「驂」貴。

案：驄，青白色相雜之馬、御史騎乘之馬匹，此句徵引《後漢書·桓典》故事：「典字公雅，復傳其家業，以尚書教授潁川，門徒數百人。舉孝廉為郎。居無幾，會國相王吉以罪被誅，故人親戚莫敢至者。典獨棄官收斂歸葬，服喪三年，負土成墳，為立祠堂，盡禮而去。辟司徒袁隗府，舉高第，拜侍御史。是時宦官秉權，典執政無所回避。常乘驄馬，京師畏憚，為之語曰：『行行且止，避驄馬御史。』及黃巾賊起滎陽，典奉使督軍。賊破，還，以惛宦官賞不行。在御史七年不調，後出為郎。」驂，《左傳·成公十八年》：「程鄭為乘馬御，六驂屬焉。」孔穎達疏：「驂是主駕之官也。」《後漢書·宦者傳·張讓》：「凡詔所徵求，皆令西園騶密約敕，號曰『中使』。」李賢注：「驂，養馬人。」自詩意與用典情形觀之，當從「驄」無疑，「驂」疑音近而誤。

新詔黃金飾佩「餘」。佚存本（宮）（珍）、文津閣：新詔黃金飾佩「魚」。

案：佩魚，乃古代官員服制之一，意指佩帶魚袋，即唐代五品以上官員所佩帶之魚袋，其制三品以上飾以金，五品以上飾以銀，始於唐高宗永徽二年，至宋代並賜近臣，以別貴賤。《新唐書·車服志》：「中宗初，罷龜袋，復給以魚，郡王、嗣王亦佩金魚袋。景龍中，令特進佩魚，散官佩魚自此始也。」曾慥《高齋漫錄》：

「給舍為舊一等，並服緋帶排方佩魚。」宋祁《宋景文筆記·釋俗》：「近世授觀察使者不帶金魚袋。初，名臣錢若水拜觀察使，佩魚自若。」王應麟《困學紀聞·考史》：「佩魚始於唐永徽二年，以鯉為李也。」李燾《續資治通鑑長編·仁宗》：「中書堂後官自今毋得佩魚，若士人選授至提點五房者，許之。」由是觀之，當從「佩魚」，且使從「佩餘」，則與「錢續司農朽貫餘」之韻腳重複，「餘」疑音近而誤。

〈九日宴射〉，頁 2505

佳節憑高駐綵旗，亭「皋」霧罷轉晨曦。堋間羽集號猿後，臺外塵飛戲馬時。文淵閣：佳節憑高駐綵旗，亭「高」霧罷轉晨曦。堋間羽集號猿後，臺外塵飛戲馬時。

　　案：宴射，古射禮之一，聚飲習射稱之。九日，即重九日，乃重陽節。憑高，登臨高處，李白〈天台曉望〉：「憑高遠登覽，直下見溟渤。」皋，音ㄍㄠ，平聲豪韻；亭皋，水邊平地。堋，分水之堤壩，酈道元《水經注·江水一》：「江水又歷都安縣……李冰作大堰於此，壅江作堋，堋有左右口，謂之湔堋。」據詩意，若從「亭高」，取其位置高之意，與題名所謂〈九日宴射〉相符，且得與「佳節憑高駐彩旗」重陽登高之習俗相應。使作「亭皋」，基於水氣凝結為霧之原理，「亭皋」位於水邊之地，其水氣易凝結成霧，適與「霧罷」及「堋間羽集」相應。又，若從「亭高」則與上句之「憑高」重複，恐從「皋」為宜，「高」疑音近而誤。

芳菊治疴爭泛藥，丹萸「解」惡徧傳枝。文淵閣、文津閣：芳菊治疴爭泛藥，丹萸「辟」惡徧傳枝。

　　案：丹萸，即茱萸，植物名，香氣辛烈，可入藥，古俗重陽節佩茱萸能祛邪辟惡，《西京雜記》：「九月九日，佩茱萸，食蓬餌，飲菊華酒，令人長壽。」趙彥昭〈奉和九日幸臨渭亭登高應制〉：「紫菊宜新壽，丹萸辟舊邪。」解，免除；辟，排除。依丹萸功用及重陽習俗，宜從「辟」字。

〈慶曆初召為學士歲餘罷久之出守凡三十年還拜承旨感而成詠〉，頁 2505

慶曆初召為學士歲餘罷久之出守凡三十年還拜承旨感而成詠。文淵閣：羅學士出守復拜丞旨感而有賦。

　　案：據常玉心《宋祁的生平及其政治思想》，知宋祁於慶曆元年至慶曆三年曾出知壽州與陳州，而於慶曆三年至慶曆五年則返京任翰林學士，復於慶曆八年再任

翰林學士。如此，便與「慶曆初，召為學士，歲餘罷。久之出守，凡三十年。」之
敘述大相逕庭，是知該段文字之主角當非宋祁，而為羅學士，觀此二者之敘述，一
詳一簡，實則義同，未定孰是，姑備異文。

〈早春出近郊〉，頁2506

迴望三條接上「蘭」，野霏山秀似堪餐。佚存本（珍）：迴望三條接上「闌」，野
霏山秀似堪餐。

　　案：三條，指北條山、中條山、南條山，皎然〈送沈居士還太原〉：「浪花飄
一葉，峰色向三條。」接，靠近。闌，門前柵欄、欄杆。此「迴望」與「野霏山秀」
為遠望景致之書寫，蘭花、欄杆似均非遠望可及者，疑「上蘭」為某縣名，蕭繹〈縣
名詩〉：「長陵新市北，鄭衛好容儀。先過上蘭苑，還牽高柳枝。」提及此處，且
魏晉詩歌常以之與「上蔡」相對，如：徐陵〈春情詩〉「欲知迷下蔡。先將過上蘭」、
沈約〈登高望春詩〉「淹留宿下蔡，置酒過上蘭」、車（柔支）〈驄馬〉「平明發
下蔡，日中過上蘭」，恐從「蘭」字為是，「闌」疑形近而誤。

風長麥淺如皐路，「雉」子「斑斑」錦羽「乾」。佚存本（宮）：風長麥淺如皐路，
「稚」子「班班」錦羽「皷」。佚存本（珍）：風長麥淺如皐路，「稚」子「班班」
錦羽「翰」。

　　案：雉，通稱野雞，雄者羽色美麗，尾長，可做裝飾品。雉子，幼雉，何承天
〈雉子游原澤篇〉：「雉子遊原澤，幼懷耿介心。」稚子，幼子，《史記·屈原賈
生列傳》：「懷王稚子子蘭勸王行：『奈何絕秦歡！』懷王卒行。」班班，可通「斑
斑」作斑點眾多貌解。錦羽，羽毛美麗之鳥，李群玉〈鸂鶒〉：「錦羽相呼暮沙曲，
波上雙聲戛哀玉。」自「錦羽」而論，主語當從禽屬之「雉」，而「錦羽」側重其
毛羽華美之狀，故知當從「斑斑」較妥帖，宋祁〈出城所見賦五題〉其四：「遠迷
天泱泱，低隱雉斑斑。」可參照。另，「皷」為「鼓」之異體字，屬上聲姥韻，「乾」
與「翰」悉屬平聲寒韻，與此詩韻腳相符，若自上句觀之，因「皐路」即水邊之地，
知此句當與「乾」無涉，又「羽翰」得作翅膀解，同「雉子」、「斑斑」及「錦」
相應，故宜從「翰」，「乾」疑形近而誤。

〈出次近郊〉，頁2506

旅舍樵蘇勞後爨，農家「簦笠」遠相望。文淵閣：旅舍樵蘇勞後爨，農家「登芏」

遠相望。

　　案：樵蘇，打柴砍草之人，左思〈魏都賦〉：「樵蘇往而無忌，即鹿縱而匪禁。」簦，古代有柄之笠，猶今日之雨傘。笠，以竹篾或棕皮編制而成，藉此遮陽擋雨之帽子。簦笠，雨具，《國語・吳語》：「夫差不貫不忍，被甲帶劍，挺鈹搢鐸，遵汶伐博，簦笠相望於艾陵。」登苙，未曉其意。此語須與「樵蘇」相對，且據詩意與《國語・吳語》觀之，當從「簦笠」無疑，「登苙」疑形近而誤。

〈得揚州書〉頁 2507

得「揚」州書。佚存本（宮）（珍）（叢）：得「楊棣」州書。

　　案：據詩意，詩題應與某官員有關，「揚州」過於空泛，似非一般詩題慣習，使作「楊棣州」當似「柳柳州」，「楊」為其姓，「棣州」乃其任職州郡，惟查考史書，未見相關訊息，唯有「楊适」者，乃棣州人，然此楊适約宋徽宗宣和中前後在世，與宋祁應無交集，雖未能斷定所指何人，然恐從「楊棣」為宜。

〈楊備永嘉市征〉，頁 2507

幾枝北道梅傳信，一「味」南方桂補羸。佚存本（珍）：幾枝北道梅傳信，一「器」南方桂補羸。

　　案：味，量詞，中藥配方，藥物之一種稱一味，時亦用於菜肴，陳子昂〈謝藥表〉：「伏奉中使宣敕旨，賜貧道藥總若干味。」補，滋補，潘榮陛《帝京歲時紀勝・皇都品彙》：「劉鉉丹山楂丸，能補能消，段頤壽白鯽魚膏，易膿易潰。」羸，衰病，《國語・魯語上》：「饑饉薦降，民羸幾卒。」此謂以「桂」食補之，加以「味」、「枝」均得作量詞解，對仗工切，是知當從「味」。

後「雨」蒸青貽素「業」，舊塘生草繼妍辭。文淵閣：後「兩」蒸青貽素「葉」，舊塘生草繼妍辭。

　　案：據詩意，宜從「雨」，「兩」疑形近而誤，前已見之。素業，清白之操守或先世所遺之業，舊時多指儒業。素葉，白葉、落葉，張華〈雜詩〉其二：「白蘋開素葉，朱草茂丹華。」劉楨〈贈五官中郎將〉其二：「素葉隨風起，廣路揚塵埃。」宋祁〈黃注昆仲赴舉〉之「滄海賦毫多灑白，南山書簡偏蒸青。」與〈送蕭山宰劉寺丞〉「幾帙異書藏臥帳，肯容傖客廣蒸青。」均見蒸青與書簡密切相關，加以此聯「繼妍辭」一語，恐從「素業」以側重立言傳世之意較為妥帖，「葉」疑音近而誤。

他年第頌歸何「處」，名應唐家十二時。佚存本（珍）：他年第頌歸何「後」，名應唐家十二時。

　　案：唐家，唐朝，文天祥〈平原〉：「唐家再造李郭力，若論牽制公咸靈。」十二時，一晝夜、全天之意，王維〈送楊長史赴果州〉：「鳥道一千里，猿啼十二時。」就「歸」之動作觀之，當從「何處」為是，「歸何後」難以理解其意。

〈祗答相國龐公將至并部馬上垂寄〉，頁 2507

「祗」答相國龐公將至并部馬上「垂」寄。文淵閣：「祗」答相國龐公將至并部馬上「郵」寄。

　　案：祗，敬，《詩經·商頌·長髮》：「昭假遲遲，上帝是祗。」祗答，敬答。祇，神祇、只、恰，封演《封氏聞見記·第宅》：「祇見人自改換，牆皆見在。」題贈應和往來作品為表敬意，必用「祗」字，「祇」蓋形近而誤。垂，敬詞，用以敬稱對方之行為。郵，郵遞、寄送。垂寄，綜觀宋祁詩文，未見他例，然宋人徐鉉《騎省集·和鍾郎中送朱先輩還京垂寄》、強至《祠部集·元卿舟次丹陽讀予與諸君前年送別聯句因作以道南還愆期之意遠垂寄示輒依元韻和答》均有可供參照例證，「郵寄」則未查得類似情形，當從「垂」字為宜，「郵」疑形近而誤。

〈予既到郡有詔仍修唐書寄局中諸僚〉，頁 2508

昏眸病入花爭亂，倦「首」搔餘雪半垂。文津閣：昏眸病入花爭亂，倦「領」搔餘雪半垂。

　　案：所謂「搔餘雪半垂」當指搔髮而使髮絲散亂下垂，「雪」乃形容髮白之狀，宋祁〈聞歸雁〉「搔首未成歸」、〈祗答公序相國二兄見寄二首〉其二「把酒天涯恨搔頭」及〈落花〉之「自今搔首更離羣」諸篇皆與「頭」、「首」相關，而未見與「領」並論者，故宜從「首」字，「領」疑義近而誤。

〈西征道中寄友人〉，頁 2508

斜日楚「楓」低候雁，早霜秦樹送殘蟬。文津閣：斜日楚「風」低候雁，早霜秦樹送殘蟬。

　　案：楚風，楚之風尚，柳亞子〈聞萍醴義師失敗有作〉：「胡運百年永，楚風

三戶雕。」或謂楚地之風，〈酬樂天東南行詩一百韻并序〉：「楚風輕似蜀，巴地濕如吳。」宋庠〈晚臺〉：「楚風摵摵迷魂地，可在揚雄獨廣騷。」楚楓，楚地之楓木，胡宿〈霜野〉：「啄兔青骹直下飛，霜雲慘慘楚楓披。」〈送客回馬上作〉：「衰容畏秋色，不及楚楓丹。」就詩意觀之，二者皆可從，然此語須與「早霜秦樹」相對，「斜日」、「早霜」均屬天文現象，而「秦樹」為植物，唯「楚楓」方得與之成正對，是知從「楓」較適切，「風」疑音近而誤。

〈欲棲烏〉，頁 2509

迎秋別恨塡「銀」漢，未夜啼聲怨玉徽。文津閣：迎秋別恨塡「河」漢，未夜啼聲怨玉徽。

案：河漢，銀河，《古詩十九首‧迢迢牽牛星》：「河漢清且淺，相去復幾許。」銀漢，銀河，鮑照〈夜聽妓〉：「夜來坐幾時，銀漢傾露落。」就詩意觀之，二者皆可從，雖宋祁〈歲云秋賦〉：「離鴻翩其高飛兮，羈獸駭而長鳴；視河漢之傾幹兮，突浮雲而繁興。」〈答朱彭州喜雪〉：「雲漸結河漢，風礫灑林邱。」均作「河漢」而未見「銀漢」，然此句須與「玉徽」相對，僅「銀」足與「玉」正對，故從「銀」為宜。

《全宋詩》卷 218‧宋祁一五

〈禋郊十韵〉，頁 2511

日至方流慶，崧呼「節」獻年。文津閣：日至方流慶，崧呼「即」獻年。

案：此句與「日至方流慶」相對，方，作副詞解為才或方始之意，「節」則無作副詞解者，知宜從「即」字，「節」疑形近而誤。

〈大禮慶成〉幷狀，頁 2512

大禮慶成並「狀」。佚存本（珍）：大禮慶成並「序」。

案：此詩前文謂「謹繕寫隨狀上進以聞」，是知當從「狀」字。

洞接于九「圖」。佚存本（珍）：洞接于九「圍」。

案：九圖，郭雍《郭氏傳家易說‧雜卦》引曾伋文字云：「郭雍子和家傳伊川

先生之學，初示余兼山先生《中庸》、《解易說》、《四學淵源論》，久之，子和又以所著《中庸》、《易說》二書及兼山九圖相授。」《欽定四庫全書·周易本義·提要》：「內府以宋槧摹雕者，前有革序，每卷之末，題敷原後學劉宏校正文字行欵……卷端惟列有九圖，卷末係以易贊五首，筮儀一篇。」胡渭《易圖明辨·象數流弊·論四聖之易》：「九圖雖妙，聽其為易外別傳，勿以冠經首可也。」是知「九圖」與易理相關。九圍，九州，《詩經·商頌·長髮》：「帝命式於九圍。」孔穎達疏：「謂九州為九圍者，蓋以九分天下，各為九處，規圍然，故謂之九圍也。」宋祁〈大有年頌并序〉「九圍清淑」、〈藉田頌〉「帝猷昭升，式于九圍」均言及「九圍」，「九圖」則未見之，輔以文義，或從「圍」為是，「圖」疑形近而誤。

臣飲和云舊，逢吉「日」多。文淵閣、文津閣：臣飲和云舊，逢吉「自」多。

　　案：飲和，使人自在享受和樂，或自得中和之道，語本《莊子·則陽》：「故或不言而飲人以和。」郭象注：「人各自得，斯飲和矣，豈待言哉？」劉禹錫〈令狐相公俯贈篇章斐然仰謝〉：「飲和心自醉，何必管弦催。」云，助詞，無義，《詩經·邶風·雄雉》：「道之云遠，曷云能來。」逢吉，大吉利，語本《尚書·洪範》：「身其康彊，子孫其逢吉。」日，此指每日，陶淵明〈歸去來辭〉：「園日涉以成趣，門雖設而常關。」自，作副詞解為依然，王勃〈滕王閣詩〉：「閣中帝子今何在？檻外長江空自流。」此云欣逢太平盛世而己亦得承吉利之福，若自對文角度觀之，「日」為實詞，而「云」與「自」同屬虛詞，然此篇狀文偶有對仗未臻工穩處，據文意，從「日」較適切，「自」疑形近而誤。

輒呻畢以考言，均「過簫而效響」。佚存本（珍）：輒呻畢以考言，均「奏簫而叶韻」。

　　案：呻畢，誦讀書籍，《禮記·學記》：「今之教者，呻其佔畢。」考言，察其所言，《尚書·舜典》：「格汝舜，詢事考言，乃言底可績，三載，汝陟帝位。」過簫，昔有「風過簫」一語，段成式《酉陽雜俎·續集·貶誤》：「范傳正中丞舉進士省試〈風過簫賦〉……《淮南子》云：『夫播棊丸於地，圓者趣窐，方者止高，各從其所安。夫人又何上下焉，若風之過簫也，忽然感之，可以清濁應矣。』」蓋謂簫聲隨風遠播，陸機〈漢高祖功臣頌〉：「震風過物，清濁効響。大人于興，利在攸往。」註引《文子》曰：「昔堯之治天下也，舜為司徒，契為司馬，禹為司空，后稷為田疇，奚仲為工師。是以離叛者寡，聽從者眾，若風之過簫，忽然感之，各以清濁應物也。」韓鑠〈萬壽恭擬古歌九章〉：「千人唱，萬人和，如風過簫，羣籟畢發。」似與此文意近，或得參見理解之。奏簫，吹奏簫管，古籍中多見「奏簫

韶」一詞，如馮萬石〈對文詞雅麗策〉「捐鄭衛之音。奏簫韶之樂」，簫韶，本為舜所制作樂曲，後泛指美妙音樂，李紳〈憶夜直金鑾殿承旨〉：「月當銀漢玉繩低，深聽簫韶碧落齊。」唯若僅言「奏簫」，似與簫韶無關。自對文角度觀之，「呻畢」、「考言」與「過簫」、「效響」、「奏簫」、「叶韵」悉為動詞、名詞之組合，皆得解釋之，然觀詩中「羣心樂更始，徽冊眎頒辭。堯舜文章煥，淵雲頌嘆疲」文句，此處或與陸機頌文有關，恐從「過簫而效響」為宜。

豫動森華蓋，乾行「儷」絳螭。佚存本（珍）：豫動森華蓋，乾行「儼」絳螭。

案：森，整肅、不可侵犯，李白〈出自薊北門行〉：「虎竹救邊急，戎車森已行。」華蓋，帝王或貴官車駕之傘蓋，《漢書·王莽傳下》：「莽乃造華蓋九重，高八丈一尺，金瑵羽葆。」乾行，猶乾道、天道，《易經·同人》：「同人於野，亨，利涉大川，乾行也。」儷，作形容詞解為成雙成對者。儼，作形容詞解為莊重、恭敬，《詩經·陳風·澤陂》：「有美一人，碩大且儼。」絳螭，語出揚雄〈解嘲〉：「獨不見夫翠虯絳螭之將登虖天。」與「華蓋」同屬鹵簿一類，即古代帝王駕出時扈從之儀仗隊。自對文角度觀之，唯「儼」與「森」詞義相近，均備恭敬嚴肅之象，是知恐從「儼」較妥帖。

禰祏前增「謐」，皇靈下告慈。佚存本（珍）：禰祏前增「謚」，皇靈下告慈。

案：禰，親廟、父廟，《周禮·春官·甸祝》：「舍奠于祖廟，禰亦如之。」祏，宗廟中藏木主之石盒。謐，安寧，梁簡文帝〈南郊頌〉：「塵清世晏，蒼兕無用其武功；運謐時平，鶬鷺咸修其文德。謚，古代帝王、貴族、大臣、士大夫或有地位之人死後，據其生前功績評定之帶有褒貶意義之稱號，《周禮·春官·大史》：「小喪，賜謚。」增謚，古籍中僅此一見，餘未有他例。增謚，歐陽脩《新唐書·本紀第一》：「（唐高祖）上元元年改謚神堯皇帝，天寶八載謚神堯大聖皇帝，十三載增謚神堯大聖大光孝皇帝。」《遼史·本紀第二十·興宗三》：「十一月壬寅朔增謚文獻皇帝為文獻欽義皇帝。」此詩所云「大禮」事，《宋史·仁宗本紀》載：「（寶元元年）十一月……戊申，朝饗景靈宮。己酉，饗太廟及奉慈廟。庚戌，祀天地于圜丘，大赦，改元。百官上尊號曰：『寶元體天法道欽文聰武聖神孝德皇帝』。」是知從「謚」無疑。

禮行「忘」景晏，恩厚覺寒遲。佚存本（珍）：禮行「誌」景晏，恩厚覺寒遲。

案：禮行，蓋謂大禮進行之過程。晏，晚、遲，韓愈〈崔十六少府攝伊陽以詩及書見投因酬三十韻〉：「有時來朝餐，得米日已晏。」此聯書寫對皇帝恩德之感佩，故時間、寒冷皆忘，從「忘」方合詩意與對仗。

紫宙天鴻洞，「賓」柴燎陸離。佚存本（珍）：紫宙天鴻洞，「京」柴燎陸離。

　　案：紫宙，宇宙、上天，江淹〈構象臺〉：「網紫宙兮洽萬品，冠璇宇兮濟群生。」鴻洞，漫無涯際、相連貌。賓柴，《周禮注疏》：「昊天上帝，樂以雲門賓柴，賓牛柴上也。故書賓柴，或爲儐柴。」陸離，參差錯綜貌、光彩絢麗貌。「京柴」則其意不明，古籍未見有作獨立語詞使用者，故宜從「賓」字，「京」疑音近而誤。

「腏」食千華炬，陪祠萬翠緌。佚存本（珍）：「啜」食千華炬，陪祠萬翠緌。

　　案：腏，音ㄓㄨㄟˋ，去聲霽韻，祭祀，《漢書·郊祀志上》：「其下四方地，爲腏，食群神從者及北斗云。」顏師古注：「腏字與餟同，謂聯續而祭也。」啜，即「啜食」，吃，喝。翠緌，翠羽所製之緌，「緌」乃冠纓下垂部分，潘岳〈西征賦〉：「飛翠緌，拖鳴玉，以出入禁門者眾矣。」此聯書祭祀場合，故當從「腏」字，且宋祁〈和晏公圜丘詩〉亦得見：「迎神秘座搣金密，腏食清壇烈火紅。」可爲輔證，「啜」疑形近而誤。

〈孟冬駕狩近郊〉并狀，頁 2513

「孟冬駕」狩近郊·并狀。佚存本（珍）、文津閣：「皇帝」狩近郊·并狀。

　　案：據狀所述「皇帝親射麐兔甚多」與「歲始孟冬，駕云行狩」觀之，無論〈孟冬駕狩近郊〉或〈皇帝狩近郊〉均與之相符，然「狩」謂古代君王冬獵，本即具「皇帝」義，《詩經·魏風·伐檀》：「不狩不獵，胡瞻爾庭有縣貆兮！」鄭玄箋：「冬獵日狩。」是知或從「孟冬駕狩近郊」，意義較爲周全。

「臣」伏睹今月十七日幸楊村打圍。文津閣：伏覩今月十七日幸楊村打圍。

　　案：「臣」乃宋祁自謂也，或得據之補。

「獸」人給鮮之不暇，君庖課獲以既盈。佚存本（珍）：「禽」人給鮮之不暇，君庖課獲以既盈。

　　案：獸人，《周禮》官名，掌管有關狩獵與供獻獸物之官職，《周禮》：「獸人掌罟田獸，辨其名物。冬獻狼，夏獻麋，春秋獻獸物。」禽人，自羅泌《路史·國名紀三》得知，或云羽氏，乃百越之一。據狀文「行狩」與「給鮮之不暇」而論，當以「獸人」爲是，「禽」疑義近而誤。

輕浼「呈」覽。文津閣：輕浼「程」覽。

　　案：浼，請求。呈，上行文書。程，此謂表現，張衡〈南都賦〉：「致飾程蠱，

偎紹便娟。」李善注引《廣雅》：「程，示也。」葉適〈上西府書〉：「則又在篤意以求之，平心以思之，人效其說，士程其技，則無遺矣。」此句乃上呈個人詩文之謙稱，是知當從「呈」較爲適切。宋祁〈論箏及巢笙和笙〉：「臣奉詔與太常臣燕肅等圖畫太常樂器以備程覽。」雖言「程覽，然其意蓋指先行預備，以候皇帝閱覽之需，與〈進幸南園觀刈宿麥詩有表〉：「呈覽是瀆，隕越爲憂」、〈奉和御製後苑賞花詩有狀〉：「干瀆呈覽」之「呈覽」有別，恐從「呈」字爲是，「程」疑形近而誤。

熊羆兆中見，鵝鸛陣前「程」。佚存本（珍）：熊羆兆中見，鵝鸛陣前「成」。

案：熊羆，皆猛獸，因以喻勇士或雄師勁旅，《尚書・牧誓》：「尚桓桓，如虎如貔，如熊如羆。」鵝鸛，《左傳・昭公二十一年》：「丙戌，與華氏戰於赭丘。鄭翩願爲鸛，其御願爲鵝。」杜預注：「鸛、鵝皆陳名。」後即以「鵝鸛」並舉代指軍陣，張衡〈東京賦〉：「火列具舉，武士星敷，鵝鸛魚麗，箕張翼舒。」薛綜注：「鵝鸛魚麗，並陣名也。謂武士發於此而列行，如箕之張，如翼之舒也。」程，呈現；成，變成。此語與「熊羆兆中見」相對，當從「程」字較適切，「成」疑音近而誤。

纔聞大綏下，已見「護」車盈。文淵閣：纔聞大綏下，已見「獲」車盈。文津閣：才聞大綏下，已見「獲」車盈。

案：綏，通「緌」，古代旌旗之一，《禮記・王制》：「天子殺則下大綏，諸侯殺則下小綏。」鄭玄注：「綏當爲緌。緌，有虞氏之旌旗也。」獲車，載禽獸等獵獲物之車，宋玉〈高唐賦〉：「飛鳥未及起，走獸未及發，何節奄忽，蹄足灑血，舉功先得，獲車已實。」呂向注：「獲車，載獸車也。」此聯書寫皇帝狩獵之快速與精準，故知當從「獲」字爲是，「護」疑形近而誤。

九街猶未「晚」。文淵閣：九街猶未「曉」。

案：據詩序之謂「皇帝親射麏兔甚多，至未刻還宮者。」是知當從「晚」，「曉」字誤矣。

〈進幸南園觀刈宿麥詩〉有表，頁 2513-14

「進」幸南園觀刈「宿」麥「詩」。佚存本（宮）：「皇帝」幸南園觀刈麥。

案：宋祁另有〈皇帝幸玉津園省斂頌有序〉文，且存「皇帝」二字，文意較顯明，「刈宿麥」似不合情理，或從「皇帝幸南園觀刈麥」爲是。

「呈覽」是潰。文津閣：「程觀」是潰。

　　案：呈覽，參見〈孟冬駕狩近郊〉考辨。宋祁「程觀」一詞僅見於〈代脅舍人謝啟〉：「視草之工，慕受詔而輒成；第矜拙速，顧每篇而稱善。絕企前修，俟訖程觀。」與上呈之意有異，恐以「呈覽」為是。

臣某謹進詩隨表稱賀。文津閣：臣某謹進詩隨表稱賀，「詩曰」。

　　案：「詩曰」蓋格式之衍文。

芝覆「依」丹旭，旌門倚綠疇。佚存本（宮）：芝覆「俄」丹旭，旌門倚綠疇。

　　案：俄，作形容詞解，傾側、不正，王安石〈示耿天騭〉：「麗澤門西日未俄，水明沙淨卷纖羅。」旭，初出太陽，謝朓〈齊海陵王墓銘〉：「西光已謝，東旭又良。」旌門，古代帝王出行，張帷幕為行宮，宮前樹旌旗為門，稱旌門，《周禮·天官·掌舍》：「為帷宮，設旌門。」倚，偎依、貼近，韓愈〈奉和錢七兄曹長盆池所植〉：「露涵兩鮮翠，風蕩相磨倚。」此聯寫景，敘述芝草依偎丹色初旭，二者相互輝映，而旌門亦倚於綠疇之間。就詞義觀之，「依」、「倚」均具偎靠意，「俄」則否，復自對仗角度而論，唯「依」與「倚」同作動詞解，故從「依」為宜。

九扈開靈「圃」，三辰駐「綵」旟。文淵閣：九扈開靈「圃」，三辰駐綵旟。佚存本（宮）、文津閣：九扈開靈「囿」，三辰駐「采」旟。

　　案：九扈，相傳為少皞時主管農事之官名。圃，種植蔬菜、果木、花草等之園地。囿，帝王或貴族之園林，《孟子·梁惠王》：「文王之囿方七十里。」亦謂有圍牆之園圃，常用為畜養禽獸之場所。靈囿，泛指供皇帝游憩畋獵之苑圃，潘岳〈在懷縣作〉其二：「靈囿耀華果，通衢列高椅。」李善注：「靈囿，猶靈圃也。」《舊唐書·張說傳》：「如蒙效奇靈圃，角力天場，卻鼓怒以作氣，前蹢躅以奮擊。」亦指傳說中仙人之園圃。顧甄遠〈惆悵詩〉其三：「莫言靈圃步難尋，有心終效偷桃客。」靈囿，泛指帝王畜養動物之園林，韋昭〈從曆數〉：「鳳凰棲靈囿，神龜游沼池。」或為苑囿之美稱，潘岳〈金谷集作詩〉「靈囿繁石榴，茂林列芳梨。」亦得謂仙界之苑囿，《雲笈七籤》：「琳瑯敷靈囿，華生結瓊瑤。」據詩意，此句當泛指苑囿，故二者皆得解釋之，姑備異文。旟，同「旟」，旌旗下垂飾物。綵旒，亦作「綵旟」，旗幟上之彩色飄帶，借指彩旗，顏延之〈車駕辛京口三月三日侍游曲阿後湖作〉：「彤雲麗琁蓋，祥飆被綵旟。」李善注：「旟，旌旗之旒也。」此外，徐陵〈山池應令〉：「畫舸圖仙獸，飛艎挂采旟。」庾肩吾〈長安有狹斜行〉：「三子俱來入，高軒映彩旒。」及〈宋之問〉：「空樂繁行漏，香烟薄綵旒。」亦

有作「采斿」、「彩旒」、「綵斿」者，皆得解釋之，姑備異文。

〈觀太學釋奠〉，頁2514

粉袞瞻凝睟，銀袍豫攝「齊」。佚存本（珍）：粉袞瞻凝睟，銀袍豫攝「齋」。

　　案：攝齊，提起衣襬，古時官員升堂為防失態之舉，表示恭敬有禮，語出《論語·鄉黨》：「攝齊升堂，鞠躬如也。」朱熹集注：「攝，摳也。齊，衣下縫也。禮，將升堂，兩手摳衣，使去地尺，恐躡之而傾跌失容也。」攝齋，同「攝齊」，《南齊書·劉瓛傳》：「既習此歲久，又齒長疾侵，豈宜攝齋河間之聽，廁跡東平之僚？」自此語淵源而論，或以「攝齊」較適宜。

芼羹「紛」澗沚，鬱齊泛尊彝。佚存本（珍）：芼羹「分」澗沚，鬱齊泛尊彝。

　　案：芼羹，以蔬菜與肉類烹調而成之羹食。紛，擾亂，《墨子·尚同中》：「當此之時，本無有敢紛天子之教者。」澗沚，山溝流水中之小塊高地。泛，漂浮。此句形容「釋奠」盛況，書寫採芼作羹之情形，此語須與「泛」相對，宜從「紛」字，「分」疑形近而誤。

芼羹紛澗沚，鬱「齊」泛「尊」彝。佚存本（珍）：芼羹紛澗沚，鬱「劑」泛「罇」彝。

　　案：鬱，泛稱芳草。鬱齊，即郁鬯，香酒，以鬯酒調和郁金之汁而成，古代用於祭祀或待賓，《周禮·春官·司尊彝》：「鬱齊獻酌。」鄭玄注：「獻讀為摩莎之莎，齊語聲之誤也。煮鬱和秬鬯，以醆酒摩莎，沛之出其香汁也。」尊彝，尊、彝均為古代酒器，金文中每連用為各類酒器之統稱，因祭祀、朝聘、宴享之禮多用之，亦以泛指禮器，《周禮·春官·司尊彝》：「司尊彝，掌六尊六彝之位。」尊，同「樽」、「罇」，若就《周禮》此一淵源觀之，或從「鬱齊泛尊彝」較妥帖。

璧水回寒影，經槐「墮」曉枝。文淵閣：璧水回寒影，經槐「隨」曉枝。

　　案：璧水，指太學，何遜《七召·治化》：「璧水道庠序之風，石渠啟珪璋之盛。」寒影，予人清冷感覺之物影，蘇味道〈詠霜〉：「帶日浮寒影，乘風進晚威。」墮，落下；隨，跟隨、依附。經槐，蓋謂太學內之槐木，「經」具常道之意，而「槐」實與士人密切相關，所謂「槐市」係指漢代長安士人聚會、貿易之市，因其地多槐而得名，後借指學宮，學舍，梁元帝〈皇太子講學碑〉：「轉金路而下辟雍，晬玉裕而經槐市。」而「槐花」謂舉子應試之事，蘇軾〈景純復以二篇仍次其韻〉其二：「燭爐已殘終夜刻，槐花還似昔年忙。」故知此「經槐」頗具雙關意指。此語與「璧

水回寒影」相對，是知此字為仄聲，且自詩意觀之，「經槐」、「曉枝」乃為一體，「隨」字意難明，唯「墮」得以理解，「隨」疑形近而誤。

〈大酺紀事十四韵〉（天禧二年），頁2514

大酺紀事十四韻「天禧二年」。文津閣：大酺紀事「天禧二年」十四韻。

　　案：常理論之，「十四韻」當於題名之中，寫作年代則往往注記於題名之後，宋祁〈慈聖閣秋橙結實上召宗臣同觀〉、〈被召觀三聖御書詩〉有狀、〈享廟禋郊詩〉有表等篇皆係如此，將創作年代書作案語以注明清楚，是知題名當為「大酺紀事十四韻」。且宋祁〈將東歸留別楊宗禮十韻〉、〈開元寺塔偶成題十韻〉、〈哭中山公三十韻〉等篇皆未見將著作年代列入詩題併呈者，足以佐證之。

〈奉和御製後苑賞花詩〉有狀，頁2515

臣伏見今月二十五日。文津閣：「右」臣伏見今月二十五日。

　　案：右，指該篇詩文，因古刻書寫由右而左，故言「右」。據「右」推論，蓋此詩先獻詩於前，而狀文其後，故有「右」以說明詩作之原委。然經查宋祁文字，其〈孟冬駕狩近郊〉并狀同兼呈詩、狀，卻未見「右」，其〈上便宜劄子〉、〈謝對衣金腰帶鞍轡馬狀〉二篇，當無附屬文件上呈，反見「右」字。未知宋祁書寫習慣為何，暫難判定。

干瀆「呈」覽。文津閣：干瀆「程」覽「不任」。

　　案：呈覽、程覽考辨見前。不任，不勝之意，表示程度極深，宋祁〈上陳州晏尚書書〉「不任區區瞻禱之至」、〈曾參政書〉「不任感荷之至」、〈上資政尚書啟〉「不任禱戀之至」、〈回河楊王殿丞啟〉「不任愧荷」屢見之，然未有置於句末者，且難以解釋，是知此語恐為錯簡，當無「不任」者。

〈代賦後苑賞花釣魚〉，頁2515

代賦後「苑」賞花釣魚。佚存本（宮）（珍）（叢）：代賦後「園」賞花釣魚。（三版本僅錄收《全宋詩》版本後半段）。

　　案：就詩意觀之，此語係指皇宮之園林設施，試觀宋祁〈皇帝後苑燕射賦并表序〉、〈後苑賞花釣魚應制〉、〈聞後苑賜宴〉、〈奉和御製後苑賞花詩有狀〉等作「後苑」者，皆指皇宮之園林設施，是知當從「苑」，「園」疑音近而誤。

其一

靈「崐」苑制雄。佚存本（宮）（珍）（叢）：靈「琨」苑制雄。

案：靈崐，漢代宮苑名，李昉《太平御覽·居處部·苑囿》：「靈帝光和三年，作畢圭、靈崐苑。」靈琨，范煜《後漢書·楊震傳》作：「畢圭、靈琨苑」，是知二者皆可從。

瑞旭搖「卿靄」，丹葩雜紺叢。佚存本（宮）：瑞旭搖「卿藹」。佚存本（珍）：瑞旭搖「紅藹」，丹葩雜紺叢。

案：卿靄，瑞雲，江淹〈顏特進侍宴〉：「山雲備卿靄，池卉具靈變。」丹葩，紅花，劉向《列仙傳·赤斧》：「髮雖朱蕤，顏曄丹葩。」此聯上句寫雲日之景，下句陳花草之美，且「丹葩」與「紺叢」自相為對，遂知此語亦須與「瑞旭」相對，從「卿靄」為宜。

其二

「韶」音清感鳳，鸞節妙論犯。佚存本（宮）（珍）：「詔」音清感鳳，鸞節妙論犯。

案：韶，虞舜時樂名，《尚書·益稷》：「《簫韶》九成，鳳皇來儀。」孔《傳》：「《韶》，舜樂名。」此句明顯徵引此一故事，是知當從「韶」，「詔」疑形近而誤。

宴露晞「心」藿，需天灑酒霞。佚存本（宮）（珍）：宴露晞「臣」藿，需天灑酒霞。

案：晞，晒乾，隱然有向日之意。藿，音ㄏㄨㄛˋ，入聲藥韻，意指豆葉，嫩時可食，柳宗元〈牛賦〉：「藿菽自與。」又謂香草名，俗稱藿香，莖葉有香味，皆可入藥，左思〈吳都賦〉：「草則藿、蒳、豆蔻。」此句與「需天灑酒霞」相對，「晞」、「灑」作動詞解，此字與「酒」則為名詞，宋庠〈庚午春觀新進士錫宴瓊林苑因書所見〉：「臣藿心傾日，需雲象在天。」與此語用法略同。江淹〈為蕭重讓尚書敦勸表〉：「伏願一運天景，微見藿心，則物不逃形，臣何恨焉。」、李賀〈日出行〉：「白日下崑崙，發光如舒絲，徒照葵藿心。」及《初學記》：「葵藿心，喻臣之忠。」眾例，知此當從「藿心」之意解，乃「葵藿心」之省文，或作葵心，《三國志·魏志·陳思王植傳》：「若葵藿之傾葉，太陽雖不為之回光，然向之者，誠也。」《爾雅翼》：「葵葉傾日，不使照其根，乃智以揆之也。」《正字通》：「葵，一名衛足葵，言其傾葉向陽，不令照其根也。」電子資料庫中，「藿臣」未有作獨立語詞使用者，「臣藿」僅見於前引宋庠文句；「藿心」、「葵藿心」

至為普遍常見，「心藿」則唯見於王禹偁〈酬种放徵君〉：「多慚指佞草，虛效傾心藿。」綜上觀之，「心」、「藿」關係似較緊密，疑從「心」字。

〈慈聖閣秋橙結實上召宗室同觀〉，頁2515

媚葉「童童」密。佚存本（珍）：媚葉「重重」密。

案：童童，茂盛貌、重疊貌，《三國志·蜀志·先主傳》：「有桑樹高五尺餘，遙望見童童如小車蓋。」重重，猶層層，《西京雜記》：「洲上煔樹一株，六十餘圍，望之重重如蓋。」就詩意觀之，二者均可從，然宋祁〈石楠樹賦并序〉：「默默幄密，童童蓋圓。」〈楠〉：「童童挺十尋，一蓋摩空綠。」均見作「童童」者，「重重」則未見之，故從「童童」為宜，「重重」疑形近而誤。

盧橘非同種，安榴肯「並」芳。佚存本（珍）：盧橘非同種，安榴肯「競」芳。

案：盧橘，金橘別稱，司馬相如〈上林賦〉：「盧橘夏熟，黃甘橙楱，枇杷橪柿，亭柰厚朴。」亦指枇杷，蘇軾〈與劉景文同往賞枇杷〉：「魏花非老伴，盧橘是鄉人。」又據《太平御覧·果部三·橘》：「魏王《花木志》曰：『盧橘，蜀生有給客橙，似橘而非，若柚而香。冬夏華實相繼，或如彈丸，或如拳，通歲食之，亦名盧橘。』」「盧橘非同種」扣合詩題「秋橙」，疑即「給客橙」。安榴，安石榴之省稱，或稱為「百花王」、「丹若」、「若榴」、「石榴」，梁簡文帝〈大同八年秋九月〉：「長樂含初紫，安榴折晚紅。」皮日休〈石榴歌〉：「蕭娘初嫁嗜甘酸，嚼破安榴千萬粒。」雖「並芳」、「競芳」均描繪「安榴」與秋橙果實俱茂情狀，然自「和羹並梅穡，連葉讓芝房」與全詩典重平穩風格觀之，恐作「並」為宜。

〈被召觀三聖御書詩〉有狀，頁2515

臣今月九日。文津閣：「右」臣今月九日。

案：參見前論〈奉和御製後苑賞花詩〉文字。

「詔」範後昆。文津閣：「貽」範後昆。

案：詔，教導、告誡；貽，贈送。後昆，亦作「後緄」，指後嗣、子孫。據文義，二者皆得解釋之，姑備異文。

〈題承詔亭〉，頁2516

園甃梧陰合，窗風桂「籟」徐。文淵閣：園甃梧陰合，牕風桂「落」徐。

案：籟，孔穴中發出之聲音，亦泛指聲音。桂籟，蓋謂風吹桂樹所發出之聲響，各電子資料庫皆未見古人使用「桂籟」，秋瑾〈贈曾筱石夫婦並呈般師〉其一：「一代雕蟲出謝家，天教宋玉住章華。秋風卷盡湖雲滿，桂籟流馨開細花。」亦曾言之。此語與「梧陰」相對，知此字當屬名詞，宜從「籟」字。

〈車駕出獵和丁學士〉，頁 2516

藻衛羅長薄，星槍「落」晚廛。文津閣：藻衛羅長薄，星槍「曋」晚廛。

案：藻衛，《御定淵鑑類函·帝王部一·帝王總載一》釋為「天子儀仗」，李義府〈在巂州遙敘封禪詩〉：「石闕環藻衛，金壇映黼帷。」長薄，綿延之草木叢，《楚辭·招魂》：「路貫廬江兮左長薄，倚沼畦瀛兮遙望博。」星槍，《御定淵鑑類函·儀飾部一·鹵簿三》於「增玉軷浮霞，霜戈燿日」句下注曰：「古賦云：『灼楚焞鍊剛日，百官戒嚴，乘輿乃出。奮六經以攄容，奔八神而警蹕，拖虹蜺之宛延，植星槍而蒙密，玉軷浮霞，霜戈燿日。』」得見「星槍」，蓋與古代帝王駕出時扈從儀仗隊之「鹵簿」有關，此「槍」或與「門槍」相關，「門槍」為舊時高級官員出行儀仗之一，趙元一《奉天錄》：「及乎出師于通化門外，無故門槍自折，識者知其不利。」落，入聲藥韻，下降。曋，入聲藥韻，巡行，《左傳·昭公二十二年》：「六月，荀吳略東陽，使師偽羅者，負甲以息于昔陽之門外，遂襲鼓滅之。」廛，古代城市中平民可居住之房地，《孟子·滕文公》：「願受一廛而為氓。」亦泛指民居。此句書寫「帝車」儀容之盛，故當從「曋」為是，「落」疑形近而誤。

（注語） 新製黃龍旗以標「行」在。佚存本（珍）：新製黃龍旗以標「物」在。

案：黃龍旗，皇帝大駕之鹵簿，《宋史·儀衛志四》：「皇帝乘玉輅，駕青馬六，駕士一百二十八人，扶駕八人，骨朵直一百三十四人，行門三十五人，分左右，陪乘將軍二員。法駕，同。……宣和，止用黃龍旗，餘並無。」行在，天子行鑾駐蹕之所；「物在」未詳其意，疑指物件所在。自「黃龍旗」知當從「行」為是。

（注語）上射中禽即先薦「太」廟。佚存本（珍）：上射中禽即先薦「□」廟。

案：據此詩之「獻」與注文之「薦」觀之，當補「太」字。

「邇臣」將盛美，吉日繼王篇。佚存本（珍）：「貴台」將盛美，吉日繼王篇。

案：邇臣，近臣。貴台，清望之台省官。「將盛美」謂賢士盈朝並稱述上位之美盛，「吉日繼王篇」蓋云群臣創作以頌天子，由是觀之，或當從「貴台」方得愈

為彰顯「盛美」之意。

〈紀聖詩〉，頁 2516-2517

紀聖「詩」。佚存本（宮）（珍）（叢）：「長寧節」紀聖。

  案：宋祁另存〈長寧節賀表〉一文，其下注曰：「按《仁宗本紀》，聖天二年正月以皇太后生日為長寧節。」此詩有：「欽承子道至，奉養母儀敦」句，是知所賀對象確為「皇太后」，增補「長寧節」三字，文義較明晰，或宜從之。

褘「褕」躬象服。佚存本（宮）（珍）：褘「榆」躬象服。

  案：褘，繪有野雞圖紋之王后祭服，古禮規定於從王祭祀先王時穿服，《周禮·天官·內司服》：「掌王后之六服，褘衣、揄狄、闕狄、鞠衣、展衣、緣衣。」褕，即褕翟，古代王后之禮服，顏延之〈宋文皇帝元皇后哀策文〉：「悲韡筳之移御，痛翬褕之重晦。」榆，榆樹，翅果倒卵形，稱榆莢、榆錢，《漢書·韓安國傳》：「累石為城，樹榆為塞。匈奴不敢飲馬於河。」象服，古代后妃、貴夫人所穿之禮服，其上圖繪各種物象以為裝飾，《詩經·鄘風·君子偕老》：「象服是宜。」毛《傳》：「象服，尊者所以為飾。」陳奐《傳疏》：「象服未聞，疑此即褘衣也。象，古襐字，《說文》：『襐，飾也。』象服猶襐飾，服之以畫繪為飾者。」錢起〈貞懿皇后輓詞〉：「有恩加象服，無日祀高禖。」此句書寫母后之華貴禮服，是知當從「褕」無疑，「榆」疑形近而誤。

「露」光流月「姊」，祕緯應星黿。佚存本（宮）（珍）：「靈」光流月「姊」，祕緯應星黿。文津閣：「靈」光流月姊，祕緯應星黿。

  案：月姊，傳說之月中仙子與月宮嫦娥，或借指月亮。祕緯，記述神秘事物之書，讖緯之書。此語與「祕緯」相對，就詩意觀之，唯「靈光」得相應，且「祕緯應星黿」之格律作「仄仄仄平平」，此句則為「平平平仄仄」，知此字當從平聲，故宜從「靈」字，「露」疑形近而誤。

指顧「靖」乾坤。佚存本（宮）（珍）：指顧「靜」乾坤。

  案：指顧，一指一瞥之間，形容時間之短暫、迅速，班固〈東都賦〉：「指顧倏忽，獲車已實。」亦猶指揮，《新唐書·趙犨傳》：「自號令指顧，群兒無敢亂。」靖，平定。《詩·周頌·我將》：「儀式刑文王之典，日靖四方。」靜，使安定，曹丕〈述征賦〉：「鎮江漢之遺民，靜南畿之遐裔。」就詩意觀之，二者均可從。又宋祁〈論乞別撰郊廟歌曲明述祖宗積累之業〉：「分遣良吏，綏靖萬國。」〈王

堯臣可三司使制〉：「邊鄙未靖，鑲調亟興。」等悉見「靖」而具安定之意，〈選郡牧篇〉：「經度財賦，倚辦于郡國也；安靜方暑，藉威于守尉也。」〈賀文相公啟〉：「自禽繫妖盜，綏靜黎元。」則皆作「靜」者，姑備異文。

親繰繭「舍」盆。佚存本（宮）（珍）：親繰繭「館」盆。

案：繰，抽絲，《國語·楚語下》：「天子親春禘郊之盛，王后親繰其服。」繭館，飼蠶之館，語出蔡邕〈漢交趾都尉胡府君夫人黃氏神誥〉：「採柔桑于蠶宮，手三盆于繭館者，蓋三十年。」梅堯臣〈和孫端叟蠶具·蠶館〉：「漢儀后親蠶，採桑來繭館。」故從「館」為宜。

薦壽超千刼，同「寅」望九閽。佚存本（宮）：薦壽超千刼，同「夤」望九閽。

案：同寅，同僚，《尚書·皋陶謨》：「同寅協恭，和衷哉！」夤，《漢書·敘傳下》：「中宗明明，夤用刑名。」顏師古注引鄧展曰：「夤，敬也。」古書多借「寅」為「夤」。九閽，九天之門，亦指九天，或喻朝廷，曾鞏〈答葛蘊〉：「春風吹我衣，暮召入九閽。」此語有其淵源，是知當從「同寅」為宜。

欽承「子」道至。佚存本（宮）：欽承「于」道至。

案：欽，舊時對帝王之決定、命令或其所做之事冠以「欽」字，以示崇高與尊敬。子道，子女對父母應遵循之道德規範，《史記·五帝本紀》：「舜父瞽叟頑，母囂，弟象傲，皆欲殺舜。舜順適不失子道，兄弟孝慈。」此句謂君主至孝，故當從「子」無疑，「于」疑形近而誤。

雉「翣」橫霏霧，仙盤瀲瑞暾。佚存本（宮）（珍）、文津閣：雉「熨」橫霏霧，仙盤瀲瑞暾。

案：翣，音ㄕㄚˋ，入聲洽韻，古代儀仗之大掌扇，藉以蔽禦風塵。熨，音ㄕㄚˋ，入聲洽韻，作古代棺材上之羽飾解時，可通「翣」，《亢倉子·農道》：「弱苗而熨穗。」霏霧，飄拂之雲霧，謝萬〈蘭亭〉：「玄崿吐潤，霏霧成陰。」仙盤，疑為「承露盤」，漢武帝迷信神仙，於建章宮築神明台，立銅仙人舒掌捧銅盤承接甘露，冀飲以延年，後三國魏明帝亦於芳林園置承露盤，《漢書·郊祀志上》：「其後又作柏梁、銅柱、承露僊人掌之屬矣。」顏師古注：「《三輔故事》云：『建章宮承露盤高二十丈，大七圍，以銅為之，上有仙人掌承露，和玉屑飲之。』」據詩意，此聯書寫皇家宮室之美，與棺材上之羽飾無關，且就「霏霧」言，當從「雉翣」較為適切，兼以宋祁所修《新唐書·南詔傳》載：「王出，建八旗，紫若青，白斿；雉翣二；有旄鉞，紫囊之；翠蓋。」確知應從「翣」，「熨」疑形近而誤。

思賢君子「荇」，循法大夫「繁」。文津閣：思賢君子荇，循法大夫「藻」。佚存本（宮）（珍）：思賢君子「行」，循法大夫繁。

　　案：荇，水生草本植物，葉呈對生圓形，嫩時可食，亦可入藥，《詩經・周南・關雎》：「參差荇菜，左右流之。」循法，守法，《戰國策・趙策二》：「故勢與俗化，而禮與變俱，聖人之道也；承教而動，循法無私，民之職也。」又李昉《太平御覽・禮儀部三・祭禮上》：「《毛詩・召南》曰：『采蘋，大夫妻能循法度也，能循法度則可以承先祖供祭祀也，于以采蘋南澗之濱，于以采藻于彼行潦。』」繁，多。繁，即白蒿，可食用。此聯蓋化用《毛詩注疏・召南・采繁》故事：「于以采繁，于沼于沚。」其下《傳》曰：「公侯夫人執繁菜以助祭，神饗德與信，不求備焉。沼、沚，谿澗之草，猶可以薦王后，則荇菜也。」藉以頌美太后之盛德，故從「荇」、「繁」為宜。

〈尹學士自濠梁移倅秦州〉，頁2517-2518

于役三年遠，論兵兩鬢斑。不辭征「戍苦」，要作破羌還。文津閣：于役三年遠，論兵兩鬢斑。不辭征「虜辟」，要作破羌還。

　　案：不辭，不辭讓，司馬相如〈喻巴蜀檄〉：「是以賢人君子，肝腦塗中原，膏液潤野草，而不辭也。」征虜，據《後漢書・祭遵傳》知「征虜」乃指東漢祭遵，遵封征虜將軍，取士皆用儒術，對酒設樂，必雅歌投壺。征戍，遠行屯守邊疆，《後漢書・馮緄傳》：「時荊州兵朱蓋等，征戍役久，財賞不贍，忿恚，復作亂。」顏延之〈還至梁城作〉：「眇默軌路長，憔悴征戍勤。」辟，徵召、薦舉，《漢書・鮑宣傳》：「大司馬衛將軍王商辟宣，薦為議郎，後以病去。」前聯：「于役三年遠，論兵兩鬢斑。」盡顯行役邊事之勞苦，與司馬相如〈喻巴蜀檄〉之意近似，故宜從「戍苦」。

〈初除直講獻內閣馮學士孫侍郎〉，頁2518

鼓篋華冠聚，「丘」山縹帙開。佚存本（珍）：鼓篋華冠聚，「邱」山縹帙開。

　　案：鼓篋，《禮記・學記》：「入學鼓篋，孫其業也。」鄭玄注：「鼓篋，擊鼓警眾，乃發篋出所治經業也。」華冠，樺木皮所製之冠，《莊子・讓王》：「原憲華冠縰履，杖藜而應門。」丘山，山岳，《莊子・則陽》：「丘山積卑而為高，江河合水而為大。」邱山，泛指山，《淮南子・兵略訓》：「止如邱山，發如風雨，

所淩必破，靡不毀沮。」縹帙，淡青色書衣，亦指書卷，徐陵〈玉臺新詠序〉：「方當開茲縹帙，散此縚繩，永對翫于書帷，長循環於纖手。」自字義觀之，二者皆可從，然宋祁〈謝書目成加階勳表〉：「竊以廣內之奧，中經所藏，自四聖相承，凡七紀而遠，積丘山而盡在，糅朱紫以未分，金匱深嚴，牙籤叢弅，攸司傳失。」亦見「丘山」與書籍有關之例。另據《大清會典事例·尊崇先師典禮·雍正三年》載：「先師聖諱，理應迴避，惟『圜丘』『丘』字如故，……嗣後除四書五經外，凡遇此字，並加邑為『邱』，地名亦不必改易，但加邑旁。」故恐從「丘」為是。

空塵「博」士議，不稱洛陽才。佚存本（宮）：空塵「博」士議，不稱洛陽才。

　　案：空塵，飛塵，蕭統〈細言〉：「坐臥隣空塵，憑附蟭螟翼。」博士，「博」為入聲鐸韻，謂博通古今之人，《戰國策·趙策三》：「鄭同北見趙王，趙王曰：『子南方之博士也。』」或作古代學官名解，《史記·循吏列傳》：「公儀休者，魯博士也，以高第為魯相。」不稱，不相副，陸機〈文賦〉：「恒患意不稱物，文不逮意。」洛陽才，洛陽才子之簡稱，原指賈誼，後泛稱洛陽有文學才華之人，語出潘岳〈西征賦〉：「終童山東之英妙，賈生洛陽之才子。」庾信〈聘齊秋晚館中飲酒〉：「欣茲河朔飲，對此洛陽才。」此為五言長律，屬仄起首句不入韻格，此句須作「平平仄仄仄」，平聲桓韻之「慱」於律不合，且「慱」乃憂愁意，或通「團」，「慱士」文義難明，唯「博」為「博」之異體字，「慱」疑形近而誤。

高閣連雲景，「層」城枕斗魁。惟應仲尼冶，未惜鑄顏回。文津閣：高閣連雲景，「魯」城枕斗魁。惟應仲尼冶，未惜鑄顏回。

　　案：層城，城池樓宇重疊之狀；魯城，曲阜別稱。斗魁，泛指北斗，或藉以喻指德高望重與才學冠世而為眾人景仰之人。此語與「高閣連雲景」相對，是知此字當作形容詞解，又此聯書建物摩天之雄偉氣勢，故「高閣」似與「雲景」相接，而「層城」似與「斗魁」相依，相對工穩。自詩中「舞雩」、「儒篇」、「丘山」、「斗魁」、「仲尼冶」、「鑄顏回」等詞語觀之，恐從「魯」字為宜，「層」疑形近而誤。

〈和石學士直舍晨興〉，頁 2518

芳風萬年樹，殘月九「重闈」。佚存本（宮）（珍）：芳風萬年樹，殘月九「華門」。

　　案：萬年，極言年代之久遠，《鶡冠子·王鈇》：「主無異意，民心不徙，與天合則萬年一范。」九重，宮門，趙壹〈刺世疾邪賦〉：「雖欲竭誠而盡忠，路絕

險而靡緣。九重既不可啟，又群吠之狺狺。」或指宮禁、朝廷，盧綸〈秋夜即事〉：
「九重深鎖禁城秋，月過南宮漸映樓。」闈，門，常指天門、宮門，揚雄〈甘泉賦〉：
「選巫咸兮叫帝闈，開天庭兮延群神。」九華門，漢掖庭有九華殿，後因以九華門
為宮門之通稱。李商隱〈公子〉：「外戚封侯自有恩，平明通籍九華門。」就詩意
觀之，二者均指宮門而可從，唯「九華門」為專名，遍查宋祁文字，未見有作「九
華門」者，然屢見「九闈」與「九門」，〈禁門待漏〉：「破月餘光淡禁街，駐車
聊候九門開。」〈寒食假中作〉：「九門煙樹蔽春塵，小雨初晴潑火前。」〈元會
詩〉：「寶典叢三朔，中闈闢九闈。」〈紀聖詩〉：「薦壽超千劫，同寅望九闈。」
皆是，此句恐因對仗之緣故，遂添「重」以與「萬年樹」相對，故從「重闈」為宜。

〈再到國子監感昔有懷〉，頁 2518

再到「國子監」感昔有懷。文津閣：再到「國監」感昔有懷。

案：國子監，古代教育管理機關與最高學府，隋、唐、宋、元、明、清稱國子
監。「國子監」為專名，又宋祁〈孫僕射行狀〉：「俄知審官院，仍判國子監。」
〈馮侍講行狀〉：「即日，聞上授國子監直講，由是名震京師。」均足以輔證之，
「國監」則未見之，疑脫誤。

〈上元觀燈紀事〉，頁 2519

上元「觀」燈紀事。佚存本（珍）（叢）、文津閣：上元「景」燈紀事。

案：景，景致、日光，「景燈」其意不明，宜從「觀」字。

霞破初迎月，「林寒」即讓春。佚存本（珍）：霞破初迎月，「寒休」即讓春。

案：就詞性觀之，二者皆可從，然宋祁〈秋霽二首〉其一：「水足魚忘煦，林
寒鳥戀巢。」〈西齋秋晚〉：「池減無留潦，林寒少罷風。」等皆見「林寒」一詞，
「寒休」則未有作獨立語詞使用者，且「林寒」與上句較顯對仗工穩，宜從之。

並珂馳寶鉸，分幰「鶩」彫輪。文淵閣：並珂馳寶鉸，分幰「鶩」彫輪。

案：珂，馬勒上之飾物，亦借指馬。幰，車帷，得代指車。鶩，家鴨，晉以後
亦指野鴨，又若作疾馳解則可通「騖」，《淮南子·主術訓》：「猿得木而捷，魚
得水而騖。」騖，馳騁，《楚辭·招魂》：「步及驟處兮誘騁先，抑騖若通兮引車
右還。」此語與「並珂馳寶鉸」相對，同「馳」皆具奔馳之意，若此，則二字者皆
得解釋之，姑備異文。

〈和道卿舍人承祀出郊過西苑馬上有作〉，卷十九，頁 2520

天迥欹臨野，河長「側」貫都。佚存本（宮）：天迥欹臨野，河長「則」貫都。

案：欹，歪斜，蘇軾〈瑞鷓鴣〉：「西興渡口帆初落，漁浦山頭日未欹。」或通「倚」，作斜倚解，杜甫〈重題鄭氏東亭〉：「崩石欹山樹，清漣曳水衣。」側，傾斜，杜甫〈秋野詩五首〉其三：「掉頭紗帽側，曝背竹書光。」此句描摹河水貫穿都城之風貌，若從依照等級劃分物體之意解之「則」，其形容恐過於造作，而「側」既與「欹」之斜義相近，亦兩相對應，且較近於上句「天迥欹臨野」之敘述，故宜從「側」字，「則」疑形近而誤。

有懷摛鏤管，何苦促驪駒。「壯思」飄然發，知君顏謝徒。佚存本（宮）：有懷摛鏤管，何苦促驪駒。「牡思」飄然發，知君顏謝徒。佚存本（珍）：有懷摛鏤管，何苦促驪駒。「壯志」飄然發，知君顏謝徒。

案：摛，鋪陳，王禹偁〈謫居感事〉：「賡歌才不稱，掌浩筆難摛。」鏤管，雕花之筆管，亦借指筆，羅隱〈寄酬鄴王羅令公〉其四：「只見篇章矜鏤管，不知勳業柱青冥。」驪駒，純黑色之馬，亦泛指馬，《樂府詩集·陌上桑》：「何用識夫婿，白馬從驪駒。」顏謝，《宋書·顏延之傳》：「延之與陳郡謝靈運俱以詞彩齊名，自潘岳、陸機之後，文士莫及也，江左稱顏謝焉。」壯思，豪壯之情思，劉楨〈贈五官中郎將〉其四：「君侯多壯思，文雅縱橫飛。」壯志，豪壯之志願、襟懷，《後漢書·張儉傳論》：「而張儉見怒時王，顛沛假命，天下聞其風者，莫不憐其壯志，而爭為之主。」牡，雄性鳥獸，《詩·邶風·匏有苦葉》：「濟盈不濡軌，雉鳴求其牡。」「牡思」語意難明，古籍中亦未嘗以獨立語詞出現，疑「牡」乃形近「壯」而誤。就詩意觀之，「壯志」強調志願之豪大，「壯思」與觀望景色而興起之情思，關係較密切，且與顏謝徒之比擬較一致，疑從「壯思」為當，「壯志」疑形近而誤。

〈得故人楊備書〉，頁 2521

「款款」南雲信，相存安穩不。佚存本（宮）：「欻欻」南雲信，相存安穩不。

案：欻，平聲咍韻，欻欻，嘆聲，皮日休〈卒妻怨〉：「其夫死鋒刃，其室委塵埃。其命即用矣，其賞安在哉！豈無黔敖恩，救此窮餓骸。誰知白屋士，念此翻欻欻。」款，上聲緩韻，款款，誠懇，王安石〈次韻酬陸彥回〉：「款款故情初未愜，飄飄新句總堪傳。」南雲，南飛之雲，常以寄托思親、懷鄉之情，陸機〈思親

賦〉：「指南雲以寄款，望歸風而效誠。」相存，互相問候，司馬相如〈長門賦〉：「孔雀集而相存兮，玄猿嘯而長吟。」李善注引《說文》：「存，恤問也。」此詩乃得故人書信有感而作，此為首聯，自獲信相互恤問之情破題，就詩意觀之，宋祁心情當如陸機「指南雲以寄款」。另自格律而論，此為五言長律，乃仄起首句不入韻格，須作「仄仄平平仄」，「欵欵」於律不合，是知當從「款款」為宜，「欵欵」疑形近而誤。

「墨」白蠅間變。佚存本（宮）（珍）（叢）：「黑」白蠅間變。

案：《毛詩正義·小雅·青蠅》：「青蠅大夫刺幽王也，營營青蠅止于樊，豈弟君子無信讒言。」鄭玄箋：「興者，蠅之為蟲，汙白使黑，汙黑使白，喻佞人變亂善惡也。言止于藩欲外之令遠物也。」是知當從「黑」無疑，「墨」疑義近而誤。

側身「忘」夙夜，回首得沈浮。佚存本（宮）：側身「志」夙夜，回首得沈浮。

案：側身，傾側其身，表示戒懼不安，《詩經·大雅·雲漢序》：「遇災而懼，側身修行。」孔穎達疏：「側者，不正之言，謂反側也。憂不自安，故處身反側。」志，記錄，通「誌」，《周禮·春官·保章氏》：「掌天星，以志日月星辰之變動。」夙夜，朝夕，桓寬《鹽鐵論·刺復》：「是以夙夜思念國家之用，寢而忘寐，飢而忘食。」回首，回憶，杜甫〈將赴荊南寄別李劍州〉：「戎馬相逢更何日，春風回首仲宣樓。」此聯書寫個人勤勉政事而歷經風波之宦海生涯，就字義觀之，「忘」與「得」對應較工穩，從「志」則詩句難解，宜從「忘」字，「志」疑形近而誤。

汫封「共」龜手，知罪一春秋。佚存本（宮）（珍）：汫封「不」龜手，知罪一春秋。

案：此句蓋用《莊子·逍遙遊》故事：「宋人有善為不龜手之藥者，世世以汫澼絖為事。客聞之，請買其方百金。聚族而謀曰：『我世世為汫澼絖，不過數金；今一朝而鬻技百金，請與之。』客得之，以說吳王。越有難，吳王使之將，冬與越人水戰，大敗越人，裂地而封之。能不龜手，一也；或以封，或不免於汫澼絖，則所用之異也。」宜從「共」字。

「揚」芬避十蔟。佚存本（宮）：「楊」芬避十蔟。

案：揚，掀播，《楚辭·漁父》：「世人皆濁，何不淈其泥而揚其波。」蔟，草名，似細蘆，蔓生水邊，有惡臭，常喻惡人，《左傳·僖公四年》：「一薰一蔟，十年尚猶有臭。」此句乃揚芬芳以避惡臭之意，是知當從「揚」字，「楊」疑形近而誤。

安「敢」龔黃最，眞堪趙魏優。佚存本（宮）（珍）：安「取」龔黃最，眞堪趙魏優。

案：龔黃，漢循吏龔遂與黃霸之並稱，亦泛指循吏，《宋書·良吏傳論》：「漢世戶口殷盛，刑務簡闊，郡縣治民，無所橫擾……龔黃之化，易以有成。」最，古代考核政績或軍功時劃分之等級，以上等為最，與「殿」相對，睡虎地秦墓竹簡《廄苑律》：「有里課之，最者，賜田典日旬。」堪，作副詞解為可以，杜秋娘〈金縷衣〉：「花開堪折直須折，莫待無花空折枝。」就詩意與詞性觀之，唯「安敢」得與「真堪」相對，是知當從「敢」為宜，「取」疑形近而誤。

闊然宣布曲，直爾「伴」牢愁。佚存本（宮）、文津閣：闊然宣布曲，直爾「畔」牢愁。

案：《漢書·揚雄傳》：「又旁〈惜誦〉以下至〈懷沙〉一卷，名曰畔牢愁。」李奇曰：「畔，離也。牢，聊也。與君相離愁而無聊也。」師古曰：「〈惜誦〉、〈懷沙〉皆屈原所作，九章中之名也。」韋昭曰：「浑，騷也。鄭氏愁音曹。」《宋景文公筆記》：「〈揚雄傳〉：『名曰畔牢愁。』李奇曰……該案：牢字旁著水，晉直作牢，韋昭曰：『浑，騷也。』」宋祁〈答屯田齊員外見贈〉亦見「淹臥清漳續畔牢」語，知此字當從「畔」，「伴」疑形近而誤。

擄懷弄杯杓，對「帙」理墳「丘」。佚存本（宮）：擄懷弄杯杓，對「秩」理墳丘。佚存本（珍）：擄懷弄杯杓，對「秩」理墳「邱」。

案：杯杓，借指飲酒，《史記·項羽本紀》：「張良入謝，曰：『沛公不勝栖杓，不能辭。』」帙，古代竹帛書籍之封套，多以布帛製成，後世亦指線裝書之函套，潘岳〈楊仲武誄〉：「披帙散書，屢睹遺文。」或謂卷冊、函冊，顏延之〈皇太子釋奠會作詩〉：「尚席函杖，丞疑奉帙，侍言稱辭，惇史秉筆。」秩，官職、品位，《左傳·文公六年》：「委之常秩。」杜預注：「常秩，官司之常職。」墳丘，《三墳》、《九丘》之並稱，亦泛指古代典籍，應瑒〈文質論〉：「覽墳丘於皇代，建不刊之洪制。」「丘」、「邱」問題可參見前論〈初除直講獻內閣馮學士孫侍郎〉資料。綜上考辨，此處宜從「帙」、「丘」，「秩」疑形近而誤。

姑「縈」裘與葛，隨度臘和腰。佚存本（宮）、文津閣：姑「營」裘與葛，隨度臘和腰。

案：腰、臘為古代二種祭祀名稱，其祭多於歲終，故常並稱，古時貧民，必待「腰臘」方得飲酒食肉，《韓非子·五蠹》：「夫山居而谷汲者，腰臘而相遺以水。」桓寬《鹽鐵論·散不足》：「古者，庶人糲食藜藿，非鄉飲酒、腰臘祭祀無酒肉。」劉敞〈打魚〉：「南人登魚作腰臘，清潭數里奔舟楫。」此聯敘述為度「臘腰」時

節，須備「裘葛」以禦寒，此語與「隨度臘和腰」相對，此字當作動詞解，宜作謀求、置辦解之「營」。「營」雖可通「縈」，然僅限作纏繞意解，「縈」疑音近而誤。

〈郭仲微見過問疾〉，頁 2522

郭仲微見過問疾。文津閣：「感」郭仲微見過問疾。

　　案：遍查宋祁詩歌題名，〈感舊送虞曹楊員外〉、〈玉堂感舊〉、〈感秋〉、〈感事〉、〈感事寄子明中丞〉等皆無於「感」後便與人名相接者，皆係與事物相連，即或感於人事，亦當如〈羅學士出守復拜承旨感而有賦〉一詩，乃以「感而有賦」方式標列於末，故「感」字恐為衍文。

予素不喜浮「屠」，常以此「箴」誚世人。佚存本（宮）：予素不喜浮「圖」，常以此箴誚世人。佚存本（珍）：予素不喜浮「圖」，常以此「歲」誚世人。

　　案：浮屠，亦作「浮圖」。箴，規諫，《尚書‧盤庚上》：「無或敢伏小人之攸箴。」誚，嘲笑、譏刺。歲，年。據文意觀之，當從「箴」無疑。

直道「胡」論枉，空言分合刪。佚存本（宮）（珍）：直道「朝」論枉，空言分合刪。

　　案：直道，猶正道，《禮記‧雜記》：「其餘則直道而行之是也。」胡，代詞，多用以加強反詰，《詩經‧邶風‧日月》：「胡能有定？寧不我顧！」朝論，朝廷上之議論，王勃《平臺秘略論‧善政》：「守方雅以調蓄政，用公直而掌朝論。」空言，不切實際之語，《呂氏春秋‧知度》：「至治之世，其民不好空言虛辭，不好淫學流說。」此聯謂直者豈肯自居下流而論枉，不切實際之語亦當刪除，故知從「胡」為宜，「朝」疑形近而誤。

蒼蠅徒擾擾，狂猘自「嗢嗢」。佚存本（宮）：狂猘自「喎喎」。佚存本（珍）：蒼蠅徒擾擾，狂猘自「狦狦」。

　　案：狂猘，形容凶猛，揭傒斯〈奉議大夫甘公士廉墓誌銘〉：「攻討之策，必自近始，近者服，則遠者自從。今近而狂猘，莫若古縣猺。」猘，狂犬，猛犬。嗢嗢，爭鬥貌，《韓非子‧揚權》：「一棲兩雄，其鬥嗢嗢。」喎，乃喎之異體字，謂因爭執而互相控告，《類篇‧口部》：「喎，斷斷，爭訟也。」狦，惡健犬，一說為狼。就詞義觀之，當從「嗢嗢」無疑。

十年休賦蜀，二始欲「睎」顏。佚存本（宮）（珍）、文津閣：十年休賦蜀，二始欲「希」顏。

案：二始，晉始平太守阮咸與南朝宋始安太守顏延之，二人皆負時望而遭忌，《宋書·顏延之傳》：「謝晦謂延之曰：『昔荀勖忌阮咸，斥為始平郡，今卿又為始安，可謂二始。』」晞，音ㄒㄧ，平聲微韻，望、遠望，亦謂仰慕、懷想。希，仰慕，《後漢書·王暢傳》：「府君不希孔聖之明訓，而慕夷齊之末操，無乃皎然自貴於世乎？」希顏，仰慕顏淵，後謂仰慕賢者，《晉書·虞溥傳》：「夫學者不患才不及，而患志不立。故曰：希驥之馬，亦驥之乘；希顏之徒，亦顏之倫也。」「希」字，揚雄《法言·學行》作「晞」，是知二字自漢便嘗混用。

吾游如不遂，嚴樾「試」重攀。佚存本（宮）（珍）：吾游如不遂，嚴樾「冀」重攀。

案：嚴樾，山巖上之樹蔭，何據〈射楊葉百中賦〉：「豈直忘歸貫星，繁弱銜月，鷹逆落於雲霄，猿洞叫於嚴樾而已哉！」就上句「如」之假設語氣觀之，下句當為退而求其次之選擇，如此，「試」之姑且意較「冀」之斬釘截鐵妥帖。

〈和晏相公九日郡筵〉，頁 2522

風頭「臘」輕慘，日腳送斜暄。文淵閣、文津閣：風頭「獵」輕慘，日腳送斜暄。

案：此字與「送」相對，皆作動詞解，然「臘」無作動詞解，詩意亦不合，知宜從「獵」字，「臘」疑形近而誤。

〈早夏集公會亭餞金華道卿內翰守澶淵得符字〉，頁 2522

早夏集公會亭「餞」金華道卿內翰守澶淵得符字。佚存本（珍）：早夏集公會亭「飲餞」金華道卿內翰守澶淵得符字。

案：宋祁〈監中會兩禁諸公飲餞吳舍人梁正言富修撰葉龍圖以計省不赴作詩見寄〉與〈直舍飲餞楊子奇〉均作「飲餞」，或得據之增補。

早夏乘休沐，離襟「屬」餞壺。文津閣：早夏乘休沐，離襟「對」餞壺。

案：離襟，借指離人之思緒或離別之情懷，駱賓王〈送宋五之問〉：「欲諗離襟切，歧路在他鄉。」屬，斟酒相勸，《儀禮·士昏禮》：「酌玄酒，三屬于尊。」鄭玄注：「屬猶注也。」對，相對，《儀禮·士昏禮》：「設對醬於東。」胡培翬《正義》引盛世佐云：「此為婦設也。夫西婦東，故云對。」《史記·萬石張叔列傳》：「子孫有過失，不譙讓，為便坐，對案不食。」由是觀之，二者皆得解釋之，未定孰是。

「騰」裝照魚服，行帳繞犀株。佚存本（珍）：「勝」裝照魚服，行帳繞犀株。

案：騰裝，整理行裝，枚乘〈七發〉：「其波涌而雲亂，擾擾焉如三軍之騰裝。」劉良注：「言如雲氣之亂，又如三軍之裝束也。」魚服，魚皮製之箭袋，《詩經·小雅·采薇》：「四牡翼翼，象弭魚服。」江淹〈橫吹賦〉：「貝胄象弭之威，織文魚服之容。」行帳，行軍或出游時所搭之蓬帳，杜甫〈軍中醉歌寄沈八劉叟〉：「野膳隨行帳，華音發從伶。」犀株，即犀角，角計數以株為量，故稱，李賀〈惱公〉：「犀株防膽怯，銀液鎮心忪。」此詩書贈將守澶淵之官員，與軍事職務有關，且宋祁作品未見「勝裝」一詞，其〈凌屯田知和州〉：「候吏騰裝催去舸，故人引胝帳離觥。」〈鹿鳴筵餞諸秀才赴舉〉：「經市騰裝早，封軺續食催。」均作「騰裝」，復與此句所敘別離前之整裝近似，故從「騰」為宜，「勝」疑形近而誤。

《全宋詩》卷219·宋祁一六

〈早春雨中因呈邑大夫〉，頁2523

〈早春雨中「因呈邑大夫」〉。文津閣：〈早春雨中〉「因呈邑大夫」。

　　案：呈某人之作，宋祁多將敘述併入題名，試觀〈白兆山寺值雨呈同坐〉、〈上春晦日到西湖呈轉運叔文學士〉、〈羸疾益間呈轟長孺學士〉、〈抒懷呈同舍〉、〈西湖席上呈張學士〉諸篇皆如此，然二者皆得解釋之，唯排版略異耳。

「庌」冷牧驦回。文淵閣、文津閣：「瘂」冷牧驦回。

　　案：庌，馬廏，《說文解字》：「庌，廡也。」段玉裁注曰：「廡，所以庇馬涼也。」瘂，音ㄒㄧㄚ，喉病，又音ㄧㄚˊ，疷瘂，病甚之意。自「牧驦」而論，宜從「庌」字，「瘂」疑形近而誤。

〈送范希文〉，頁2524

「蕢」土障河拙，園葵望日賒。佚存本（宮）、文淵閣、文津閣：「蕢」土障河拙，園葵望日賒。

　　案：蕢，盛土竹器，《尚書·旅獒》：「為山九仞，功虧一蕢。」蕢，音ㄎㄨㄟˋ，去聲寘韻，謂草織之盛器，《論語·憲問》：「子擊磬於衛，有荷蕢而過孔氏之門者。」朱熹集注：「蕢，草器也。」《孟子·告子上》：「不知而為屨，我知其不為蕢也。」或指草鞋，徐弘祖《徐霞客游記·楚游日記》：「時予一足已無蕢，跣一足行。」又音ㄎㄨㄞˋ，去聲怪韻，蕪穢，《呂氏春秋·達鬱》：「故水鬱則為污，

樹鬱則為蠹，草鬱則為蕢。」高誘注：「蕢，穢。」自「土」與「障河」觀之，從「蕢」較貼切，「蕢」疑形近而誤。

〈荷花〉，頁 2524

盛「府」開為幕，騷人借作媒。文淵閣：盛「時」開為幕，騷人借作媒。

　　案：盛府，對地方軍政長官衙署之尊稱，《南史·庾杲之傳》：「（王儉）用杲之為衛將軍長史。安陸侯蕭緬與儉書曰：『盛府元僚，實難其選。庾景行泛淥水，依芙蓉，何其麗也。』」蘇舜欽〈獨游曹氏園館因寄伯玉〉：「贊謀盛府方投刃，捍患長隄正展才。」就此聯格律觀之，此句當作「仄仄平平仄」，是知宜從「府」字，且作府邸解則與下句之人物愈顯對仗妥貼。

簪形侵寶髻，燭柄近「宮」煤。文淵閣：簪形侵寶髻，燭柄近「官」煤。

　　案：二字同屬平聲，無法自音韻判斷。試觀「簪形」、「寶髻」與「燭柄」、「官煤」二組文字，頗見對比之意，故此語與「燭柄」當有關聯，《唐摭言·雜記》：「令狐趙公，大中初在內庭，恩澤無二，常便殿召對。夜艾方罷，宣賜金蓮花送歸院，院使已下謂是駕來，皆鞠躬階下。俄傳呼曰：『學士歸院』莫不驚異。金蓮花，燭柄耳，惟至尊方有之。」此句疑暗用此故事。自「內庭」、「至尊方有之」推求，此字或從「宮」為宜，「官」疑形近而誤。

〈早濟江步〉，頁 2524

壯志「兼時」晚，「勞」愁已日侵。佚存本（珍）：壯志「時逢」晚，「牢」愁已日侵。

　　案：兼，連詞，表並列關係，和、與，《尚書·康王之誥》：「賓稱奉圭兼幣。」文瑩《玉壺清話》：「金烏兼玉兔，年歲奈君何？」牢愁，憂愁、憂鬱，《漢書·揚雄傳上》：「又旁《惜誦》以下至《懷沙》一卷，名曰《畔牢愁》。」劉克莊〈次韻實之春日五和〉其二：「牢愁余髮五分白，健思君才十倍多。」已，作副詞解為已經，「兼」與「已」同屬虛詞，「時晚」與「日侵」皆強調時間之推移，兩相為對，若從「時逢」則否。另，宋祁〈窮愁賦〉：「淪幽憂于莊篇兮，委牢愁于漢冊。」與〈答書〉：「胡能反招隱，更欲傍牢愁。」〈得故人楊備書〉：「闊然宣布曲，直爾畔牢愁。」悉作「牢愁」，知從「牢」為是，「勞」疑音近而誤。

薄宦眞蓬「累」，歸期問藁砧。佚存本（珍）：薄宦眞蓬「梗」，歸期問藁砧。

案：蓬累，飛蓬飄轉飛行，比喻人之行蹤無定，《史記·老子韓非列傳》：「且君子得其時則駕，不得其時則蓬累而行。」張守節《正義》：「蓬，沙磧上轉蓬也；累，轉行貌也。言君子得明主則駕車而事，不遭時則若蓬轉流移而行，可止則止也。」蓬梗，謂如飛蓬斷梗，飄蕩無定，比喻飄泊流離，姚鵠〈隨州獻李侍御〉其二：「風塵匹馬來千里，蓬梗全家望一身。」宋祁作品未見「蓬梗」一詞，其〈觀文留尹尚書學士書〉：「丞相宿夕蓬累。」〈故大理評事張公墓誌銘〉：「方其間關蓬累，而竭誠盡物，克襄事焉。」均作「蓬累」，或從「累」為宜。

〈沁陽王介夫〉，頁 2525

光華覆盆日，哆侈「譖」人星。佚存本（珍）：光華覆盆日，哆侈「讒」人星。

案：覆盆日，語出王充《論衡·說日》：「視天若覆盆之狀，故視日上下然，似若出入地中矣。」譖人，讒毀他人，《詩經·小雅·巷伯》：「彼譖人者，亦已大甚。」讒人，進讒言之人，《詩經·小雅·青蠅》：「營營青蠅，止于棘，讒人罔極，交亂四國。」此句語出《詩經·小雅·巷伯》：「哆兮侈兮，成是南箕。彼譖人者，誰適與謀。」是知當從「譖」字無疑。

〈舅氏自壽陽由京師歸安陸〉，頁 2526

客飯稽留數，齋醪「酪」酊遲。佚存本（宮）、文淵閣、文津閣：客飯稽留數，齋醪「酪」酊遲。

案：醪，汁渣混合之酒，又稱濁酒、醪糟，亦為酒之總稱，《後漢書·樊儵傳》：「又野王歲獻甘醪、膏錫。」酪，酪酒，《漢書·禮樂志》：「師學百四十二人，其七十二人給大官桐馬酒。」顏師古注：「馬酪味如酒，而飲之亦可醉，故呼馬酒也。」乃以馬牛羊等乳汁製成之酒。「酪酊」意義難解。酩酊，大醉貌，白居易〈醉吟先生傳〉：「放情自娛，酩酊而後已。」自詩意及上句觀之，宜從「酩」字，「酪」疑形近而誤。

〈仲微相過把酒有感〉，頁 2526

故人當「止」酒，今夕喜御杯。佚存本（宮）（珍）：故人當「立」酒，今夕喜御杯。

案：止酒，戒酒，陶潛〈止酒〉：「平生不止酒，止酒情無喜。」此聯蓋以陶

淵明「止酒」之舉與今日「御杯」之喜相對照，藉以凸顯宋祁之樂，故宜從「止」。

鹿車君「偃」蹇，鶴祿我裵回。佚存本（宮）（珍）：鹿車君「連」蹇，鶴祿我裵回。

案：偃蹇，困頓，《新唐書・段文昌傳》：「憲宗數欲親用，頗為韋貫之奇詆，偃蹇不得進。」連蹇，行走艱難貌，語本《易經・蹇》：「往蹇來連。」揚雄《反離騷》：「騁驊騮以曲艱兮，驢騾連蹇而齊足。」引申指遭遇坎坷，《漢書・揚雄傳下》：「孟軻雖連蹇，猶為萬乘師。」就此詩格律觀之，此句須作「平平平仄仄」，除首字出韻外，此字當從仄聲，遂知以「偃」為是。

平日「雰」風瑟，塵褾為試開。佚存本（宮）（珍）、文淵閣、文津閣：平日「雩」風瑟，塵褾為試開。

案：雰，雨雪盛貌。雩，古代為求雨而舉行之祭祀，《後漢書・禮儀志》：「公卿官長以次行雩禮求雨。」褾，劍套，《禮記・少儀》：「劍則啟櫝，蓋襲之，加夫褾與劍焉。」鄭玄注：「夫褾，劍衣也，加劍於衣上，夫或為煩，皆發聲。」疑此句徵引《論語・先進》：「鼓瑟希鏗爾，舍瑟而作……暮春者，春服既成，冠者五六人，童子六七人，浴乎沂，風乎舞雩，詠而歸。」何晏《集解》引包咸曰：「浴乎沂水之上，風涼於舞雩之下，歌詠先王之道而歸夫子之門。」後常借「風雩」以示不願仕宦之志向。宋祁〈春日同趙侍禁遊白兆山寺序〉：「春服既成，詠雩風于沂水；眾賓咸集，修禊事于山陰。」曾言「雩風」，故宜從「雩」字，「雰」疑音近而誤。

〈硤石乘舟晚歸〉，頁 2527

山來疑逼岸，林度省移「洲」。佚存本（宮）：山來疑逼岸，林度省移「舟」。

案：此聯為因果句式，宋祁〈憶浣花泛舟〉：「樹來驚浦進，山失悟舟移。」亦為如此，喜藉空間景物之擬人變換以凸顯個人於空間中移動之事實，故從「舟」為宜。

〈清明值雨〉，頁 2527

有澐興芳序，餘寒「惜」慘悽。佚存本（宮）（珍）：有澐興芳序，餘寒「借」慘悽。文淵閣：有澐興芳序，有澐興芳序，餘寒「暗」慘悽。

案：澐，陰雲。興，產生，《易經・歸妹》：「天地不交而萬物不興。」高亨

注：「興，猶生也。」序，堂之東西墙。惜，憐惜。暗，遮蔽。借，憑藉，《楚辭·九章·悲回風》：「借光景以往來兮，施黃棘之枉策。」此語以下「遠山沈向盡，雜樹望先迷。天濶都成暝，雲昏本自低」皆描繪昏暗不明情貌，綜觀詩意，宜從「暗」字，「惜」、「借」疑形近而誤。

積潤侵重「構」，長嚴壓曉鼗，游人盤馬路，獨漉逐春泥。佚存本（宮）（珍）、文津閣：積潤侵重「襺」，長嚴壓曉鼗，游人盤馬路，獨漉逐春泥。

　　案：積潤，蓄積已久之潮濕。長嚴，連續不斷地擂鼓，《宋書·王鎮惡傳》：「鎮惡自豫章口捨船步上，蒯恩軍在前，鎮惡次之。舸留一二人，對舸岸上豎六七旗，下輒安一鼓。語所留人：『計我將至城，便長嚴，令如後有大軍狀。』」襺，音ㄐㄧㄢˇ，上聲銑韻，絲綿，或指懷抱。鼗，小鼓之屬。侵重襺，謂潮濕入侵重層之棉衣；侵重構，則謂潮濕入侵重層之建物。此詩書寫清明值雨，詩人於路途所見景象，此聯下句描述鼓聲，其後復得見「游人」忙碌與己身獨漉之情狀，恐與「侵重構」較無關聯，「侵重襺」與「漉」、「逐春泥」呼應，較為適切，故宜從「襺」。

〈瑞荷同幹〉，頁 2527

共茄含瑞液，分「蔕蓋」文波。文津閣：共茄含瑞液，分「蓋矗」文波。

　　案：茄，荷梗，《爾雅·釋草》：「荷，芙蕖；其莖茄。」張衡〈西京賦〉：「蔕倒茄於藻井，披紅葩之狎獵。」薛綜注：「茄，藕莖也。以其莖倒殖於藻井，其花下向反披。」蔕，花果與根莖或枝葉相連處。蓋，作名詞解得指以茅草等編成之覆蓋物，或謂古代車輛似傘之頂篷，作動詞解則具掩蔽與覆蓋之意。矗，直立高聳。二組皆為仄聲，無法自音韻判斷。此語與「共茄含瑞液」相對，推知前字為名物之詞，後字為動詞，此句書寫同幹荷葉挺立水面之狀，如此，「分蓋」意謂如傘蓋之荷葉，「矗文波」乃指矗立水面，得與題名之〈瑞荷同幹〉相應，故恐從「蓋矗」為宜。

〈懷古眺望〉，頁 2528

「庌」驪鬧自集，田鶴吪相求。文淵閣：「庌」驪鬧自集，田鶴吪相求。

　　案：參見前論〈早春雨中因呈邑大夫〉資料。

町篠「沿緣」密，川葭霢靡柔。文淵閣：町篠「沿綠」密，川葭霢靡柔。文津閣：町篠「黃緣」密，川葭霢靡柔。

案：町，田地，張衡〈西京賦〉：「篠簜敷衍，編町成篁。」篠，小竹、細竹，可製箭，許渾〈和賓客相國詠雪〉：「霽添松篠媚，寒積蕙蘭猜。」亹緣，綿延，盧鴻〈雲錦淙〉：「苔駁犖兮草亹緣，芳羃羃兮瀨濺濺。」霏靡，草木細弱，隨風披拂貌，劉安〈招隱士〉：「青莎雜樹兮，薠草霏靡。」此屬五言長律，為平起首句不入韻格，是知此語須作平聲，「沿緣」與之不符，「緣」疑形近而誤。此句書寫田邊竹林連綿不絕之狀，「沿緣」、「亹緣」皆可，宋祁以「亹緣」或「沿緣」形容植物之狀者各一，分為：〈次江都〉：「遠草亹緣綠，幽花落漠春。」〈凝碧堂記〉：「崔葭沿緣于涯涘，檉楊漫衍于洲步。」未定孰是，姑備異文。

〈海棠〉，頁 2529

的的誇粉靚，番番恃笑「嫣」。文津閣：的的誇粉靚，番番恃笑「嘕」。

案：嫣，平聲仙韻，笑貌。宋玉〈登徒子好色賦〉：「嫣然一笑。」嘕，音ㄒㄧㄢ，平聲先韻，喜笑貌。《楚辭·大招》：「宜笑嘕只。」二字皆得解釋而無礙，又，宋本《廣韻》仙韻、先韻同用，此詩「妍」、「天」、「邊」為先韻，餘則屬仙韻，無法自此判定，姑備異文。

〈滁州趙學士重修懷嵩樓〉，頁 2529

丞相懷「嵩」罷，因之名郡樓。佚存本（宮）（珍）：丞相懷「松」罷，因之名郡樓。

案：《江南通志·輿地志·古蹟·潁州府》：「懷嵩樓在州治後統軍池上，即贊皇樓，唐李德裕刺滁州時建。」王象之《輿地碑記·滁州碑記》則收李德裕撰〈懷嵩樓記〉之記載，古籍中暫未見「懷松樓」，故知當從「嵩」無疑，「松」疑音近而誤。

人世興衰換，山川「處所」留。佚存本（珍）：人世興衰換，山川「久遠」留。

案：處所，地方，宋玉〈高唐賦〉：「風止雨霽，雲無處所。」久遠，長久，蘇軾〈謝歐陽內翰書〉：「大者鏤之金石，以傳久遠。」此聯感慨人世更迭，惟有空間建物不易隨之變動，且宋祁作品未見有作「久遠」者，〈早秋夜坐〉：「客愁無處所，世慮足端倪。」則見「處所」，故或從「處所」為是。

西北天「根」「遠」，東南地脉浮。佚存本（宮）：西北天「垠」遠，東南地脉浮。佚存本（珍）：西北天「垠」「曠」，東南地脉浮。

案：天根，星名，即氐宿，東方七宿第三宿，凡四星，《國語·周語中》：「天根見而水涸。」《爾雅·釋天》：「天根，氐也。」郭璞注：「角亢下繫於氐，若木之有根。」皎然〈同薛員外誼久旱感懷寄兼呈上楊使君〉：「秋郊天根見，我疆看稼穡。」地脈，地之脈絡，孟浩然〈送吳宣從事〉：「旌斾邊庭去，山川地脈分。」又指地下水，孟雲卿〈放歌行〉：「地脈日夜流，天衣有時掃。」天垠，天邊，張協〈七命〉：「爾乃踰天垠，越地隔，過汗漫之所不游，躐章亥之所未跡。」此聯對仗工整，「根」與「脈」具條理分支之形象，宜從「根」為是。詩言「天根」，據其意，「遠」自較「曠」適切，宜從之。

〈季春八日喜雨答李都官〉，頁 2529

餘萌催「沃」土，殘魃趣沈淵。文淵閣、文津閣：餘萌催「離」土，殘魃趣沈淵。

案：沃土，肥美土地，《國語·魯語下》：「沃土之民不材，淫也。」離，稻穀落地，下一年自生之稻，《淮南子·泰族訓》：「離先稻熟，而農夫耨之，不以小利傷大穫也。」高誘注：「稻米隨而生者為離，與稻相似，耨之，為其少實。」沈淵，深淵，江淹〈雜體詩·效袁淑從駕〉：「羽衛藹流景，綵吹震沈淵。」魃，神話傳說中之旱神，杜光庭〈蜀王青城山祈雨醮詞〉：「消除虐魃，蘇息枯苗。」此聯乃書寫春雨普降大地，旱神沉淵、幼芽萌發之生意盎然情景，「沃」字較符詩意，若從「離」則與「夜魄離星舍」犯複，復自格律觀之，此字須作仄聲，「離」屬平聲，是知宜從「沃」。

〈賦得敗荷〉，頁 2530

為結秋荷恨，「因」來溝水西。佚存本（宮）（珍）、文津閣：為結秋荷恨，「故」來溝水西。

案：此聯屬因果句式，據詩意，二者皆得解釋之。然此詩為仄起首句不入韻格，且恐存在拗救現象，使從仄聲之「故」字，則平聲之溝字正足以救之，故宜從「故」，「因」疑義近而誤。

〈小荷〉，頁 2530

纔勝漢臣橐，未「辦」楚人衣。佚存本（宮）、文津閣：纔勝漢臣橐，未「辨」楚人衣。

案：漢臣橐，疑化用《史記·陸賈傳》故事：「及高祖時，中國初定，尉他平南越，因王之。高祖使陸賈賜尉他印為南越王。陸生至，尉他魋結箕倨見陸生。陸生因進說他曰……（尉他）曰：『越中無足與語，至生來，令我日聞所不聞。』賜陸生橐中裝直千金，他送亦千金。陸生卒拜尉他為南越王，令稱臣奉漢約。歸報，高祖大悅。」後因以「越橐」泛指貯藏珍寶之袋，杜牧〈揚州〉其二：「蜀船紅錦重，越橐水沉堆。」辦，辦備。辦，作備辦解而為「辨」之古字，《周禮·考工記序》：「或審曲面埶，以飭五材，以辨民器。」鄭玄注：「辨，猶具也。」王觀國《學林·辨》：「古無從力之『辦』，止用『辨』字。」楚人衣，《楚辭·離騷》：「製芰荷以為衣兮，集芙蓉以為裳。」此聯蓋藉以形容小荷之嬌貴，勝於「橐」之百珍，而荷之稚小尚未足以置辦衣裳，皆以之彰顯小荷美好，故知此字當為製作準備之意，二字皆得解釋之。又，宋祁〈定州到任謝表〉：「賢守未辦，況臣至愚；謀夫深憂，況臣淺識。」亦見「未辦」，「未辦」則未見之，恐從「未辦」為宜。

〈馬上逢雪〉，頁 2530

「宛」轉「呈」歌麗。佚存本（宮）：「婉」轉「□」歌麗。

案：宛轉，形容聲音抑揚動聽，陳恕可〈齊天樂·蟬〉：「琴絲宛轉，弄幾曲新聲，幾番淒惋。」婉轉，形容聲音抑揚起伏，高璩〈和薛逢贈別〉：「歌聲婉轉添長恨，管色淒涼似到秋。」二者皆得解釋之，然宋祁〈孫景赴懷寧尉〉：「蘭助朝昏膳，絲垂宛轉綸。」與〈七夕〉：「裴回月御斜光斂，宛轉蛛絲巧意真。」均作「宛轉」而未見「婉轉」。呈，顯現，與詩意相符，得據而補之。

「散」鹽拂波亂。佚存本（珍）：「熬」鹽拂波亂。

案：散鹽，與《世說新語·言語》故事有關：「謝太傅寒雪日內集，與兒女講論文義。俄而雪驟，公欣然曰：『白雪紛紛何所似？』兄子胡兒曰：『撒鹽空中差可擬。』兄女曰：『未若柳絮因風起。』公大笑樂。即公大兄無奕女，左將軍王凝之妻也。」熬，乾煎、乾炒，《方言》：「熬，火乾也。凡以火而乾五穀之類，自山而東，齊楚以往，謂之熬。」就故事而論，此語當從「散」字。

〈李少傅逸老亭〉，頁 2531

相筆留「齊」榜，邦侯慶壽卮。文津閣：相筆留「齋」榜，邦侯慶壽卮。

案：齊，意指古人祭祀或典禮所居之宮室與所用之器物，可與「齋」通。齋，

家居房屋，劉義慶《世說新語·言語》：「孫綽賦《遂初》，築室畎川，自言見止足之分。齋前種一株松，恒自手壅治之。」齋榜，齋堂匾額，陸游〈題吳參議達觀堂〉：「揮毫為君作齋榜，想見眼中餘子空。」此句蓋指居室之匾額或題字，恐與祭祀或典禮所居之宮室無關，宜從「齋」較妥帖。

〈答朱彭州喜雪〉，頁 2531

光逢晨「睍」薄，花得冥寒稠。文津閣：光逢晨「睍」薄，花得冥寒稠。

　　案：睍，音ㄒㄧㄢˋ，上聲銑韻，「睍睍」乃怯懦不安貌，「睍睆」作美麗解，《詩經·凱風》：「睍睆黃鳥，載好其音。」睍，音ㄒㄧㄢˋ，上聲霰韻，日光、明亮。「睍」與此句之「光」字相應，當從「睍」，「睍」疑形近而誤。

〈訪李生野墅〉，頁 2531。

訪李生「野」墅。文淵閣：訪李生「別」墅。

　　案：墅，田廬、村舍，或謂別館，二者皆得解釋之，然宋祁〈和鑒宗遊南禪別墅〉、〈朱舜卿歸自別墅〉與〈蘭皋亭〉（張學士充別墅）皆作「別墅」而未見「野墅」一詞，恐從「別」字為是。

陵阿訪隱「淪」。佚存本（珍）：陵阿訪隱「倫」。

　　案：隱淪，神人等級之一，泛指神仙，郭璞〈江賦〉：「納隱淪之列真，挺異人乎精魄。」或指隱者，杜甫〈贈韋左丞丈〉：「此意竟蕭條，行歌非隱淪。」此詩乃訪李生別墅所作，復有「長沮亟相語」一語，是知當從「淪」。

〈書懷寄郭正〉，頁 2532

書懷寄郭「正」。文津閣：書懷寄郭「稹」。

　　案：疑避清世宗胤禛之名諱，故更「稹」為「正」。郭稹，字仲微，開封祥符人，世寓鄭州，舉進士中甲科，為河南縣主簿，曾於康定元年出使契丹，約與賈昌朝、陳堯咨、宋庠同時，詳見《宋史·郭稹傳》。

〈和梅侍讀給事秋雪〉，頁 2532

雜霰鳴寒「撢」，紛花混晚苔。文津閣：雜霰鳴寒「芴」，紛花混晚苔。

案：蘀，檡樹，《詩經·小雅·鶴鳴》：「爰有樹檀，其下維蘀。」又為草名，《山海經·中山經》：「（甘棗之山）其上多枏木，其下有草焉，葵本而杏葉，黃華而莢實，名曰蘀。」芿，亂草，鮑照〈侍郎報滿辭閣疏〉：「墾畛剗芿。」自詩意觀之，二者皆可，然宋祁〈春宴行樂家園〉：「園芿初乾小雨泥，飲壺遊屐況親攜。」〈思歸〉：「芿區晴外遠，山疊暝前蒼。」皆見「芿」而未有作「蘀」者，故或從「芿」為宜。

「今年」屬清思，旻宇「其」寥寥。佚存本（宮）（珍）：「金華」屬清思，旻宇其寥寥。文淵閣：今年屬清思，旻寓「共」寥寥。

案：今年，本年。金華，金質花飾，《後漢書·蔡邕傳》：「公奉引車駕，乘金華青蓋，瓜畫兩轓，遠近以為非宜。」此詩乃秋冬之際所書，是知可從「今年」。然觀詩中「紛花混晚苕」一語，「苕」即陵苕，亦名凌霄、紫葳，《爾雅·釋草》：「苕，陵苕。黃華蔈，白華茇。」《詩經·小雅·苕之華》：「苕之華，芸其黃矣。」毛《傳》：「苕，陵苕也，將落則黃。」以此，「金華」正得藉以喻之，亦得解釋而無礙，二者宋祁皆曾言及，姑備異文。屬，綴輯、書寫，《漢書·賈誼傳》：「以能誦詩書屬文稱於郡中。」或謂託付而同「囑」，《漢書·張良傳》：「漢王之將獨韓信可屬大事、當一面。」清思，清雅美好之情思、清靜思考，《漢書·禮樂志》：「勿乘青玄，熙事備成。清思眇眇，經緯冥冥。」旻宇，秋日，范成大〈桂林中秋賦〉：「悵旻宇之佳節兮，并四者其良難。」其，語中助詞，《詩經·秦風·小戎》：「言念君子，溫其如玉。」寥寥，廣闊、空曠，曹操〈善哉行〉其三：「寥寥高堂上，涼風入我室。」或謂孤單寂寞，宋之問〈溫泉莊臥疾寄楊七炯〉：「移疾臥茲嶺，寥寥倦幽獨。」就詞義觀之，二者皆可從，唯「共」可將「清思」與「旻寓」之情、景併以「寥寥」狀態融合呈現，「其」則僅將鏡頭定置於「寥寥」之秋景，或從「共」為宜。

〈立春前二日獲雪〉，頁 2532

「立」春前二日獲雪。佚存本（珍）（叢）、文淵閣、文津閣：春前二日獲雪。

案：立春，二十四節氣之一，有固定日期，「春」之指涉則過於籠統，且其後謂「前二日」，是知當添補「立」字。又，宋祁〈答程職方冬至前一日江上觀魚〉、〈重陽前二日喜雨答泗洲郭從事〉皆與此詩題名之模式相同，足供輔證。

「浩」氣皚皚徧。文津閣：「浩」氣皚皚徧。佚存本（宮）（珍）：「皓」氣皚皚徧。

案：浩氣，廣大水氣，沈佺期〈奉和洛陽翫雪應制〉：「氛氳生浩氣，颯沓舞回風。」皓，明亮、潔白，班固〈幽通賦〉：「皓爾太素，曷渝色兮。尚越其幾，淪神域兮。」又通「昊」、「浩」，作廣大貌，劉勰《文心雕龍·事類》：「皜如江海，鬱若昆鄧。」皚皚，雪白貌，《晉書·后妃傳上·左貴嬪》：「風騷騷而四起兮，霜皚皚而依庭。」宋祁〈冒雪馬上作〉：「二儀連皓氣，萬物共清輝。」與此詩同為書寫雪景之作而以「皓氣」描述之，故或從「皓」為宜。

洞矗三雲「伏」，山迎萬玉侯。佚存本（宮）（珍）：洞矗三雲「仗」，山迎萬玉侯。

案：伏，隱藏不露，左思〈蜀都賦〉：「漏江伏流潰其阿。」仗，憑藉、依附。侯，作形容詞解為美好，《詩經·鄭風·羔裘》：「羔裘如濡，洵直且侯。」就對仗關係而言，唯「伏」得與「侯」相對，故或從「伏」較適切，「仗」疑形近而誤。

絮痕侵柳動，鹽影「著」波浮。佚存本（宮）（珍）：絮痕侵柳動，鹽影「看」波浮。

案：鹽影，即雪影。著，依附，《國語·晉語四》：「今戾久矣，戾久將底。底著滯淫，誰能興之？」看，以視線接觸人或事物，劉義慶《世說新語·規箴》：「殷覬病困，看人政見半面。」就詩意觀之，此聯描寫雪花落於柳木與湖面之不同景致，是知當從「著波浮」以狀其消融於水面之景象。

宿莽攢瑤草，長隄臥素「虯」。佚存本（宮）（珍）：宿莽攢瑤草，長隄臥素「蚪」。

案：虯，傳說中一種無角龍，《楚辭·離騷》：「駟玉虯以乘鷖兮，溘埃風余上征。」蚪，蝌蚪書，蘇軾〈鳳翔八觀·石鼓歌〉：「憶昔周宣歌〈鴻雁〉，當時籀史變蝌蚪。」就此聯觀之，唯從「素虯」方得與「宿莽」相應，且此句乃形容「長隄」狀如臥「虯」般，是知當從「虯」，「蚪」疑形近而誤。

〈感懷〉，頁 2533

感懷。佚存本（宮）（珍）（叢）：「到官朞月病益損樂職」感懷。

案：一簡一詳，未定孰是。

《全宋詩》卷 220 · 宋祁一七

〈喜連君錫過郡〉，頁 2534

「犀談」省舊「訛」，佚存本（宮）：「談犀」省舊「鈋」。佚存本（珍）、文津閣：「談犀」省舊訛。

　　案：談犀，即拂塵，多用犀角飾柄，宋庠〈次韻和資政吳育侍郎見贈〉：「爭奈詔書催上道，談犀從此日生塵。」黃庭堅〈將歸葉先寄明復季常〉：「談犀振清風，碁局落秋雹。」周必大〈賀邢倅孝肅啟〉：「願與紛紛之振鷺，共親亹亹之談犀。」而「犀談」蓋同「談犀」，歐陽脩〈謝胥學士啟〉：「兔墨流英，洒鴻都百金之筆；犀談對客，發荊州一日之函。」喻良能〈齋宿净明寺小飲易安齋口占〉：「頻飛兒斝顏俱渥，細聽犀談座為傾。」廖行之〈同伯潛諸公聯騎出城東次衫字韻〉：「後約吹香舒藻思，同遊載酒欸犀談。」唯宋祁〈李中令挽詞二首〉云：「談犀委暗塵」，自其個人與兄長宋庠用例觀之，或從「談犀」為是。訛，謬誤；鈋，去角變圓。據詩意，當從「訛」。

且應留「從」僕，同賞二山阿。佚存本（宮）（珍）：且應留「具」僕，同賞二山阿。

　　案：從僕，即僕從，韓愈〈寄盧仝〉：「水南山人又繼往，鞍馬僕從塞閭里。」具，酒食、菜餚，《史記·司馬相如傳》：「令有貴客，為具召之。」就詩意觀之，因友人過訪而同邀飲食，後有感景致之美，遂有同賞之意，若復留酒菜似不合情理，或從「從」為宜。

〈感事寄子明中丞〉，頁2535

感事寄子明中丞。佚存本（宮）（珍）（叢）：「述懷」感事寄子明中丞。

　　案：宋祁有〈感事〉詩，然其文字未見有作「述懷」者，且「述懷感事」不合邏輯，未有如此命題者，「述懷」疑為衍文。

將機猶嘆「嗃」，賊膽尚縱橫。佚存本（宮）：將機猶嘆「嘖」，賊膽尚縱橫。

　　案：嘆嗃，大聲呼叫，形容勇悍，《史記·魏公子列傳》：「晉鄙嘆嗃宿將，往恐不聽，必當殺之。」張守節《正義》引《聲類》：「嘆，大笑；嗃，大呼。」《史記評林》引明董份曰：「『嘆嗃』，即項羽『暗噁叱咤』，狀其勇氣也。」文淵閣四庫全書，唯柳宗元〈答問〉：「僕乃寒淺窄僻，跳浮嘆嘖（一作「嘆嗃」）。」竇光鼐《平定兩金川方畧·藝文二·平定兩金川詩》：「番衆大搶攘，竟夜聞嘆嘖。」二文作「嘆嘖」，其用法蓋同「嘆嗃」，餘如：劉禹錫〈彭陽侯令狐氏先廟碑〉：「夫浚師嘆嗃難治，乘釁竊發，寖成習俗。」晁補之〈題周廉彥所收李甲畫三首·

右鵲〉：「嘆喑何須旁檐喜，毲毲相對兩寒枝。」等 145 筆資料皆作「嘆喑」，故或從「喑」為是。

已聞疲轉粟，安得但「嬰」城。且「許」和戎利，重尋「撓」酒盟。佚存本（宮）：已聞疲轉粟，安得但嬰城。且「急」和戎利，重尋「澆」酒盟。佚存本（珍）：已聞疲轉粟，安得但「櫻」城。且「急」和戎利，重尋「澆」酒盟。

案：轉粟，運送穀物，司馬相如〈喻巴蜀檄〉：「郡又擅為轉粟運輸，皆非陛下之意也。」嬰城，《漢書·蒯通傳》：「必將嬰城固守，皆為金城湯池。」顏師古注引孟康曰：「嬰，以城自繞。」劉禹錫〈平齊行〉其一：「去秋詔下誅東平，官軍四合猶嬰城。」「櫻城」文意不合，「櫻」疑音近而誤。且，暫且，王績〈田家〉其一：「小池聊養鶴，閒田且牧豬。」許，應允。急，要緊，顏延之〈應詔觀北湖田收〉：「息饗報嘉歲，通急戒無年。」李善注：「急，要也。通百姓之急者，預戒於無年之時。」或作迫切與急需之意解，韓愈〈贈唐衢〉：「當今天子急賢良，匭函朝出開明光。」此聯謂戰事不利，自「且」觀之，得見不得已而萬般無奈之情，若從「急」則與語境不符，前聯實具講和傾向，故或從「許」為宜。撓酒，攪和酒漿，《漢書·匈奴傳下》：「刑白馬，單于以徑路力金、留犁撓酒。」顏師古注引應劭曰：「徑路，匈奴寶刀也。金，契金也。留犁，飯匕也。撓，和也。契金著酒中，撓攪飲之。」以寶刀契金、飯匕攪酒，作血盟之飲，乃漢朝與匈奴訂盟儀式之一，後以「留犁撓酒」謂漢族王朝與其他民族訂立和約，王安石〈次韻平甫喜唐公自契丹回〉：「留犁撓酒得戎心，繡袷通歡歲月深。」澆酒，灑酒，多指祭祀，張籍〈賈客樂〉：「欲發移船近江口，船頭祭神各澆酒。」就此句之「盟」觀之，顯與「撓酒」故事相關，故當從「撓」字，「澆」疑形近而誤。

憲「紙」言常屢，王塗日以清。文淵閣：憲「祗」言常屢，王塗日以清。

案：憲，法令、公布。紙，上聲紙韻。祗，音业，平聲支韻，敬、災禍、適。此語與「王塗日以清」相對，知此字當作名詞解，格律須從仄聲，且其後云「言」，則此語當與載言之具相關，故宜從「紙」，「祗」疑形近而誤。

悉心前席重，直「指佞」人驚。文淵閣：悉心前席重，直「佞指」人驚。

案：悉心，竭盡心力，《後漢書·劉瑜傳》：「瑜復悉心以對，八千餘言，有切於前。」直指，直言陳述，不加隱諱，《荀子·不苟》：「正義直指，舉人之過，非毀疵也。」佞，謂花言巧語或奸邪。二者皆屬仄聲，無法自音韻判斷。此語與「悉心前席重」相對，唯「直指」得與「悉心」相對，且前聯得見「王塗日以清」，此

句若從「直佞指人驚」則詩意難以解釋，是知當從「指佞」，「佞指」疑倒錯。

「椎」如莫邪鈍，倀若小冠盲。佚存本（宮）：「推」如莫邪鈍，倀若小冠盲。

案：椎，捶擊工具，後亦為兵器，《莊子・外物》：「儒以金椎控其頤，徐別其頰，無傷口中珠。」推，推重，《史記・魏其武安侯列傳》：「魏其之東朝，盛推灌夫之善，言其醉飽得過，乃丞相以他事誣罪之。」莫邪，傳說春秋吳王闔廬使干將鑄劍，鐵汁不下，其妻莫邪自投爐中，鐵汁乃出，鑄成二劍。雄劍名干將，雌劍名莫邪，後因作寶劍名，《荀子・性惡》：「闔閭之干將、莫邪、鉅闕、辟閭，此皆古之良劍也。」倀，無所適從貌，岳珂《桯史・張元吳昊》：「景祐末，有二狂生曰張曰吳 …… 放意詩酒，語皆絕豪嶮驚人，而邊帥崇安，皆莫之知。倀無所適，聞夏酋有意窺中國，遂叛而往。」小冠，高度廣度皆遜於一般之冠。小冠盲，語出白居易《白孔六帖・姓名》：「漢杜欽，字子夏，時杜欽亦字子夏，俱有令名，欽捐目，時人號為盲子夏，欽惡其號，稱疾見詆，更著小冠自別時人，因號小冠子夏。」此句徵引賈誼〈弔屈原文〉故事：「世謂隨夷為溷兮，謂跖蹻為廉。莫邪為鈍兮，鉛刀為銛。吁嗟，默默生之無故兮。」藉以形容懷才遭陷之憤懣情緒，此字從「椎」方得與良劍「莫邪」相應，故當從「椎」無疑，「推」疑形近而誤。

會當「濡」橐筆，「企」詠二邊平。佚存本（宮）：會當「須」橐筆，企詠二邊平。佚存本（珍）：會當濡橐筆，「歌」詠二邊平。

案：濡，浸漬，王安石〈和農具・蓑笠〉：「耕有春雨濡，耘有秋陽暴。」橐筆，參見前論〈送梅學密赴并州〉資料。須，需要，《漢書・馮奉世傳》：「奉世上言『願得其眾，不須煩大將』。」此字之對象乃與文書密切相關之「橐筆」，而宋祁〈送段秘丞同理金陵〉：「赭丹濡筆獄無寃，佐守初依鳳沼蓮。」〈答郭仲微以予記注見慶之作〉：「曉趁霜暾立殿螭，翠凹濡墨慶逢時。」均以「濡」狀文書之工作，從「須」形容者則未見之，故恐從「濡」為宜。又，此為五言長律，屬仄起首句不入韻格，此聯上句之「會」恐為拗字，如此，則唯平聲之「歌」足以救之，故當從「歌」為宜。

〈楊都官知隨陽〉，頁 2536

（題下注語）君自蜀守為「計」倅既而出郡。佚存本（珍）：君自蜀守為「施」倅既而出郡。

案：隨陽，位於京西南路襄陽府隨州。倅，副職、輔佐。計倅，疑與詩文「牢

盆幹計貲」有關，「牢盆」即煮鹽器具，《史記·平準書》：「願募民自給費，因官器作煮鹽，官與牢盆。」又借指鹽政或鹽業，孫樵〈康公墓志銘〉：「芸閣清秩，牢盆美聲。」「牢盆幹計貲」蓋指從事與管理鹽政兼其收入有關之輔員或官職，胡宿〈劉雕可大理寺丞制〉：「往幹牢盆之入，頗增近監之饒。」施倅，宋人有名施倅者，與王庭珪有所往來，然王庭珪為北宋末、南宋初人，所處時代較宋祁晚，此亦不似作專名解，或從「計」字為是。

棧道「迴」忠馭，牢盆「幹」計貲。佚存本（珍）：棧道「回」忠馭，牢盆「幹」計貲。

案：「迴」與「回」為通同字。幹，主管、從事，《漢書·劉向傳》：「顯幹尚書事，尚書五人，皆其黨也。」幹，主管、掌握，《漢書·食貨志下》：「浮食奇民，欲擅幹山海之貨。」然宋祁如〈上判府尚書啟〉：「洊幹機樞。」之作「幹」者僅存 2 筆資料，〈陳紹孫寇仲溫竝可大理寺丞制〉：「敕陳紹孫等竝率勤恭，專幹煩鹽，如職而辦。」〈賜杜衍等批答〉：「幹掌內樞。」從「幹」者則有 31 筆資料，且胡宿〈劉雕可大理寺丞制〉云：「往幹牢盆之入，頗增近監之饒。」故宜從「幹」，「幹」疑形近而誤。

〈送常熟尉錢訪〉，頁 2537

下「鼓」蓴縈箸，持螯酒溢甌。文淵閣、文津閣：下「豉」蓴縈箸，持螯酒溢甌。

案：鼓，打擊樂器，或泛指器樂，古代用以節制其他樂器，古人以為群音之長。豉，即豆豉，以煮熟之大豆發酵後製成，供調味用，亦有以小麥製成者。下豉蓴，乃化用《世說新語·言語》故事：「陸機詣王武子，武子前置數斛羊酪，指以示陸曰：『卿江東何以敵此？』陸云：『有千里蓴羹，未下鹽豉耳！』」據此聯之「蓴」、「箸」、「螯」、「酒」、「甌」知此字當與飲食相關，使從「下鼓」無從解釋，故當從「豉」，「鼓」疑形近而誤。

〈詠史〉，頁 2537

古有「容容」福，人譏齗齗員。佚存本（珍）：古有「庸庸」福，人譏齗齗員。

案：容容，苟且敷衍，隨眾附和。《史記·張丞相列傳》：「其治容容隨世俗浮沈，而見謂諂巧。」《漢書·翟方進傳》：「朕誠怪君，何持容容之計，無忠固意，將何以輔朕帥道群下？」顏師古注：「容容，隨眾上下也。」「容容福」疑化

用《後漢書・左雄傳》：「臣見方今公卿以下，類多拱默，以樹恩為賢，盡節為愚，至相戒曰：『白璧不可為，容容多後福。』」文詞。庸庸，平常無奇，王充《論衡・自然》：「生庸庸之君，失道廢德。」齗齗，拘謹貌，謹小慎微貌，《史記・貨殖列傳》：「而鄒、魯濱洙、泗，猶有周公遺風，俗好儒，備於禮，故其民齗齗。」韓愈〈與于襄陽書〉：「世之齗齗者既不足以語之，磊落奇偉之人又不能聽焉。」據此語出處與下句「人譏齗齗員」，知當作「容容」。

生「能」巧作奏，死戒直如弦。佚存本（珍）：生「貪」巧作奏，死戒直如弦。

案：此句須與「死戒直如弦」相對，而此詩屬仄起首句不入韻格，此句作「平平平仄仄」，是知第四字當從「作」。又「生」與「死」相對，唯「貪」之多得足與「戒」之寡欲相對，故當從「生貪巧作奏」為是。

朱鼓成「妖」日，羌鶻入賀年。佚存本（珍）：朱鼓成「民」日，羌鶻入賀年。

案：朱鼓，《後漢書・禮儀志第五・禮儀中》：「反拘朱索，社伐朱鼓。」其下注引《漢舊儀》曰：「成帝二年六月，始命諸官止雨。朱繩反縈，社擊鼓攻之，是後水旱常不和。」又引干寶之語：「朱絲縈社，社，太陰也。朱，火色也。絲維屬天子。伐鼓於社，責羣陰也。諸侯用幣於社，請上公也。伐鼓於朝，退自攻也。此聖人厭勝之法也。」是知「朱鼓」得以責羣陰而止雨，此語蓋形容「朱鼓」責陰過甚，遂使陰陽失衡，世道為妖氣籠罩，故有「妖日」之語。

異日「讒」成錦，先時默似蟬。佚存本（珍）：異日「纏」成錦，先時默似蟬。

案：謝靈運〈初發石首城〉：「白珪尚可磨，斯言易為緇。雖抱中孚爻，猶勞貝錦詩。寸心若不亮，微命察如絲。」注語載：「《毛詩》曰：『萋兮菲兮，成是貝錦。』鄭玄曰：『讒人集作己過，以成於罪，猶女功之集彩色，以成錦文也。』」且此句與「先時默似蟬」相對，知此字與「默」相對，自用典與字意觀之，當從「讒」為是，「纏」疑形近而誤。

〈贈通教大士善升〉，頁 2537

霜點頷髭「班」。文津閣：霜點頷髭「斑」。

案：髭，泛指鬚鬢，韓愈〈寄崔二十六立之〉：「連年收科第，若摘頷底髭。」班，通「斑」而解作頭髮花白或指斑點與雜色花紋。二者皆得解釋之。然就宋祁文字而論，形容髭鬢斑白之狀未見有從「班」者，皆係作「斑」，如其〈曉櫛〉：「曉櫛理斑鬢，蕭蕭徧愁顛。」〈攬鏡〉：「支離骨不媚，蕭颯鬢垂斑。」〈又寄王都

官〉：「倦把菱花照病容，蕭蕭斑鬢作衰翁。」與〈早秋二首〉其一：「西風萬里吹斑鬢，可待中郎麗賦成。」等篇莫非如此，故宜從「斑」。

〈奉和長兄歲晏抒懷〉，頁2537

奉和長兄歲晏「抒」懷。文津閣：奉和長兄歲晏「舒」懷。

案：抒，抒發，可通「紓」作解除意。舒，展開、抒發。宋祁似慣用「抒懷」一語，試觀〈抒懷上孫侍講學士〉、〈將解職抒懷上郡守〉、〈抒懷上南京常山公〉、〈抒懷恭荅待制施正臣〉及〈抒懷呈同舍〉皆屬之，「舒懷」則未見用例，或從「抒」為宜。

別葉晴猶舞，征鴻暝更「軒」。佚存本（珍）：別葉晴猶舞，征鴻暝更「喧」。

案：征鴻，征雁，多指秋日南徙之雁，江淹〈赤亭渚〉：「坐識物序晏，臥視歲陰空。一傷千里極，獨望淮海風。遠心何所類，雲邊有征鴻。」軒，飛翔，王粲〈贈蔡子篤詩〉：「潛鱗在淵，歸鴈載軒。」喧，嘈雜吵鬧，庾信〈同州還〉：「上林催獵響，河橋爭渡喧。」昔有「鴻軒」一詞，謂鴻雁高飛，比喻舉止不凡，顏延之〈五君詠·向常侍〉：「交呂既鴻軒，攀嵇亦鳳舉。」若自對仗關係觀之，上句「晴猶舞」寫別葉之不捨多姿，「舞」字靈動，使從「軒」，對應較工穩，亦可表其堅持，或從「軒」為宜，「喧」疑音近而誤。

重吟「探懷」句，更「代」一「狐」溫。佚存本（珍）：重吟「抒臆」句，更「酌」一「壺」溫。

案：「探懷」、「抒臆」義近，此詩於「天暮雪雲繁」時節送別長兄，就詩意觀之，二者皆可從，然宋祁〈天台梵才師長吉在都數以詩筆見授因答以轉句〉有「刮目探懷授珍蘊」一語，「抒臆」則未見之。狐，狐皮衣，王褒《聖主得賢臣頌》：「襲狐貉之暖者。」此二句或謂吟誦長兄抒懷之作，猶較披穿狐衣溫暖，恐從「探懷」、「代」、「狐」。

〈寄天休學士〉，頁2538

談塵飄無幾，書刀削久「訛」。文淵閣、文津閣：談塵飄無幾，書刀削久「鈋」。

案：書刀，於竹木簡刻字或削改之刀器，古稱削，漢人稱書刀，《釋名·釋兵》：「書刀，給書簡劄有所刊削之刀也。」訛，虛假、錯謬。鈋，《廣韻》，刓也，去角也，亦具損壞意。此句形容書刀削久磨損之意，宜從「鈋」字，「訛」疑形近而誤。

魚沈江上夢，「雞唱」汝南歌。佚存本（珍）：魚沈江上夢，「難聽」汝南歌。

案：汝南歌，蓋與「汝南雞」有關，古代汝南所產之雞善鳴，徐陵〈烏栖曲〉其二：「惟憎無賴汝南雞，天河未落猶爭啼。」吳兆宜箋注引《後漢書·百官志》劉昭注：「蔡質《漢儀》：『衛士傳言五更……不畜宮中雞，汝南出雞鳴，衛士候朱雀門外，專傳雞鳴於宮中。』」陸龜蒙〈古別離〉：「何事離情畏明發，一心唯恨汝南雞。」此句與「魚沈江上夢」相對，前字當為名物之詞，而後字當做動詞，且此句格律須作「仄仄仄平平」，若此，二者首字均不協律，僅得就次字觀察，參照用典情形，推知宜從「雞唱」。

牟首傳清戲，章溝疊「迥」鼉。佚存本（珍）：牟首傳清戲，章溝疊「迫」鼉。

案：牟首，《漢書·霍光傳》：「擊鐘磬，召內泰壹宗廟樂人輦道牟首。」顏師古注引孟康之說法而以牟首為地名，又引臣瓚之見解，以牟首為池名，其居上林苑中，劉敞亦於其下注解認為：「輦道，輦仁之牟首也。予謂牟者，岑牟也。岑牟，蓋鼓角士胄，即襆衡為鼓吏所著者。」章溝，古代職掌夜間巡更與警戒之官署名，張衡〈西京賦〉：「次有天祿、石渠校文之處，重以虎威、章溝嚴更之署。」呂延濟注：「武威、章溝皆更署名。」迥，遼遠；迫，狹隘、逼迫。鼉，音ㄊㄨㄛˊ，平聲歌韻，爬行動物，皮可蒙鼓，亦稱「揚子鰐」、「鼉龍」，據「清戲」與「章溝」觀之，此句之「鼉」當與「鼉更」有關。鼉更，指更鼓聲，因鼉善夜鳴，其聲似擊鼓，且與更鼓相應，故有此名，亦作戰鼓聲解，韓駒〈次韻王給事觀殿試唱名〉：「我老倦隨宮漏水，江南江北聽鼉更。」就其前「疊」字觀之，此句疑形容章溝中鼉更堆疊甚多之貌，味其意，恐宜從「迫」字，意近於「迫迮」，形容物品密聚、緊靠貌，《釋名·釋宮室》：「笮，迮也。編竹相連迫迮也。」「迥」疑形近而誤。

〈夏日舊疢間發〉，頁2538

蹣跚「逼」夕軒。佚存本（宮）（珍）：蹣跚「逗」夕軒。

案：逼，迫近。逗，臨，張九齡〈彭蠡湖上〉：「決晨趨北渚，逗浦已西日。」「逼」、「逗」二字宋祁皆屢用，如〈華州西溪〉：「山近重嵐逼，溪長匹練分」、〈月〉：「蚌冷侵珠潤，羅疎逼帳秋」與〈登齊雲亭〉：「歸檣櫛櫛逗淮浦，涼飈獵獵生嚴隈」、〈水文疊〉：「陰罅齧餘苔，寒凹逗輕露」等，唯細玩詩意、情境，恐從「逗」較貼切。

燕麥搖風砌，「蚌」苔壓雨垣。佚存本（宮）、文淵閣、文津閣：燕麥搖風砌，「蠐」

苔壓雨垣。

案：蟛，音ㄆㄧˊ，平聲真韻，蚌之別名，《史記·夏紀》：「淮夷蟛珠暨魚。」周邦彥〈汴都賦〉：「照夜之蟛。」此句格律作「平平仄仄平」，此字從平聲之「蟛」較佳。

冒榮難自「效」。佚存本（宮）（珍）：冒榮難自「劾」。

案：冒榮，貪圖榮耀。劉禹錫〈代讓同平章事表〉：「豈敢冒榮，遂安竊位？」效，獻；劾，舉發、考核。自劾，檢舉自己過失，《漢書·王嘉傳》：「臣謹封上詔書，不敢露見，非愛死而不自法，恐天下聞之，故不敢自劾。」此聯謂難捨君恩榮耀，但已無法貢獻己力，因而有愧，宋祁〈上判府尚書啟〉：「彌忠力而自效。」可參照，從「效」為宜。

三「宿」戀君恩。佚存本（宮）（珍）（叢）：三「粟」戀君恩。

案：三宿戀，佛教語，《後漢書·襄楷傳》：「浮屠不三宿桑下，不欲久生恩愛，精之至也。」李賢注：「言浮屠之人寄桑下者，不經三宿便即移去，示無愛戀之心也。」後因以「三宿戀」指對世俗愛戀之情，蘇軾〈別黃州〉：「桑下豈無三宿戀，樽前聊與一身歸。」粟，指俸祿，殷仲文〈解尚書表〉：「進不能見危授命，亡身殉國；退不能辭粟首陽，拂衣高謝。」據詩意，當從「宿」為宜，「粟」疑音近而誤。

〈蘭皋亭〉（張學士充別墅），頁2538

主人貪「紬」績，未暇答驚猿。文淵閣、文津閣：主人貪「細」績，未暇答驚猿。

案：紬，音ㄔㄡˊ，平聲尤韻，抽引、綴輯，《史記·太史公自序》：「卒三歲而遷為太史令，紬史記石室金匱之書。」司馬貞《索隱》：「如淳云：『抽徹舊書故事而次述之。』小顏云：『紬謂綴集之也。』」《新唐書·鄭虔傳》：「初，虔追紬故書可誌者得四十餘篇。」紬績，編集，《史記·曆書》：「紬績日分。」司馬貞《索隱》：「紬績者，女工紬緝之意，以言造曆算運者，猶若女工緝而織之也。」宋祁〈上兩地啟〉：「竊念祁晚參紬績，最愧屬盧。」《新唐書·韋述傳》：「嵩欲蚤就，復奏起居舍人賈登、著作佐郎李銳助述紬績。」細績，蓋指細線，宋祁〈代中書乞降御製詩付編修所表〉：「臣等職當細績，親覿文思，聖典不昭，攸司任咎。」此詩為仄起首句不入韻格，此句當作「平平平仄仄」，然疑此句存在拗救現象，唯平聲之「紬」得救仄聲之「主」，另據字意，亦以「紬」字較適切，「細」

疑形近而誤。

〈送胡學士赴益州漕〉，頁 2538

送「胡」學士赴益州漕。佚存本（宮）（珍）（叢）：送「明」學士赴益州漕。

案：宋庠之〈再葺流杯亭兼得今翰林胡學士舊記石刻移置坐隅郡人以為寵〉、余靖之〈和胡學士館中庭樹〉、歐陽脩之〈送學士知湖州〉（此指胡宿）皆見「胡學士」者，然未知所指是否為同一人？現未見胡宿曾知益州之記載，唯「明學士」暫查無資料，恐從「胡」較為可能，「明」疑形近而誤。

〈還鄉〉，頁 2539

還「鄉」。佚存本（珍）（叢）：還「故里有感」（自注：明道癸酉）。

案：題意近似，僅為文字差異，未定孰是。

〈憶浣花泛舟〉，頁 2539

樹來驚浦「近」，山失悟舟移。文津閣：樹來驚浦「進」，山失悟移。

案：此聯上下對仗，且二句似均為當句對，上句以饒具動態之「來」、「進」刻劃泛舟感知，下句以「失」、「移」強化舟移情景，從「進」，其詞性、力度較妥適，「近」疑音近而誤。

此歡那復得，拋恨寄天「淮」。文淵閣、文津閣：此歡那復得，拋恨寄天「涯」。

案：涯，平聲支韻；淮，平聲皆韻。此詩押平聲之韻，支、脂、之可同用，故當從「涯」，「淮」疑形近而誤。

〈予昔遊雲臺觀謁希夷先生陳摶祠堂緬想其人今追作此詩〉，頁 2539

夢休孤蝶往，「蛻」在一蟬空。文淵閣：夢休孤蝶往，「脫」在一蟬空。

案：脫，入聲曷韻，去掉肉之皮骨，《禮記·內則》：「肉曰脫之，魚曰作之。」可通「蛻」意指某些動物脫去皮殼，《莊子·至樂》：「（蝴蝶）化而為蟲，生於灶下，其狀若脫。」此句疑與《淮南子·說林訓》有關：「蟬飲而不食，三十日而脫。」傅玄〈蟬賦〉：「忽神蛻而靈變兮，奮輕翼之浮征。」夏侯孝若〈東方朔畫贊并序〉：「蟬蛻龍變，棄俗登仙。」李善注曰：「淮南子曰：『至人蟬蛻，蛇遊

忽然入冥。』」而宋祁〈聞蟬有感三首〉其二之「殘蛻抛何處」與〈蟬〉之「本求仙蛻遠囂塵」皆提及蟬脫殼之事而以「蛻」稱之，又其〈蟬花贊〉：「蟬不能久，蛻于林下。」亦如此，未見有從「脫」者。由此觀之，或宜從「蛻」字。

〈春雪〉，頁2540

曉「溜」承隅滴，寒澌逼沼生。文淵閣：曉「露」承隅滴，寒澌逼沼生。

案：溜，音ㄌㄧㄡˋ，去聲宥韻，水流，可通「霤」作屋檐滴水處，《左傳·宣公二年》：「三進及溜，而後視之。」孔穎達《正義》：「溜謂簷下水溜之處。」承溜，置於屋簷下承接雨水之長形器具、槽具，亦作承霤、承落，《禮記·檀弓上》：「既葬各以其服除，池視重霤。」鄭玄注：「承霤以木為之，用行水，亦宮之飾也⋯⋯今宮中有承霤，云以銅為之。」謝惠連〈雪賦〉：「爾其流滴垂冰，綠霤承隅。」王逸《楚辭·注》曰：「霤，屋宇也。」沈約〈郊居賦〉：「欲令紛披蓊鬱，吐綠攢朱。羅窗映戶，接霤承隅。」露，去聲遇韻，露水，「承露」之事古已有之，試觀班固〈西都賦〉：「抗仙掌以承露，擢雙立之金莖。」與毋丘儉〈承露盤賦〉：「采和風之精液，承清露於飛雲。」曹植〈又贈丁儀王粲〉：「員闕出浮雲，承露概泰清。」潘岳〈西征賦〉：「擢仙掌以承露，干雲漢而上至。」自前聯「風回飛自急，池暖白猶輕」觀之，此聯乃承續描寫春暖雪銷景象，自「澌」指解凍時漂流之冰塊可證，輔以前引謝、沈二賦，判知此字從「溜」較符詩意，「露」疑形近「霤」而誤。

〈思歸〉，頁2541

醒無「次公」酒，「老」畏「侍中」香。佚存本（宮）：醒無次公酒，「死」畏「乃存」香。佚存本（珍）：醒無「經宿」酒，「死」畏「乃存」香。文津閣：醒無次公酒，「死」畏侍中香。

案：上句徵引《漢書·蓋寬饒》故事：「平恩侯許伯入第，丞相、御史、將軍、中二千石皆賀，寬饒不行。許伯請之，乃往，從西階上，東鄉特坐。許伯自酌曰：『蓋君後至。』寬饒曰：『無多酌我，我乃酒狂。』丞相魏侯笑曰：『次公醒而狂，何必酒也？』坐者皆屬目卑下之。酒酣樂作，長信少府檀長卿起舞，為沐猴與狗鬥，坐皆大笑。寬饒不說，卬視屋而歎曰：『美哉！然富貴無常，忽則易人，此如傳舍，所閱多矣。唯謹慎為得久，君侯可不戒哉！』因起趨出，劾奏長信少府以列卿而沐

猴舞，失禮不敬。上欲罪少府，許伯為謝，良久，上乃解。」下句化用應劭〈漢官儀上〉故事：「桓帝時，侍中迺存年老口臭，上出雞舌香與含之。雞舌香頗小辛螫，不敢咀咽。自嫌有過，得賜毒藥，歸舍辭決，欲就便宜。家人哀泣，不知其故，賴寮友諸賢，聞其失，求視其藥。出在口香，咸嗤笑之，更為吞食，其意遂解。存鄙儒，蔽于此耳。」自用典與詩意觀之，當從「醒無次公酒，老畏侍中香」。

前席初「延」問，煩言已中傷。佚存本（宮）：前席初「筵」問，煩言已中傷。

案：延，邀請，《史記・趙世家》：「簡子問其姓而延之以官。」筵，席位，顏延之〈皇太子釋奠會作詩〉：「正殿虛筵，司分簡日。」或謂宴席。此聯蓋化用《史記・屈原賈生列傳・賈生》故事：「諸律令所更定，及列侯悉就國，其說皆自賈生發之。於是天子議以為賈生任公卿之位。絳、灌、東陽侯、馮敬之屬盡害之，乃短賈生曰：『雒陽之人，年少初學，專欲擅權，紛亂諸事。』於是天子後亦疏之，不用其議，乃以賈生為長沙王太傅……後歲餘，賈生徵見。孝文帝方受釐，坐宣室。上因感鬼神事，而問鬼神之本。賈生因具道所以然之狀。至夜半，文帝前席。既罷，曰：『吾久不見賈生，自以為過之，今不及也。』居頃之，拜賈生為梁懷王太傅。」此為五言長律，此語須與「中傷」相對，是知此字須作動詞，且就故事而論，未見宴飲之意，當為延請相問之意，故當從「延」為是。

「翕眉爭恃笑」，繞指詎容鋼。佚存本（珍）：「修身曾久鍊」，繞指詎容鋼。

案：繞指詎容鋼，化用劉琨〈重贈盧諶〉故事：「何意百鍊剛，化為繞指柔。」恃，依仗，《左傳・僖公二十六年》：「室如懸罄，野無青草，何恃而不恐。」容，裝飾，王安石〈上人書〉：「所謂辭者，猶之刻鏤繪畫也。誠使巧且華，不必適用；誠使適用，亦不必巧且華。要之以適用為本，以刻鏤繪畫為之容而已。」就此聯之對仗情形觀之，「眉」、「指」同屬身體部位，「身」範圍較大；「恃」、「容」皆作動詞解，「久」則否，故或從「翕眉爭恃笑」較適切。

事隱或投杼，根危「因拔」「楊」。佚存本（宮）：事隱或投杼，根危「困枝」楊。佚存本（珍）：事隱或投杼，根危「任困」楊。文淵閣：事隱或投杼，根危因拔「揚」。

案：投杼，比喻謠言眾多，動搖對最親近者之信心，《戰國策・秦策二》：「人告曾子之母曰：『曾參殺人。』曾子之母曰：『吾子不殺人也。』織自若。有頃，人又曰：『曾參殺人。』其母尚織自若。頃之，一人又告之曰：『曾參殺人。』其母懼，投杼踰墻而走。夫以曾子之賢，與母之信，而三人疑之，雖慈母不能信也。」此句疑語出來鵠〈聖政紀頌并序〉：「譬如十夫樹楊，一夫拔之，無得以成其大也。政事羣臣得陛下日問之，是十夫樹楊也；史官執筆為陛下日遠之，是一夫拔楊也。」

此屬五言長律，此聯原作「仄仄平平仄，平平仄仄平。」然「或」或為拗字，若此，則唯「因」足以救之，「拔」可扣合來序，「枝」為平聲，與格律不符，「困」疑形近而誤。又，此句與「事隱或投杼」相對，知此字須作名詞解，而自「根危」觀之，當與植物相關，加以此語恐有淵源，故宜從「楊」，「揚」疑形近而誤。

溪「漲」淹蒲牒，洲風挫藥房。佚存本（宮）（珍）：溪「潦」淹蒲牒，洲風挫藥房。

案：漲，大水貌，林逋〈和梅聖俞雪中同盧白上人見訪〉：「早煙春意遠，春漲岸痕深。」潦，雨水大貌，亦指雨後之大水，馬融〈長笛賦〉：「秋潦其下趾兮，冬雪揣封乎其枝。」由詩意觀之，二者皆可從。宋祁〈春郊曉野〉：「野色兼山遠，溪流漲雨渾。」〈陪謝紫微晚泛〉：「積雨漲秋潦，輕舟共此邀。」悉見「漲」，〈乞停開溝洫劄子〉：「無時雨淨潦田苗。」〈尉氏縣呂明府創修洩水渠頌〉：「每水潦不時，必壞官亭，漂室廬，害膏腴之田千百八頃。」則均作「潦」者，未定孰是。唯古詩文作「溪潦」者較罕見，強至〈上提刑舍人書〉「溪潦為暴絕」屬之，「溪漲」則頗為普遍，如杜甫〈溪漲〉、釋皎然〈五言贈烏程李明府伯宜沈兵曹仲昌〉「昨夜西溪漲」、韓偓〈即目〉「溪漲浪花如積石」等，或從「漲」為宜。

〈哭中山公三十韻〉，頁 2541

請「聞」禋帝采，有意靖宮鄰。文津閣：請「閒」禋帝采，有意靖宮鄰。

案：請閒，請求於空隙時白事，不欲對眾言之，《史記·孝文本紀》：「代王下車拜。太尉勃進曰：『願請閒言。』」禋，增加，《國語·鄭語》：「若以同裨同，盡乃棄矣。」靖，使和睦，《國語·周語下》：「於緝熙，亶厥心，肆其靖之。」宮鄰，帝王左右親幸之人，王融〈三月三日曲水詩序〉：「宮鄰昭泰，荒憬清夷。」宋祁〈謝宣召入院狀〉：「臣兄庳猥叨貳政，例合避親，亟用請閒，懇祈去職。」〈回季團練啟二首〉：「向忝從官，弗經煩使，請閒求見，頓首自陳。」均見「請閒」，且據詩意，「請閒」較貼合中山公陳元佐事跡，宜從「閒」，「聞」疑形近而誤。

久負騎星望，非圖「徹」瑟晨。文淵閣、文津閣：久負騎星望，非圖「撤」瑟晨。

案：久負騎星望，此句蓋化用「傅說騎箕」故事，《莊子·大宗師》：「傅說得之，以相武丁，奄有天下，乘東維，騎箕尾，而比於列星。」成玄英疏：「傅說一星在箕尾上，然箕尾則是二十八宿之數，維持東方，故言乘東維，騎箕尾。」祝

穆《古今事文類聚前集・喪事部・死》載曰：「傳說乘東維，騎箕尾而比於列星。東維，箕斗之間，天漢津之東維也。傳說死，其精神乘東維、託龍尾，乃列辰尾，上有傳說星。」用以悼人之謝世，王安石〈晏元獻公挽詞三首〉其三：「他年西畿日，此夜上騎星。」徹，貫通，可通「撤」作去除解，《詩經・小雅・楚茨》：「諸宰君婦，廢徹不遲。」鄭玄箋：「諸宰徹去諸饌。」撤，革除，雖皆得解釋之，然自古已有「撤瑟」一詞，本謂撤去琴瑟，使病者安靜，且示敬意，後則用以稱疾病危篤或死亡，《儀禮》：「有疾病者，齊撤瑟琴。」任昉〈哭范僕射〉：「寧知安歌日，非君撤瑟晨。」另，宋祁〈僕射孫宣公墓誌銘〉亦見「適撤瑟之夕前」語，由此觀之，恐當從「撤」為是，如此亦得與題名相符。

墮淚四州民。（自注：自黎至泚，凡四「郡」。）文淵閣：墮淚四州民。（自黎至泚，凡四「君」。）

案：郡，古代行政區劃分名稱，周代郡小於縣，秦後郡大於縣，又得代指地方官。詩文有謂「四州民」，蓋謂成都府之黎州、京東東路之淮陽、京西北路之潁州、淮南西路之泚上（約於壽州一帶）四處地方之人民，故當從「郡」字為是。

「墜」淚四州民。文津閣：「墮」淚四州民。

案：墮淚，《晉書・羊祜傳》：「祜既卒，襄陽百姓于峴山祜平生游憩之所建碑立廟，歲時饗祭焉。望其碑者，莫不流涕。杜預因名為『墮淚碑』。」故「墮淚」具感念地方官員德政之意，宜從「墮」字，「墜」疑義近而誤。

〈答程職方冬至前一日江上觀魚〉，頁2543

鳴榔截橫浦，叢「穆」聚寒洲。文淵閣、文津閣：鳴榔截橫浦，叢「摻」聚寒洲。

案：鳴榔，亦作「鳴根」，敲擊船舷使作聲，用以驚魚，使入網中，或為歌聲之節，潘岳〈西征賦〉：「纖經連白，鳴根屬響。」摻、摻，可參見〈有懷舊隱〉、〈偶書〉論證說明，此句與「鳴榔截橫浦」相對，且作者自注：「漁子又以鸕鷀捕魚」，是知當與漁事相關，故宜從「摻」，「穆」疑形近而誤。

魡來「比」河上，鯿出似槎頭。文津閣：魡來「北」河上，鯿出似槎頭。

案：魡，音ㄈㄤˊ，平聲陽韻，魚名，頭小身闊，形似鯿魚而味美，《詩經・九罭》：「九罭之魚鱒魡。」鯿，音ㄅㄧㄢ，平聲先韻，魚名，似魡而大，《宋書・謝靈運傳》：「鱒鯇鰱鯿。」此句與「鯿出似槎頭」相對，是知此字當作動詞解。比，具緊密、排列意；北，方位名、向北行、敗逃。自詩意與詞性觀之，宜從「比」，

「北」疑形近而誤。

鯿出似「槎」頭。文淵閣：鯿出似「搓」頭。文津閣：鯿出似「查」頭。

案：槎，作木筏解可與「查」同，張華《博物志》：「年年八月，有浮槎去來不失期。」《北齊書·文苑傳·樊遜》：「乘查至於河漢，唯睹牽牛；假寐遊於上玄，止逢瞿犬。」槎頭，船頭、魚名，羅願《爾雅翼·釋魚·魴》：「魴，縮頭穹脊博腹，色青白而味美，今之鯿魚也。漢水中者尤美，常以槎斷水用禁人捕，謂之槎頭鯿。」杜甫〈觀打魚歌〉：「徐州禿尾不足憶，漢陰槎頭遠遁逃。」其下注云：「禿尾、槎頭皆魚名。」張方平〈槎客歌〉：「八月風高星漢秋，海邊閒客騎槎遊。雲濤茫茫浩無涯，槎頭忽觸斗柄斜。」查頭，船頭，陸龜蒙〈南陽廣文欲於荊襄卜居襲美有贈代酬次韻〉：「莫惜查頭容釣伴，也應東印有餘江。」據詩意與《爾雅》，輔以宋祁〈自詠〉：「要路風塵疲驥足，故潭煙雨廢槎頭。」知當作「槎」，「查」亦可通，「搓」疑形近而誤。

〈抒懷呈同舍〉，頁2543

矜毗兩蝸角，榮辱一棊「枰」。佚存本（宮）：矜毗兩蝸角，榮辱一棊「抨」。

案：矜，凶危、危懼，《詩經·小雅·菀柳》：「曷予靖之，居以凶矜。」憐惜、憐憫，如「哀矜」，《書經·泰誓上》：「天矜于民，民之所欲，天必從之。」《論語·子張》：「君子尊賢而容眾，嘉善而矜不能。」敬慎。《書經·旅獒》：「不矜細行，終累大德。」毗，損傷、破壞，《莊子·在宥》：「人大喜邪？毗於陽；人大怒邪？毗於陰。」俞樾《諸子平議·莊子二》：「案：此『毗』字，當讀為『毗劉暴樂』之『毗』……喜屬陽，怒屬陰，故大喜則傷陽，大怒則傷陰。毗陰毗陽，言傷陰陽之和也。」輔佐，幫助，《書·微子之命》：「永綏厥位，毗予一人。」孔《傳》：「長安其位，以輔我一人。」兩蝸角，蝸牛之一對觸角，比喻微小之地，語出《莊子·則陽》：「有國於蝸之左角者曰觸氏，有國於蝸之右角者曰蠻氏，時相與爭地而戰，伏尸數萬，逐北旬有五日而後反。」沈約〈細言應令〉：「蝸角列州縣，毫端建朝市。」棋枰，棋盤、棋局，司空圖〈丁巳元日〉：「移居荒藥圃，耗志在棋枰。」抨，批評、攻擊，《新唐書·陽嶠傳》：「楊再思素與嶠善，知其意不樂彈抨事。」此詩書宦海浮沉之感，此聯則以「蝸角」相爭描述官場明爭暗鬥情形，復以步步為營而勝負難知之「棊枰」形容「榮辱」一局定之驚險感受，且此語須與「蝸角」相對，悉屬名詞。由是觀之，當從「枰」無疑，「抨」疑形近而誤。

〈蜀地海棠繁媚有思加膩幹豐條苒弱可愛北方所未見諸公作詩流播西人余素好玩不能自默然所道皆在前人陳迹中如國風中章亦無愧云〉，頁 2543-2544

蜀「道」天餘煦，珍葩地所宜。文津閣：蜀「國」天餘煦，珍葩地所宜。

案：蜀道，蜀中道路，亦泛指蜀地，溫庭筠〈過華清宮二十二韻〉：「早梅悲蜀道，高樹隔昭丘。」蜀國，泛指蜀地，楊炯〈遂州長江縣孔子廟堂碑〉：「華陽曾子，鼓篋來遊；蜀國顏生，摳衣請學。」就詩意觀之，二者均可從。然宋祁有〈送張狀元監丞通理陝郊先覲親蜀道〉一詩，〈送張端公轉運兩浙序〉：「培風覽德，遂箠鴻鷺，乘傳蜀道也。」皆言「蜀道」，或從「道」為宜。

迴文錦成後，「夾」煎燎烘時。文津閣：迴文錦成後，「甲」煎燎烘時。

案：迴文，編織物上回旋曲折之紋理或迴文詩，沈約〈相逢狹路間〉：「大婦遶梁歌，中婦迴文織。」甲煎，香料名，以甲香、沉麝諸藥花物製成，可作口脂及焚爇，亦可入藥，《世說新語·汰侈》：「石崇廁常有十餘婢侍列，皆麗服藻飾，置甲煎粉沈香汁之屬，無不畢備。」李商隱〈隋宮守歲〉：「沈香甲煎為庭燎，玉液瓊蘇作壽杯。」燎烘，烘烤。據陳元龍《格致鏡原·燕賞器物類·香一·甲香》之說：「李義山詩集注：『甲香者為末，煮香時用以合香收氣發香者也。唐人謂之甲煎。陳藏器曰：「甲煎以諸藥及美果花燒灰和蠟治成可作口脂，今有作夾煎者，誤也。」』」知「夾煎」恐為「甲煎」之誤，疑音近致訛。

損「香」饒麝柏，照影欠瑤池。文津閣：損「花」饒麝柏，照影欠瑤池。

案：麝柏，麝食柏而生香，嵇康〈養生論〉：「蝨處頭而黑，麝食柏而香。」此句書寫花香之濃烈，故以「饒麝柏」稱之，據詩意當從「香」。

《全宋詩》卷 221 · 宋祁一八

〈送趙御史仲禮之任南臺幷柬兼善達公經歷元載王公用道孔公二御史〉，頁 2544

晉代新亭蒼蘚合，梁朝舊「地」土花殘。文津閣：晉代新亭蒼蘚合，梁朝舊「寺」土花殘。

案：新亭，亭名，三國吳建，名「臨滄觀」，晉安帝隆安中丹陽尹司馬恢之重修，名「新亭」，東晉時為京師名士周顗、王導輩游宴之所，此亭遂知名。舊地，曾居住或到訪之處所，王勃〈三月上巳祓禊序〉：「山陰舊地，王逸少之池亭。」或謂昔時門第，「地」指地望，《舊唐書·高士廉傳》：「朝議以山東人士好自矜

夸,雖復累葉陵遲,猶恃其舊地,女適他族,必多求聘財。」土花,苔蘚,李賀〈金銅仙人辭漢歌〉:「畫欄桂樹懸秋香,三十六宮土花碧。」此語須與「新亭」相對,而「寺」為建物,正足與「亭」相對,故恐從「寺」為宜。

〈和人禁中作〉,頁 2545

雲天正如畫,「璧」月在西樓。文津閣:雲天正如畫,「壁」月在西樓。

案:璧月,月亮之美稱,韋莊〈咸通〉:「諸郎宴罷銀燈合,仙子遊回璧月斜。」此聯書寫如畫夜色,當從「璧」,「壁」疑形近而誤。

〈咏水紅〉,頁 2546

「咏」水紅。文津閣:水紅。

案:經查宋祁文字,其〈詠西湖上寄潁州相公〉、〈詠苔〉、〈秋日詠庭樹〉、〈詠酒壺〉、〈詠菊〉、〈詠史〉、〈詠石〉、〈詠荼蘼〉、〈詠棠棣〉均見冠以「詠」字之情形,或得據而補之。

〈飛蓋園〉,頁 2546-2547

千騎亟遊賞,賓蓋「紛」相隨。文津閣:千騎亟遊賞,賓蓋「飛」相隨。

案:紛,盛多貌,《楚辭·離騷》:「紛吾既有此內美兮,又重之以脩能。」飛,猶奔馳,許渾〈題衛將軍廟〉:「武牢關下護龍騎,挾槊彎弓馬上飛。」此聯敘述遊園車馬盛況,既為「遊賞」,從「飛」恐不甚妥帖,復自「千騎」而論,從「紛」較適切。

〈潄玉齋前雜卉皆龍圖王至之所植各賦一章凡得八物或賞或否亦應乎至之意歟遂寫寄至之〉·〈牡丹〉,頁 2547

案:《全宋詩》、文淵閣均將此篇編列於前題組詩中,名為「牡丹」,佚存本(宮)(珍)題為「千葉」,乃〈應詔內苑牡丹三首〉中之作品,《全宋詩》校記云:「《景文集拾遺》卷五《應詔內苑牡丹三首》之一,題作千葉,為五言長律,以此四句為二、三聯。」南宋陳景沂《全芳備組集·前集》歸為「五言律詩散聯」,清代《御定佩文齋廣群芳譜》則列為「詩散句」,自現存四句之對仗、格律情形觀之,應非今日所見之絕句,而為律詩之二、三聯。

牡丹。文津閣：「詠」牡丹。

案：經查宋祁文字，其〈詠西湖上寄潁州相公〉、〈詠苔〉、〈秋日詠庭樹〉、〈詠酒壺〉、〈詠菊〉、〈詠史〉、〈詠石〉、〈詠荼䕷〉、〈詠棠棣〉皆有冠以「詠」字之情形，唯此為組詩之一，其餘七物如「竹」、「菊」、「芭蕉」等詩，詩題皆無「詠」字，是故「詠」疑為衍文。

壓枝高下錦，「攢」蕊淺深霞。佚存本（珍）：壓枝高下錦，「斜」蕊淺深霞。

案：壓，寇準〈夏日晚涼〉：「篔樹成翠堆輕籜，梅實翻黃壓嫩枝。」攢，去聲換韻，聚集，張衡〈西京賦〉：「攢珍寶之玩好。」斜，平聲麻韻，傾側，辛棄疾〈永遇樂·千古江山〉：「斜陽草樹，尋常巷陌，人道寄奴曾住。」如前所論，此二句乃律詩第二聯，「枝高下錦」與「蕊淺深霞」對仗工切，推知此字應與「壓」相對，自平仄、詞性、動作情形諸方考量，當從「壓」為是。

〈蜀葵〉，頁 2548

紅白相嗣繁，色「純」香亦淺。文津閣：紅白相嗣繁，色「鈍」香亦淺。

案：色純，指顏色精粹，張說〈迎俎雍和之樂二章〉：「角握之牡，色純之騂。」就詩意觀之，「色鈍」難以解釋，當從「純」為是，「鈍」疑形近而誤。

〈次韻罷相遊故園〉，頁 2549

戟「棨」嚴門第，鐶金倦帶圍。文津閣：戟「毦」嚴門第，鐶金倦帶圍。

案：戟棨，疑即「棨戟」，乃有繒衣或油漆之木戟，為古代官吏所用之儀仗，出行時作為前導，後亦列於門庭，《後漢書·輿服志上》：「公以下至二千石，騎吏四人，千石以下至三百石，縣長二人，皆帶劍，持棨戟為前列。」《舊唐書·張儉傳》：「唐制三品以上，門列棨戟。」另有「戟門」一詞，謂立戟為門，古代帝王外出，於止宿處插戟為門，後指立戟之門，《資治通鑒·唐僖宗光啟三年》：「行密帥諸軍合萬五千人入城，以梁纘不盡節於高氏，為秦畢用，斬於戟門之外。」毦，以鳥獸毛做成之裝飾，鈕樹玉《說文新附考·毛部》：「毦，羽毛飾也。」《後漢書·宦者傳·單超》：「金銀罽毦，施於犬馬。」此謂「嚴門第」，當從「戟棨」為宜。

〈聞蛙二首〉其一，頁 2549

怒氣何「關」勇，私鳴不爲官。佚存本（宮）：怒氣何「開」勇，私鳴不爲官。

　　案：何關，有何關聯，《世說新語·排調》：「鬚髮何關於神明。」《晉書·列女傳·王凝之妻謝氏》：「劉濤時年數歲，賊又欲害之，道韞曰：『事在王門，何關他族！必其如此，寧先見殺。』」不爲，不因爲，《荀子·天論》：「天行有常，不爲堯存，不爲桀亡。」此聯連用二故事以書寫蛙鳴之狀，上句語出《韓非子·內儲說上》：「越王慮伐吳，欲人之輕死也，出見怒蛙乃爲之式，從者曰：『奚敬於此？』王曰：『爲其有氣故也。』明年之請以頭獻王者歲十餘人。由此觀之，譽之足以殺人矣。」下句語出酈道元《水經注·穀水》引《晉中州記》曰：「惠帝爲太子，出聞蝦蟆聲，問人：『爲是官蝦蟆、私蝦蟆？』侍臣賈胤對曰：『在官地爲官蝦蟆，在私地爲私蝦蟆。』今曰：『若官蝦蟆可給廩。』」此詩前二句爲：「蛙聲直可厭，聒耳橫相干。」知詩人並無稱揚之意，「橫相干」復與「何關」相涉，據詩意，當從「關」，「開」疑形近而誤。

〈秋夕不寤〉，頁 2551

秋夕不「寤」。文津閣：秋夕不「寐」。

　　案：寤，甦醒，《詩經·邶風·柏舟》：「靜言思之，寤辟有摽。」寐，入睡，蔣防《霍小玉傳》：「其夕，生浣衣沐浴，修飾容儀，喜躍交并，通夕不寐。」此詩云：「倦枕同尤數，東方不肯明。只將無睡耳，終夜著蛩聲。」就詩意觀之，當從「寐」方符，且宋祁另有二首同題之作足以爲證。

〈木芙蓉盛開四解〉其三，頁 2553

浩露津緗蕍，「大」風獵絳英。文淵閣、文津閣：浩露津緗蕍，「尖」風獵絳英。

　　案：浩露，濃重之露水，陸雲〈九愍·修身〉：「握遺芳而自玩，挹浩露於蘭林。」大風，強風，《史記·項羽本紀》：「於是大風從西北而起，折木發屋，揚沙石，窈冥晝晦。」或謂傳說中之惡鳥名，亦指西風，《詩經·大雅·桑柔》：「大風有隧，有空大谷。」尖風，刺人寒風，李商隱〈蝶〉：「只知防浩露，不覺逆尖風。」獵，奪取，揚雄〈羽獵賦〉：「方將上獵三靈之流，下決醴泉之滋。」絳英，紅花，李商隱〈五言述德抒情〉：「移席藷緗蔓，迴橈撲絳英。」自此句之「獵」而論，當從「大風」爲是，一語雙關，饒富情趣，且宋祁〈代賦後苑賞花釣魚〉：「式宴晞陽露，徒歌屬大風。」〈累夕大風〉詩，均見「大風」一詞，「尖風」則

未見之，故或從「大」為宜。

〈客舟〉，頁 2554

上溪不弛「帳」，下溪不打「槳」。文淵閣、文津閣：上溪不弛「帆」，下溪不打「漿」。

案：帳，去聲漾韻；帆，平聲咸韻。槳，上聲養韻，劉孝威〈采蓮曲〉：「金槳木蘭船，戲採江南蓮。」漿，平聲陽韻，高仲常〈貧也樂〉：「黃埃赤日長安道，倦客無漿馬無草。」據詩意與題名，知皆與舟行有關，宜從「帆」字。另自所押上聲養韻觀之，此詩當屬五言古詩，自韻腳與詩意論之，從「槳」方合，「漿」疑形近而誤。

〈柳〉，頁 2554

濯濯縈春晚，依依帶暝「饒」。佚存本（宮）（珍）：濯濯縈春晚，依依帶暝「搖」。

案：濯濯，明淨貌，《晉書·王恭傳》：「恭美姿儀，人多愛悅，或目之云：『濯濯如春月柳。』」喬知之〈折楊柳〉：「可憐濯濯春楊柳，攀折將來就纖手。」依依，輕柔披拂貌，《詩經·小雅·采薇》：「昔我往矣，楊柳依依；今我來思，雨雪霏霏。」饒，眾多，柳宗元〈田家〉其三：「古道饒蒺藜，縈迴古城曲。」「濯濯」與「晚」並無必然之相應關係，故此字與「依依」亦未必有相應關係，而宋祁〈迴蝶〉「高木暝饒風」與此句形容方式相似，故或從「饒」字。

《全宋詩》卷 222 · 宋祁一九

〈和晏太尉西園晚春〉其一，頁 2556

林下覓春春已晚，綠楊「林」暗不通鴉。佚存本（宮）（珍）（叢）：林下覓春春已晚，綠楊「枝」暗不通鴉。

案：此聯寫景，就詩意觀之，二者皆可從。然上句既謂「林下覓春」，此句復言「林」則用字重複，且不如「枝」之取景由大至小感受。宋祁〈過安陸舊居鄰里相送〉：「綠楊枝外斗闌干，出客雞鳴過近關。」亦得見作「綠楊枝」者，故恐從「枝」為宜，「林」疑形近而誤。

〈和承旨學士喜資政侍郎休退五絕〉其一，頁 2556

南闕騰章歸老初，安輪「四」馬照中都。文津閣：南闕騰章歸老初，安輪「駟」馬照中都。

　　案：騰章，上奏章，劉壎《隱居通議·理學一》：「（水心）又嘗騰章為文公力辨林黃中之劾。」駟馬，此指顯貴者所乘駕四馬之高車，以示地位顯赫，許渾〈將赴京師留題孫處士山居〉其一：「應學相如志，終須駟馬回。」蘇舜欽〈韓忠憲公輓詞〉其一：「他年還駟馬，餘德在高門。」此聯書寫資政侍郎休退而衣錦榮歸之狀，使作「四」，僅如實呈現馬匹數量，唯從「駟」方能呈顯其「照中都」之榮耀，推知當從「駟」。

〈和晏太尉三月初五日〉，頁 2557

和晏太尉三月「初五」日。佚存本（珍）（叢）：和晏太尉三月「望」日。

　　案：此詩首句即以「東南郊日上團紅」破題，全篇皆為望日所見景象之鋪寫，自其內容觀之，恐以「望日」為是。

〈都街見緣橦伎感而成詠二闋〉，頁 2557。

都街見緣橦「伎」感而成詠二闋。佚存本（珍）（叢）：都街見緣橦「技」感而成詠二闋。

　　案：橦，竿、柱；緣橦，即緣竿，《演繁露》：「都盧緣，唐人以緣橦者，為都盧緣。按《國語》：胥臣對晉文公曰：『侏儒扶盧。』韋氏謂『扶，緣也。盧，矛戟之柲，緣之以為戲。』」《文獻通考·樂考·都盧伎》：「都盧伎，緣橦之伎眾矣，漢武帝時謂之都盧。都盧，國名，其人體輕而善緣也，又有跟掛腹旋，皆因橦以見伎。張衡〈西京賦〉：『伎童程材上下，翻翻突倒，投而跟掛，若將絕而復聯，百馬同轡，騁足並馳，橦末之伎態不彌，彎弓射乎西羌，又顧發乎鮮卑。』此皆橦上戲作之狀。……唐曰：『竿木』，今曰：『上竿』，蓋古今異名而同實也。」《魏書·樂志》：「詔太樂、總章、鼓吹增修雜伎，造五兵……緣橦、跳丸、五案以備百戲。」梅堯臣〈依韻和集英殿秋宴〉：「獸躍緣橦地，旗開踏鞠場。」詩中「迴望場中百尺竿，趫材飛捷過跳丸。垂堂亦有千金子，不敢中衢徙倚看。」或與《新唐書·莊恪太子（李）永傳》故事有關，文云：「明年，下詔以陳王為太子，置酒殿中。有俳兒緣橦，父畏其顛，環走橦下。帝感動，謂左右曰：『朕有天下，

返不能全一兒乎！』因泣下。」伎，意指百戲雜技，可通「技」作技能解，唯就詩意與古籍觀之，宜從「伎」，「技」疑義近而誤。

〈直舍飲餞楊子奇〉，頁 2558

「杯霞」三釂客顏酡。秕佚存本（珍）：「霞杯」三釂客顏酡。

案：霞杯，盛滿美酒之酒杯，孫棨《北里志·王團兒》：「霞盃醉勸劉郎飲，雲髻慵邀阿母梳。」「杯霞」疑與「霞杯」同義。釂，飲盡杯中酒，《禮記·曲禮上》：「長者舉未釂，少者不敢飲。」酡，因飲酒而臉色泛紅，宋玉〈招魂〉：「美人既醉，朱顏酡些。」玉珂，指馬，司馬光〈虞部劉員外約游金明光以詩四首謝之〉其二：「絳闕朝歸散玉珂，不遊不飲奈春何？」宋祁〈早春〉：「杯霞莫辭醉，朝野日多歡。」即見「杯霞」一詞，「霞杯」則未見之，或從「杯霞」為是。

〈答燕侍郎謝與端明李學士見過之什〉，頁 2558

方外仙「鄉」岸幅巾。文淵閣：方外仙「卿」岸幅巾。

案：仙鄉，仙人所居處，李中〈思簡寂觀舊游寄重道者〉：「間憶當年遊物外，羽人曾許駐仙鄉。」仙卿，仙界貴官，柳永〈巫山一段雲〉其五：「蕭氏賢夫婦，茅家好弟兄。羽輪飆駕赴層城，高會盡仙卿。」幅巾，古代男子以全幅細絹裹頭之頭巾，《後漢書·逸民傳·韓康》：「及見康柴車幅巾，以為田叟也，使奪其牛。」《三國志·魏志·武帝紀》「斂以時服」裴松之注引傅玄《傅子》：「漢末王公，多委王服，以幅巾為雅。」「幅巾」似與不受朝儀拘限有關。岸幅巾，將幅巾掀起，露出前額，常形容態度灑脫或衣著簡率不拘，蘇軾〈自淨土步至功臣寺〉：「落日岸葛巾，晚風吹羽扇。」此句蓋與燕侍郎、李學士「見過」有關，用以形容己身居處如同方外仙鄉般逍遙自適，故乃「岸幅巾」，故宜從「鄉」，「卿」疑形近而誤。

共是「揚」家載酒人。文淵閣：共是「楊」家載酒人。

案：此句化用《前漢書·揚雄傳下》故事：「雄以病免，復召為大夫。家素貧，耆酒，人希至其門。時有好事者，載酒肴從游學，而鉅鹿侯芭常從雄居，受其《太玄》、《法言》焉。」是知當從「揚」，「楊」疑形近而誤。

〈湖上〉，頁 2559

雪後雲歸露晚暾，凍舟猶自「滯」溪門。文津閣：雪後雲歸露晚暾，凍舟猶自「膠」

溪門。

　　案：滯，阻礙，宋玉〈高唐賦〉：「九竅通鬱，精神察滯。」膠，凝滯，韓愈
〈送高閑上人序〉：「苟可以寓其巧智，使機應於心，不挫於氣，則神完而守固，
雖外物至，不膠於心。」就詩意觀之，二者皆可從。然宋祁作品形容舟滯狀態者，
唯見〈上謝替赴闕表〉：「水淺舟膠，勢必有然。」故恐從「膠」為宜。

〈西湖席上呈張學士〉，頁2559

野菊「斑斑」岸蓼紅，使旗同駐賞秋風。文津閣：野菊「班班」岸蓼紅，使旗同駐
賞秋風。

　　案：班班，明顯貌、繁茂貌、文質兼備貌，《晉書·索靖傳》：「忽班班而成
章，信奇妙之煥爛。」斑斑，形容為數眾多，王庭珪〈春日山行〉：「迸林新筍斑
斑出，隔水幽禽款款飛。」或作色彩鮮明貌解，白居易〈利仁北街作〉：「草色斑
斑春雨晴，利仁坊北面西行。」此句書寫晚秋黃菊盛開之景致，就字義恐從「斑斑」
較妥帖。

〈郡將病免檄委郡事〉，頁2560

「郡」將病免檄委郡事。佚存本（珍）（叢）：「州」將病免檄委郡事。

　　案：據首句「郡將移書臥閣頻」，知從「郡」為宜。

郡將「移」書臥閣頻，假提千騎出班春。文淵閣、文津閣：郡將「將」書臥閣頻，
假提千騎出班春。

　　案：檄，以檄文徵召或曉喻，《晉書·王雅傳》：「少知名，州檄主簿。」移
書，致書，《漢書·劉歆傳》：「歆因移書太常博士，責讓之。」或謂發送公文與
布告，王充《論衡·謝短》：「兩郡移書，曰：『敢告卒人。』」班春，頒布春令，
古代地方官督導農耕之政令，《後漢書·崔篆傳》：「篆為新建大尹……稱疾不視
事，三年不行縣。門下掾倪敞諫，篆乃強起頒春。」王安石〈次韻春日感事〉：「病
得一官隨太守，班春無助愧周任。」據詩意當從「移書」，若作「將書」則難以解
釋，又宋祁〈天台梵才師長吉在都數以詩筆見授因答以轉句〉：「吃口倦談真寂寞，
移書避事喜旬休。」〈送殿院張奎漕〉：「睢苑千門聊按節，齊官三服罷移書。」
〈淵宗郎中移利州路漕〉：「即日前驅催負弩，幾旬論報罷移書。」等悉見「移書」
一詞，「將書」則未見之，是知當從「移」，「將」疑涉上文而誤。

〈州將和丁內翰寄題延州龍圖新開柳湖五闋〉其一，頁 2560

此地得非名細柳，暖烟偏「照」亞夫旗。文津閣：此地得非名細柳，暖煙偏「著」亞夫旗。

案：此聯之「細柳」、「亞夫旗」皆與《漢書・周亞夫傳》故事有關：「文帝後六年，匈奴大入邊。以宗正劉禮為將軍軍霸上，祝茲侯徐厲為將軍軍棘門，以河內守亞夫為將軍軍細柳，以備胡。上自勞軍，至霸上及棘門軍，直馳入，將以下騎出入送迎。已而之細柳軍，軍士吏被甲，銳兵刃，彀弓弩，持滿。天子先驅至，不得入。先驅曰：『天子且至！』軍門都尉曰：『軍中聞將軍之令，不聞天子之詔。』有頃，上至，又不得入。於是上使使持節詔將軍曰：『吾欲勞軍。』亞夫乃傳言開壁門。壁門士請車騎曰：『將軍約，軍中不得驅馳。』於是天子乃按轡徐行。至中營，將軍亞夫揖，曰：『介冑之士不拜，請以軍禮見。』天子為動，改容式車。使人稱謝：『皇帝敬勞將軍。』成禮而去。既出軍門，群臣皆驚。文帝曰：『嗟乎，此真將軍矣！鄉者霸上、棘門如兒戲耳，其將固可襲而虜也。至於亞夫，可得而犯邪！』稱善者久之。月餘，三軍皆罷。乃拜亞夫為中尉。」照，輝映，韓愈〈贈刑部馬侍郎〉：「紅旗照海壓南荒，徵入中臺作侍郎。」著，依附，韓愈〈秋懷〉其九：「霜風侵梧桐，眾葉著樹乾。」宋祁〈冒雪馬上作〉：「瑞花真有意，偏著入朝衣。」得見「偏著」，「偏照」則未見之，且細究詩意，「暖烟」「照」旗似較不合邏輯，從「著」則將視線向上延伸，氤氳氛圍較貼合新水春輝景象，疑從「著」為宜。

其三，頁 2561

誰見使君欹帽處，鴨頭「波」上雪花風。文津閣：誰見使君欹帽處，鴨頭「陂」上雪花風。

案：使君欹帽，蓋微引《周書・獨孤信列傳》故事：「信在秦州，嘗因獵日暮，馳馬入城，其帽微側。詰旦，而吏民有戴帽者，咸慕信而側帽焉。其為鄰境及士庶所重如此。」後以「側帽」「欹帽」形容灑脫不羈之裝束。鴨頭波，鴨頭色綠，故詩文常以「鴨頭」形容水色，如蘇軾〈送別〉：「鴨頭春水濃如染，水面桃花弄春臉。」而釋覺範〈興闌〉：「鴨頭波蕩漾，螺髻色崔嵬。」黃裳〈寄梅承事〉：「滄浪風縐鴨頭波，中有高人養太和。」陸游〈自真珠園泛舟至孤山〉：「呼船徑截鴨頭波，岸幘閒登瑪瑙坡。」皆言「鴨頭波」，黃詩亦見「鴨頭波」、「風」關係。

「鴨頭陂」則極為罕見，僅清人李星沅〈瓜州〉：「白葦簷垂紫竹籬，釣春移近鴨頭陂。昨宵瓜步新潮長，才進漁邨見酒旗。」一見，考其意當與地理有關。此組詩乃鋪寫柳湖景致抒情之作，其地位居延州，與李星沅之瓜州有別，且據各詩內容判讀，當為「鴨頭波上」之意，「陂」疑形近而誤。

其四，頁2561

弱柳甤甤湖上天，「天」青湖碧此留連。文津閣：弱柳甤甤湖上天，「柳」青湖碧此留連。

　　案：甤甤，垂拂紛披貌，孟浩然〈高陽池送朱二詩〉：「澄波澹澹芙蓉發，綠岸甤甤楊柳垂。」就詩意觀之，二者皆可從，唯此屬七言絕句，為仄起首句入韻格，是知此字須作平聲，從「天」字既合律，且可與上句緊密綰合，「湖上天」、「天青湖碧」視線未有偏移，復具頂真效果，較「柳」為宜。

東方千騎浮雲駿，「折」得春枝便作鞭。文津閣：東方千騎浮雲駿，「拗」得春枝便作鞭。

　　案：「折」、「拗」均具折斷意，宋祁〈農歌〉：「折楊時動笑，鼓腹自成嬉。」〈荷花〉：「折藕冰絲剩，翻荷孔蓋同。」〈憶與唐公游西湖〉：「手攬緗莖那忍折，戲魚長在葉東西。」悉作「折」而未見「拗」，然此句當化用《樂府詩集·橫吹曲辭五·折楊柳枝歌》：「上馬不捉鞭，反拗楊柳枝。」故事，從「拗」為宜，「折」疑義近而誤。

〈重陽前二日喜雨答泗州郭從事〉，頁2561

晚秋嘉「樹」潤焦原，楚老相歡萬「井」喧。佚存本（宮）（珍）：晚秋嘉樹潤焦原，楚老相歡萬「卉」喧。文津閣：晚秋嘉「澍」潤焦原，楚老相歡萬井喧。

　　案：嘉樹，佳樹，《左傳·昭公二年》：「既享，宴于季氏，有嘉樹焉，宣子譽之。」《楚辭·九章·橘頌》：「后皇嘉樹，橘徠服兮。」嘉澍，及時雨，《東觀漢記·順烈梁后傳》：「順帝陽嘉元年立為皇后，是時自冬至春不雨，立后之日，嘉澍沾渥。」《後漢書·明帝紀》：「郡界有名山大川能興雲致雨者，長吏各絜齋禱請，冀蒙嘉澍。」李賢注引《說文》：「時雨所以澍生萬物。」焦原，亦作「焦元」，乾旱之土地，康駢《劇談錄·狄惟謙請雨》：「雷震數聲，甘澤大澍，焦原赤野，無不滋潤。」此為喜雨之作，又自「潤焦原」觀之，當從「嘉澍」無疑，「樹」

疑形近而誤。井，相傳古制八家為井，引申為人口聚居地、鄉里，萬井，千家萬戶，陳子昂〈謝賜冬衣表〉：「三軍協慶，萬井相歡。」錢惟治〈春日登大悲閣二首〉其一：「千山薈鬱晴霽，萬井喧填曉郭。登臨徙倚傍瓊欄，滿目春光煦寥廓。」據詩意與「喧」觀之，當從「井」為是，「卉」疑形近而誤。

雨洗淮天旱「始」摧。佚存本（宮）（珍）：雨洗淮天旱「氣」摧。

　　案：旱氣，乾旱之氣候、旱災，韓愈〈賀雨表〉：「青天湛然，旱氣轉甚。」司馬光〈夆龍廟祈雨文〉：「旱氣消除，化為豐登。」宋祁〈醋神文〉：「比以旱氣搆沴，炎騰羣翔。」得見「旱氣」一詞，〈初伏休沐〉：「怒甚岸岸雲，旱始隆隆雷。」所述情景與此類近，或從「始」為宜。

〈祗答晏尚書懷寄之什〉，頁 2562

知公「擿」句多「情」意。佚存本（宮）（珍）：知公「摘」句多「精」意。

　　案：「擿」、「摘」為通同字。精意，精深之意旨，韋應物〈石鼓歌〉：「一書遺此天地間，精意長存世冥寞。」或謂精神，范仲淹〈睦州謝上表〉：「喘息奔衝，精意牢落。」此詩題名「答晏尚書懷寄」，「懷寄」即寄託心志之意，感情心志較為接近，故或從「情」較妥帖。

〈寄君貺王學士〉，頁 2562

寄「君貺王學士」。文津閣：寄「王學士君貺」。

　　案：宋祁詩題與此模式相近者，如：〈正言田學士況書言上庠祭酒廳北軒予所種竹滋茂〉、〈送薛學士伯垂同理嘉興郡兼簡太守集仙柳著作〉等均屬之；另有將姓、名、字置於職銜之後者，如：〈賦得葉字翰林學士王舉正伯中〉；亦有將職銜置諸姓、名、字之後者，如：〈轉運彭季長學士小疾數辭宴集〉、〈送常州陳商學士〉、〈陝府祖擇之學士〉、〈贏疾益間呈轟長孺學士〉、〈送張清臣學士省侍金陵〉；又僅冠以姓者，如：〈抒懷上孫侍講學士〉、〈和楊學士同晏尚書西園對菊〉、〈寄沂州王學士〉、〈夏日陪提刑彭學士登周襄王故城〉、〈答張學士西湖即席〉、〈送越州陸學士〉等；亦有僅冠以名、字者，如：〈和君貺學士宿淮上見寄〉、〈偶作寄季長學士〉，然卻未見有將名、字冠於姓與職銜之組詞之前者，由是觀之，或當從「寄王學士君貺」為是。

〈桃〉，頁 2563

桃。佚存本（宮）：「小」桃「二首」。佚存本（珍）（叢）：「小桃」。

　　案：文淵閣四庫全書與《全宋詩》均錄存三首。又宋祁〈尋春溪上〉：「溪上尋春春已來，小桃初似剪刀裁。」〈春日溪上示南正四首〉其三：「莫言雨後長蓬蒿，恍惚溪邊見小桃。」均見「小桃」一詞，或得據以補之。

〈挾彈林下〉，頁 2564

挾柘行吟涉庾園，鵲「林」驚繞「果」林寒。佚存本（珍）：挾柘行吟涉庾園，鵲林驚繞「栗」林寒。文津閣：挾柘行吟涉庾園，鵲「枝」驚繞果林寒。

　　案：柘，即柘彈，柘木製之彈弓，梅堯臣〈挾彈篇〉：「手持柘彈霸陵邊，豈惜金丸射飛鳥。」庾園，庾信〈小園賦〉：「余有數畝弊廬，寂寞人外，聊以擬伏臘，聊以避風霜；雖復晏嬰近市，不求朝夕之利；潘岳面城，且適閑居之樂。」後世遂有「庾園」之稱，亦用以借指故園，許渾〈懷舊居〉：「藤蔓覆梨張谷暗，草花侵菊庾園空。」此語疑用《莊子・山木》典故：「莊周遊於雕陵之樊，一異鵲自南方來者，翼廣七尺，目大運寸，感周之顙而集於栗林。莊周曰：『此何鳥哉，翼殷不逝，目大不？』蹇裳躩步，執彈而留之。一蟬，方得美蔭而忘其身；螳蜋執翳而搏之，見得而忘其形；異鵲從而利之，見利而忘其真。莊周怵然曰：『噫！物固相累，二類相召也！』捐彈而反走，虞人逐而誶之。」復與曹操〈短歌行〉略有幾分相似：「月明星稀，烏鵲南飛。繞枝三匝，何枝可依？」知宜從「栗」，「果」疑形近而誤。另，使從「林」，將與其後之「栗林寒」重複，或從「枝」較適切，「林」疑形近而誤。

〈馮家溪二首〉其二，頁 2565

「雲」噴餘溜下通津。文淵閣、文津閣：「雪」噴餘溜下通津。

　　案：此詩為仄起首句入韻格，此句當作「平平仄仄仄平平」，然疑此句存在拗救現象，若從仄聲之雪字則平聲之餘字正得以救之，且使從雲字，將與「莫辭滿掬雲湍碧」重複用字。另，古人常以「噴雪」形容白浪洶湧或水花飛濺樣貌，李白〈橫江詞〉其四：「海神來過惡風迴，浪打天門石壁開。浙江八月何如此，濤似連山噴雪來。」溫庭筠〈拂舞詞〉：「黃河怒浪連天來，大響礚礚如殷雷。龍伯驅風不敢上，百川噴雪高崔嵬。」此詩描繪馮家溪水洶湧直下津渡情形，從「雪」字方合詩

意與格律，「雲」疑形近而誤。

《全宋詩》卷 223 · 宋祁二〇

〈和中丞晏尚書憶譙渦二首〉，頁 2567

和中丞晏尚書憶譙渦「二首」。文津閣：和中丞晏尚書憶譙渦。

案：此詩題下錄有二首作品足以為證，此外，宋庫亦有〈和中丞晏尚書憶譙渦二首〉，是知題名當作「和中丞晏尚書憶譙渦二首」。

〈柳絮〉，頁 2567

衝風力盡飛應「怯」，試與鴻毛較重輕。佚存本（珍）：衝風力盡飛應「懶」，試與鴻毛較重輕。

案：衝風，暴風、猛烈之風，《史記·韓長孺列傳》：「且強弩之極，矢不能穿魯縞；衝風之末，力不能漂鴻毛。」此聯即化用此一故事，藉以書寫柳絮飄盪之狀。怯，入聲洽韻，膽小、畏縮；懶，上聲旱韻，懶得、不願意。二字皆具因風盡而疲軟飄飛之狀，且同屬仄聲，無由判斷，姑備異文。

〈讀桓伊傳〉，頁 2568

「讀」桓伊傳。佚存本（珍）（叢）：桓伊傳。

案：同卷有作〈朱雲傳〉而未見「讀」者，該篇題下原注曰：「《韻語陽秋》作『詠漢史』。」宋祁之〈讀張巡故事〉、〈讀絕交論〉、〈讀史〉、〈讀巷伯章〉皆冠以「讀」字，佚存本或脫文也。

上前「奏」笛串奴氂，自倚哀箏詠刺讒。太傅一聞流涕久，使君于此信非凡。佚存本（珍）（叢）：上前「豬」笛串奴氂，自倚哀箏詠刺讒。太傅一聞流涕久，使君于此信非凡。

案：此詩乃詠《晉書·桓伊傳》故事：「時謝安女壻王國寶專利無檢行，安惡其為人，每抑制之。及孝武末年，嗜酒好內，而會稽王道子昏酣尤甚，惟狎昵諂邪，於是國寶讒諛之計稍行於主相之間。而好利險詖之徒，以安功名盛極，而構會之，嫌隙遂成。帝召伊飲讌，安侍坐。帝命伊吹笛。伊神色無迕，即吹為一弄，乃放笛

云：『臣於箏分乃不及笛，然自足以韻合歌管，請以箏歌，并請一吹笛人。』帝善其調達，乃敕御妓奏笛。伊又云：『御府人於臣必自不合，臣有一奴，善相便串。』帝彌賞其放率，乃許召之。奴既吹笛，伊便撫箏而歌怨詩曰：『為君既不易，為臣良獨難。忠信事不顯，乃有見疑患。周旦佐文武，金縢功不刊。推心輔王政，二叔反流言。』聲節慷慨，俯仰可觀。安泣下沾衿，乃越席而就之，捋其鬚曰：『使君於此不凡！』帝甚有愧色。」又梅堯臣〈晏公且將有宛邱之命〉：「客奏桓伊笛，人歌柳惲蘋。」由此觀之，當從「奏笛」無疑，且據格律而論，亦當從仄聲之「奏」字。

〈朱雲傳〉，頁 2568

朱游英氣凜生風，「瀕」死危言「悟」帝聰。殿檻不修旌直諫，安昌依舊漢三公。佚存本（宮）：朱游英氣凜生風，「濱」死危言「悞」帝聰。殿檻不修旌直諫，安昌依舊漢三公。佚存本（珍）：朱游英氣凜生風，瀕死危言悟帝聰。殿檻不修旌直諫，安昌依舊漢三公。

　　案：此詩詠《漢書·朱雲傳》故事：「至成帝時，丞相故安昌侯張禹以帝師位特進，甚尊重。雲上書求見，公卿在前。雲曰：『今朝廷大臣上不能匡主，下亡以益民，皆尸位素餐，孔子所謂「鄙夫不可與事君」、「苟患失之，亡所不至」者也。臣願賜尚方斬馬劍，斷佞臣一人以屬其餘。』上問：『誰也？』對曰：『安昌侯張禹。』上大怒，曰：『小臣居下訕上，廷辱師傅，罪死不赦。』御史將雲下，雲攀殿檻，檻折。雲呼曰：『臣得下從龍逢、比干遊於地下，足矣！未知聖朝何如耳？』御史遂將雲去。於是左將軍辛慶忌免冠解印綬，叩頭殿下曰：『此臣素著狂直於世。使其言是，不可誅；其言非，固當容之。臣敢以死爭。』慶忌叩頭流血。上意解，然後得已。及後當治檻，上曰：「勿易！因而輯之，以旌直臣。」危言，直言，《漢書·賈捐之傳》：「臣幸得遭明盛之朝，蒙危言之策，無忌諱之患。」顏師古注：「危言，直言也。言出而身危，故曰危言。」悞，迷惑、欺騙。就詩意與故事觀之，此字當作啟悟解，故當從「悟」字，「悞」疑音近而誤。

〈庠局觀書偶呈同舍〉，頁 2569

晝窗風冷「冰」蟾津。佚存本（珍）：晝窗風冷「凍」蟾津。
　　案：此為七言絕句，屬仄起首句入韻格，而此句之「風」與格律不符，是知或

有拗救現象，若此，則首字從仄聲之「畫」以為拗字，使「風」足以救之，其後當從仄聲之「凍」方合律，故宜從「凍」。

〈和人禁中作〉，頁 2569

前殿「籠童」畫皷賒。佚存本（珍）（叢）：前殿「曨曈」畫皷賒。

　　案：籠童，文淵閣四庫全書中，僅見宋祁使用此詞，其〈陽郊慶成頌〉之「南關肆大眚也」有云：「南關爵連天，翠華此臨馭。靈心交胘蟄，鴻恩思慶豫。毶毶上鷄竿，籠童下鼉鼓。」亦將「籠童」與「鼓」並列。古籍中除宋祁外，今唯見清人顧昌〈春雪呈大人兼答舒康伯先生〉云：「昨夜籠童擊天鼓，黃門泣訴鄭俠圖。」推知此詩「畫鼓」當即禁中之「鼉鼓」。鼉鼓，以鼉皮蒙覆之鼓，其聲亦如鼉鳴，《詩經·大雅·靈臺》：「鼉鼓逢逢。」陸璣疏：「（鼉）其皮堅，可以冒鼓也。」溫庭筠〈昆明治水戰詞〉：「鼉鼓三聲報天子，雕旗獸艦凌波起。」沈鯨《雙珠記·遇赦調邊》：「鷄竿鼉鼓，制出金門傳唱，特與人間解網。」曨曈，或作「曈曨」，謂日初出漸明貌。賒，空闊。此句若從「籠童」，足與禁中前殿之「鼓」相應；若從「曨曈」，復得與「畫鼓」相應，實難判定何者為是，姑備異文。

〈對菊有感〉，頁 2569

顏生不「飯」重沓嗟。佚存本（珍）：顏生不「飲」重沓嗟。

　　案：此句疑與《宋書·顏延之傳》故事有關：「延之少孤貧，居負郭室，巷甚陋，好讀書，無所不覽，文章之美冠絕當時，飲酒不護細行……延之好酒，疎誕不能斟酌，當世見劉湛、殷景仁專當要任，意有不平，常云：『天下之務當與天下共之，豈一人之智所能獨了！』辭甚激揚，每犯權要，謂湛曰：『吾名器不升當由作卿家吏。』湛深恨焉，言於彭城王義康，出為永嘉太守。延之甚怨憤，乃作五君詠……詠劉伶曰：『韜精日沉飲，誰知非荒宴。』此四句蓋自序也……酒酌之設，可樂而不可嗜，嗜而非病者希，病而遂眚者幾，既眚既病，將蔑其正。」顏延之後有導正飲酒疎狂而放誕之舉，故或從「飲」為宜。

〈答道卿舍人桐竹之嘲〉，頁 2569-2570

本來鸑鷟「排」翔地。佚存本（宮）（珍）：本來鸑鷟「徊」翔地。

　　案：鸑鷟，鳳屬，《新編分門古今類事·夢兆門中》：「鳳鳥有五色赤文章者，

鳳也；青者，鸞也；黃者，鵷鶵也；紫者，鸑鷟也。」排，觸、沖向，白居易〈李都尉古劍〉：「古劍寒黯黯，鑄來幾千秋，白光納日月，紫氣排斗牛。」徊翔，盤旋飛行，李復言《續幽怪錄·張老》：「鸞鶴孔雀，徊翔其間。」就詩意觀之，當從「徊」字。

〈柏樹〉，頁 2570

昔「託」孤根百仞溪，何「年」移植對芳蹊。佚存本（珍）：昔託孤根百仞溪，何「言」移植對芳蹊。文淵閣、文津閣：昔「記」孤根百仞溪，何年移植對芳蹊。

　　案：上句謂「昔託」，當具時間對照之用意，是知宜從「年」。託，寄寓、憑藉；記，不忘、記錄。孤根，獨生之根，謂孤獨無依，張九齡〈出為豫章郡途次盧山東岩下〉：「孤根自靡託，量力況不任。」百仞，形容極深或極高，《列子·湯問》：「引盈車之魚於百仞之淵、汨流之中。」此詩為仄起首句入韻格，此句作「仄仄平平仄仄平」，二字皆屬仄聲，無由判斷，唯據詩意與其後「移植」一語，知宜從「託」字。

〈房陵舊第〉，頁 2571

當時賀廈翩「翻」者。佚存本（珍）：當時賀廈翩「翩」者。

　　案：賀廈，慶賀大廈落成，劉兼〈秋夕書懷〉其一：「守方半會蠻夷語，賀廈全忘燕雀心。」翩翩，上下飛動貌，王昌齡〈灞上閑居〉：「庭前有孤鶴，欲啄常翩翩。」翩翩，行動輕疾貌，王昌齡〈從軍行〉其一：「虜騎獵長原，翩翩傍河去。」或謂連綿不斷貌，劉希夷〈巫山懷古〉：「積想臥瑤席，夢魂何翩翩。」此聯抒今昔之感，此句敘述往日新居落成而賀者絡繹不絕之狀，宋祁〈寄題相臺太尉韓公畫錦堂〉：「遷鶯賀燕翩翩集，大樹甘棠次第春。」同為「賀廈」之作，而以「翩翩集」形容，故或從「翻」為是。

〈樂府〉，頁 2572

花外「超超」百尺樓，碧簾深下蒜條鉤。文津閣：花外「迢迢」百尺樓，碧簾深下蒜條鉤。

　　案：超超，高高在上貌、超然出塵，司空圖《二十四詩品·流動》：「超超神明，返返冥無，來往千載，是之謂乎！」迢迢，高貌，陸機〈擬西北有高樓〉：「高

樓一何峻，迢迢峻而安。」百尺樓，泛指高樓，《三國志·魏志·陳登傳》：「汜曰：『昔遭亂過下邳，見元龍。元龍無客主之意，久不相與語，自上大床臥，使客臥下床。』備曰：『……君求田問舍，言無可采，是元龍所諱也。何緣當與君語？如小人，欲臥百尺樓上，臥君於地，何但上下床之間邪？』」迢迢百尺樓，陶淵明〈擬古九首〉其四：「迢迢百尺樓，分明望四荒。」司馬光〈次韻和宋復古春日〉其五：「殘春舉目多愁思，休上迢迢百尺樓。」梁簡〈霜臺〉：「迢迢百尺樓，俯瞰雙江流。」偈斯僎〈奉陪憲使程公遊麻源第三谷宴藏書山房白雲樓時三月三日〉：「迢迢百尺樓，下有孤猿吟。」等多篇詩作皆曾出現，「超超百尺樓」則僅見於宋祁此詩，且「超超」之高高在上貌，並非就空間之高低而論，與詩意不符，是知當從「迢迢」，「超超」疑形近而誤。

〈次望喜驛始見嘉陵江得予友天章張文裕西使日詠嘉陵江詩刻于館壁有感別之歎予因戲答二章他日見文裕以為一笑〉，頁 2572

江流東去「各」西行，江水無情客有情。文津閣：江流東去「客」西行，江水無情客有情。

　　案：詩題明言「次望喜驛」、「得予友天章張文裕西使日詠嘉陵江詩，刻于館壁，有感別之歎」，知僅「客西行」，未有「各西行」事，且此聯上、下句藉「江」、「客」以為對照，強化詩句之韻律感受，彰顯感別之歎之強烈，故當從「客」，「各」疑形近而誤。

〈夜分不寐二首〉其一，頁 2572

「晴缸」紅花久未落，耿耿秋思饒端倪。文津閣：「暗釭」紅花久未落，耿耿秋思饒端倪。

　　案：缸，可同「釭」作燈解，梁元帝〈草名詩〉：「金錢買含笑，銀釭影梳頭。」釭，燈，王融〈詠幔〉：「但願置樽酒，蘭釭當夜明。」耿耿，煩躁不安，心事重重，《詩經·邶風·柏舟》：「耿耿不寐，如有隱憂。」端倪，頭緒，《莊子·大宗師》：「反覆終始，不知端倪。」據查文淵閣四庫全書與中研院漢籍電子文獻資料庫，除此詩外，未見有作「晴缸」、「暗釭」者，然就詩意而論，其後有「傾荷破月共天宇」一語，與詩題「夜分」相呼應，強調此為夜間景象，據詩意，或從「晴缸」較妥帖。

傾「荷」破月共天宇，女子牆高烏夜啼。文津閣：傾「河」破月共天宇，女子牆高
烏夜啼。

案：荷，《詩經·陳風·澤陂》：「彼澤之陂，有蒲與荷。」河，銀河，謝朓
〈暫使下都夜發新林至京邑贈西府同僚〉：「秋河曙耿耿，寒渚夜蒼蒼。」李善注：
「秋河，天漢也。」傾河，銀河，陸機〈擬明月皎夜光〉：「招搖西北指，天漢東
南傾。」謝惠連〈七月七日夜詠牛女〉：「共離秋已雨，今聚夕無雙。傾河易回幹，
欹情難久悰。」李善注：「傾河，天漢也。」破月，殘月，李賀〈南園〉其十三：
「古剎疏鐘度，遙嵐破月懸。」劉得仁〈宿僧院〉：「破月斜天半，高河下露微。」
據詩意，當從「河」字，「荷」疑音近而誤。

〈呈成上人〉，頁 2573

呈成上人。文津閣：「再」呈成上人。

案：宋祁詩歌除此篇外，未有詩題作「再呈」或「又呈」者，然得見〈再寄〉
一詩。另，宋祁集中計有三首與「成上人」有關之詩題，分為：「和成上人」（五
古）、「再逢成上人」（七律）與此詩（七絕），觀詩中「佛國天花兩送春，歲
陰何意重相親」語，恐補「再」字較符當日情景。

佛國天花兩送春，歲「陰」何意重相親。文淵閣：佛國天花兩送春，歲「因」何意
重相親。

案：歲陰，歲暮，庾信〈歲晚出橫門〉：「年華改歲陰，遊客喜登臨。」唐太
宗〈除夜〉：「歲陰窮暮紀，獻節啟新芳。」觀前句「兩送春」語，宜從「陰」字，
「因」疑音近而誤。

〈小池〉，頁 2574

碧潯餘潤漬「蚌」衣。文淵閣、文津閣：碧潯餘潤漬「蠯」衣。

案：蚌、蠯，詳參〈水亭〉考論資料。此詩為反起首句不入韻格，此句作「平
平反反反平平」，知此字從平聲，當以「蠯」為是，「蚌」蓋義同而誤。

風休浪靜「如圓」鑑。佚存本（珍）：風休浪靜「圜如」鑑。

案：圜，與「圓」為通同字，參照宋祁〈規蔡邕明堂議〉：「取其四面周水圜
如璧，則曰辟雍。」此或從「圜如」較可能。

〈泛渦水二首〉其一，頁 2575

幽「尋」不憚進舟遲。文淵閣：幽「情」不憚進舟遲。

案：尋，平聲侵韻，游賞，姚合〈游陽河岸〉：「尋芳愁路盡，逢景畏人多。」情，平聲庚韻，感情。二字同為平聲，無由判斷。然宋祁〈春暉亭〉：「幽尋乏朋往，勝賞徒自知。」〈賦得節字館閣校勘歐陽修永叔〉：「歡言得幽尋，況此及嘉節。」及〈和參政丁侍郎洛下新植小園寄留臺張郎中二首〉其一：「名園新景極幽尋，廊廟功名江海心。」皆見「幽尋」一詞而未有作「幽情」者，另就詩意與前後文句判讀，當從「幽尋」較妥帖，「情」疑音近而誤。

〈中秋不見月二首〉其二，頁 2575

萬里重「陰」晦玉輪。文淵閣：萬里重「雲」晦玉輪。

案：「重陰」與「重雲」義近，而「玉輪」即月，「晦」則指昏暗或隱晦。據題名「不見月」，可與晦字相應，二字似皆得解釋之。宋祁〈和趙南正溪上二首〉其二：「繞岸正搖千步柳，歸山曾約萬重雲。」雖見「萬重雲」一語，然非將「重雲」作一獨立語詞使用，而〈春雪〉：「銀礫欺春亂眼來，重陰萬里壓平臺。」與〈八月望夜不見月有感〉其二：「九旻含爽助清輝，萬里重陰誤賞期。」則皆見作「重陰」者，尤〈八月望夜不見月有感〉其二與此詩皆為中秋不見月所賦之作，詩意相近，故恐從「陰」字為當。

〈秋園見蝶〉，頁 2576

不須「長」結東風「怨」，秋菊春蘭各有香。文淵閣：不須「身」結東風怨，秋菊春蘭各有香。文津閣：不須長結東風「願」，秋菊春蘭各有香。

案：此聯似承傳張繼〈金谷園〉：「綠樓歌館正融融，一騎星飛錦帳空。老盡名花春不管，年年啼鳥怨東風。」杜牧〈金谷園〉：「繁華事散逐香塵，流水無情草自春。日暮東風怨啼鳥，落花猶似墜樓人。」高蟾〈下第後上永崇高侍郎〉：「天上碧桃和露種，日邊紅杏倚雲栽。芙蓉生在秋江上，不向東風怨未開。」諸詩，得見「東風」與「怨」之關係密切，晏殊〈少年遊〉：「霜華滿樹，蘭彫蕙慘，秋艷入芙蓉。胭脂嫩臉，黃金輕蕊，猶自怨東風。」亦嘗言及「怨」、「東風」，宋祁深受晏殊影響，此詩或與其有關，且電子資料庫暫查無「東風」與「願」關係密切者，故或從「怨」為是，「願」疑音近而誤。「身」、「長」二字似皆得解釋之，此聯

敘明秋蝶無需孤戀春日，結怨東風，秋日亦自有宜人之處，然「身」與上句「一身生計託流芳」犯複，從「長」為宜，「身」疑涉上文而誤。

〈對獵〉，頁 2576

「對」獵。佚存本（珍）（叢）：「觀」獵。

案：此詩敘述狩獵場景，似作「觀」字較切題。遍查文淵閣四庫全書，未見有「對獵」一詞，而李白、王維、韋莊、范仲淹、劉攽等皆有以〈觀獵〉為題之詩作，梅堯臣亦有〈擬王維觀獵〉之作，或從「觀」字為宜。

黃山橫鶩曉成圍，後騎蕭蕭「萬」弩隨。當路豺狼宜一發，不須回首問狐狸。佚存本（珍）：黃山橫鶩曉成圍，後騎蕭蕭「彍」弩隨。當路豺狼宜一發，不須回首問狐狸。

案：萬，量詞。彍，急張弓，《漢書·揚雄傳上》：「捎奔星之流旃，彍天狼之威弧。」顏師古注：「彍，急張也。」一發，發射一次，《韓非子·顯學》：「雖有不恃隱栝而有自直之箭、自圜之木，良工弗貴也。何則？乘者非一人，射者非一發也。」劉向《說苑·權謀》：「使善射者射之，一發，兕死車下，王大喜。」梅堯臣〈依韻和韓子華陪宴〉：「醉驚一發功，誰許百金易，非等將帥能，聊將賓客適。」或謂古以射箭十二枚為「一發」，《漢書·匈奴傳下》有云：「矢四發」，顏師古注：「服虔曰：『發，十二矢也。』韋昭曰：『射禮三而止，每射四矢，故以十二為一發也。』「發」猶今言箭一放、兩放也。今則以一矢為一放也。」二字皆得解釋之，「萬弩」形容騎從之盛，而「彍弩」敘述騎從射獵之動作，宋祁除此詩外，未嘗言「彍」，姑備異文。

〈九日食餻〉，頁 2576

九日食餻。佚存本（珍）（叢）：九日食餻「有詠」。

案：宋祁詩題未有作「有詠」者，疑為衍文。

〈皇帝閣十二首〉其九，頁 2577

黃金「裝」柳蕊，紅密點花枝。文淵閣：黃金「妝」柳蕊，紅密點花枝。

案：裝，宋玉〈登徒子好色賦〉：「體美容冶，不待飾裝。」劉餗《隋唐嘉話》：「太宗令虞監寫《烈女傳》以裝屏風，未及求本，乃暗書之，一字無失。」此字當

為動詞，作打扮或裝扮解，裝、妝均得解釋之。然宋祁言「裝」者，多作治裝之意解，如〈雜興〉：「辦裝秣吾馬，臨路更自訶。」與〈凌屯田知和州〉：「候吏騰裝催去舸，故人引脰悵離觥。」皆如此，反觀其〈皇后閣十首〉其九：「迎春寶勝插釵梁，拂鈿裁金鬭巧妝。」從「妝」且作妝點之意解，故或從「妝」為宜。

《全宋詩》卷 224 · 宋祁二一

〈酴醾〉，頁 2580

勿以媚蘭「味」，誤霑韓壽巾。佚存本（叢）：勿以媚蘭「末」，誤霑韓壽巾。

案：酴醾，花名，本酒名，以花顏色似之，故取以為名，《全唐詩》載崇聖寺鬼朱衣人〈題壁〉：「禁煙佳節同遊此，正值酴醾夾岸香。」末，植物之梢端，宋玉〈風賦〉：「夫風生於地，起於青蘋之末。」味，白居易〈寒食江畔〉：「還似往年春氣味，不宜今日病心情。」此詩旨在歌詠酴醾之芬芳氣味，此聯化用《世說新語·惑溺》故事：「韓壽美姿容，賈充辟以為掾。充每聚會，賈女於青璅中看，見壽，說之。恒懷存想，發於吟詠。後婢往壽家，具述如此，并言女光麗。壽聞之心動，遂請婢潛修音問。及期往宿。壽蹻捷絕人，踰牆而入，家中莫知。自是充覺女盛自拂拭，說暢有異於常。後會諸吏，聞壽有奇香之氣，是外國所貢，一箸人，則歷月不歇。充計武帝唯賜己及陳騫，餘家無此香，疑壽與女通，而垣牆重密，門閤急峻，何由得爾？乃託言有盜，令人修牆。使反曰：『其餘無異，唯東北角如有人跡。而牆高，非人所踰。』充乃取女左右婢考問，即以狀對。充秘之，以女妻壽。」據此故事與對句之「誤霑」，知此句宜從「味」以強調氣味之官能感受，「末」疑形近而誤。

〈黃泌昆仲歸江西〉，頁 2581

書園飄竹「粉」，鄉樹老梨津。佚存本（珍）：書園飄竹「紛」，鄉樹老梨津。

案：竹粉，筍殼脫落時附著於竹節旁之白色粉末，劉禹錫〈和樂天秋涼閒臥〉：「荷珠貫索斷，竹粉殘粧在。」周邦彥〈漁家傲〉：「日照釵梁光欲溜，循階竹粉沾衣袖，拂拂面紅如著酒。」粉，上聲吻韻；紛，平聲文韻，作動詞解為擾亂、打擾，《墨子·尚同中》：「當此之時，本無有敢紛天子之教者。」梨津，蓋語出歐陽詢《藝文類聚·居處部一》引左思〈蜀都賦〉：「白露凝微霜，結紫梨津潤。」

就格律觀之，此詩為五言律詩，屬平起首句不入韻格，是知此字當從仄聲之「粉」，又自詞性而論，「竹粉」方得與「梨津」相對，同屬名詞，故宜從「粉」，「紛」疑形近而誤。

〈抒歎〉，頁 2582

樵突沉殘桂，塵編擁故「幃」。佚存本（叢）：樵突沉殘桂，塵編擁故「韋」。

　　案：樵突沉殘桂，疑暗用《宋書·顏延之傳》故事：「欲者，性之煩濁，氣之蒿蒸，故其為害則燻心智、耗真情、傷人和、犯天性，雖生必有之，而生之德猶火含煙而妨火，桂懷蠹而殘桂；然則火勝則煙滅，蠹壯則桂折。故性明者欲簡，嗜繁者氣惛。」藉此彰顯個人由名利場之多欲而至目前「身託故山薇」之寡欲經歷。塵編，古舊之書，唐彥謙〈題宗人故帖〉：「所忠無處訪相如，風笈塵編跡尚餘。」擁，圍裏，陸游〈雪夜〉：「僵縮不能寐，起坐擁故袍。」幃，泛指囊袋，皎然〈七言酬秦山人出山見尋〉：「手攜酒榼共書幃，迴語長松我即歸。」或指帷帳，《史記·秦始皇本紀》：「郎中令與樂俱入，射上帷坐幃。」塵編擁故韋，蓋化用《史記·孔子世家》故事：「讀《易》，韋編三絕。」後以「韋編」借指《易經》，或泛指古籍，周弘亮〈除夜書情〉：「還傷知候客，花景對韋編。」據查宋祁文字，未見足以證明其書寫習慣者，然稍後之張鎡〈春晴獨坐次叔祖閣學韻〉曾謂：「添爐麝餅遮殘火，擁案塵編絕故韋。」疑與此句有關，綜上觀之，或從「韋」較適切，「幃」疑音近而誤。

〈李國博齋中小山〉，頁 2582-2583

李國「博」齋中小山。佚存本（叢）：李國「博」齋中小山。

　　案：《全宋詩》於詩題下注云：「君即文靖公子。」文靖公，乃宋初名臣李沆，歷太祖、太宗、真宗三朝，其子略與宋祁同時。試觀強至〈代王龍圖舉李國博詞〉（據內文知此人名為李庠）、韋驤〈賀提倉李國博〉及梅堯臣〈寄洪州致仕李國博〉（朱東潤《梅堯臣集編年校注》指是人即李寅，書於慶曆四年。宋祁此處所指疑為此人，因就常理推測，李沆之子於慶曆四年恐已有相當年紀。）、〈送丹陽新守李國博歸洪州寬〉（朱東潤《梅堯臣集編年校注》指是人即李寅之孫李寬，書於慶曆七年，宋祁所指當非此人。）、〈李國博遺浙薑建茗〉，皆見有作「李國博」者，惟所指非一人，生存時代極為相近，實難以判定何者為是，然遍查文淵閣四庫全書，

皆未見「李國傅」此人，「傅」疑「博」之誤字，前已論，故恐從「李國博」。

〈春夕〉，頁 2583

捲幔星河近，嚴城鐘「漏」遲。佚存本（叢）：捲幔星河近，嚴城鐘「箭」遲。

　　案：星河，銀河，張融〈海賦〉：「湍轉則日月似驚，浪動而星河如覆。」嚴城，戒備森嚴之城池，何遜〈臨行公車〉：「禁門儼猶閉，嚴城方警夜。」鐘箭，古代置於漏壺中用以標記時刻之箭形浮標，韋承慶〈直中書省〉：「禁宇庭除闊，閑宵鐘箭移。」得借指時間，黃宗羲〈余恭人傳〉：「九死之心，空延鐘箭。」鐘漏，鐘與刻漏，古代用以報時、計時之物，亦借指時辰、時間，張九齡〈和許給事中直夜簡諸公〉：「未央鐘漏晚，仙宇露沈沈。」或謂報時鐘聲，元稹〈余杭周從事以十章見寄聊和詩首篇〉：「清夜笙歌喧四郭，黃昏鐘漏下重關。」此句起始便呈現「嚴城」之宏偉氣象，與須精細觀察標記時刻之「鐘箭」似未協調，恐不如「鐘漏」適切。又，宋祁〈奉和聖製清明日〉：「輪蹄晴縹緲，鐘漏夕虛徐。」與此「春夕」所謂「嚴城鐘漏遲」意境相似，未見嘗言「鐘箭」者，或從「鐘漏」較為妥帖。

〈寒夜與伯氏晏坐〉，頁 2584

寒夜與伯氏「晏」坐。佚存本（珍）（叢）：寒夜與伯氏「宴」坐。

　　案：宴坐，閑坐、安坐，白居易〈病中宴坐〉：「宴坐小池畔，清風時動襟。」晏坐，安坐、閑坐，白居易有〈晏坐閑吟〉一詩，薩都剌〈蕊珠曲〉：「美人晏坐太清室，蛾眉不鎖人間愁。」宋祁作品未見「晏坐」一詞，悉從「宴坐」，〈和鑒宗遊南禪別墅〉：「花識莊嚴界，林容宴坐人。」〈學士集普光院〉：「長廊盡北到禪扃，宴坐林間共褫纓。」〈贈昭長老〉：「虎錫多年寄寶坊，氍毹宴坐赤髭長。」〈送賢上人歸山序〉：「舉中則內外成三，言法則真妄有二，皆是宴坐，皆是道場。」皆如是，然此所謂「宴坐」均係指佛教之坐禪，《維摩詰所說經·弟子品》：「夫宴坐者，不於三界現身意，是為宴坐。」此詩似與坐禪之意無關，就詩人習慣，或從「宴」字。

〈送萬池秀才〉，頁 2585

有客柅征輪，羈懷「慰」薀辛。佚存本（叢）：有客柅征輪，羈懷「尉」薀辛。

　　案：柅，遏止、阻塞。征輪，行人所乘之車，王維〈觀別者〉：「揮淚逐前侶，

含悽動征輪。」柅征輪,蓋同「柅車」,意謂停車,王禹偁〈寄題陝府南溪兼簡孫何兄弟〉:「故人孫漢公,勤懇事迎送;柅車得三宿,延我入溪洞。」羈懷,羈旅之情懷,司空曙〈殘鶯百囀歌〉:「謝朓羈懷方一聽,何郎閑詠本多情。」尉,《漢書·韓安國傳》:「且縱單于不可得,恢所部擊,猶頗可得,以尉士大夫心。」顏師古注:「尉安之字正如此,其後流俗乃加『心』耳。」就詩意而論,二字皆可從,然宋祁「尉」字並無作慰撫使用者,多與官職相關,如:〈奉節朱尉〉:「初命東南尉,征途上下弦。」〈登高晚思〉:「戍璧風烟開尉侯,客亭燈火混漁樵。」「慰」字方具慰撫意,〈感舊送虞曹楊員外〉:「夫子惠然至,適慰離羣慕。」〈和君貺學士宿淮上見寄〉:「感此言邁情,慰予索居慕。」〈早發大儀〉:「尚緣歸國意,差足慰離襟。」諸作皆如是,恐從「慰」為宜。

〈偶作二首〉,頁 2586

風「侵」殘畫網,煙「鎖」蔽春樗。佚存本(叢):風「窗」殘畫網,煙「落」蔽春樗。

案:風窗,風吹窗,柳宗元〈贈江華長老〉:「風窗疏竹響,露井寒松滴。」或指窗戶,唐彥謙〈竹風〉:「竹映風窗數陣斜,旅人愁坐思無涯。」樗,葉有臭味之樹,《詩經·豳風·七月》:「采荼薪樗,食我農夫。」毛《傳》:「樗,惡木也。」孔穎達疏:「唯堪為薪,故云惡木。」《莊子·逍遙遊》:「惠子曰:『吾有大樹,人謂之樗。其大本擁腫而不中繩墨,其小枝卷曲而不中規矩。立之塗,匠者不顧。』」此為五言律詩,「衰翁好藏密,移病此僑居」敘明書寫緣起,此聯描述其居處之隱密,藉風破蛛網與煙中春樗二景以襯托之。據詩意,從「侵」,其「殘」狀愈顯;從「鎖」,則其「暗」意愈彰。另自對仗角度,「風窗」、「煙落」詞性未對應,唯「風侵」與「煙鎖」兩相為對,故從「侵」、「鎖」為宜。

相從「樂」飯蔬。佚存本(叢):相從「要」飯蔬。

案:此句語出《論語·述而》:「子曰:『飯蔬食飲水,曲肱而枕之,樂亦在其中矣。不義而富且貴,於我如浮雲。』」後因以「飯蔬飲水」形容清心寡欲、安貧樂道之生活,辛棄疾〈驀山溪·趙昌父賦一丘一壑格律高古因效其體〉:「飯蔬飲水,客莫嘲吾拙。高處看浮雲,一丘壑,中間甚樂。」自淵源而論,當從「樂飯蔬」為是。

〈有感〉，頁 2588

力守高皇「約」，祈還可隸章。佚存本（宮）：力守高皇「絇」，祈還可隸章。

案：絇，古時鞋頭上裝飾，有孔，可穿繫鞋帶。《儀禮·士喪禮》：「乃屨，綦結于跗，連絇。」鄭玄注：「絇，屨飾如刀衣鼻，在屨頭上，以餘組連之，止足坼也。」《禮記·玉藻》：「童子不裘不帛，不屨絇，無緦服。」約，《漢書·高帝紀上》：「初，懷王與諸將約，先入定關中者王之。」此句下宋祁自注云：「高祖云非有功不侯。」語出《後漢書·左雄傳》：「夫裂土封侯，王制所重。高皇帝約非劉氏不王，非有功不侯。」是知當從「約」無疑，「絇」疑形近而誤。

〈元會詩五首〉，頁 2590

案：佚存本（珍）標為「元會詩六首」，（叢）本收錄五首，並註明第一首見聚珍本卷八，文淵閣未收錄此〈元會詩五首〉，前卷則《全宋詩》與文淵閣另有〈元會詩〉一首。

〈元會詩五首〉其一，頁 2590

雜襲置「蘿」圖，「禺印」瞻邃冕。佚存本（宮）：雜襲置蘿圖，「顒昂」瞻邃冕。佚存本（珍）：雜襲置蘿圖，「顒印」瞻邃冕。佚存本（叢）：雜襲置蘿圖，「顒昂」瞻邃冕。文津閣：雜襲置「羅」圖，「顒印」瞻邃冕。

案：雜襲，《漢書·蒯通傳》：「天下之士雲合霧集，魚鱗雜襲，飄至風起。」顏師古注：「雜襲，猶雜沓，言相雜而累積。」蘿圖，羅列圖籍，《淮南子·覽冥訓》：「援絕瑞，席蘿圖。」高誘注：「羅列圖籍以為席蓐。一說，羅圖車上席也。」虞世南〈孔子廟堂碑〉：「明玉鏡以式九圍，席蘿圖而御六辯。」羅圖，古籍未見作獨立語詞使用，羅，可通「蘿」作女蘿解，然此處非指女蘿，是知「羅」字誤矣。禺，區域、長尾猿。顒，大貌、嚴正貌、盻望。印，通「仰」，《詩經·大雅·雲漢》：「瞻印昊天，云如何里？」顒印，亦作「顒昂」，意指肅敬軒昂、氣度不凡，獨孤及〈絳州聞喜縣崇慶鄉太平里裴稹年若干行狀〉：「公天姿英拔，德宇宏曠，顒昂公器，磊砢高節。」邃，深遠。冕，王冠。此詩書寫朝會盛景，此句描述詩人對皇帝之仰望，故當從「顒」字為是。且宋祁〈乾元節頌有表〉：「然後顒顒印印，如圭如璋，以奮乎天子之光。」〈謝改待制表〉：「弗緣左右之容，特出顒印之眷。」〈上謝復侍讀學士表〉：「以孤遠之質，荷顒印之知。」〈回孫閣使謝官啟〉：「比

者，執事以屏翰之勞，厚顯印之眷。」諸篇皆作「顯印」，足以為證。

〈元會詩五首〉其二，頁2590

賀牘紛陳几，祥圖「靄」奏篇。佚存本（宮）、文津閣：賀牘紛陳几，祥圖「藹」奏篇。

    案：靄，煙霧、雲氣。藹，盛多貌，杜甫〈贈蜀僧閭丘師兄〉：「墨客藹雲屯。」白居易〈辨水旱之災明存救之術策〉：「所以持豐濟凶，用盈補縮，則衣食之費，穀帛之生，藹而均之，不啻足矣。」此句與「賀牘紛陳几」相對應，皆形容「賀牘」與「祥圖」之眾多繁盛，故當從「藹」字為是。

南金「照廡」麗，塗玉截肪鮮。佚存本（宮）：南金「然廐」麗，塗玉截肪鮮。

    案：元會，皇帝於元旦朝會群臣稱正會，亦稱元會，始於漢，魏晉以降因之。南金，南方出產之銅，後亦借指貴重之物，白居易〈酬張太祝晚秋臥病見寄〉：「何以報珍重，慚無雙南金。」或喻南方之優秀人才，《晉書·薛兼傳》：「兼清素有器宇，少與同郡紀瞻、廣陵閔鴻、吳郡顧榮、會稽賀循齊名，號為『五俊』。初入洛，司空張華見而奇之，曰：『皆南金也。』」元稹〈春晚寄楊十二兼呈趙八〉：「寄之二君子，希見雙南金。」廡，堂下周圍之走廊、廊屋，《楚辭·九歌·湘夫人》：「合百草兮實庭，建芳馨兮廡門。」或謂大屋，《釋名·釋宮室》：「大屋曰廡。廡，幠也。幠，覆也。并冀人謂之庌。庌，正也，屋之正大者也。」然，「燃」之古字，韓愈〈示爽〉：「冬夜豈不長？達旦燈燭然。」或喻花果顏色鮮艷耀眼，虞世南〈發營逢雨應詔〉：「隴麥霑逾翠，山花溼更然。」廐，馬房，或泛指牲口棚。此聯敘述元會所見宮殿金碧輝煌景象，就詩意觀之，當與「廐」無涉，故恐從「照廡」為是。

〈元會詩五首〉其三，頁2590

再「飯」人屬厭，三行酒溫克。文津閣：再「飲」人屬厭，三行酒溫克。

    案：屬，此指注入、斟酒相勸，《儀禮·士昏禮》：「酌玄酒，三屬于尊。」鄭玄注：「屬猶注也。」《史記·魏其武安侯列傳》：「及飲酒酣，夫起舞屬丞相，丞相不起，夫從坐上語侵之。」司馬貞《索隱》引小顏曰：「若今之舞訖相勸也。」韓愈〈八月十五夜贈張功曹〉：「沙平水息聲影絕，一盃相屬君當飲。」厭，滿足，《左傳·僖公三十年》：「夫晉何厭之有！既東封鄭，又欲肆其西封。」三行，祝

酒三次,揚雄《法言·修身》:「賓主百拜,而酒三行,不已華乎?」《宋史·樂志十三》:「醆斝三行,盛儀斯舉。」溫克,《詩·小雅·小宛》:「人之齊聖,飲酒溫克。」鄭玄箋:「中正通知之人,飲酒雖醉猶能溫藉自持以勝。」本謂醉酒後能溫藉自持,後亦謂人態度溫和恭敬,高彥休《唐闕史·丁約劍解》:「有姪曰子威,年及弱冠,聰明溫克。」此乃宋祁因元會而作之詩,所謂「元會」意指皇帝於元旦朝會群臣、接受朝賀之禮儀,亦稱正會。《晉書·禮志下》:「漢儀有正會禮,正旦,夜漏未盡七刻,鐘鳴受賀,公侯以下執贄來庭,二千石以上升殿稱萬歲,然後作樂宴饗。」《宋書·禮志一》:「正旦元會,設白虎樽於殿庭,樽蓋上施白虎,若有能獻直言者,則發此樽飲酒。」梁武帝〈罷鳳凰銜書詔〉:「一日元會,太樂奏鳳凰銜書伎。」杜審言〈歲夜安樂公主滿月侍宴應制〉:「明朝元會日,萬壽樂章陳。」宋祁此詩「穆穆集華蕤,煌煌開燕席。壽薦萬年觴,音諧四廂石。」數句或與前引詩書典故有關,然正會相關記載多嘗言及「酒」而罕言「飯」,再飯意謂再次進飯或二道飯,顏元《顏習齋先生言行錄·世情》云:「《白虎通》四飯解:『天子平旦食、晝食、晡食、暮食,凡四,諸侯三,大夫再。』余按:四、三、再飯,如今設席所云『幾道飯』;其每飯作樂侑食,如今每上一飯,必鼓吹一通。蓋一食而天子四,諸侯三,大夫再也。是以禮有天子一飯告飽,云云。」綜觀此詩用字、用典及前後詩意貫連等層面,宜作「飲」字。

〈和宮師陳相公〉,頁 2590

此地山林樂,當年「廊」廟尊。庭蕍有「新複」,郊禽無近翻。佚存本(珍):此地山林樂,當年廊廟尊。庭蕍有「心複」,郊禽無近翻。佚存本(叢):此地山林樂,當年「巖」廟尊。庭蕍有「心馥」,郊禽無近翻。

　　案:巖廟,高大之宗廟,借指朝廷,白居易〈祭崔相公文〉:「惟公德望事業,識度操履,為時而生,作國之紀,巖廟匡輔,藩部政治,父母黎元,股肱天子。」廊廟,殿下屋與太廟,指朝廷,《國語·越語下》:「謀之廊廟,失之中原,其可乎?王姑勿許也。」庭蕍,即庭花。心,可指花蕊或苗尖,簡文帝〈上巳侍宴林光殿曲水〉:「林花初墮蒂,池荷欲吐心。」馥,香氣、香氣散發,申歡〈兜玄國懷歸〉:「風軟景和煦,異香馥林塘。」翻,此指飛舞,王維〈輞川閒居〉:「青菰臨水映,白鳥向山翻。」宋祁〈晚秋集晏太尉西園〉「目遠鴻堪送,林深鵲自翻。」宋祁作品未見「巖廟」一詞,皆作「廊廟」,〈王沂公挽詞三首〉其二:「正應廊

廟上，畫一奉蕭規。」〈寄獻南京致政杜相公〉：「言在典謨經舜問，規留廊廟許曹隨。」〈和參政丁侍郎洛下新植小園寄留臺張郎中二首〉其一：「名園新景極幽尋，廊廟功名江海心。」皆足為證，是知或從「廊」為宜。另，此詩前二聯對仗工穩，此聯或亦如此，「近翻」為形容詞與動詞結合之組詞，似從「新馥」較適切，且古籍中「新複」、「心馥」、「心複」、「新馥」四語詞，「新馥」出現頻率最高，「心」、「複」疑均音近而誤。

〈按務東橋駐望〉，頁 2593

凍舟真欲「住」，低雁「正成」行。佚存本（叢）：凍舟真欲「膠」，低鴈「劣能」行。

案：住，去聲遇韻；膠，去聲效韻。劣，作副詞解為僅，《宋書·劉懷慎傳》：「德願善御車，嘗立兩柱，使其中劣通車軸……打牛奔從柱間直過。」吳融〈敗簾六韻〉：「伴燈微掩夢，兼扇劣遮羞。」「住」、「膠」均從仄聲，無從自格律判斷，宋祁作品中僅〈上謝替赴闕表〉「水淺舟膠，勢必有然。」以「膠」形容「舟」之狀態，唯據詩意與對仗角度，上句恐從「住」較適切。「真欲」為副詞疊用之組合，唯「劣能」可與之相對，且此聯書寫駐望情景，低雁成行移居避寒景象適符詩意，故宜從「正成」。

〈晚秋集晏太尉西園〉，頁 2593

目遠鴻堪送，「林深」鵲自翻。佚存本（叢）：目遠鴻堪送，「蟬休」鵲自翻。

案：翻，飛舞，王安石〈回文〉其三：「迸月川魚躍，開雲嶺鳥翻。」此為五言律詩，就詞性相對之角度觀之，唯「林深」得與「目遠」對應，或從「林深」較適切。

「滾滾」飄談「塵」，焞焞下日車。佚存本（珍）：「滾滾」飄談「塵」，焞焞下日車。佚存本（叢）：「袞袞」飄談「塵」，焞焞下日車。

案：袞袞，此指言談滔滔不絕貌，《太平御覽》引〈竹林七賢論〉：「張華善說《史》、《漢》，裴逸民敘前言往行，袞袞可聽。」滾滾，滔滔不絕貌，司馬光〈劉道原《十國紀年》序〉：「坐聽其談，滾滾無窮，上下數千載間，細大之事如指掌，皆有稽據可驗。」談塵，清談，陳造〈夜宿商卿家〉：「更喜良宵共談塵，幾煩親手剪燈花。」焞焞，《左傳·僖公五年》：「鶉之賁賁，天策焞焞，火中成

軍，號公其奔。」杜預注：「天策，傳說星。時近日，星微。煒煒，無光耀也。」
日車，太陽每日運行不息，故以「日車」喻之，亦指神話中太陽所乘之六龍駕車，
《莊子·徐無鬼》：「有長者教予曰：『若乘日之車而遊於襄城之野。』」李尤〈九
曲歌〉：「年歲晚暮時已斜，安得力士翻日車？」此聯書寫集會賓客歡談之狀，是
知當從「塵」，且平聲真韻之「塵」於律不合，而「袞袞」、「滾滾」，就字義而
言皆可從，然宋祁今僅《新唐書·封倫傳》：「或與論天下事，滾滾不勤。」一例
作「滾滾」，餘如〈石太傅墓誌銘〉：「公善言，臺閣舊章袞袞不窮，以此佐上，
多所助益。」〈胡府君墓誌銘〉：「居常銜盃酒，語仁義，訾品賢不肖，道詩書，
前言生民病利，袞袞纚纚，然皆可覆記。」等多篇詩文悉從「袞袞」，故或從「袞
袞」為宜。

〈歲晚家居自勉〉，頁 2596

飲取醇醪作佳士，莫「因」蒿目強憂時。佚存本（叢）：飲取醇醪作佳士，莫「貪」
蒿目強憂時。

案：醇醪，味厚之美酒，《史記·袁盎晁錯列傳》：「乃悉以其裝齎置二石醇
醪。」佳士，品行或才學優良之人，《三國志·魏志·楊俊傳》：「同郡審固、陳
留衛恂，本皆出自兵伍，俊資拔獎致，咸作佳士。」貪，貪圖；因，依托、憑藉。
蒿目強憂時，「蒿目」乃極目遠望，語本《莊子·駢拇》：「今世之仁人，蒿目而
憂世之患。」形容對時局憂慮不安。就詩意觀之，此聯乃勸慰自身且作佳士清閒適
意，勿以眺望遠方而陷溺於憂世之情之中，宜從「因」為是。

〈邑居〉，頁 2596

「庖人」投刀喧羊肆，溪子擎牙近禁營。佚存本（叢）：「族庖」投刀喧羊肆，溪
子擎牙近禁營。

案：族，入聲屋韻；庖，平聲肴韻。族庖，眾庖，指一般廚師，《莊子·養生
主》：「族庖月更刀，折也。」郭慶藩《集釋》引崔譔曰：「族，眾也。」庖人，
廚師，《墨子·尚賢中》：「伊摯，有莘氏女之私臣，親為庖人，湯得之，舉以為
己相。」羊肆，售羊之店鋪，《左傳·襄公三十年》：「伯有死於羊肆。」杜預注：
「羊肆，市列。」溪子，指居住於始興之五溪蠻人，許嵩《建康實錄》：「盧循有
大志，所經必不傷人。其三吳舊賊百戰餘勇；始興溪子，拳捷善鬥，未易輕也。」

禁營，禁軍營盤，潘岳〈閑居賦〉：「其西則有元戎禁營。」此聯書寫居所周遭之概況，非僅聞得市集之喧沸聲，亦與軍營相近。就宋祁文字觀之，其〈上潘郢州求見書〉：「策駑乘以載驅，礙族庖而一割。」係從「族庖」，而〈皇帝後苑燕射賦〉：「少府之賜錢流地，庖人之割肉如陵。」與〈石鱉魚贊并序〉：「上春時出石間，庖人取為奇味。」則皆作「庖人」，是知二者皆嘗用之，然自格律而論，此詩屬仄起首句入韻格，且疑存有拗救現象，知此字須從仄聲之「族」，方得以平聲之「投」與對句平聲之「溪」兩救之。如此，當從「族庖」較為適切。

〈畫寢〉，頁 2597

夢柯「尚」費論榮辱，訟鹿何煩競有無。佚存本（叢）：夢柯「向」費論榮辱，訟鹿何煩競有無。

案：夢柯，暗用李公佐《南柯太守傳》故事，敘述淳于棼夢至槐安國，娶公主，封南柯太守，榮華富貴，顯赫一時，後率師出征戰敗，公主亦死，復遭國王疑忌，遂被遣歸，醒後，於庭前槐樹下掘得蟻穴，即夢中之槐安國，南柯郡為槐樹南枝下另一蟻穴，後因以指夢境，亦比喻空幻，陳傅良〈清明後一日宴客明日宗易送牡丹有詩次韻〉：「雨故妨新火，春應墮夢柯。」尚，猶，《詩經·大雅·蕩》：「雖無老成人，尚有典型。」向，一直以來，《三國演義》：「臣向蒙國恩，刻思圖報。」訟鹿，乃徵引《列子·周穆王》故事：「鄭人有薪於野者，遇駭鹿，御而擊之，斃之。恐人見之也，遽而藏諸隍中，覆之以蕉。不勝其喜。俄而遺其所藏之處，遂以為夢焉。順塗而詠其事。傍人有聞者，用其言而取之。既歸，告其室人曰：『向薪者得鹿而不知其處；吾今得之，彼直真夢者矣。』室人曰：『若將是夢見薪者之得鹿邪？詎有薪者邪？今真得鹿，是若之夢真邪？』夫曰：『吾據得鹿，何用知彼夢我夢邪？』薪者之歸，不厭失鹿。其夜真夢藏之之處，又夢得之之主。爽旦，案所夢而尋得之。遂訟而爭之，歸之士師。」後以「訟鹿」為計較名利得失之典。何煩，何須，《太平廣記》引高彥休《唐闕史·俳優人》：「《金剛經》云：『敷座而坐。』或非婦人，何煩夫坐然後兒坐也？」此聯連用二則與夢相關之故事，而此語與「何煩」相對，據詩意論之，上句闡述「南柯太守」之夢境宛如身歷實事般，難免令人惑於榮辱之間，下句則謂毋須如「訟鹿」般計較得失，使從「尚費」方與「何煩」相對，「向」疑形近而誤。

〈喜楊德華見過感舊成詠〉，頁 2597

河「裏」笛聲頻感「慨」，江南花樹剩淒涼。佚存本（珍）：河「邊」笛聲頻感慨，江南花樹剩淒涼。佚存本（叢）：河「邊」笛聲頻感「槩」，江南花樹剩淒涼。

案：邊，陶淵明〈五柳先生傳〉：「先生不知何許人也，亦不詳其姓字，宅邊有五柳樹，因以為號焉。」「槩」乃「概」之異體字，古通「慨」，王安石〈舟夜即事〉：「感概無窮事，遲回欲曉天。」蘇軾〈答蘇伯固書〉：「辱書，勞問愈厚，實增感概。」淒涼，孤寂冷落，沈約〈為臨川王九日侍太子宴〉：「淒涼霜野，惆悵晨鶝。」或謂悲涼，李白〈留別曹南群官之江南〉：「懷歸路綿邈，覽古情淒涼。」此句疑化用向秀〈思舊賦并序〉故事：「嵇博綜技藝，於絲竹特妙。臨當就命，顧視日影，索琴而彈之。余逝將西邁，經其舊廬。于時日薄虞淵，寒冰淒然！鄰人有吹笛者，發聲寥亮。追思曩昔遊宴之好，感音而歎，故作賦云：將命適於遠京兮，遂旋反以北徂。濟黃河以汎舟兮，經山陽之舊居。瞻曠野之蕭條兮，息余駕乎城隅。……聽鳴笛之慷慨兮，妙聲絕而復尋。佇駕言其將邁兮，故援翰以寫心。」此詩未曾言及渡河事，作「河裏」似顯突兀，且「河邊」與「花樹」聯結較具脈絡，或從「邊」為當。

〈遊小圃〉，頁 2597

初陽未「爇」樹陰輕。佚存本（珍）（叢）：初陽未「熱」樹陰輕。

案：爇，焚燒，《資治通鑑·唐僖宗中和三年》：「歸禮潛遣人爇其室，殺貌類者數人，用之易服得免。」又作烘烤解，徐弘祖《徐霞客游記·粵西游日記三》：「雨不止，煨濕木以爇衣。」熱，高溫，白居易〈效陶潛體詩〉其九：「寒負簷下日，熱濯澗底泉。」二字同屬仄聲，然從爇字難以解釋，就詩意觀之，宜從「熱」，「爇」疑形近而誤。

〈九日〉，頁 2599

擊隼「屬」威平隙闊，戲驂沈響故臺空。佚存本（叢）：擊隼「勵」威平隙闊，戲驂沈響故臺空。

案：隼，又名鶻，乃鷹類中最小者，飛速善襲，獵者多飼之，使助捕鳥兔，《易經·解》：「公用射隼于高墉之上，獲之，無不利。」孔穎達疏：「隼者，貪殘之鳥，鸇鷂之屬。」屬，《左傳·定公十二年》：「與其素屬，寧為無勇。」杜預注：

「屬，猛也。」勵，可通「屬」作猛烈解。平隰，低平濕地，《晉書·趙至傳》：「肆目平隰，則寥廓而無睹。」就字義觀之，二字皆可從，然宋祁〈鷙鳥不雙賦〉：「屬擊之羣，豈顧連雞之桀。」〈兔〉：「脫兔馳岡地，饑鷹屬吻天。」及〈孟冬駕狩近郊并狀〉：「俊鶻交拳擊，寒鷹屬吻鳴。」等篇皆與此句同寫猛禽之威烈氣勢，皆從「屬」，「勵」字則多用為勸勉之意，其〈皇太后躬謁清廟賦并表〉：「尚且勤勞勵翼，輯闕袞而按羅圖。」與〈祭如在賦〉：「祭惟首義，禮乃慎終，念奉先而勵翼，必如在。」皆如此，是知或從「屬」較適切。

〈送澶淵李太傅〉，頁 2599

送澶淵李太「傅」，佚存本（宮）：送澶淵李太「博」。

案：太傅，官名，三公之一，周代始置，輔弼天子治理天下，《尚書·周官》：「立太師、太傅、太保，茲惟三公，論道經邦，燮理陰陽。」秦廢，漢復置，次於太師，歷代沿置，多以他官兼領，明清則為贈官、加銜之用，並無實職。或指輔導太子之官，西漢時稱為太子太傅。博，通「團」，圓，揚雄《太玄·中》：「月闕其博，明始退也。」宋祁〈回李太傅書二首〉、〈回李太傅惠御製挽詞石刻啟〉、〈謝李太傅惠先令公碑文啟〉皆有作「李太傅」者，「李太博」則未見之，「博」或因「博」、「傅」形近而誤，當從「傅」為是。

三交薦「技」中軍戲，一割牛心右客嘗。佚存本（宮）（珍）（叢）：三交薦「杖」中軍戲，一割牛心右客嘗。

案：此聯化用《晉書·王濟傳》故事：「濟字武子。少有逸才，風姿英爽，氣蓋一時。好弓馬，勇力絕人，善易及莊老，文詞俊茂，伎藝過人，有名當世，與姊夫和嶠及裴楷齊名……王愷以帝舅奢豪，有牛名『八百里駮』，常塋其蹄角。濟請以錢千萬與牛對射而賭之。愷亦自恃其能，令濟先射。一發破的，因據胡牀，叱左右速探牛心來，須臾而至，一割便去。」此語與「一割牛心」相對，知此字當作名詞用，復自「中軍戲」與《晉書》「伎藝過人」觀之，宜從「技」字，「杖」疑形近而誤。

〈和晏太尉懷寄燕侍郎〉，頁 2602

賜車高掛得長閑，猶寄南宮事「下」官。佚存本（叢）：賜車高掛得長閑，猶寄南宮事「外」官。

案：燕侍郎，疑為燕肅，據《宋史·燕肅傳》知其「直昭文館為定王府記室參軍判尚書刑部」、「與李照、宋祁同按王朴律即剗滌考擊，合以律準，試於後苑，聲皆協」，屢領尚書六部之職銜而徒知外郡，推測此聯所書主旨乃與此事密切相關。南宮，尚書省如列宿之南宮，故為尚書省之別稱，《後漢書·鄭弘傳》：「建初，為尚書令……弘前後所陳有補益王政者，皆著之南宮，以為故事。」丘仲孚著《南宮故事》百卷，亦以南宮稱尚書省，唐及其後，尚書省六部統稱南宮。外官，地方官，與京官相對，張籍〈答白杭州郡樓登望畫圖見寄〉：「見君向此閑吟意，肯恨當時作外官？」下官，小官，《逸周書·史記》：「昔有共工自賢，自以無臣，久空大官，下官交亂，民無所附。」據詩題，此為唱和之作，自末句「羨君容膝易為安」推求，全詩皆形容「燕侍郎」之語，並欣羨燕侍郎官居顯要卻得出任外郡，遠離紛擾，是知宜從「外官」，使從「下官」，將與「猶寄南宮」矛盾，「下」疑形近而誤。

〈一百五日官舍作〉，頁 2602-2603

宴豆雕文誇瀹「卵」，俠場星影鬬飛毬。佚存本（宮）：宴豆雕文誇瀹「夘」，俠場星影鬬飛毬。

案：一百五日，寒食日，宗懍《荊楚歲時記》：「去冬至節一百五日，即有疾風甚雨，謂之寒食。禁火三日，造餳、大麥粥。」宴豆，古代宴飲時盛置食品之器具，《國語·楚語上》：「先君莊王為匏居之臺，高不過望國氛，大不過容宴豆。」雕文，飾以彩繪、花紋，《韓非子·十過》：「四壁堊墀，茵席雕文。」瀹，《玉篇·水部》：「瀹，煮也，內菜湯中而出也。」蘇軾〈超然臺記〉：「擷園蔬，取池魚，釀秫酒，瀹脫粟而食之曰：『樂哉遊乎！』」卵，蛋，《孫子·勢》：「兵之所加，如以碬投卵者，虛實是也。」瀹卵，煮蛋，徐堅《初學記·地部下》對「湯雞」、「瀹卵」注解道：「王廙〈洛都賦〉曰：『雞頭溫水，魯陽神泉，不爨自沸，熱若焦然，爛毛瀹卵，炱絹濯鮮。』」夘，乃「卵」之異體字，殷商時殺牲祭祀方法之一。自詩末「擣杏沃餳紛節物，更慚多病怯寒瘝」及全詩意旨觀之，宜從「瀹卵」，「瀹夘」意義難明，應與寒食無關，「夘」疑形近而誤。

〈晚夏高齋看雨〉，頁 2603

迎浪孺魚銜藻擲，「迎」風雛燕入樓飛。佚存本（宮）：迎浪孺魚銜藻擲，「逆」

風雛燕入樓飛。

案：逆風，迎風、頂風，王建〈水夫謠〉：「逆風上水萬斛重，前驛迢迢波淼淼。」迎風，對著風，《後漢書・皇甫嵩傳》：「若欲輔難佐之朝，雕朽敗之木，是猶逆阪走丸，迎風縱棹，豈云易哉？」就字義而論，二者皆得通用無礙，然此為七言律詩，屬仄起首句入韻格，此聯須作「仄仄平平平仄仄，平平仄仄仄平平。」上句平聲之「迎」有拗，唯仄聲之「逆」足以救之，且可避「迎」字重出，故從「逆」為宜，「迎」疑涉上文而誤。

〈郡界閔雨州將率官署禳禬〉，頁2604

劭農方狎野，「熯」旱嘆焦原。佚存本（叢）：劭農方狎野，「爐」旱嘆焦原。

案：閔雨，古代指國君憫念施恩澤於民，陳亮〈上孝宗皇帝第二書〉：「其君之有志於民而閔雨者必書，無志於民而不閔雨者必書，土功必書，饑饉必書。」禳禬，為消災除病而祭祀，《舊唐書・李泌傳》：「黎幹用左道位至尹京，嘗內集眾工，編刺珠繡為御衣，既成而焚之，以為禳禬。」爐，平聲東韻，熱氣，慣作「爐爐」或「爐融」，《爾雅・釋訓上》：「爐爐、炎炎，薰也。」李復言《續玄怪錄・李岳州》：「旁有賣糕者，其氣爐爐。」司馬光〈首夏呈諸鄰〉其二：「爐爐久旱地，颯颯昨宵雨。」蘇軾〈上清詞〉：「嘯盲風而涕淫雨兮，時又吐旱火之爐融。」熯，去聲翰韻，烘烤，使乾燥，《淮南子・修務訓》：「若夫以火熯井，以淮灌山，此用已而背自然，故謂之有為。」《廣韻・去聲・翰韻》：「熯，火乾。」又作曝曬解，《三國志・魏志・司馬芝傳》：「夫農民之事田，自正月耕種，耘鋤條桑，耕熯種麥，穫刈築場，十月乃畢。」焦原，乾旱之土地，康駢《劇談錄・狄惟謙請雨》：「雷震數聲，甘澤大澍，焦原赤野，無不滋潤。」六幕，天地四方，《漢書・禮樂志》：「專精屬意逝九閡，紛云六幕浮大海。」顏師古注：「六幕，猶言六合也。」千箱，形容豐年儲糧之多，李世民〈秋暮言志〉：「已獲千箱慶，何以繼熏風。」閉陽門，《白孔六帖・祈禱》：「董仲舒曰：『以春秋災異之變推陰陽之所錯行，故求雨閉陽門；雨甚欲止則反是。』」據此詩所謂「旱」、「焦原」、「閉陽門」、「征徒休道樾（樾：樹蔭）」、「汲缶涸中圜」知為旱害所苦而行祭，此詩屬五言長律，為平起首句不入韻格，然首字從仄聲而有不協律之嫌，亦不排除存在拗救現象，若為拗救，則當從平聲之「爐」，無則以「熯」為是，由是觀之，二者皆得解釋之。然就書寫習慣而論，宋祁文字未見有從「爐」者，反觀其〈仲夏愍雨穬苗告悴輒按先帝詔書繪龍請雨兼禱霍一淮瀆二祠戊寅蔵祀己卯獲雨謹成喜雨詩

呈官屬〉：「盛夏挾驕陽，于以攝炎燠。」〈時雪贊并狀〉：「（狀：自秋迄冬，天久不雨，畝首憔悴，農或嘆愁。）日赭風燠，窮天漲埃。」〈南嶽祈雨文〉：「仲夏以來，日烈風燠。」皆從「燠」，此外，宋祁文字並無「爊旱」或「燠旱」一詞足以佐證之，又經查文淵閣四庫全書，〈秋熱〉其二：「山氣爊爊旱火光，牆頭枯草半青黃。」陳思編《兩宋名賢小集·獨樂園稿·喜雨二首呈景仁侍郎兼獻大尹宣徽其二》：「漠漠春陰合，爊爊旱氣收。」錢仲益〈禱雨有感贈郭鍊師〉：「爊爊旱氣勢轉甚，邈邈蒼穹竟無語。」均無將「爊旱」作獨立語詞解者，而蒲道源〈得雨記〉：「去年夏秋之際燠旱，堰水既微，稻不能插，禾菽皆傷。」婁謙〈平涼利民渠記〉：「尚何燠旱之足恤乎！」《明會典》：「明太祖洪武二十七年，勅示天下，凡有陂塘湖堰可以瀦畜備燠旱者，或宣洩以防霖潦者，皆因地勢修治，勿荒。」丘濬《大學衍義補·治國平天下之要·明禮樂·禮儀之節中》：「幸而時之燠旱無水患也。」等悉作「燠旱」。如此，恐當從「燠旱」較為適切。

〈金陵相公赴鎮二首〉，頁2605

台輅「凝畫」繞，仙袂赤松迎。佚存本（叢）：台輅「畫凝」繞，仙袂赤松迎。

案：台，敬辭，用於稱呼對方或與對方有關之行為，歐陽脩〈與程文簡公書〉：「某頓首，伏承台誨，欲使撰述先公神道碑，豈勝愧恐！」輅，車，謝朓〈三日侍宴曲水代人應詔〉：「華輅徒駕，長纓未飾。」仙袂，仙人衣袖。赤松，即赤松子，李白〈送王屋山人魏萬還王屋〉：「落帆金華岸，赤松若可招。」王琦注引《太平寰宇記》：「金華縣有赤松澗，赤松子游金華山，以火自燒而化。」又引《浙江通志》：「金華縣北有赤松山，相傳黃初平叱石成羊處。初平號赤松，故山以是名。」此聯想像金陵相公赴鎮之情景，乃謂車行所經處宛如畫境般，此語當作名詞而與「赤松」相對，且此詩屬五言長律，為平起首句不入韻格，此句格律當作「平平平仄仄」，故知宜以「凝畫」為是，「畫凝」疑倒錯。

〈送高記室廣州幕〉，頁2605

颶影風爭怒，「珠」胎月對圓。佚存本（叢）：颶影風爭怒，「朱」胎月對圓。

案：颶，颶風，江洪〈胡笳曲〉：「颶颶夕風高，聯翩飛雁下。」珠胎，《漢書·揚雄傳上》：「（揚雄）因〈校獵賦〉以風，其辭曰……『椎夜光之流離，剖明月之珠胎。』」顏師古注：「珠在蛤中若懷妊然，故謂之胎也。」張說〈盧巴驛

聞張御史張判官欲到不得待留贈之〉：「舊庭知玉樹，合浦識珠胎。」此聯書寫風驟而望月明朗之夜景，宋祁〈水亭〉：「微風發琴籟，殘月減珠胎。」、〈送薛學士伯垂同理嘉興郡兼簡太守集仙柳著作〉：「即席離弦淒鵾韻，幾程殘魄晦珠胎。」及〈復州廣教禪院御書閣碑〉：「霧圖蘭葉，蓋天姥之嘗窺；赤水珠胎，非象罔而誰得。」皆用「珠胎」，「朱胎」則未曾見之，文淵閣四庫全書，僅見作「朱胎符」者二筆資料，餘則皆從「珠胎」，王勃〈冬日羈游汾陰送韋少府入洛序〉：「韋少府玉山四照，珠胎一色。」駱賓王〈望月有所思〉：「似霜明玉砌，如鏡寫珠胎。」〈月三十韻〉：「珠胎方夜滿，清露忍朝晞。」等可供參照，或當從「珠」為是，「朱」疑形近而誤。

〈僧園牡丹並序〉，頁 2606

（序文）：芒夫蕘豎，蹈「踐」侵侮。佚存本（叢）：芒夫蕘豎，蹈「藉」侵侮。

　　案：蕘豎，刈草打柴之童子，《後漢書·儒林傳序》：「自安帝覽政，薄於藝文……學舍積敞，鞠為園蔬，牧兒蕘豎，至於薪刈其下。」芒夫，各資料庫未見此語詞，此處「芒夫蕘豎」與前引「牧兒蕘豎」文字、語境相近，疑同義，即「芒郎」，乃指牧童或村人，孔學詩《東窗事犯》：「教這個牧童村叟蠢芒郎，倒能夠暮登天子堂。」蹈藉，亦作「蹈籍」，猶踐踏，《新唐書·康承訓傳》：「勛軍皆市人，囂而狂，未陣即奔，相蹈籍死者四萬。」蹈踐，猶踐踏、蹂躪，玄奘《大唐西域記·摩訶剌侘國》：「將欲陣戰，亦先飲酒，群馳蹈踐，前無堅敵。」侵侮，侵犯輕慢，《後漢書·南蠻傳》：「中國貪其珍賂，漸相侵侮，故率數歲一反。」據文義，二字皆得解釋之，文淵閣四庫全書中，「蹈籍」遠多於「蹈踐」，或從「藉」也。

〈對白髮自感寄揚州〉，頁 2608

四十「還添」四，顛華鑷更新。佚存本（叢）：四十「仍逾」四，顛華鑷更新。

　　案：鑷，以鑷子拔除毛髮或夾取東西，周邦彥〈華胥引〉：「離思相縈，漸看看，鬢絲堪鑷。」此句直陳個人年齡，二者皆可從。梅堯臣〈夏日對雨偶成寄韓仲文昆弟〉：「日日城頭雨，還添湖上波。」王安石〈偶成二首〉其一：「相逢始覺寬愁病，搔首還添白髮生。」李之儀〈次韻君俞兼簡少孫六首〉其四：「惜惜懷抱不曾開，忽忽還添一歲來。」鄧浩〈種竹〉：「去年今日常種竹，今年此日還添栽。」皆見作「還添」而與此詩使用類近例。陸游〈八十四吟〉：「八十仍逾四，遲留未

告行。」倪瓚〈贈顧定之〉：「阿翁七十仍踰四，與我同心生並世。」則係從「仍踰」，陸、倪二人所書與此句形式如出一轍，而陸游〈遊近村〉：「乞漿得酒人情好，賣劍買牛農事興」疑承宋祁〈歲稔務閒美成都繁富〉：「賣劍得牛人息盜，乞漿逢酒里餘歡」；宋祁首創之「六六鱗」名詞，陸游〈九月晦日作〉其三、〈得林正父察院書問信甚勤以長句寄謝〉兩用之；「自訟」詩題，陸游亦賦寫二篇，若自接受角度取證，此處或從「仍踰」為是。

〈晚秋西園〉，頁2609

歸雲高杳杳，黃菊正「斑斑」。佚存本（宮）：歸雲高杳杳，黃菊正「班班」。

　　案：參見前論〈西湖席上呈張學士〉：「野菊斑斑岸蓼紅，使旗同駐賞秋風。」資料。

〈賦成中丞臨川侍郎西園雜題十首〉之〈柳〉，頁2612

散漫飛綿阿娜枝，「家」家「眺」賞霽霜威。佚存本（叢）：散漫飛綿阿娜枝，「第」家「留」賞霽霜威。

　　案：散漫，瀰漫四散、遍布，謝惠連〈雪賦〉：「其為狀也，散漫交錯，氛氳蕭索。」阿娜，柔美貌。第，去聲齊韻；家，平聲麻韻。第家，猶世家，指門第高、世代為官之大家，《漢書·王莽傳上》：「今安漢公起于第家，輔翼陛下，四年于茲，功德爛然。」家家，人人，揚雄〈解嘲〉：「家家自以為稷契，人人自以為皋陶。」或指每家，《漢書·趙廣漢傳》：「其後彊宗大族家家結為仇讎，姦黨散落，風俗大改。」留，平聲尤韻，《詩經·大雅·常武》：「不留不處，三事就緒。」眺，去聲嘯韻，《國語·齊語》：「正其封疆，無受其資，而重為之皮幣，以驟騁眺於諸侯。」韋昭注：「眺，視也。」此聯書寫柳絮漫飛之狀，若從「第家」則過於侷限，遍觀全詩當無此意。又自格律觀之，此詩為七言絕句，屬仄起首句入韻格，此句當作「平平仄仄仄平平」。綜上線索，宜從「家家眺賞」為是。

盡將煙葉偷眉「嫵」，不為章街走馬歸。佚存本（珍）（叢）：盡將煙葉偷眉「膴」，不為章街走馬歸。

　　案：嫵，互相詔媚取悅或嬌美之意。膴，肥沃、美厚。眉嫵，同「眉憮」，意謂眉樣嫵媚可愛，《漢書·張敞傳》：「又為婦畫眉，長安中傳張京兆眉憮。」顏師古注：「孟康曰：『憮音詡，北方人謂媚好為詡畜。』蘇林曰：『憮音嫵。』」蘇

音是。」周邦彥〈法曲獻仙音〉：「縹緲玉京人，想依然京兆眉嫵。」范成大〈七月五日夜雨快晴〉：「千山濯濯淨鬟髻，缺月娟娟炯眉嫵。」此聯化用《漢書·張敞傳》故事：「敞為京兆，朝廷每有大議，引古今，處便宜，公卿皆服，天子數從之。然敞無威儀，時罷朝會，過走馬章臺街，使御史驅，自以便面拊馬。又為婦畫眉，長安中傳張京兆眉嫵。有司以奏敞。上問之，對曰：『臣聞閨房之內，夫婦之私，有過於畫眉者。』上愛其能，弗備責也。然終不得大位。」，「眉嫵」古書亦有作「眉膴」者，據詩意宜從「嫵」。

〈寒食夜偶題〉，頁 2613

前塵露氣壓輕埃，風「漾」花陰聚復開。佚存本（叢）：前塵露氣壓輕埃，風「砌」花陰聚復開。

　　案：前塵，佛教語，謂當前由色、香、聲、味、觸、法六塵組成之非真實境界，《楞嚴經》：「佛告阿難，一切世門大小內外、諸所事業各屬前塵。」白居易〈酒筵上答張居士〉：「但要前塵滅，無妨外相同。」露氣，水汽，《禮記·月令》：「（孟春之月）東風解凍。」孔穎達疏：「謂之寒露，言露氣寒將欲凝結。」李百藥〈秋晚登古城〉：「霞景煥餘照，露氣澄晚清。」漾，飄動、晃動，蘇軾〈好事近·獻君猷〉：「明年春水漾桃花，柳岸臨舟楫。」砌，臺階堆積，秦觀〈踏莎行〉：「驛寄梅花，魚傳尺素，砌成離恨無數。」花陰，為花叢遮蔽而不見日光之處，鄭谷〈寄贈孫路處士〉：「酒醒蘚砌花陰轉，病起漁舟鷺跡多。」李彌遜〈池亭待月二首〉其一：「輕雷不成雨，風砌旋措床。」與陸游〈幽事〉：「雨圍殘竹粉，風砌落花釵。」悉從「風砌」，而劉禹錫〈和樂天洛城春齊梁體八韻〉：「斷雲發山色，輕風漾水光。」與羅隱〈贈漁翁〉：「風漾長籠秋月裡，夢和春雨畫眠時。」等皆作「風漾」，如此，二者皆得解釋之。然據查宋祁〈夏日舊疾間發〉：「燕麥搖風砌，蠨苔壓雨垣。」係作「風砌」，乃藉燕麥搖曳以狀風，與此句書寫方式相類，「風漾」則未見之，是知或當從「風砌」較為適切。

〈已落牡丹〉，頁 2615

世間「最」有不勝妍，愁對韶華欲暮天。佚存本（叢）：世間「惟」有不勝妍，愁對韶華欲暮天。

　　案：最，去聲泰韻，表示某種屬性超越所有同類事物，《墨子·經上》：「端，

體之無序而最前者也。」惟，平聲脂韻，孔融〈論盛孝章書〉：「海內知識，零落殆盡，惟有會稽盛孝章尚存。」韶華，美好時光，常指春光，戴叔倫〈暮春感懷〉：「東皇去後韶華盡，老圃寒香別有秋。」此詩為七言絕句，屬平起首句入韻格，此字當作仄聲，且據詩意，「最」字方能襯顯花中之王牡丹凋落之興感，帶引下句之愁懷不捨，是知宜從「最」。

〈苦熱二首〉其二，頁 2616

秋陽「晝長」不可度。佚存本（宮）：秋陽「晝永」不可度。佚存本（珍）：秋陽「晝長」不可度。

　　案：秋陽，烈日，《孟子・滕文公上》：「江漢以濯之，秋陽以暴之，皜皜乎不可尚已。」趙岐注：「秋陽，周之秋，夏之五、六月，盛陽也。」晝，截止，《論語・雍也》：「力不足者，中道而廢，今女畫。」度，丈量，《孟子・梁惠王上》：「度，然後知長短。」此句描述盛夏烈日漫長，是知當與「晝長」關係密切，且宋祁〈旬休〉其二：「門依北郭最閒坊，休令歸來白晝長。」亦見「晝長」一詞，「晝永」與「晝長」未曾見之，且文義難明，「畫」疑形近而誤。

附錄一：宋祁文集傳存情形

　　宋祁文集學界多稱「景文集」，各種刊刻版本與著錄資料，亦有作：「宋景文集」、「宋景文公集」、「景文宋公集」者。關於其版本問題，自宋代以來即有諸般記載，卷數各不相同，爲明其流傳、存留情形，乃參酌相關資料與實際翻檢觀閱所得，繪製成表圖，以便掌握。

　　概略言之，宋祁文集全帙散佚已久，直至清乾隆年間自《永樂大典》輯出 62 卷，收錄於《武英殿聚珍版叢書》與《四庫全書》，爲今日流傳之底本。此外，日本宮內廳書陵部庋藏南宋建安麻沙刊本殘帙，學界向以爲《景文集》僅此一種殘本，然經筆者比對後，發現實有三種佚存本，分見於日本宮內廳書陵部、《叢書集成初編》、《域外漢籍珍本文庫》。茲將《景文集》版本問題製成二表格：表格（一）爲歷代流傳版本之記載，表格（二）爲現今可見版本（包括三種佚存本）之比較。

歷代流傳版本[1]	
※版本排列依現今所見最早記載之作者生卒年先後爲準：范鎮（1007-1088）、曾鞏（1019-1083）、唐庚（1071-1121）。	
卷數	著錄典籍
150 卷	◇ 北宋‧范鎮〈宋景文公神道碑〉 ◇ 南宋‧晁公武《郡齋讀書志》卷 19（衢本），又「集有《出麾小集》、《西州猥稿》之類，合而爲一」

1　本表資料來源爲：祝尚書：《宋人別集敘錄》（北京：中華書局，1999 年），冊上，頁 111-114、116-121；
　　王玉紅：〈《宋景文集》版本源流淺考〉，《時代文學（上）》，2010 年 04 期，2010 年，頁 203-204；
　　王瑞來：〈《宋景文集》版本源流考〉，《古籍整理研究學刊》，1988 年 04 期，1988 年，頁 34-37；
　　傅璇琮、祝尚書：《中國古代詩文名著提要》（石家莊：河北教育出版社，2009 年）。

	❖ 南宋·馬端臨《文獻通考》卷 234 ❖ 元·脫脫《宋史·藝文志》，又《濡削》一卷、《刀筆集》二十卷、《西州猥稿》三卷。《濡削》以下三集，皆爲小集，而非完帙 ❖ 明·陳第《世善堂藏書目錄》
100 卷	❖ 北宋·曾鞏《隆平集》卷 5·〈宋祁傳〉 ❖ 南宋·陳振孫《直齋書錄解題》卷 17 ❖ 元·脫脫《宋史》卷 284·〈宋祁傳〉 ❖ 明·王偁《東都事略》卷 65·〈宋祁傳〉 ❖ 明·焦竑《經籍志》
200 卷 （未刊刻）[2]	❖ 北宋·唐庚《眉山唐先生文集》卷 28·〈書朱尙書集後〉 ❖ 清·耿文光《萬卷精華樓藏書記》稱元符二年（1099）「文集二百卷」
二宋合刻本	❖ 陳之強等於寧宗二年（1209）將宋祁《景文集》與《元憲集》同時授梓，所刊本久已失傳。[3] ❖ 祝尙書：「是集（案：宋庠《元憲集》）今可考者，南宋寧宗嘉定二年（一二〇九）安州有刊本。嘉定本乃郡文學陳之強等所刊，陳氏序稱以元憲、景文（宋祁著，詳該集敘錄）二集同時授梓。」[4] ❖ 陳之強在安州前後兩任知州王允初和陳芾的贊助支持下，以李令尹家繕本爲底本，始將宋庠、宋祁兄弟的文集合刻。這也許是宋祁文集的刊刻本首次問世，可惜此集已佚，亦不詳其卷數。[5]
78 卷	❖ 南宋·鄭樵《通志·藝文略》，又《出麾小集》五卷

2　王瑞來〈《宋景文集》版本源流考〉：「然而，他的兒子也許並不情願忍看一代文豪耕耘一生的文字散失湮滅，在宋祁去世後，還是編纂了宋祁的文集。這部由其子宋袞臣編輯的宋祁文集，多達 200 卷。但在當時或許是無力刊刻，故不見付梓的紀錄。」（頁 34）「並且，還由此序（案：唐庚序）可知，至少在元符二年（1099）以前，宋祁文集未曾刊刻過。」（頁 35）「從陳之強序透露的情況推測，宋祁的文集，似一直未曾刊刻，『不傳於鄉郡，謂之闕典』，僅以抄本的形式流傳。寓居安陸的李令尹家收藏的『繕本』，可能就是源自宋袞臣所編本。」（頁 35）

3　《中國古代詩文名著提要》，頁 43。

4　《宋人別集敘錄》，頁 112-113。

5　〈《宋景文集》版本源流考〉，頁 35。

62 卷	✧ 明《永樂大典》 ✧ 清《武英殿聚珍版叢書》 ✧ 清《四庫全書》

現今可見版本[6]	
佚存本 **日本宮內廳書陵部**	每半葉 12 行，行 20 字。左右雙欄，版心花口，雙魚尾，魚尾相隨，上記字數，中記書名（簡記）、卷次，下記頁數、刻工。[7]
	徐康《書舶庸譚》卷 3：「《景文宋公文集》十八卷，南宋槧本，蝶裝，存卷廿六次前三葉至卷卅二次第四葉、卷八十一次第一葉之前半至卷第八十五此卷至十七葉止。卷一百廿此卷至第十一葉前半止至卷一百廿五此卷至第十一葉前半止。板高約七寸，每半葉十二行，每行廿字。中縫題『景文幾』，下間有刻工姓名，如黃、張或名如照、品、義之類。俱標一字。名姓完全者，僅張守中一人，餘或作減筆字，多不能辨識。」[8]
	嚴紹璗《日本漢籍錄》：「每冊首均有『秘閣圖書之章』之印。然謂『今存十八卷』，即：卷二十六（缺第一至第三葉）、卷二十七至三十一、卷三十二（缺第一至第四葉）、卷八十一（缺第一葉之前半）、卷八十二至八十四、卷八十五（存

---

6 本部分資料來源為：《文淵閣四庫全書電子版》，香港：迪志文化出版公司，2005 年；四川大學古籍所編：《現存宋人別集版本目錄》（四川：巴蜀書社，1990 年）、傅璇琮等主編：《全宋詩》（北京：北京大學出版社，1998 年）；曾棗莊、劉琳等主編：《全宋文》（上海：上海辭書出版社，安徽：合肥教育出版社，2006 年）；祝尚書：《宋人別集敘錄》（北京：中華書局，1999 年），冊上，頁 116-121；《域外漢籍珍本文庫》（重慶：西南師範大學出版社；北京：人民出版社，2008 年）；王玉紅：〈《宋景文集》版本源流淺考〉，《時代文學（上）》，2010 年 04 期，2010 年，頁 203-204；王瑞來：〈《宋景文集》版本源流考〉，《古籍整理研究學刊》，1988 年 04 期，1988 年，頁 34-37 及個人查檢圖書館資源所得。

7 原稿現存日本宮內廳書陵部，國家圖書館漢學研究中心嘗遠赴日本影印攜回，本說明乃翻閱其書以撰。

8 轉引自：《宋人別集敘錄》，頁 118-119。

	第一至第十七葉）、卷百二十（存第一葉至第十一葉前半）、卷百二十一至百二十四、卷百二十五（存第一葉至第十葉前半）。」[9]
佚存本 **《叢書集成初編》**	有卷 16 至 20、卷 26（原本卷首三頁佚）至 32、卷 81（原本卷首第一頁佚）至 85、卷 96（原本卷首二頁佚）至 99、卷 101 至 102、卷 107、卷 118（原本卷首三頁佚）至 125，共 32 卷。
	《佚存叢書》天瀑山人（林衡）跋：「宋景文公詩文典雅而奧博，劖削而峻拔，北宋諸公中別自成家。論者或謂艱澀奇險，未必然。本集或稱百卷，或稱百五十卷，蓋集非一種，而各本今皆亡。近時聞清國亦從《大典》中採剟，釐成六十二卷，知其非完篇也。余偶獲宋槧零本，稱百五十卷者，所憾僅僅數卷，不過觀本集原式。第以宋人舊帙，存世甚罕，今印出以置叢書函中。文化七年庚午陽月二十二日，天澤山人識。」[10]
	傅增湘《藏園羣書經眼錄》卷 13：「殘存三十二卷。宋刊本，半葉十二行，行二十字，白口，左右雙闌。版心上記字數，下記刊工姓名，可辨者只張守中一人，及張、黃、品、照、義等一字。中縫題『景文幾』。版匡高及七寸。此書字體古勁，頗具樸厚之意，版式橫闊，麻紙瑩潔如玉，蝶裝，猶存宋代舊式。」[11] **案**：依文中敘述之刊刻樣式判斷，近似「宮內廳書陵部」本，然卷數不合，暫列於此。

---

9 同前註，頁 119。
10 同前註，頁 110-120。
11 同前註，頁 119。

佚存本 **《域外漢籍珍本文庫》**	《域外漢籍珍本文庫》：「每半葉十行二十字，四周單邊，白口，單魚尾。尚存卷十六（原本缺第一葉）至卷三十二，卷八十一（原本缺第一頁）至卷八十五，卷九十六（原本缺第一頁）至卷九十九，卷一百單一至一百單二，卷一百單七，卷一百十八（原本缺三葉）卷一百二十五。」[12] **案**：計有 37 卷，較《叢書集成初編》本多卷 21 至卷 25。
《文淵閣四庫全書》	每半葉 8 行，行 21 字。四周雙欄，版心花口，單魚尾，上記「欽定四庫全書」，中記書名、卷次，下記頁數。
	《欽定四庫全書總目》：「茲就《永樂大典》所載，彙萃裒次，釐為六十有二卷。又旁採諸書，纂成《補遺》二卷。」
	《現存宋人別集版本目錄》：「按：《景文集》國內失傳。四庫館臣自《永樂大典》中輯出，分為六十二卷。現存《永樂大典》錄宋祁詩文一百一十四條，館臣漏輯二十四條。漏輯者見《四庫拾遺》。」[13]
《文津閣四庫全書》	每半葉 8 行，行 21 字。四周雙欄，版心花口，單魚尾，上記「欽定四庫全書」，中記書名、卷次，下記頁數。
《武英殿聚珍版叢書》	每半葉 9 行，行 21 字。四周雙欄，版心花口，單黑魚尾，上記書名（全名），中記卷次、頁次，下記校者（「繆荃校」）。
	輯自《永樂大典》，62 卷。
《全宋詩》	以一九二三年《湖北先正遺書》影刊廣雅版《武英殿聚珍版叢書》本《景文集》（含《景文集拾遺》）為底本，參校《佚存叢書》刊殘宋本《景文宋公集》（簡稱佚存本）、影印文淵閣《四庫全書》（簡稱四庫本），間校以散見諸書的宋祁詩，編為二十一卷。另從《永樂大典》等書輯得集外詩若干首，編為第二二卷。[14]
《全宋文》	以《湖北先正遺書》本為底本，校以佚存叢書第六帙所收宋殘本《景文宋公集》（簡稱佚存本）、文淵閣四庫全書本（簡稱庫本）。輯得佚文七十餘篇，合編為五十卷。[15]

12　《域外漢籍珍本文庫》，頁 394。

13　《現存宋人別集版本目錄》，頁 23。

14　《全宋詩》，冊 4，卷 204，頁 2330。

15　《全宋文》，冊 23，卷 482，頁 86。

	清 · 孫星華輯於光緒 20 年（1894），共 22 卷。
《宋景文集拾遺》	陸心源《宋景文集跋》謂其採查各書，包括《佚存叢書》所刊殘本、《成都文類》、《播芳大全》、《諸臣奏議》、《全蜀藝文志》等，四庫本六十二卷之外，所輯佚詩文「總計凡詩二百六十首，文二百八十一首」，並詳列其目。[16]
《湖北先正遺書》	民國十二年（一九二三），沔陽盧氏愼始基齋編。
	影刊廣雅本聚珍版《宋景文集》及孫輯《拾遺》。經《全宋文》、《全宋詩》編者仔細排比校核，發現《拾遺》中頗多重收誤收，因一一刪削，又於兩本之外輯得佚文七十餘篇、詩十首。[17]
另有《景文詩集》一卷，見於《宋百家詩存》；《西州猥稿》一卷，見於《兩宋名賢小集》；《宋景文公長短句》一卷，見於《校輯宋金元人詞》。[18]	

資料來源（依年分先後順序排列）

王瑞來：〈《宋景文集》版本源流考〉，《古籍整理研究學刊》，1988 年 04 期，1988 年，頁 34-37。

四川大學古籍所編：《現存宋人別集版本目錄》，成都：巴蜀書社，1990 年，頁 22-23。

傅璇琮等主編：《全宋詩》，北京：北京大學出版社，1998 年。

祝尚書：《宋人別集敘錄》，北京：中華書局，1999 年，冊上，頁 111-114、116-121。

《文淵閣四庫全書電子版》，香港：迪志文化出版公司，2005 年。

《域外漢籍珍本文庫》，重慶：西南師範大學出版社；北京：人民出版社，2008 年。

16　《宋人別集敘錄》，頁 120-121。

17　同前註，頁 121。

18　《現存宋人別集版本目錄》，頁 23。

傅璇琮、祝尚書：《中國古代詩文名著提要》，石家莊：河北教育出版社，2009 年。

王玉紅：〈《宋景文集》版本源流淺考〉，《時代文學（上）》，2010 年 04 期，2010
　　　年，頁 203-204。

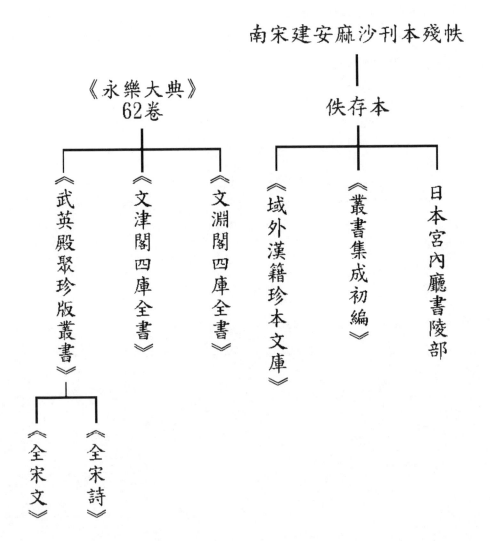

附錄二：宋祁研究論著目錄

　　關於宋祁詩文之特色與成就，前此已曾析論，爲便於學界查檢資料，掌握其人其作之研究趨向及成果，特纂輯本目錄，期能鑑往知來，拓展日後發展空間。

　　本目錄分爲二部分，第一部分蒐羅宋祁其人、其書、其文學及思想之研究成果，約有近百則資料；第二部分則收輯有關《新唐書》列傳部分之論著，爲免龐雜，《新唐書》非宋祁編修之「本紀」、「表」等研究論著不納，此項約計百餘則資料。

　　概略言之，關於宋祁文學研究，多聚焦於詩、詞二類文體，兼及辭賦研究，其中又以〈玉樓春〉（「紅杏枝頭春意鬧」）最受關注，以此爲題之文章即有十五篇之多，相較之下，探討其散文之論著極爲寡少，研究重心顯有所偏斜。至於文學風格，則有宋祁與「西崑體」、「三十六體」關係之研究，另有數篇文章乃論宋祁交遊及與其兄宋庠之比較，而因宋祁與歐陽脩合修《新唐書》，故亦有八篇論文以二人互動情形爲討論主題；探討《景文集》版本及流傳問題者，有三篇論文。

　　本部分之論著僅一篇寫成於 1933 年，其餘皆發表於 1980 年後，2000 年後之論著更占總數三分之二，可見邁入 21 世紀後，學者漸能察知宋祁之重要。此外，本目錄所收九篇碩博士學位論文皆發表於 2005 年後，其中 3 篇研究宋祁詩歌，其原因或與西崑體爲宋詩重要流派之一有關。

　　第二部分乃有關《新唐書》列傳之研究狀況，多聚焦於列傳之內容、考證、點校本之勘誤，及與各類問題（如地理、政治制度）之結合，又或專注於與《舊唐書》之並列比較，此類約占總數六成。對於《新唐書》列傳之考證、補闕或標點勘誤之研究，計有三、四十篇，有關《新唐書》列傳之筆法、思想底蘊乃至與宋祁關係之研究則明顯不足。以發表時間而言，2000 年後寫成之論著，超過總數六成，其中以《新唐書》（或與《舊唐書》並觀）列傳部分爲主題之學位論文，亦幾皆發表於 2000 年後。

凡例：

1. 本目錄所蒐羅資料之起迄時間爲：1933 年 1 月至 2012 年 12 月。

2. 本目錄以臺灣、大陸論著爲主，舉凡專書、期刊論文、學位論文、學術會議論文一概收入，重見二處者亦並錄之，以求周全詳備，便於學者搜尋原文。

3. 本目錄所收論著資料，乃查檢中華民國國家圖書館（http://www.ncl.edu.tw/mp.asp?mp=2）之「臺灣碩博士論文系統」、「臺灣期刊論文索引系統」、「全國圖書書目資訊網」及大陸之「中國知識資源總庫——CNKI 系列數據庫」（www.cnki.net）、「讀秀知識庫」（www.duxiu.com）等資料庫而得。

4. 本目錄分單篇論文、學位論文、專書三大類，其下各依論著主題分別歸類，並按發表時間先後臚列，只知期別而無年月之資料，則依其期別數編排次序。

5. 爲方便檢視，原論著所載之中華民國年號一律轉爲西曆公元紀年。

6. 本目錄雖力求全備無誤，然囿於諸多因素，實難盡善盡美，疏漏難免，尚祈方正大家不吝賜教包涵！

宋祁部分

期刊論文

傳記

王瑞來：〈試論宋祁〉，《西南師範大學學報（人文社會科學版）》，1988 年 04 期，頁 71-138，1988 年

文　心：〈宋庠、宋祁兄弟小傳〉，《長沙理工大學學報（社會科學版）》，1990 年 01 期，42 頁，1990 年

李烈輝：〈宋祁與檔案〉，《檔案管理》，1994 年第 6 期，頁 37，1994 年

乃　遠：〈兄弟雙狀元——宋庠、宋祁〉，《黃淮學刊（自然科學版）》，1998 年 02 期，頁 37，1998 年

文　心：〈宋庠、宋祁兄弟小傳〉，《長沙水電師院學報（社會科學版）》，1990 年
　　　　01 期，頁 42，1990 年

何　灝：〈將飛更作回風舞　已落猶成半面妝──宋祁簡論〉，《自貢師範高等專科學
　　　　校學報》，2003 年 01 期（總 18 期），頁 17-20，2003 年

王瑞來：〈二宋年譜〉，《中國典籍與文化論叢》，第 10 輯，頁 201-216，2008 年

何　灝：〈北宋文史學家宋祁安陸交遊考〉，《中華文化論壇》，2010 年 03 期，頁 72-75，
　　　　2010 年

陳　峰：〈兄弟情，瑜亮結──記北宋政壇宋庠、宋祁兄弟「宋朝士林將壇說」〉，《美
　　　　文》（上半月），2010 年 12 期，頁 78-84，2010 年

劉誠龍：〈宋祁：外行領導內行〉，《傳奇故事：百家講壇下旬》，2010 年 11 期，頁
　　　　26-27，2010 年

溫　潔：〈「紅杏尚書」宋子京家世考〉，《中州大學學報》，29 卷 2 期，頁 87-89，
　　　　2012 年 4 月

溫　潔：〈宋祁研究綜述〉，《短篇小說（原創版）》，2012 年 16 期，頁 109-110，
　　　　2012 年

郭增磊：〈「二宋」：同年中狀元，先後任知州〉，《舊聞新知》，2012 年 02 期，查
　　　　無頁碼，2012 年

文學

游任遠：〈論宋祁的詩〉，《溫州師專學報（社會科學版）》，1984 年 01 期，頁 32-41，
　　　　1984 年

謝國平，婁元華：〈言情寫景「相為珀芥」──讀曹丕〈燕歌行〉，紅杏枝頭春意鬧──
　　　　讀宋祁〈玉樓春〉〉，《語文園地》，1985 年 02 期，頁 33-35，1985 年

陳素素：〈宋祁〈張巡傳〉、〈許遠傳〉刪節韓愈〈張中丞傳〉後敘部份之修辭比較研
　　　　究〉，《東吳文史學報》，第 5 期，1986 年 8 月，頁 102-114，1986 年

謝思煒：〈宋祁與宋代文學發展〉，《文學遺產》，1989 年 01 期，頁 71-79，1989 年

吳小如：〈說宋祁〈涼蟾〉詩〉，《文史知識》，1991 年 02 期，頁 33-35，1991 年

陳學廣：〈自然之景與心靈信息──說宋祁的〈玉樓春・春景〉〉，《文史知識》，1992
　　　年第 5 期，頁 61-63，1992 年

唐文德：〈宋祁〈木蘭花詞〉中的趣味〉，《國語文教育通訊》，第 7 期，1994 年 5
　　　月，頁 1-3，1994 年

靳極蒼：〈評王富仁同志對宋祁〈玉樓春〉詞的賞析〉，《名作欣賞》，1994 年 01 期，
　　　頁 118-120，1994 年

厚豔芬：〈淺析宋祁〈玉樓春〉──兼說「紅杏枝頭春意鬧」〉，《古典文學知識》，
　　　1995 年 06 期，頁 33-36，1995 年

歸　青：〈且向花間留晚照──宋祁〈玉樓春〉析〉，《中文自修》，1995 年 10 期，
　　　頁 16-17，1995 年

單長江：〈「西昆餘緒」宋子京──淺談宋祁的文學思想〉，《咸甯師專學報》，16
　　　卷 2 期，頁 44-49，1996 年 5 月

佚　名：〈宋祁〈木蘭花〉〉，《語文教學與研究》，2002 年 22 期，頁 15，2002 年

陳冠明：〈「三十六體」：宋祁總結、認定的駢文體派〉，《安徽師範大學學報（人文
　　　社會科學版）》，2002 年 4 期，頁 396-401，2002 年

陳冠明：〈「三十六體」：宋祁總結、認定的駢文體派〉，《中國詩學研究》，第 2 期，
　　　頁 169-185，2003 年 12 月

佚　名：〈宋祁〈玉樓春〉〉，《語文教學與研究》，2003 年 08 期，查無頁碼，2003
　　　年

張保見：〈常山二宋撰著考〉，《宋代文化研究》，第 12 輯，頁 343-358，2003 年

段莉萍：〈試論宋祁對「西昆派」文學思想的繼承和發展〉，《西南民族大學學報（人
　　　文社科版）》，2004 年 02 期，頁 146-149，2004 年

段莉萍：〈試論宋祁的文學思想及其影響〉，《江漢論壇》，2004 年 02 期，頁 96-99，
　　　2004 年

段莉萍：〈從「體規畫圓」到「自名一家」──試論宋祁的文學思想對創新精神的追求
　　　及其影響〉，《樂山師範學院學報》，2004 年 01 期，頁 1-6，2004 年

溫　潔：〈論宋祁的文〉，《中國古典文學與文獻學研究》，第 3 期，頁 548-555，2004
　　　年 12 月

陳世杰：〈春風楊柳萬千條，紅杏枝頭春意鬧——宋祁〈玉樓春〉賞讀〉，《中學生閱讀（高中版）》，2005 年 04 期，26-27 頁，2005 年

劉　培：〈雍容閑雅的治平心態的流露——論宋庠、宋祁的辭賦創作〉，《江西師範大學學報（哲學社會科學版）》，2005 年 1 期（總 38 期），頁 10-14，2005 年

佚　名：〈宋祁〈玉樓春〉〉，《中考金刊》，2006 年 10 期，頁 10014-10014，2006 年

許菊芳、王友勝：〈略論宋祁及其詞〉，《樂山師範學院學報》，22 卷 2 期，頁 17-20，2007 年 2 月

段莉萍：〈將飛更作回風舞，已落猶成半面妝——論宋祁的詩歌創作及其影響〉，《重慶工商大學學報（社會科學版）》，2007 年 05 期（總 24 期），頁 94-98，2007 年

夏先忠：〈宋代詩人宋祁近體詩韻研究〉，《懷化學院學報》，2007 年 04 期（總 26 期），頁 95-98，2007 年

夏先忠：〈北宋詩人宋祁古體詩韻考〉，《成都大學學報（社會科學版）》，2008 年 01 期，頁 56-59，2008 年 1 月

楊曉靄：〈宋祁「樂府聲詩并著」的創作與宋初「士大夫之詞」〉，《貴陽學院學報（社會科學版）》，2008 年 04 期，頁 75-80，2008 年

柴國華：〈字字咀嚼品出眞味——「紅杏枝頭春意鬧」句境試析〉，《中學語文園地（高中版）》，2008 年 10 期，頁 10-11，2008 年

吳玉蓮：〈春遊江南步宋祁〈木蘭花〉韻〉，《黃河》，2008 年 02 期，頁 198，2008 年

王俊鳴：〈從宋祁〈玉樓春〉說詩詞解讀方略〉，《中華活頁文選（教師版）》，2008 年 01 期，頁 17-19，2008 年

佚　名：〈宋祁〈玉樓春〉〉，《國學雜誌》，2009 年 04 期，查無頁碼，2009 年

孫紹振：〈我讀〈玉樓春〉〉，《語文教學與研究》，2008 年 21 期，頁 6，2008 年

佚　名：〈宋祁〈雪裡尋梅〉〉，《五臺山研究》，2009 年 04 期，頁 F0004，2009 年

許菊芳：〈宋祁詩歌題材初探〉，《重慶文理學院學報（社會科學版）》，2009 年 03 期，頁 57-61，2009 年

李海潔：〈淺談宋祁的文學觀及其內涵轉變〉，《現代語文（文學研究）》，12 期，
　　頁 39-40，2009 年

張立榮：〈宋庠、宋祁的七律創作及其詩史意義〉，《齊魯學刊》，2009 年 06 期，頁
　　108-114，2009 年

謝佩芬：〈將飛更作回風舞——宋祁詩歌特色與宋詩發展之研究〉，《從風騷到戲曲——
　　第一屆兩岸韻文學學術研討會論文集》，臺北：世新大學，頁 187-213，2009 年
　　12 月

李海潔：〈淺談宋祁的文學觀及其內涵轉變〉，《現代語文》，2009 年 34 期，頁 39-40，
　　2009 年 12 月

鄒金平：〈紅杏枝頭春意鬧：淺析宋祁詞〈玉樓春〉〉，《中學語文》，2009 年 15 期，
　　頁 91，2009 年

楊曉靄：〈北宋真宗仁宗朝的「樂府聲詩並著」——以宋祁為個案〉，《樂府學》，2010
　　年 00 期，頁 258-271，2010 年

許菊芳、黃彥偉：〈論宋祁詩歌的歷史地位〉，《天中學刊》，2011 年 04 期，頁 54-56，
　　2011 年

孫紹振：〈紅杏枝頭之「鬧」和法國象徵派〉，《語文建設》，2011 年 04 期，頁 52-54，
　　2011 年

謝佩芬：〈宋祁對韓愈的接受——以重新、探源、校改為中心的討論〉，《師大學報‧
　　語言與文學類》，56 卷 1 期，頁 83-113，2011 年 3 月

謝佩芬：〈宋祁辭賦之創意書寫〉，《文學藝術與創意研發研究論文集》，臺北：里仁
　　書局，頁 167-201，2011 年 12 月

趙　曼、陳景陽：〈《九家集注杜詩》中宋代宋祁、王安石、黃庭堅三家注杜考〉，《杜
　　甫研究學刊》，2012 年 02 期（總第 112 期），頁 52-57，2012 年

溫　潔：〈「進士兄弟」宋庠、宋祁的唱和贈答詩淺論〉，《河南商業高等專科學校學
　　報》，25 卷 3 期，頁 86-88，2012 年 6 月

張秀蘋：〈論宋祁的辭賦創作〉，《遼東學院學報（社會科學版）》，14 卷 04 期，頁
　　62-68，2012 年 8 月

謝佩芬：〈刊落陳言，探出新意——宋祁碑誌文析論〉，《成大中文學報》，第 39 期，
　　　　頁 49-86，2012 年 12 月

思想及其他

陳子展：〈宋祁好用古字〉，《小學生》，1933 年第 66 期，頁 1-13，1933 年

金　浪：〈歐陽修與宋祁〉，《語文園地》，1981 年 02 期，頁 64，1981 年

佚　名：〈宋祁受教〉，《知識窗》，1983 年 02 期，頁 45-46，1983 年

佚　名：〈莊周、江淹、宋庠、宋祁、王貫三、附王公墓表〉，《民權縣誌資料》，1984
　　　　年 01 期，頁 64-66，1984 年

春　燕：〈歐陽修勸宋祁別用僻字〉，《作文》，1984 年 05 期，頁 53，1984 年

趙宏文：〈歐陽修題壁諷宋祁〉，《中國老年雜誌》，1984 年 09 期，頁 40-41，1984
　　　　年

王瑞來：〈《宋景文集》版本源流考〉，《古籍整理研究學刊》，1988 年 04 期，頁 34-37，
　　　　1988 年

王法理：〈歐陽修巧諷宋祁〉，《中學歷史教學》，1995 年 06 期，頁 23，1995 年

王法理：〈囚徒拜相／馬氏譏夫／歐陽修巧諷宋祁〉，《中學歷史教學參考》，1995
　　　　年 06 期，頁 23-24，1995 年

楊進漢：〈「宋祁思想」須根除〉，《幹部黨員人才》，1997 年 09 期，頁 34，1997
　　　　年

陳魯民：〈「宋祁思想」亂彈〉，《北京支部生活》，1999 年 05 期，頁 38-39，1999
　　　　年

業衍璋：〈宋祁之陋：《新唐書》〉，《江蘇文史研究》，1999 年 02 期，頁 51-54，
　　　　1999 年

王德毅：〈宋代史家的唐史學〉，《國立臺灣大學文史哲學報》，第 50 期，頁
　　　　307-309+311-327，1999 年 6 月

朱紅寶：〈「宋祁思想」與「官德」意識〉，《農業發展與金融》，2001 年 01 期，頁
　　　　47，2001 年

王世聞：〈宋子京「唐亡於黃巢，而禍基於桂林」說釋證〉，《法制與社會》，2009
　　年 17 期，頁 317，2009 年

佚　名：〈歐陽修「請教」宋祁〉，《作文週刊（小學三年級版）》，2009 年 46 期，
　　查無頁碼，2009 年

佚　名：〈歐陽修宋祁鬥氣成摯友〉，《獲獎作文選萃·中學版》，2009 年 07 期，頁
　　33，2009 年

王玉紅：〈《宋景文集》版本源流淺考〉，《時代文學》，2010 年 15 期，頁 203-204，
　　2010 年

何　灝：〈北宋文史學家宋祁安陸交遊考〉，《中華文化論壇》，2010 年 03 期，72-75
　　頁，2010 年

王福元：〈宋祁《景文集》流傳及版本考〉，《貴州文史叢刊》，2012 年 02 期，頁 110-113，
　　2012 年

佚　名：〈歐陽修，宋祁，牛角掛書〉，《語文世界（小學版）》，2012 年 03 期，查
　　無頁碼，2012 年

學位論文

何　灝：《宋祁年譜》，四川：四川大學中文系碩士論文，97 頁，2003 年

溫　潔：《宋祁詩文繫年及行實考述》，河南：鄭州大學碩士論文，2005 年

馬　俊：《「二宋」研究》，江蘇：揚州大學碩士論文，77 頁，2005 年

趙　敏：《宋祁詩歌研究》，浙江：浙江大學碩士論文，95 頁，2006 年

許菊芳：《宋祁詩歌研究》，湖南：湖南科技大學碩士論文，48 頁，2007 年

黃　燕：《宋祁研究》，上海：華東師範大學碩士論文，74 頁，2009 年

任朋利：《宋祁與仁宗詩壇研究》，山東：山東師範大學碩士論文，63 頁，2011 年

史春艷：《宋祁辭賦研究》，湖南：湖南大學碩士論文，56 頁，2011 年

李叢竹：《《漢書》宋祁校語輯校》，南京：南京師範大學碩士論文，59 頁，2011 年

專書

常玉心：《宋祁的生平及其政治思想》，臺北：養正堂文化公司，236 頁，1992 年

《新唐書》列傳部分

期刊論文

蘇瑩輝：〈補《唐書‧張淮深傳》〉，《大陸雜誌》，27 卷 5 期，頁 11-14，1963 年 9
月

江之滸、魏挽淑：〈文貴簡約——讀《新唐書‧何易於傳》〉，《寧夏大學學報（社會
科學版）》，1982 年 02 期（總第 11 期），頁 43-44，1982 年

張東達：〈《新唐書‧孫思邈列傳》注並今譯〉，《陝西中醫學院學報》，1982 年 03
期，頁 58-63，1982 年

鄧仕樑：〈《新唐書‧杜審言本傳》「筆」字說〉，《能仁學報》，2 期，頁 45-54，
1984 年 12 月

鄭敬高：〈試論譜學與姓族文化——讀《新唐書‧柳沖傳》後〉，《華中師範大學學報
（哲學社會科學版）》，1987 年 04 期，頁 21-27，1987 年

趙呂甫：〈讀《新唐書‧樊興傳》書後〉，《四川師範學院學報（哲學社會科學版）》，
1989 年 02 期，頁 1-3，1989 年

吳　澤：〈《新唐書‧藩鎮列傳》考校記〉，《史學史研究》，1991 年 04 期，頁 15-23，
1991 年

陳　星：〈《新唐書‧武元衡傳》標點勘誤一則〉，《史學月刊》，1992 年 03 期，頁
56，1992 年

章　群：〈《新唐書》引用筆記小說之初步研究〉，《漢學研究》，10 卷 1 期(總 19
期)，頁 199-216，1992 年 6 月

劉美崧：〈《新唐書‧南平僚傳》辨誤——兼論欽州酋帥寧猛力及其家族的活動地域與
族屬〉，《歷史文獻研究》，第 3 輯，頁 239-260，1992 年 7 月

馬　馳：〈《新唐書‧李謹行傳》補闕及考辯〉，《文博》，頁 13-19，1993 年 01 期，
1993 年

段塔麗：〈《新唐書·賈曾傳》辨誤一例〉，《陝西師大學報（哲學社會科學版）》，頁 118，1994 年 01 期，1994 年

王郁鳳：〈對《新唐書·陸羽傳》「更著毀茶論」一說的質疑〉，《福建茶葉》，1994 年 01 期，頁 24-29，1994 年

王郁風：〈陸羽的一樁茶事冤案——對《新唐書·陸羽傳》「更著毀茶論」一說的質疑〉，《農業考古》，1995 年 04 期，頁 187-191，1995 年

許序雅：〈《新唐書·石國傳》疏證〉，《西域研究》，1999 年 04 期，頁 19-29，1999 年

許序雅：〈《新唐書·石國傳》考辨〉，《貴州師範大學學報（社會科學版）》，2000 年 01 期（總第 106 期），頁 44-47，2000 年

許序雅：〈《新唐書·西域傳》所記「曹國」考〉，《浙江師大學報》，35 卷 03 期（總第 105 期），頁 46-50，2000 年

許廷桂：〈《新唐書·回紇傳》唐對回紇「賜幣十二車」釋義〉，《中國史研究》，2000 年 02 期，頁 34，2000 年

許序雅：〈《新唐書·寧遠傳》疏證〉，《西域研究》，2001 年 02 期，頁 19-29，2001 年

嚴　杰：〈論《新唐書·文藝傳》之文學史觀〉，《建構與反思——中國文學史的探索學術研討會論文集》，頁 247-257，2002 年 3 月

許序雅：〈《新唐書·西域傳》所記中亞宗教狀況考辨〉，《世界宗教研究》，2002 年 04 期，頁 121-129，2002 年

鄭幹臣：〈品秩低微，品行高潔——讀《新唐書·何易於傳》〉，《中國石化》，2002 年 02 期，頁 55-56，2002 年

李廣健：〈從貞觀年間環境論《新唐書·李承乾傳》與《通鑒·唐紀》一則記載的差異——隋唐間的突厥和突厥中的胡人〉，《第四屆史學與文獻學學術研討會論文集》，頁 1-34，2003 年 6 月

郭紹林：〈《新唐書》列傳誤采小說傳聞辨析〉，《湖南科技學院學報》，2006 年 9 期（總 27 期），頁 110-113，2006 年

劉琴麗：〈《新唐書·公主傳》拾遺補正〉，《古籍整理研究學刊》，第 6 期，頁 35-38，
　　2007 年 11 月

眞大成：〈《新唐書·西域傳下》「米國」條「獻璧」獻疑〉，《中國典籍與文化》，
　　2008 年 01 期（總第 64 期），頁 116-118，2008 年

林冠群：〈吐蕃「尙論掣逋突瞿」考釋——《新唐書·吐蕃傳》誤載舉隅〉，《中國藏
　　學》，2008 年 03 期，頁 7-18，2008 年

劉弘遠：〈讀兩《唐書》·〈李密傳〉獻疑〉，《江海學刊》，2008 年 06 期，頁 190，
　　2010 年

賴瑞和：〈小說的正史化——以《新唐書·吳保安傳》爲例〉，《唐史論叢》，11 輯，
　　頁 343-355，2008 年 12 月

尉侯凱：〈《新唐書·張仁願傳》校誤一則〉，《中國典籍與文化》，2009 卷 01 期，
　　頁 28，2009 年 2 月

林冠群：〈吐蕃中央職官考疑——《新唐書·吐蕃傳》誤載論析〉，《中央研究院歷史
　　語言研究所集刊》，80 本 1 分，頁 43-76，2009 年 3 月

柳卓霞：〈貌合神離——李公佐《謝小娥傳》、李複言《尼妙寂》、《新唐書·謝小娥
　　傳》比較閱讀〉，《社會科學論壇（學術研究卷）》，2009 年 07 期，頁 121-126，
　　2009 年

蔣曉光：〈《新唐書·儒學傳》對學術史的隱沒〉，《圖書館理論與實踐》，2010 年
　　09 期，頁 49-52，2010 年

田恩銘：〈試論《新唐書》傳記的「崇韓」觀念〉，《陝西師範大學學報（哲學社會科
　　學版）》，2010 年 06 期，頁 83-89，2010 年

于亞男：〈從兩《唐書·列女傳》看唐代女性的傳統道德觀〉，《首都師範大學學報（社
　　會科學版）》，2010 年增刊，頁 30-33，2010 年

田恩銘：〈論《新唐書》采摭柳文入傳與唐宋思想轉型的關係〉，《西北大學學報（哲
　　學社會科學版）》，41 卷 2 期，頁 99-104，2011 年

陳雪婧、楊遇青、肖偉韜：〈試論《新唐書》「大歷十才子」傳記重構過程中體現的觀
　　念變革〉，《名作欣賞》，2011 年 02 期，頁 167-169，2011 年

尤煒祥、王曉文：〈《新唐書·李晟傳》比事質疑〉，《臺州學院學報》，2011 年 04 期，頁 23-26，2011 年

楊　銘：〈《新唐書·南蠻傳》吐蕃「蘇論」考〉，《民族研究》，2011 年 05 期，頁 85-90+110，2011 年

尤煒祥、王曉文：〈《新唐書·李晟傳》比事質疑〉，《臺州學院學報》，33 卷 4 期，頁 23-26 ，2011 年 8 月

魏聰祺：〈宋祁《新唐書·段秀實傳》刪改柳宗元〈段太尉逸事狀〉之修辭比較〉，《嘉義大學通識學報》，第 9 期，頁 1-44，2012 年 1 月

吳華峰：〈《新唐書·西域傳》「五國故地」考辨〉，《中國典籍與文化》，2012 年 02 期（總第 80 期），頁 30-34，2012 年

新舊唐書

俞大綱：〈兩《唐書》玄宗元獻皇后楊氏傳考異兼論張燕公事蹟〉，《中央研究院歷史語言研究所集刊》，6 本 1 分，頁 93-101，1936 年 1 月

向　達：《羅叔言補《唐書·張議潮傳》補正》，《文訊》，6 卷 4 期，頁 28-34，1946 年 4 月 15 日

侯林柏：〈新、舊《唐書·四夷傳》君長世系質疑〉，《珠海學報》，第 7 卷，頁 183-216，1974 年 4 月

吳力行：〈新、舊《唐書·隱逸傳》所顯示之唐代政治社會思潮〉，《中華文化復興月刊》，11 卷 5 期，頁 64-67，1978 年 5 月

姜亮夫：〈唐五代瓜沙張曹兩世家考——《補唐書·張議潮傳》〉，《中華文史論叢》1979 年 3 期，頁 37-58，1979 年 9 月

馬茂元：〈讀兩《唐書·文藝（苑）傳》札記〉，《文史》，第 8 輯，頁 141-158，1980 年 3 月

楊保隆：〈新、舊《唐書·渤海傳》考辨〉，《學習與探索》，1984 年 02 期（總第 31 期），頁 123-133，1984 年

孫國棟：〈讀兩《唐書·李渤傳》書後〉，《新亞學報》，15 卷，頁 229-238，1986 年 6 月 15 日

姜亮夫：〈羅振玉《補唐書・張議潮傳》訂補〉，《向達先生紀念論文集》，頁 73-95，
　　　1986 年 1 月

劉文剛：〈兩《唐書・孟浩然傳》辨證〉，《文史》，1987 年 03 輯（第 28 輯），頁
　　　229-238，1987 年

沈時蓉：〈兩《唐書・陸贄傳》訂補〉，《南充師院學報（哲學社會科學版）》，1987
　　　年 03 期，頁 69-74，1987 年

熊文彬：〈兩《唐書・吐蕃傳》吐蕃制度補證〉，《中國藏學》，1989 年 03 期，頁 69-73+45，
　　　1989 年

卓　成：〈兩《唐書》〈回紇傳〉、〈回鶻傳〉疏證〉，《中南民族學院學報（哲學社
　　　會科學版）》，1989 年 05 期，頁 88，1989 年

李萬生：〈新、舊《唐書・吳兢傳》史實辨證〉，《貴州師範大學學報（社會科學版）》，
　　　1989 年 04 期（總第 61 期），頁 21-25，1989 年

胡　力：〈信而可徵，言之有據——評劉美崧《兩唐書回紇傳回鶻傳疏證》〉，《社會
　　　科學》，1990 年 02 期，頁 128-130，1990 年

熊文彬：〈兩《唐書・吐蕃傳》贊普世系及其政績補證〉，《西藏研究》，1990 年 03
　　　期，頁 30-38，1990 年

熊文彬：〈兩《唐書・吐蕃傳》贊普世系及其政績補證（下）〉，《西藏研究》，1990
　　　年 04 期，頁 34-44，1990 年

李文瀾：〈唐李皋理江陵事跡辨析——讀《兩唐書・李皋傳》札記〉，《魏晉南北朝隋
　　　唐史資料》，第 11 輯，頁 187-196，1991 年 7 月

王運熙：〈兩《唐書》對李白的不同評價〉，《中國李白研究（一九九一年集）——中
　　　國首屆李白研究國際學術討論會論文集》，頁 83-89，1991 年

李萬生：〈新、舊《唐書・吳兢傳》史實辨證（二則）〉，《貴州師範大學學報（社會
　　　科學版）》，1992 年 02 期（總第 71 期），頁 13-15，1992 年

黃清連：〈兩《唐書・酷吏傳》析論〉，《輔仁歷史學報》，5 期，1993 年 12 月

牟懷川：〈溫庭筠改名案詳審——兼辨兩《唐書・溫庭筠傳》之誤〉，《文史》，第
　　　38 輯，頁 181-202，1994 年 2 月

柯金木：〈兩《唐書·儒學傳》儒史雜混之探析〉，《孔孟學報》，69 期，頁 91-113，1995 年 3 月

倪軍民：〈兩《唐書·高麗傳》比較研究〉，《通化師院學報》，1996 年 01 期（總第 31 期），頁 61-65，1996 年

倪軍民、李春祥、趙福香：〈兩《唐書·高麗傳》比較研究〉，《古籍整理研究學刊》，1996 年 02 期，頁 30-32，1996 年

羅靈山：〈兩《唐書》中的〈李翰傳〉有誤〉，《中國文學研究》，1999 年 01 期，頁 95，1999 年

羅清泉：〈兩《唐書·李邕傳》正補〉，《廣西師院學報》，20 卷 4 期，頁 116-120，1999 年 12 月

盧　寧、李振榮：〈論《新唐書》、《舊唐書》對韓愈評價之差異——兼談與〈毛穎傳〉之問世相關的幾個問題〉，《中州學刊》，2001 年 02 期（總第 122 期），頁 107-112，2001 年 3 月

馬以謹：〈讀書筆記——從「兩唐書·儒學傳」看唐代儒學發展的幾個問題〉，《中正歷史學刊》，第 4 期，頁 187-210，2001 年 9 月

王雪玲：〈兩《唐書》所見流人的地域分布及其特徵〉，《中國歷史地理論叢》，2002 年 04 期，頁 79-85，2002 年

李　迪：〈兩《唐書·西域傳》中的科技史料〉，《內蒙古師範大學學報（哲學社會科學版）》，2002 年 5 期，頁 36-40，2002 年

戶崎哲彥：〈唐臨事蹟考——兩《唐書·唐臨傳》補正〉，《唐研究》，第 8 卷，頁 81-107，2002 年 12 月

唐毓麗：〈唐代的貞節觀及文化建構之探討——以「兩唐書」·「列女傳」與唐傳奇作品為例〉，《靜宜人文學報》，19 期，頁 83-118，2003 年 12 月

張炳尉：〈兩《唐書·王維傳》與《韋斌碑》所載王維陷賊事異同辨析〉，《文教資料》，2005 年 31 期，頁 136-138，2005 年

曾守正：〈歷史圖像與文學評價的疊合——兩《唐書》文學類傳「時變」思想的落差〉，《政大中文學報》，第 4 期，頁 29-58，2005 年 12 月

李　浩：〈新、舊《唐書・陸南金傳》世系訂誤〉，《文獻》，2006 年 1 期，頁 30，
　　　2006 年

李春祥：〈兩《唐書・渤海傳》比較研究〉，《學習與探索》，002 年 04 期，頁 174-177，
　　　2006 年

蘇愛民：〈試析新、舊《唐書》對白居易評價差異之原因〉，《焦作大學學報》，20
　　　卷 3 期，頁 14-15，2006 年 7 月

崔　含：〈從兩《唐書・杜甫傳》看杜甫詩學地位的變化〉，《商丘職業技術學院學報》，
　　　2007 年 01 期，頁 66-67，2007 年

張乃翥：〈龍門所見兩《唐書》人物造像補正〉，《洛陽師範學院學報》，2007 年 01
　　　期，頁 14-19，2007 年

過文英：〈兩《唐書・崔融列傳》補正〉，《江南大學學報（人文社會科學版）》，2007
　　　年 03 期，頁 47-50，2007 年

遲乃鵬：〈新、舊《唐書》等對劉禹錫作〈竹枝詞〉的誤記〉，《中國典籍與文化》，
　　　2007 年 04 期，頁 114-115，2007 年

武秀成：〈《唐書》宦官傳校誤及其啓示〉，《古籍整理研究學刊》，2007 年 06 期，
　　　頁 31-34+77，2007 年

盧燕新：〈〈新舊《唐書》等對劉禹錫作〈竹枝詞〉的誤記〉訂正〉，《中國典籍與文
　　　化》，2008 年 02 期，頁 111-112，2008 年 5 月

余歷雄：〈兩《唐書・劉禹錫傳》同傳人選與載文異同的文史詮釋〉，《唐代文學研究》，
　　　第 12 期，頁 703-714，2008 年 10 月

劉弘達：〈讀兩《唐書・李密傳》獻疑〉，《江海學刊》，2008 年 06 期，頁 190，2008
　　　年

薛宗正：〈兩《唐書・唐休璟傳》補闕〉，《史學集刊》，2009 年 01 期，頁 24-36，
　　　2009 年 1 月

張俊海：〈論《新唐書》、《舊唐書》對李商隱評價之差異〉，《合肥學院學報（社會
　　　科學版）》，26 卷 5 期，頁 69-71，2009 年 9 月

安　敏：〈《新唐書》、《舊唐書》中的《孔穎達傳》辨異〉，《淮北煤炭師範學院（哲
　　　學社會科學版）》，30 卷 4 期，頁 1-4，2009 年 8 月

孟祥光：〈《舊（新）唐書·文苑（藝）傳》傳主別集存佚簡析〉，《文獻》，2010
　　年 01 期（123 期），頁 128-132，2010 年

劉興超：〈兩《唐書·竇群傳》竇群官職辨誤〉，《廣西民族大學學報（哲學社會科學
　　版）》，32 卷 2 期，頁 151-154，2010 年 3 月

姚學謀、劉鳳婷：〈兩《唐書》傳、表中有關姚崇史料考正〉，《三門峽職業技術學院
　　學報》，9 卷 2 期，頁 84-89，2010 年 6 月

田恩銘：〈兩《唐書》文學家傳記書寫過程中史家身份與敘事指向關係〉，《北方論叢》，
　　2010 年 03 期，頁 67-70，2010 年

羅振玉：〈補《唐書·張議潮傳》〉，《羅振玉先生學術論著集》，第八集，頁 29-40，
　　2010 年

李小山：〈兩《唐書》所載李翱穆宗朝史實考訂〉，《語文知識》，2010 年 04 期，頁
　　10-12，2010 年

趙　丹：〈論新、舊《唐書》中〈柳宗元傳〉的差異〉，《淮北職業技術學院學報》，
　　9 卷 6 期，頁 118-119，2010 年 12 月

莫道才：〈新舊《唐書·李商隱傳》「三十六（體）」爲「三才子」之誤考〉，《文獻》，
　　2011 年 02 期，頁 140-145，2011 年

黃艷、武小瑞：〈從兩《唐書》的〈后妃傳〉、〈公主傳〉看唐代婦女的命運〉，《宜
　　賓學院學報》，2011 年 02 期，頁 59-61，2011 年

趙　羽：〈論兩《唐書》中〈白居易傳〉在編撰方面的宏觀差異〉，《黑龍江史志》，
　　2011 年 03 期，頁 11-12，2011 年

朱　承：〈唐代儒者的政治關懷及其現代反思——以兩《唐書·儒學傳》爲中心的考察〉，
　　《陝西師範大學學報（哲學社會科學版）》，2011 年 03 期，頁 60-64，2011 年

王吉清：〈新舊《唐書》關於唐代詩人批評之比較研究〉，《商洛學院學報》，2011
　　年 03 期，頁 65-70，2011 年

張　培：〈論《新唐書》、《舊唐書》中〈柳宗元傳〉之間的差異〉，《安陽師範學院
　　學報》，2011 年 04 期，頁 50-52，2011 年　　張美華：〈兩《唐書》杜甫本傳交
　　游比較重探〉，《東吳中文研究集刊》，第 17 期，頁 79-100，2011 年 9 月

劉　勛、白月華、陳　蔚：〈唐代國內旅游客源地等級分布與變遷研究——以兩《唐書》
　　列傳人物旅遊常住地爲樣本〉，《旅遊論壇》，5 卷 1 期，頁 109-113，2012 年

田恩銘：〈兩《唐書》「文人傳」的書寫理念與唐宋思想轉型的關係〉，《文藝評論》，
　　2012 年 08 期，頁 153-158，2012 年

裴玉茹：〈無可奈何花落去——淺析《兩唐書‧列女傳》中女性的非正常死亡〉，《濮
　　陽職業技術學院學報》，2012 年 01 期，頁 54-56+114，2012 年

學位論文

新唐書

彭　云：《《新唐書‧奸臣傳》與唐代統治階級內部鬥爭》，北京：首都師範大學碩士
　　論文，32 頁，2003 年

鄒　瑜：《《新唐書》增補傳記之史料來源考略》，陝西：陝西師範大學碩士論文，55
　　頁，2005 年

邢香菊：《《新唐書‧文藝傳》研究》，河北：河北師範大學碩士論文，72 頁，2007
　　年

柳卓霞：《《新唐書》列傳敘事研究》，上海：上海大學博士論文，279 頁，2010 年

新舊唐書

梁承根：《兩《唐書》文人傳之比較》，南京：南京大學博士論文，72 頁，1997 年

劉傳鴻：《兩《唐書》列傳部分詞匯比較研究》，南京：南京師範大學博士論文，229
　　頁，2006 年

田恩銘：《兩《唐書》中的中唐文學家傳記研究》，陝西：陝西師範大學博士論文，217
　　頁，2008 年

張　潔：《兩唐書〈酷吏傳〉研究——以武則天時期爲中心》，北京：北京師範大學博
　　士論文，2008 年

王吉清：《兩《唐書》詩人傳記研究》，陝西：陝西師範大學碩士論文，72 頁，2009
　　年

秦世龍：《兩《唐書》宰相傳比較研究》，河南：鄭州大學碩士論文，47 頁，2009 年

專書

王　忠：《《新唐書·吐蕃傳》箋證》，北京：科學出版社，166 頁，1958 年
王　忠：《《新唐書·南詔傳》箋證》，北京：中華書局，1963 年
劉美崧：《兩《唐書·回紇傳回鶻傳》疏證》，廣西：中央民族學院出版社，1988 年
劉傳鴻：《兩《唐書》列傳部分詞彙比較研究》，成都：巴蜀書社，2009 年 5 月

引用書目

傳統文獻

漢·毛亨注，漢·鄭玄箋，唐·孔穎達疏：《毛詩正義》，臺北：藝文印書館，1955 年

漢·司馬遷：《史記》，上海：上海古籍出版社，2003 年

漢·劉向：《說苑》，收於嚴可均校讎，陳延嘉、王同策、左振坤校點主編：《全上古三代秦漢三國六朝文·全漢文》，石家莊：河北教育出版社，1997 年

晉·皇甫謐：《高士傳》，收於《景印文淵閣四庫全書》，臺北：臺灣商務印書館，1986 年

晉·張華：〈女史箴〉，收於嚴可均輯：《全晉文》，北京：商務印書館，1999 年

南朝宋·范曄：《後漢書》，北京：中華書局，1997 年

南朝宋·劉義慶，徐震堮校箋：《世說新語校箋》，北京：中華書局，1994 年

南朝梁·宗懔著，王毓榮注：《荊楚歲時記校注》，臺北：文津出版社，1988 年

南朝梁·顧野王著，胡吉宣注：《玉篇校釋》，上海：上海古籍出版社，1989 年

唐·李商隱著，朱懷春、曹光甫、高克勤標點：《李商隱全集》，上海：上海古籍出版社，1999 年

唐·李商隱撰，劉學鍇、余恕誠校注：《李商隱文編年校注》，北京：中華書局，2002 年

唐·孟郊，華忱之、喻學才注：《孟郊詩集校注》，北京：人民文學出版社，1995 年

唐·房玄齡等：《晉書》，北京：中華書局，1974 年

唐·柳宗元：《柳宗元集》，北京：中華書局，2000 年

唐·劉禹錫著，陶敏、陶紅雨校注：《劉禹錫全集編年校注》，長沙：岳麓書社，2003 年

唐·歐陽詹：《歐陽行周文集》，臺北：臺灣商務印書館，1965 年

後晉·劉昫等：《舊唐書》，北京：中華書局，2002 年

五代·王定保著，姜漢椿校注：《唐摭言》，上海：上海社會科學院出版社，2003 年

五代·孫光憲：《北夢瑣言》，收於《全宋筆記》，鄭州：大象出版社，2003 年，第
　　一編

宋·文讜：《新刊經進詳補注昌黎先生文集》，影印北京圖書館藏南宋蜀刻本，上海：
　　上海古籍出版社，1991 年

宋·王安石撰，李壁注，李之亮校點補箋：《王荊公詩註補箋》，成都：巴蜀書社，
　　2002 年

宋·王得臣：《麈史》，百部叢書集成，臺北：藝文印書館，1966 年

宋·朱弁撰，孔凡禮點校：《曲洧舊聞》，北京：中華書局，2002 年

宋·朱熹：《四書章句集注·孟子集注》，北京：中華書局，1983 年

宋·江少虞：《宋朝事實類苑》，上海：上海古籍出版社，1981 年

宋·吳處厚：《青箱雜記》，北京：中華書局，1985 年

宋·呂祖謙：《宋文鑑》，《景印摛藻堂四庫全書薈要》，臺北：世界書局，1986 年

宋·宋庠：《元憲集》，臺北：新文豐出版社，1984 年

宋·宋祁：《宋景文公筆記》，收錄於《全宋筆記》第一編，鄭州：大象出版社，
　　2003 年

宋·宋祁：《景文集》，《武英殿聚珍版叢書》（原刻景印百部叢書集成），臺北：
　　藝文印書館，1969 年

宋·宋祁：《景文集》，收入《文淵閣四庫全書》冊 1088，臺北：臺灣商務印書館，
　　1983 年

宋·宋祁：《景文集》，收入《文津閣四庫全書》冊 1092，北京：商務印書館，2006 年

宋·宋祁：《景文集》，《四庫全書珍本·別輯》，臺北：臺灣商務印書館，1975 年

宋·宋祁：《景文集》，《叢書集成新編》冊 60，臺北：新文豐出版社，1985 年

宋·宋祁：《景文集附佚存叢書殘本景文宋公集》，臺北：新文豐出版社，1983 年

宋·宋祁：《宋景文公集·殘存三十二卷》（原刻景印百部叢書集成），臺北：藝文印
　　書館，1965 年

宋・宋祁：《宋景文集》，南宋建安麻沙刊本殘帙，國家圖書館影自日本宮內廳書陵部，
　　1990 年

宋・宋祁：《宋景文集》，《域外漢籍珍本文庫》第一輯，北京：人民出版社、重慶：
　　西南師範大學出版社，2008 年

宋・李昉著，夏劍欽等點校：《太平御覽》，石家莊：河北教育出版社， 1994 年

宋・李復：《潏水集》，收於《景印文淵閣四庫全書》，臺北：臺灣商務印書館，
　　1986 年

宋・李漢編，祝充音註：《音註韓文公文集》，美國康乃爾大學圖書館藏文祿堂影印蕭
　　山朱氏藏宋紹熙刻本

宋・李壁注，李之亮校點補箋：《王荊公詩注補箋》，成都：巴蜀書社，2002 年

宋・李燾：《續資治通鑑長編》，北京：中華書局，2004 年

宋・沈括撰，胡道靜點校：《夢溪筆談校注》，上海：上海古籍出版社，1987 年

宋・周必大：《文忠集》，北京：商務印書館，2006 年

宋・孟元老著，伊永文箋注：《東京夢華錄箋注》，北京：中華書局，2006 年

宋・邵博撰，李劍雄點校：《邵氏聞見後錄》，《宋元筆記小說大觀》，上海：上海
　　古籍出版社，2001 年

宋・俞德鄰：《佩韋齋集》，收於《景印文淵閣四庫全書》，臺北：臺灣商務印書館，
　　2003 年

宋・洪邁：《容齋隨筆》，上海：上海古籍出版社，1678 年

宋・胡宿：《文恭集》，臺北：新文豐出版社，1984 年

宋・范公偁：《過庭錄》，北京：中華書局，2002 年

宋・范仲淹撰，李勇先、王蓉貴校點：《范仲淹全集》，成都：四川大學出版社，
　　2002 年

宋・范仲淹撰，洪順隆校注：《范仲淹賦校注》，臺北：國立編譯館，1996 年

宋・唐庚：《眉山文集》，北京：商務印書館，2006 年

宋・張邦基：《墨莊漫錄》，收入《宋元筆記小說大觀》，上海：上海古籍出版社，
　　2001 年

宋・陳振孫：《直齋書錄解題》，北京：學苑出版社，2009 年

宋·陸游撰，錢仲聯校注：《劍南詩稿校注》，上海：上海古籍出版社，1985 年

宋·黃庭堅撰，劉琳、李勇先、王蓉貴校點：《黃庭堅全集》，成都：四川大學出版社，
　　2001 年

宋·黃庭堅撰，任淵等注，劉尚榮校點：《黃庭堅詩集注》，北京：中華書局，2003 年

宋·楊億編，王仲犖注：《西崑酬唱集注》，上海：上海書店，2001 年

宋·葉夢得：《避暑錄話》，《宋元筆記小說大觀》本，上海：上海古籍出版社，
　　2001 年

宋·葉夢得：《石林燕語》，收錄於《全宋筆記》，鄭州：大象出版社，2006 年，第
　　二編

宋·葉夢得撰，逯銘昕校注：《石林詩話校注》，北京：人民文學出版社，2011 年

宋·趙翼著，王樹民校注：《廿二史箚記》，北京：中華書局，1984 年

宋·歐陽修，李逸安點校：《歐陽修全集》，北京：中華書局，2001 年

宋·歐陽修撰，李之亮箋注：《歐陽修集編年箋注》，成都：巴蜀書社，2007 年

宋·歐陽修撰，洪本健校箋：《歐陽修詩文集校箋》，上海：上海古籍出版社，2010 年

宋·歐陽脩、宋祁：《新唐書》，北京：中華書局，2003 年

宋·蔡絛：《鐵圍山叢談》，北京：中華書局，1997 年

宋·鄭獬：《鄖溪集》，《宋集珍本叢刊》，北京：線裝書局，2004 年

宋·黎靖德編，王星賢點校：《朱子語類》，北京：中華書局，1986 年

宋·韓琦撰，李之亮、徐正英箋注：《安陽集編年箋注》，成都：巴蜀書社，2000 年

宋·魏泰：《東軒筆錄》，收錄於《全宋筆記》，鄭州：大象出版社，2006 年，第二編

宋·羅濬：《寶慶四明志》，《宋元方志叢刊》，北京：中華書局，1990 年

宋·蘇頌：《蘇魏公文集》，王同策、管成學、顏中其等點校，北京：中華書局，1988
　　年 9 月

宋·蘇舜欽撰，傅平驤、胡問陶校注：《蘇舜欽集編年校注》，成都：巴蜀書社，
　　1991 年

宋·蘇軾撰，孔凡禮點校：《蘇軾文集》，北京：中華書局，1986 年

宋·蘇軾撰，孔凡禮點校：《蘇軾詩集》，北京：中華書局，1987 年

宋·蘇軾撰，鄒同慶、王宗堂校注：《蘇軾詞編年校注》，北京：中華書局，2002 年

宋·蘇軾撰，張志烈、馬德富、周裕鍇主編：《蘇軾全集校注》，石家莊：河北人民出版社，2010 年

元·方回撰，李慶甲點校：《瀛奎律髓匯評》，上海：上海古籍出版社，2005 年

元·馬端臨：《文獻通考》，臺北：臺灣商務印書館，1987 年

元·郝經：《陵川集》，收於《景印文淵閣四庫全書》，臺北：臺灣商務印書館，1986 年

元·脫脫：《宋史》，臺北：鼎文書局，1980 年

元·陳高著，鄭立于點校：《不繫舟漁集》，上海：上海古籍出版社，2005 年

元·陶宗儀：《南村輟耕錄》，收入《元明史料筆記業刊》，北京：中華書局，1959 年

明·王行：《墓銘舉例》，收入《四庫全書珍本十集》，臺北：臺灣商務印書館，1981 年

明·沈德符：《萬曆野獲編》，收入《元明史料筆記叢刊》，北京：中華書局，2004 年

明·凌迪知撰：《萬姓統譜》，《中華漢語功具書書庫》，合肥：安徽教育出版社，2002 年

明·張溥輯：《漢魏六朝百三家集》《景印摛藻堂四庫全書薈要》，臺北：世界書局，1986 年

明·馮時可：《雨航雜錄》，收錄於《叢書集成新編》，臺北：新文豐出版公司，1985 年

清·丁子復：《唐書合鈔補正》，合肥：黃山書社，2008 年

清·王士禎：《古夫于亭雜錄》，《清代史料筆記叢刊》，北京：中華書局，1988 年

清·王士禎：《帶經堂詩話》，上海：上海古籍出版社，2002 年

清·王芑孫：《淵雅堂外集》，《續修四庫全書·集部·別集類》，上海：上海古籍出版社，2002 年

清·永瑢等編撰：《四庫全書總目提要·集部》，上海：商務印書館，1933 年

清·何文煥：《歷代詩話》，北京：中華書局，1981 年

清·李調元撰，詹杭倫、沈時蓉點校：《雨村賦話校證》，臺北：文豐出版公司，1993 年

清·林紓：《韓柳文研究法·韓文研究法》，臺北：廣文出版社，1964 年

清·林雲銘：《古文析義合編》，臺北：廣文書局，1965 年

清·徐松輯：《宋會要輯稿》，北京：中華書局，2006 年

清·姚鼐纂集，胡士明、李祚唐標校：《古文辭類纂》，上海：上海古籍出版社，
　　　1998 年

清·翁方綱：《石洲詩話》，上海：上海古籍出版社，2002 年

清·張玉書等編：《康熙字典》，香港：中華書局，1997 年

清·曹寅：《全唐詩》，北京：中華書局，1999 年

清·郭慶藩注，王孝魚整理：《莊子集釋》，臺北：華正書局，1985 年

清·陳元龍：《格致鏡原》，揚州：古籍書店，1989 年

清·陳元龍：《歷代賦彙》，北京：北京圖書館，2006 年

清·黃之雋：《江南通志》，臺北：華文出版社，1967 年

清·黃震：《黃氏日抄》，臺北：大化書局，1984 年，據日本立命館大學圖書館藏書
　　　影印

清·楊倫：《杜詩鏡詮》，臺北：華正書局，1986 年

清·潘永因：《宋稗類鈔》，收錄於《筆記小說大觀》，臺北：新興出版社，1984 年，
　　　第三十六編

清·蔣士銓：《忠雅堂詩集》，上海：上海古籍出版社，2002 年

清·儲欣：《唐宋十大家全集錄》，收入《四庫全書存目叢書》，臺南：莊嚴文化，
　　　1977 年

郭紹虞點校：《古今詩話》，臺北：華正書局，1981 年

《小學名著六種》，北京：中華書局，1998 年

《春秋公羊傳》，收入《斷句十三經經文》，臺北：開明書店，1965 年

《重栞宋本十三經注疏附校勘記·重栞宋本禮記注疏附校勘記》，臺北：藝文印書館，
　　　1955 年

近人論著

（一）專書

于浴賢：《六朝賦述論》，河北：河北大學出版社，1999 年

于景祥、李貴銀編著：《中國歷代碑志文話》，瀋陽：遼海出版社，2009 年

王水照：《宋代文學通論》，河南：河南大學出版社，1997 年

王水照主編：《歷代文話》，上海：復旦大學出版社，2007 年

王基倫：《韓柳古文新論》，臺北：里仁書局，1996 年

王基倫：《唐宋古文論集》，臺北：里仁書局，2001 年

王河、眞理：《宋代佚著輯考》，南昌：江西人民出版社，2003 年

何玉蘭：《宋人賦論及作品散論》，成都：巴蜀書社，2002 年

朱迎平：《宋文論稿》，上海：上海財經大學出版社，2003 年

何寄澎：《唐宋古文新探》，臺北：大安出版社，1990 年

何寄澎：《典範的遞承：中國古典詩文論叢》，臺北：文史哲出版社，2002 年

李士彪：《魏晉南北朝文體學》，上海：上海古籍出版，2004 年

周紹良主編：《全唐文新編》，長春：吉林文史出版社，1999-2000 年

林天祥：《北宋詠物賦研究》，臺北：萬卷樓圖書公司，2004 年

林岩：《北宋科舉考試與文學》，上海：上海古籍出版社，2006 年

姚斯：《接受美學與接受理論》，瀋陽：遼寧人民出版社，1987 年

查金萍：《宋代韓愈文學接受研究》，合肥：安徽大學出版社，2010 年

孫通海、王海燕責編：《全唐詩》，北京：中華書局，1985 年

徐志嘯：《歷代賦論輯要》，上海：復旦大學出版社，1991 年

祝尙書：《宋人別集敘錄》，北京：中華書局，1999 年

馬積高：《賦史》，上海：上海古籍出版社，1987 年

馬積高：《歷代辭賦研究史料概述》，北京：中華書局，2001 年

政治大學文學院：《第三屆國際辭賦學學術研討會論文集》，臺北：政治大學，1996 年

張高評：《宋代文學之會通與流變》，臺北：新文豐出版公司，2007 年

梁啓超：《王荊公》，臺北：中華書局，1956 年

許結：《中國賦學歷史與批評》，南京：江蘇教育出版社，2001 年

許結：《賦體文學的文化闡釋》，北京：中華書局，2005 年

許道勛、徐洪興：《中國經學史》，上海：上海人民出版社，2006 年

郭建勛：《辭賦文體研究》，北京：中華書局，2007 年

郭紹虞：《宋詩話輯佚》，臺北：華正書局，1981 年

郭維森、許結：《中國辭賦發展史》，南京：江蘇教育出版社，1996 年

陳元龍等編：《御定歷代賦彙》，京都：中文出版社，1974 年

陳文忠：《中國古典詩歌接受史研究》，合肥：安徽大學出版社，1998 年

陳文華：《杜甫傳記唐宋資料考辨》，臺北：文史哲出版社，1987 年

陳慶元：《賦：時代投影與體制演變》，桂林：廣西師範大學出版社，2000 年

傅璇琮等主編：《全宋詩》，北京：北京大學出版社，1991 年

曾祥波：《從唐音到宋調——以北宋前期詩歌為中心》，北京：昆侖出版社，2006 年

曾棗莊、劉琳主編：《全宋文》，成都：巴蜀書社，1989 年

曾棗莊、劉琳主編：《全宋文》，上海：上海辭書出版社、合肥：安徽教育出版社，
　　　2006 年

曾棗莊：《論西崑體》，高雄：麗文文化公司，1993 年

曾棗莊主編，李文澤、吳洪澤副主編：《中國文學家大辭典·宋代卷》，北京：中華書
　　　局，2004 年

曾棗莊、吳洪澤主編：《宋代辭賦全編》，成都：四川大學出版社，2008 年

曾棗莊：《宋文通論》，上海：上海人民出版社，2008 年

程杰：《北宋詩文革新研究》，臺北：文津出版社，1996 年

華學誠匯證：《揚雄方言校釋匯證》，北京：中華書局，2006 年

楊家駱：《二十五史識語》，臺北：鼎文書局，1980 年

楊訥、李曉明編：《文淵閣四庫全書補遺·集部·宋元卷·1》，北京：北京出版社，
　　　2006 年

葉國良：《石學蠡探》，臺北：大安出版社，1989 年

詹杭倫、李立信、廖國棟：《唐宋賦學新探》，臺北：萬卷樓圖書公司，2005 年

詹杭倫：《唐宋賦學研究》，臺北：華齡出版社，2004 年

廖國棟：《魏晉詠物賦研究》，臺北：文史哲出版社，1990 年

趙俊波：《中晚唐賦分體研究》，北京：中國社會科學出版社，2006 年

劉眞倫：《韓愈集宋元傳本研究》，北京：中國社會科學出版社，2004 年

劉培：《北宋初、中期辭賦研究》，臺北：萬卷樓圖書公司，2004 年

魯迅：《且介亭雜文二集》，《魯迅全集》，北京：人民文學出版社，2005 年

盧榮：《韓柳文學綜論》，北京：學苑出版社，2006 年

錢基博：《韓愈志》，臺北：華正書局，1985 年

謝思煒：《唐宋詩學論集》，北京：商務印書館，2003 年

簡宗梧：《賦與駢文》，臺北：臺灣書店，1998 年

顏昌嶢：《管子校釋》，長沙：岳麓書社，1996 年

顏瑞芳：《唐宋動物寓言研究》，臺北：亞馬遜出版社，2000 年

羅聯添主編：《韓愈古文校注彙輯》，臺北：鼎文書局，2003 年

羅聯添：《韓愈研究》，臺北：臺灣學生書局，1977 年

龔克昌：《中國辭賦研究》，濟南：山東大學出版社，2003 年

龔延明：《宋代官制辭典》，北京：中華書局，1997 年

《第一屆兩岸韻文學學術研討會論文集——從風騷到戲曲》，臺北：世新大學， 2009 年

《韓愈資料彙編》，臺北：學海出版社，1984 年

《歲時習俗資料彙編》，臺北：藝文印書館，1970 年

（二）學位、期刊論文

王基倫：《韓柳古文比較研究》，臺灣大學中國文學研究所博士論文，1991 年

兵介勇：《唐代散文演變關鍵之研究》，臺灣大學中國文學研究所博士論文，2005 年

田恩銘：《兩《唐書》中的中唐文學家傳記研究》，陝西師範大學博士論文，2008 年，
　　　 217 頁

何灝：《宋祁年譜》，四川大學中文系碩士論文，2003 年

余歷雄：《兩《唐書》采撝韓愈古文之研究》，南京大學博士論文，2004 年，77 頁

吳立仁：《中唐至北宋前期韓愈形象的歷史演變》，臺灣大學歷史學研究所碩士論
　　　 文，2009 年，112 頁

吳在慶：〈《唐摭言》、《唐才子傳》所記李洞事迹考〉，《周口師範學院學報》，第
　　19 卷第 4 期，2002 年，頁 25-30

李玉玲：《齊梁詠物詩與詠物賦之比較研究》，高雄師範大學中國文學研究所碩士論文，
　　1990 年

李珠海：《唐代古文家的文體革新研究》，臺灣大學中國文學研究所博士論文，2001 年

李嘉玲：《齊梁詠物賦研究》，政治大學中國文學研究所碩士論文，1988 年

李瓊英：《宋代散文賦研究》，臺灣師範大學碩士論文，1990 年，216 頁

谷曙光：《韓愈詩歌在北宋的接受歷程及其詩學意義發微》，安徽師範大學碩士論文，
　　2003 年

邢香菊：《《新唐書·文藝傳》研究》，石家莊：河北師範大學碩士論文，2007 年，
　　72 頁

林麗雲：《六朝賦之抒情傳統與藝術表現》，臺灣師範大學國文研究所碩士論文，
　　1983 年

邱立玲：《《唐摭言》史料價值探微》，吉林大學碩士論文，2005 年

姜光斗：〈論梁肅的佛學造詣及其對唐代古文運動的貢獻〉，《南通師範學院學報》（哲
　　社版），1993 年 9 卷 2 期，1993 年

段莉萍：《後期「西崑派」研究》，四川大學文學與新聞學院博士論文，2004 年

紀昌和：《《唐摭言》研究》，上海師範大學碩士論文，2006 年

胡大浚、張春雯：〈梁肅年譜稿（下）〉，《甘肅社會科學》，1997 年第 1 期，頁 45-48

唐鳳霞：〈《新唐書》的編纂及其學術成就〉，安徽大學碩士論文，2006 年，57 頁

涂木水：〈關於晏幾道的生卒年和排行〉，《文學遺產》，1997 年第 1 期，頁 107-108

郝至祥：《兩《唐書》書法暨筆法比較研究——兼論《新唐書》關佛刪史》，逢甲大學
　　中國文學系碩士論文，2001 年，234 頁

馬俊：《「二宋」研究》，揚州大學碩士論文，2005 年

馬寶蓮：《唐律賦研究》，中國文化大學中國文學所博士論文，1993 年

高光敏：《北宋時期對韓愈接受之研究》，臺灣師範大學國文研究所博士論文，2004
　　年，280 頁

張瑞麟：《韓愈與宋學——以北宋文道觀為討論核心》，成功大學中文研究所博士論

文，2010 年，414 頁

張蜀蕙：《書寫與文類——以韓愈詮釋爲中心探究北宋書寫觀》，政治大學中文研究所博士論文，2000 年，238 頁

梁承根：《兩《唐書》文人傳之比較》，南京大學博士論文，1997 年，72 頁

許菊芳：《宋祁詩歌研究》，湖南科技大學碩士論文，2007 年

陳玉蓉：《歐陽脩與王安石墓誌銘研究——以韓愈文體改創爲中心的討論》，政治大學中國文學研究所碩士論文，2005 年

陳成文：《唐代古賦研究》，政治大學中國文學研究所博士論文，1998 年，308 頁

陳昭吟：《宋代詩人之「影響的焦慮」研究》，中山大學中國文學研究所博士論文，2007 年，521 頁

陳韻竹：《歐陽脩蘇軾辭賦之比較研究》，政治大學中國文學研究所碩士論文，1986 年

陶紹清：《《唐摭言》研究》，復旦大學博士論文，2007 年

曾金承：《韓愈詩歌唐宋接受研究》，淡江大學中文研究所博士論文，2008 年，240 頁

黃淑恩：《《唐摭言》研究——科舉制度下的士人風貌與心境》，政治大學國文教學碩士學位班碩士論文，2007 年，128 頁

黃復山：《王安石字說之研究》，臺灣大學中國文學研究所碩士論文，1982 年，274 頁

溫潔：《宋祁詩文繫年及行實考述》，鄭州大學碩士論文，2005 年

葉嬌：〈韓愈碑誌的傳記文學價值〉，《黑龍江社會科學》04 期，2000 年，頁 67-70

廖志超：《蘇軾辭賦理論及其創作之研究》，臺灣師範大學國文研究所博士論文，2004 年，417 頁

廖國棟：《魏晉詠物賦研究》，政治大學博士論文，1985 年

滕春紅：《西昆體和西昆作家》，陝西師範大學中國古代文學碩士論文，2002 年

鄭雅方：《北宋抒情賦研究》，高雄師範大學國文研究所碩士論文，2006 年

蕭淳鏵：《北宋「平淡」文學觀之研究》，政治大學中國文學研究所碩士論文，1991 年，200 頁

錢忠平：《《新唐書》文學批評研究》，浙江師範大學碩士論文，2007 年，49 頁

謝佩芬：〈將飛更作回風舞——宋祁詩歌特色與宋詩發展之研究〉，《從風騷到戲曲——第一屆兩岸韻文學學術研討會論文集》，臺北：世新大學，2009 年，頁 187-213

謝佩芬:〈宋祁辭賦之創意書寫〉,《文學藝術與創意研發研究論文集》,臺北:里仁
　　書局,2011年12月,頁167-201
謝佩芬:〈宋祁對韓愈的接受——以重新、探源、校改爲中心的討論〉,《師大學報》,
　　第55卷第1期,2011年3月,頁83-113
謝佩芬:〈刊落陳言,探出新意——宋祁碑誌文析論〉,《成大中文學報》,第39期,
　　頁49-86,2012年12月
謝敏玲:《韓愈之古文變體研究》,政治大學中國文學研究所博士論文,2006年
譚瓊:《兩《唐書》文學批評比較研究》,汕頭大學碩士論文,2008年,49頁
顧柔利:《北宋文賦新探》,中山大學中國文學研究所碩士論文,2004年,218頁

網路資源

「漢籍電子文獻資料庫」,臺北:中央研究院歷史語言研究所,
　　http://hanchi.ihp.sinica.edu.tw/ihp/hanji.htm,1997年
「中國歷代石刻史料彙編」,北京:書同文數字化技術有限公司,2004年
《文淵閣四庫全書電子版》,香港:迪志文化出版公司,2005年
「中國基本古籍庫」,北京:愛如生數字化技術研究中心,2006年
「網路展書讀」,http://cls.hs.yzu.edu.tw/
「讀秀知識庫」,http://edu.duxiu.com/

國家圖書館出版品預行編目資料

紅杏枝頭春意鬧——宋祁文學新論

謝佩芬著.－ 初版.－ 臺北市：臺灣學生，2013.02
面；公分

ISBN 978-957-15-1582-3(平裝)

1.（宋）宋祁 2. 宋代文學 3. 文學評論

845.14   102001519

紅杏枝頭春意鬧——宋祁文學新論

著　作　者：謝　　　　佩　　　　芬
出　版　者：臺 灣 學 生 書 局 有 限 公 司
發　行　人：楊　　　　雲　　　　龍
發　行　所：臺 灣 學 生 書 局 有 限 公 司
　　　　　　臺北市和平東路一段七十五巷十一號
　　　　　　郵 政 劃 撥 帳 號：00024668
　　　　　　電　話：(02)23928185
　　　　　　傳　眞：(02)23928105
　　　　　　E-mail：student.book@msa.hinet.net
　　　　　　http://www.studentbook.com.tw
本 書 局 登
記 證 字 號：行政院新聞局局版北市業字第玖捌壹號

印　刷　所：長 欣 印 刷 企 業 社
　　　　　　新北市中和區永和路三六三巷四二號
　　　　　　電　話：(02)22268853

定價：新臺幣七○○元

西 元 二 ○ 一 三 年 二 月 初 版

84505

ISBN 978-957-15-1582-3(平裝)